UMA JORNADA
NO INVERNO

Toby Clements

UMA JORNADA NO INVERNO

1º VOLUME DA SÉRIE
KINGMAKER

Tradução de Geni Hirata

Título original
KINGMAKER
Winter Pilgrims

Copyright © Toby Clements, 2014

Toby Clements assegurou seu direito de ser identificado
como autor desta obra sob o Copyright, Designs and Patents Act 1988.

Esta é uma obra de ficção. Qualquer semelhança entre os personagens fictícios e
pessoas reais vivas, ou não, é mera coincidência.

Direitos para a língua portuguesa reservados
com exclusividade para o Brasil à
EDITORA ROCCO LTDA.
Av. Presidente Wilson, 231 – 8º andar
20030-021 – Centro – Rio de Janeiro – RJ
Tel.: (21) 3525-2000 – Fax: (21) 3525-2001
rocco@rocco.com.br
www.rocco.com.br

Printed in Brazil/Impresso no Brasil

preparação de originais
MAIRA PARULA

ilustração de capa
JULIO ZARTOS

CIP-Brasil. Catalogação na fonte
Sindicato Nacional dos Editores de Livros, RJ.

C563u
Clements, Toby
Uma jornada no inverno / Toby Clements; tradução de Geni Hirata. – 1ª ed. – Rio de Janeiro: Rocco, 2015.
(Kingmaker; 1)
Tradução de: Kingmaker
ISBN 978-85-325-2982-4
1. Romance inglês. I. Hirata, Geni. II. Título. III. Série.
15-20184   CDD–823
CDU–821.111-3

O texto deste livro obedece às normas do
Acordo Ortográfico da Língua Portuguesa.

Para Karen, com todo o meu amor

Ilha de Man

Mar da Irlanda

Batalha de Towton

Castelo de Wakefield

Anglesey

IRLANDA

Baía de Cardigan

PAÍS DE GALES

Batalha de Mortimer Cross

Canal São Jorge

Hereford

Castelo de Kidwelly

Brecon

Bristol

Canal de Bristol

N
W E
S

Canal da

Key: ❀ York　❀ Lancaster　❀ Tudor

EDUARDO III
†1377

- Eduardo "O Príncipe Negro" *1330 - †1376
- RICARDO II Reinou a partir de 1377, sem filhos *1337 - †1399
- Leonel 1º Duque de Clarence *1338 - †1368
  - Filipa Casamento com Edmund Mortimer *1382
    - Roger Mortimer *1308
      - Anne Mortimer *1411
- John 1º Duque de Lancaster *1340 - †1399
  - 1ª Casamento Blanche de Lancaster
    - Henrique de Bolingbroke 2º Duque de Lancaster, depois, HENRIQUE IV *1413
      - HENRY V Reinado 1413 - 1422
        - HENRY VI Reinado 1422 - 1461
          - Eduardo de Lancaster †1471
  - 2ª Casamento Kathrym Swinford 1396
    - John Beaufort 1º Conde de Somerset
      - John Beaufort 1º Duque de Somerset
        - Lady Margaret Beaufort
          - Henrique Tudor mais tarde HENRIQUE VII Reinado 1483 - 1509
- Edmundo 1º Duque de York *1341 - †1402
  - Ricardo Conde de Cambridge Ex 1415
    - Ricardo Plantageneta 3º Duque de York *1411 - †1400
      - Eduardo Duque de York mais tarde EDUARDO IV Reinado 1461 - 1483
        - EDUARDO V (um príncipe na Torre) †1483
      - Ricardo Duque de Gloucester mais tarde RICARDO III Reinado 1483 - 1485

Casou em 1406 (linking John Beaufort line to Ricardo Plantageneta line)

Apesar da Reivindicação Lancastriana partir do terceiro filho de Eduardo III, ela se baseia em: a) posse e b) que a coroa não pode ser passada por intermédio de uma mulher – Filipa Mortimer – e portanto deve passar para o próximo homem na linha de sucessão.
A Reivindicação Yorquista se baseia em sua descendência do segundo filho de Eduardo III e diz que pode passar por intermédio de Filipa.
A Reivindicação Tudor ignora o fato de passar por intermédio de uma mulher – Lady Margaret Beaufort – ou de que John, conde de Somerset, era filho ilegítimo.

Facções nas Guerras das Rosas

Principais líderes yorquistas em 1460
Ricardo Plantageneta, duque de York, o mais velho pretendente yorquista ao trono (morto na Batalha de Wakefield, 1460).
Eduardo Plantageneta, conde de March, filho do duque de York (a se tornar rei Eduardo IV).
Edmundo Plantageneta, conde de Rutland, segundo filho do duque de York (morto na Batalha de Wakefield, 1460).
Ricardo Neville, conde de Salisbury – poderoso fidalgo (executado depois de Wakefield, 1461).
Ricardo Neville, conde de Warwick – filho do conde de Salisbury, posteriormente conhecido como Kingmaker, o "Fazedor de Reis", por ajudar Eduardo IV a se tornar rei.
Lorde Fauconberg – irmão do conde de Salisbury, um bom soldado.
William Hastings – amigo e alcoviteiro do conde de March.

Principais líderes lancasterianos em 1460
Rei Henrique VI – filho de Henrique V, fraco e possivelmente louco.
Margaret (de Anjou) – a voluntariosa mulher francesa de Henrique VI.
Henrique, 3º duque de Somerset – o favorito de Margaret, bom soldado, devasso.

Além de quase todos os demais nobres poderosos do reino, inclusive os duques de Buckingham, Exeter e Devon, os condes de Shrewsbury, Wiltshire e Northumberland, bem como os lordes Scales, Roos, Hungerford, Ruthyn e Clifford.

Prólogo

Durante os anos 1450, a Inglaterra encontrava-se em um estado lastimável: a Guerra dos Cem Anos na França terminara em humilhação, a lei e a ordem haviam se esfacelado nas cidades e condados, e no mar os piratas estavam por toda parte, de modo que o comércio de lã – que antes mantinha os cofres do reino abarrotados – definhara completamente. Nesse ínterim, seu rei, Henrique VI, era vítima de crises de loucura que o privavam de suas faculdades mentais e, sem nenhum líder forte, sua corte foi dilacerada por duas facções: uma liderada pela rainha, uma francesa de temperamento forte chamada Margaret de Anjou; a outra, por Ricardo, duque de York, e seus poderosos aliados, os condes de Warwick e de Salisbury.

As relações entre as duas facções se romperam inicialmente em 1455 e cada qual convocou seus homens e armas. Em uma ação rápida e contundente, à sombra da abadia de St. Albans, em Hertfordshire, o favorito da rainha, Edmundo, 2º duque de Somerset, foi assassinado, e o duque de York e seus aliados saíram vitoriosos.

Mas a ascensão dos York foi efêmera. Ao final da década, o rei havia recuperado sua sanidade mental e a rainha, o seu controle da corte, e os filhos dos que foram mortos em St. Albans buscavam vingança por seus pais.

Em 1459, a rainha convocou o duque de York e seus aliados à corte em Coventry, onde ela era forte, e temendo por sua vida, o duque mais uma vez ergueu seu estandarte e convocou seus aliados. A rainha – em nome do rei – fez o mesmo, e na véspera do Dia de São Eduardo, em outubro daquele ano, os dois lados mais uma vez se confrontaram, na ponte de Ludford, perto de Ludlow, no condado de Shropshire.

Mas o duque de York e os condes de Warwick e de Salisbury foram traídos, e assim, vendo-se em posição insustentável, fugiram do país: o duque de York para a Irlanda, os condes de Warwick e Salisbury pelo Canal da Mancha para Calais.

E assim, agora, enquanto os membros da facção da rainha despojam a terra de tudo o que restou, os homens na Inglaterra aguardam – aguardam a chegada da primavera, aguardam a volta dos exilados, aguardam as guerras recomeçarem.

PARTE UM

Priorado de St. Mary, Haverhurst, condado de Lincoln, fevereiro de 1460

1

O deão vem buscá-lo durante o Segundo Repouso, na hora em que a noite está mais escura. Traz consigo um candeeiro de junco e um bordão de madeira, usado como cajado ou arma, e o acorda com uma forte estocada.

– Levante-se, irmão Thomas – ele diz. – O prior está perguntando por você.

Ainda não é hora da Prima, Thomas sabe disso, e ele espera que, se permanecer dormindo, o deão o deixará em paz e acordará um dos outros cônegos: o irmão John, talvez, ou o irmão Robert, que está roncando. No instante seguinte, seus cobertores são atirados para trás e o frio logo toma conta do seu corpo. Ele senta-se com um salto e tenta pegá-los de volta, mas o deão os retira.

– Vamos, vamos – ele diz. – O prior está esperando.

– O que ele quer? – Thomas pergunta. Ele já estava tiritando, os dentes batendo e o corpo desprendendo vapor.

– Você vai ver – o deão diz. – E traga sua capa. Traga seu cobertor. Traga tudo.

Na claridade bruxuleante do candeeiro, o rosto do deão se resume a sobrancelhas grossas e um nariz adunco, e a sombra de sua cabeça assoma contra as telhas de ardósia orladas de gelo do telhado acima. Thomas desembaraça sua capa endurecida de gelo e encontra seu gorro de lã e seus tamancos. Ele enrola o cobertor em volta dos ombros.

– Ande logo, vamos – o deão o apressa. Seus dentes também estão trepidando.

Thomas levanta-se e o segue pelo dormitório, passando por cima das formas encolhidas dos outros cônegos, e juntos eles descem os degraus de pedra até a cela do prior, onde uma vela de cera de abelha tremula em um castiçal preso à parede e o velho homem jaz em um grosso colchão de palha com três cobertores puxados até o queixo.

– Que Deus esteja convosco, padre – Thomas começa.

O prior abana a mão descartando a saudação, sem tirá-la de baixo das cobertas.

– Você não ouviu? – ele pergunta.

– Ouvi o quê, padre?

O prior não responde, mas ergue a cabeça estreita na direção da janela fechada. Thomas ouve apenas a respiração do deão atrás dele e o leve chocalhar de seus próprios dentes. Então, ouve-se, ao longe, um grito crescente, muito agudo, cortante como uma lâmina. Isso o faz estremecer e ele, sem conseguir se conter, faz o sinal da cruz.

O prior ri.

– Apenas uma raposa – ele diz. – O que você pensou que fosse? Uma alma perdida, talvez? Um diabinho?

Thomas não diz nada.

– Provavelmente presa no bosque do outro lado do rio – sugere o deão. – Um dos irmãos leigos planta suas armadilhas por lá. É o John quem faz isso.

Faz-se silêncio. Eles devem mandar chamar esse John, Thomas pensa, o que plantou a armadilha. Vão obrigá-lo a ir lá e matar a raposa. Acabar com seu sofrimento.

– O mais rápido que puder, irmão Tom – diz o deão.

Thomas compreende o que querem dizer.

– Eu? – ele pergunta.

– Sim – diz o prior. – Ou você se acha bom demais para isso?

Thomas não diz nada, mas é exatamente isso que ele está pensando.

– Faça assim – diz o deão, imitando o gesto com o bordão, dando uma pancada com a ponta da arma no crânio de uma raposa imaginária. – Logo acima dos olhos.

O deão esteve nas guerras na França e sabe-se que ele matou um homem. Talvez até dois. Ele passa o bordão a Thomas. É quase de sua altura, manchado em uma das pontas como se tivesse sido usado para mexer um caldeirão.

– E não deixe de trazer o corpo – o prior acrescenta conforme o deão conduz Thomas para fora do cubículo –, pois eu vou querer a pele e o enfermeiro, a carne.

A luz do deão conduz Thomas pela descida de mais alguns degraus de pedra, até a fragrante escuridão do refeitório, onde ele é atraído para o calor das brasas do fogo brilhando sob sua tampa, mas o deão já atravessou a sala e arrastou para o lado a barra de madeira que trancava a porta.

– Pelo sangue de Cristo! – ele exclama ao abrir a porta.

Do lado de fora, faz o tipo de frio que o congela na hora, o tipo que derruba pássaros do céu, racha pedras de moinho.

– Vá, meu jovem – diz o deão. – Quanto mais cedo for feito, mais cedo estará terminado. Depois volte aqui. Terei um pouco de vinho quente para você.

Thomas abre a boca para dizer alguma coisa, mas o deão o empurra para o frio e fecha a porta na sua cara.

Santo Deus. Em um instante ele está dormindo, quase aquecido, sonhando com o próximo verão, e agora: isto.

O frio aloja-se em sua garganta, faz sua cabeça doer. Ele enrola mais a capa no corpo, hesita por um instante, em seguida se vira e parte, escolhendo o caminho pelo pátio até o portão dos pedintes, seus tamancos ressoando no gelo.

Ele destranca o portão e o atravessa. Além dos muros do priorado, a aurora já é uma presença pálida a leste e a neve estendida sobre o charco emana uma luz tão fria que chega a ser azul. Para o sul, onde o rio enrosca-se sobre si mesmo, a roda do moinho está parada no meio de uma volta, congelada, como se abrisse a boca para dizer alguma coisa, e mais além, a padaria, a cervejaria e as granjas dos irmãos leigos permanecem desertas, as paredes cobertas de geada, os telhados arqueados sob o peso da neve. Nada se move. Absolutamente nada.

Então, a raposa grita novamente, um som alto e estridente. Thomas estremece e volta-se outra vez para o portão, como se de algum modo pudesse ter permissão para entrar novamente e retornar para a cama, mas em seguida ele se recompõe, vira-se mais uma vez e se obriga a seguir em frente. Um passo, dois, cuidadosamente se mantendo perto dos muros do priorado, seguindo-os até onde a linha escura da velha estrada surge no campo de visão em seu caminho através do charco, em direção a Cornford e ao mar mais além. Houve uma época em que ela devia ser movimentada, ele pensa, mesmo em uma manhã como esta. Mercadores estariam a caminho de Boston com sua lã para a esquadra que navegava para a Staple em Calais, ou peregrinos estariam vindo para o santuário de Little St. Hugh, em Lincoln. Atualmente, entretanto, nestas terras sem lei, qualquer pessoa fora de casa a esta hora do dia ou é um tolo ou um bandido, ou ambos.

Quando ele chega ao convento das irmãs, as canelas de Thomas estão queimadas do frio, suas frieiras latejam e seus dedos já estão tão entorpecidos e rígidos que ele sabe que não será capaz de segurar seu delicado instrumento de trabalho o dia inteiro, sabe que não fará nenhum progresso com seu saltério. Até seus dentes doem.

Ele para no portão das irmãs, faz uma pausa por alguns instantes, olha para ele embora saiba que não deve, depois deixa a sombra do muro do priorado e muda de direção, cruzando um campo onde os irmãos leigos plantarão centeio na distante primavera. Há uma trilha antiga na neve, uma fileira de pegadas que ele segue através do sulco do arado e depois desce em direção ao monte de esterco à beira do rio. Ali, a trilha termina em uma confusão de orifícios na neve e gelo quebrado, como se alguém tivesse ido buscar água.

Thomas desce a margem baixa até o gelo, onde uma névoa se desenrola ao redor de seus tornozelos. Ele pisa com força no gelo, testando-o, embora saiba que ele é bastante forte para suportar uma carroça de bois, e atravessa-o depressa, com algumas poucas passadas largas e rápidas, para mover-se cautelosamente através dos juncos orlados de gelo do outro lado. Exatamente quando ele está escalando a margem, a raposa grita mais uma vez, um som áspero, cheio de dor. Thomas fica paralisado. O grito para bruscamente, como se tivesse sido calado.

Thomas hesita novamente, olha para trás, para o priorado, para o pequeno aglomerado de construções baixas de pedra, que se amontoam ao redor do toco que restou da torre da igreja. Ele vê o telhado do refeitório soltando fumaça no céu pálido e deseja que estivesse a salvo por trás daqueles muros outra vez, aprontando-se para a Prima, talvez, ou mesmo ainda dormindo e sonhando novamente com o verão por vir.

Maldito prior. Maldito prior por tê-lo acordado. Maldito por enviá-lo nesta missão.

E por quê? Por que ele? Por que não esse John que, para começar, foi quem instalou a armadilha? Thomas é um copista, um ilustrador, não um irmão leigo, não mais um garoto do campo. Ele planejara passar este dia aplicando folha de ouro a uma das letras maiúsculas, polindo-a com o instrumento do irmão Athelstan, um dente de cachorro montado em um cabo. Mas agora seus dedos mais parecem salsichas.

Isso é ideia do prior, é claro. Thomas entende isso. O prior pretende acabar com seu orgulho. Ele disse isso na noite anterior, quando pregara contra o pecado durante a ceia. Thomas sentira os olhos do velho prior sobre ele mais de uma vez durante a refeição, mas não dera muita importância. Ele não se mostrara bastante arrependido; era isso. Havia uma lição ali.

Ele continua para onde a neve é mais profunda, intata desde que começara a cair, no dia seguinte ao Festival de São Martinho no ano passado. Ele quebra a crosta da neve, afundando até os joelhos, tropeça, patina. Logo fica encharcado. Ele continua pela suave subida, até ficar a apenas alguns passos das bordas emaranhadas do bosque. Dói respirar. Ele espreita através da malha de galhos desordenados. Não vê nada, somente escuridão, mas existe algo lá dentro. Novamente os cabelos em sua nuca ficam em pé. Ele ergue seu bordão para afastar um galho.

Ouve-se uma explosão. Um estrondo retumbante. Ouve-se um grito, um som esganiçado, a batida de asas. Vem em sua direção, negro como breu, direto para seu rosto, seus olhos.

Ele berra. Agacha-se, agita o bordão, atira-se na neve.

Mas o corvo desaparece antes mesmo que ele possa vê-lo.

Voa para longe com um lúgubre grasnado.

O coração de Thomas está batendo com força. Ele ouve a si mesmo balbuciando sem nexo. Quando consegue ficar de joelhos, suas mãos estão azuis, sua batina cheia de neve.

O corvo pousou em um mastro encimado de neve, perto do monte de estrume.

– Pássaro desgraçado! – Thomas grita, brandindo o bordão. – Maldito, desgraçado!

O corvo o ignora. O sino começa a tocar no priorado e uma névoa começa a subir do rio, densa como lã de carneiro. Thomas volta-se novamente para o bosque, agora com determinação, mas não consegue entrar pelo emaranhado de arbustos. Ele os golpeia com seu bordão, dá a volta ao bosque até encontrar um rasto; as pegadas do irmão leigo John, ele imagina. Agacha-se por baixo dos primeiros arbustos e vai abrindo caminho à força. Os galhos puxam sua batina, a neve dos ramos acima cai sobre ele. Thomas passa por cima de um tronco caído e se vê na borda de uma pequena clareira, e algo o faz parar. Ele afasta um galho e lá está: a raposa, uma mancha de pelos vermelhos emaranhados nas sombras.

Ele dá um passo à frente.

O pescoço e uma pata dianteira estão presos em um laço de arame e o próprio arame está pendurado em um galho de árvore. A raposa está sobre as pernas traseiras, parcialmente suspensa, parcialmente congelada, o focinho estreito enfiado no peito ensanguentado. A neve embaixo foi raspada até a terra preta e congelada, e manchas de sangue e tufos de pelos ruivos espalham-se por toda parte.

Thomas faz o sinal da cruz e fica parado, absolutamente imóvel, atento. Ele ouve alguma coisa. Então, ele percebe que é a raposa, ainda viva, ainda respirando, cada respiração um gorgolejo espumoso seguido de uma exalação torturante que definha para um lamento rouco.

Após um instante, ela parece pressentir sua presença e levanta a cabeça. Thomas prende a respiração e recua um passo.

A raposa está cega, os olhos devorados, cada órbita brilhante derramando um grosso filete de sangue.

O corvo grasna de fora do bosque cerrado.

– Maldito pássaro! – Thomas exclama, soltando o ar. Faz novamente o sinal da cruz.

Após um instante, a cabeça da raposa volta a cair, cansada, sobre o peito.

Thomas prepara-se. Dá um passo à frente, ergue o bordão exatamente como o deão sugeriu e desce-o com força. Um estalo. A raposa dá uma sacudidela no laço de arame. O sangue formou um delicado padrão na neve. A raposa estremece. Dá um longo suspiro entrecortado; em seguida, está morta.

Thomas retira o bordão do meio dos ossos quebrados. Está sujo com uma sopa de veios escuros de miolos cinzentos que ele limpa no montículo de neve embaixo da árvore. Feito isso, fica parado por alguns instantes, depois faz um derradeiro sinal da cruz sobre a raposa, abençoando-a como uma das criaturas de Deus, e está prestes a se virar e ir embora quando se lembra das instruções do prior.

Com um suspiro, ele deixa de lado o bordão e começa a seguir o fio da armadilha desde o galho onde está preso, segurando-o entre o indicador e o polegar, passando pela moita molhada de cipó do reino até o pé da árvore. É estranho. Seus dedos estão tão entorpecidos e o nó está no gelo, apertado ainda mais pela luta da raposa.

Ele prossegue, tateando, agora de joelhos, o ouvido pressionado contra a casca áspera da árvore. Ele não consegue soltar as pontas do nó. Ele precisa de sua faca, percebe, e está amaldiçoando seu esquecimento quando ouve os gritos de homens e o repentino barulho de cascos de cavalos na estrada.

2

O dia já está clareando quando irmã Katherine traz o balde da cela da prioresa. Ela sai para o pátio onde o frio comprime seu peito.

– Deus a guarde, irmã Katherine.

É a irmã Alice, a mais jovem das freiras, recém-chegada, enrolada em sua capa grossa, o hálito ondulando-se como uma pluma diante do seu rosto.

– A você também, irmã Alice. Você não foi à capela?

– Uma caminhada, primeiro – diz irmã Alice, como se fosse algo muito natural. Katherine franze a testa. Ela faz o mesmo trajeto todos os dias já há sete anos e nem uma vez alguém veio com ela. Na verdade, está agradecida. Um animal gritou durante a noite e ela sente um resquício de ansiedade.

– Agradeço a companhia, irmã Alice – ela diz. Ela segura o balde afastado de sua coxa, enquanto Alice ajuda-a com a tranca do portão. Os dejetos se agitam dentro do balde e uma língua de vapor morno eleva-se para lamber seu pulso. Sua pele se arrepia.

Depois do portão, seus pés quebram a nova crosta de neve endurecida à noite e uma névoa densa ergue-se do rio. Um corvo abandona seu poleiro no topo de um mastro.

Alice para.

– Sempre detestei pássaros – ela diz. – São as penas.

Katherine se pergunta como seria ter tempo para tais luxos.

Ela continua em frente, seus passos ruidosos no silêncio congelado. Quando chegam ao emaranhado das pegadas do dia anterior próximo ao monte de esterco, ela vê que alguém – um dos irmãos leigos, provavelmente – esteve ali desde ontem e atravessou o rio. Ela deixa de lado o balde e abre a tampa do tambor com um estalido de gelo. É uma das únicas vantagens do inverno, ela pensa, quando o frio parece manter à distância as moscas preguiçosas que geralmente ficam zumbindo em volta da boca aberta do tambor e o mau cheiro do processo a faz prender a respiração. A irmã Alice tenta passar-lhe o balde. Ela escorrega e quase o deixa cair.

– Deixe comigo – Katherine diz.

– Mas eu quero ajudar.

Mais uma vez, Katherine se pergunta o que Alice está fazendo ali. Não parada à margem do rio e segurando um balde dos dejetos da prioresa, mas no priorado em si. Ela é jovem demais e bonita demais para ter vindo esperar a morte, como as outras irmãs. Ela é muito magra, é verdade, mas assim são todos atualmente, exceto talvez a prioresa e a irmã Joan. Entretanto, mesmo parada ali segurando o balde de excrementos, mesmo com aquela gota de orvalho na ponta do nariz cor-de-rosa, Alice parece de outro mundo, mais do que meramente uma das irmãs. Suas roupas não têm nenhum remendo ou mancha, as contas do seu rosário são finamente lavradas em marfim – um presente de um parente querido, talvez – e ela possui uma leveza, como se mal tocasse o chão.

– Por que está aqui, irmã Alice? – Katherine pergunta.

– Eu lhe disse – Alice responde. – Quero ajudar.

– Não, não – Katherine continua. – Quero dizer aqui. Aqui no convento.

Alice sorri.

– Oh – ela diz. – Eu sou uma noiva de Cristo.

Ela até levanta a mão para lhe mostrar a aliança de ouro em seu dedo.

– E você? Você não é uma noiva de Cristo também?

Katherine não sabe dizer se Alice está pilheriando, mas pensa em si mesma: deixada na esmolaria de uma igreja quando recém-nascida, com apenas uma bolsa e algumas cartas, e agora a pessoa encarregada de esvaziar o balde da prioresa toda manhã.

– Eu?! – ela exclama finalmente. – Eu sou como isto.

E ela entorna os dejetos no tambor, com cuidado para guardar os sólidos para o monte de esterco. Depois de fazer isso, ela esvazia o pesado balde sobre o monte de esterco, três ou quatro resíduos marrom-escuros sobre a neve. As duas freiras dão um passo para trás e Alice estremece.

Viram-se, então, e começam a caminhar de volta pelo campo em direção ao priorado.

– Por que é sempre você quem esvazia o balde noturno da prioresa? – Alice pergunta.

– Simplesmente é assim – Katherine diz.

Alice abre a boca para perguntar mais alguma coisa, mas fecha-a em seguida. Talvez ela tenha perguntas demais e não consiga escolher a pergunta certa. Continuam a andar em silêncio, ouvindo seus passos, os cliques do rosário de Alice e sua respiração entrecortada; Katherine está absorta em seus próprios pensamentos e assim é que não ouve os cavalos na estrada acima delas até ser tarde demais.

Quando percebe, para no meio de um passo. Seu coração dá uma guinada.

Homens a cavalo. Mais de um. Mais de dois.

– Rápido – ela sussurra.

Ela faz sinal para Alice e as duas seguram as saias e correm. Ela ouve um dos homens gritar. Santo Deus. Elas foram vistas. Ela continua a correr. Os homens estão atiçando os cavalos para fora da estrada, atravessando o rio congelado, querendo alcançá-las antes que cheguem ao portão dos pedintes.

Faltam apenas uns cem passos, mas Katherine e Alice estão derrapando em seus tamancos e saias, e o balde é pesado, mas ela não ousa abandoná-lo por medo do que a prioresa vá dizer. Então, Alice cai com um grito. Katherine arrasta-a e a coloca de pé. Os homens já estão no campo agora, gritando como se praticassem um esporte, fustigando seus cavalos pela neve, um deles adiantando-se à frente.

Katherine vira-se e começa a correr novamente, mas em um instante o primeiro cavalo as alcança. Ela se agacha enquanto corre, tentando evitar o golpe esperado, mas o cavaleiro ultrapassa-as a toda brida, como um furacão. Então, ele fica em pé nos estribos e puxa as rédeas. Coloca o cavalo sobre as patas traseiras e bloqueia o caminho delas.

O cavalo é enorme, castanho, com cascos agitados, uma barba de imundos pingentes de gelo e globos oculares do tamanho de punhos cerrados. O cavaleiro é jovem, mas forte, e seu rosto ilumina-se de prazer com o que capturou. Ele ri. Sem pensar, Katherine dá um passo para o lado e, usando cada músculo de seu corpo, cada qual aprimorado por anos de trabalho pesado, dá um impulso no pesado balde. Deixa-o voar.

O balde atinge o cavaleiro com o estalo de uma porta de armadilha se fechando.

Ele voa para trás, por cima dos flancos do animal, as mãos no rosto. Alice grita. O cavalo se lança para a frente outra vez. Elas se jogam para o lado conforme ele passa por elas em disparada.

O homem está gritando. Ele rola de costas, os joelhos erguidos, as mãos pressionando o rosto, o sangue escorrendo pelo meio de seus dedos cobertos com luvas de couro. Está por toda parte, manchando a neve e seu tabardo branco.

Mas agora o outro cavalo alcançou-as, um cavalo cinza, montado por um homem com uma longa capa vermelha. Ele carrega uma espada.

Katherine coloca-se na frente de Alice e o enfrenta. Ela já está além do medo agora.

O cavaleiro vem para cima dela, o braço erguido. Ela o encara. Algo, porém, acontece. Um objeto vem pelo ar, uma mancha escura. Ele bate no cavaleiro, atingindo-o na cabeça. O homem vacila, deixa cair a espada, em seguida desmorona, como se não tivesse ossos. Ele rola da sela e espatifa-se na neve. O cavalo se vira, foge a meio galope.

E repentinamente há mais alguém ali com elas. Um homem a pé, em uma capa preta, tamancos nos pés. É um dos cônegos, vindo correndo da direção do rio. Ele vem gritando e agitando os braços, e suas saias ondulam ao redor de seus joelhos nus.

O terceiro cavaleiro vira-se para encarar a nova ameaça e o quarto cavaleiro, um gigante em um cavalo de tração grande e forte, hesita também.

Katherine agarra a mão de Alice, elas se viram e disparam em direção ao portão. O cônego vacila no meio de seus passos, vira-se bruscamente, quase escorrega, e depois corre atrás das duas jovens. O terceiro cavaleiro tira um martelo de cabo longo de seu alforje e finca os calcanhares nos flancos do animal. O quarto cavaleiro – o gigante – salta do cavalo e corre para eles a pé. Ele está descalço, mas é rápido como um lobo, carrega um monstruoso machado de guerra, e vem urrando enquanto corre.

Katherine encontra o portão dos pedintes e puxa Alice para dentro. Em seguida, o cônego também se arremessa pelo portão. Ela fecha a porta de carvalho na cara do gigante e desce a barra da tranca. As tábuas chacoalham e a barra de madeira fica abaulada sob o impacto do ombro do sujeito, mas a porta aguenta firme, ainda que por pouco.

Katherine recua alguns passos. Mal consegue respirar. Pode sentir seu coração pulsar nos dentes. Ela faz o sinal da cruz, mas não consegue deixar de lançar um olhar furtivo ao cônego. Ele está curvado, com as mãos sobre os joelhos, arfando com o esforço despendido, uma longa chaminé de hálito saindo em rolos da boca aberta. Nesse momento, ele se endireita e olha para ela – e por um instante seus olhos se encontram. Ele tem olhos azuis, cabelos ruivos.

Então, Alice fala. Ela está sentada na neve salpicada de palha do pátio, apontando para os tamancos do cônego, encolhendo-se, encobrindo os olhos para não ver o resto do rapaz.

– Ele precisa ir embora! – ela diz.

É verdade. Se ele for visto, Katherine mal pode imaginar a penitência que os três terão que enfrentar. Neste instante, porém, uma voz vem do outro lado do muro.

– Irmão monge?

É uma voz refinada, nasalada e forte. A voz de um homem acostumado a ter outros sob suas ordens.

– Irmão monge? Irmã freira? Sei que podem me ouvir. Você maltratou gravemente o meu rapaz, irmã freira, e você me derrubou do meu cavalo, irmão monge. Pela minha honra, não posso deixar isso passar. Saiam agora e nós faremos o que temos que fazer, depois seguirei meu caminho como se nada disso tivesse acontecido. Está me ouvindo, irmã freira? Irmão monge?

Sua voz está muito perto, bem do outro lado da porta, a um palmo de distância apenas. Há uma pausa de umas duas ou três batidas do coração e então a voz se faz ouvir novamente.

– Bem, irmã freira e irmão monge, já que vocês não vão sair, então eu terei que entrar. E quando eu o fizer, eu lhes prometo uma coisa: eu vou encontrá-los. Encontrarei você primeiro, irmão monge, e quando eu o fizer, deixarei meu homem Morrant aqui cuidar da sua morte. Então, irei atrás de você, irmã freira, você e sua garota chorosa. Depois que Morrant acabar com você, vou pregar seus corpos nesta mesma porta aqui, sabe, esta atrás da qual vocês estão se escondendo, e então acenderei uma fogueira embaixo de vocês. Verei vocês implorarem ao Todo-Poderoso para levá-las. Estão me ouvindo?

Em seguida, ouve-se um rápido giro de cascos do outro lado do portão e os cavaleiros vão embora. Katherine olha fixamente para os seus tamancos de madeira molhados sob a bainha pesada de neve de seu hábito. Alice está choramingando.

– Eu tenho que ir embora – o cônego murmura. – Tenho que ir.

Ela olha para ele uma última vez. É um homem corpulento e alto, meia cabeça mais alto do que ela, de ombros largos, os cabelos ruivos cortados bem curtos, um disco de pele completamente raspada no alto. Fora os cavaleiros do outro lado do muro, ele é o primeiro homem que ela se recorda de ter visto na vida. Ela quase estende a mão para tocar seu rosto.

Ele se vira e atravessa correndo o pátio até o muro que divide o priorado, sobe atabalhoadamente no telhado do barraco de guardar lenha. Seus tamancos fazem a neve deslizar, mas ele agarra o topo do muro e consegue se içar. Ele para, olha para trás, em seguida desaparece, de volta ao seu próprio mundo. Somente então é que ela lamenta não ter lhe agradecido.

– Temos que contar à prioresa – Alice se lamuria, ainda no chão. – Temos que avisar todas as irmãs.

– Não! – Katherine diz, ajudando-a a se levantar. – Não. Não podemos. Não podemos. Não devemos contar a ninguém. Nada de bom pode resultar daí.

Ela olha à volta, para as janelas e aberturas. Teria o cônego sido visto? Ela acha que não. Não há ninguém por perto.

– Mas e quanto àquelas ameaças? – Alice retruca.

– Eles não podem fazer nada – Katherine diz – enquanto estivermos dentro dos muros do priorado. Vamos agradecer a Deus por aquele cônego, quem quer que ele seja, e vamos rezar para que ele não tenha sido visto aqui do nosso lado.

– Nós faremos nossa própria penitência, irmã – acrescenta. – Mil ave-marias e dois mil credos diante do santuário da Virgem, e dispensaremos o pão até a festa de São Gilberto.

Alice balança a cabeça sem muita convicção. Somente Katherine sabe que faltam apenas alguns dias para a festa de São Gilberto.

– Tenho certeza de que Deus ficará satisfeito – Alice diz finalmente, e parece prestes a dizer mais alguma coisa, quando, neste exato momento, o sino começa a tocar chamando para a Prima. Elas se entreolham, depois limpam a neve de seus trajes, ajustam o véu, enfiam as mãos dentro das mangas e caminham em direção ao convento e à segurança da igreja.

Nenhuma das duas ouve a leve batida de uma janela sendo fechada acima de suas cabeças.

3

— Alarme! – ele grita. – Alarme!

Acaba de surgir a primeira luz do dia e os cônegos se reúnem para a Prima na ala oeste do claustro. Eles reagem como um rebanho de vacas faria a um cachorro latindo. Somente o deão dá um passo à frente.

– O que foi, irmão Thomas? – Ele para com as mãos nos quadris e uma carranca no rosto.

– Há homens a cavalo lá fora – Thomas diz, apontando. Mal consegue respirar por causa da corrida. – Estão armados. Estão vindo para cá.

O deão reage imediatamente, como se aquilo fosse algo para o qual ele já tivesse se preparado.

– Irmão John! – berra. – Irmão Geoffrey! Protejam o portão principal. Irmão Barnaby, toque o sino para chamar os irmãos leigos! Toque bem alto agora mesmo. Irmão Athelstan, faça a prioresa reforçar a segurança do portão dos fundos no claustro das irmãs e fechar todas as janelas. Ela deve reunir as freiras na capela. Irmão Anselm, traga um cálamo e tinta, e um pouco de papel para o prior no *secretarium*. Irmão Wilfred, mande o cavalariço selar um cavalo. E diga ao irmão Robert para vir aqui.

Três cônegos são enviados para trazer os livros da biblioteca para o *secretarium* e mais dois para levar machados para a despensa, prontos a abrir o barril e jogar fora o vinho, caso os muros do priorado sejam violados. O sino na torre inicia um repique urgente.

– Quantos, irmão? – o deão pergunta.

– Quatro, eu acho, embora um deles tenha sido muito machucado.

– Você o machucou?

Thomas hesita. Ele não quer mencionar as duas freiras.

– Sim, irmão, que Deus me perdoe.

– Você é um bom homem – diz o antigo soldado. – Tenho certeza de que Ele, em Seu coração, o perdoará. – O prior surge diante da porta reforçada do *secretarium*, franzindo a testa ao som do sino. Veste apenas uma alva e o círculo de cabelos brancos em sua cabeça está desalinhado, e ele pisca os olhos.

– Por que o sino está tocando assim, irmão Stephen?

– Estamos sob ataque, padre. O irmão Thomas foi surpreendido lá fora por quatro homens armados.

O olhar do prior volta-se para Thomas.

– Qual era a intenção deles?

– O capitão deles ameaçou invadir o priorado e me matar.

O prior volta-se para o deão.

– Já alertou nossa irmã a prioresa? Ótimo. E reforçou a segurança de cada portão e janela?

– Tudo já foi feito, Santo Padre, só não mandei buscar ajuda de Cornford.

O prior fica pensativo.

– É difícil saber o que fazer a esse respeito – ele diz, mais para si mesmo do que para o deão ou Thomas. – Eu ainda não sei ao certo qual a posição de sir Giles em relação às suas obrigações com a nossa casa.

O irmão Anselm chega com o cálamo, um pedaço de junco talhado como uma pena de escrever, e a tinta, e isso faz o prior tomar uma decisão.

– De qualquer forma – ele diz, pegando o talo afiado e o papel –, vamos fazer isso e ver o que acontece.

– O irmão Robert pode entregar a mensagem.

O prior balança a cabeça, assentindo, e o deão volta-se para Thomas.

– Suba ao campanário, Tom, e veja se os homens ainda estão lá fora.

Thomas atravessa o *secretarium* apressadamente e entra na nave, onde o irmão Barnaby dá fortes puxões na corda do sino. Thomas nunca subiu a escada do campanário antes. Seus tamancos são desajeitados e ele se segura aos espelhos dos degraus com tanta força que solta cascas da madeira, as quais vão cair sobre Barnaby lá embaixo.

— *Ave Maria, gratia plena, Dominus tecum. Benedicta tu in mulieribus...*

Depois de quase cem degraus, a escada emerge através de um alçapão em um assoalho de madeira, grosseiramente aplainado, coberto de excremento de pássaros. O sino balança bem acima de sua cabeça, ensurdecendo-o. Ele rasteja até o parapeito coberto de neve da janela que dá para o norte e olha para fora.

Nada.

Além dos muros do priorado, uma cerração da aurora, branca como leite, ergue-se dos charcos, uma membrana que flutua sobre tudo, de modo que ele mal pode distinguir onde a terra embaixo se encontra com o céu acima. Apenas os galhos escuros dos espinheiros sobressaem, embora aqui e ali a névoa mova-se como um redemoinho e se afine sob a tutela do vento, de modo que vagas formas aparecem por um instante, e logo se vão.

Ele observa o exterior das outras janelas da torre, cada qual de frente para um dos pontos cardeais, e através de cada uma delas a vista é semelhante. Não há nenhum sinal dos cavaleiros. Embaixo, ele pode ver o portão dos pedintes abrir-se e rapidamente se fechar outra vez, a fim de admitir vários irmãos leigos, chamados de suas granjas pelo toque do sino.

Finalmente, ele para de tocar, embora continue a retinir em seus tímpanos durante muito tempo.

— Irmão Thomas!

O deão está parado no meio do pátio interno, emoldurado pelo claustro.

— Alguma coisa?

— Nada, irmão!

Lá de baixo, vem o barulho das ferraduras dos cascos de um cavalo que atravessa o calçamento de pedras do pátio externo. Montado no cavalo está o relutante irmão Robert.

O deão grita outra vez:

– A estrada está desimpedida?

Thomas espera antes de responder. Uma clareira no meio da névoa move-se pela terra, uma janela através da qual ele pode ver os campos de neve embaixo. Espera até ela alcançar a estrada, avolumando-se e aplanando-se contra a represa, antes de se elevar e passar por cima, revelando apenas as marcas deixadas pelas trilhas de viajantes que passaram por ali há muito tempo.

– Ninguém – ele grita para baixo.

O deão faz sinal para que o portão seja aberto e o irmão Robert instiga o cavalo para atravessá-lo. O deão o abençoa pelas costas com o sinal da cruz, mas o portão tinha sido imediatamente fechado com uma forte batida e a barra de travamento colocada no lugar. Thomas observa enquanto Robert vai trotando pela estrada, a cabeça baixa, os ombros arqueados, desaparecendo nas brumas.

Thomas nunca esteve ali em cima no campanário antes, nunca vira o priorado de cima. Ele vê como o todo é cortado ao meio por um muro divisório, de modo que o claustro dos cônegos seja separado do claustro das irmãs, tocando-se apenas na casa da janela, o prédio octogonal, de tijolos, construído no muro, e que abriga a janela giratória através da qual as metades do priorado se comunicam. O encarregado do local é o cônego mais velho da comunidade, e é através desta tela, feita de modo que nem o irmão, nem a irmã jamais se vejam, que a comida e a roupa lavada são passadas das irmãs para os cônegos, enquanto na parede que divide a nave da capela há uma versão menor através da qual a hóstia consagrada é passada durante a missa. Dessa forma, pode-se dizer que as duas comunidades se alimentam mutuamente.

Ele observa o irmão Barnaby atravessando o claustro. Barnaby acena para ele, um gesto impulsivo de aliança. Thomas não pode deixar de sorrir. Barnaby é o mais perto de um amigo que ele tem no priorado, um bom rapaz, filho de um mercador de lã, que não consegue tomar sua cerveja sem confidenciar quase tudo a qualquer pessoa.

Seus pensamentos se voltam para aquela manhã. Ele acabara de ouvir os cavaleiros quando eles esporearam seus cavalos pela estrada e sua primeira reação fora se atirar no chão. Somente quando se levantou é que viu as duas freiras e, novamente, seu instinto tinha sido desviar o olhar, seguindo a Regra de São Gilberto, e assim ele não sabia explicar, nem para si mesmo, o que se apoderara dele.

Por que ele correra para um homem – homens – a cavalo? Não conseguia compreender. Era loucura. Ele é um iluminador, um desenhista. Está acostumado a trabalhar curvado sobre seu saltério, pontilhando os desenhos, moldando o gesso, aplicando tintas e tinturas, polindo trêmulas folhas de ouro. Isso é o que ele faz; isso é o que ele é.

No entanto, sentira uma fúria selvagem apoderar-se dele e, desde o instante em que saiu do seu esconderijo e deixou o bordão voar, ele sabia que iria atingir o homem no cavalo, e com força.

Agora ele se lembra das ameaças do cavaleiro, feitas através do portão. Há alguma coisa a respeito delas, algo mais do que meramente os apavorantes pormenores, algo que as tornava ainda mais prementes. Mas o que é? Quais foram as palavras que ele usou? Thomas tenta reconstituí-las, mas constata que não consegue.

Quanto tempo ele permanece na torre, de joelhos embaixo do sino, ele não sabe dizer. A vida do priorado foi perturbada e a observação da Liturgia das Horas suspensa enquanto os cônegos mantêm seus postos nos muros e as freiras permanecem dentro da nave embaixo.

Ele pensa nas duas freiras. Ele só tinha visto o rosto de uma delas: a que atirara o balde. Ela parecia feroz; essa é a palavra que lhe ocorre. A outra irmã, se a visse outra vez, ele só a reconheceria pelas belas contas do seu rosário. Não ousara olhar atentamente para seu rosto. Elas são as primeiras mulheres que ele vê há cinco celebrações da Páscoa.

Logo ele sente um peso no estômago por falta de comida e também precisa se aliviar. Está prestes a gritar por ajuda quando para repentinamente. Ele ouviu alguma coisa.

O que será? O vento? Não. É uma batida distante e regular, proveniente do leste. Ele não consegue divisar nada na cerração, mas o barulho é constante agora, e está ficando cada vez mais alto. Está se cristalizando em algo como – como o quê? É uma confusão de sons de raspar, arrastar e triturar.

E então ele vê.

Primeiro, vem a impressão de que a estrada está se firmando, tornando-se mais escura e mais nítida, mas logo sobrevém uma daquelas brechas no nevoeiro conforme ele desliza pelo terreno pantanoso. Ela se coloca sobre a estrada e com um sobressalto Thomas vislumbra, de relance, a figura de um homem a cavalo.

Tão logo o vê, ele desaparece. Thomas começa a duvidar de si mesmo.

Mas não. La está ele outra vez. Menos nítido, mas certamente lá.

Então, o cavaleiro emerge da névoa novamente. Desta vez, ele está bastante perto e Thomas consegue divisá-lo. Em um cavalo cinza. Capa vermelha. Atrás dele, vem um homem enorme em um cavalo de tração, depois uma carroça carregada de feno, em seguida mais dois homens cavalgando um ao lado do outro e, a partir daí, mais homens, aos pares, até que Thomas não consegue mais estimar quantos, pois não consegue ver o final da fila onde ela desaparece na névoa. Parece continuar indefinidamente.

Todos eles usam o mesmo traje branco com uma insígnia; alguns carregam longas lanças apoiadas nos estribos, outros portam martelos e espadas sobre os ombros. Um deles carrega um estandarte com franjas congeladas.

Thomas tenta engolir, mas sua boca está seca. Ele se põe de pé. Agarra o badalo do sino e começa a batê-lo contra a boca de bronze.

O deão surge no pátio interno.

– Eles estão lá fora! – Thomas grita. – Um bando!

– Quantos?

– Não sei dizer. Centenas.

O deão parece se encolher. Thomas vira-se novamente. Se não tivesse reconhecido o homem de capa vermelha, poderia até acalentar a esperança de que os soldados passariam direto pelo priorado, que deviam estar se dirigindo a outro lugar; mas lá está ele, montado naquele cavalo cinza, e atrás dele o gigante, e agora Thomas vê um homem deitado no chão coberto de palha da carroça. Suas mãos estão pressionadas contra o rosto e ele se contorce toda vez que a carroça sacoleja.

O homem de capa vermelha esporeia seu cavalo, levando-o à frente da coluna, e desaparece da visão de Thomas, por trás do muro junto à guarita do portão. Ouvem-se alguns gritos e em seguida o irmão leigo que opera o portão vira-se e olha por cima dos ombros, esperando uma ordem do deão. Thomas não consegue ouvir o que está sendo dito, mas o deão parece ter ficado paralisado. Então, ele faz sinal para que o portão seja aberto e a viga da trava seja removida.

O que estão fazendo? Que tolos.

– Parem! – Thomas grita. Ninguém olha para cima. Ele foi esquecido.

Os portões se abrem de par em par, admitindo o homem de capa vermelha e o gigante. O irmão leigo recua e os cavaleiros param no pátio em frente à guarita. Ficam ali parados, aparentemente em silêncio. Então, o prior surge e se aproxima, e o primeiro cavaleiro passa a perna por cima da sela e desmonta. É um movimento estranho: talvez ele esteja machucado? O cavaleiro fala com o prior por um minuto, gesticulando e uma vez tocando seu rosto. O prior ouve com atenção, em seguida volta-se e fala com o deão. O deão sacode a cabeça. Então, ele ergue os olhos para o campanário onde Thomas ainda está ajoelhado. O gigante atravessa novamente o portão e retorna um momento depois, conduzindo o cavalo da carroça pela brida.

A seguir, o enfermeiro surge de suas dependências. Aproxima-se da parte de trás da carroça, sobe nela e agacha-se por um instante sobre o homem prostrado. Ele mexe um pouco nas ataduras e no mesmo instante o homem deitado na palha dá um espasmo. O enfermeiro faz um sinal e um irmão leigo corre em busca de alguma coisa na enfermaria.

Thomas continua observando, incapaz de compreender.

Então, o primeiro cavaleiro segue o prior em direção à esmolaria e, depois de entrarem, a porta é fechada. Um momento depois, o prior aparece outra vez e fala com o deão, que esperava do lado de fora.

Então, o deão grita:

– Irmão Thomas! Venha. Seu depoimento está sendo requisitado.

Thomas vai tateando, buscando seu caminho para o alçapão, sua batina agora imunda de dejetos de pássaros, e começa a descer. Seu coração bate com força, desgovernado, e ele se sente tão fraco que mal consegue se agarrar à escada. Seus pés escorregam nos degraus.

O deão está à sua espera no claustro.

– Em que foi que você se meteu, irmão? – ele pergunta. – Sir Giles Riven está aqui e aquele na carroça é o filho dele. Diz que um cônego o atacou na estrada hoje de manhã. Só pode ter sido você.

Thomas sacode a cabeça.

– Deus é meu juiz, eu não fiz nada de errado.

O deão não diz nada e segue à frente de Thomas pelo pátio do claustro. Enquanto caminham, os outros cônegos olham espantados e o boato se espalha rapidamente pela linguagem dos sinais. Thomas mal consegue colocar um pé à frente do outro. Juntos, eles passam pelo gigante, que os observa com olhos inexpressivos. O deão bate na porta da esmolaria, e eles entram.

Sir Giles Riven está se aquecendo no fogo recentemente aceso, uma caneca de uma bebida fumegante na mão. Para um homem acostumado a tonsuras e desbotadas batinas de trabalho, Riven parece exótico. Seu casaco curto, acolchoado, brilha no escuro, da cor de pétalas de rosa ao sol do verão, e a calça justa, uma espécie de meia-calça, é feita de lã refinada, da cor azul-celeste. Suas botas de montaria de couro estão viradas para baixo dos joelhos e à sua cintura pendura-se uma espada.

Ele é tão alto quanto o prior, com os cabelos cortados curtos acima das orelhas, mas ele é muito mais corpulento e mais forte. Tem coxas de cavaleiro e ombros largos, e fica posicionado na parte anterior da planta do pé, pronto para se mover.

Ele se vira para Thomas. Sua pele é áspera e vermelha das intempéries das viagens, e seus dentes, estragados pelos doces e frutas secas aos quais somente os ricos podem se dar ao luxo; além disso, há um machucado em sua face e uma das órbitas oculares está inchada e escura. O outro olho é escuro, indecifrável assim no singular.

– Este é o irmão Thomas, milorde – diz o prior. Suas mãos adejam pela cruz em seu peito. – Ele estava fora dos muros do priorado esta manhã.

– Hummm – diz Riven. – Não parece muito feroz, não é?

– Não, senhor, ele é um iluminador. Sua habilidade é um dom de Deus. Ele está criando um maravilhoso saltério.

River resmunga, esvazia sua caneca e coloca-a na mesa.

– É melhor poupar tempo e matá-lo agora, imagino – ele diz.

O prior fica alarmado.

– Não deveríamos chegar à verdade dos fatos? – ele pergunta.

– Não vejo necessidade – retruca Riven. – Eu sei o que vi.

– Bem. Agora, irmão Thomas – começa o prior, quase balbuciando –, sir Giles Riven declarou que ele e seus homens foram atacados esta manhã por um ladrão comum na estrada que passa fora dos nossos muros. Ele diz que seu ladrão estava vestido como um cônego de nossa ordem e que ele e seus comparsas, dos quais falaremos mais tarde, feriu gravemente seu filho, Edmund.

Seu filho. Seu garoto. É isso. Foi por isso que a ameaça foi tão enfática. Thomas permanece em silêncio, como deve fazer um cônego de São Gilberto, e o prior não ousa olhar para ele enquanto fala. Riven junta as mãos acima do fogo conforme as chamas começam a aumentar ao redor dos tocos de lenha.

– E então? – o prior pergunta. – Há alguma coisa que você queira dizer?

Thomas mal consegue falar.

– É mentira – ele consegue dizer.

Riven sorri.

– Está me acusando de falsidade? – ele pergunta.

Thomas não consegue pensar em nenhuma resposta que não vá insultá-lo diretamente e tornar a situação ainda mais grave.

– Sim – ele diz, finalmente.

– Bem, bem – Riven diz. – Bem, bem.

O prior abre a boca para dizer alguma coisa, mas parece incapaz de pensar em algo que valha a pena, então a fecha de novo. O aposento parece ficar mais sombrio. Riven serve-se de mais vinho.

– Deixe-me lhe dizer o que vai acontecer agora – ele diz. – Se meu garoto morrer esta noite, mandarei Morrant, o grandalhão ali, arrancar seus olhos e cortar fora as suas bolas amanhã ao alvorecer, depois vou queimá-lo em uma fogueira, começando pelos pés, e farei isso bem no centro do seu claustro para todos os monges verem e sentirem o cheiro.

– Mas, senhor! Ele é um clérigo – balbucia o prior, o mínimo que ele pode fazer. – Ele está no mosteiro. Ele deve ao menos ser julgado em um tribunal eclesiástico.

Riden faz um gesto de impaciência com a mão.

– Eu não tenho tempo para os seus tribunais eclesiásticos – ele diz. – Estou indo ao encontro da rainha em Coventry e terei isso resolvido até a hora da missa amanhã e em seguida irei embora.

– E se seu garoto viver? – o deão pergunta, pressentindo alguma esperança.

Riven faz uma pausa.

– Se meu garoto viver, será uma ocasião de júbilo e para comemorar sua salvação terei a satisfação de um julgamento por combate. O que diz a isso, irmão monge? Faço isso para lhe conceder a honra de morrer como um homem e para lhe provar, padre, que a justiça de Deus será feita.

O prior abre e fecha a boca, sem conseguir pensar em nada para dizer, e vira-se para olhar Thomas por uma fração de segundo. Em seguida, balança a cabeça, assentindo.

– Que assim seja – murmura.

E nesse momento o sino na torre da igreja soa outra vez, uma batida lenta e tranquilizadora, sinalizando que tudo está bem e que a ordem foi restaurada, mas Thomas sabe que no espaço de menos de cem batidas de seu coração, o prior o condenou à morte certa.

– E naturalmente – Riven sorri – tenho que cumprir minha promessa em relação àquelas duas irmãs, não é mesmo, irmão monge?

O deão escolta Thomas para fora do edifício, através do pátio até um estábulo, o que eles têm de mais parecido com uma cela, e ele é trancado ali com uma caneca de cerveja e um triste meneio da cabeça. Thomas passa o resto do dia de joelhos, rezando. Ele tenta rezar pela vida do rapaz Edmund Riven, mas, toda vez que fecha os olhos, ele vê o rosto do prior no instante em que ele se decidiu a favor do pai do rapaz. Não consegue deixar de cerrar os punhos. Como um homem podia vender a alma por tão pouco? Sem protesto? Sem nada?

Algum tempo depois das Vésperas, começa a chover. Thomas leva alguns instantes para reconhecer o som, pois não ouve o barulho da chuva nas telhas desde o outono, mais ou menos na época do Festival de São Martinho, quando veio a primeira neve. Agora, no entanto, quando os sinos tocam para as Completas, a água da chuva começa a se infiltrar em sua cela e ele é forçado a passar a noite em pé na palha molhada.

Pela manhã, seu estômago se contrai de fome e sua boca está espessa de sede. Ele arrasta os pés pela palha suja, salta e se pendura para poder espreitar pelas barras de ferro da pequena abertura junto à calha no alto. Não há nada para ver, apenas o alvorecer e a chuva. Após um instante, ele se deixa cair e retoma seus passos de um lado para o outro. O estábulo tem três passos de largura e dez de comprimento.

Pouco depois, o deão traz uma tigela de barro de sopa de feijão e peixe e um caneco de couro de cerveja, equilibrados em uma tábua com pão velho de quatro dias.

– Ele vai sobreviver? – Thomas pergunta.

– Vai, sim. Perdeu um olho, mas o enfermeiro diz que ele vai sobreviver.

– Graças a Deus – Thomas diz.

– Sim – diz o deão. – Louve a Jesus. Agora, coma.

Thomas começa a colocar umas colheradas de sopa na boca. O sino na torre começa a tocar novamente, convocando os cônegos à capela. Ele ergue os olhos. É estranho pensar na vida seguindo seu ritmo normal.

– Um conselho, irmão Thomas – o deão começa a dizer, retornando e agachando-se junto a ele. Ele é um homem de idade, talvez uns trinta e cinco anos, e seus joelhos estalam.

– Obrigado, irmão Stephen – Thomas responde, engolindo um bocado de pão. – Estou mesmo precisando.

– Você deve fugir.

– Fugir?

– Fugir do priorado. Esta manhã, durante a reunião do cabido, quando não há ninguém andando por aí.

– Por quê?

– Você não pode lutar com sir Giles Riven. Ele é um soldado. Lutar é o que ele sempre fez. Deus sabe que o sujeito não sabe segurar uma pena de junco como você. Não sabe polir uma folha de ouro como você. O que ele sabe fazer, no entanto, é lutar. E você, não.

Thomas engole em seco.

– Mas se eu não o enfrentar – ele diz –, então a justiça de Deus não será feita.

O deão se levanta.

– A justiça de Deus – ele diz. – O que é a justiça de Deus?

Thomas olha à sua volta em busca de uma resposta, mas o deão prossegue.

– Sei que isto é penoso para você, irmão Thomas. Sei que as coisas conspiraram contra você e que nada disto é culpa sua, mas os tempos são difíceis. A justiça já não vale a vela que é acesa para que ela seja cumprida. Tudo está em desordem fora destes portões e o prior precisa da proteção de um homem como Riven se quiser manter o priorado a salvo. Ele não pode se dar ao luxo de negar nenhum desejo a esse homem.

– Qualquer que seja ele?

– Qualquer que seja.

– Então, também não há justiça dentro destes portões.

O deão suspira.

– Se eu fosse o prior, irmão – ele diz –, eu lhe diria que já que Deus está do seu lado, então você não tem nada a temer, que você sairá vencedor e que a justiça será feita. Mas eu não sou o prior. Eu não tenho a certeza que ele tem. Não tenho a fé que ele tem. E eu conheço homens como Giles Riven.

Thomas mastiga seu pão. O deão continua.

– Então, você deve pegar um cajado, algumas roupas e quanta comida puder carregar, e ir embora daqui. Leve seu saltério do qual todo mundo fala. Volte para o lugar de onde veio. Sua família.

– Não tenho nenhuma família – Thomas diz. Pensa em seu pai: morto. Sua mãe: morta. Suas irmãs: igualmente. Pensa em seu irmão, lutando para ganhar a vida na fazenda, à sombra daquele enorme penhasco de granito. Ele sempre gostara de seu irmão, mas a mulher de seu irmão se metera entre eles e os três sabiam que o futuro dele não era lá.

– Então, veja se consegue entrar em outra ordem – o deão continua. – Qualquer abade ficaria feliz em acolher você.

– Eles saberiam que eu sou um religioso. Achariam que eu era um apóstata.

– Então, tudo que lhe resta é um apelo ao Prior de Todos – diz o deão. – Leve seu saltério para ele. Mostre-lhe sua arte. Exponha seu caso. Ele lhe dará justiça.

Thomas reflete.

– Onde eu o encontraria? – ele pergunta.

– Canterbury.

Thomas ouviu falar de Canterbury, mas não faz a menor ideia de onde fica.

Além do mais, por que ele deveria fugir? Se Deus está com ele?

– Mas, e quanto ao desígnio de Deus? – ele pergunta.

O deão perde a paciência. Atravessa o estábulo com grandes passadas, pega o pão e a tigela de sopa quase vazia.

– Santo Deus, irmão Thomas – ele diz –, você é um rapaz tolo e teimoso, e comer isso é um desperdício, pois estará morto antes de aproveitar o bem que o alimento pode lhe fazer.

Thomas levanta-se atabalhoadamente.

– Não desista de mim, irmão. Por favor.

O deão olha para Thomas. Para e pensa por um instante e, então, chega a uma decisão.

– Está bem – ele diz, devolvendo a tigela. – Tem razão. Termine isso. Vai precisar de suas forças.

Thomas recebe a comida de volta.

– Obrigado, irmão.

– Tenho que ir agora. Os homens de Riven estão acampados nos campos lá fora e estão exigindo o pouco de comida que temos, e a prioresa mandou dizer que uma das irmãs fugiu.

Thomas é tomado pelo medo de que ele esteja dizendo adeus ao deão, que esta será a última vez que o vê.

– Você foi muito bom comigo, irmão – ele diz –, e que Deus o acompanhe.

– A você também, irmão. Temo que você vá precisar Dele muito em breve.

Ele deixa a porta destrancada, mas Thomas não se mexe. Ele já tomou sua decisão. Enfrentará o que for necessário e, com a graça divina, ele viverá.

Algum tempo depois, quando a reunião do cabido termina, a porta é aberta novamente e os irmãos John e Barnaby ficam ali parados, aflitos ao verem que Thomas não fugiu.

– Você tem que vir conosco – John diz. – O prior mandou buscá-lo.

O sino começa a badalar devagar, no ritmo de um toque fúnebre, e por um instante Thomas pensa em recusar. Já sente nostalgia do tempo que passou no estábulo. Mas Thomas os segue, atravessando o pátio calçado com pedras e entrando na ala norte do claustro propriamente dito. A chuva derreteu a neve, deixando o mundo cinzento.

O resto dos cônegos está reunido na ala leste, um aglomerado de batinas pretas e escapulários brancos contrastando com as paredes de pedras cinzentas. Giles Riven está parado, com a cabeça descoberta, no meio da praça, como se fosse o proprietário. Está se exercitando, brandindo sua espada de lâmina negra, alongando os ombros musculosos, aquecendo o braço direito, a ponta da espada gerando um zumbido nos limites do pátio central.

Thomas fica satisfeito de ver que o rosto dele está lívido e seu olho fechado com o inchaço da luta do dia anterior.

Ao lado de Riven, guardando uma certa distância, está o gigante, aquele terrível machado de guerra em uma das mãos como um brinquedo de criança e na outra dois bordões recém-descascados. Ele é uma cabeça e meia mais alto do que qualquer homem ali e duas vezes mais corpulento. Seus cabelos grisalhos caem em longas mechas pelos ombros de seu engordurado casaco de couro e ele continua descalço, como o mais pobre dos camponeses. Quando vê Thomas, ele começa a rir, um som retumbante que vem do fundo do peito e que faz Riven parar e se virar.

– Irmão monge – ele diz, seu sorriso enviesado aparentemente genuíno. – Boas notícias.

– E quais são? – Thomas pergunta. Ele não chama Riven de "senhor".

– A boa notícia é que meu garoto viverá – Riven responde. – A má notícia é que você não.

O gigante ri ainda mais alto e dois outros homens sentados no muro unem-se a ele. Um deles usa uma veste branca como aquela que o filho de Riven estava usando, com um pássaro negro que parece um corvo como insígnia. A barra é de xadrez branco e preto, e o mesmo desenho é repetido em um estandarte quadrado que o outro homem pendurou no muro do claustro. O outro veste um casaco bem acolchoado, tingido de azul, com botas longas e um gorro escuro. Ambos carregam espadas na cintura. Ambos estão bebendo de canecos de couro, e o irmão Jonathan está parado ao lado deles com um jarro de uma bebida fumegante.

O prior e o deão estão juntos no outro extremo do pátio do claustro com o irmão Athelstan. Este está lhes dizendo algo que eles continuam a ouvir mesmo enquanto seus olhos seguem Thomas. O deão parece furioso – talvez por Thomas não ter fugido do priorado – enquanto o prior parece assombrado, como se não tivesse dormido, e seu aspecto sério e solene, que Thomas antes tomava como um sinal de sabedoria, agora lhe parece um sinal de fraqueza. O velho prior vira-se para Athelstan, que está esperando por uma resposta a alguma pergunta que ele fez.

O deão os deixa e atravessa o pátio para interceptar Thomas, assumindo a responsabilidade daquilo que o prior está envergonhado demais para fazer.

– Seu acusador escolheu a arma com a qual você deverá lutar – ele diz.

Riven interrompe.

– O bordão de combate – ele diz, fazendo sinal para o gigante passar um dos bordões a Thomas. – Você está bem familiarizado com ele, acredito, não é, irmão monge? Uma arma bem simples. Duas extremidades. Um meio.

O gigante atira um dos bordões para Thomas. Thomas pega-o, apoia uma das pontas no chão e aguarda. Ele está familiarizado com aquele tipo de bordão pelas longas horas que passava lutando com seu irmão quando eram crianças, depois adolescentes. Ele conhece os truques, ele pensa, e vendo o olho inchado de Riven, ele se permite imaginar suas chances. Sem pensar, ele remove seu capuz e amarra as saias de sua batina como fazem os homens que trabalham nos campos.

– Então, vamos começar, está bem? – Riven diz, passando sua espada para o gigante e pegando o outro bordão em troca.

– Uma prece primeiro, senhor, está bem? – o prior pede, finalmente encontrando forças ao menos para distrair a atenção, ainda que não para resistir à vontade de Riven.

Riven suspira.

– Muito bem, prior. Mas seja rápido.

Todos se ajoelham na lama enquanto o prior inicia as orações com um pai-nosso. Quando termina, Riven levanta-se, exatamente quando o prior está tomando fôlego para continuar com uma ave-maria.

– Obrigado, prior – ele diz –, isso basta. Agora, vamos começar, está bem? Na ausência de quaisquer arranjos formais, sugiro que saltemos esta parte e que nenhuma clemência seja admitida. No entanto, antes de matá-lo, permitirei que o prior aqui lhe administre o viático, para que você vá preparado em sua derradeira jornada. De acordo? Alguma coisa a acrescentar, irmão monge?

– Somente que isto não é justiça – Thomas lhe diz.

Riven finge estar chocado.

– Não é justiça, irmão monge? Não é justiça? E no entanto aqui estamos nós, em perfeita condição de igualdade diante do Senhor.

– Você é um soldado treinado.

Fora assim que o deão se referira a ele. Riven vem movendo-se de lado pela grama em direção a ele, avaliando o peso e o comprimento do bordão, testando suas propriedades.

– Talvez o bom Deus soubesse que eu seria chamado a enfrentar este tipo de coisa, hein? Talvez Ele tenha instruído meu pai para instilar em mim uma habilidade com as armas, não é? Talvez seja isso. Talvez Ele soubesse que você viria a ser um miserável pecador e assim fez de seu pai um homenzinho covarde que preferia ensinar seu filho a copular com um porco do que a lutar com um homem?

– Meu pai morreu na França, enfrentando os franceses, em Formigny.

Riven apruma-se.

– É mesmo? Bem, lamento ouvir isso, mas não foi só você que perdeu o pai em combate. Meu próprio pai morreu em St. Albans.

Quando Riven menciona St. Albans, ele gira o pulso e a ponta do bordão passa como um relâmpago junto ao nariz de Thomas, que permanece imóvel.

– Eu sou um cônego da Ordem de Gilberto de Sempringham – ele diz. – Se devo ser julgado por um crime que não cometi, isso deveria ser feito num tribunal eclesiástico, não nesta farsa.

Riven abaixa a arma e faz uma careta cômica de decepção. O gigante ri novamente.

– Não posso lutar com você, irmão monge – diz Riven –, a menos que você me ataque primeiro. Bem, o que é necessário para que você me ataque? Eu já insultei você e seu pai, portanto, agora, que tal sua mãe? O que posso dizer sobre ela? Uma prostituta parindo numa vala? Não, não. Sinto que estou no caminho errado aqui.

Thomas sacode a cabeça, não em negação, mas de pena, e o gesto instantaneamente traz a ponta do bordão de Riven à distância de um dedo de seu olho direito. Thomas pisca. Riven abaixa o bordão.

– Nada ainda – ele diz, e vira-se de costas e se afasta. Então, estala os dedos.

– Claro – ele diz, virando-se novamente. – Já sei! Louther!

– Sim, senhor? – um dos homens sentados no muro responde.

– As contas – Riven diz, estalando os dedos novamente e estendendo a mão. – Me dê as contas.

Louther enfia a mão no casaco e retira dali um cordão de contas. Atira-o para Riven. Antes mesmo de Riven pegá-lo, Thomas sabe o que é.

– Onde conseguiu isso? – ele pergunta. Sua garganta está bloqueada. Ele ouve o coração estrondando em seus ouvidos.

– Oh, acho que você sabe, não, irmão monge? Encontrei-o hoje de manhã. Logo depois do nascer do sol e somente depois de uma pequena resistência, admito, mas elas sempre começam assim, não é? Ela gostou durante algum tempo, mas o Morrant aqui é uma criatura ardente, não é, Morrant? Tende a levar as coisas um pouco longe demais, não é?

O gigante ri e balança a cabeça em alegre concordância.

Então, o bordão de repente parece leve nas mãos de Thomas, exatamente como no dia anterior, e ele sente um surto de energia, uma raiva fortalecedora. Ele dá um passo à frente e ergue a arma com um movimento rápido.

Riven dá um passo para trás, desviando-se do golpe. Ele ri e enfia o rosário dentro de sua camisa.

— Muito bem — ele diz. — Agora, você vai lutar.

O primeiro golpe vem baixo, forte e fantasticamente rápido da direita. Ele afasta o bordão de Thomas para o lado e atinge seu joelho. A dor sobe como um foguete pela sua perna. Antes que venha o próximo golpe, Thomas se lança para trás e o bordão de Riven corta zumbindo o espaço vazio.

— Ha! — Riven dá uma gargalhada. — Nada mau, irmão monge. Mais rápido do que seu pai, hein?

Antes mesmo de Riven terminar de falar, Thomas tem que lançar seu bordão para cima para aparar o golpe seguinte. Ele dá um grunhido com o esforço, mas seus tamancos escorregam. Ele cai de joelhos. Riven dá um salto à frente e chuta-o no peito. Thomas cai para trás. Logo Riven está sobre ele. Thomas ergue o bordão a tempo de impedir que Riven pressione o seu sobre sua garganta. No entanto, ele é imobilizado na lama. Riven é um homem corpulento, sua pele é marcada de cicatrizes e seu hálito cheira a porco salgado e vinho. Seu olho está inchado e roxo, o globo ocular, quase invisível, vermelho. Com um movimento repentino, Thomas ergue o tronco e desfecha uma cotovelada no olho machucado de Riven. Quase ao mesmo tempo, ele levanta o joelho bruscamente e atinge Riven outra vez.

Riven solta um grunhido e rola no chão, deixando Thomas livre. Thomas se põe de pé rapidamente, mas Riven é ainda mais rápido. Antes que Thomas possa se firmar, Riven se arremessa contra ele. Thomas lança seu bordão, mas o movimento de Riven é uma finta. No instante seguinte, Thomas está caído de cara na grama encharcada, a cabeça zunindo.

— Fácil demais — ele ouve Riven dizer e, então, ele sente a sola da bota do cavaleiro em sua nuca. Por um instante, não há nada que ele possa fazer a respeito, ele não sabe o que fazer. Olha adiante e vê o prior com a boca aberta na forma de um ovo. O deão observa a cena com um ar carrancudo e os punhos cerrados.

Então, Thomas se contorce com agilidade, como uma enguia na lama. Ele agarra o outro calcanhar de Riven e puxa-o. Com um berro de surpresa, Riven cai estatelado de costas no chão. Thomas já está de pé, mas Riven ainda é o mais rápido e Thomas sente uma dor excruciante acima da orelha e tomba na grama outra vez.

Desta vez, ele rola. Pega seu bordão e põe-se de pé para usá-lo para aparar o próximo golpe, um simples corte desfechado de cima, e o seguinte, uma oscilação que vem da outra extremidade do bordão e que o teria atingido entre as pernas.

Riven ainda sorri enquanto faz outro movimento, mas Thomas percebe sua intenção e avança para ele. Thomas tira a força do golpe com a extremidade de seu próprio bordão e na passagem consegue raspar os dedos de Riven.

Ambos recuam.

O sorriso de Riven desapareceu. Thomas pode sentir o cheiro de seu próprio sangue.

Riven avança para ele outra vez, um alvoroço de fintas, em seguida dois golpes. Thomas frustra o primeiro, mas é lento demais com o segundo. Riven ergue o bordão pegando Thomas por baixo do braço; em seguida, com um movimento treinado, vira-o, pisa em seu tamanco e arremete a base da mão com toda força na garganta de Thomas.

Thomas perde a firmeza, deixa cair a arma e, por um instante, não consegue respirar por causa da dor. Ele cai para trás, mas aterrissa com um solavanco brusco que o levanta a tempo de esquivar-se de outro golpe. O bordão de Riven passa por cima de sua orelha. Thomas agarra-o e usa a força de Riven para se aprumar, ao mesmo tempo fazendo Riven perder o equilíbrio. Com um único movimento, ele recolhe seu bordão da lama, gira-o num golpe curto que Riven não vê com seu olho semifechado. Riven é atingido atrás do joelho e dá um salto para trás com a dor.

– Nada mau, irmão monge – Riven diz –, mas isso já foi longe demais, não acha?

Ele simula um golpe que Thomas vê, em seguida outro que ele não vê, e então todo o peso de seu bordão desfere um arco indistinto e atinge em cheio o crânio de Thomas quando ele tenta se esquivar.

Ele cai de cara na lama outra vez e com a dor vem o sangue. É quente e cegante. Ele consegue ficar de joelhos e limpa o sangue com a manga, a tempo de ver Riven avançando para ele novamente. Ele consegue aparar o primeiro golpe e esquivar-se do segundo, mas recebe um soco desfechado a curta distância que faz seus dentes chocalhar. Ele se sente fraco e sua visão se turva.

Ele está perdendo as forças e a vontade de lutar. Riven está circundando-o, pronto para o final da luta.

Ele pisca para tirar o sangue dos olhos, desencadeando um novo ataque de Riven, uma série ininterrupta de golpes que o teria matado, mas desta vez Thomas tropeça em sua batina encharcada, cai sobre um dos joelhos e abaixa a cabeça bem a tempo de sentir o bordão de Riven passar zunindo acima de sua cabeça. Então, ele arremete com toda fúria. Novamente, Riven está cego do olho machucado e Thomas atravessa a agitação dos seus braços e atinge a região macia abaixo do esterno. Ele sente o momento do contato com a carne lisa. Ele empurra o bordão violentamente para cima.

Riven para, dá uma arfada. Seus olhos se arregalam, perdem o foco, depois se reviram. Ele cambaleia, caindo para trás, tropeçando nos calcanhares, impotente. Deixa cair sua arma, tomba no chão com um baque e fica lá estatelado, com a língua para fora; seu rosto está cinza-esverdeado, sua respiração é um gemido ruidoso e ofegante.

Thomas fica em pé e puxa sua batina enlameada para baixo.

Ele olha para o prior que continua imóvel, ainda boquiaberto. O deão o incita a fazer alguma coisa com seu bordão. Desferir o derradeiro golpe.

Thomas planta uma perna de cada lado do corpo de Riven. Ergue seu bordão verticalmente. Ele pode agora descê-lo com toda força diretamente no rosto desprotegido de Riven e será o fim. A vontade de Deus será feita. Ele para por um instante. O sangue goteja de seus ferimentos sobre Riven embaixo. O rosto de Riven está contraído de dor, uma máscara quase infantil.

Thomas inclina-se levemente para a frente, a fim de dar peso ao golpe, contrai os músculos, ergue o bordão e arremete-o para baixo com toda força, enterrando-o fundo na lama, à distância de um dedo da orelha de Riven.

Então, ele se vira e se afasta, deixando o bordão fincado no chão.

O deão vai ao seu encontro com um pano e um sorriso forçado.

– Você está desperdiçado aqui, irmão Thomas – ele diz, enxugando-lhe o rosto. – Perdendo tempo com seu saltério quando deveria estar lutando contra os franceses. Mas por que não o matou?

Thomas não consegue pensar em nada para dizer. Ele se encolhe quando o deão toca no ferimento em seu crânio.

– Provavelmente, foi uma decisão sábia – o deão murmura –, mas então era melhor que o tivesse deixado matar você. Temos um grande problema agora.

Os três servos de Riven estão reunidos à sua volta, ajudando-o a se levantar, enquanto o enfermeiro paira ao redor. Riven tem ânsias de vômito e não consegue ficar em pé direito.

– Irmão Stephen – Thomas pergunta –, quando me trouxe comida hoje de manhã, você disse que uma das irmãs havia desaparecido?

O deão balança a cabeça, com ar sombrio.

– Mas já a encontraram.

– Ela está bem?

O deão abaixa a voz.

– Morta – ele diz. – Assim diz a prioresa. Nós a enterraremos amanhã.

É preciso uma pausa até a informação ser absorvida.

– Riven está com as contas do rosário dela – Thomas diz.

O deão olha para ele espantado, avaliando o valor daquela notícia, em seguida arremessa-se para a frente repentinamente, empurrando Thomas para o lado.

– Cuidado! – ele grita. A lâmina de uma espada passa zumbindo pelo espaço onde Thomas estivera e o homem a quem Riven chamara de Louther cambaleia entre eles, desestabilizado. O deão agarra-o pelo casaco acolchoado e lança-o para frente, de modo que ele se choca contra o muro do claustro, largando a espada no caminho. Thomas vira-se, vê o gigante vindo com seu passo gingado em direção a eles, segurando seu machado de guerra – uma combinação cruel de gancho, lança e uma lâmina semelhante à de um machado, e que parecia mais adequada para matar um boi.

– Corra! – o deão grita para Thomas. – Corra, irmão Thomas.

Ele se apodera da espada de Louther e avança para o gigante, visando um corte brutal em seu rosto.

O gigante golpeia a lâmina com um simples movimento de sua arma, arrancando a espada da mão do deão. O gigante ergue o machado para matá-lo, mas Thomas encontrou o bordão de Riven e avança para ele. O gigante o vê e desvia sua arma para aparar o golpe desajeitado de Thomas. Ele faz um rápido movimento com o pulso, pegando o bordão sob o gancho de aço e arrancando-o da mão de Thomas. Em seguida, ele golpeia Thomas com um soco de revés que o lança longe, deslizando pela lama. Estranhas luzes giram em sua visão. O gigante move-se em sua direção.

O deão agarra o bordão e o quebra no crânio do quarto homem, que vacila, atordoado, e então ele voa para cima do gigante, desviando sua atenção enquanto Thomas rola pelo chão para fora do seu alcance. Riven se levantou, mas ainda está curvado, apoiando-se no bordão de Thomas plantado no chão para se equilibrar. Thomas empurra-o para trás, arranca o bordão da terra e vira-se, bem a tempo de ver o gigante bloquear mais um dos ataques do deão. O gigante apara os golpes na parte musculosa de seu braço sem sequer pestanejar.

O deão recua, erguendo os olhos para o gigante com uma expressão de pavor.

– Corra, irmão Thomas! – ele grita por cima do ombro. – Pelo amor de Deus, apenas corra!

Em seguida, ele investe contra o gigante outra vez, atacando-o, e o gigante novamente apara os golpes com facilidade. O gigante mantém um sorriso inexpressivo nos lábios enquanto prepara uma pancada violenta capaz de arrancar a cabeça do deão. Mas agora o quarto homem está de pé outra vez, vindo por trás do deão. Antes de Thomas poder se mover, ele sente o cheiro de vinho e algo toca a sua pele abaixo de sua orelha. A ponta de uma faca.

Riven.

– Vamos ver o que acontece, hein? – Riven diz. – É contra a lei matar um touro sem provocá-lo primeiro, sabe?

Logo tudo termina. O gigante simula um golpe. O deão não se deixa enganar. O quarto homem o ataca e o deão bloqueia o golpe e até o empurra para trás, mas em seguida o gigante finge um golpe outra vez. Desta vez o deão se deixa atrair. Ele arremessa-se para a frente, mirando seu bordão na garganta do gigante, mas o gigante salta para o lado, desfecha um golpe com a lâmina do machado e ouve-se um barulho como o de uma pá na terra.

O berro de fúria do deão transforma-se em um longo gemido. Ele cambaleia para a frente, o sangue jorrando de uma cutilada que vai da garganta ao esterno. Ele consegue dar alguns passos antes de cair de joelhos em um lamaçal de sangue. Seus pulsos recaem sobre os joelhos. Há sangue por toda parte. Ele cai para a frente, no sangue que continua a jorrar, fervilhando na grama enlameada onde ele jaz, contorcendo-se. Um instante depois, ele fica imóvel, o fluxo de sangue diminui e seu cheiro é carregado pela brisa.

Faz-se silêncio. Os cônegos permanecem de pé, enfileirados, os rostos uma fieira de círculos lívidos.

– Bem, isto já está resolvido – Riven diz. – Agora é a sua vez.

Thomas sente a faca espetar sua pele, porém não se importa mais. Se ele tem que morrer, que seja agora, e que seja rápido. Ele desce seu tamanco de madeira com toda força na ponta da bota de Riven. Ele solta um urro, Thomas se vira e desfere uma cotovelada em sua boca aberta. Riven cambaleia para trás, a camisa aberta, as contas do rosário deslizando para a lama. Thomas se abaixa para pegá-las.

O gigante se lança em sua direção.

– Parem! – É o prior, os braços erguidos, a voz aguda de emoção. – Parem em nome de Deus! Parem em nome de tudo que é sagrado!

Sem interromper as passadas, o gigante golpeia o prior no rosto com as costas da mão. O prior desaba no chão e o gigante chuta seu corpo para o lado como se fosse um brinquedo de criança e avança para cima de Thomas.

Thomas hesita por um instante antes de finalmente fazer o que o deão instruiu. Guarda as contas na batina, vira-se e corre para o telhado do claustro, alçando-se com um impulso e arrastando-se e agarrando-se pelas telhas.

– Matem-no! – ele ouve Riven gritar, e sente os dedos do gigante em sua batina. Ele chuta e se liberta. O gigante tenta novamente, mas erra, e Thomas foge, agarrando-se e arrastando-se, salta para o telhado do refeitório com uma sonora pancada de seus tamancos, as telhas mornas sob as palmas de suas mãos, e em seguida salta pesadamente no pátio. Ele levanta-se, cambaleando.

Através da porta atrás dele, Thomas pode ouvir o barulho de alguém correndo pelo refeitório. Ele abre o portão dos pedintes e corre. A chuva amaciou o solo e a roda do moinho está girando outra vez. A fumaça sobe de círculos enegrecidos onde os homens de Riven acenderam fogueiras na noite anterior, mas eles continuaram seu caminho e agora o campo da lavoura está deserto, salvo por dois irmãos leigos, que jogam algo pelo barranco da margem do rio, no trecho onde é possível passar a vau.

Thomas para. Em qual direção? Ele não consegue pensar. Vira-se e o gigante já está no pátio, agachando-se e atravessando a passagem do portão, atrás dele, movendo-se velozmente com os pés descalços, o enorme machado ainda nas mãos. Thomas vislumbra alguém descendo o rio, perto do moinho, onde se vê a canoa do barqueiro, ainda emborcada na margem. Ele parte naquela direção.

– Socorro! – ele grita. – Ajude-me! Meu Deus!

Quem quer que ele tenha visto ali já se foi ou talvez não tenha passado de um fruto de sua imaginação. Ele agarra a canoa. É uma embarcação rude, de fundo chato, virada, e mais pesada do que ele havia imaginado. Ele se curva e tenta desvirá-la, mas não tem forças suficientes. Ele olha à sua volta, em busca da vara de empurrar o barco: se não conseguir usá-la como uma alavanca para virar o barco, ao menos pode usá-la como arma.

O gigante aproxima-se.

Thomas não consegue encontrar a vara em lugar algum.

Não há o que fazer.

Ele se vira e encara o gigante.

– Por quê? – ele grita. – Por que eu?

A pergunta parece não fazer nenhum sentido para o gigante. Seu rosto revela a mesma emoção que um homem sente ordenhando uma vaca ou lavando uma tigela. Ele segura o machado ao lado do corpo como se não tivesse nenhuma necessidade dele agora. Ele assoma acima de Thomas. Thomas desfere um soco. O gigante o detém, a mão dura como uma tábua. Ele gira o pulso de Thomas, forçando-o a cair de joelhos.

– Por quê? – Thomas grita novamente. – O que eu fiz a você?

O gigante não diz nada, mas larga o machado e segura o ombro de Thomas. Ele o levanta como se fosse uma boneca de palha de milho. Thomas desfere um chute entre suas pernas. Não há nenhuma reação. É como se ele não fosse capaz de sentir dor. O gigante agarra-o pela garganta e Thomas sente a ponta de cada dedo. O gigante força-o para trás, para cima da canoa emborcada. Thomas esperneia e se debate, mas de nada adianta. A mão se fecha ainda mais. Ele sente o gigante acariciar seu rosto e vê que há uma expressão quase de ternura nos olhos do gigante, mas nesse momento Thomas nota a ponta de seu polegar imundo descendo sobre seu globo ocular direito.

Ele grita.

4

Quando o sino toca o alarme, a prioresa conduz as irmãs apressadamente para a capela e tranca a porta reforçada com ferro atrás delas. As velas já foram acesas para a missa e as chamas tremulam, enquanto as mulheres se ajoelham em um silêncio nervoso e oram.

Katherine observa Alice alarmada. A sua determinação anterior se esvaiu, juntamente com toda a cor de seu semblante, e ela se balança nos joelhos, chorando e murmurando preces incoerentemente, enquanto os dedos castigam as contas do seu rosário. Quando por fim o toque sereno do sino anuncia o fim da crise, as irmãs se levantam ao mesmo tempo e agarram com força as mãos umas das outras. Elas são proibidas de falar na igreja, para que não interfiram nas preces dos cânones do outro lado da parede que divide a nave ao meio, mas gestos são suficientes. Alice coloca seus braços finos ao redor de Katherine e abraça-a com força.

Por fim, elas retornam aos seus lugares, ajoelham-se novamente e silenciosamente agradecem a Deus por livrá-las não sabem do quê. Katherine agradece a Deus não só por salvá-las dos cavaleiros, como – talvez mais sinceramente agora que o perigo inicial já tinha passado – pelo fato de o cônego não ter sido visto no claustro.

Ela não pode imaginar qual teria sido o seu castigo, caso ele tivesse sido visto, pois desde o dia em que ela ingressou no priorado, há tantos anos, a prioresa sempre vinha infligindo punições cada vez mais cruéis. Quando chegara ali, Katherine ainda se sentia enternecida com as lembranças do amor de sua mãe, ou assim ela imaginara, e a súbita mudança em sua vida havia sido quase insuportável, mas, conforme os anos se passaram, ela verificara que a vida no claustro não precisava ser tão dura, era somente que a prioresa fazia tudo que estivesse ao seu alcance para torná-la assim.

Nos primeiros anos, ela passava semanas seguidas sozinha em sua cela, subsistindo apenas com pão de centeio e lentilhas. Se tivesse sorte, peixe salgado. Ela passava as horas de joelhos, rezando ela não sabia por quê, a um Deus no qual não tinha muita confiança, mas, à medida que sua vida progrediu de uma provação para outra, cada qual recaindo sobre ela por algo que ela não tinha compreendido ou não tinha feito, ela começara a se perguntar se Deus era a divindade misericordiosa que os sacerdotes desposavam. Ela começara a se perguntar se Ele não seria um Deus ausente, ou talvez um Deus sem poder, pois ela não conseguia acreditar que Ele fosse um Deus vingativo, que quisesse que ela sofresse daquela forma.

Quando ela falou de seus pensamentos a outra das irmãs, uma jovem de quem acreditava ser amiga, a prioresa ficou sabendo em menos de uma hora e naquela noite a comunidade inteira foi convocada para testemunhar a irmã Joan segurá-la enquanto a prioresa açoitava-a com um flagelo, grunhindo a cada golpe. O pecado do Orgulho era mortal, a prioresa dissera, arfando, e tinha que ser erradicado. Essa foi a primeira de muitas surras que Katherine recebeu ao longo dos anos e agora, mais de uma década depois, a pele de suas costas e das pernas está recoberta por uma rede endurecida de cicatrizes finas como agulhas.

Somente mais tarde lhe foi confiada a tarefa diária de levar para fora os dejetos noturnos do urinol da prioresa, mas, quando Katherine se queixou disso, tendo sugerido que as irmãs leigas deveriam cuidar dessa tarefa como já cuidavam dos excrementos do resto das irmãs, ela levou uma surra e foi obrigada a levar o balde enquanto o sangue secava contra o seu hábito.

Agora, ela se inclina para a frente para poder ter uma visão da fileira de irmãs, até o lugar onde a prioresa está ajoelhada, de perfil, as mãos pesadas descansando sobre o *prie-dieu* como uma imagem de piedade. Ela não tem uma aparência agradável de se ver, com um maxilar grande e sobrancelhas grossas, que lhe dão uma carranca de raiva mesmo quando está rezando. No entanto, ela é extremamente forte, com os ombros de um homem, e quando furiosa é possível ver o sangue de seus ancestrais viquingues correndo por suas veias.

Katherine observa enquanto ela se levanta agora, suas orações terminadas. Com um gesto brusco da mão, ela instrui as irmãs a se levantarem também e formarem as filas como de costume. Após uma pequena pausa, ela as conduz pela nave até onde a irmã Joan está de pé junto à porta norte. Katherine e Alice entram na fila ao lado uma da outra e caminham cabisbaixas, mas, ao passarem pela irmã Joan, a freira mais velha inclina-se para frente e belisca o cotovelo de Katherine para fazê-la erguer os olhos.

Os olhos de Joan são como duas fendas e seus dentes pequeninos e pontiagudos estão arreganhados em um arremedo de sorriso. Ela está rindo de alguma coisa e apontando para Katherine.

Katherine sente uma onda de frio percorrê-la. Obviamente o cônego foi visto.

Quase cega de desespero, Katherine segue as irmãs pelo claustro até a sala do capítulo. Austera em seu interior, a sala é dominada por uma tribuna onde a prioresa senta-se como uma rainha, a cabeça baixa em oração. Pelo chão de pedra, esparrama-se a palha de junco, que sussurra sob os pés quando elas entram e tomam seus lugares no banco baixo e, ainda sem falar, cada irmã levanta seu capuz para cobrir o rosto durante as orações. Quando a prioresa termina suas próprias preces, normalmente ela lê o martirológio, mas hoje ela lê a Regra de Santo Agostinho, capítulo quatro.

– O quarto capítulo da Regra – anuncia – versa sobre resguardar a castidade.

Katherine sente algo contorcer-se dentro dela.

– O que você deveria fazer – a prioresa pergunta – se notasse em sua irmã uma licenciosidade no olhar? Você a repreenderia para que o erro não se proliferasse, mas fosse corrigido? Ou trataria o assunto como um enfermeiro trataria uma ferida?

A prioresa olha em volta como se buscasse uma resposta. Não há nenhuma. Ela fecha o livro e se afasta do púlpito.

– Deixe-me contar-lhes um fato extraordinário – ela diz –, pois ele pode servir-lhes de inspiração. Durante a época do bispo Henry, havia um convento de virgens em Watton, na província de York, ao norte daqui, e eles admitiram uma oblata, uma menina de cinco anos. Ela passou sua infância alegremente, em preces e silenciosa contemplação, mas, conforme crescia, ela começou a mostrar sinais de impulsividade feminina.

A prioresa faz uma pausa para permitir que suas palavras calassem fundo na mente das freiras.

Os olhos de Katherine dirigem-se à porta hermeticamente fechada.

– Bem, certo dia – continua a prioresa –, quando alguns irmãos leigos foram trazidos para dentro do claustro para realizar algumas tarefas, o olhar dessa jovem recaiu sobre um deles, um bonito rapaz no auge de sua juventude.

Há uma movimentação entre as irmãs, todas as quais podem imaginar tal situação, embora poucas a tenham visto por si mesmas. Alice finalmente parece ter compreendido o que foi dito, pois começa a gemer e se balançar outra vez, como fizera na nave.

A prioresa continua, seu olhar evitando o de Katherine.

– E esse rapaz notou a jovem também, de modo que cada qual plantou no outro as sementes do desejo, e logo os sinais com a cabeça transformaram-se em gestos e eles buscaram um ao outro na escuridão secreta da noite.

As irmãs soltam um suspiro ofegante.

– Tampem seus ouvidos, oh noivas do céu! – proclama a prioresa, divertindo-se –, pois naquela noite essa jovem saiu como virgem de Cristo e no momento seguinte foi corrompida na carne como tinha sido no espírito!

– Que vergonha – uma das irmãs murmura. – Que vergonha!

Outras concordam. A prioresa espera que se acalmem antes de recomeçar:

– Logo a evidência da malícia da freira ficou evidente – ela diz – e quando a verdade emergiu de que a jovem estava grávida, as virgens da comunidade, chocadas, caíram sobre ela, arrancando o véu de sua cabeça. Elas a chicotearam sem piedade! Algumas argumentavam que ela deveria ser amarrada a uma árvore e queimada sobre carvão. Outras gritavam que ela deveria ser esfolada viva!

Alice agarra seu rosário e o aperta com força contra a boca, beijando o Cristo crucificado.

– Mas a misericórdia prevaleceu – tranquiliza a prioresa – e a pecadora foi presa em uma cela, algemada à parede, enquanto correntes eram presas a seus tornozelos e passadas por uma janela a um pesado tronco de teixo, de modo que durante toda aquela noite ela foi esticada por aquele peso.

"No dia seguinte, as irmãs pediram aos cônegos para colocar as mãos no jovem que tinha ocasionado tudo aquilo. Um dos cônegos, um rapaz magro com compleição feminina, foi vestido com o hábito da irmã e enviado para sentar-se no local combinado e na hora combinada do encontro dos dois. Como esperado, o jovem pervertido aproximou-se e caiu sobre o rapaz que ele pensava ser a jovem irmã!

Novamente, as irmãs suspiram, ofegantes.

– Ardendo de desejo, ele era como um garanhão levado a uma égua! Mas, nesse momento, os cônegos presentes, escondidos no mato, saíram de seu esconderijo e administraram um amargo antídoto a essa luxúria com seus bordões, surrando-o com toda força para extinguir seu fogo.

Alice está delirando agora, murmurando uma prece sem fim, caindo de joelhos, endireitando-se, e todas as outras irmãs estão murmurando e entoando preces.

Katherine não consegue pensar em nada senão escapar dali.

A prioresa estende a mão para acalmá-las.

– Se tivesse terminado ali – ela continuou, erguendo um dedo em riste –, se tivesse terminado ali, esse brilhante exemplo de zelo em defesa da castidade poderia ficar obscurecido para sempre, mas as virgens da comunidade pediram aos cônegos que lhes entregassem o desgraçado, como se quisessem colher alguma informação dele, e quando o tinham em suas mãos, tal era o clamor pela restauração da virtude que o prenderam deitado e, trazendo a irmã de sua cela, colocaram uma faca da cozinha em suas mãos e obrigaram-na a castrar o monstro!

Uma irmã grita. Alice se arremessa contra a irmã Maria, que cambaleia e não consegue segurá-la. Ela escorrega e cai no chão, a cabeça batendo nas lajes de pedra com um som oco. A enfermeira acorre apressadamente e as irmãs giram ao redor do corpo caído. Katherine recua e enquanto as outras estão aglomeradas ao redor de Alice, ela se vira e corre para a porta, sem parar para olhar a prioresa, que permanece de pé no púlpito. Katherine abre a pesada porta da sala do capítulo e corre para a luz branca e fria do dia. Pelo canto do olho, ela vê uma mancha de roupa escura. Ela consegue dar mais dois passos até sentir uma dor excruciante na perna. Ela tropeça e se esparrama na neve. Sente gosto de sangue na boca. Levanta os olhos e vê a irmã Joan passar por cima dela, erguer um bordão e golpeá-la com toda força, e depois disso, nada.

Ela acorda deitada de costas em um dos estábulos. Seus pés estão amarrados a uma argola de ferro presa no alto de uma das paredes e a irmã Joan assoma sobre ela, amarrando suas mãos juntas acima de sua cabeça. Quando se sente satisfeita com o nó, Joan passa a corda em suas mãos por outra argola presa na parede atrás da cabeça de Katherine e puxa a corda, esticando Katherine de tal forma que ela é erguida do chão. As cordas queimam seus pulsos e tornozelos, mas ela não grita. Ela não vai deixar irmã Joan vê-la chorar.

Joan amarra a corda e inclina-se sobre ela por um instante.

– Nós devíamos esfolá-la viva – ela diz –, como quiseram fazer com aquela freira.

Katherine sente a palma áspera da mão da freira mais velha correr por sua perna, do tornozelo à coxa, afastando as saias de seu hábito de modo que fiquem amontoadas e dependuradas de sua cintura. Katherine pode ouvir a respiração dela se intensificar. Após um instante, Joan vira-se e sai, trancando a porta. Katherine deixa escapar um soluço e suas lágrimas escorrem ao encontro dos fios de cabelos finos em suas têmporas. Não há nenhuma entrada de ar, nem nenhuma luz no estábulo, de modo que ela não pode ouvir o toque do sino que até aquela manhã comandara sua vida e, assim, não sabe dizer há quanto tempo está ali. Parece uma vida inteira e Katherine sujou-se duas vezes antes de a porta ser aberta e a luz de um par de velas de junco se derramar para dentro. Duas freiras – uma delas é Joan – afastam-se para o lado para deixar a prioresa passar.

Ela torce o nariz, com nojo.

– Irmã Katherine – ela começa –, a irmandade está incitada e se pergunta o que fazer com você por causa da vergonha que causou à nossa comunidade.

Katherine tenta falar, mas sua garganta está apertada.

– Eu pedi a elas para deixarem você ir embora do priorado – a prioresa continua –, seguir seu próprio caminho no mundo, mas elas dizem que você irá apenas anunciar nosso fracasso lá fora e nos causar ainda mais vergonha.

Um silêncio se estende. A prioresa examina Katherine, exasperada.

– A freira de Watton chorou, minha filha – ela diz. – Ela implorou para ser açoitada. Gritou que merecia ser castigada! No entanto, você fica em silêncio, como se seu pecado não merecesse comentário nem vergonha.

– Santa madre – Katherine sussurra, encontrando sua voz –, eu falei apenas três palavras ao cônego. Ele veio em meu socorro quando eu estava sendo perseguida por homens a cavalo do lado de fora dos muros. Se ele não tivesse feito isso, eu estaria morta agora.

– Há! Mesmo agora o diabo diverte-se em sua boca, filha! Porque você não faz nenhuma menção a nossa irmã Alice.

Katherine não consegue evitar um sobressalto. Ela não queria que Alice fosse mencionada, fosse acusada, sequer que fosse envolvida.

– A irmã Alice não disse nada ao cônego. Nem uma palavra! Ela nem sequer olhou para ele!

– Mas o cônego olhou para ela! Ela vai recitar mil credos na capela a noite inteira, esta noite e, de manhã, ela assumirá a sua tarefa de penitência de carregar o balde da minha cela para o monte de esterco...

– Não!

Katherine contorce-se, mas a prioresa lança-se à frente para que sua cara larga preencha a visão de Katherine. Seu hálito é fétido.

– Não? – ela pergunta. – Não? Você ousa me contradizer?

– Santa madre, não pode mandar a irmã Alice ir lá fora até o rio amanhã. Aqueles homens estarão lá. Eu sei! Estarão à espera dela. Por tudo que é sagrado, eu lhe suplico!

Sua voz se eleva em um grito quando a porta fecha-se com uma batida.

A longa noite transcorre. Katherine acorda três ou quatro vezes – nunca consciente por mais do que alguns instantes – e toda vez ela espera que esteja acordando de um pesadelo. Em algum momento próximo do amanhecer, ela é acordada por um balde de água esvaziado sobre seu corpo por uma figura na porta. Seu corpo se arqueia, puxando os músculos que se contraíram durante a noite, fazendo as cordas ralarem fundo nos ferimentos em seus pulsos e tornozelos. A irmã Joan está lá com uma faca e ela corta as cordas que prendem as mãos de Katherine à parede. Katherine cai com força no chão. Ela não grita. Não lhe restam mais forças. Fica ali estendida enquanto a prioresa entra e a examina de cima a baixo outra vez.

– Ela está viva? – pergunta.

Joan cutuca o corpo com o tamanco.

– Está.

– Ponha-a de pé e mande-a levar dois baldes de água à enfermaria. Ela tem um trabalho a fazer.

A prioresa vai embora e Joan levanta Katherine pelas axilas.

– Ande – ela diz.

Ela retira as mãos. Katherine desmorona no chão. Ela tenta outra vez. Katherine desmorona outra vez. Joan segura-a sobre os pés inertes e arrasta-a para fora. Conforme o sangue começa a circular, Katherine grita e atira-se no chão de dor. A irmã Joan vai empurrando-a e arrastando-a para fora, para o pátio.

O dia amanhece e chove. A neve derreteu e se transformou em lama.

O sino no alto soa devagar, como um toque de luto ou mau presságio, e ela puxa a corda do poço tão devagar que a irmã Joan perde a paciência e a ajuda com o balde, despejando a água em dois baldes menores e até ajudando-a a ficar em pé. Depois, entretanto, caminha atrás dela, praguejando, chamando-a de demônio, prostituta e coisas piores.

Os degraus de pedra são os piores. A dor a deixa zonza. No alto da escada, Joan abre a porta da enfermaria e a empurra, e Katherine vai cambaleando pela palha de junco. Ela nunca teve permissão de visitar a sala caiada acima da sala de calefação. É longa e baixa, com duas fileiras de seis colchões de palha de cada lado e, na extremidade oposta do corredor entre as fileiras, como um altar em uma nave, uma mesa enorme dominada pelas garrafas de tintura, sacolas de ervas e o almofariz da enfermaria.

Naquela extremidade da sala, a prioresa está em pé, curvada como uma ave de rapina sobre um dos colchões. Ela ergue os olhos e volta-se novamente para o colchão.

– Chegou, finalmente – ela diz.

Joan empurra Katherine, que se arrasta, mancando, pelo corredor entre as duas fileiras de camas, o som de seus tamancos amortecido pela palha de junco. Alguém está deitado no colchão, coberto com uma mortalha de linho branco.

É Alice. Ela está morta. Está sem o véu e seus cabelos claros amontoam-se, soltos, no lençol ao seu lado. Seu pescoço está coberto de contusões e escoriações, e seu olho direito está inchado. Seu queixo parece que foi esfolado com a mesma areia usada para esfregar o assoalho e em sua garganta vê-se algo que parece ser mordidas de um animal.

Katherine sente-se como se alguma coisa tivesse sido arrancada de dentro dela. Sua alma dói tanto quanto o corpo. Ela sente a raiva crescer dentro dela.

– Eu lhe disse – ela começa, mas a prioresa a interrompe.

– Se a criança veio a falecer foi por sua própria culpa. Ela era um belo e virginal exemplo para todas nós, mas alguma malignidade perversa dominou-a nos últimos dias de sua vida e ela escolheu o diabo ao invés de Deus.

– Não – Katherine diz. – Vocês fizeram isso. Vocês causaram isso.

– Silêncio – diz a prioresa.

Joan bate em Katherine.

– A irmã Alice foi atraída para longe do caminho da retidão pelas legiões de muitos chifres do diabo.

Joan bate nela outra vez, com mais força. Katherine cambaleia para a frente e coloca os baldes no chão. As três mulheres se entreolham por cima do cadáver de Alice.

— Foram vocês — Katherine diz. — Vocês fizeram isso tanto quanto aqueles homens.

Antes que Joan possa bater nela outra vez, Katherine vira-se e agarra seu pulso.

— Chega! — ela diz e torce o braço com uma força que a surpreende. Joan fica vermelha e liberta o pulso.

— A raiva é um pecado mortal, minha filha — a prioresa murmura. — E para sua penitência você pode agora lavar sua irmã para o sepultamento. Vou enviar algumas irmãs leigas com um caixão. Quanto mais rápido ela for enterrada, melhor.

Depois que elas saem, Katherine fica em pé ao lado da cama de Alice e, agora que está sozinha, suas lágrimas escorrem pelas suas faces e caem sobre o linho rústico da mortalha de Alice. Por fim, ela pega um pano da mesa da enfermaria e, ajoelhando-se à cabeceira de Alice, molha o pano no balde e começa a limpar delicadamente sua testa.

Ao fazê-lo, ela começa a invejar Alice. Seu tempo neste mundo acabou. Ela seguiu viagem para um lugar onde não haverá lágrimas nem sofrimento. A morte é uma libertação.

Os ferimentos e contusões no rosto de Alice tornam-se apenas mais pálidos conforme Katherine limpa o sangue seco, o muco e as lágrimas. Ela passa o pano de leve sobre o olho ileso e é então que a dúvida se instala. Ela deixa a flanela de lado e pressiona a ponta de seus dedos contra aqueles lábios machucados.

Seria sua imaginação?

Ela coloca o ouvido no peito de Alice e acha que ouve alguma coisa, mas não consegue ter certeza. Corre para a mesa onde a enfermeira mantém seus medicamentos em fileiras perfeitamente arrumadas, os frascos maiores atrás. Ela não sabe o que procura ou precisa, e os frascos e sacolas estão etiquetados com palavras que ela desconhece. Ela abre um, depois outro, tirando as tampas de bexiga de porco e cheirando cada um, até que em um dos frascos — uma grande garrafa de vidro verde —

um cheiro forte faz brotar lágrimas em seus olhos, a faz tossir e clareia sua mente. Ela corre de volta para Alice e despeja um pouco do conteúdo preto e viscoso no pano. Ela fecha a garrafa e deixa-a sobre o colchão, ao lado de Alice, depois segura o pano sob seu nariz.

A reação é instantânea. Os globos oculares de Alice tremulam.

Alice está viva.

Um momento depois, ela abre os olhos e fixa-os em Katherine. O contraste entre a brancura de seus globos oculares e as contusões ao redor é impressionante. Então, sua mão se move. Os dedos se arrastam para tocar os de Katherine.

– Fique aqui – Katherine diz. – Vou chamar a irmã enfermeira.

Alice move a cabeça por dois centímetros e tosse.

– Fique quieta – Katherine diz. – Não se mexa.

Ela desce a escada correndo e entra no claustro. Mais além, a prioresa está de pé junto ao poço, conversando com a irmã Joan. Ambas se viram.

– Ela está viva – Katherine diz. – Alice ainda está viva. Onde está a enfermeira?

A prioresa fica perplexa.

– Está na esmolaria – ela diz. – Rápido, menina, chame-a.

Katherine corre, cambaleante, pelo pátio interno do claustro e sai para o pátio externo, em direção à esmolaria. Mas a porta está trancada. Ela bate com força, puxa as maçanetas. A porta não cede. Ela grita. Não há ninguém ali.

Ela refaz seus passos. O claustro está vazio e a prioresa e Joan desapareceram dali. Outra irmã está sentada em seu cubículo meditando sobre uma página. Katherine a faz se sobressaltar.

– Irmã, você viu a enfermeira?

– Ela costuma ir à biblioteca depois da missa – a irmã lhe diz.

A biblioteca fica do outro lado do claustro, em cima de um depósito, acessível por um pequeno lance de escada. Outro lugar que Katherine nunca visitou. A enfermeira está lá, de pé junto ao púlpito, debruçada sobre um enorme livro.

– Irmã Meredith – Katherine diz, ofegante. – Venha. A irmã Alice está viva.

A enfermeira parece intrigada.

– Fico contente em saber, irmã – ela diz.

– Então, venha. Ela precisa de você.

A irmã Meredith deixa o livro e segue Katherine para fora da biblioteca e pela escada. Katherine segura a porta para ela ao pé da escada e a conduz pelo pátio do claustro.

– Aonde estamos indo? – ela pergunta.

– À enfermaria, é claro.

– O que Alice está fazendo lá?

– Ela foi atacada. Pensei que você deveria saber.

Alguma coisa está errada. A idosa enfermeira balbucia incompreensivelmente conforme sobem os degraus da enfermaria. A prioresa e a irmã Joan já estão lá, ao lado de Alice. Quando a porta se abre, ambas recuam um passo, afastando-se da cama.

Algo se congela nas entranhas de Katherine.

A irmã Meredith passa apressadamente por elas e ajoelha-se ao lado de Alice. Suas mãos percorrem o rosto e o pescoço da jovem. Os olhos de Alice estão fechados outra vez e seus cabelos estão embolados no lençol ao lado de sua cabeça. A irmã Meredith vai buscar uma pequena tigela de cobre em sua mesa, coloca-a sobre o peito de Alice e enche-a de água de uma jarra de cerâmica. Então, para e observa. Após um instante, ela se volta para Katherine.

– Mas ela está morta? – diz.

A prioresa e a irmã Joan estão ambas olhando fixamente para ela.

A enfermeira inclina-se para a frente e abre uma das pálpebras de Alice.

– Sim – ela diz. – Está vendo? Estas marcas? É um sinal seguro de que ela morreu por asfixia, por não poder respirar.

Mas Katherine não está olhando para Alice. Está olhando para o longo arranhão no lado do pescoço da irmã Joan.

– Seu pescoço – ela diz.

Joan toca o arranhão e em seguida olha para a ponta ensanguentada de seus dedos. Ela sorri nervosamente, os dentes pontiagudos em seus lábios finos, uma expressão furtiva.

Katherine não consegue se conter. Ela se arremessa para a frente e, antes que Joan possa erguer as mãos, já está sobre ela. Katherine a derruba sobre o colchão e suas mãos buscam seu pescoço, os polegares na garganta gorda e pastosa. Mas Joan resiste. Ela arqueia as costas e grita, e depois de um instante a prioresa agarra Katherine pelos ombros, arranca-a de cima de Joan e atira-a longe. Katherine aterrissa de mau jeito, mas Joan ainda grita. Ela se debate e se agita, como se tentasse tirar alguma coisa de suas costas. Então, o sangue começa a sair, espumante, de sua boca e de seu nariz. Mancha seus dentes e escorre pelo seu queixo.

A prioresa está paralisada no lugar, as mãos no rosto. Joan está se engasgando e sufocando com alguma coisa. Ela rola de bruços sobre o colchão e todas as três mulheres veem os cacos de vidro verde enfiados em suas costas no mesmo instante em que o cheiro do remédio se levanta e as atinge. Elas sentem a garganta se contrair e os olhos arderem, e correm, tossindo, para a porta da enfermaria.

Desta vez, não há ninguém para impedi-la. Katherine atravessa a porta, desce a escada e cruza o pátio, cambaleando, passando pelo mesmo local onde vira o cônego, e sai pelo portão dos pedintes. Não tem nenhum plano em mente, apenas fugir, e já não se importa com o que possa lhe acontecer depois.

Ainda se veem pequenas áreas de neve pela região pantanosa, porém há mais capim e lama, e círculos pretos de fogueira nos campos. O cheiro adocicado de fumaça fria de lenha e excrementos humanos paira no ar. Ela segue mancando pelo campo da lavoura, em direção à aldeola no vau do rio. Dois irmãos leigos estão lá na beira do rio, com pás. Ela se vira na direção contrária e segue para a canoa do barqueiro, na margem do rio, embaixo do moinho. Se conseguir virá-la para cima e colocá-la dentro da água, talvez possa seguir a correnteza do rio para onde quer que ele a leve. Ela atravessa o campo e tenta erguer o barco, mas é pesado demais. Vestígios de gelo o cimentam no lugar. Ela encontra a vara de impulsionar o barco, um longo bastão de freixo. Ela está prestes a tentar usá-lo como alavanca para desemborcar a canoa quando vê um movimento junto ao portão dos pedintes dos cônegos. Alguém correndo. Um homem. No começo, ela pensa que ele está vindo para pegá-la. Ela entra em pânico e procura um lugar para se esconder no abrigo do moinho de água, atrás de uma pilha de mós. É um cônego, ela vê, correndo desesperadamente. Então, ela vê outro homem emergir.

– Santo Deus! – ela exclama em voz alta.

É o gigante do dia anterior. Ele continua descalço, ainda carregando o machado de guerra. Ela olha novamente o cônego. É ele. Ele corre em sua direção. Ele também está correndo para o barco. Ele tenta virá-lo, mas desiste, tão facilmente quanto ela. Ele sai procurando algo e então se sobressalta, em pânico, quando vê o gigante se aproximando.

– Por quê? – ele grita. – Por que eu?

O gigante o ignora.

O cônego tenta dar-lhe um soco, mas o gigante agarra seu punho e torce seu braço. Ele cai no chão.

– Por quê? – o cônego grita outra vez. – O que eu lhe fiz?

O gigante levanta-o sem o menor esforço. O cônego chuta com os dois pés, mas o gigante o mantém no ar pela garganta. Carrega-o com os braços estendidos. O cônego se debate, ainda chutando, tentando arrancar as mãos do gigante de sua garganta, mas é forçado a ficar deitado de costas sobre o barco emborcado. Ele continua chutando, mas de nada adianta. O gigante inclina-se para frente e troca de mãos, de modo que prende o cônego ao barco com a esquerda enquanto a direita sobe para o rosto do cônego. O cônego tenta se soltar, mas o gigante é forte demais. Ele parece acariciar seu rosto e olhar dentro dos seus olhos, então ele coloca o polegar no globo ocular do cônego. O cônego berra.

Sem pensar, Katherine sai de trás das pedras, corre os poucos passos que a separam do barco e, com todas as forças que lhe restam, desce a vara do barco na parte de trás da cabeça do gigante. Ouve-se um estalo que ela sente em seus joelhos.

O gigante larga o cônego e se levanta, como se tivesse acabado de pensar em alguma coisa que precisava fazer. Ele vira-se e olha para ela. Está confuso.

Ela recua um passo, levanta a vara outra vez. O gigante dá um passo em sua direção. Estende a mão para a frente. Ela está prestes a desfechar um novo golpe com a vara, quando seu rosto fica inexpressivo, os olhos se reviram para cima, ele se inclina para o lado, cambaleia, em seguida escorrega e finalmente cai no chão.

Após um instante, fica imóvel.

O cônego está arquejante, murmurando uma prece, as mãos sobre os olhos. Após um instante, ele para, retira as mãos e agora também ele olha para ela. Em seguida, ele se ergue um pouco para olhar o corpo do gigante.

– Ele está morto? – ela pergunta.

O cônego se levanta e olha o gigante mais atentamente.

– Acho que não – ele diz.

Ela fica apenas parcialmente aliviada. Há uma pausa. Uma brisa sopra com mais intensidade. As nuvens de chuva se afastaram e o céu é uma tela de nuvens brancas outra vez. Eles olham para os muros do priorado, depois se entreolham.

– Você foi expulsa? – ele pergunta.

Katherine balança a cabeça, confirmando.

– Eu fui vista falando com você – ela diz.

Ela olha novamente para o priorado. Três figuras surgiram no portão dos pedintes, um mancando, vindo em direção a eles. Todos carregam espadas. Os homens do dia anterior.

– Irmão? – Ela aponta.

– Eles vão nos matar desta vez – ele diz. Ele se abaixa e pega o machado do gigante. É uma arma assustadora: um cabo de carvalho chanfrado, de um metro e vinte, com longas pontas de aço nas duas extremidades e a lâmina equilibrada por um gancho semelhante a um esporão. Está coberta de crostas de sangue seco, como se tivesse sido mergulhada em renda marrom, e parece estranhamente leve em suas mãos.

– Você não pode lutar contra eles – ela diz. – Não contra três, nem mesmo com essa arma.

– Deus está do meu lado – ele diz. – Ele não nos faltará.

– Onde estava Deus quando ele estava prestes a furar seus olhos? – ela pergunta, apontando para o gigante.

O cônego fica abalado. Fita-a, boquiaberto.

– Além do mais – ela diz, apressando-o a esquecer sua blasfêmia –, Deus não nos faltou. Olhe. Temos que pegar este barco. Venha. Ajude-me.

Ela desliza a vara por baixo da borda do barco e tenta novamente virá-lo para cima. Ainda assim, ele não se mexe.

Vendo seu esforço, ele une-se a ela, empurrando o machado sob a lateral do barco e usando-o como uma alavanca. O barco desvira, revelando o capim cinzento e uma família de ratos mortos. Ele deixa o machado de lado e ajuda a empurrar a canoa pela lama até a água no trecho onde o rio é alto, juntando-se às águas marrons do degelo, o gelo há muito desfeito.

Os homens que vinham do priorado estão correndo agora, pelo campo da lavoura. Estão gritando.

Ele fica parado com os pés na água e segura o barco com firmeza, enquanto ela atira a vara para dentro e em seguida sobe no barco.

– Venha! – ela diz, estendendo a mão. – Venha!

Ele ainda hesita. Estaria louco?

– Você não pode lutar contra três! – ela grita. – Eles vão matá-lo! Depois me matarão! Vão matar nós dois. Venha!

Isso o faz se decidir. Ele pega o machado e desliza-o para dentro do barco. Em seguida, se alça para dentro também, enviando o barco para o meio da correnteza. O barco oscila, mergulha como se fosse afundar, em seguida se ergue e gira na água.

Os homens estão perto agora. Ela pode ver a expressão de seus rostos. Um deles tem o rosto ensanguentado. Estão gritando. Passam correndo pelo gigante e o de camisa branca desce o barranco da margem e entra na água até à altura das coxas. É tarde demais e eles sabem disso. O homem na água bate na superfície em um gesto de frustração.

O cônego afunda a vara na água e a levanta, enviando o barco para o meio da correnteza enquanto os dois homens na margem começam a segui-los. Após alguns instantes, o que estava na água caminha de volta para a terra firme e grita para o cônego. Ela não consegue distinguir suas palavras e em pouco tempo o barco atravessa o vau e o homem no rio fica fora de vista.

Katherine, no entanto, continua olhando para trás por cima do ombro ainda por muito tempo, vendo quando os primeiros telhados e depois, finalmente, a torre da igreja do priorado vão desaparecendo, até que por fim, pela primeira vez em sua lembrança, ela fica fora de sua visão, flutuando em uma terra desconhecida.

PARTE DOIS

Do outro lado do Canal da Mancha, fevereiro – junho de 1460

5

A irmã senta na frente e mantém a vigilância com o machado do gigante atravessado sobre os joelhos. Ela esfrega os pés cheios de bolhas e Thomas não consegue pensar em nada para lhe dizer.

Finalmente, ela fala.

– Para onde devemos ir?

É uma boa pergunta.

– Devemos seguir para Canterbury – ele lhe diz, com mais confiança do que sente. – Temos que buscar reparação com o Prior de Todos. Ele ouvirá nosso caso e fará com que a justiça seja feita.

A irmã vira-se para ele e analisa-o enquanto ele fala. Seus olhos são azuis, o rosto mais claro do que o velino.

– Onde fica essa Canterbury? – ela pergunta.

Thomas não sabe.

– É onde está o Prior de Todos – ele diz.

Faz-se uma pausa.

– Então, você não sabe? – ela diz.

– Não – ele admite.

Ela balança a cabeça e lhe dá as costas outra vez. Ele sente apenas confusão. E pensar que no dia anterior ele estivera ansioso para aplicar folha de ouro sobre uma letra T que ele havia colocado em alto-relevo na página, com gesso. Ela não diz mais nada e após algum tempo a cerração começa a se dispersar e um bando de gaivotas gira em círculos acima deles, as asas negras contra as nuvens claras.

– Mais neve – ele diz, e pensa na noite que virá.

Então, ouve-se um barulho no meio dos juncos e um grito vindo da margem.

– Oh, Deus misericordioso.

É o gigante. Ele avança, abrindo caminho por um bambuzal e já está quase os alcançando, quando Thomas impulsiona o barco com a vara, fazendo-o dar uma guinada para o meio do rio.

– Deixe-nos em paz! – a irmã grita. – Pelo amor da Santíssima Trindade, deixe-nos em paz!

O gigante continua avançando, mas para na beira da água. Ele olha desesperadamente de um lado para o outro e grita alguma coisa ininteligível. Parece fincado ao solo.

– Santa Mãe de Deus – Thomas diz, arfando. – Ele tem medo de água.

O gigante olha tresloucadamente para eles, decidindo o que fazer. Então, começa a caminhar, com dificuldade, arrastando-se, pela beira do rio, abrindo caminho pelo mato cerrado. À frente dele, um alcaravão levanta voo com um lento bater das asas.

Se Thomas conseguir manter este ritmo com a vara do barco e se conseguir se manter do lado direito do rio, não precisará se preocupar com mais nada, nem com o que aconteceu, nem com o que ainda poderá vir a acontecer. Seus pés latejam do frio e sua cabeça zumbe por causa do golpe de Riven, mas ele continua, deixando a água escorrer pelo seu braço conforme ele empurra e levanta a vara, empurra e levanta, e durante todo o tempo o gigante corre pela margem do rio ao lado deles.

Então, repentinamente, o gigante para. Fica postado no meio dos juncos e caniços, onde o vento toca uma canção desafinada entre os talos encharcados. Mas agora Thomas pode ouvir um outro som. O gigante aponta para a frente e grita. Há uma expressão quase pesarosa em seu semblante. Ele grita novamente e agita os braços.

– Irmão? – diz a freira. Ela se vira e aponta para a frente. – Você viu?

À frente deles, as margens de juncos se abrem e o rio onde estão viajando se encontra com outro, e este novo curso de água é largo, caudaloso, com águas das chuvas e do degelo, correndo para o sul em uma enxurrada. A canoa entra no novo rio e é sugada para dentro de sua correnteza turva. A água bate nas laterais do barco e começa a se acumular sob seus pés. A freira tenta tirá-la com as mãos em concha.

– Estamos afundando – ela diz. – Temos que chegar ao outro lado.

Mas o rio continua empurrando-os para frente e quanto mais longe vão, mais afastadas ficam as margens. Eles passam por piscinas de peixes e fazendas de enguias, e ao longo das duas margens os juncos haviam sido ceifados e colhidos. Dois homens em capuzes de tecido rústico marrom param de escavar em um campo com uma picareta e os observam enquanto eles passam, assim como um terceiro, a cavalo, que se vira e fica olhando para eles, espantado, uma ave de caça empoleirada em seu pulso.

Thomas usa a vara de impulsionar o barco como um leme, guiando-os na direção de um pequeno povoado dominado pela torre de uma igreja, mas quando se aproximam um punhado de garotos para de atirar pedras em um galo e começam a tentar atingi-los no barco que se afunda. A essa altura, eles estão em pé com água até os tornozelos e o barco continua afundando sob eles. Não há nada que possam fazer. Thomas inclina-se sobre a vara e o barco move-se na direção da margem ocidental do rio. Exatamente quando a proa afunda dentro da água pela última vez, o barco enfia-se em um amplo banco de juncos e Thomas pula para fora do barco, caindo até às coxas na água gelada. Ele segura o barco parado para a irmã, mas agora ela mal consegue se mover. Ela avança muito devagar pela proa e quase cai na água marrom. Thomas corre para o outro lado, perdendo os tamancos na lama. Ele segura seu braço, hesitando no começo em tocá-la, mas, quando ela não demonstra nenhum sinal de resistência, ele a ajuda a sair do barco e subir a margem. Ele volta para buscar o machado, no exato momento em que o barco é rebocado para trás pela corrente.

No alto da margem, ele torce a água das saias de sua batina e olha ao redor. Não há nada: apenas uma ampla extensão de juncos e lodaçais. Ao longe, um bosque. É fumaça aquilo no ar lá longe? Um vilarejo, talvez.

– Vamos ter que andar – ele diz, indicando com um gesto rio abaixo.
– Sem dúvida, vamos encontrar alguma coisa nessa direção. De lá, podemos perguntar o caminho para Canterbury.

A freira parece em dúvida. Ele vê que ela tem ferimentos nos pulsos e tornozelos. Ela também perdeu um dos tamancos e ambos sabem que nunca serão capazes de ir muito longe.

– Podemos dizer que estamos viajando a serviço da Igreja.

– Juntos?

Thomas franze as sobrancelhas. Ela tem razão. Eles precisam se separar. Ele olha rio acima. Um cisne solitário vem na direção deles. Ele o observa por um instante. Então, um outro aparece do meio dos juncos, une-se ao primeiro e juntos passam por eles, flutuando até se perderem de vista. Thomas lembra-se de palavras que escreveu em pergaminho.

– "Melhor é serem dois do que um" – ele diz – "porque têm melhor paga do seu trabalho. Se um cair, o outro o ajudará a se levantar."

– "Mas ai do que estiver só quando cair"– a irmã continua – "pois não haverá outro que o levante."

Ele olha de frente para a irmã pela primeira vez. Ela é angulosa e possui um ar feroz.

– Eclesiastes – ela diz. – Não sei qual o versículo.

Ele esboça um sorriso.

– Nem eu – diz. – Mas devemos andar juntos, ao menos por um pouco de tempo.

Ela balança a cabeça, assentindo. Ele pega o machado de guerra e coloca-o sobre o ombro. É algo bom de ter. A arma parece curiosamente natural em suas mãos e, agora que o sangue foi lavado, ele pode ver que é finamente trabalhada, com os traços de um desenho elaborado gravados em suas lâminas. Não era de admirar que o gigante a quisesse de volta. Devia valer alguma coisa.

– Sempre podemos vendê-la – ele diz.

Partem, seguindo o rio ao longo de sua margem, o frio tão cortante que faz seus ossos doerem, seus pés latejarem. Os dentes da freira estão batendo. Conforme caminham, ele repensa cada ataque e cada golpe da luta com Riven e tenta imaginá-la de uma forma que não termine com a morte do deão. Não consegue. Vê que suas mãos estão agarrando o machado com tanta força que sua cabeça dói.

O que ele não daria agora para ter Riven aos seus pés...

Após algum tempo, surge um único floco de neve, carregado por um redemoinho, depois outro, e outro, até que começam a cair como penas em um galinheiro.

Eles veem a cabana abandonada, caindo aos pedaços, ao mesmo tempo e aceleram o passo, ambos esperando encontrar alguma coisa dentro. Quando a alcançam, a irmã fica para trás, enquanto Thomas coloca a cabeça para dentro do interior escuro. Ele imagina pão na mesa, uma tigela de sopa, uma caneca de couro de cerveja e – Jesus seja louvado! – um fogo aceso. Em vez disso, sente o cheiro de cinzas frias e vê que existe algo morto em um dos cantos.

– Alguma coisa?

Ele sacode a cabeça. A irmã enxuga o nariz no avesso da manga de seu hábito e estremece. Ele olha para ela outra vez. O que é que o perturba a respeito dela? Ele se lembra de suas palavras. "Onde estava Deus quando ele estava prestes a furar seus olhos?" Ele sacode a cabeça. Tenta clarear a mente. Onde estava Deus? O que isso queria dizer? Que Ele estava em outra parte? Não estava lá?

Como se soubesse que ele estava pensando sobre ela, a irmã se vira e olha para ele. Ele vê que nenhum dos dois consegue manter o olhar do outro. E eles continuam se arrastando por mais alguns passos; aproximam-se do bosque quando ela para e estende a mão magra. Thomas está prestes a dizer alguma coisa quando ela coloca um dedo sobre a boca e move-o para cima e para baixo. É um sinal comum a todas as comunidades religiosas que comem em silêncio, mas ainda assim precisam se comunicar entre si: fique quieto agora. Ela ergue a mão rapidamente no ar e toca o lado de seu nariz com o dedo indicador da mão direita: fumaça, cheiro. Ela sente cheiro de fumaça.

Thomas não tem certeza, mas talvez exista um aroma efêmero acima do cheiro da neve e do seu próprio corpo. Eles movem-se em silêncio ao longo da beira do caminho, até passarem por baixo de uma abóbada de galhos de olmo desfolhados. Ali o cheiro de fumaça é mais forte e penetrante, adocicado e inconfundível.

E agora, na escuridão, vê-se uma claridade vacilante. Um pouco fora do caminho, em uma clareira no bosque. Uma fogueira. Thomas faz o sinal para fogo na linguagem dos sinais: duas mãos, palmas para fora, depois esfregadas uma na outra. A freira balança a cabeça. Mesmo no escuro ele compreende que ela já vira o fogo muito antes dele. Eles deslizam silenciosamente por entre as árvores, o manto macio de folhas mortas abafando seus passos. Através das árvores, vê-se um círculo de luz lançado por uma pequena fogueira. Um cavalo ou mula respira ruidosamente na escuridão mais além da fogueira, seus olhos de vez em quando refletindo as chamas. Acima do fogo há um tripé de onde se dependura uma pequena panela. Misturado ao cheiro de lenha, Thomas sente o cheiro de peixe.

Seu estômago se revolve.

Ele não comeu nada desde que o deão lhe levou pão e cerveja de manhã. Ele começa a respirar um pouco mais rápido e pode ouvir a freira fazer o mesmo.

Mas onde estará o dono da fogueira?

Eles se agacham no escuro, atrás de um tronco de árvore caído. A irmã está muito perto dele agora. Ele pode sentir seu joelho contra o dele e sua respiração em seu rosto. Ele pode ouvir seu coração batendo, talvez o dela também.

– Levantem-se.

É a voz de um homem e a ordem vem da escuridão atrás deles. Eles se levantam devagar, viram-se de costas para a fogueira e encaram a escuridão. Thomas não vê ninguém.

– Recuem um passo em direção à luz – a voz soa outra vez. – Mas eu lhes aviso, tenho uma flecha apontada para sua cabeça, monge, e se você não largar este machado, eu vou pregá-lo na árvore.

Thomas larga a arma. Segue-se um momento de silêncio.

– Quem são vocês? – o estranho pergunta.

Thomas engole em seco.

– Senhor – ele começa –, somos dois eclesiásticos. Não pretendemos causar nenhum mal. Estamos viajando. Viajando a serviço da Igreja.

– A serviço da Igreja?

A voz já soa mais suave, como se a primeira ameaça tivesse sido apenas uma fanfarronice. Agora, um tom de incredulidade insinua se na voz.

– Sim, senhor – Thomas diz. – Somos da Ordem de São Gilberto de Sempringham.

Outra pausa.

– E como é que vocês estão viajando juntos? Um cônego e uma freira dessa ordem?

Thomas olha para a irmã na escuridão. Não sabe o que dizer.

– E então?

– É uma longa história, senhor – diz a freira.

– Estou disposto a ouvir.

– Podemos suplicar sua caridade antes de nos explicarmos? – a irmã pergunta. – Não comemos e estamos congelados até a medula.

Faz-se uma nova pausa.

Um homem alto, em um casaco acolchoado com um grande capuz aparece na orla da luz da fogueira. Ele carrega uma besta nas mãos, mas mesmo no escuro Thomas pode ver que a arma não tem corda nem dardo. O homem tem tanto medo deles quanto eles do homem. Na verdade, ainda mais.

O homem se abaixa para pegar o machado e fica evidente que ele já não é jovem.

– Então, quem são vocês para estarem viajando por aí? – ele pergunta, endireitando-se, inspecionando a arma. – Sem sapatos e na companhia um do outro?

– Eu sou Thomas Everingham – Thomas diz. Ele ainda não consegue ver o rosto do homem. – Sou um cônego da Ordem de São Gilberto. Meu claustro fica em Haverhurst.

Ele gesticula para dentro da escuridão, imaginando que o priorado esteja naquela direção.

– E você, irmã?

– Sou a irmã Katherine – ela diz. – Do mesmo priorado.

É a primeira vez que Thomas ouve seu nome. Ele se volta para ela. Katherine possui um rosto severo e à luz da fogueira seus olhos são rápidos e desconfiados. Ela lança-lhe um olhar e ele novamente desvia o seu.

– E estão com fome, não é? – o homem pergunta.

– Esfomeados, senhor.

– *Fabas indulcet fames.* – Ele ri baixinho, deixa de lado a besta, sob uma árvore. – A fome faz tudo parecer gostoso. Minha panela é pequena e minhas provisões são poucas, mas o que tenho vocês são bem-vindos a compartilhar. Em troca de sua história.

Sua fala é rápida e bem-educada, como a do prior ou de um daqueles clérigos visitantes. Ele coloca o machado ao lado da besta e passa a Thomas alguns gravetos de espinheiro.

– Vá colocando-os devagar, irmão Thomas, está bem? – ele diz. – Para não sufocar o fogo. Por aqui tudo está suficientemente úmido para afogar um judeu.

Ele calça botas curtas que dançam ao redor de suas canelas finas e, apesar da besta, Thomas pode ver que ele não é nenhum soldado. Ele remexe na sombra da árvore e traz uma bolsa de couro de onde retira um frasco e um embrulho de lona. Ele passa a Thomas um pequeno pedaço de pão. Thomas quebra-o e entrega metade a Katherine. Seus dedos se tocam na escuridão e um choque curioso percorre seu braço. Ele puxa o braço bruscamente, notando que ela faz o mesmo. Enquanto mastigam, o homem abre outra sacola e retira um cobertor e um casaco.

– Tome – ele diz. – Sinto frio só de olhar para vocês.

– Obrigado, senhor, de todo coração – Thomas diz, ainda mastigando, passando o cobertor para Katherine e ele próprio vestindo o casaco. É pesado e acolchoado, o melhor que Thomas jamais teve a oportunidade de usar, com botões, um cinto e uma gola de lã de carneiro. Portanto, um homem rico.

– O senhor não nos disse o seu nome.

É Katherine quem fala. Ela envolveu os ombros no cobertor e, embora esteja se inclinando para o calor do fogo, seus olhos permanecem mergulhados nas sombras.

– Sou Robert Daud, de Lincoln – diz o homem, e depois, após uma breve hesitação, acrescenta: – Um *quaestor*.

Há um momento de silêncio.

– Um perdoador, um vendedor de indulgências? – Katherine pergunta.

– Isso mesmo – ele responde, com uma ênfase que Thomas não compreende.

– Mas por que está se escondendo nestes bosques, senhor? – ele pergunta, finalmente engolindo seu pão. – Quando poderia estar muito mais feliz em uma estalagem ou hospedado com um abade em um monastério?

O perdoador olha de um para o outro por um instante antes de responder. É como se estivesse tomando uma decisão. Muitas respostas poderiam agora sair de seus lábios, nenhuma delas a verdade, mas por fim ele diz:

– Eu tenho escrófula. O Mal do Rei.

Tanto Thomas quanto Katherine param de mastigar. A mula bate as patas na escuridão. O perdoador suspira, deixa de lado seu próprio pedaço de pão e leva a mão ao capuz, puxando-o da cabeça. A luz da fogueira recai em seu rosto. Descendo pelo seu pescoço, da orelha ao pomo de adão, vê-se uma série de intumescências amontoadas, a maior do tamanho de uma ameixa pequena.

– Está vendo? – ele diz, cobrindo a cabeça com o capuz novamente e lançando seu rosto nas sombras outra vez. – Assim, eu evito a companhia dos homens. Ontem à noite, entrei em um vilarejo a oeste daqui para comprar um pouco de cerveja. A dona da taverna achou que isso era a peste bubônica.

Ele se benzeu, como se isso pudesse afastar a praga.

– Ela fez um alvoroço e eu tive sorte de escapar com vida, sem falar que consegui escapar com a minha mula e a minha bagagem. Os homens deviam estar fora caçando, ou talvez nas guerras, pois foram somente garotos que me perseguiram, a maioria atirando pedras, embora um deles tivesse uma besta. No final das contas, agradeci a São Sebastião por parecer estar com a peste negra, porque ao menos ficaram com medo demais para se aproximarem.

– Mas o senhor tem essa arma – Katherine diz.

– Sim – o perdoador responde, rindo. – É antiga e inteiramente inútil. Comprei-a de um homem que alegava que ela havia pertencido a Joana, a bruxa francesa. Pode imaginar?

A panela começa a borbulhar. O perdoador inclina-se para frente e começa a esfarelar pedaços de peixe seco com seus dedos longos, deixando-os cair dentro da panela.

— Como é que sabe que sua enfermidade não é a peste? — Katherine pergunta. Ela parece não querer deixar o assunto morrer.

— Se fosse a peste, eu já estaria morto há muito tempo — o perdoador diz. — Estes sintomas já estão comigo há mais de um ano, sempre crescendo, como velhos amigos ou uma família.

— Eles doem? — Katherine pergunta.

O perdoador sacode a cabeça.

— Não — responde. — Mas são frios. Ao toque, quero dizer. Embora isso não seja estranho neste inverno.

— Rezaremos pelo senhor — Thomas propõe e Katherine murmura algo vago.

— Obrigado — o perdoador diz. — Obrigado a ambos. Com suas preces e a bênção de Deus, encontrarei a cura, na França.

— Na França?

Thomas mal pode acreditar. Tudo que ele sabe sobre a França é que foi lá que seu pai foi morto e que é uma terra tão devastada que, quando o sino toca o sinal de alarme, até os animais domésticos sabem onde se reunir e se esconder dos ingleses. Homens e mulheres prefeririam atirar-se no rio a se deixar prender. Não parece o tipo de lugar onde alguém poderia achar a cura para nada, exceto a própria vida.

— É para lá que estou indo — o perdoador explica. — Primeiro, atravessar o Canal da Mancha para Calais e depois rumo ao sul, para Chinon, para a corte do rei Carlos, procurando a cura do toque de sua mão.

Ele fala rapidamente, como se não quisesse dar muitos detalhes de sua viagem, ou da cura. Thomas está com sede agora e fica satisfeito quando, das sombras, o perdoador abre o frasco e serve mais cerveja.

— Mas qual é a história de vocês? — ele pergunta, mudando de assunto. — O que os traz de seu claustro? Esta é a história que eu quero ouvir.

— Fomos atacados — Thomas começa a contar, com os olhos no caneco —, atacados por homens pertencentes a um cavaleiro chamado Giles Riven.

— Sir Giles Riven? — O perdoador para de despejar cerveja no caneco e inclina-se para frente, o rosto iluminado pelo fogo.

— O senhor o conhece? — Thomas pergunta.

— Não há ninguém ao norte de Stamford que não tenha ouvido falar de Giles Riven. Ouvi dizer que ele tomou o Castelo de Cornford depois que o velho lorde Cornford foi morto na ponte de Ludford no ano passado, alegando um longínquo parentesco. Também dizem que ele próprio matou Cornford, enfiando uma adaga em seu olho e que agora ele pretende casar seu filho com a filha do morto.

Thomas fecha os olhos e vê Riven, sorrindo, segurando as contas da irmã morta.

— Não sabemos nada sobre isso — Katherine diz. — Estivemos no claustro nestes últimos anos.

O perdoador balança a cabeça e termina de servir a cerveja.

— Há quanto tempo vocês estão na ordem? — ele pergunta, passando o caneco a Thomas.

— Oito anos — Thomas responde, antes de esvaziar o caneco e devolvê-lo. — Desde que eu tinha doze anos.

O perdoador balança a cabeça.

— E você, irmã? — ele pergunta, servindo mais cerveja.

Há uma pausa momentânea antes de Katherine responder.

— Desde que eu era criança — ela diz. Thomas e o perdoador levantam os olhos.

— Você foi aceita como oblata? — o perdoador pergunta.

Katherine hesita.

— Sim, fui — ela responde.

— Pensei que já tivessem abandonado esta prática, não?

Katherine abre a boca para dizer alguma coisa e em seguida fecha-a novamente. Ela parece não saber.

— E quantas Páscoas você já viu no priorado? — o perdoador pressiona.

Ela encolhe os ombros.

— Dez? — ela supõe, e em seguida parece se desesperar. — Quinze?

Isso lhe daria cerca de vinte anos, Thomas pensa. Mais ou menos da mesma idade que ele. Faz-se um silêncio, perturbado apenas pelo assobio de um toco úmido na fogueira, o sussurro do rio pelo meio das árvores.

— Você tem notícias de sua família? — o perdoador pergunta. Thomas passa a ela o caneco de cerveja. Seus dedos não se tocam desta vez e ele vê que ela toma o cuidado de limpar a borda do caneco na manga do hábito antes de franzir a testa, depois sacudir a cabeça e beber. Thomas está prestes a fazer uma pergunta ele próprio, mas o perdoador o fita nos olhos. Não faça mais perguntas, ele parece dizer, e ele muda de assunto.

– Como foi que Riven veio a atacar vocês? – ele pergunta.

Thomas explica. O perdoador resmunga.

– Vivemos tempos turbulentos e confusos – ele diz, ajeitando o fogo para que os galhos queimem com mais força, extraindo coragem da companhia deles. – Por toda parte, os homens estão fazendo o que querem, sem nenhuma consideração por Deus ou pelas leis da Santa Igreja.

– Por quê? – Thomas pergunta. – Por que isso está acontecendo?

O perdoador suspira.

– Eu sou um humilde perdoador – ele diz. – E não sei nada sobre isso em primeira mão. Mas eu converso com as pessoas. Eu ouço o que elas dizem.

– E?

– E a maioria concorda que a culpa disso cabe ao rei – ele diz.

– O rei?

– Sim. Parece estranho falar do rei em um bosque à noite com estranhos, não é? Mas, sim. O rei. Henrique, o sexto deste nome, da Casa de Lancaster.

– E o que ele fez para causar isto ao país?

– Dizem que ele é abobalhado, sem malícias ou virtudes, sabe. Não é como seu pai. Não é como Henrique V. Lembram-se dele? Não. Antes do seu tempo, é claro. Aquele, sim, era um verdadeiro rei. Derrotou os franceses inúmeras vezes.

O perdoador olha fixamente para as chamas. Seu rosto assume uma expressão saudosa.

– O que aconteceu a ele? – Katherine pergunta.

– Hummm? Oh. Morreu muito cedo. Todos morrem cedo, os bons.

Faz-se um longo silêncio. O perdoador continua a fitar as chamas. Os homens agem assim com o fogo, Thomas pensa. Atrás deles, a mula mexe-se.

– Então, o filho não se parece nada com o pai? – Katherine instiga.

O perdoador se recobra.

– Isso mesmo – ele diz. – Ele tem ataques. Crises. É quando fica inerte e não consegue reconhecer ninguém, nem mesmo seu próprio filho. E dizem que isso é uma calamidade enviada por Deus.

No silêncio, ele mexe a comida com um graveto.

– Mas o que ele fez para merecer isso? – Katherine pergunta.

O perdoador pega o caneco da mão de Katherine e enche-o novamente.

– A culpa é do avô dele – diz –, também chamado Henrique. Henrique IV. Dizem que ele usurpou o trono do rei Ricardo, seu antecessor, e depois mandou matá-lo. Dizem que os tormentos que se abatem sobre o reino agora vêm desse crime e que enquanto a Casa de Lancaster detiver o trono, esta terra só verá guerra.

– Guerra? – Thomas pergunta. Ele pensa nas histórias do deão de cercos, carnificina e estupro. Mas isso foi na França. Não pode imaginar o mesmo na Inglaterra.

– Houve guerra, sim – o perdoador responde. – E haverá outra vez. Pois enquanto o rei não estava em seu juízo perfeito, formaram-se duas facções na corte, sabe? Uma é comandada pela rainha, a loba chamada Margaret de Anjou, na França, uma francesa!, e a outra pelo duque de York, um primo do rei.

Era fácil de ver com que lado ele simpatizava.

– E quem está vencendo esta guerra? – Thomas pergunta.

– A rainha está em ascensão, no momento. Seu exército expulsou o do duque de York para fora dos portões de Ludlow no último Dia de São Eduardo. Dessa vez, o rei estava presente no campo de batalha e uma facção dos homens do duque de York se recusou a levantar armas contra o monarca, por pior que ele fosse. *Rex non potest peccare*, sabe? O rei não pode fazer nada errado. Embora sendo um usurpador, o rei ainda é o rei.

– Estranho – Katherine diz.

– De fato – o perdoador concorda. – E o povo de Ludlow pagou caro pelo princípio naquele dia, acreditem, porque depois que os soldados de York depuseram as armas e bateram em retirada, a rainha enviou suas próprias tropas para a cidade. Dizem que eles quebraram todos os barris de vinho que puderam encontrar e à noitinha estavam tão embriagados que abandonavam o que tinham roubado para estuprar as mulheres. É nessa confusão que lorde Cornford foi morto, por esse homem, o próprio Giles Riven.

Ele toma um gole da cerveja e volta a olhar fixamente para o fogo. A panela está borbulhando, o caldo respingando na grama.

– Mas a rainha Margaret é a rainha do reino – Thomas diz. – Por que ela deixaria seus súditos sofrerem assim?

– Para começar, ela é francesa – o perdoador diz –, e além disso ela não tem dinheiro, então tem que pagar as tropas com promessas de saques. E mais ainda, muitos deles são do norte: brutamontes selvagens e grosseiros, quase tão ruins quanto os escoceses, e não há nada de que eles mais gostem do que de saquear.

– E então onde está este duque de York agora? – Thomas pergunta.

– Está na Irlanda, desonrado e chamado de traidor, enquanto seu grande simpatizante, o conde de Warwick, está em Calais, do outro lado do Canal da Mancha, também condenado.

A voz do perdoador mudou e agora ele tira os olhos da fogueira como se inspirado por uma lembrança.

– Mas ele vai voltar – continua –, pois nunca houve outro homem como o conde de Warwick.

Thomas nota que o perdoador pronuncia o nome do conde de Warwick como se tivesse um peso sagrado, como o de um santo ou de um mártir. Ele esvazia o caneco.

– Mas até ele retornar – o perdoador continua –, temos os partidários da rainha nos depenando do pouco que temos e deserdando herdeiros legítimos do que lhes pertence. Veja esse Giles Riven, por exemplo. Ele é seguidor do novo duque de Somerset, sabe? Capaz de proporcionar a ele mais cem arqueiros montados, eu diria, cinquenta homens com alabardas e um punhado de soldados. E enquanto ele continuar a fazer isso, o novo duque o apoiará em qualquer disputa e quem agora no condado iria contra o duque? Ninguém.

Há um momento de silêncio.

– Riven disse que estava indo para o sul – Thomas diz. – Para se juntar à rainha.

O perdoador balança a cabeça.

– Sim – ele diz. – A rainha está convocando seu exército. Logo será primavera, por mais impossível que pareça agora, e com a primavera vem a estação de campanhas e com a estação de campanhas vem o conde de Warwick, de volta da França, e eu acho que ele vai querer mais do que meramente seu lugar de direito no conselho do rei.

Ele tira a panela do gancho do suporte e coloca-a aos pés de Thomas. Passa-lhe uma concha de madeira entalhada. Thomas murmura seus agradecimentos e em seguida diz uma prece antes de comer. A sopa queima seus lábios e sua língua, mas ele continua, retirando verduras, o peixe escorregadio e feijões também. Quando a tigela já está pela metade, ele a passa a Katherine, que a pega e come em colheradas rápidas e desconfiadas.

Enquanto ela come, o perdoador se alivia na escuridão. Thomas coloca outro galho no fogo. É um luxo com que ele havia muito sonhava, poder sentar-se junto a uma fogueira com as mãos tão perto que as chamas cheguem a chamuscar suas palmas.

Quando Katherine termina, ela murmura um rápido agradecimento a Deus, deixa de lado a tigela e recolhe-se embaixo de seu cobertor. Não diz mais nada. O silêncio não é opressivo. Nenhum dos dois está acostumado a falar mais do que cinquenta palavras de sua própria iniciativa em um dia, e o silêncio, quando não é interrompido pelas orações, é seu estado natural. Entretanto, ele tem consciência de sua presença e sente seu olhar atraído para ela.

Quando o perdoador retorna, Thomas termina seu relato interrompido da falsa acusação de Riven. Quando ele descreve a luta no pátio do claustro, o perdoador mal consegue conter sua alegria.

– Por todos os santos! Você lutou com Giles Riven com um bordão?

Thomas balança a cabeça.

– E venceu?

Novamente, Thomas balança a cabeça.

– Acho que sim – ele diz. Embora não tenha tido a sensação de vitória.

— Pelo amor de Nosso Senhor Jesus Cristo! — exclama o perdoador, rindo. — Você é mais do que aparenta, irmão Thomas, ou então está falando de um milagre!

Ele serve mais cerveja e passa-a adiante. Thomas bebe a cerveja imediatamente. Em seguida, Katherine continua com uma curta descrição de ser acusada de escondê-lo no convento e do seu cativeiro, antes de tocar na morte de Alice.

— Talvez Riven e aquele gigante tenham causado os danos — ela diz —, mas foi a prioresa e a irmã Joan que juntas asfixiaram Alice, isso eu posso jurar por tudo que é mais sagrado.

O perdoador a observa atentamente.

— O que aconteceu depois? — ele pergunta.

Katherine sacode a cabeça e não diz nada. Ela puxa o cobertor sobre o rosto e segue-se um longo silêncio. Após um momento, ela se acomoda mais confortavelmente e, em seguida, apesar do frio, começa a roncar baixinho.

— A cerveja é forte — o perdoador observa.

Ele se inclina para frente e ajeita o cobertor sobre os pés machucados de Katherine e em seguida serve o que sobrou da cerveja para compartilharem. Ele endireita-se, vira-se para Thomas e fala em tom confidencial.

— Quanto tempo acha que vai demorar até saberem que vocês são apóstatas? — ele pergunta.

— Mas nós não somos apóstatas! — Thomas diz.

O perdoador abana a mão.

— Eu sei disso agora — ele diz. — Mas, assim que os vi, eu naturalmente presumi que haviam fugido do priorado por estarem apaixonados. É o que todo mundo vai pensar.

Thomas não pode deixar de olhar para Katherine. Apesar de seus roncos, ele tem certeza de que ela está ouvindo.

— Mas... — ele começa.

— Mas coisa nenhuma. Um monge e uma freira. No momento em que souberem de sua fuga, vocês serão excomungados. Seu pecado será espalhado aos quatro ventos, até mesmo em Boston, até amanhã se tiverem azar, e então ninguém os ajudará. Todos estão proibidos de fazer isso, e quem iria de bom grado ofender a Igreja? Ninguém. Primeiro, os frades começarão a procurá-lo e depois a Justiça irá atrás de vocês com suas ordens judiciais de *apostata capiendo*.

– Mas certamente o pior que podem fazer é nos levar de volta para o priorado, não?

– Mas você deixou o priorado sob a acusação de agressão comum e agora, sem dúvida, as acusações serão aumentadas cem vezes. E o seu prior irá simplesmente entregá-lo a Riven novamente e, desta vez, ele não correrá nenhum risco. Ele o matará. E a ela também.

É uma dura verdade.

Thomas sente seu estado de ânimo, tão entusiasmado pela bebida, se azedar.

– Estamos a caminho de Canterbury – ele diz ao perdoador. – O deão do priorado disse que nossa única chance é contar com a piedade do Prior de Todos, o chefe de nossa ordem. Ele nos ouvirá e nos dará justiça.

– E vocês esperam que esse Prior de Todos vá contra um homem como Riven?

Thomas não tinha visto a questão dessa forma.

– Acho que não – ele diz, pensando no que o perdoador disse sobre o duque de Somerset. – Mas o que mais podemos fazer?

– Lembre-se do Deuteronômio – o perdoador lhe diz. – Olho por olho.

Thomas sente algo se agitar em seu peito: um tremor de empolgação. A proposta de uma liberdade diferente.

– Não está querendo dizer que eu mesmo deva encontrar Riven, está?

O perdoador dá de ombros.

– Por que não? Você já mostrou do que é capaz.

Thomas não se incomoda com o fato de que o perdoador tenha sugerido o contrário apenas um instante atrás.

– Não – ele diz. – Não posso. Sou um cônego da Ordem de Gilberto de Sempringham. Devo buscar justiça com o Prior de Todos. Devo depositar minha fé no Senhor, pois como São Paulo diz na Epístola aos Romanos: "Não vos vingueis uns aos outros, mas dai lugar à ira de Deus, porque está escrito: Minha é a vingança, eu exercerei a justiça, diz o Senhor."

O perdoador ergue ligeiramente as sobrancelhas.

– Sim, sim – ele diz. – Tenho certeza de que você tem razão em agir assim.

Faz-se uma pausa. Thomas sente-se tolo citando a Bíblia para um homem tão culto, mas o perdoador não parece se importar.

Após uma pausa, o perdoador pergunta:

– Diga-me, como você esperava chegar a Canterbury?

Thomas hesita.

– Eu ainda não tinha pensado nisso – ele admite.

Os olhos do perdoador recaem sobre os pés de Thomas.

– O melhor caminho para Canterbury daqui seria por navio – ele diz. – De Boston. Você teria que pagar um capitão de navio para levá-lo a Sandwich, na costa de Kent. Caso ele esteja a caminho de Calais, quero dizer. Não é um desvio muito grande.

– Não temos nenhum dinheiro – Thomas diz.

– Ouça-me, irmão Thomas – o perdoador diz. – Eu já paguei por sinos para a catedral de Lincoln e já ofereci preces a São Nicolau pelo sucesso de minha empreitada, mas e se agora eu pagasse para vocês chegarem a Canterbury? Se eu lhes der roupas e sapatos? Se eu pagar sua comida?

– Por que o senhor faria isso?

O perdoador não diz nada por um instante. É como se ele estivesse construindo seu argumento.

– Nós três somos peregrinos – ele diz finalmente –, a nosso modo. Os peregrinos ajudam-se uns aos outros. Eles ajudam-se uns aos outros para ajudarem a si mesmos, portanto, sim, ajudá-los me ajuda também. Compreende?

Thomas não sabe o que dizer. A realidade de caminhar qualquer distância sem sapatos, roupas ou dinheiro repentinamente se torna apavorante.

– Eu agradeceria a sua oferta, senhor, de todo o coração.

O perdoador balança a cabeça, satisfeito com o acordo. Ele senta-se direito. Thomas bebe o último gole da cerveja. A bainha de sua batina libera filetes de vapor no calor do fogo e seus pés estão doloridos e cheios de frieiras, mas a cerveja é tão reconfortante que ele mal se importa.

– Mas, sabe – o perdoador continua, os olhos percorrendo a forma adormecida de Katherine –, se vocês estão sendo procurados pelos frades, é melhor se disfarçarem. Eles estarão atrás de um homem e uma mulher. Acho que devemos encontrar algumas roupas para você e a irmã Katherine que disfarcem primeiro a sua ocupação e depois a condição dela de mulher. Ela é muito magra, sem nenhuma curva visível. Tenho certeza de que pode passar por um rapaz.

6

Katherine acorda antes do amanhecer. Seu corpo dói das surras dos dias anteriores e do frio que penetrou em seus ossos à noite. Antes de poder se levantar, ela tem que se ajoelhar e então sentar-se em um dos fardos do perdoador para esperar a dor passar. Ela se vê em uma pequena clareira no meio de um bosque, com uma mula e dois homens reunidos em torno de um pequeno círculo de cinzas onde a fogueira se extinguiu. A mula a observa com caridade, enquanto os homens, o cônego Thomas e o perdoador, estão deitados na lama, enrolados juntos sob um cobertor de viagem cinza.

Esta é a sua chance. Ela tem que fugir deste cônego Thomas. Ela nunca poderá ir a Canterbury. Nunca poderá procurar esse Prior de Todos, pois que justiça pode-se esperar que ele ofereça a alguém que quebrou o quinto mandamento? Quando fecha os olhos, Katherine vê a irmã Joan em seus últimos instantes e ela sabe que qualquer passo que der na direção do Prior de Todos é um passo mais perto da forca.

Ela se levanta. Seus joelhos são uma agonia, seus pés como cepos. Mas ela tem que seguir em frente. Pode ir embora agora, refazer o caminho por onde vieram. O cônego jamais a seguirá, não nessa direção. Ela estende a mão para pegar seus pertences, mas percebe que não tem nenhum e que já é tarde demais.

Thomas está acordando. Ele abre os olhos e olha para cima, para a copa das árvores, depois para ela, então os fecha novamente e sacode a cabeça.

Ela senta-se novamente. Terá que esperar, pensa, buscar o momento certo.

– Bom-dia, irmã – ele diz.

– Bom-dia – ela responde.

Ela o observa por um instante, para ver a diferença entre ele e o perdoador. Thomas é alto, de ombros largos e pernas e braços longos. Suas mãos e pés parecem enormes também, e ele a faz lembrar um filhote de cachorro, no qual se pode ver o tamanho que terá quando adulto. Ao lado de Thomas, o perdoador, acordando agora, é algo ressequido e emaciado, que já perdeu todas as cores, a pele encarquilhada e desgastada.

– Deus do céu – diz o perdoador, colocando-se de pé devagar, bufando no ar frio da manhã. Depois de fazerem suas orações, comem o que sobrou do ensopado e carregam os fardos do perdoador no dorso da mula. O perdoador nota o sangue coagulado nos cabelos de Thomas, acima da orelha.

– Eu tenho uma pomada – ele diz, remexendo em suas bolsas e apresentando um pequeno pote de barro. Ele tira a tampa e a clareira se enche do cheiro da enfermaria. Ela pensa na irmã Joan e no sangue em seu queixo penugento. O perdoador passa um pouco do conteúdo no ferimento de Thomas, fazendo-o se encolher, mas após um instante Thomas diz que o local ficou dormente e depois quente. Ela observa o modo como o perdoador aplica a pomada, a maneira como ele a espalha pelo ferimento.

– O que é isto? – ela pergunta.

Ele fica satisfeito com seu interesse.

– Uma combinação de treze ervas – ele diz – com gordura de porco e brotos de sabugueiro.

Ele segura o pote para que ela possa ver a pasta escura que há dentro.

– Alivia a dor e cura praticamente qualquer coisa – ele diz.

Em seguida, ele guarda o pote em um pacote de couro, coloca-o dentro de outro e este ele coloca com muito cuidado no fardo da mula, como algo valioso. Thomas segura o machado de guerra do gigante, parecendo não saber o que fazer com aquilo. Carregá-lo? Colocá-lo sobre a mula? Por fim, decidem-se pela mula e partem, seguindo um caminho onde o bosque vai se tornando menos denso até sair em uma extensa área de charcos assombrados pela névoa.

– Pelo sangue de Maria – exclama o perdoador, rindo, enquanto caminham. – Olhem só para nós. Dois ladrões bons para a forca e o terceiro uma vítima da peste. Graças a Deus por esta cerração ou a esta altura já teriam dado o alarme e nos expulsado daqui.

Aos olhos de Katherine, as roupas do perdoador parecem espalhafatosas demais. Ele usa um hábito comprido, castanho-avermelhado, não muito diferente da batina de Thomas, mas sobre ele uma capa azul com adornos de pele e um capuz bem ajustado à cabeça, tingido de verde vivo. Um chapéu redondo de copa baixa, debruado de feltro preto, mantém o capuz no lugar e ela pode ver que, com chapéu, capuz e barba, é quase impossível notar a série de nódulos em seu pescoço.

Perto dele, Thomas parece um corvo, mas ela sabe que ela é a pior: seu hábito remendado está coberto de crostas de lama; ela tem apenas um pé dos tamancos e nenhum acessório da cabeça, nem mesmo um pano para cobrir os cabelos. Ela parece o tipo de mendiga que a prioresa mandaria embora do portão.

– Vou lhe emprestar meu chapéu – o perdoador diz, passando-o para ela. – E haverá um vendedor de roupas baratas no mercado, de quem poderemos comprar algo mais adequado. Não deve estar muito longe agora.

Mais à frente, eles ouvem o barulho constante de sinos e ela pode sentir o cheiro de fumaça de carvão. Chegam a uma estrada e, conforme caminham, as condições da superfície melhoram. Pedras substituem a lama e outros viajantes passam por eles com mulas carregadas e olhares curiosos.

– Senhor, pela graça de Deus, tenha um bom dia – o perdoador entoa toda vez que sente um olhar recaindo demais em um ou outro, e toda vez o viajante balança a cabeça, retribui o cumprimento e segue em frente com uma bênção, como se tudo estivesse bem.

Katherine devolve o olhar rancorosamente e, após algum tempo, o perdoador toca em seu cotovelo.

— Somos estranhos aqui, irmã – ele diz. – Se alguém cismar conosco, nos denuncia por algum crime e, sem nossos amigos para atestar nossa boa reputação, vamos acabar como este pobre sujeito.

Ele gesticula na direção de uma árvore onde um bando de pássaros ataca algo dependurado dos galhos. É o corpo de um homem, enforcado, quase nu, coberto de manchas e erupções da decomposição, suas entranhas entrelaçadas transbordando como punhados de cordões cinzentos. Um pássaro de penas lustrosas agarra-se ao seu rosto e a cada bicada o cadáver estremece em sua corda. O cheiro de carne em decomposição é penetrante e adocicado.

— Está ali há uns dez dias – o perdoador calcula.

— Mas por que alguém não o enterra? – Katherine pergunta através dos dedos.

— Ele está exposto ali como um aviso para os outros. – O perdoador encolhe os ombros. – Se fosse uma bruxa, eles apenas a estrangulariam ao lado da estrada e a deixariam ali mesmo para os cachorros. No sul, quando pegam um ladrão, eles pregam sua orelha em um mastro e lhe dão uma faca para ele cortá-la e se libertar.

Eles continuam a andar através da neblina que recua na direção do rio, deixando uma paisagem encharcada, uniforme, interrompida por raquíticos grupos de árvores, uma cabana baixa e um rebanho de ovelhas oleosas. Adiante, a cidade é um agrupamento de pináculos de igrejas e telhados sob uma mortalha de fumaça escura.

— A cidade de Boston – o perdoador diz. – Lar de mais de mil almas. Temos que atravessá-la para chegar ao porto.

Ela hesita.

— Vamos – o perdoador encoraja. – Caminhe do outro lado da mula, para que o capitão do portão não possa vê-la. E segure a corda dela, de modo que, se ele a vir, pensará que lhe pertence e que você, afinal, vale alguma coisa.

Eles se juntam a outros viajantes enfileirados atrás de um carroceiro que tenta fazer seus bois entrarem na ponte.

— *Hoc opus, hic labor est* – murmura o perdoador. Ele parece ansioso.

Na outra extremidade da ponte, um homem gordo vestindo um justilho de couro manchado e um elmo de ferro monta guarda sob uma cobertura de madeira, enquanto um outro, segurando uma alabarda, recebe moedas dos que estão atravessando a ponte.

– Tenha um bom dia, senhor! – o perdoador diz quando chegam ao segundo homem e pressiona uma moeda na mão estendida. O homem não diz nada, mas franze o cenho e mostra a moeda para o primeiro homem. Este ergue a mão, interrompendo o fluxo.

– Nunca o vi antes, mestre? – ele diz. Seu olhar percorre a mula, depois Katherine, Thomas, e novamente o perdoador.

– Eu sou Robert Daud – o perdoador diz. – Um mercador, de Lincoln.

O homem inclina o queixo e olha para baixo de seu largo nariz.

– Tire o capuz.

Há um momento de silêncio. O perdoador parece muito velho. Ele começa a tatear com os cordões embaixo do queixo. Seus dedos tremem. Mas neste momento a mula levanta a cauda e defeca. Um homem com uma saca de beterrabas no ombro alegremente deixa-a de lado para recolher os torrões fumegantes.

– Minhas mãos não ficam quentes assim desde o Festival de São Martinho – ele diz em voz alta, e todos riem. Alguém lá atrás grita e ao redor deles as pessoas começam a exigir que o capitão da guarda ande logo com aquilo. Neste momento, o perdoador descobre que o nó está mais apertado do que ele imaginava e, finalmente, o capitão dá de ombros, como se, no final das contas, ele não se importasse a mínima. Ele indica a mula e rola o dedo em um círculo, exigindo outra moeda.

– Taxa da ponte – ele diz. Mais um centavo para atravessar a ponte com uma mula.

O perdoador alegremente enfia a mão na bolsa de seu cinto e entrega uma moeda. A multidão avança como uma onda. Depois de dobrarem a esquina, o velho perdoador deixa-se cair contra uma parede e corre os dedos por baixo da borda de seu capuz.

– Graças ao abençoado São Tiago por isso – ele diz, soltando a respiração.

Quando se recobra, ele os conduz ao longo de uma rua estreita até à praça do mercado, onde o chão sob os pés é calçado com pedras, e casas de todas as formas e tamanhos assomam acima deles, cada qual com janelas de vidraças e, em uma das extremidades, um edifício de traves de freixo e andaimes indica que algo grandioso está sendo construído.

Porém o que mais surpreende Katherine são as pessoas. Ela nunca viu tantos homens, mulheres e crianças juntos ao mesmo tempo, e todos eles estão gritando. Negociantes proclamam o valor e a qualidade de suas mercadorias, enquanto os rivais berram depreciações, dinheiro troca de mãos e todos parecem estar discutindo com uma paixão bem-humorada. No meio de tudo isso, vê-se um urso, uma criatura ao mesmo tempo humana e de outro planeta, sentada com ar carrancudo, enquanto um homem ao lado come uma torta.

– Temos que comer alguma coisa antes de fazermos o que temos que fazer – o perdoador está dizendo, amarrando a mula a um corrimão e entregando uma moeda a um garoto para cuidar dela. Ele os conduz por uma rua coberta até uma casa de pasto onde ele compra para cada um uma tigela de sopa, um caldo escuro, muito mais saboroso do que Katherine poderia acreditar, reforçada com bacon e tiras de couve amareladas. Em seguida, vêm um pão escuro pesado, ainda quente do forno, bem como uma travessa de cerâmica com três pastéis realmente engordurados de manteiga. A mulher do cozinheiro lhes passa três canecos de cerveja e eles comem e bebem sentados no degrau com as costas apoiadas contra a parede da loja. Depois de terminarem, o perdoador compra para cada um uma maçã assada com a casca enrugada, quente demais para segurar.

– Vocês estavam com fome – diz o proprietário. Ele é sólido, de pernas curtas e olhos astutos. Sua mulher observa-os da escuridão da cozinha.

Fabas indulcet fames, o perdoador responde, virando-se um pouco.

– Fizemos uma longa viagem, meu senhor, de praias estrangeiras, muito prolongada pelas péssimas condições do tempo. Agora que estamos satisfeitos, vamos ao vendedor de roupas e ao sapateiro.

– E ao barbeiro também, espero – diz o homem, indicando com a cabeça a coroa de Thomas. Há muita gente na cidade que os denunciariam à polícia pela sua aparência.

– É bem verdade – concorda o perdoador, bebendo o restante de sua cerveja. Ele paga ao sujeito e apressa-os a saírem dali.

Katherine sente-se enjoada.

– Temos que encontrar nossa embarcação – o perdoador anuncia, embora isso seja novidade para ela. – Não vai demorar muito para os frades chegarem por aqui e eles saberão que vocês deixaram seu priorado. Mas, primeiro, algumas roupas.

Eles encontram o vendedor de roupas usadas depois da barraca do alfaiate, na outra extremidade do mercado, ao lado de um homem que lida com couro de cavalo e urina. Ele está sentado no chão com as pernas cruzadas, cercado por uma pilha que vai até o meio de suas canelas de panos de todas as cores e tecidos. Ele está costurando alguma coisa, mas, quando vê o perdoador se aproximando, deixa de lado a costura e levanta-se.

– Mestre – ele diz –, que Deus o faça prosperar.

Com olhos rápidos, ele avalia o valor de suas roupas, deduzindo do total o preço de cada rasgo e desgaste, e embora fique satisfeito com a ideia do dinheiro que um homem como o perdoador deva possuir, ele faz uma careta ao ver as roupas de Thomas e Katherine. O perdoador explica o que quer e o reformador de roupas começa a vasculhar seu estoque de modo incerto, procurando algo que possa servir.

– No momento, não tenho nada que possa servir para esta moça – ele diz, indicando Katherine. – As mulheres cuidam de suas próprias roupas, sabe, ou quando realmente deixam um traje comigo, voltam para pegá-lo. Elas não parecem se deixar envolver em outras coisas, como os homens, ou se deixarem matar com tanta frequência.

– Não estou interessado em nada para a jovem – o perdoador lhe diz despreocupadamente. – Ela não precisa. Preciso de roupas para ele e para meu outro criado. Um rapaz menor do que este.

– Isso é bem mais fácil – diz o comerciante, e começa a remexer em diferentes pilhas outra vez, segurando os trajes no alto e em seguida descartando-os. Por fim, ele entrega duas pilhas a Thomas.

– Isso deve atendê-lo – ele diz.

O perdoador paga o comerciante e eles se retiram para uma viela atrás do mercado.

– Podem trocar de roupa aqui – ele diz, dividindo as pilhas de roupas. – E cuidado onde pisam.

O cheiro na viela é sufocante e, ao final, cada qual vira uma esquina diferente e começa a tentar entender suas novas roupas. Para Katherine, é uma estranha experiência. Ela precisa segurá-las no alto primeiro, para ver o que são. Então, ela veste a calça de baixo, uma espécie de ceroulas, larga e de linho. Por cima, veste uma calça justa, feita em tear. Ela as enrola e amarra na cintura. Em seguida, tira rapidamente o hábito e mergulha os braços nus na camiseta. É rosada, desbotada em algumas partes, grudenta nas axilas e desgastada pelo uso. Então, vem a túnica, castanho-avermelhada como a maioria dos homens usa, depois o casaco, verde e acolchoado, mas gasto e cheirando a cavalos. De cima a baixo, na frente, em um dos lados, há uma fileira de ásperos discos de chifre com os quais ela não está familiarizada, e do outro, pequenos cortes costurados que a deixam desconcertada. A roupa abre-se em seu peito e parece errada. Ela passou a vida inteira em um hábito que se pendurava dos ombros aos pés e essas roupas novas apertam em vários lugares de seu corpo de uma maneira à qual não está acostumada. Ainda assim, pode se mover mais livremente, sem ser estorvada pelas saias pesadas e, desde que não molhe os pés, imagina que ficará aquecida.

Ela encontra-se com Thomas na viela e eles se encaram por um momento, admirados. O casaco dele é azul, a meia-calça tem uma perna verde e a outra vermelha. Sua túnica está esticada onde ele a abotoou, na frente. Quando Katherine vê aquilo, ela entende para que servem os discos de osso em seu próprio casaco e desajeitadamente pressiona os botões nas casas.

– Estas são roupas de homem – ela diz.

Thomas balança a cabeça, confirmando.

– É mais seguro – ele diz. – Eles estarão procurando por um cônego e uma freira.

Ela também balança a cabeça, em dúvida. Ele também parece desconfiado.

– Por que ele está fazendo isso? – ela pergunta, ajeitando na cabeça o gorro de feltro que lhe deram. – Ele não precisa nos demonstrar tanta bondade.

– É uma penitência, eu acho – Thomas diz. – Se ele nos ajudar, as coisas irão bem para ele na França. E se ele pretende se beneficiar com isso, podemos aceitar esses favores em sã consciência, não?

Ela vê que também ele precisa de persuasão.

– Iríamos ter que pegá-las de alguém, de qualquer modo – Katherine diz – ou estaríamos mortos.

É um argumento implacável e Thomas silencia.

– Olhe – ele diz. – Peguei isto de Riven. Você deve ficar com elas.

Ele lhe entrega as contas do rosário de Alice. Por um instante, ela não reage.

– Eu nem sequer a conhecia – ele diz, instando-a a pegá-las.

Katherine não quer lucrar com a morte de Alice, mas aceita-as, passa o cordão pela cabeça e enfia-o por dentro da camiseta. Por um instante, ela as sente frias contra sua pele.

Quando o perdoador os vê, ele ri.

– Não é perfeito – ele diz –, mas o que é perfeito?

Ele segura dois pares de botas de couro. Eles as calçam e provam. Ela olha para si mesma. Mal pode acreditar no que vê.

– Santo Deus! – Thomas diz. Ele está remexendo os dedos dos pés e exibindo um largo sorriso. Ela sorri também. O prazer é quase grande demais para suportar. O calor começa a descongelar seus pés e embora sejam grandes demais, pois batem nas pedras do calçamento conforme ela anda, não são nem de longe tão ruins quanto os tamancos a que está acostumada, nem de longe tão ruim quanto andar com um pé descalço.

– Obrigada, mestre – ela diz. – Muito obrigada por toda a sua bondade.

– Não faço mais do que a minha obrigação como uma alma cristã – o perdoador responde –, mas talvez seja melhor não nos demorarmos muito por aqui.

Dois frades andam apressadamente pelo mercado e muitos outros vêm atrás, saindo de uma das igrejas.

– Seu chapéu – o perdoador murmura para Thomas. Thomas coloca-o na cabeça, cobrindo rapidamente a coroa raspada. Katherine sente-se enrijecer-se quando eles passam. Ela percebe que prende a respiração. Um deles tem o rosto avermelhado, um alcoólatra, com olhos que se demoram na virilha de Katherine. Ela se sente terrivelmente nua e dá um passo para trás de Thomas.

Depois que os frades passam, o perdoador leva-os para recuperarem a mula. Ele paga o menino e eles descem uma rua estreita até uma extensão de ancoradouros de pedras cinzentas, recobertas de limo. À frente, está o mar, sob uma enorme faixa de céu pálido, e barcos e navios de todos os tamanhos imagináveis balançam-se nas águas agitadas.

A vista tira o fôlego de Katherine.

– Meu Deus – ela murmura.

Ao longo de toda a extensão do cais, veem-se homens ocupados entre as pilhas de sacas de aniagem e fardos, barris de vinho, toras de madeira, rolos de corda grossa de navios e montículos cobertos de lona de só Deus sabe o quê. O cheiro é uma mistura de sal, tripas de peixes e mais alguma coisa.

Eles caminham um pouco ao longo das docas, até chegarem a um lugar tranquilo, junto a uma pilha de cestos de vime cônicos vazando água verde de volta para o mar.

– Tomem conta da mula – o perdoador instrui – enquanto eu procuro o capitão do porto e, Thomas, é melhor você cortar os cabelos da irmã, de modo que ela se pareça menos com uma Katherine e mais com um Kit.

Assim, de uma só tacada impensada, Katherine se torna Kit, e Thomas pega emprestado a faca do perdoador e corta o cabelo dela, deixando as mechas caírem ao redor de seus pés. Ela pode sentir os dedos dele em seu couro cabeludo e sua pele pinica desconfortavelmente. Ela sente suas costas arquearem, os ombros se erguerem, como se quisesse escapar do toque de seus dedos. Em seguida, ele senta-se enquanto ela pega a faca e tenta fazer o mesmo com ele. Ela começa devagar, evitando tocá-lo, cortando os cabelos cheios, até que ela compreende que terá que segurá-los para poder cortar. Ela sente o desconforto dele também. Ela para e examina o ferimento acima de sua orelha. Ela descama um pouco da pomada seca do perdoador e vê que o ferimento está lívido embaixo.

Quando o perdoador volta, ele exclama com uma risada:

– Minha Nossa! Ele está parecendo um louco!

Ela não diz nada, mas também não consegue deixar de rir diante da cabeça malhada de Thomas. Ele coloca o gorro.

– Encontrou um navio, senhor?

– Sim. A nau *Mary* parte para Calais na próxima maré.

– Calais?

– Sim, mas não tema. Mestre Cobham terá prazer em parar em Sandwich antes de atravessar o Canal da Mancha. Sandwich fica em Kent, a menos de um dia a pé de Canterbury. Então, isso vem a calhar, graças a Deus. Não que o *Mary* seja confortável como eu gostaria, e o mestre Cobham é um pouco brusco, mas é o que temos: *non licet omnibus adire Corinthum*. Nem todos podem ir a Corinto, não é mesmo?

O perdoador leva Thomas de volta ao mercado para comprar pão e o que mais puderem encontrar. Katherine fica sozinha entre os cestos.

Esta é a sua chance. Ela começa a vasculhar as bolsas e pacotes no dorso da mula, procurando aquele em que o perdoador guarda seu dinheiro. Seria aquele em que está o pote de pomada? Onde estará? Não consegue encontrá-lo. Ela para, morta de vergonha, quando um garoto com metade da orelha passa puxando um comboio de mulas, seguido de um homem segurando um texugo morto, não muito satisfeito com a maneira como o está carregando.

Santo Deus! Onde está o pacote? Seus dedos estão dormentes enquanto peleja com os nós. Ali está. Ela o encontra. Está dentro de um saco de aniagem, um disfarce. Ela o está retirando quando o perdoador e Thomas voltam correndo. Compraram queijo, pão, um saco de maçãs e três odres de vinho, um para cada um. E até conseguiram vender a mula por um bom preço. Agora, eles não param de olhar por cima do ombro e o perdoador não a vê devolvendo o pacote.

– Temos que ser rápidos – ele diz. – Os frades estão agitados com alguma coisa e é mais do que dois apóstatas.

O perdoador olha para Katherine e ela desvia o olhar. Ele sacode a cabeça como se quisesse se livrar de algum pensamento e ela compreende que ele sabe. Ela se pergunta quando ele contará a Thomas.

– Vamos – ele diz, e eles correm ao encontro do mestre Cobham, que está parado com as mãos nos quadris, observando um guindaste de mão balançar um fardo de algo pesado para o convés de um navio de três mastros.

Aquela é a nau *Mary*, com cerca de vinte passos de comprimento e baixa na água. Cobham vira-se quando os vê e os observa enquanto se aproximam, sem nenhuma mudança de expressão. De perto, ele é sólido, de cabelos claros e com o tipo de rosto que fica mosqueado ao vento. Ele toca o chapéu em uma saudação irônica.

– Bom-dia – ele diz.

Seu olhar demora-se em Katherine e ela sente-se ruborizar, mas após um instante ele se vira e grita para os homens no guindaste para carregarem as bolsas do passageiro. O perdoador toma cuidado especial com o pacote que contém a pomada e não o confia a ninguém. Ela vê a sobrancelha clara de Cobham se arquear e suas dúvidas a respeito dele aumentam para desconfiança.

– Isto é seu, meu rapaz – diz o perdoador, entregando o machado de guerra a Thomas. – É melhor não perdê-lo.

Em seguida, o garoto do negociante de cavalos chega com um saco de moedas e, quando tudo está a bordo, o perdoador vira-se e acaricia o focinho da mula. Há lágrimas em seus olhos, embora o animal devolva o olhar sem nenhuma emoção.

– Adeus, amigo – ele diz. – Talvez a gente volte a se encontrar quando eu passar por aqui de novo, como um novo homem.

Enquanto o garoto leva a mula embora sem que ela esboce nenhum protesto, Katherine segue o perdoador para a nau subindo uma prancha de embarque. Ela nem pensa em deixar Thomas segurar sua mão embora seja oferecida e, após alguns instantes, ela desce em um mundo curioso que se move sob seus pés.

Quase não se pode ver nem um centímetro das tábuas do convés do navio por causa das sacas, barris, fardos e todo tipo de mastros de madeira. Há rolos de cordas, lonas e duas âncoras enormes, muito enferrujadas. Em um canto, um homem de pele escura senta-se em um balde virado e aquece as mãos em um fogo que arde lentamente no meio de uma larga laje de pedra. Outros homens permanecem no cordame, fitando os recém-chegados. Deve haver uns sete ou oito, todos rijos e com um ar selvagem.

— Vocês vão ficar lá dentro, se quiserem – Cobham diz, indicando com a cabeça uma porta de tábua embaixo do convés superior, na popa do navio.

— Muito bem – o perdoador diz e ele vai encontrando um caminho pelo convés para abrir a porta. Um mau cheiro penetrante emerge de dentro, mais forte do que o cheiro do mar: uma horrível combinação de vômito e de latrina.

— Fica muito frio aqui fora à noite – Cobham continua com um sorriso afetado.

Começa a nevar outra vez, flocos grandes e úmidos que se assentam no chapéu do perdoador. Katherine olha ao longo dos ancoradouros, para onde a mula está desaparecendo na crescente obscuridade. Dois frades de preto pararam o garoto. Beneditinos.

— Vamos experimentar a cabine – ela diz.

O perdoador nota a direção do olhar de Katherine.

— Sim, vamos – ele concorda. – *Ignis aurum probat, miseria fortes viros.*

Não há luz, apenas aberturas entre as ripas de madeira, o assoalho é encharcado e as paredes cobertas com uma crosta de algo que há muito se instalou ali. O perdoador fecha a porta atrás deles.

— Só precisamos ficar aqui até partirmos e ficarmos fora do alcance dos frades – o perdoador lhes diz enquanto eles prendem a respiração. Ele espreita por uma fresta na janela.

— Ou até aquele homem nos denunciar – Katherine diz.

— Sim – o perdoador concorda –, ele parece um tipo da pior espécie, mas só lhe paguei metade do que lhe devemos, com a promessa da outra metade quando desembarcarmos em segurança em Calais, onde eu disse que seremos recebidos por meus companheiros com o restante do pagamento. Ele não nos deixará ir com os frades sem receber a outra parte, mas saber que somos procurados pode tornar a viagem mais complicada, e mais cara, do que precisava.

Eles permanecem sentados na escuridão sulfúrea, ouvindo as vozes do lado de fora. Por fim, faz-se silêncio. Tudo indica que os frades se foram.

— Graças a Deus – diz o perdoador com um suspiro. No escuro, eles só conseguem ver o branco de seus olhos. Ouvem-se passos na escada ao lado da porta, alguém grita, seguem-se mais pés na escada e mais gritos, e repentinamente o navio estremece, dá uma guinada e parece ganhar vida. Katherine, impulsivamente, agarra o braço de Thomas. Ela o sente retesar-se.

– Soltaram os cabos – diz o perdoador. Acima deles, no convés posterior, podem ouvir Cobham gritando ritmadamente, como se encorajasse algum esforço físico.

Ela solta o braço de Thomas, no exato momento em que o perdoador bate as duas palmas das mãos em suas faces.

– Santo Cristo na cruz! – ele exclama.

– O que foi? O que há de errado?

– Não fizemos nenhuma oferenda a São Nicolau – ele diz. – Nenhuma oferenda por uma viagem segura.

7

O vento sopra do leste, trazendo com ele fileiras de ondas de crista rendada que rolam por baixo da nau, levantando-a e deixando-a cair mais perto da costa de sotavento. Mestre Cobham, parado no convés de popa, pernas bem separadas e seu chapéu de couro enterrado na testa, pragueja.

– Pelas chagas de Cristo! – ele berra. – Pelas santas chagas de Cristo!

No convés, o perdoador e Thomas agacham-se juntos, a cabeça entre os joelhos, agarrando-se ao lado inclinado do navio com as mãos.

– Vamos naufragar – o perdoador grita acima do barulho do vento. – Devíamos ter rezado uma missa. Devíamos ter rezado cem missas.

Ele vomita outra vez e limpa a boca com as costas da mão. Durante a noite, ele repuxou um músculo de tanto vomitar e agora seu rosto está amarelo, os olhos vermelhos e a barba imunda de algo que nem a chuva consegue lavar.

Quando anoitece, ele está fraco demais para se sentar e, com a ajuda de Katherine e de um ajudante do navio, Thomas o carrega de volta para dentro da cabine e o levanta para dentro de uma rede de lona manchada.

– Por todos os santos – o velho perdoador murmura depois de instalado na rede –, já não sofri o suficiente? Disseram-me para tomar um banho medicinal. Disseram que seria suficiente. Então, enviei uma criada, uma boa menina, para afogar uma ninhada de filhotes para mim: fox terriers. Então, mandei que estripasse os bichinhos, *Jesu Christe*, e os aferventasse para fazer uma sopa. Sim. Uma sopa. Sopa de cachorro. Suficiente para encher uma banheira. Na qual fiquei sentado por quatro horas com duas...

Ele sacode-se com ânsias de vômito outra vez, um longo e infrutífero espasmo.

– Duas peles de cabrito recém-cortadas, uma na minha cabeça e a outra no meu peito, para que eu não pegasse um resfriado. Disseram-me que isso seria o suficiente, que isso iria me curar, mas não. Não. Deus quer me matar desta forma. Com enjoos.

O ajudante demora-se na porta da cabine, contente em ficar fora da chuva por alguns momentos.

– Mestre Cobham diz que ninguém nunca morreu de enjoo – ele grita.

– A ideia de morrer é a única coisa que me mantém vivo – diz o perdoador, gemendo.

O garoto ri e sai correndo, equilibrando-se no convés inclinado, deixando a porta bater.

– Bom garoto – diz o perdoador. – Me faz lembrar meu próprio filho.

– Você tem um filho?

O perdoador sacode a cabeça.

– Eu o enterrei há três anos – ele diz. – A peste.

A tormenta dura mais dois dias. Eles não naufragam e, quando acaba, a vida no convés recomeça. Gaivotas reassumem seu posto, as asas brancas contra o céu azul, e o sol brilha, aquecendo a pele ainda que não os ossos. O cozinheiro acende um fogo em sua pedra e faz uma sopa de peixe que o garoto pescou com um anzol. Embora o navio ainda mergulhe e suba, a tripulação começa a consertar as velas e tudo que está molhado é pendurado ao sol para secar, inclusive o perdoador.

No dia seguinte, a terra desaparece à direita e veem-se barcos no horizonte. A água sob a proa do navio muda de cor, torna-se uma mistura agitada, entulhada de destroços de barris, penas raquíticas, juncos imundos e um cachorro morto.

– Atravessando o estuário – o garoto explica, gesticulando na direção oeste. – Para lá, na direção de Londres.

Mestre Cobham está mais atento e manda o rapaz subir a escada de corda e sentar-se em uma verga presa à coroa do mastro principal.

– Preocupado com piratas – o perdoador murmura. – Mais uma coisa a que temos que ficar atentos hoje em dia.

Thomas ouve a si mesmo resmungar distraidamente. Parece-lhe que ainda não dormiu desde que deixou o priorado, porque toda vez que fecha os olhos, ele vê Riven ou o gigante naquele momento antes de sentir seu polegar pressionando sua pálpebra; ou ele vê o deão sendo morto no claustro, e todas essas imagens sobrevêm mais uma vez, como se ainda estivessem acontecendo, não como fatos passados, e toda vez ele acorda sobressaltado, o coração disparado, os punhos cerrados.

Ele tentou rezar para se libertar e pede a Deus para se vingar por ele, mas, enquanto reza, ele não consegue deixar de imaginar a si mesmo como o instrumento escolhido por Deus. Imagina-se caçando Riven, exatamente como o perdoador sugeriu, e imagina que é ele acertando os golpes no sujeito, cortando-o, socando-o, quebrando ossos, retalhando a carne. Toda vez, ele tem que se controlar, se acalmar e retornar às preces.

Ele ouve o perdoador suspirar no fardo ao seu lado.

– Deve ser difícil – diz o velho homem, indicando Katherine na proa da embarcação, de costas para eles. – Ser expulsa do seu convento para a companhia de homens rudes como nós.

Thomas olha para ela outra vez: as costas empertigadas, os ombros eretos. Ele não diz nada.

– E quanto a você, irmão Thomas? Vai retornar ao claustro?

– Um dia – ele diz. – É uma vida boa.

– É uma vida boa – o perdoador concorda –, embora eu não possa ver que vá durar muito mais.

– O que quer dizer?

– Os monastérios são muito ricos – o perdoador começa a dizer com cautela, gesticulando em direção ao litoral. – Pense nos extremos a que nossos duques e condes vão para encontrar casamentos vantajosos para seus filhos, e no entanto o melhor casamento em toda a Inglaterra seria entre o abade de Westminster e a abadessa de Sion. Com uma riqueza assim, homens como o seu Giles Riven, bem, eles vão encontrar um meio de se apoderar disso, por bem ou por mal, e quando o fizerem, todos os mosteiros, conventos, priorados e fraternidades serão tomados antes que se passe um único verão.

O perdoador é interrompido por um grito vindo do mastro. O garoto viu alguma coisa. Todos os marinheiros param o que estão fazendo.

– O que é? – Cobham grita para cima.

– Barco à vista – o garoto grita para baixo. – Está movendo-se depressa, talvez dez remos, talvez mais. Vela mestra levantada, dirigindo-se para o promontório.

Thomas rola sobre o corpo e fica em pé, vai juntar-se a Katherine na proa. Na água, um dos barcos move-se rapidamente, com uma fileira de remos que mergulham de forma rítmica e impelem a embarcação para a frente em avanços cadenciados. Cobham grita ordens e os marinheiros correm para novas tarefas, afrouxando as velas para que deixem passar o vento. O navio relaxa sob seus pés. Eles aguardam.

– Mudança de curso – o garoto grita para baixo. – Vindo em nossa direção.

Cobham pragueja de novo e dispara mais ordens. A tripulação refaz as velas e a nau dá uma guinada. Cobham pressiona o timão de modo a fazer a nau girar para leste, para o mar.

Faz-se um novo e longo silêncio. Os marinheiros estão tensos.

– E então? – Cobham berra.

– Vindo atrás de nós – o garoto grita.

Ouve-se um grunhido.

– Malditos piratas – Cobham diz. – Isso não é nada bom. O conde de Warwick deveria manter os mares desimpedidos e olhe só para isto. A menos que...? – Uma ideia lhe ocorre. – Quem são eles? – grita para o garoto. – Consegue ver?

– O sol está refletindo em um bocado de metal.

– Armaduras?

– Pode ser. Elmos, de qualquer modo.

– Podem até mesmo ser homens de Warwick – Cobham especula.

Eles erguem os olhos para as velas remendadas e no minuto seguinte as veem ceder quando o vento para. O navio sai do curso. Cobham pragueja outra vez e começa a bombear o timão como se isso fosse acelerar o navio e recolocá-lo no curso.

— Você! – ele grita. – Cozinheiro! Pare de comer seus malditos biscoitos e assovie para chamar o maldito vento!

O cozinheiro – o perdoador diz que ele é genovês – começa a assoviar. Uma brisa leve agita a pesada vela.

— Continue a assoviar, filho da mãe! Continue! – Cobham esbraveja pelo convés. – Saxby! Saxby! Lance ao mar o que não precisamos.

Saxby é o imediato do navio, um valentão de cabelos escuros encaracolados e uma argola de ouro na orelha. Ele pega a pedra ainda quente do cozinheiro, levanta-a e cambaleia com ela até a borda do navio. Ele a arremessa ao mar e a pedra bate na água com um barulho surdo e oco que lança um chafariz verde acima da amurada do navio. O cozinheiro não interrompe seu assovio. Então, Saxby e três outros homens lançam fora as âncoras, cada qual desaparecendo com um estrondoso esguicho de água.

— Cristo na cruz! – Cobham murmura. – Me custaram caro.

— Estão se aproximando, mestre! – o garoto grita para baixo.

— Certo – Cobham diz. – Temos que jogar tudo fora se quisermos nos livrar deles. Você, aí! Mestre Daud e seus rapazes! Deem uma mão aqui. Tudo ao mar.

Thomas e Katherine juntam-se aos marinheiros conforme eles começam a levantar os fardos e pacotes e a jogá-los por cima da amurada na lateral do navio para o mar lá embaixo. O perdoador não consegue nem ver, apenas mia como um gato "não, não, não, não" conforme suas bolsas vão com o resto. Algumas afundam, outras flutuam. Cordoalha, lona, baldes, fardos, caixas, tudo que não está preso é jogado ao mar. No rastro ondulante do navio, eles deixam uma trilha oscilante de vergas, tábuas e sacas embrulhadas em lona.

Um dos homens emerge da cabine com o pacote envolto em aniagem do perdoador.

— Mestre! – o perdoador grita, entrando em ação. – Este não! É tudo que eu possuo!

O marinheiro olha para Cobham, que estreita os olhos.

— Está bem – ele diz. – Coloque-o lá de volta.

O marinheiro lança o pacote de volta para dentro da cabine, mas todo o resto vai embora. As panelas e caçarolas do cozinheiro, uma cadeira de madeira, cada pedaço de corda, cada bola de alcatrão, toda a comida, toda a bebida. Sobram apenas os homens, as velas, o pacote do perdoador e as armas: quatro espadas enferrujadas, uma alabarda, um martelo usado para quebrar correntes e o machado de guerra do gigante. Cada membro da tripulação possui uma faca na cintura e outra escondida nas roupas. Thomas tem o machado e um dos marinheiros entrega a Katherine um pedaço de corda com um nó na ponta que parece um grosso punho cerrado. Dentro dele há um peso e juntos eles formam uma clava letal.

– Eles esperam que eu lute – ela sussurra para Thomas. Ela balança o peso e encolhe-se quando ele passa voando perto do seu nariz.

– Epa! – Thomas exclama. – Cuidado.

Ela olha para o peso. Ele posiciona-se na frente dela, para protegê-la do que vier a acontecer em seguida.

– Ainda ganhando velocidade sobre nós, porém menos agora – o rapaz grita para baixo.

Ele não precisava ter se incomodado. Todos os marujos estão enfileirados ao longo da lateral do navio, observando o barco cruzando as águas a toda velocidade. Cobham observa do convés da popa.

– Droga – ele diz. – Devia ter guardado a laje de pedra. Devia jogá-la daqui em cima deles, iria levar todo o maldito bando com ela.

Thomas vê algo tremeluzir no céu. Em seguida, ouvem-se dois baques surdos e contundentes no navio e que fazem cada homem ter um sobressalto.

– Jesus Cristo!

Duas grandes flechas vibram no convés. Ambas com um metro de comprimento e da grossura de seu dedo indicador. Em um momento, elas não estão ali, no seguinte, estão cravadas no convés em uma corola de farpas cinzentas. A poeira sobe de cada uma como fumaça do pavio de uma vela.

– Santo Deus! – Cobham exclama. Em seguida, grita para o rapaz no alto. – Ei! Garoto! Avise-nos quando estiverem prontos a soltarem essas malditas flechas, seu...

Ele se interrompe e protege os olhos do clarão. Ergue os olhos para o cordame.

– Filho da mãe – ele termina, em voz baixa. Uma flecha atravessou o peito do garoto e o prende ao mastro. Ele olha ao redor. – Saxby! Saxby, lá! – ele grita. – Não fique aí parado de boca aberta e livre-se do peso morto.

Ele balança a cabeça e Saxby deixa seu posto na amurada do navio com um sorriso malicioso e, com passos rápidos, atravessa até onde está o perdoador, pálido, velho e assustado. Antes que Thomas possa se mexer, Saxby agarra o perdoador ao redor dos braços e vai empurrando-o para trás, jogando-o por cima da amurada para dentro do mar. O velho homem não tem nem tempo de gritar.

Saxby dá um passo para trás.

Thomas corre para a borda do navio. Não há nada lá embaixo, apenas o mar verde, encrespado, formando picos e depressões, enfeitado de espuma, inescrutável. Nenhum sinal do velho homem. O perdoador desapareceu. Thomas não consegue acreditar.

Ao seu lado, Saxby sorri afetadamente, satisfeito consigo mesmo.

– Ele estava nos retardando, amigo – Cobham grita. – E não parecia capaz de lutar com ninguém.

Thomas tem vontade de atacar, ferir Saxby.

Saxby vê a expressão de Thomas mudar. Uma lâmina aparece na mão de Saxby e ele é rápido com ela. Ele faz um movimento rápido com a lâmina na direção do rosto de Thomas e tenta agarrar o machado de guerra. Thomas atira a cabeça para trás, sente a faca passar perto.

Saxby está rindo, vem para cima dele outra vez. Thomas tenta atingi-lo com o gancho do machado. Sua intenção é rechaçar Saxby, mas Saxby é rápido demais e não estava esperando o ataque. Ouve-se um ruído, algo cartilaginoso triturado. Thomas sente a resistência ceder e sente a arma deslizar em algo macio. Saxby arqueja; seus olhos se arregalam, redondos como moedas. Thomas não se contém. Ele empurra. O rosto de Saxby muda de cor e ele estende a língua para fora. Luta para respirar.

Thomas recua. Vê um nítido filete de sangue escuro escorrendo pela haste do machado. Saxby cai de joelhos, os olhos se revirando para trás, para dentro de sua cabeça.

Tudo é muito rápido.

– Oh, Santo Deus! – Thomas grita. – Oh, Santo Deus! Perdoe-me! – Ele larga a arma assassina e agarra os braços de Saxby, como se segurá-lo pudesse salvar sua vida. – Eu não tive a intenção. Você viu! Por todos os santos, eu juro!

Mas Saxby já se foi. Seu peso morto passa pelas mãos de Thomas e desmorona no convés.

– Meu Deus!

Thomas afasta-se do corpo, olhando à sua volta em busca de ajuda, querendo que acreditem nele. Katherine olha fixamente para ele, boquiaberta, o rosto pálido. Tudo aconteceu tão rápido. Tão repentinamente. Tão facilmente. Há cordões de sangue pelo convés e nas botas de Thomas, e uma poça forma-se sob o corpo de Saxby.

– Pelo amor de Cristo! – Cobham ruge de seu convés. – O que estão fazendo? Vocês aí! Vocês aí! Matem ele! Matem os dois, pelo amor de Deus! Matem e depois joguem os malditos ao mar!

A visão de Thomas parece oscilar. Os sons estão abafados. O tempo se retarda. Tudo que consegue fazer é olhar para suas mãos, aquelas mãos assassinas.

Santo Deus! Ele matou um homem.

Katherine, então, dá um tapa em seu ombro.

– Thomas! – ela grita. – Thomas!

O som e a luz retornam para ele com um rugido. Homens correm em sua direção. Correm para Katherine. Ele agacha-se para pegar o machado de guerra e empurra Katherine para trás de si. O primeiro marinheiro ataca-os com uma espada enferrujada. Thomas apara o golpe com o machado. Ele cambaleia para trás com o impacto. O marinheiro está vermelho e desfigurado de raiva, cuspindo fúria. Thomas empurra a ponta rombuda do cabo de sua arma entre as pernas do sujeito. O machado parece leve em suas mãos e algo fácil de manejar, parece mover-se sozinho.

O marinheiro grita alguma coisa, deixa cair a espada e se atira para trás. Ele tropeça nos calcanhares. Sem pensar, Thomas avança para ele e deixa sua lâmina atingir o rosto do homem que está caindo. O homem grita e cobre com as mãos a massa sangrenta de seu nariz e dentes. Ele se contorce no convés que balança; um instante depois, está sufocando em seu próprio sangue.

O segundo marinheiro já os alcançou, um grandalhão com um nariz queimado pelo vento e um grosso justilho de couro. Ele está atrás de Thomas e prepara uma cutilada em Katherine com uma machadinha lascada. Ela se encolhe e se desvia. A lâmina passa por ela com um assovio, mas rasga sua manga. Thomas vira-se e enfia a coroa do machado na axila do marinheiro, quebrando suas costelas e lançando-o, aos tropeções, de encontro ao parapeito do navio, onde ele desmorona de costas, com as mãos e o peito cobertos de sangue, os pés descalços raspando o convés. Ele está arquejante, lutando para respirar. Em seguida, também ele está morto.

– Oh, Deus! Oh, Deus! Oh, Deus! – O rosto de Thomas está lívido.

– Que merda! – Cobham berra.

Ainda restam três marinheiros: homens com as juntas dos dedos cobertas de cicatrizes e olhos inexpressivos. Um deles pega a espada enferrujada do chão do convés. Thomas observa-o circundando pela esquerda, enquanto o outro vai pela direita. Ele se pergunta como vai lutar com dois ao mesmo tempo.

Mas um novo arremesso de flechas do barco atinge o convés do navio como o ribombar de um trovão. Cinco setas, ali repentinamente, como uma cerca, enterradas quase até seus ombros no assoalho. A última atinge o calcanhar do marinheiro, pregando-o nas tábuas. Ele joga a espada para o alto, berrando, tentando pegar as penas da flecha.

No exato instante em que o segundo ataca Thomas com sua espada, Thomas apara o golpe contra a peça de aço que prende a lâmina do machado ao cabo, dá um passo para ele e, imitando Riven, desfere um soco com o punho esquerdo na cartilagem do nariz do marinheiro. Dois esguichos de sangue brotam de seu rosto e Thomas gira nos calcanhares para impelir o machado de guerra no joelho do marinheiro. Este cai no convés, o corpo encolhido. Thomas deixa cair a ponta da arma sobre ele. É um ferimento que levará dias para matá-lo.

O terceiro homem investe contra Thomas, cercando-o, segurando a espada para baixo, mas ele agora já não se sente tão encorajado e bate em retirada tão logo Thomas o ameaça com o machado.

– Socorro! – o marinheiro com a flecha no calcanhar continua a gritar. – Me ajudem! Pelo amor de Deus! Me ajudem pelo amor de tudo quanto é mais sagrado!

É o suficiente para Cobham. Ele abandona o timão, desce a escada furiosamente, pega a espada enferrujada e avança para o marinheiro com a flecha no calcanhar. O marinheiro olha para ele com ar suplicante, em seguida muda de expressão e tenta se arrastar para trás. Ele ergue as mãos.

– Não! – ele grita.

Cobham desfecha um golpe violento na garganta do marinheiro. O sangue esguicha e o marinheiro cai de uma maneira desajeitada, como se tivesse caído de uma árvore, ainda preso ao chão pelo calcanhar, enquanto o sangue fervilha pelas tábuas.

– É assim que se faz, por tudo que é sagrado – Cobham ruge. – É desta maldita maneira que se faz, está vendo?

Ele vira-se para Thomas.

– Pensei que vocês fossem apóstatas – ele dispara. – Eu devia ter entregado vocês aos frades quando tive a maldita chance.

Antes mesmo de terminar a frase, ele arremete contra Thomas, que afasta a espada com um contragolpe. Então, Cobham lança-se para Katherine. Thomas ataca-o. Cobham apara o golpe na lâmina de sua espada, um encontro de aço deslizando contra aço. Cobham é forte, mais forte do que Thomas, mais forte talvez até do que Riven. Ele empurra Thomas para trás, depois gira e atinge Thomas no rosto com uma cotovelada. Thomas sente os joelhos fraquejarem, sua visão fica turva e o machado parece pesado demais.

Cobham sorri. Ele está prestes a atacar Thomas de novo, quando Katherine o atinge com a arma de corda.

Agora é Cobham quem cambaleia. Ele leva a mão ao pescoço, onde ela o atingiu. Ele verifica se está sangrando. Apenas um pouco. Ele tenta uma investida rápida e desleal no corpo de Katherine. Thomas golpeia a espada com o machado de guerra, arrancando-a da mão de Cobham. Ele grita de dor e a espada resvala ruidosamente pelo convés em direção a Katherine. Ela abaixa-se para pegá-la. Uma faca aparece na mão de Cobham. Ele salta para ela, agarra-a pela gola, puxa-a para si, a faz se dobrar, protegendo-se e expondo o pescoço dela à sua lâmina. Thomas se recobra.

Ele gira o machado, passando bem próximo de Katherine. Ouve-se uma pancada surda de aço em osso e ele enterra a longa e pontiaguda ponta do machado na carne de Cobham, sob o queixo. Cobham morre instantaneamente, seu corpo convertido em peso morto que puxa o machado da mão de Thomas. Junto homem e machado desabam no convés. O cheiro de sangue é ferroso e íntimo.

Katherine consegue se desvencilhar, os joelhos fraquejando. Ela está segurando a garganta. Thomas inclina-se e torce o machado para tirá-lo do corpo de Cobham, pronto para o ataque seguinte. Ele respira com dificuldade, quase incapaz de ver claramente. Ele empunha sua arma e encara os homens reunidos no convés.

Eles não se movem. Ficam parados, observando-o, lívidos, incrédulos. Então, largam as armas e recuam um passo. Thomas também mal consegue acreditar no que aconteceu. Katherine olha para ele como se ele fosse uma outra pessoa.

– Preciso me sentar – ele diz. Ele larga o machado e senta-se logo antes de suas pernas cederem. Ele não consegue evitar que seu rosto se contraia e as lágrimas silenciosamente se derramem pelas suas faces. Ele une as mãos com força para fazê-las parar de tremer.

– E agora? – Katherine pergunta. Seu rosto também está pálido, uma mancha de sangue acima do lábio.

– Vamos esperar – o cozinheiro genovês responde por Thomas. – Espero que não nos matem.

Thomas quase se esquecera dos piratas.

Ouve-se um pequeno baque surdo quando o barco bate na lateral da nau, fora da vista, abaixo da amurada do navio, e um instante depois dois homens pulam para dentro do convés. Trazem espadas nas mãos, elmos de aço na cabeça e pesadas capas acolchoadas. O primeiro é alto e locomove-se com passos leves pelo convés em botas altas de couro mais apropriadas para um cavalo do que para um navio. O outro é pequeno, rijo, como um terrier, com suíças ruivas e um enorme nariz, quebrado muitas vezes. Ambos usam tabardos vermelhos, manchados de suor e de sal.

Eles param e olham ao redor.

– Merda! – diz o segundo. – Parece que chegamos tarde demais para a festa.

O primeiro dos dois, bem mais alto, embainha a espada e tira o elmo.

– Santo Deus – ele diz, decepcionado. – O que aconteceu aqui?

Ele tem cabelos escuros cortados curtos acima das orelhas, como Riven, porém é mais novo, com um rosto franco e bonito, o tipo que inspira confiança em Thomas. Outros três homens juntam-se aos dois, subindo devagar pela amurada do navio. Eles não parecem muito à vontade com o balanço do mar e Thomas reconhece o tipo de sua terra natal, há muito tempo: robustos, bem alimentados, com o peito fundo e as costas curvadas pelo trabalho no campo. Cada um carrega uma espada curta, exceto um deles, que carrega um arco longo e uma aljava. Eles usam a mesma vestimenta vermelha dos dois primeiros, com uma pequena estrela em tecido branco no lado direito do peito. Quando veem os corpos fazem o sinal da cruz.

O primeiro homem passa a mão pelos cabelos.

– Meu nome é Richard Fakenham – ele anuncia aos marinheiros –, de Marton Hall em Lincolnshire, e em nome do meu senhor, conde de Warwick, o capitão de Calais encarregado de vigiar os mares, estou confiscando esta nau para os seus propósitos.

– Vocês não são piratas? – pergunta o cozinheiro genovês.

Fakenham parece ofendido.

– Não – responde. – Somos soldados. Agora, qual de vocês é o capitão do navio?

Um dos marinheiros sobreviventes – o que parece um furão, com uma entalhadeira, mais velho do que os outros – aponta para o corpo de Cobham.

Fakenham resmunga.

– E o imediato dele?

O homem aponta novamente. Desta vez para Saxby.

– Muito bem – diz Fakenham. – Qual de vocês sabe governar esta embarcação?

Novamente, o homem mais velho se apresenta.

– Qual é o seu nome?

– Lysson – ele diz. – John Lysson, de Falmouth.

– Muito bem, John Lysson de Falmouth, pode nos levar a Calais? Pelo Canal da Mancha?

Após um momento de hesitação, Lysson balança a cabeça, assentindo.

– Mãos à obra, então.

Lysson olha para os outros marujos, como se pedisse permissão, depois sobe a escada para assumir o controle do timão. Ele grita uma ordem que os outros dois marinheiros e o cozinheiro genovês começam a obedecer. Quando passam pelo menor dos dois soldados, o segundo homem a subir a bordo, ele arreganha os dentes e rosna para eles como um cão.

– Não mate nenhum deles, a menos que seja absolutamente necessário, Walter – diz Fakenham. – Precisamos deles para ajudar a navegar este maldito navio.

Então, ele se volta para seus próprios homens.

– Vocês, aí – ele diz –, amarrem o barco ao lado do navio e, depois disso, vamos trazer meu pai para cima.

Um deles grita para o barco lá embaixo e uma corda é arremessada para cima e agarrada. Fakenham olha ao redor como se tivesse esquecido alguma coisa. Então, ele vê Thomas sentado e Katherine de pé entre os corpos.

– O que aconteceu aqui? – ele pergunta.

Thomas engole em seco. Não consegue dizer nada. Sabe que, se tentar, vai começar a chorar outra vez.

Katherine responde por ele.

– Eles atiraram nosso mestre ao mar – ela diz, indicando a popa do navio. – E depois tentaram nos matar.

– Então, vocês os mataram?

Katherine confirma, balançando a cabeça. Fakenham ergue as sobrancelhas.

— Mas quem são vocês? — ele pergunta. — Por que, afinal, estão a bordo? Vocês não estão com eles, estão? — Ele indica os marinheiros.

— Não — Katherine diz. — Nós éramos seus criados.

— Do homem morto? Quem era ele?

— Seu nome era Robert Daud. Ele era um perdoador. De Lincoln.

— De Lincoln? Será que já o encontrei? Nós somos de Lincoln. Walter? Você conheceu um Robert Daud? Um perdoador? De Lincoln?

Ouve-se um grunhido impaciente de negação.

— Bem, perguntarei ao meu pai. Embora ele não tenha tempo para isso. Indulgências e coisas assim.

Fakenham nota o machado de guerra do gigante, no chão onde Thomas o largou, brilhando de sangue. Ele se inclina para pegá-lo.

— É seu?

Thomas consegue balançar a cabeça.

— Bom — Fakenham diz, balançando-o, verificando o equilíbrio. — Muito bom.

— Estamos indo para Canterbury — Thomas diz, como se isso explicasse tudo.

Fakenham mal o ouve.

— Pode-se arrancar o olho de um homem com isso — o homem que ele chamou de Walter diz, surgindo junto ao ombro de Fakenham e olhando atentamente para Thomas. Ele esfrega os pelos eriçados da barba em seu queixo e franze a testa. Em seguida, seus olhos percorrem Katherine de alto a baixo por mais tempo do que seria tolerável. Há algo nela que ele parece não gostar.

— Livre-se desses aí, sim, Walter? — Fakenham diz, indicando os mortos. — Jogue-os ao mar. E limpe um pouco o lugar também. Em seguida, vamos entrar em ação. Temos que chegar a Calais sem atrair mais nenhuma atenção.

Walter agacha-se junto aos marinheiros mortos e começa a vasculhar suas roupas. Ele resmunga consigo mesmo, um ruído de decepção. Encontra algumas moedas em uma bolsinha pendurada no pescoço de

Cobham que ele guarda para si próprio, três facas de qualidade inferior que ele deixa no convés para quem quiser pegar, o que Katherine faz, e uma bolsinha na qual um dos homens guardava o seu rosário de contas de madeira. Thomas observa em silêncio.

Ele matou um homem. Mais de um. Ele sabe que fez isso para se salvar e salvar Katherine, mas pode sentir o cheiro do sangue deles em suas mãos e em suas botas, como uma mancha em sua alma.

– Você aí, criado! Dê uma mão aqui.

Walter está em pé, segurando os calcanhares de Saxby. Ele quer que Thomas o segure pelos ombros. Thomas levanta-se, agarra o imediato pelo justilho de couro e o levanta, e juntos eles balançam o corpo para a amurada.

– Não deveríamos rezar o viático? – Thomas pergunta. A ideia de até mesmo um homem como Saxby ir para o céu ou para o inferno sem alguma bênção e preces é chocante. Quando um cônego ou uma freira morria, as orações duravam três dias.

Walter olha para ele como se ele fosse um idiota.

– Não – ele diz.

Está decidido. Eles balançam Saxby por cima do parapeito e o soltam. Thomas observa seu corpo bater no mar, espirrando água. Em seguida, Walter o chama e Thomas volta para recolher os outros e, juntos, eles jogam os cadáveres por cima do parapeito do navio. Thomas murmura uma bênção a cada vez e quando os homens são jogados eles são apenas carne, mais sólidos na morte do que tinham sido em vida. Um dos marinheiros restantes sobe a escada de corda até o mastro. Um instante depois, o corpo flácido do rapaz tomba, bate nos cabos do mastro, ricocheteia desajeitadamente e, em seguida, cai no mar com uma pequena pancada na água.

– Era apenas um garoto – Fakenham diz, olhando com curiosidade. – Que pena.

Os marinheiros começam a prender as velas ondulantes, o navio retesa-se sob elas e começa a avançar. A linha do horizonte se estabiliza. Mais dois marujos do barco sobem a bordo e começam a ajudar um homem idoso a subir pela amurada do navio. Ele tem o rosto vermelho e cabelos brancos, com uma longa pena cinza em seu gorro de veludo azul. Ele usa uma capa orlada de pele, nos pés botas de couro muito finas e enlameadas, que um dia deviam ter tido a cor de uma castanha-da-índia bem polida. Quando chega ao convés, ele anda capengando, como se sentisse dor.

– Pelas unhas de Deus – ele sussurra. Há lágrimas em seus olhos azul-claros e ele para por um instante, oscilando, como se soubesse que seu próximo passo irá doer, depois procura o caminho mais curto para algum lugar onde possa se sentar.

– Pode pegar meu baú, meu filho? – ele pede a Fakenham, que atravessa o convés e grita para o barco embaixo. Um instante depois, dois outros homens trazem um baú para cima – uma elegante arca de couro vermelho com reforços de metal – e coloca-o encostado à parede da cabine. Um dos homens é gordo, mais gordo que qualquer outro que Thomas se lembra de já ter visto, mas possui braços fortes, cada qual como um porquinho raspado, e tem o peito largo como uma porta de igreja. Enquanto o homem mais velho aguarda, respirando ruidosamente, Richard Fakenham abre o baú, retira dali uma grande almofada vermelha e fecha-o novamente. Ele coloca a almofada cuidadosamente sobre o baú e ajuda o velho a sentar-se sobre ela.

– Pronto, papai – ele diz.

– Obrigado, meu filho – diz o velho. – Obrigado. O que eu faria sem você, hein?

Depois de estar instalado e depois de ajeitar seu gorro em um determinado ângulo, o Fakenham mais velho olha em torno.

– Um naviozinho nada mau – ele diz, com ar de aprovação. – O jovem Warwick vai ficar satisfeito.

Seu olhar recai sobre Thomas e Katherine, parados ali.

– Quem são vocês? – ele pergunta.

– Somos criados, senhor – Thomas começa a dizer. – De Robert Daud, um perdoador, de Lincoln.

– Não! O velho Daud? – exclama o homem, animando-se à menção de um nome familiar. Ele vira-se para o filho. – Uma vez ele tentou me vender uma crisma para a minha queixa, sabe? Sempre me pergunto se eu deveria ter pago o preço, mas quando seu filho morreu há um ou dois anos, eu pensei, bem, se ele não pode curar isso com o osso do dedo do pé de Santa Cecília ou com a omoplata de não sei quem, que chance teria de me curar?

– Tome, papai.

Richard entrega-lhe um caneco do qual ele bebe com um estremecimento.

– Então, onde está ele? Mestre Daud? – ele pergunta, enxugando a boca com um pano.

Thomas conta-lhe o que aconteceu.

– Afogado? Foi afogado? Pobre coitado.

Sir John faz uma pausa e ergue os olhos, percorrendo as roupas ensanguentadas de Thomas.

– Mas você não iria embora sem lutar, hein?

– Eles mataram cinco deles – diz o Fakenham mais novo, mostrando ao pai o machado de guerra do gigante. – Cinco e meio, se incluir aquele.

Ele indica com um sinal da cabeça o marinheiro com o ferimento no abdome, ainda vivo à sombra do parapeito do navio.

– Santo Deus, Richard – diz o velho Fakenham, assobiando ao ver o machado do gigante. – Olhe só para isso. Uma bela arma. Eu não iria querer estar no lado errado daquele cabo. Quem é você?

– Sou Thomas Everingham, de... eu sou... um criado.

Faz-se um momento de silêncio enquanto o velho olha para eles pensativamente.

– Um criado, hein? E no entanto quantos homens você matou esta manhã? E não tem nem um arranhão. É quase... o quê? Milagroso? Não acha milagroso, Richard? Geoffrey?

Ele está se dirigindo ao filho e ao gordo. Nenhum dos dois diz nada, mas ambos aceitam a possibilidade.

– Talvez o bom Deus esteja protegendo-os, não? Talvez Ele tenha algum propósito especial em mente? Alguma missão superior? – Ele está brincando, e se volta novamente para Thomas. – Você é um sujeito forte, não? – ele diz. – Não muito musculoso, mas... Já usou um arco e flecha?

– Faz alguns anos que não – Thomas calcula. – Perdi a prática depois que meu pai foi para a França.

– Ah. França, hein? E ele não retornou?

– Não, senhor.

O convés move-se sob seus pés e o velho é distraído pela dor por um momento. Seus olhos lacrimejam, mas ele se recobra e toma mais um gole de sua bebida.

– Bem – ele diz –, estou encarregado de fornecer quinze arqueiros a meu lorde Fauconberg. Eu tinha quinze até um deles voltar para os seus campos assim que ele viu o mar, e agora me falta um homem.

– Eles dizem que estão a caminho de Canterbury – Richard interrompe.

– Bem, essa é mais uma feliz coincidência. Nós também, assim que pudermos.

– Vocês nos levarão a Canterbury? – Thomas pergunta.

Ele mal pode acreditar em sua sorte. Sir John ri.

– Não somos transportadores, nem carroceiros, rapaz – ele diz –, mas se você estiver disposto a se juntar à minha companhia como arqueiro, então eu o levarei a Canterbury e até mais longe.

Ele olha para o filho ao dizer isso. Richard sorri.

– Mas... – Thomas começa a falar. Ele está prestes a contar-lhes sobre seus votos. Katherine sacode levemente a cabeça. O velho homem interpreta mal.

– Não gosta da ideia? – ele pergunta. – Então teremos que ver se o Senhor realmente tem um propósito especial em mente, sabe, porque você terá que nadar até a praia, agora mesmo. Eu não vou levá-lo a Calais só para vê-lo correr e se juntar ao duque de Somerset em seu maldito castelo. Você é muito habilidoso com esse seu machado e eu não gostaria de ter que enfrentá-lo em algum charco no futuro, arrependendo-me de não tê-lo matado quando tive a oportunidade.

Thomas vira-se para Katherine. Que escolha eles têm, de qualquer modo?

– Faremos o melhor que pudermos – ele diz.

– Assim é melhor – Fakenham diz. Então, vira-se para Katherine. – E quantos anos você tem, garoto? Quatorze? Quinze? Já usou um arco? Pelo jeito, acho que não. Bem, ouso dizer que podemos usá-lo para alguma coisa. Até adquirir um pouco de músculos, quero dizer. Talvez possa atuar como um escudeiro para o meu filho? Richard? O que acha?

Richard balança a cabeça, assentindo. Parece satisfeito com a ideia. Katherine não diz nada.

– Não posso me dar ao luxo de lhe pagar o mesmo que pago aos meus arqueiros, mas posso lhe prometer quatro marcos por ano, roupas melhores do que as que está usando agora, comida quase sempre e a oportunidade de uma parte no que quer que encontrarmos pelo caminho. O que diz?

Eles não têm escolha e, assim sendo, fica acordado.

8

Por três dias e três noites, a nau *Mary* fica parada ao largo da costa de Kent, imobilizada por um vento implacável que sobe o Canal da Mancha. Nos penhascos ao norte, eles podem divisar as duas torres do santuário de Nossa Senhora, mas nem todas as orações conseguem trazer uma trégua às condições do tempo e, ao final do terceiro dia, todos os homens observam com um toque de inveja quando o marinheiro que Thomas feriu finalmente morre.

– Muito bem, Thomas – Walter diz –, mais uma marca no seu machado. Jogue-o fora e depois vá ajudar os outros com a vela. E você! Mocinha! Limpe tudo isso.

Ao ouvir a palavra "mocinha", Katherine retesa-se. Ela vira-se, escondendo o rosto nas dobras soltas do seu capuz, sentindo as faces arderem e o coração bater com força. O gordo Geoffrey toca seu braço.

– Não ligue para ele, Kit – ele murmura. – Ele tem uma língua ferina, mas tem bom coração.

Ela balança a cabeça, grata pela compaixão do grandalhão, mas não consegue fitá-lo nos olhos. Abaixa a cabeça e se afasta, depois começa a jogar água do mar no sangue do marinheiro morto, consciente da ponta das botas de Walter, ali parado, observando seu trabalho. Mais tarde, ela ajuda Geoffrey a levar canecas de água da chuva aos doentes, exatamente como o garoto do navio fizera, até que finalmente, no quarto dia, o vento recua e os liberta. Os marinheiros reiniciam a vela mestra e o navio começa a cruzar as águas turbulentas.

O gordo, Geoffrey, até onde ela saiba, é quem se certifica de que os homens estejam bem alimentados e vestidos, quem se preocupa com o lugar em que vão dormir à noite. O outro, Walter, é quem organiza a luta, que impõe a disciplina. O velho sir John fica satisfeito em deixá-los com esses encargos, enquanto seu filho Richard está mais preocupado com seus próprios assuntos, e pouco fala. Ao contrário de Geoffrey, que está sempre disposto a falar, rápido e em voz baixa; dessa forma, ela fica sabendo um pouco sobre sir John Fakenham e sua companhia.

A história, até onde ela consegue apreender e posteriormente relatar a Thomas, é que sir John esteve nas guerras na França. Ele lutou no cerco a uma cidade de cujo nome ela se esquece antes mesmo que Geoffrey termine de contar a história, mas enquanto ele estava lá, o exército foi assolado por uma doença que Geoffrey chama de fluxo sangrento, que por fim levou o rei Henrique V também, e isso parece ter determinado uma virada na luta.

Os nomes das batalhas que se seguem não significam nada para ela, mas sir John sobreviveu a todas, apesar de por um triz. Ele foi capturado e libertado mediante resgate em uma delas, onde os franceses usaram canhões e alguém de quem Katherine finge já ter ouvido falar foi morto e tão massacrado com o cabo de um machado de guerra enquanto estava caído, preso sob seu cavalo, que seu arauto só reconheceu seu corpo por causa de uma característica separação entre seus dentes da frente.

Depois disso, o empobrecido sir John retornou para sua casa na Inglaterra e encontrou sua propriedade perto de Lincoln confiscada por um cavaleiro local, que alegava algum direito a ela, mas na realidade não tinha direito algum, só que ele podia contar com o apoio do duque de Somerset, caso sir John tentasse reclamá-la de volta.

– Sir John apelou a seu primo, que era lorde Cornford. Ele esperava que seu primo pudesse fazer alguma coisa por ele na corte, já que sir John conseguira noivar o jovem Richard com a filha de lorde Cornford. Mas não havia muito que lorde Cornford pudesse fazer por ele enquanto o duque de Somerset fosse tão poderoso na corte, não é? Depois, todas as esperanças se perderam quando o velho Cornford viu-se no lado errado de uma adaga na ponte de Ludford no ano passado. Foi esfaqueado no olho, o pobre coitado, e ainda por cima depois que a batalha já tinha terminado.

A coincidência era impossível.

– Quem o esfaqueou? – Katherine pergunta, embora ela saiba a resposta.

– O mesmo homem que roubou Marton Hall. Um homem chamado Riven. Sir Giles Riven, embora ninguém saiba quando foi que ele se tornou cavaleiro. Se você é de Lincoln, deve conhecê-lo.

Katherine balança a cabeça.

– Ele é famoso em todo o território de Lincolnshire, esse tal de Riven – Geoffrey continua –, e mais além agora, já que ele não só conseguiu se apoderar do castelo de lorde Cornford em Cornford, mas foi embora e colocou a filha de Cornford sob sua custódia.

– O que isso significa?

Geoffrey fica espantado por ela saber tão pouco.

– Apenas que ele rompeu o planejado casamento entre Richard e a jovem!

Katherine continuou sem entender.

– O que significa que sir John perdeu sua mansão e o jovem Richard não porá as mãos no Castelo de Cornford.

Geoffrey cospe com repugnância.

– E depois, lá está o maldito Giles Riven – ele continua –, sentado no castelo, no colo do maior luxo, com um exército de arqueiros, feliz com a ideia de que seu filho herdará o lugar com uma renda para sempre, enquanto aqui estamos nós, doentes como porcos no Canal da Mancha, apenas quinze de nós, privados de nossos direitos e despojados de tudo que possuímos, inclusive nossos nomes, e eu com minha mulher e filha ainda em casa.

Katherine vai se colocar ao lado de Thomas onde ele está, curvado sobre o parapeito do navio, espreitando o horizonte em direção à costa da Inglaterra oculta em algum lugar na névoa do mar. Ele enrolou um pedaço de lona de vela nos ombros e seus olhos estão vermelhos por falta de sono. As almas daqueles homens mortos pesam muito em sua consciência, ela imagina, e ele passou os últimos dias sentado ao lado do marinheiro moribundo, torcendo as mãos e rezando para que ele sobrevivesse.

– Sir John conhece Giles Riven – ela diz.

Thomas se sobressalta.

– Como?

Depois que ela lhe conta, ele arranca a lona dos ombros e atravessa o convés com passadas firmes e largas. Ela o observa por um instante. Ele está muito abatido e magro perto dos outros homens. Ela pode ver cada um dos seus ossos. Quanto mais cedo ele retornar ao claustro, ela imagina que mais feliz ele estará. Mas ela sente uma brisa de pânico quando pensa em se separar dele. O que ela fará?

Quando ele volta, parece ainda mais perturbado. Há alguma coisa em seus olhos que a fazem lembrar de Alice, ou talvez de uma das outras irmãs depois de estarem muito tempo em oração.

– É a vontade de Deus – ele diz. – Não há outra maneira de explicar isso.

Ela não diz nada, mas sente algo sucumbir dentro dela.

– Por que Ele enviaria esses ventos? – Thomas pergunta. – Se não para nos atrasar, para que conhecêssemos estes homens? Por que Ele nos preservaria durante a luta com... com Cobham? Certamente é como sir John diz: Ele tem algum propósito especial para nós.

Katherine não acredita que Deus tenha em mente um propósito especial para ninguém, pois, se assim fosse, então por que não para todo mundo? Ela não pode acreditar que Seu propósito especial para ela fosse ter que aturar os tormentos da prioresa por tanto tempo. Ela não pode acreditar que Seu propósito para Alice fosse morrer daquele jeito. Se fosse acreditar nisso, então só poderia concluir que esse Deus era um Deus vingativo.

– É a vontade de Deus que a gente vá para Calais – Thomas está dizendo.

Ela sacode a cabeça para afastar seus pensamentos.

– Por quê? – ela pergunta. – Por que Calais?

Thomas fica momentaneamente confuso. Olha espantado para ela. Em seguida, se acalma.

— De lá, podemos ir a Canterbury — ele diz. — Onde procuraremos o Prior de Todos e defenderemos nosso caso.

— Oh — ela diz. Ela não quer pensar em Canterbury.

— O que foi?

Agora é a sua vez de ficar confusa. É a pergunta e a maneira como ele olha para ela ao fazer a pergunta, porque parece que ele quer saber o que há de errado com ela para poder consertar. A experiência é nova.

— Nada — ela diz. — Nada.

Agora, ela olha ao longe, do parapeito do navio, pelas águas revoltas até os bancos de névoa e neblina que se condensaram ao redor do navio. Ela tem adiado o momento, mas agora sabe que tem que dizer a ele que ela não pode esperar nada mais do que a forca do Prior de Todos. Ela sabe que precisa fazer isso agora. Dizer-lhe que não pode ir com ele a Canterbury, não pode retornar ao priorado. Ela ergue os olhos, pronta para confessar, mas um marinheiro na proa do navio dá um berro, Thomas vira-se, e o momento da confissão se perde.

Ao ouvir o grito, os homens na meia-nau do navio ficam de pé e Richard Fakenham aparece procurando Lysson, o novo capitão do navio.

— O que houve? — ele pergunta.

— Navio — Lysson diz, apontando na direção da costa francesa.

Os homens começam a se amontoar na lateral do navio, olhando através das águas para o contorno turvo dessa nova embarcação. Parece uma nau como a deles, mas move-se com mais rapidez, as velas enfunadas e a proa levantando água branca.

Quando Richard Fakenham fica ansioso, ele cerra o maxilar e mesmo sob os dez dias de barba por fazer é possível ver seus músculos se retesarem.

— De onde ele veio? — ele pergunta.

— Dunquerque, provavelmente — diz Lysson.

— Tem certeza?

— Veio da costa.

— Mas poderia ser qualquer um?

— Ainda não consigo ver o estandarte, mas não são mercadores.

— Não?

– Olhe para os castelos – ele diz. – É um navio de guerra, sem dúvida. Piratas, provavelmente.

O novo navio é elevado nas duas extremidades, a fim de proporcionar à tripulação a vantagem da altura quando se trata de lançar flechas e atirar pedras.

– Pode ser francês. Espanhol. Bretão. Pode ter vindo de Sandwich. Ficou preso lá por causa do vento. Pode ser da armada inglesa.

– É melhor nos prepararmos – Richard diz, virando-se para os homens reunidos no convés. – Walter? – ele chama.

Walter já está mandando os arqueiros irem pegar seus arcos na cabine e vestir seus corseletes acolchoados. Eles emergem de lá meio desajeitados, amarrando braçais de couro nos pulsos, protegendo os dedos com dedeiras de couro. Cada homem prende uma espada curta na cintura e pendura um pequeno escudo circular sobre o punho da espada. Os arcos são retirados de suas bolsas e as cordas de cânhamo encaixadas.

– Coloquem o chapéu, rapazes – Walter diz.

Eles enfiam os elmos na cabeça, cápsulas de aço justas, cada qual amarrado com tiras de couro sob o queixo.

Richard fica parado na proa do navio, enquanto Geoffrey amarra uma peça de armadura às suas costas. Apesar de ser tão corpulento, Geoffrey tem dedos ágeis e ele amarra as tiras escondidas antes de o pai de Richard aparecer no convés.

– Richard – ele chama o filho. – É melhor ficar em outro lugar, hein? Não faz sentido servir de alvo.

Richard está pálido e não para de passar sua espada de uma das mãos para a outra. Ele ignora sir John e espreita o navio à frente. As placas de sua armadura batem e arranham enquanto Geoffrey as prende.

– Walter – sir John chama. – Levante a bandeira.

Walter deixa o parapeito e vai buscar um grande quadrado de tecido do baú de sir John. Um dos marinheiros pega a bandeira e sobe alguns metros pela escada de corda.

– Continue. Mais alto. Lá em cima. Olhe.

Walter aponta. O marinheiro sobe e prende o canto superior da bandeira a um estai, depois a estende. A bandeira – uma grande estrela preta em um fundo branco – ondula à brisa. Ouve-se uma aclamação titubeante dos homens.

– Pode distinguir o estandarte deles? – sir John pergunta ao marinheiro. O homem para com os pés descalços sobre o parapeito do navio e espreita o outro navio através das águas, protege os olhos com as mãos, depois, após um instante, sacode a cabeça.

– Deixe o estandarte para lá – Walter murmura. – Ele tem canhões? Alguma bombarda?

À menção de artilharia, o marinheiro desce rapidamente do parapeito. Os demais arqueiros ficam em silêncio.

– Não consigo ver nada – Richard está dizendo. – Esta névoa! Pelo sangue de Cristo! Aquilo é fumaça? Olhem! Sim! Eles acenderam um fogo. Pretendem usar flechas de fogo.

Ele vira-se para Thomas e Katherine, que estão parados diante da porta da cabine.

– Vocês dois! Cada um ache um balde. Tragam água para cá.

Como Cobham e seus homens haviam jogado tudo fora, há apenas um balde, do barco.

– Eu disse que devíamos ter trazido um frade – Geoffrey diz, a voz ligeiramente mais alta do que o normal. – Precisamos de alguém para nos conduzir em oração.

Thomas abre a boca, mas fecha-a de novo e, em vez de falar, eles lançam o balde pendurado em uma corda na água verde do mar e o deixam encher, trazendo-o para cima enquanto os arqueiros se ajoelham e começam a entoar o pai-nosso em um cântico surdo. Cada arqueiro faz o sinal da cruz no convés onde se ajoelha e em seguida se abaixa para beijá-lo.

– Muito bem, todos de pé – Walter diz quando terminam. Eles não param de se entreolhar e a remexer em seus equipamentos. Um deles boceja de nervoso.

– Coloquem suas flechas no cinto – Walter diz. – Façam cada uma valer a pena, porque não temos mais. Escolham seu alvo e mirem em rostos. Procurem rostos, compreenderam? Rostos. Qualquer coisa pálida. Isto aqui não é treinamento. Isto aqui é real.

Eles ainda estão muito além do alcance das flechas, mas o outro navio aproxima-se rapidamente. Geoffrey coloca-se ao lado de Katherine. Ele carrega um martelo de guerra, com um dos lados pontudos, como o machado de Thomas, só que de cabo mais curto, projetado para ser usado apenas com uma das mãos.

– Dá para você divisar o estandarte deles? – ele pergunta.

Thomas sacode a cabeça. Katherine estica o pescoço exatamente quando há uma súbita rajada de vento e a bandeira do navio se desfralda, vermelha, contra o céu cinzento.

– Tem uma figura de alguma coisa – ela diz.

Sir John aproxima-se mancando e segura-se com força na amurada.

– Claro que tem uma figura – ele resmunga. – Mas de quê?

Katherine não tem certeza. As embarcações avançam uma em direção à outra, mergulhando nas águas verdes, de modo que as bandeiras tremulam e se agitam. Então, o estandarte se estende e parece exibir uma espécie de criatura, e ela se lembra do urso que viu em Boston.

– Poderia ser um urso? – ela pergunta. – Segurando alguma coisa?

– Um toco?

– Um toco de árvore? Talvez.

– Tem certeza? – sir John pergunta.

Ela balança a cabeça, confirmando.

– Ha! – Sir John dá um tapa no ombro de Katherine, quase a lançando de joelhos. Em seguida, ele coloca as mãos em concha ao redor da boca e tenta gritar para o outro navio. – Um Warwick! – ele grita. – Um Warwick!

Os arqueiros murmuram de alívio, mas correm para a lateral do navio para se juntar à gritaria, e logo o mesmo grito chega até eles pelas águas revoltas, rebatido pelo outro navio. Ouvem-se os homens suspirarem de alívio. Em pouco tempo, o outro navio está ao lado do costado do *Mary*. Os homens do outro lado da água estão vestidos de maneira quase idêntica, de casaco e gibão vermelhos, e eles observam seu capitão subir no parapeito do navio, a mão erguida em uma saudação.

– Para onde se dirigem? – ele grita.

— Calais! — Richard grita de volta. — Somos a companhia de sir John Fakenham!

Mesmo a essa distância, Katherine pode ver que isso não significa nada para o outro homem.

— Que Deus os acompanhe! — ele grita. — E os guarde!

A vela deles tremula quando o barco passa e é impelido pelo vento, e em seguida desaparece suavemente na névoa, na direção sudoeste.

— Muito bem — Walter diz —, acabou o alvoroço, vamos guardar todo o equipamento.

— Deus lhe deu bons olhos, Kit — sir John diz. Katherine ruboriza e se esconde manuseando a alça do balde. O velho sir John volta capengando para a sua cabine.

— O que ele tem? — ela pergunta a Geoffrey.

— Fístula — Geoffrey responde. — Passou muito tempo montado em seu cavalo na chuva, sabe, com armaduras pesadas e procurando um francês que lutasse com ele.

Os arqueiros começaram a remover as cordas dos arcos e a guardar suas espadas e escudos nas bolsas novamente. Apenas Richard não parece aliviado.

— Ele ainda não teve uma experiência de guerra — Geoffrey diz em voz baixa. — E isso o incomoda mais do que ao resto dos homens. — Ele faz sinal com a cabeça em direção aos outros, que estão implicando uns com os outros, animados agora que o perigo passou. — Você quase sujou a calça, Dafydd, quando achou que iriam atirar em você.

— Não, de jeito nenhum — o galês responde com seu complicado sotaque. — Estivemos em situações piores do que esta, não foi, Owen? Dois marinheiros bêbados da Inglaterra atiraram em nós.

Dafydd e seu irmão Owen são de algum lugar do País de Gales, embora talvez de pais diferentes, pois Dafydd é compacto, com sobrancelhas escuras e um punhado de cabelos negros ásperos como a cauda de um cavalo, enquanto Owen tem ossos longos e um rosto inexpressivo sob cabelos louros. Dafydd tem um traço mais briguento, mas Owen quase não diz nada, exceto para repetir aquilo que ele aprova. Ele sorri a maior parte do tempo e fica sentado em silêncio, fitando seu irmão, as mãos grandes e fortes no colo. Geoffrey diz que ele é retardado, mas há algo de reconfortante em sua companhia.

– Sir John tinha dúvidas sobre trazê-lo depois de Ludford – Geoffrey lhe diz –, mas Dafydd diz que ele pode espetar um rato a duzentos passos de distância. Ainda temos que vê-lo tentar, é claro, mas ele não causou nenhum problema até agora.

Dafydd e Owen sempre jogam dados com Black John. Ele é um dos seis Johns na companhia, assim chamado por causa dos cabelos pretos. Há ainda Red John, que tem cabelos ruivos e rebeldes, e sardas; e Little John Willingham, que era o menor na companhia até a chegada de Katherine. Depois, há Brampton John, que vem de um vilarejo chamado Brampton, próximo à mansão de sir John; e Johnson, filho de John, de Lincoln, que eles chamam de Johnson em homenagem a seu pai, e finalmente Other John, o Outro John, também de Lincoln, cujo pai também se chama John e que se parece tanto com Brampton John e Johnson que eles não conseguem distingui-lo dos outros cinco Johns, exceto para constatar que ele não é um deles.

Juntamente com outro arqueiro chamado Thomas – que continua a ser apenas Thomas, enquanto Thomas se tornou Northern Thomas, por causa dos vestígios de um sotaque do norte –, há dois Roberts e um Hugh, também de Lincoln. A maioria passou todo domingo e feriado aprendendo a usar o arco e flecha nos campos de treinamento atrás das igrejas em seus vilarejos e também trabalharam juntos nas plantações desde pequenos, de modo que há uma convivência fácil entre eles.

Quanto aos outros, às vezes Simon Skettle de Londres se junta a Dafydd, Owen e Black John no jogo de dados, mas ninguém parece gostar de Simon e, embora ele fale muito, ele costuma silenciar qualquer conversa em que entra.

A indignação de Walter parece reservada, na maior parte, para Hugh. Ele é um jovem longilíneo, de lábios carnudos e olhos femininos, e está sempre à beira das lágrimas.

– Você mais parece um frade do que um arqueiro – Walter lhe diz. – Tem certeza de que frequentou os treinamentos? Mostre-me seus dedos outra vez.

Hugh sempre consegue se fazer parecer mal aproveitado e assim é tratado, como uma espécie de profecia fadada a se cumprir. Conforme navegam em direção à França, ele fica parado, sozinho, os olhos fixos melancolicamente enquanto a neblina começa a se dissipar e eles avistam a costa.

Quando se aproximam do litoral, Katherine sente o cheiro de fumaça de carvão e excremento humano. Os arqueiros amontoam-se junto ao parapeito do navio, espreitando pelas águas em direção à costa, onde uma ondulante coluna de fumaça ergue-se acima de uma cidade.

– Calais – Walter anuncia. – O último pedaço da França que podemos dizer que é nosso.

– Mais parece uma pocilga – Dafydd diz.

– Você pode dizer isso – Walter concorda –, mas é nossa pocilga. Ou ao menos, é do conde de Warwick.

O comentário provoca uma risada geral. O restante dos marinheiros começa a reduzir a vela. Eles podem ouvir as ondas arrebentando na costa e o navio começa a diminuir a velocidade.

– Aquele é o Forte Risban. – Walter aponta, balançando a cabeça na direção do castelo que assoma na ponta de uma restinga longa e baixa, que se curva em torno do porto. É uma construção esquálida, manchada de sal onde não está coberto com uma crosta de excremento de gaivotas, e de seus muros mais baixos projetam-se três canos pretos de canhões. Há soldados nas ameias do castelo e, por trás deles, uma fogueira solta uma nuvem de fumaça, como se estivessem usando madeira verde.

Lysson dá uma ordem que os marinheiros aguardavam. Uma corda é arremessada para um pequeno barco a remo e a nau é rebocada por um braço de água verde entre o Forte Risban de um lado e o Castelo de Calais do outro.

Mais além dos castelos, a cidade se estende por trás de suas muralhas de pedra calcária, um emaranhado de torres de igreja e telhados triangulares. Ao longo das docas, há uma ampla borda de telheiros de meia-água e secadores de peixe, onde mulheres e crianças limpam peixes e consertam redes, enquanto os homens passam apressados empurrando carroças carregadas de fardos, trouxas, caixotes e barris.

O *Mary* é conduzido para dentro das águas turvas do porto apinhado, terminando sua viagem rangendo o casco contra as vigas cobertas de limo do ancoradouro. Enquanto os marinheiros amarram a nau, a prancha de desembarque é descida e assentada com uma grande pancada. Sir John Fakenham emerge da cabine. Ele está pálido, mais doente agora do que estava quando embarcou no *Mary*, e ele se apoia no braço forte de Geoffrey.

– Vamos agradecer a São Nicolau por uma viagem segura – ele diz. Então, ele vê Thomas e Katherine, e para. – Embora eu saiba que nem todos veriam a viagem da mesma forma – ele admite.

Simon e Red John carregam o baú de sir John para o convés e Richard emerge da cabine atrás de seu pai. Ele se volta para Thomas e Katherine.

– E isto aqui? – ele pergunta. Ele ergue o pacote do perdoador, que ele tanto prezava. Está manchado agora, mas tinha sido cuidadosamente amarrado, de modo que seu conteúdo parece ter sobrevivido à viagem. Ela vê que Thomas está prestes a falar.

– É dele – ela interrompe, indicando Thomas. Este olha para ela, depois balança a cabeça, assentindo, e estende a mão para pegar o embrulho. Thomas joga-o por cima do ombro e, juntos, eles sobem na rampa de desembarque. Ela o segue, tentando imaginar o que o pacote pode conter para que o perdoador o valorizasse mais do que qualquer outro dos seus pertences.

9

Thomas senta-se ao lado de Katherine em uma pedra de moinho no cais. Ela fita o saibro sob a sola de suas botas.

– Algum dia você pensou que viria à França? – ele pergunta.

Ele bate o pé no chão, como se quisesse se certificar de que era real. Esta é a terra onde seu pai morreu, mas é também a terra separada, aonde os ingleses vão para fazer nome e fortuna. A despeito de si mesmo, ele sente uma leve exultação, como se a terra estivesse querendo lhe dizer alguma coisa. Katherine não está tão empolgada.

– Eu nunca pensei que um dia deixaria o priorado – ela diz.

Ele fica calado depois disso e juntos eles observam Geoffrey pechinchando com um carroceiro sobre o preço do aluguel de uma carroça de boi para levar a companhia para encontrar acomodações na região de Pale.

– Não vai encontrar nenhum quarto na cidade – diz o carroceiro. – Todo homem na Inglaterra que deve seu meio de vida ao conde de Warwick está aqui. Mais traidores desonrados do que você poderia imaginar.

Ele é um velho soldado com uma cicatriz rosada rastejando como um verme pelo seu nariz. Seu companheiro, que segura a argola do boi, está bêbado e arreganha os dentes em um sorriso, alheio, enquanto os arqueiros empilham seus equipamentos dentro da carroça. Leva cinco minutos. Thomas carrega um caldeirão de ferro que deixa suas mãos cobertas de gordura negra, enquanto Katherine carrega um balde de couro entulhado de colheres de madeira, pratos e canecas, e foles de couro. Há uma pedra de amolar e um pesado rolo de lona que os irmãos galeses carregam como se fosse um corpo morto. Há mastros de tendas, uma lança, outro balde de flechas quebradas, uma pilha de pele de carneiro suja e mal curtida, e mais caixas, fardos, pedaços de lonas, alguns arcos e aljavas sobressalentes, várias alabardas com a ponta enferrujada, três peitorais de armadura amassados, um capacete chaleira, várias adagas e um sabre, bem como uma coleção de marretas de chumbo guardadas em um barril quebrado. Por último, os arqueiros jogam suas próprias bolsas na carroça.

– Muito bem, rapazes – Geoffrey diz –, isso é tudo.

O carroceiro açoita o boi e eles partem, passando pelos píeres, em direção ao Portão Seaward de Calais. Thomas e Katherine andam lado a lado atrás da carroça, deixando-se ficar mais atrás dos outros homens; o pacote do perdoador pesa em suas costas. Eles atravessam a ponte levadiça e passam pelas torres fortificadas, imprensados aos carregadores, que se apressam sob as pontas de ferro do portão corrediço da entrada. A guarda permanente está lá, em corsoletes acolchoados de cor bege, cada homem com uma cruz de São Jorge no peito, na cabeça um elmo leve e polido com uma abertura para a visão, e uma alabarda na mão.

– Soldados comuns – Walter afirma, indicando os guardas conforme eles se amontoam sob os portões. – Designados para a guarnição daqui. Não conseguem ter um dia de trabalho no campo e depois atirar flechas como nós.

– Walter – Geoffrey adverte.

– Só estou dizendo – Walter retruca, espalmando as mãos, com falsa inocência. – E de qualquer modo, mesmo que pudessem fazer tudo isso, não se pode esperar que se lembrem de que lado devem lutar.

Sua voz se ergue conforme ele fala. Um soldado corpulento leva a mão à espada. Outros dois mudam sua alabarda de posição.

O capitão da guarda aparece.

– Tudo bem – ele diz. – Tudo bem. Acalmem-se. Vão andando, vão andando.

Walter exibe um sorriso forçado.

– Mas diga alguma coisa desse tipo outra vez – o oficial diz quando ele passa – e eu mesmo vou furá-lo, vagabundo.

Walter ri. Eles seguem a carroça por uma rua estreita, em direção à praça do mercado, as rodas do veículo triturando as pedras do calçamento. À volta deles, veem-se os depósitos de lã, grandes edifícios de pedra onde os mercadores armazenam seus fardos.

– O que foi aquilo? – Thomas pergunta a Geoffrey. Este olha para Thomas com uma mistura de irritação e surpresa.

– Vocês dois não sabem nada? – ele pergunta.

Thomas sacode a cabeça.

– Foram os companheiros deles que mudaram de lado na ponte de Ludford no ano passado – Geoffrey diz. – Passaram para o lado da rainha. Do rei, eu deveria dizer. O capitão deles era o chefe dos estivadores deste lugar, um sujeito chamado Trollope. Andrew Trollope, nortista. Dizia-se amigo do conde de Warwick, mas na verdade não era.

– E o que aconteceu? – Thomas pergunta. – Você estava lá?

– Eu e Walter estávamos. Estávamos com os homens de lorde Cornford, na batalha do duque de York. Tínhamos os homens de Calais do nosso lado e o conde de Warwick no comando, e embora o rei tivesse três vezes mais homens, estávamos bem localizados, com uma muralha fortificada e até mesmo alguns canhões e bombardas. E ninguém achava que as tropas do rei fossem grande coisa. Eram nortistas, sabe? Melhor roubar uma vela de uma freira do que lutar de igual para igual com um homem.

"Assim, na noite anterior em que a batalha deveria acontecer, nós fizemos nossas orações e dormimos no campo onde estávamos. Na manhã seguinte, antes mesmo da missa, ficou claro que todo mundo tinha ido embora. Verificou-se que os homens de Calais haviam passado para o lado do rei durante a noite. Assim, conhecendo a nossa disposição e vendo que o inimigo agora tinha quatro vezes mais homens, o duque de York e o conde de Warwick perderam as esperanças e, para evitar o derramamento de sangue dos seus seguidores, ou assim disseram, eles trataram de dar no pé."

Os carroceiros os conduzem para o mercado, onde as casas de telhados de cumeeira e frontão em triângulo parecem recuadas das ruas calçadas de pedras e possuem vidraças em todas as janelas. Acima delas, as torres de St. Mary e de St. Nicholas ladeiam a Staple Inn, o imponente edifício de pedras de onde o capitão de Calais conduz seus negócios. Mesmo ali Thomas sente o cheiro de carne podre.

– Pelo sangue de Cristo! – Katherine murmura ao lado de Thomas. – Mais um.

Ela coloca a mão sobre a boca e desvia o rosto daquela visão, mas Thomas não se contém. Quatro pedaços esquartejados de carne, manchados com a decomposição, penduram-se em cordas engorduradas de uma cruz de pedra: um braço e as pernas de um homem, cobertos de gordas moscas pretas, e o que restou de suas costelas onde o machado do carrasco passou.

– Onde estará a cabeça dele? – Dafydd pergunta.

Eles continuam andando, saindo da praça do mercado e entrando em uma rua cheia de tavernas e casas de pasto, casas de banho e um lugar de rinhas de galo.

– O que eu não daria por uma bebida... – Walter murmura.

Uma mulher sem touca observa-os passar da porta de uma estalagem. Depois outra, de uma janela no alto, que olha para eles de uma forma que Thomas sabe ser impudente. Walter lambe os lábios.

– Uma prostituta – ele diz, dirigindo-se a Katherine, que fingia não vê-las. – É melhor não deixar que sir John o encontre com uma delas, mocinha, ou perderá o pagamento de um mês.

– E a meretriz terá o braço quebrado pelos problemas causados – Geoffrey acrescenta.

Katherine aproxima-se mais de Thomas. Ele vê que gosta quando ela faz isso, mas sua proximidade o deixa confuso, turva sua mente, ele não sabe o que fazer com as mãos. Ele olha para ela. Ela não está olhando para ele. Continuam andando, ela na sombra dele.

As vielas entre as casas são escuras e fétidas, pouco menos do que valas de esgoto. Algumas estão bloqueadas até a altura da cintura com todo tipo de lixo e coisas piores, deixando apenas uma faixa estreita no centro para homens e animais passarem. Ali há estábulos e chiqueiros, curtumes e peleterias, cada qual dando sua contribuição ao fedor e barulho das ruas.

— Aah — Geoffrey exclama ao passarem por um pátio de tingimento onde um grande tonel de urina e excremento de cachorro ferve a fogo lento. — É forte, hein?

Pior ainda são os matadouros, onde açougueiros sangram seus animais e deixam as sobras para apodrecer nas ruas. Eles passam por uma pilha de cascos de vacas em decomposição.

Outros vigias guardam o fortificado Portão de Boulogne, mas esta tarde eles estão mais interessados em atirar pedras em um homem pendurado em um cesto suspenso do muro do castelo.

— Andem logo com isso! — um deles grita enquanto atira a metade de um tijolo por cima do fosso.

— Corte a corda, imbecil — grita um outro. — Então poderemos ir todos para casa.

— O que ele está fazendo lá em cima? — Dafydd pergunta.

— Não se preocupe com ele — diz o soldado com uma risada.

As águas do fosso são turvas e lodosas com todo tipo de imundícies, e ratos competem com aves marinhas pelos restos. Dois homens estão posicionados em um barco embaixo do homem no cesto, embora se estão lá para afogá-lo quando ele cair ou tirá-lo do fosso seja impossível saber.

Além do portão, espalha-se uma ampla vila de abrigos de lona úmida da chuva em um vasto mar de lama clara que se estende até onde a vista pode alcançar. As ruas são erguidas em diques sobre canais de drenagem e a água nas valas refletem o céu cinzento acima. A paisagem faz Thomas se lembrar dos charcos ao redor do priorado e ele sente uma depressão melancólica se abater sobre ele.

— Bem-vindo à paróquia de St. Anne — Walter diz. — Que nós chamamos de Scunnage.

Em silêncio, eles seguem a carroça por uma avenida entre as tendas. Algumas são mais imponentes que outras, com estandartes pendurados de longas lanças enfiadas na lama e, dentro delas, é possível ver camas baixas de pele de carneiro onde dormem os comandantes. De outras tendas, homens entediados olham fixamente para eles. Não parecem exatamente amistosos, nem exatamente hostis, e não há nenhum lugar para uma pessoa se sentar.

Por toda parte, aglomeram-se mulheres de aparência rude e garotos servindo como carregadores, levando jarros de cerveja e água, feixes de gravetos para as fogueiras de cozinhar. Os garotos são imundos e malnutridos, e mais de um não tem uma das orelhas. Adiante, há mais mulheres, olhando para eles com um ar de cautelosa especulação. Walter acena para elas, sempre com uma falsa alegria.

– Prostitutas – murmura.

Eles seguem em frente.

– Eu sempre detesto esta parte – diz Geoffrey. – Procurar o melhor lugar para ficar e todos olhando para nós como se tivéssemos varíola.

– E sempre terminamos exatamente onde todo mundo tem feito suas necessidades há mais de um mês – Walter acrescenta.

Eles continuam pelo acampamento até chegarem às suas margens. Como previsto, um buraco raso foi escavado na terra e o fedor de fezes humanas é quase insuportável. Galinhas, gansos e porcos chafurdam por toda parte.

Então, eles veem um padre em um jumento cinza.

Ao vê-lo, algo em Thomas se agita. Ele esteve tanto tempo no mar que quase se esqueceu de sua condição de apóstata. Agora, isso volta para ele. Ele abaixa a cabeça e apressa-se para o outro lado da carroça. Katherine já está lá, os olhos arregalados de ansiedade. Suas mãos ainda tremem muito tempo depois de o padre ter ido embora.

Quanto antes eles encontrarem o Prior de Todos, ele pensa, mais feliz ela ficará.

– Acho que vamos ficar por ali – Geoffrey diz, mandando os carroceiros saírem da estrada e atravessarem uma compactação encharcada, em direção a onde armeiros e fabricantes de flechas instalaram suas barracas. A fumaça ácida do fogo onde trabalham ajuda a mascarar o fedor do acampamento, mas o ruído de seus martelos é insistente.

– Logo você se acostuma com o barulho – Walter diz – e, de qualquer modo, eles não podem trabalhar depois do pôr do sol.

Há longos casebres onde os cavalos, bois e burros são guardados e veem-se mais garotos maltrapilhos trazendo feno dos celeiros. Há cercados para gansos e ovelhas e chiqueiros para porcos, e muitos esforços são feitos para manter uma estrada usando grades de salgueiro dispostas sobre a lama. Alguns garotos empilham tocos pequenos para as fogueiras e mulheres de braços fortes tentam lavar roupas em água que nunca foi limpa. De vez em quando, um guarda passa por eles a cavalo, voltando de um dos outros castelos em Pale, os jarretes de seus cavalos amarelos de lama.

– Não é grande coisa – o outro Thomas observa, sacudindo a cabeça, o que faz com que uma fileira de pingos de água espalhe-se da borda de seu gorro. Ele é um rapaz de fala mansa, mais ou menos da idade de Thomas.

– Ficará melhor depois de comermos alguma coisa – Geoffrey afirma. O resto dos homens começa a descarregar a carroça enquanto os carroceiros observam. Geoffrey lhes mostra como armar as estacas, ripas e lonas, depois como dar nós para manter as tendas em pé. Eles usam flechas quebradas para fixar as tendas, fincando-as dentro da lama com marretas que podem muito bem ter sido usadas para afundar o crânio de um homem.

Dois Johns retornam com uma pilha de gravetos e pedaços de carvão, que acendem com um trapo de linho, uma boa pederneira preta e uma peça de aço. Logo eles produzem uma nova fonte de desconforto quando uma fumaça negra e suja enche a barraca.

Geoffrey, em seguida, dá cinco moedas de prata a Thomas, uma saca e quatro canecos, e manda ele e Katherine comprar pão e cerveja.

– Não gaste em roupas bonitas, mocinha – Walter diz quando estão saindo.

Depois que se afastam, Thomas lhe pergunta quanto tempo ela acha que levará até descobrirem que ela é uma mulher.

– Não sei – ela admite. – Mas o que mais posso fazer além de manter a farsa? Além do mais, se você estiver certo de que Deus tem um propósito especial para nós, bem, veremos.

Está na ponta da língua de Thomas lembrar-lhe que Joana d'Arc foi queimada não por ser uma bruxa, mas por se disfarçar em roupas de homem, contrariando as restrições do Deuteronômio. Será que ela sequer sabe quem foi Joana d'Arc? Repentinamente, ele duvida. E o que farão com ela quando descobrirem? Ele pensa no homem pendurado na árvore fora de Boston ou no infeliz esquartejado na praça do mercado em Calais, sem a cabeça, ou na história do perdoador sobre o homem com a orelha pregada em um mastro e na prostituta com o braço quebrado. Parece haver inúmeras formas de punir um homem, ou uma mulher.

– Além do mais – ela continua –, Walter só me chama assim para me magoar. Parece que é o jeito dele.

Thomas balança a cabeça. Supõe que ela esteja certa.

– Ele é como um cachorro que meu pai teve uma vez – ele diz. – Ele costumava mordiscar as canelas dos carneiros e perdemos mais de um por causa disso. Por fim, meu irmão levou-o e o afogou. Depois que ele fez isso, nós nos arrependemos.

Katherine lança-lhe um olhar, mas não diz nada, e Thomas se pergunta por que ele lhe contou essa história. Ele nunca falou de sua família com ninguém desde que partiu. Agora, já quase nem pensa neles. Ele ficou feliz em deixar a fazenda. Era uma vida dura, sempre frio, geralmente escuro, e todo dia era carne de carneiro. Seu irmão também, e a mulher de seu irmão, grávida de seu primeiro filho, sempre olhando para ele. Ele sabia que estar longe, estar em um claustro, era a melhor coisa que podia ter lhe acontecido.

Eles continuam andando até encontrar algumas mulheres dispostas a lhes vender cerveja e pão. Quando retornam à barraca, um caldeirão de feijão já está pendurado acima do fogo.

Geoffrey também gastou dinheiro com roupas novas. Ele entrega a Thomas e Katherine uma camisa de linho para cada um, dois capuzes – um azul, um vermelho –, dois pares de meias-calças azuis que pareciam servir para Thomas, mas não para Katherine, uma capa de viagem igual à que os outros homens usam e uma jaqueta grossa, bem acolchoada, para cada um.

– Não vai impedir uma flecha ou uma lâmina – ele diz quando Thomas veste a sua –, mas quase nada é capaz disso. Ao menos, nada que possamos comprar.

Thomas nunca teve roupas novas. A jaqueta cai perfeitamente em seu corpo, enquanto a de Katherine chega abaixo de suas coxas e ela a aperta com força em volta do corpo, de modo que se torna mais um casaco longo do que uma jaqueta. Geoffrey entrega a Thomas o machado de guerra do gigante.

— Guarde em algum lugar seguro — ele diz.

Nesse momento, Richard Fakenham entra na claridade junto ao fogo.

— Alguma novidade? — Geoffrey pergunta.

— O conde de Warwick viajou para a Irlanda — ele diz, atirando o elmo pela porta da tenda, em cima de uma pilha de peles de carneiro. — Foi ver Sua Graça o duque de York. Significa que vamos ficar presos aqui por algum tempo.

Geoffrey resmunga. Walter lança uma cusparada de muco branco no fogo.

— Bem, ao menos poderemos nos preparar — Richard continua. Ele senta-se na pilha de peles de carneiro e desamarra as esporas de suas botas. — Os rapazes não lançam uma flecha há uma semana.

Walter balança a cabeça.

— Onde está sir John? — Geoffrey pergunta. — Está alojado na cidade?

— Está. Com o velho lorde Fauconberg. Eles estiveram juntos na França e você sabe como eles são. Acho que ele vai jantar e dormir lá.

— Esta sopa está pronta?

Após o jantar, Walter leva a companhia através do amontoado de barracas até o campo de treinamento. Thomas e Katherine os seguem, um ou dois passos atrás. Ainda não são aceitos no grupo.

— Muito bem — ele diz. — Vamos trabalhar.

Os homens começam a desamarrar seus arcos e a sacudir as flechas sobre a lama. Eles encaixam as cordas e começam a flexionar braços e ombros, preparando-se para atirar.

— Já usou um arco? — Walter pergunta a Thomas.

— Faz alguns anos que não — Thomas diz. — Não desde...

Ele para. Ele não usa um arco desde que entrou para o priorado. Até então, passava todo domingo depois da missa com os outros habitantes de seu vilarejo no campo de treinamento atrás da igreja, lançando feixes e feixes de flechas no céu. Achavam que ele era um arqueiro promissor e quando Walter lhe passa um arco sobressalente, o peso e o manuseio da arma trazem sua infância de volta.

– Pegue uma corda – Walter diz. – Amarre.

Thomas passa um laço da corda por uma das pontas de osso e em seguida coloca o arco contra o lado de seu pé para ajudar a curvá-lo e fixar a corda na outra ponta. É um arco grande, grosso e comprido, de hamamélis, mas velho e gasto, e provavelmente nunca foi de fato um bom arco.

– Já viu melhores dias – diz Walter, indicando o arco com um sinal da cabeça.

Há marcas escuras na madeira e sinais de rachaduras pelo longo uso. Ainda assim, com as cordas encaixadas, ele parece ganhar vida em suas mãos e Thomas fica ansioso para encontrar uma flecha e usá-lo.

Walter voltou-se para os homens outra vez e Thomas observa-os enquanto amarram os braçais e enfiam os dedos nas dedeiras – separadores de couro que protegem os dedos. Existe algo de reconfortante e sociável nesta rotina, a maneira como eles fazem brincadeiras e zombam uns dos outros, e ele pode facilmente imaginá-los nos campos de treinamento em seus vilarejos. No entanto, em vez de se revezarem para arremessar suas flechas pela linha de tiro, como faziam em sua terra, os homens fazem uma formação em cunha não muito rígida, em três fileiras, de modo que cada um tem apenas um pequeno espaço para atirar. Eles têm flechas espetadas no chão e presas nos cintos, alguns usam aljava na cintura. Ficam parados, à espera do comando de Walter.

– Preparar – Walter diz, e eles encaixam as flechas nas cordas dos arcos.

– Apontar.

Eles puxam as cordas para trás enquanto erguem os arcos longos para o céu pálido.

– E atirar!

Eles lançam suas flechas com um rufar de tambores, cada seta estranhamente elegante conforme se arremete com um zumbido para fora do alcance da visão. Ao soltar a flecha, cada arqueiro emite um gemido de satisfação e oscila um ou dois passos para frente.

Então, cada um pega outra flecha. Walter repete o comando.

– Preparar, apontar, atirar! – ele diz, desta vez mais rápido. – Preparar, apontar, atirar!

Depois de terem atirado uma dúzia de flechas cada um, Walter suspende o treino.

– Muito bem – ele diz. – Hora de dar uma risada. O Thomas vai fazer uma tentativa.

Os homens deixam Thomas passar.

– Faz muito tempo que eu não atiro – ele diz, preparando-os para o pior.

– Vamos logo com isso – Walter resmunga. Ouve-se um murmúrio de zombaria amigável. Thomas não consegue deixar de sorrir.

Ele pega sua flecha, encaixa-a na corda e coloca-a no apoio formado pelas juntas de seus dedos da mão esquerda, no ponto onde ele segura o arco. É uma flecha de cabeça pontiaguda – uma flecha de guerra. Ele começa a tensionar a corda, mas o arco agora parece horrivelmente rígido. Ele sabe que tem que colocar o corpo dentro do arco, para que os músculos das suas costas recebam o peso, não seus braços, mas ainda assim, após tantos anos no priorado cuidando de pouco mais do que seu saltério, seus músculos atrofiaram e, embora ele possua a técnica, ele perdeu a força. Ele mal consegue levar a corda ao ombro esquerdo. O suor começa a porejar em sua fronte, os braços começam a tremer e a corda corta os dedos macios de sua mão direita. Ele não consegue segurar a corda por mais tempo. Ele a solta com um som fanhoso e a flecha se lança uns cem passos e aterrissa na lama.

Walter dá uma risada.

– Acho que a mocinha pode fazer melhor do que isso – ele diz.

Richard está observando e gesticula, indicando que Katherine não deve ser colocada em teste.

– Muito bem – Richard diz. – Já se divertiram. Agora, vamos parar de brincadeiras. Recolham suas flechas e em seguida cada um lançará um feixe uma vez. O mais rápido possível.

Os arqueiros resmungam enquanto buscam as flechas, mas silenciam quando voltam e encontram os homens da guarda do portão que Walter havia insultado naquela manhã, parados, em formação em leque na parte de trás do campo de treino, cada homem à vontade com seu arco, esperando, observando. Ninguém diz nada. O ambiente fica tenso.

– Muito bem, rapazes – Walter murmura, fingindo ignorar os recém-chegados. – Vamos ver se conseguimos dar um espetáculo para lembrar a este bando a não trocar de lado no futuro, hein? Lembrem-se de que é o orgulho da companhia de sir John Fakenham que está em jogo, portanto andem depressa, mas façam cada flecha valer a pena. Não quero ver penas espalhadas pelo campo. Compreenderam?

Os homens reúnem suas flechas e voltam para sua posição.

– Você não, Northern Thomas – Walter diz. – Certo. Vamos. Preparar! Apontar! Atirar!

Pelos três minutos seguintes, os homens trabalham rápido, cada um armando e soltando seu arco vinte e quatro vezes. Dafydd é o último a terminar. A tempestade de flechas foi breve, mas aproximadamente quatrocentas flechas foram lançadas, e é possível imaginar o que isso poderia causar a um inimigo.

Quando terminaram, estavam todos afogueados e arquejantes, soltando vapor no ar frio. Parecem satisfeitos, mas os olhos de Walter estão fechados. O oficial da guarda começa a bater palmas bem devagar e seus homens começam a murmurar, depois a rir.

Walter vira-se para o capitão.

– Acha que seus rapazes podem fazer melhor? – ele pergunta.

– Sei que podem – diz o capitão. – Mas façamos uma aposta, está bem? – O capitão tem olhos cansados, rugas profundas dos dois lados da boca e usa um cachecol para aquecer a garganta. – Um barril de cerveja? – ele sugere.

Walter não tem como escapar. Eles apertam-se as mãos e os homens da companhia de John Fakenham afastam-se para o lado, a fim de que os homens da guarda assumam suas posições. Thomas não pode deixar de pensar que, mesmo sem suas jaquetas acolchoadas e estampadas com sua insígnia, esses homens se parecem mais a soldados do que os de Fakenham. São mais velhos, grisalhos, e seu equipamento mais acostumado ao uso. Além do mais, movem-se com agilidade e destreza, com mais confiança.

Outras pessoas aproximaram-se para ver a disputa: arqueiros, soldados com suas alabardas, algumas mulheres e garotos, e um homem de pele escura, usando uma capa de viagem forrada de lã, montado em um cavalo comum, puxando uma carreta de bagagem.

– Certo – diz o capitão da guarda com uma voz arrastada e fanhosa. – Alvo à esquerda. Um feixe cada um. Preparar. Apontar. Atirar!

Os soldados entram em ação. Eles são notavelmente mais rápidos e ágeis do que os homens de Fakenham e parece que cada um já lançou sua terceira flecha antes de a primeira ter atingido o alvo. Em menos de dois minutos está acabado. Todos abaixam o arco ao mesmo tempo.

– Cacete – um dos Johns murmura.

Todos os demais fazem silêncio por um instante. As duas companhias caminham até os alvos, cada qual de um lado da faixa de tiro. As flechas da guarda estão, sem exceção, enterradas até seus ombros na terra do alvo à esquerda. As da companhia de Fakenham – facilmente identificáveis pelos fios tingidos de verde, usados para fixar as penas da flecha – estão espalhadas pelo chão: algumas caíram antes, outras além do alvo, umas muito para a esquerda, outras muito para a direita.

– Aí está! – diz o oficial, batendo as mãos com uma pancada sonora. – Podem mandar entregar o barril à guarnição, por obséquio.

Eles recolhem as flechas e voltam para suas tendas em silêncio, a vergonha acompanhando-os como uma sombra.

– Ainda bem que eles estão do nosso lado – um deles murmura.

– Por enquanto – Walter resmunga, rangendo os dentes.

Depois que voltam para sua barraca, eles guardam os arcos e sentam-se em silêncio. Ninguém consegue olhar o outro nos olhos.

– Então, o que vamos fazer? – Richard pergunta.

– Não posso voltar lá de novo – Walter diz.

– Jogar fora nossos arcos? Lutarmos com alabardas? – interpõe Simon, o londrino.

– Pelas unhas de Deus! – exclama Dafydd. – Eu não vou me tornar um maldito soldado de alabarda. Ganha pouco, para começar.

– É melhor começarmos a vender nossos arcos, de qualquer forma – diz um dos outros – para pagar o maldito barril de cerveja.

– Walter é quem deveria pagar por ele. Foi ele quem fez a aposta.

Isso é dito por Simon outra vez. Os demais olham para ele.

– Walter nos apoiou – Red John diz. – Nós o decepcionamos. O mínimo que podemos fazer agora é ajudá-lo a sair dessa.

Walter agradece com um sinal da cabeça. Um ou dois dos homens enfiam a mão em suas bolsas em busca de moedas e as passam a Walter.

– O fato é que não somos bastante bons – Richard diz.

– Somos, sim – Simon diz. – Somos tão bons quanto qualquer um desses nortistas e muito melhores do que qualquer escocês ou qualquer maldito francês.

– Mas quando voltarmos, não vamos lutar contra franceses, vamos? – diz Red John. – Vamos lutar... Você sabe. Lutar...

Ele não consegue dizer que irão lutar contra ingleses.

No silêncio que se segue, Richard levanta-se.

– Por Deus – ele diz. – É melhor mesmo você se tornar um soldado de alabarda se você pensa deste modo. Eu não quero lutar ao lado de homens que não são tão bons quanto um outro. Só quero me posicionar e lutar com os melhores.

Todos os olhos se concentram nele. O que ele vai fazer? Desertá-los e unir-se à guarnição de Calais?

– A questão é – ele começa outra vez, mais tranquilo agora, rearrumando seus pensamentos –, eles são rápidos e precisos. Isso não vem da luta, mas da prática.

– E qualquer idiota pode praticar – Geoffrey complementa.

– Até vocês – Walter acrescenta.

Os homens silenciam por um instante, tentando imaginar os comentários que terão que aturar quando aparecerem outra vez no campo de treinamento.

– Temos que ir embora – Richard continua. – Em algum lugar, poderemos treinar por horas sem que as tropas da guarnição apareçam a cada instante para nos mostrar como se faz.

– Não vamos voltar para o barco outra vez, vamos? – É Hugh quem pergunta.

– Não – Richard diz. – Vou ver se não podemos nos oferecer como voluntários para guardar o forte em Sangatte. No terreno mais alto para lá. – Ele aponta para oeste, na direção do mar. – Nada vai acontecer aqui, de qualquer modo. Não até o conde voltar. Ninguém sentirá a nossa falta.

10

Na manhã seguinte, os mesmos homens que os viram erigir seu acampamento no dia anterior, observa-os desmontá-lo agora. Enquanto Walter sai em busca dos carroceiros e seus bois para, primeiro, levar um barril de cerveja aos soldados no Portão Seaward, depois transportar seus equipamentos até Sangatte, Geoffrey leva Thomas e Katherine para comprar mais suprimentos, inclusive flechas do fabricante.

– Então, o que vamos fazer? – Katherine lhe pergunta enquanto ele carrega seus braços com três sacas de grãos.

– Passaremos todos os instantes no campo de treinamento – Geoffrey imagina, passando ao fabricante de flechas um punhado de moedas –, até o conde de Warwick retornar, e depois, quando ele voltar, seremos os melhores arqueiros entre seus seguidores.

Richard comprou um cavalo, "com dinheiro emprestado de um banqueiro genovês" segundo Walter, e ele os conduz para fora do acampamento com o gorro abaixado na fronte, encolhido em sua capa de viagem. Vacas pastam nos sulcos encharcados das terras da lavoura, porcos de barrigas grandes e baixas fuçam pelas terras não aradas e o vento vindo do mar pressiona o tecido molhado e frio contra a pele molhada e fria.

Depois de cerca de oitocentos metros aproximadamente, a estrada atravessa um complexo de aterros onde portas de eclusas encurralam um rio e o enviam por baixo de uma ponte de pedra e ao redor dos muros de outro austero forte de pedras.

— Ponte de Newnham — Walter diz. — Estão vendo as portas das eclusas? Se os franceses vierem, a guarnição pode fechá-las rapidamente e inundar toda a extensão de Pale.

— E por que fariam isso? — um dos Johns pergunta.

— Para que os filhos da mãe não possam levar suas bombardas e não-sei-mais-o-quê até as muralhas — Walter diz, sacudindo a cabeça para trás, na direção de Calais. — Quem controla as comportas, controla Calais, sabe, e quem controla Calais... bem, essa é a pergunta, não é?

Há uma guarda considerável na ponte: mais homens do conde de Warwick, de casaco vermelho com a insígnia e aquele distintivo branco no peito. Cada um carrega uma alabarda, exceto o sargento que porta um machado de guerra como o de Thomas, e ele sai de baixo de uma pequeno telheiro de ardósia para cumprimentar Richard.

— Que Deus o guarde, senhor — ele diz, tocando a borda de seu elmo. — Pode me dizer para onde se dirigem?

— Sangatte — Richard responde. Ele lhe entrega um passe, assinado e selado por lorde Fauconberg, mas o sargento não sabe ler, então manda buscar o capitão do castelo e, enquanto esperam, ele os analisa.

— Quem são vocês? — ele pergunta. — Não reconheço a insígnia.

— Meu pai é sir John Fakenham — Richard diz. — Ele está a serviço de lorde Fauconberg e nós somos sua companhia.

O sargento faz uma pausa e sorri, como se tivesse se lembrado de alguma coisa.

— Ouvi falar de vocês — ele diz. — São arqueiros, não são? Ha! Os arqueiros que não sabem lançar flechas.

Os homens na ponte riem, acompanhando seu sargento. Walter leva a mão à espada, os sorrisos desaparecem, quatro alabardas são posicionadas com a ponta da arma para cima.

— Calma, calma — diz o sargento. — Se vocês lutam como atiram flechas, é melhor não nos desafiarem.

Ouve-se o ruído de metal contra pedra e, através de uma abertura no muro do castelo, Katherine vê um homem espreitando-a por cima de uma besta.

— Walter — Richard diz —, para trás.

Geoffrey puxa-o para trás. Um instante depois, o mensageiro retorna com o capitão da guarda.

– Que Deus lhes dê um bom dia, senhor – ele diz, apertando a mão de Richard. Com sua armadura de perna amassada e uniforme desbotado, ele é a imagem do velho soldado, e Katherine observa Richard analisando-o disfarçadamente.

– Vocês estão designados para Sangatte?

– Estamos.

– O capitão está lá em cima. Walden. Está bêbado. Dorme o dia todo e ronca a noite toda. Em consequência, não há mulheres lá em cima, nem garotos. Vocês vão ter que cuidar de si mesmos. – Ele faz um sinal com a cabeça, indicando o vilarejo mais adiante.

Richard agradece.

– Desejo-lhes um bom dia, então – o capitão diz, e acrescenta: – Oh. Desculpe-me. Quase me esqueci. Será que isto pode ser útil a vocês?

O capitão estende-lhes um arco de treino infantil.

Os homens da guarda começam a rir outra vez.

Richard bufa ruidosamente, toca em seu elmo e esporeia o cavalo. Do outro lado da ponte, há um vilarejo com duas igrejas e uma praça de mercado com pavimento de pedras e onde as estradas se encontram: uma leva para o sudoeste, para o porto francês de Boulogne, a outra para o castelo em Guisnes. Uma outra, deles, leva para oeste, para o alto do promontório e o forte em Sangatte.

Eles a seguem por beiras íngremes ao redor da fossa e depois começam a subir para o terreno elevado onde a superfície lamacenta se torna arenosa e aglomerados de álamos desfolhados se fecham ao redor deles. Continuam morro acima, suando agora, ajudando a puxar a carroça, até finalmente emergirem dos bosques para escalarem a subida. O Forte Sangatte ergue-se na ponta do promontório diante deles como um dente solitário no maxilar de um velho, e mais além vê-se o mar, limpo e cinzento, desaparecendo ao longe, e o vento é cortante em seus rostos.

Eles encontram a guarnição substituída já reunida na grama, esperando para pegar a carroça. Estão contentes de ir embora do lugar e logo o motivo torna-se evidente. O capitão da guarnição os encontra no pátio do forte com uma tigela de madeira cheia de cerveja na mão. Ele tem uma barba grisalha suja de comida e suas roupas, também sujas, esticam-se na barriga protuberante. Ele já está bêbado.

– Bom-dia – ele diz, dirigindo-se a Richard. – Você vai ser meu tenente, não é?

Richard balança a cabeça, assentindo, e se apresenta.

– Bem – diz o capitão –, eu sou Gervaise Walden, capitão do Forte Sangatte, e desde que vocês se mantenham em ordem, e fora do meu caminho, não ouvirão nenhuma queixa de minha parte.

Ele esvazia sua tigela de cerveja e os conduz através da guarita. O forte consiste em uma torre circular de blocos de pedra calcária cercada por uma muralha externa, ambas encimadas por ameias cobertas de pederneira e um bocado de excremento de aves. Dentro da torre, há quatro aposentos, um acima do outro, cada qual ligado por uma escada em espiral, inclinada de tal forma que qualquer um que as esteja subindo expõe seu braço da espada aos que estão acima. No térreo, há uma cisterna de água potável, um cano de esgoto que dá para as dunas lá embaixo e, sob uma área preta de fumaça em uma parede rústica, uma pilha de lenha fina e comprida, e carvão úmido.

– Nós tínhamos uma mulher – Walden diz. – Mas ela foi embora. – Ele solta um ressonante arroto e os deixa, dizendo: – Se precisarem de mim, estarei em Newnham.

Os homens olham ao redor.

– Bem caseiro – Dafydd diz.

– Como no País de Gales, você quer dizer? – diz Walter, rindo.

Eles sobem os degraus para as ameias. Gaivotas circulam acima de suas cabeças e o vento é forte. Em certos dias, quando o céu estiver limpo, eles poderão divisar o perfil baixo da própria Inglaterra, mas por enquanto não é possível saber onde termina o mar e as nuvens começam. Lá embaixo, em um canal entre as dunas cobertas de juncos, alguém construiu um alvo de arqueria e veem-se flechas quebradas e penas espalhadas pela areia.

Quando finalmente descem, Geoffrey já acendeu o fogo e começou a fazer o jantar. Eles começam a descarregar a carroça, levando a lona da barraca para cima, para estender e secar. Depois do jantar, os homens descem para o local de treino onde estão os alvos, deixando Katherine de vigia nas ameias.

— Preste bastante atenção nesta direção — Richard instrui, apontando através de Pale na direção de um castelo distante. — Aquele é o Guisnes. O duque de Somerset o tomou e adoraria tomar este aqui também. Se vir alguma coisa, qualquer coisa, toque este sino.

Um sino recoberto de zinabre pendura-se de um suporte cimentado na pedra. Do topo do castelo, Katherine observa os homens saírem embaixo e tomarem o caminho através do capim alto, em direção ao local de treino. Ela os vê entrarem em formação, desta vez com Thomas, entre Red John de um lado e Dafydd do outro. Ele tem o arco velho do qual se queixara, mas ela vê que ele conseguiu arranjar uma luva emprestada para a sua mão direita e um braçal de couro para impedir que a corda corte seu braço esquerdo.

Eles lançam algumas flechas e agora que ela viu os soldados de Calais atirarem, até ela pode ver como são lentos. Cada homem perde uma flecha talvez a cada dez segundos, e depois de cada um ter lançado vinte e quatro, as flechas, talvez batidas pelo vento, espalham-se por uma área do tamanho do pátio interno do claustro. Thomas é o último a terminar e ainda lhe restam cinco flechas para atirar depois que o penúltimo, Dafydd, termina de lançar as suas.

Ela observa quando Thomas e Dafydd são enviados para recolher as flechas usadas. Depois de as terem guardado nas aljavas, têm que correr de volta e distribuí-las entre os demais. Assim que isso é feito, eles atiram todas elas outra vez. Ela pode ouvir os gritos trazidos pelo vento.

— Preparar! Apontar! Atirar!

Novamente, Thomas é o mais lento. Ele tira sua jaqueta e joga-a no chão. Walter grita com ele, Thomas a veste outra vez e corre para os alvos novamente, cambaleando pela areia. Ele reúne todas as flechas e começa a correr de volta com elas. Suas pernas estão pesadas e ele cai, deixa cair as flechas, levanta-se, pega-as novamente, cai outra vez. Ele entrega as flechas, em seguida desmorona em um banco de areia coberto de vegetação rasteira, até que Owen lhe traz um odre de vinho para ele beber. Ninguém se preocupa quando ele começa a vomitar. Os homens continuam atirando.

Um pouco mais tarde, Thomas volta a se unir aos homens, mas agora ele mal consegue erguer o arco, quanto mais armá-lo e, depois de não conseguir acompanhar os demais, ele senta-se de novo no banco de areia e fica observando.

Katherine segue o passadiço ao redor das ameias do castelo, vasculhando o terreno em todas as direções, observando os fazendeiros e carvoeiros, pequenos pontos ao longe, entregues ao seu trabalho. Homens passam para cima e para baixo das estradas, alguns a cavalo, outros a pé. Veem-se também algumas carroças, transportando barris, e ela observa um condutor de porcos perder o controle dos animais quando um mensageiro a galope os espanta sob seus cascos.

Os arqueiros continuam seu treino durante toda a tarde.

– Estarão doloridos amanhã – Geoffrey diz, unindo-se a Katherine na torre. Ela já não se incomoda mais com a sua companhia. Apesar do seu tamanho e força, ele é um homem amável, de bom coração, que sente falta de sua mulher e de sua filha, que a esta altura já deve ter se casado, mas que está na Inglaterra.

Eles fitam o mar. Um navio movimenta-se pesadamente pelas águas revoltas, na direção oeste, para a Irlanda, segundo Geoffrey, ou ao redor da costa e descendo para a Espanha. Do outro lado, está a Inglaterra.

– Aposto que há homens em torres lá – Geoffrey diz, com um sinal da cabeça – olhando para cá, esperando a nossa volta para começar tudo de novo.

– Quando você acha que isso vai acontecer? – Katherine pergunta.

– Depende do tempo – Geoffrey pensa. – O conde de Warwick tem que voltar da Irlanda primeiro e já ouvi falar de homens que ficam retidos lá por muitos meses, à espera do vento certo.

– O que ele está fazendo na Irlanda?

– Ele está com o duque de York, fazendo um plano, embora seja evidente para todo mundo qual será esse plano: Warwick e seus homens, isto é, nós, aportaremos em algum lugar em Kent. O duque e seus homens aportarão em algum lugar a oeste. Em seguida, cada grupo marchará para Londres, esperando levantar o país em sua marcha. Os homens de Kent têm motivos para gostar do conde de Warwick, pois ele tem mantido o mar livre de piratas nos últimos anos e acabou com os saques na costa, mas o duque de York, bem...

Ele deixa a frase inacabada. É evidente que o duque de York é menos popular do que o conde.

– Mas o que acontecerá quando chegarmos a Londres? – Katherine pergunta. – Certamente eles não pretendem matar o rei Henrique, não é?

Geoffrey quase se engasga.

– Claro que não. Claro que não. Ninguém iria querer isso. É apenas para livrá-lo de seus conselheiros, sabe? Eles se agarram ao rei, não é? E tomam tudo que podem. E a rainha! Sabia que ela é francesa? E que foi ela quem organizou o ataque a Sandwich?

Katherine nunca ouviu falar de um ataque a Sandwich. Quase nunca ouviu falar em Sandwich.

– Por onde é que vocês dois andaram? – Geoffrey exclama outra vez. – Você e Thomas. Vocês não sabem de nada. É como se tivessem ficado trancados em algum lugar nos últimos anos.

11

Os dias passam, cada qual mais longo do que o anterior. Amentos aparecem nos ramos das avelaneiras e as flores roxas dos olmos se destacam nos bosques. Um melro emite um som agudo. A primavera está chegando. Katherine pode sentir isso nos ossos: uma empolgação curiosa.

Até a chegada da primavera, entretanto, os homens passam todos os dias, com ou sem chuva, praticando arqueirismo, com Walter recriminando-os, comparando-os sem piedade aos seus antepassados que levaram os franceses à derrota em Agincourt, Crécy e Poitiers, e julgando-os igualmente sem piedade em relação aos homens da guarnição de Calais. Quando voltam do treino para jantar, eles comem em silêncio antes de se atirarem no chão para dormir, cada homem aconchegado contra seu vizinho para se aquecer. Eles dormem instantaneamente e o ruído dos roncos parece o de bolhas erguendo-se do lodaçal.

Enquanto isso, Katherine mantém vigilância na torre ou é substituída por um dos arqueiros como recompensa por ter vencido uma das competições de Walter. Às vezes, ela vai com Geoffrey comprar mais pão e cerveja em Newnham, onde os fazendeiros falam inglês e passam a conhecê-los pelo nome. Ali, ela observa Geoffrey pechinchar e tenta fazer o mesmo. Fica satisfeita quando consegue um abatimento de alguns centavos de uma das mulheres. Aprende o significado de dinheiro. Em outros dias, ela vasculha a praia em busca de lenha. Depois, ajuda Geoffrey a preparar o jantar, virando o espeto, tomando conta da panela, atiçando o fogo, ela própria comendo bastante e, pela primeira vez que se lembre, ela passa mais de dois dias consecutivos seca, aquecida e bem alimentada.

– Nunca comi tanta carne em minha vida – ela diz a Thomas quando estão no passadiço do castelo em uma manhã. – Eu sonhava com isso, quando estava no priorado, mas agora eu agradeço a Deus que logo chegará a Quaresma e todos nós estaremos comendo arenque.

Thomas ri, mas logo fica sério.

– É o mesmo com a missa, não? – ele diz. – Não fomos a uma missa desde que deixamos o priorado.

– Devíamos ir – ela concorda, embora na verdade não tenha sentido falta da missa nem da liturgia das horas, embora ainda acorde à noite e leve alguns instantes antes de se lembrar que não precisa se levantar e apressar-se para a capela para as preces da manhã. Sente-se aliviada, mas também culpada.

– Devíamos mandar rezar uma missa pela alma do perdoador – ela diz.

Thomas balança a cabeça, assentindo.

– Ele era um bom homem – ele diz. – Eu peço por ele em minhas orações.

Ela balança a cabeça.

– Thomas – ela diz –, você olhou o que existe no pacote que ele deixou?

Thomas quase se esqueceu do embrulho. Quando chegaram a Sangatte, ele o pusera sob um pedaço mofado de lona de barraca e desde então o tem usado sob a cabeça à noite no lugar de um toco de madeira. No entanto, ele nunca esteve longe dos pensamentos de Katherine e sua existência lhe deu uma semente de confiança, assim como, ao menos, uma distração da espera.

– Posso vê-lo agora?

Ele leva o pacote de volta para cima e juntos eles se agacham enquanto ele desfaz os difíceis nós das tiras de couro da bolsa. Depois de soltá-las, ele esvazia o conteúdo da bolsa. Há o pote de barro da pomada do perdoador, enrolado em um pedaço de pano, mas há um outro embrulho também, volumoso e mais ou menos quadrado, cuidadosamente costurado dentro de uma capa de lona.

– Um livro? – Katherine pergunta.

– Uma bíblia, talvez – Thomas diz, manuseando a lona. Está obviamente empolgado. – Embora não pareça de valor. Não há nenhuma fechadura, nem nenhum ornamento. E como abrir? Vou ter que cortar os pontos.

Ele pega sua faca e desliza a lâmina ao longo da lona. A capa sai. É um livro-razão, com selos pendurados, rusticamente encadernado. Thomas o abre. É uma série do que parece ser listas escritas com tinta preta, nas duas colunas de praxe, sem nenhum enfeite.

Ele fica decepcionado.

– O que é? – ela pergunta. É frustrante não saber ler.

Ele examina as páginas.

– Um registro – ele diz. – Um registro de serviços. Uma lista de nomes. Ou algo assim. De uma guarnição de tropas em um lugar chamado Rouen, aqui na França, eu acho. Desde o dia de St. Aubin em 1440 ao último dia de agosto de 1442. É apenas uma lista dos soldados em serviço e seus movimentos no país. Quem estava lá, em qual comitiva, aonde foram, quanto era devido a cada um. Milhares deles. Só isso.

A decepção se abate sobre Katherine e ela se sente amarga em relação a Thomas, como se fosse culpa dele. Ela não faz a menor ideia do que exatamente esperava, mas não era isso.

– Por que o perdoador consideraria isso de tanto valor?

Thomas dá de ombros. Ele lê alguns nomes.

– Thomas Rodsam. Thomas Holme. James Lodewyke. Robert Bassett. Robert Barde. Nicholas Capell. Piers Dawn.

– Quem são?

– Não sei.

A encadernação é apressada, o papel de baixa qualidade e a escrita pouco melhor do que apenas funcional. Thomas vira-o, aberto, na esperança de que algo talvez caia de dentro. Nada. Katherine sacode o invólucro de lona. Novamente, nada.

– No entanto, você se lembra de como ele reagiu quando achou que o pacote seria atirado ao mar?

Thomas revira o livro nas mãos outra vez.

Ela olha fixamente para ele.

– Isso é tudo?

Ele volta-se para as últimas páginas:

– "Para o Castelo de Gaillard no Dia de Santo Ivo: Thomas Jonderel com oito arqueiros; Roger Radclyffe com cinco; William de Beston com seis e cinco soldados com alabardas. Cada qual pagou a quantia de dois marcos."

– Deve haver mais alguma coisa – ela diz. – Deve haver alguma coisa de valor aí. Talvez alguma informação que nós ainda não podemos compreender?

É a única explicação.

Thomas balança a cabeça. Ela o vê guardar o embrulho no pacote com a pomada e amarrá-lo outra vez.

– Vou manter em lugar seguro – ele diz. Depois disso, ambos ficam em silêncio, desapontados.

Na tarde seguinte, Richard volta cedo do treinamento.

– Traga-me a minha armadura, sim, Kit?

Katherine retesa-se. Ela acha a presença de Richard perturbadora. Geoffrey lhe mostra onde a armadura dele está guardada, enrolada em um pano com óleo, contra a ferrugem. Saco por saco, ela leva para cima, para o aposento no segundo andar, e ao levar o último, ela o encontra usando apenas a meia-calça e uma camisa de linho. Ela já viu todos os outros homens nus, inclusive Thomas, mas sempre evitou olhar para Richard enquanto ele está tomando banho ou trocando a camisa. Ela tem medo de olhar, medo dos sentimentos que ele provoca.

Ela desvia o olhar agora. Em seguida, torna a olhar para ele. Ele tem ombros largos, cintura fina e pernas compridas, e há alguma coisa nele, na maneira como se move, que a perturba. Ela se recompõe e espera, desviando o olhar, confusa com o calor repentino que sente.

– Venha – ele diz com impaciência. – Ajude-me com isto.

Ele está agachado sobre um dos sacos, tentando entender a confusão amontoada de peças de metal, colocando as partes maiores sobre as tábuas ao seu lado. Depois que estão todas organizadas, ele se levanta e pega um gibão acolchoado, coberto nas axilas, cotovelos e virilha com pedaços de cota de malha.

Começando com as tiras entrelaçadas dos escarpes que protegem os pés, ele instrui Katherine a prender cada peça da armadura, cuidadosamente dizendo o nome de cada peça à medida que vão montando a armadura, de modo que no futuro ela saiba a diferença entre um espaldar – a placa que protege o ombro – e um gorjal, a proteção de aço do pescoço. É uma tarefa complexa, envolvendo o delicado entremeio de muitas peças de metal sobreposto, cada qual presa com tiras de couro.

Enquanto se move ao redor dele, Katherine pode sentir seu hálito em sua face e sentir o cheiro de seu corpo, mas ainda assim ela não o fita nos olhos. Sua cabeça parece latejar quando ela passa os braços ao redor do seu peito. Finalmente, ela amarra o cinto da espada ao redor de seus quadris e depois o ajuda com um tipo de elmo bem ajustado, com uma viseira que é abaixada, unindo-se ao gorjal.

Ela dá um passo para trás e o observa mover-se pelo aposento, familiarizando-se novamente com a sensação e o peso da armadura. É assustador. Ele parece uma outra ordem inteiramente diferente de criatura e, conforme se movimenta, o metal desliza, range e chocalha.

Após um instante, ele levanta a viseira com as juntas de sua luva.

– Agora, vá buscar Thomas, sim, Kit? E diga a ele para trazer aquele seu martelo de guerra.

Thomas está no local de treinamento. Ele ainda é o último em qualquer competição, mas agora apenas por uma margem ínfima, em geral apenas uma flecha, e nas últimas semanas ele adquiriu alguma massa muscular nos braços e ombros, de modo que sua camisa de linho já está pequena demais para ele. Ele caminha com aquele trejeito curioso de todos os arqueiros. Agora, ele sobe os degraus ansiosamente, o machado de guerra na mão, e quando ele vê Richard, ele dá um passo atrás.

– Venha – Richard diz, a voz abafada –, eu também preciso praticar.

– Mas, senhor, eu...

Richard simula um golpe com seu martelo de guerra. A arma corta o ar entre eles com um zumbido.

– Vamos – ele diz. – Quero que você me ataque. Com sua arma. Não vou machucá-lo, juro. Vamos praticar.

Thomas não acredita que isso seja possível. Por um instante, eles circundam um ao outro. Katherine pode ver o pânico nos olhos de Thomas. Ele está com medo. Deve fazê-lo se lembrar vivamente de sua luta com Riven, e Riven não estava protegido dentro de uma armadura, nem armado com algo mais letal do que um bordão. Richard agita o martelo o tempo todo, lentamente encurralando Thomas na curva da parede.

Quando já não consegue se mover, Thomas ergue seu martelo e trava o martelo, um repique de aço que ressoa no aposento de teto baixo. Richard gira e finge um golpe que teria plantado o esporão do martelo nas costas de Thomas.

– Você está morto – ele diz.

Eles se afastam e se aproximam novamente da mesma forma, e desta vez, quando o primeiro golpe é desfechado, Thomas ergue o martelo para bloqueá-lo, em seguida gira no calcanhar para pegar o seguinte. Ele tira a mão da parte de cima da haste de sua arma e sacode os dedos, como se o golpe tivesse causado uma dor aguda. Luvas, ela pensa. É disso que ele precisa.

Mas Richard virou-se outra vez e tenta dar uma estocada no estômago de Thomas com o cabo do martelo. Thomas inclina-se para o lado, deixa-o passar e, em seguida, empurra Richard de volta com a parte plana de seu machado.

– Muito bom – Richard diz. – Agora, venha me atacar. Com toda força.

Thomas parte para cima dele, desfecha um meio golpe. Richard bloqueia-o com o braço protegido pela armadura, a lâmina ressoando no antebraço de aço. Richard recua um passo, ergue a viseira e olha para o amassado no metal.

– Droga – ele diz.

Mas Katherine vê que ele está satisfeito com a marca. Faz parecer que ele já esteve em uma batalha. Ele articula o pulso e se contrai. Em seguida, abaixa a viseira novamente.

– Vamos – diz.

Thomas dá uma nova guinada. Desta vez, Richard apara o golpe com a haste de seu martelo. Thomas tenta novamente e Richard avança na direção do golpe e usa seu peso para empurrar Thomas para trás. O martelo é girado outra vez e para bem junto ao pescoço de Thomas.

Novamente, eles se afastam. A mesma ação se repete mais três vezes. Na primeira, Richard engata o martelo atrás do joelho de Thomas e o lança por terra, no segundo desfecha um soco em seus dentes, fazendo-o sangrar. Durante o terceiro embate, Thomas consegue apenas por um triz bloquear um golpe que teria afundado seu crânio, ainda que estivesse usando um elmo. Thomas deixa cair o martelo e agarra as mãos.

Richard recua.

Thomas abaixa-se para pegar o martelo.

Richard dá um passo à frente e ergue o joelho para atingir o rosto de Thomas, mas desta vez Thomas se lança para a frente, agarra a outra panturrilha de Richard e em seguida se atira para trás, puxando a perna de Richard e fazendo-o perder o equilíbrio. Richard cai estrondosamente no chão e perde seu martelo de guerra. Antes que possa rolar sobre si mesmo e escapar, Thomas já está acima dele, o martelo posicionado como uma lança, a ponta pressionada sob a borda do elmo de Richard.

– Parem! – ela ouve a própria voz gritar.

Richard fica imóvel por um instante e em seguida, lentamente, leva a mão à viseira e a levanta. Thomas abaixa o martelo. Ele está ofegante, os olhos arregalados. Ele se endireita, trêmulo com o esforço, exalando um cheiro acre. Ele ajuda Richard a se levantar e eles olham fixamente um para o outro. Katherine observa, o rosto entre as mãos, completamente exangue.

Richard parece absolutamente sereno.

– Chega por hoje, eu acho – ele diz. – Na próxima vez, encaparemos nossas armas.

No dia seguinte, há uma repetição da luta, mas desta vez cada um enrola as pontas de suas armas em longas tiras de aniagem. Thomas toma emprestado um elmo de Dafydd e um par de luvas de couro de um dos Johns, e a luta dura uns vinte minutos. Ao final, os dois homens estão vermelhos e ensopados de suor. Mais uma vez, Richard tem a supremacia e não apenas por estar usando uma armadura, pois, embora ela lhe dê proteção, também atrapalha seus movimentos e Thomas consegue ficar atrás dele. Thomas também aprende a atacar os pontos mais vulneráveis de Richard e embora este sempre use o gibão acolchoado com os reforços de cota de malha por baixo do peitoral, logo seus cotovelos e axilas estão marcados por manchas roxas onde Thomas conseguiu atingi-lo.

Na terceira tarde, Geoffrey vai observar a luta.

– O engraçado em usar uma armadura – ele diz – é que as pessoas tendem a atacá-la em uma luta. Não sei por quê. Parece atrair os golpes, de modo que não atinge sua carne. Só por isso, já vale a pena usar ao menos uma peça de armadura.

Na tarde seguinte, Thomas pede emprestado um dos enferrujados peitorais. É tão grande que chega até seus quadris e acaba com uma mossa considerável logo acima do coração, onde Richard a amassou com o esporão de seu martelo.

No final da semana seguinte, suas lutas adquiriram um som diferente: o constante resvalar e retinir de aço sobre aço e, a cada hora, Thomas fica mais forte. Ele já não parte para o ataque impensadamente, nem fica afogueado demais. Ele aprende antecipação, estratégia e trapaça, e logo o machado de guerra do gigante mais parece uma extensão de seu braço.

A armadura de Richard está arranhada e amassada, mas ele também aprende com seus embates com Thomas e, por volta da terceira semana, suas lutas podem durar uma hora ou mais, ágeis, malignas e exaustivas. Ao fim de cada uma, Katherine tem que despir Richard, removendo a armadura, limpando-a com areia e vinagre antes de untá-la com óleo e devolver cada peça à sacola certa. Ele observa, bebendo uma caneca de cerveja atrás da outra.

– Isto dá sede – ele diz. Seus olhos estão vermelhos. Ele parece ensandecido.

Em seguida, ela tem que ajudá-lo com o gibão encharcado de suor. O cheiro e a visão de seu corpo coberto de pelos ainda a amedrontam, e ela fica satisfeita pela presença de Thomas, a postos, observando, embora ela quisesse que ele não exibisse aquela expressão ansiosa.

É Walter quem a preocupa.

Ela sabe que ele a está observando, mesmo do outro lado do aposento apinhado de gente. Quando ergue os olhos, sempre encontra o olhar dele fixo nela. Às vezes, ele desvia o olhar instantaneamente. Outras, ele continua a fitá-la. Toda vez que isso acontece, seu coração dá um salto. Ela sabe que só piora a situação ao puxar sua jaqueta para baixo, para esconder sua meia-calça, já que ela ressalta seu traseiro.

Em um dia chuvoso, o arco de Hugh se quebra durante o treinamento, e uma das partes quebradas quase arranca sua orelha. Apesar das lágrimas do rapaz e do sangue que jorra do ferimento, Walter o envia de volta para o forte com uma série de cascudos e pontapés. Katherine o encontra chorando baixinho perto do poço e ela lava o ferimento com panos limpos e água fria e, depois, aplica um pouco da pomada do perdoador. Hugh descansa a cabeça em seu ombro e ela passa o braço ao redor dos ombros dele para consolá-lo enquanto ele chora.

Não se trata da dor, ela sabe disso; é o sofrimento de sua vida, tão longe de casa.

– Pronto, pronto – ela sussurra. – Pronto, pronto.

Nesse momento, Walter retorna. Ele olha fixamente para Katherine.

– Como é que você não acaricia meus cabelos assim, mocinha? – ele pergunta.

Hugh retesa-se e ela quase deixa cair a pomada. Seus movimentos disfarçam seu susto, mas ela ainda não entende o que ele quer dizer com aquilo. Se ele sabe que ela é uma mulher, por que não a delatou? E se acha que ela é um garoto, então por que olha para ela daquela maneira?

Ela conta a Thomas no dia seguinte, enquanto estão na praia procurando madeiras e galhos que vieram dar à costa. É dia de São Jorge, quase verão, e embora uma névoa fina venha entrando do mar, a água ainda é tranquila como o reservatório de um moinho.

Ele franze a testa.

– Walter sabe que você é uma mulher?

Ele parece não acreditar nela e isso a deixa com raiva. Ela dá as costas para ele. Mais tarde, ela encontra um pedaço de madeira de navio, chamuscado, trazido pela maré, e precisa da ajuda dele com a peça. Eles a estão carregando pelas dunas, conscientemente sem dirigir a palavra um ao outro. Thomas lidera o caminho, carregando sua ponta da verga atrás das costas.

– Quanto mais rápido chegarmos à Inglaterra, melhor – ele diz. – Então, poderemos ir para Canterbury.

– Sim – ela diz. – Canterbury.

Continuam andando. A madeira é pesada e ela precisa descansar. Ele lhe dá um pouco de água.

– Vai sentir falta do mundo? – ele pergunta. – Quando estiver de volta ao priorado?

Ele está tentando conversar, tentando se desculpar, mas a pergunta a faz pensar. Ela ainda não lhe contou a verdade acerca da irmã Joan.

– Vou, sim – ela responde cautelosamente. – Tudo isso... tem sido uma revelação.

Ele não diz nada e mantém a cabeça inclinada para o lado, como se à espera de que ela continuasse. Uma abelha voa com dificuldade pelo ar parado. O dia já está quente e o suor faz seus olhos arderem.

– Seu pessoal ficará feliz em saber que você está de volta finalmente – ele diz. Ele está sondando em busca de alguma coisa, mas o quê?

– Não tenho ninguém – ela lhe diz. – Ou ninguém que eu conheça.

– Mas todo mundo conhece sua própria gente – ele diz. – Todo mundo sabe de onde veio. Você tem que saber. É a única maneira de saber quem você é.

Katherine fica em silêncio. Ela dá de ombros e após algum tempo eles pegam a madeira outra vez e continuam a subir a duna. Embora ela de fato tenha uma vaga lembrança de algo melhor – mais quente, ao menos –, na verdade lembra-se apenas do priorado e quaisquer outros pensamentos sobre quem ela possa ser fora dos muros do priorado são algo que ela nunca teve o luxo de perseguir.

– Tudo que eu me lembro da vida antes do priorado é uma lareira, acesa – ela diz. – E de estar aquecida ao lado dela.

– Só isso?

– Achei durante muito tempo que a lembrança era apenas algo que eu havia imaginado, mas há estranhos detalhes sobre isso que eu não acho que possa ter inventado, como, por exemplo, uma janela de vitrais coloridos. No entanto, tenho certeza de que eu jamais, conscientemente, vi tal coisa.

– Tem alguma lembrança de sua chegada ao priorado?

Já estão em bons termos outra vez.

– Eu posso imaginar a cena com tanta nitidez em minha mente que eu devo tê-la inventado.

– Como é?

– Eu tinha cinco anos, ou por aí. Nevava, mas eu não sentia frio. Não na ocasião, ao menos, e eu tenho algumas cartas que não consigo ler, é claro, e uma bolsa pesada, e quem quer que esteja comigo, acho que é um homem, mas não tenho certeza, e quando penso nisso agora sei que não pode ter sido um homem pois eles jamais deixariam um homem entrar no priorado. Mas quem quer que seja, me faz entregar as cartas e a bolsa a uma senhora de preto, que deve ter sido a prioresa antes da atual. Lembro-me de que era uma pessoa amável. Ou tinha um rosto amável.

– E depois?

– Depois, nada. Lembro-me de ver a pessoa com quem eu estava indo embora, e então a Vida começou.

Ela não quer lhe falar de todos os castigos, surras e humilhações, nem do frio do lugar. Não quer lhe falar da prioresa. Nem da irmã Joan.

– O dinheiro devia ser para o seu sustento – ele diz. – Deve haver alguém que ainda está pagando. Alguém deve estar preocupado com você.

A ideia de alguém estar pagando pelo seu sustento quando tudo que fez até então foi trabalhar até seus dedos sangrarem a fez sorrir. Mas a ideia de que pudesse haver alguém lá fora que se importasse com o que acontecesse a ela estava além de sua compreensão.

– Alguém preocupado comigo?

Por um instante, ela não consegue encontrar mais palavras. Então, sente uma onda de calor erguer-se dentro dela. Alguém está pagando o seu sustento, alguém que sabe quem ela era; alguém está preocupado com ela. É como se uma parte antes morta de seu corpo estivesse voltando à vida, e ela não consegue conter as lágrimas. Larga a madeira outra vez e vira-se para que Thomas não possa vê-la chorar.

– Kit – ele diz. – Katherine.

Ele dá um passo para baixo da duna na direção dela e tenta passar os braços pelos seus ombros, mas ela se esquiva e estende a mão para mantê-lo a distância. As lágrimas rolam pelas suas faces. Ela tenta limpá-las e espalha fuligem pelo rosto.

Incapaz de falar por um instante, ela fita o mar a distância; então, vira-se novamente.

– Thomas – ela começa a dizer –, tenho algo que preciso lhe contar...

Mas, antes que ela possa dizer mais alguma coisa, o sino de alarme do forte começa a soar.

12

Foi Brampton John quem primeiro avistou os homens do duque de Somerset.

– Cerca de trezentos arqueiros – ele diz à companhia. – Talvez mais. E uns duzentos soldados com alabardas. Subindo a estrada de Boulogne.

– Homens a cavalo? – Walter pergunta. Brampton John tenta pensar.

– Não tantos que faça diferença – ele diz após um instante.

Walter resmunga e apressa-se para alcançar Richard. Os homens descem a estrada no ponto em que passam por uma zona morta e, por enquanto, a ponte de Newnham e seu forte estão ocultos para eles, assim como eles para a ponte. Quando os homens emergem no alto de uma elevação e começam sua descida, eles ouvem um estalo que corta o silêncio do dia.

Todos se agacham simultaneamente.

– Deus do céu! – alguém grita.

Quando Thomas levanta a cabeça, vê uma baforada de fumaça amarelada pairando no ar acima das ameias do forte.

– Tudo bem, rapazes. Tudo bem – Walter diz. – É um dos nossos.

Ainda assim, o estrondo do canhão é impressionante e, por um instante, ficam tão absortos vendo a fumaça se dispersando para o interior que ninguém nota a multidão de homens locomovendo-se em três blocos, subindo a estrada de Boulogne.

Quando percebem, eles engolem em seco.

Estandartes são desfraldados e Thomas pode ouvir os tambores rufando, o som agudo de uma flauta e o som retumbante de uma trombeta.

Dafydd faz o sinal da cruz. Walter lambe o dedo e levanta-o no ar, verificando a direção do vento.

– O que eles pretendem? – Richard pergunta-se em voz alta. Ele está montado em seu cavalo, o martelo de guerra atravessado no colo, com uma vista melhor do que eles. – Eles não têm nenhuma arma de cerco para invadir o castelo e certamente não têm homens suficientes para cercá-lo.

– Então, devem ter ficado sem feijão e mulheres – Walter diz. – Eles vão levar tudo que houver na cidade que não esteja preso ao chão, atear fogo e correr de volta para Guisnes. É o que eu faria.

– Você acha que a guarnição de Newnham vai sair? – Richard pergunta.

– Tem que sair – Walter diz. – Mas eles não têm homens suficientes para barrar aquele bando. A guarnição de Calais vai ter que sair também.

Eles veem os últimos habitantes da cidade atravessarem correndo a ponte sob o forte, tentando fugir dos homens de Somerset. Eles parecem compartilhar a opinião de Walter sobre o que vai acontecer em seguida e puxam carroças carregadas com tudo que podem levar. Ao longe, a guarnição de Calais já está emergindo do Portão de Boulogne, subindo ordenadamente: arqueiros, soldados com alabardas e um punhado de cavaleiros, todos se movendo apressadamente. Walter, entretanto, está mais interessado nos homens de Somerset, que estão se posicionando em blocos, na outra extremidade da cidade.

– Tem alguma coisa estranha nisso – ele diz. – Eles estão mantendo a formação. Homens normais já estariam lá dentro, pegando tudo em que conseguirem colocar as mãos, encontrando uma mulher antes de qualquer outra pessoa.

– E esses últimos meses devem ter sido bem difíceis para eles – Geoffrey diz, concordando.

Desde que o duque de Somerset tomou o Castelo de Guisnes no ano anterior, seus suprimentos foram cortados. Ele havia prometido à guarnição pagamento imediato dos seus salários assim que a força de auxílio viesse da Inglaterra, mas, quando aquela frota chegou à costa da França, o vento havia virado e a frota foi arrastada para o porto de Calais, onde seus suprimentos foram confiscados pelo agradecido conde de Warwick. Warwick, então, alinhou todos os homens da expedição de auxílio e aqueles que foram reconhecidos como tendo mudado de lado com Andrew Trollope no ano anterior em Ludford, ele enforcou no cais do porto.

Uma nova força foi preparada na Inglaterra, mas também esta foi capturada, desta vez em uma incursão ao nascer do dia, enquanto ela ainda estava atracada no porto em Sandwich. Os homens de Warwick pegaram o almirante na cama e o levaram de volta a Calais como prisioneiro, juntamente com alguns outros, dos quais o conde comprazeu-se em zombar à mesa de jantar.

Desde então, os homens de Somerset vinham vivendo em condições precárias, catando comida nos restos do lixo, barganhando seu futuro e pedindo esmolas à população local.

Agora, entretanto, ali estavam eles, posicionados na estrada logo depois de Newnham, prontos para lutar. Thomas vê um destacamento de soldados sair da formação e correr para dentro da cidade.

– Lá vão eles – Walter murmura.

Um momento depois, uma nuvem de fumaça pálida é expelida de um telhado de palha, depois outra e mais outra.

– Estão tentando fazer a guarnição sair – Walter diz.

Se este é o plano, está funcionando. A guarnição de Newnham, em suas vestes vermelhas, está agora atravessando a ponte para tomar uma posição ao longo da estrada da cidade a oeste da ponte. Thomas pode até mesmo ver o capitão e os sargentos da guarnição gritando para os homens, mantendo a ordem. Eles observam em silêncio por um instante, impressionados com o espetáculo. Três homens a cavalo percorrem a linha, examinando as casas à frente em busca de qualquer sinal do inimigo.

– Não é possível – Richard diz repentinamente. – Onde estão seus cavalos? Por que Somerset não trouxe seus piqueiros? Seus patrulheiros? Seus batedores? Onde estão eles?

Walter balança a cabeça.

– Tem razão – ele diz. – Não me diga que os cavaleiros andaram todo esse percurso?

– Pode ver algum?

– Onde está Kit? Ele enxerga melhor do que todo mundo. Venha cá, garoto.

Katherine aproxima-se apressadamente, passando por Thomas. Ela continua sem elmo, pois nenhum cabe em uma cabeça tão pequena, nem mesmo com um gorro de lã por baixo, e também sem espada.

– Pode ver algum cavaleiro entre eles? – Richard pergunta.

Faz-se uma pausa, enquanto Katherine vasculha o exército de Somerset. Os homens reúnem-se à volta, espreitando através das árvores.

– Nenhum – ela diz.

– Nem mesmo os portadores de estandartes? – Richard pergunta.

Katherine sacode a cabeça.

– E se não há nenhum no campo... – Richard começa a dizer.

– Então, onde eles estão? – Walter conclui.

Eles esquadrinham o terreno plano abaixo. Thomas não consegue ver nada que chame sua atenção. Há vários agrupamentos de árvores entre as terras lavradas e as faixas de terra não aradas, e há a ampla borda de charcos, coberta de verde, perto do vilarejo, porém pouca coisa mais.

– Talvez ele não tenha mais nenhum cavalo? – Richard sugere. – Talvez os tenham comido?

Walter não parece convencido.

– Pode ver os estandartes, Kit? – Richard pergunta.

– Há um dividido em quatro partes – ela diz. – Vermelho e azul, com algumas flores ou algo assim, e o branco parece ter marcas pretas.

– Serão pássaros? – Richard indaga.

– Não sei. Pode ser.

Richard é incisivo.

– Olhe outra vez – ele exige. – Olhe outra vez. A borda da bandeira branca é em xadrez?

– Não dá para ver. Está longe demais.

– Quantos pássaros são?

Katherine conta-os.

– Seis – ela responde. – Mas eles...

Thomas está na ponta dos pés, espreitando a distância; seu coração bate com força.

— É Riven — Richard diz, virando-se para Geoffrey. — Riven está aqui. Eu sei que está. É ele. Olhe.

Thomas quase dá um grito. Ele também tem certeza de que é Riven.

— E os cavaleiros?

— Podemos nos preocupar com eles mais tarde. Vamos.

Richard puxa suas rédeas com toda força para mudar de direção e está prestes a esporear o cavalo quando Katherine começa a falar.

— Lá — ela diz, apontando. Richard para, vira-se novamente, empina seu cavalo nervoso com ostentação e olha na direção que ela indica.

— Jesus Cristo na cruz! — ele diz, arfando. — De onde eles vieram?

Há cerca de cinquenta deles, surgindo de um caminho estreito entre dois pomares, usando as árvores como cobertura, movendo-se como aparições cinzentas em uma terra cinzenta, cada qual portando uma lança longa e todos envoltos em uma grossa capa de viagem, de modo que o sol da primavera não reflita em suas armaduras. Até seus cavalos estão disfarçados com aniagem.

Enquanto surgem no flanco da guarnição de Newnham, obscurecidos da vista por um bosque de álamos, os arqueiros e a infantaria de alabardas de Somerset começam a recuar pela estrada de Boulogne, atraindo os homens de Warwick ainda mais para dentro da armadilha.

— Devem ter se movido à noite — Walter diz. — Eles vão esperar até a guarnição ter atirado todas as suas flechas e então avançarão sobre eles.

— Então, os padres vão ficar ocupados — Geoffrey concorda. — Vai ser um massacre.

— Temos que impedi-los.

— Difícil é saber como.

Richard passa a perna por cima do cavalo e desmonta, a armadura chocalhando. Ele se volta para Katherine e lhe entrega as rédeas.

— Podemos ir por trás deles — ele diz. — Isso é o que podemos fazer. Amarre-o, sim, Kit? — Ele indica o cavalo com um sinal da cabeça. — Depois vá atrás de nós com as flechas. Vamos precisar de cada uma delas.

Katherine para, seu olhar ainda fixo nas terras planas embaixo. Ela abre a boca para dizer alguma coisa, mas é tarde demais, Richard já correu para a frente. Walter está esfregando as mãos, os olhos brilhando como os de um furão prestes a matar.

– Muito bem, a situação é esta, rapazes – ele diz. – A situação é esta. Não vamos ter tempo de cortar riscos, então teremos que atirar rápido e com precisão, e rezar para que eles não nos peguem em campo aberto.

Thomas verifica seu arco, suas flechas, sua lâmina. Enfia o elmo na cabeça e todos os sons se tornam abafados. Quisera ter encontrado uma pequena armadura como os outros homens. Ele lança um olhar para Katherine, ainda perturbado com o que aconteceu entre eles na praia. Ele não tivera nenhuma intenção ao tentar abraçá-la, só que... o quê? Ele sacode a cabeça.

Ela está amarrando as rédeas do cavalo de Richard ao galho de uma árvore. No entanto, ele deve dizer alguma coisa. Se ele for morto na batalha – bem, ela deve saber qual fora e qual não fora a intenção dele. Ela se vira e seus olhos se encontram. Ele quase desvia o olhar, envergonhado, mas ela corre para ele.

– Thomas – ela começa. – Ouça-me...

– Desculpe-me – ele interrompe. – Pelo que aconteceu antes.

Katherine abana a mão, descartando a ideia. É como se ela já tivesse esquecido tudo aquilo.

– Não é sobre isso – ela diz. – Olhe. Eu andei observando os homens no treinamento. Eu vi como vocês atiram. Vocês formam um padrão, como um bloco, não é? E, então, lançam suas flechas.

Thomas balança a cabeça, confirmando. É exatamente como Katherine diz.

– E daí? – ele pergunta.

– Bem, se vocês surgirem atrás dos cavaleiros, quando atirarem neles, eles cavalgarão para a frente e ficarão fora do alcance de vocês, não é? Ou se virarão e avançarão para cima de vocês. Ainda serão capazes de atacar as tropas da guarnição. Mas se vocês atravessarem o pântano e seguirem o dique que tem lá – ela dá mais um passo para o cume da colina e aponta para uma extensão de aterro que corre paralelamente à estrada –, poderão ficar ao lado dos cavaleiros conforme eles avançam para atacar a guarnição. Desse modo, vocês poderão pegar cada um deles. Desse modo, Riven não conseguirá escapar.

Thomas compreende o que ela quer dizer. A estrada ao longo da qual os cavaleiros cavalgarão é barrada em um dos lados por um dique íngreme que represa o pântano e a fossa. Se puderem atravessar o pântano, poderão alcançar o dique e, de lá, interceptar os cavaleiros antes que alcancem Newnham.

– Diga a Richard, sim? – ela pede.

Thomas balança a cabeça, assentindo, e parte atrás dos arqueiros conforme eles descem apressadamente a colina. Toda conversa foi suspensa agora. Os rostos estão pálidos. As mãos não param de se mover do arco para a corda, para a aljava, para o topo do elmo, enquanto cada homem verifica seu equipamento inúmeras vezes. Eles correm pelo caminho arenoso até chegar embaixo e começar a subir novamente entre dois sulcos lamacentos onde crescem cebolas. Ali eles param para que Walter possa avistar os cavaleiros. Thomas agacha-se ao lado de Richard.

– Deus o proteja, Thomas – Richard diz, levantando sua viseira. – Lembre-se de nosso treinamento e poderemos sair desta com um sorriso no rosto.

Thomas repete o que Katherine lhe disse. Ele não diz que foi uma ideia de Katherine. Richard ouve. Em seguida, levanta-se e analisa o terreno.

– É um bom plano – ele conclui, mas quando Walter volta não fica satisfeito.

– Não há tempo – ele diz, rejeitando a proposta de Richard. Ele volta-se para os arqueiros. – Bem, os cavalos estão em um agrupamento de árvores do outro lado da estrada, de modo que ficaremos aqui. Formação em cunha – ele diz. – Seis em cada linha.

Richard umedece os lábios.

– Faremos do modo de Thomas, Walter.

Walter para, vira-se, cospe.

– Do modo de Thomas, hein? Não como sir John iria querer.

– Sir John está a salvo em sua cama em Calais. Nós estamos aqui. Faremos da maneira de Thomas. – Richard volta-se para os homens. – Tirem suas botas e jaquetas – ele diz. – Larguem tudo, exceto os arcos e aljavas, e cada um leve consigo uma adaga. Depressa!

Os homens começam a remover seu equipamento. Um instante depois, estão de camisa e meia-calça.

– Merda! – Walter protesta, atirando sua jaqueta no chão. – Isso não é jeito de lutar numa guerra!

– Walter – Geoffrey o adverte.

Eles podem ouvir os tambores mudarem agora, sinalizando o avanço da guarnição de Newnham. Um trombeta soa.

– Rápido agora! Kit! Ajude-me.

Katherine chega, arquejando, e começa a ajudar Richard a tirar a armadura.

– Vamos! Depressa! – Richard apressa-a enquanto seus dedos atrapalham-se com as amarras de couro. – Está bom! Está bom. Fique aqui com ela, Kit, e tome conta dela. Com a bênção de Deus, logo estaremos de volta.

Um a um, os arqueiros deslizam pela lama do charco, com água gelada até a cintura.

– Cristo na cruz! – Walter exclama, como se ficar seco fosse um direito seu. – Nós vamos nos afogar!

A água do pântano é densa e marrom, salobra com a água do mar, as margens ponteadas de juncos e caniços. Ninhos de pássaros escondem-se nas moitas de plantas aquáticas e a lama puxa e suga suas pernas. O cheiro é enjoativo. Thomas tem uma ânsia de vômito.

Eles têm que percorrer uma distância de cerca de trezentos passos, cada homem carregando seu arco e sua aljava acima da cabeça. À esquerda deles, fica o rio, indolente ao sol da primavera, à frente está Newnham. À direita, além da estrada, fica o bosque atrás do qual os cavaleiros se esconde.

Eles prosseguem silenciosamente pelas águas estagnadas. O céu adiante escurece por um breve instante, como se um bando de estorninhos tivesse se posicionado entre eles e o sol, e Thomas olha para o céu e vê uma revoada de flechas lançadas da praça do mercado. Cada seta parece tão delicada àquela distância, como o traço cuidadoso de uma pena de junco muito afiada, mas logo sobrevém a algazarra irregular de baques surdos, pancadas e estalos, conforme as flechas atingem pedra, metal e carne, seguida pelos gritos dos feridos.

– Depressa! – Richard exorta-os. – Rápido agora!

A água fica mais densa, mais imunda.

Há uma salva de flechas dos homens de Somerset em resposta.

– Segurem as malditas flechas – Walter incita-os. Mais flechas voam pelo céu. O duelo de arqueria irá durar apenas alguns minutos, até que um lado esgote todas as suas flechas, e então eles vão se retirar, a fim de que os soldados ou a infantaria de alabardas assumam a disputa. Uma vez esgotadas as suas flechas, os arqueiros, com suas pequenas armas, serão presa fácil dos cavaleiros com suas lanças, martelos, espadas, machados e só Deus sabe o que mais. Eles serão empurrados para o rio atrás deles.

– Meu pé! – Dafydd grita. Ele deixou cair seu arco e flechas na água, e está preso no lodo. Thomas segura um de seus braços, Owen o outro, e eles o tiram da lama. Um redemoinho de sombras de lama preta gira sob a superfície quando ele é liberado e o mau cheiro os faz vomitar.

Thomas apressa-se em frente. A ideia de que Riven possa estar aguardando depois do dique o deixa entorpecido. Gostaria de ter o machado do gigante com ele agora, mas o deixou no forte. Então, ele para. O gigante. É claro. O gigante estará lá. Ele estará protegendo Riven outra vez. À ideia do gigante e de seu polegar em seu olho, Thomas estremece. O que ele está fazendo? Por que está ali? Ele é um cônego da Ordem de Gilberto. Ele para. Os outros o alcançam.

– Tudo bem, Northern Thomas? – Red John pergunta. – Não está pensando em nos abandonar agora, está?

Thomas se recobra. Pensa no deão. Ouve aquele som de aço na carne. Pensa em Riven segurando as contas do rosário de Alice e algo toma conta dele, como uma luva sobre a mão, o mesmo sentimento que o fez lançar o bordão sobre Riven na primeira vez. Ele corre adiante e se vê mais uma vez à frente dos homens.

O charco começa a formar bancos de lama granulosa, com faixas de resíduos verdes e escorregadios, as bordas cobertas de crostas de liquens verdes, viscosos e fétidos. Eles escorregam, conforme tentam atravessar a faixa, dois deles afundam no lodo, nenhum deixa cair seu arco, ambos emergindo com os olhos brancos contra o rosto marrom. Eles avançam com dificuldade até a beira da água, onde o terreno se solidifica contra o dique.

– Mantenham-se agachados – Richard comanda.

Os homens se arrastam para fora da água e ficam deitados, recuperando o fôlego, ao lado do dique. Thomas se arrasta para a frente para ver o que está acontecendo e está prestes a levantar a cabeça acima do topo quando os sente, através de seus joelhos e das palmas de suas mãos. Os cavaleiros deram a partida.

– Pelos dentes de Deus! – Dafydd sibila. – Estão perto! – Há medo em sua voz, repetido no rosto de cada um dos homens.

– Mantenham-se abaixados e espalhem-se! – Richard ordena. – Depressa, preparem-se! Só teremos uma chance. Preparem-se para atirar, droga!

Walter segura seu arco de lado, uma flecha encaixada, mais três enfiadas em sua calça enlameada. Os outros manuseiam seus arcos atabalhoadamente, encaixam suas flechas e o imitam, agachando-se nos juncos, dando espaço entre eles para atirar. Richard arrasta-se para cima pelo mato rasteiro ao lado de Thomas, espreitando por cima do dique por trás de uma moita de juncos.

– Lá vêm eles – ele diz. – Esperem. Esperem!

Thomas pode sentir o peso dos cavalos através do solo. Um talo estremece diante de seu nariz. Então, ele os ouve: seus cascos sobre pedras, o chocalhar das armaduras e os gritos dos homens preparando-se para o massacre.

– Agora! – Richard grita.

Os arqueiros levantam-se.

– Apontar! – Walter berra.

Um dos cavaleiros os vê neste último instante e se encolhe, puxando as rédeas, tentando redirecionar sua lança. O braço de Thomas está inteiramente posicionado, a corda de linho em sua orelha. Ele não consegue manter esta posição por mais do que uma longa respiração, mas ele gira seu arco ao longo da linha dos cavaleiros, procurando qualquer coisa que possa identificar Riven ou o gigante. Lá! Uma rápida visão daquela capa vermelha. Ou lá! Aquele uniforme branco!

– Atirar!

Ele atira. Não pode errar. Nenhum deles pode. Suas flechas atingem com força os cavaleiros em disparada à distância de cinco passos. O barulho e a violência são terríveis. Cavaleiros são arrancados de suas montarias. Cavalos deslizam ou estancam. Eles caem e atiram seus cavaleiros no chão. Homem e cavalo gritam ao mesmo tempo. Um cavalo empina e tomba com um estalo. Um outro dá uma cambalhota, sua sombra cobrindo um homem embaixo, poupando-o, antes de aterrissar sobre outro, matando-o instantaneamente. Um é pisoteado antes de atingir o solo sob um rufar de cascos agitados.

Thomas observa sua flecha atravessar os buracos de respiração do elmo de um homem, com tanta força e tão de perto, que a viseira de aço se abre em metal retorcido para admitir a ponta da flecha. Ele é arrancado de sua sela e desaparece de vista. Seu cavalo gira, bate em outro, urra e cai com um estrondo.

– Preparar!

Thomas encaixa e procura o homem de traje branco.

– Apontar!

– Onde ele está? Onde ele está? Ele já caiu.

– Atirar!

Thomas deixa a flecha ir para outro cavaleiro, cuja armadura está envolta em aniagem. Ele o atinge no estômago, o homem salta da sela, outra flecha atinge seu cavalo e o derruba para o lado. O homem cai embaixo dele.

Eles atiram mais três salvas. Daquela distância, uma flecha atravessa um homem, com ou sem armadura. Ela prega-o no chão, ou seu cavalo, ou o que quer que esteja atrás dele. Ela pode pregar dois homens. Quando se preparam pela quarta vez, Richard ergue o braço.

Acabou. Acabou.

Os arqueiros abaixam os arcos.

Não há mais ninguém em pé. Há apenas um único cavalo branco, galopando ao longe, os estribos voando. A estrada está tomada de mortos e do fedor de fezes, sangue e vísceras rompidas.

Um cavalo ainda tenta se levantar, mas perdeu a mobilidade das pernas traseiras, e segue arrastando-as atrás de si, enquanto rasteja, urrando de dor. Geoffrey ergue o arco e lança uma flecha que zumbe pelo ar e atinge o cavalo atrás do maxilar. Ele desaba. Um outro permanece deitado, ofegando, o peito erguendo-se e baixando-se, os olhos repentinamente enormes. O sangue jorra de uma flecha enterrada até a pena em seu flanco. Os lábios pretos do cavalo vibram enquanto ele ofega, tentando respirar. Parece que é o único ser que restou vivo. Walter dá três passos do topo do dique, para dentro da estrada, passa por cima de um homem morto e esmaga o crânio do animal com uma marreta de chumbo.

Ninguém fala. Todos respiram ruidosamente. Owen dá as costas para o que ele fez. Dafydd passa os braços em torno de seu irmão e o abraça enquanto ele chora. Ele o conforta em uma língua que só eles podem compreender antes de começar a falar em inglês.

– Está tudo bem – ele diz. – Tudo bem. Já acabou.

Um dos Johns vomita.

Outro cavalo estremece e relincha. Está preso sob o corpo de outro cavalo. Ele ergue a cabeça, o pescoço arqueado, e olha para eles. Está procurando a ajuda do homem. Walter vai até ele, abaixa-se, deixa as mãos deslizarem pelo peito arquejante, até onde a perna dianteira do animal está presa sob o cavalo morto. Está curvada onde deveria estar reta. Walter sacode a cabeça com pena, em seguida se levanta e golpeia com a marreta outra vez. O animal sucumbe. Walter olha mais adiante, para o cavaleiro que o cavalo esmagou.

Ele ri.

– Como um maldito ouriço.

Richard permanece em silêncio, pálido, imóvel na margem.

Thomas se sente dominado pelo remorso.

Um a um, eles descem para a estrada. O sangue vaza do meio de juntas de armaduras, coagula-se em cotas de malha. Algum deles estaria vivo? Aquele se move? Este aqui está erguendo a mão enluvada em um gesto? Ouvem-se um leve som arranhado, como o de um homem expirando, e o rangido de aço sobre pedra.

Cada arqueiro é atraído para o cavaleiro que ele matou primeiro. Thomas fica paralisado. Em seguida: Santo Deus! Um homem agarrou seu tornozelo. Ele mal pode vê-lo porque ele está preso ao solo pelo peso de um cavalo.

Thomas puxa a perna.

Os dedos do homem soltam-se.

Walter passa por Thomas, para o outro lado do corpo do cavalo, espreita para baixo, para o homem. Ele abaixa-se e levanta a viseira do sujeito. Ele sorri. É um sorriso quase terno. Então, ergue a marreta e desfecha o golpe, provocando um som de cartilagem triturada.

Walter enfia a marreta embaixo do braço e começa a desatar a tira que amarra o elmo sob o queixo do morto.

– Vou ficar com isto – ele diz.

Thomas vira-se de costas. Ele ainda pode sentir os dedos do homem em seu tornozelo. Ele encontra o homem de vermelho, de rosto para baixo, caído mais adiante, na margem. Thomas acha que reconhece a capa vermelho-vivo. Quando ele vira o corpo, este resvala para a estrada. A flecha de Thomas está quebrada, enfiada na viseira. Ele enfia a faca na dobradiça do outro lado e o abre.

Não é Riven.

É um homem com um grosso bigode e uma teia de sangue espalhada pelo rosto. Seus olhos estão abertos, curiosamente azuis, fixos ao longe, na distância. Thomas afasta uma mosca-varejeira.

– Que Deus tenha piedade de sua alma imortal – ele murmura. – E lhe conceda o repouso eterno.

Ele faz o sinal da cruz sobre o homem e, nesse momento, Richard surge ao seu lado.

– Deixe-me ver – ele diz, e olha o rosto do morto.

– Não é ele – diz. – Ele nunca esteve aqui. Não esteve aqui.

Ele indica o homem de branco, caído entre as pernas de seu cavalo. Há marcas negras no tabardo do homem, mas não são pássaros. São cruzes ornamentadas, floreadas, arrumadas no mesmo padrão três, dois, um que distingue o uniforme de Riven.

– Olhe – ele diz. – Kit se enganou com o estandarte.

O morto é gordo, com uma pele curtida, bem idoso; ele nem sequer parece um inglês.

Richard está desesperado. Geoffrey e os outros homens passam entre os mortos, erguendo suas viseiras nos casos em que elas já não se soltaram.

– Nós o encontraremos – Thomas diz. – Eu sei.

Richard balança a cabeça.

Ficam ali parados por alguns instantes, lado a lado. Tomam consciência de uma presença. Um homem está parado atrás deles. É o capitão da guarnição de Newnham, o que deu a Richard um arco infantil para praticar. Ele olha para ambos especulativamente. Atrás deles, estão seu sargento e três soldados da guarnição, com suas alabardas nas mãos. São os homens que haviam zombado deles quando passaram pela ponte de Newnham. Agora, estão em silêncio, fitando a carnificina, contando os corpos. Os sinos das duas igrejas do vilarejo começam a tocar outra vez.

– Foram vocês, não foram? – o capitão pergunta. – São os arqueiros que não conseguem atirar com arco para não ter que pagar um barril de cerveja.

Richard endireita-se e limpa o sangue da palma da mão na frente de sua camisa. Está prestes a dizer alguma coisa quando sua atenção é atraída por algo acima do ombro do capitão. Um grupo de homens em armaduras caras e lustrosas aproxima-se deles. Um deles carrega um estandarte de batalha azul e vermelho-escuro, ostentando um brasão com um leão branco, os outros carregam suas armas de cabo longo.

O capitão vira-se para ver o que Richard está olhando. Assim que vê de quem se trata, ele dá um passo para fora da estrada com uma ligeira mesura. Um enorme cavaleiro com a viseira levantada, formando um pico em seu elmo, lidera o grupo. Sua armadura está arranhada e com vários amassados, e há sangue de outro homem sobre a greva que protege uma das pernas. Ele para diante de Richard e olha para ele.

– Quem em nome de Deus Todo-Poderoso é você? – ele pergunta.

Richard respira fundo.

– Sou Richard Fakenham, milorde – ele diz. – De Marton Hall, em Lincolnshire. Meu pai é sir John Fakenham. Ele é um homem do senhor Fauconberg e nós somos sua companhia.

Ele gesticula, indicando os arqueiros, que permanecem parados, imóveis. O homem olha para ele, depois para os arqueiros. Ele é muito alto e corpulento, quase um gigante, e bastante jovem, com grandes olhos azuis e cabelos louros.

– Então, Richard Fakenham – o homem diz devagar –, tenho com você uma dívida de agradecimento. Porque você salvou muitas vidas aqui hoje. Não sei como você veio parar aqui nesta posição ao longo da estrada, mas sem sua ação corajosa haveria muito mais órfãos, viúvas e pais sem filhos vivos hoje.

Ele abaixa-se para pegar uma das lanças que os cavaleiros carregavam. Tem mais do que o dobro de sua altura. Ele ergue os olhos para a ponta a fim de enfatizar suas palavras.

– Não me esquecerei de você – ele diz, virando-se novamente para Richard. – Não me esquecerei de você, Richard Fakenham. De você, nem de seus homens, ouviu? A Inglaterra precisa de homens como você, Fakenham. Eu preciso de homens como você. Se algum dia precisar de um favor meu, espero que peça. Espero poder ajudá-lo em troca.

Richard faz uma mesura.

O homem aperta sua mão. Thomas sussurra no ouvido de Geoffrey.

– Quem é ele?

Geoffrey olha para ele como se desta vez ele tivesse ido longe demais.

– Pelo amor de Deus! Quem é ele? Quem é ele? Você realmente não sabe nada?

Thomas encolhe os ombros.

– Este é Eduardo Plantageneta, o conde de March. Ele é filho do duque de York. Ele é primo do rei. Ele é... ah, pelo amor de Deus!

13

A frota do conde de Warwick entra no porto cinco semanas mais tarde. É um belo dia do começo do verão e eles veem os mastros dos navios irromperem no horizonte logo depois do amanhecer. Quando a notícia se espalha, todos os sinos em Scunnage soam. O que deve ter significado para os homens do duque de Somerset, sitiados e dizimados em seu castelo em Guisnes, Katherine pode somente imaginar, mas para sir John Fakenham e sua companhia de arqueiros é razão suficiente para se alegrarem.

– Logo estaremos em casa, Owen – Dafydd diz, batendo nas costas do irmão.

– Em casa – Owen repete.

No entanto, ao invés de qualquer comemoração, Walter os faz trabalhar ainda mais, como se os punisse por algo que não cometeram. Eles passam cada hora do dia treinando tiro com arco. Ele espezinha particularmente Thomas, de modo que Katherine basicamente só o vê como uma figura ao longe, constantemente correndo toda a extensão da área de treino para recolher as flechas, trazê-las de volta, perdendo-as e voltando para recolhê-las outra vez.

A volta do conde traz um aumento no número de tendas fora dos muros da cidade e um aumento no nível de barulho em Pale.

– O conde de Warwick gosta muito de armas de fogo, hein? – Dafydd observa, as mãos tampando os ouvidos.

– Grandes, pequenas, qualquer uma – Geoffrey concorda. – Ele gosta de qualquer novidade.

Estão tirando uma rara folga, reunidos no passadiço do forte, apoiados contra as ameias. Olham através de Pale na direção da cidade, onde rolos de fumaça cinzenta irrompem do campo de treinamento. Homens de Boulogne estão lá com suas pistolas e o ar estala com os disparos de suas armas. Duas vezes nessa primeira manhã eles ouvem um estrondo abafado quando uma das armas de cano de bronze explode.

– Não vejo o que há de tão bom nelas – Simon diz. – Prefiro usar arco e flecha. Ao menos, quando quebram não matam ninguém.

– Já enfrentou armas de fogo, rapaz? – Walter pergunta a ele.

Simon sacode a cabeça.

– Bem, espere até enfrentar antes de dizer algo tão idiota outra vez.

Walter continua de mau humor. Está assim desde o combate em Newnham. Os outros estão mais felizes, especialmente com os boatos de sua volta para a Inglaterra circulando.

– Deve ser logo, não é? Você viu quantos navios eles têm no porto?

– Mal posso esperar – Dafydd diz. – Sabe o que eu vou fazer quando chegar lá? Vou encontrar um cavaleiro rico, alguém chegado ao maldito duque de Somerset, vou matá-lo e tomar tudo que ele tem. Vou tomar suas terras, seu cavalo, sua armadura, seu escudeiro, sua mulher e seus cachorros, tudo, até mesmo suas galinhas, sabe? Depois vou voltar para casa, em Kidwelly, com Owen, nós dois de armadura completa, sabe? E vamos jogar aquele desgraçado do Will Dwnn direto no maldito mar.

– Quem é Will Dwnn? – Red John pergunta.

– O maldito Will Dwnn? Não conhece Will Dwnn? É o filho da mãe que deve se casar com Gwen.

– Gwen – Owen diz. Sua voz é rouca e tão carregada de afeto que todos param e olham para ele.

– Gwen é sua namorada, Owen?

– Gwen não é a namorada dele! – Dafydd diz como se todos já devessem saber. – Gwen é nossa irmã.

Walter dá uma risada.

– Já ouvi falar de vocês galeses e suas irmãs.

Antes que uma briga comece, Walter estende a mão. Ele aponta para os bosques.

– Ora, quem será aquele? – ele pergunta. Um homem de verde está procurando alguma coisa no mato. Ele leva um cachorro de pernas curtas na coleira.

– Richard diz que ele é um caçador – Katherine lhes diz. – Ele levava um garoto consigo antes, mas ele o enviou de volta à cidade.

– Deve ter sentido um cheiro – Geoffrey especula. – O rapaz deve ter ido buscar o grupo de caça.

Mais tarde naquela mesma manhã, eles veem um grupo de homens a cavalo na estrada para Newnham. Deve haver uns doze cavaleiros. Os que vão à retaguarda carregam bandeiras e, à volta das pernas dos cavalos, correm os minúsculos pontinhos pretos de cachorros.

– O grupo de caça – Walter diz. – Era tudo de que precisávamos.

– Reconhece alguma das bandeiras, Kit?

– Há a cruz de Santo André, vermelha – ela diz.

– O conde de Warwick – Geoffrey diz. – Vindo para cá.

– É melhor avisar Richard.

Geoffrey sai à procura de Richard. Katherine observa o grupo atravessando a ponte. Os cavaleiros param no forte e em seguida emergem de trás do castelo, atravessam o vilarejo e começam a subir a estrada na direção deles, ao longo da estrada onde eles lutaram no dia de São Jorge. Os corpos já se foram agora, alguns enterrados atrás da igreja em um chiqueiro, outros atirados no rio. Os cavalos mortos foram arrastados e levados embora por um açougueiro e curtidor.

Quando os cavaleiros começam a descer do alto da colina, Richard e Geoffrey já estão no pátio. Há cerca de quinze homens no grupo de caça, inclusive os carregadores dos estandartes, vários cavalariços e criados. Acompanhando-os, estão cinco ou seis cães de caça. Um dos cavaleiros é um bispo, com vestes roxas. Ele possui uma tez morena e usa uma longa capa forrada de pele. É quase cômico que ele esteja ali. Katherine se vê olhando fixamente para ele, ignorando o homem de preto atrás dele, um clérigo de algum tipo, pouco à vontade sobre um cavalo, e os outros caçadores, todos de botas altas e capas pesadas, cada qual com um arco e uma aljava.

Katherine lembra-se de como todas as freiras ficavam nervosas quando o bispo de Lincoln fazia uma visita ao priorado. Elas limpavam e esfregavam sua parte do priorado durante semanas de antecedência, e todas lavavam seus hábitos e tomavam banho para que nada o ofendesse. E durante todo o tempo elas sabiam que ele jamais as veria, assim como também elas não o veriam.

Quando os cavaleiros param, Richard vai ao encontro deles.

– Senhor de Warwick – ele diz. – Bom-dia, senhor, e que Deus o guarde.

O homem à frente do grupo ergue a mão em uma saudação. As nuvens de poeira amarela que os cavalos levantaram assentam-se lentamente. Ele monta um cavalo negro, ostensivamente belo.

– Você é Richard Fakenham? – ele pergunta.

– Sou, milorde.

– Então, deixe-me apertar sua mão – Warwick diz, passando a perna por cima do cavalo e desmontando com grande leveza. – Ouvi falar de suas façanhas pelo meu primo, o conde de March.

– Não foi mais do que a minha obrigação, milorde – Richard diz, apertando sua mão.

– Bobagem, bobagem. Você e seus homens são o assunto da cidade. Eu trouxe Sua Eminência o bispo Coppini desde Milão para conhecê-lo.

Richard beija a mão do bispo, que o ignora e continua uma conversa animada dirigida ao homem alto e corpulento, de cabelos brancos, montado no cavalo a seu lado. A princípio, Katherine pensa que aquele pode ser sir John Fakenham que tenha vindo de Calais para visitá-los, mas enquanto a expressão do rosto de John Fakenham é franca e alegre apesar da dor, aquele homem idoso parece mal-humorado.

– Aquele é o conde de Salisbury – Walter murmura. – Pai de Warwick. Um filho da mãe.

Salisbury aperta frouxamente a mão estendida de Richard e a retira rapidamente. Warwick ostensivamente dá um passo atrás e para com as mãos na cintura para inspecionar o forte e os homens que estão reunidos nas ameias. Ele faz parecer que se trata de uma bela vista.

– Então, este é o famoso conde de Warwick? – Dafydd pergunta, olhando para baixo.

– Bem pequeno, não é? – Red John diz.

– Não, não é – rebate Little John Willingham. Alguns homens riem.

– Dizem que ele nunca dorme, sabe? Nunca.

– Dizem que ele também nunca se senta.

– E que corta o cabelo três vezes por semana.

– Um pavão – Owen diz com sua voz rouca. Warwick veste um casaco de caça extravagantemente estufado, roxo-escuro, que vai somente até a cintura. Sua meia-calça é azul e suas botas tão pontudas que é de admirar que consiga cavalgar com elas.

– E pensar que ele é nossa única chance de sair deste buraco e ir para casa.

Warwick está perguntando alguma coisa a Richard, que gesticula para o outro lado do forte onde o caçador com seu cachorro andam impacientemente de um lado para o outro pelo capim alto. Um terceiro homem, que ninguém reconhece, inclina-se para frente, as duas mãos na sela. Katherine acha que ele parece pouco à vontade, mas não sabe dizer por quê.

– Quem é aquele? – ela pergunta.

– Hastings – Walter responde.

– Lorde Hastings?

– Não. Apenas Hastings. William Hastings.

– Um nome estúpido se você não é o senhor da mansão.

– Mas parece que é um bom homem. Bom para seus homens e assim por diante. Suas mulheres.

Katherine não consegue entender o que ele quer dizer. Ela vê que Richard sorri com alguma coisa que este Hastings disse, balançando a cabeça e em seguida correndo de volta pelo portão.

– Geoffrey! Geoffrey!

Geoffrey já está com o cavalo arreado. Richard monta rapidamente e se une ao grupo, cavalgando ao redor do forte para ir ao encontro do caçador.

– Ele adora caçar, não é? – Walter diz. – Sente falta de seus falcões.

Os arqueiros no alto do forte dão a volta para vê-los ouvir as indicações do caçador e desaparecerem sob a copa das árvores. Logo uma trombeta soa.

– Muito bem, para o treino – Walter diz. – Vai dar uma boa impressão quando eles voltarem. Northern Thomas, você fica aqui. Eles podem parar e conversar conosco e a última coisa que quero ouvir é você contando a eles que atravessar o pântano daquele jeito foi ideia sua, entendeu?

Thomas sabe que não deve discutir e, de qualquer modo, ele valoriza qualquer momento longe do treinamento com arco e flecha.

Depois que os outros se foram, Thomas senta-se ao sol e unta seu arco novo com óleo. O antigo por fim partiu-se em suas mãos, como ele sempre soube que aconteceria, e do seu próprio dinheiro Richard comprou um novo para ele de um fabricante em Calais. Foi como uma recompensa por sua atuação no combate do dia de São Jorge e, por um ou dois dias, Thomas escondeu-o de Katherine porque receava que ela ficasse ofendida por ele ter recebido os créditos pelo plano. Ela riu quando descobriu.

Ela o observa por um instante, o modo como seus novos músculos se movimentam enquanto ele trabalha. Ele está muito mais corpulento agora do que era. É toda aquela comida e todo o treinamento. Ele parece um soldado, quase como um dos homens mal-encarados que formam a Guarda de Calais, e ele passou a sempre carregar o machado de guerra consigo, pendurando-o sobre os ombros em uma longa tira de couro pregada na haste de madeira. Ela frequentemente o vê examinando a palma das mãos, com o cenho franzido. Ela se pergunta o que ele estará pensando quando faz isso.

Agora, no entanto, ele parece feliz, ou ao menos satisfeito, executando uma tarefa relaxante ao sol. Ela sorri consigo mesma e continua andando. Ela já passou mais horas nos passadiços do Forte Sangatte do que imagina e conhece intimamente a região ao redor. Lá de cima, ela observou a primavera dar lugar ao verão, viu os bosques em volta adquirir uma película verde de folhas novas, em seguida desabrochar em folhagens verde-escuras. Ela também viu os embates diários ocorrerem na estrada de Boulogne conforme os homens do duque de Somerset continuam a molestar o Staple. Ela viu as carroças trazendo de volta os corpos de mortos e feridos.

Após um instante, ela se vira e olha o mar à distância.

– O que você acha que ele está fazendo agora? – ela pergunta.

– Quem?

– Riven.

Thomas ergue os olhos.

– Imagino que esteja esperando para ver o que acontece em seguida – ele lhe diz. Ele não é bom em imaginar coisas.

Ela balança a cabeça.

– Eu o imagino naquele castelo de que Geoffrey está sempre falando – ela diz. – Cornford. Com seu filho casado com aquela moça cujo pai ele matou. Quase posso ouvir seus gritos pelos corredores, sabe? E todo mundo virando o rosto.

Thomas fica ansioso. Balança a cabeça sem muita convicção.

– Teremos justiça quando falarmos com o prior – ele diz, sem perceber o sentido do que ela quer dizer. – Quando formos a Canterbury.

Canterbury. Ela abre a boca e fecha-a outra vez. É tão agradável estar ali em cima ao sol da primavera. E sempre há algum mal-estar em Thomas toda vez que abordam o assunto do retorno a Canterbury e do Prior de Todos. Se fosse outra pessoa, ela poderia pensar que suas atitudes evasivas são um sinal de duplicidade, mas Thomas é assim mesmo. Ela presume que ele fica ruborizado porque está ansioso com a perspectiva de fazer um apelo ao prior.

Ele passou às cordas do arco agora, puxando-as entre o polegar e o indicador com cera.

– Não havia homens como Riven no priorado – ele diz. – Ou assim parecia, mas aqui fora no mundo, sabe, é como se todos estivessem usando o outro para obter algum benefício, algo que não fizeram por merecer.

Ela sente seu estado de espírito se anuviar. Ele estaria se referindo a ela?

– E no entanto, você parece muito mais feliz por ter deixado o priorado tão para trás – ela diz.

Thomas para seu trabalho.

— Parece distante agora, não parece? – ele diz.

Ela balança a cabeça outra vez, mas não diz nada. O priorado não parece distante para ela. Ela pensa nele quase a todo instante, todos os dias: na irmã Alice e na irmã Joan; na prioresa. E em tudo isso: a fartura de comida, as conversas, os dias se passando sem ter que ficar horas de joelho na igreja, sentada ao sol com um homem de camisa – parece irreal, um sonho, e uma parte maior dela sente que o mundo do priorado, com suas certezas em branco e preto, é que era o mundo real.

Ela tirou o capuz, como faz às vezes quando estão sozinhos, e ela se deleita com o sol em seu rosto.

— Seus cabelos precisam ser cortados outra vez – ele diz, retomando seu trabalho.

— Talvez você possa cortá-los quando tiver terminado isso aí, não é? – Ela balança a cabeça, indicando as cordas e o pequeno frasco de óleo para a madeira de seu arco. Ele os deixa de lado e pega sua faca.

— O que você achou do conde de Warwick? – ela pergunta, conforme ele toma seus cabelos na mão.

— Não sei – ele diz. – Todos falam tão bem dele. Os homens parecem adorá-lo. – Ele corta uma mecha de cabelos e joga-a por cima da muralha para que se espalhe na brisa.

— Mas isso não quer dizer que ele seja um bom homem, não é?

— Não. É verdade – ele concorda.

— Tudo que ouço dele me faz pensar que ele não é melhor do que um homem como Riven. Talvez até pior, porque tem muito mais poder.

Thomas resmunga.

Mas ela não quer pensar no conde de Warwick. É um prazer estar com Thomas, senti-lo tocar em seus cabelos. Ela se lembra da ocasião em que ele os cortou na praia em Boston, quando fazia tanto frio e ela estava doente de medo. Agora, ela se sente abrandar, relaxar. Ela cantarola, contente. Tem vontade de pegar a mão dele e segurar sua palma contra seu rosto. É o sol, o calor, a comida, a despreocupação.

— Pronto – ele diz. – Está bem alinhado.

Ela sorri para ele.

— Obrigada, Thomas – ela diz.

Ele devolve o sorriso, hesitante, como se não soubesse o que fazer com as mãos, em seguida vai sentar-se com seu arco outra vez, mas ela pode ver que ele o manuseia sem muito objetivo. Seu próprio coração bate descompassadamente e suas pernas e braços parecem formigar. Sente-se zonza. A sensação a deixa ansiosa. Ela se levanta, caminha até a muralha, coloca as mãos na pedra quente e poeirenta, tenta respirar devagar.

Por fim, a sensação passa.

Ela observa os outros homens no local de treinamento embaixo por alguns instantes. Hugh é sempre o último. Ele não é bastante forte para o arco. Ela ouve Walter gritar com o rapaz enquanto ele é enviado até os alvos outra vez. Ela se vira e atravessa para o outro lado, a fim de olhar por cima dos bosques para a região de Pale mais além.

De repente, uma revoada de pássaros irrompe da copa das árvores com gritos estridentes de alarme. Ouvem-se um tamborilar de cascos abaixo e alguns gritos de dentro dos bosques. Algo está errado.

– Thomas! – ela grita.

O grupo de caça está de volta, mas cavalgam com urgência, a toda brida, os cachorros junto aos cascos dos cavalos, os cavaleiros com a cabeça abaixada, os cavalos banhados de suor. Eles irrompem da linha de árvores e, por um instante, parece que não vão parar na guarita do forte.

Imediatamente, Geoffrey sai para saudá-los e Thomas e Katherine descem correndo. Warwick está à frente do pequeno grupo quando eles levantam a ponte levadiça para o forte. Ele tem um ar sombrio, a boca uma linha cerrada e curvada para baixo, toda a pompa da manhã desaparecida. A seu lado, o núncio apostólico, Coppini, parece assustado e tem dificuldade de controlar seu cavalo. O rosto do conde de Salisbury está vermelho e crispado de raiva. Ninguém do grupo de caça desmonta de sua sela e o cavalo de Warwick, coberto de lama seca, dá pinotes e empina, percebendo o desejo de seu cavaleiro de ir embora.

– Houve um acidente – Warwick diz. – Richard Fakenham recebeu uma flecha nas costas. Ele já está chegando.

– Está vivo? – Geoffrey pergunta.

Warwick lança um olhar na direção dos bosques.

– Por pouco – diz.

– Como aconteceu?

De perto, Warwick é bem barbeado, com um rosto comprido, maxilar largo e olhos como seixos marrons polidos. Há apenas uma única linha profunda descendo pelo canto de sua boca fina, obra da natureza e não de um ferimento, e não há nenhuma carne extra em seu rosto, de modo que pode-se ver cada músculo trabalhando por baixo da pele fina, tentando controlar sua expressão, sem conseguir.

– Hastings o está trazendo – ele diz. – Ele pode lhes contar. O cervo escapou, isso eu posso lhes dizer.

Ele vira o cavalo.

– Não vai esperar para vê-lo em casa? – Thomas pergunta. Ele fala antes de pensar melhor. Warwick vira o cavalo com um safanão nas rédeas. Olha furiosamente para Thomas. Seu lábio está curvado e seus olhos parecem mais fundos no rosto. Ele esporeia o cavalo e se aproxima de Thomas, que dá um passo atrás.

– Quem é você? – Warwick esbraveja, furioso. – Quem é você para supor alguma coisa?

Geoffrey intervém, entrando entre eles. Graças a Deus que ele é bem gordo.

– Desculpe, milorde – ele diz. – Ele falou sem pensar.

– Nós cuidaremos dele – Katherine diz, referindo-se a Richard, tentando distrair o conde. Warwick olha para ela.

– Faça isso, sim? – Ele volta-se para os outros homens. – Vamos, já perdemos muito tempo aqui.

Ele faz parecer que é culpa de outra pessoa o fato de ele estar caçando. Ele dá volta ao cavalo e, com um derradeiro olhar para Thomas, enfia as esporas na barriga do cavalo e parte a meio-galope, conduzindo o grupo por cima do topo da colina sem olhar para trás uma única vez.

– Filho da mãe – Geoffrey diz.

Thomas e Katherine o seguem, circundando o forte para o outro lado, passando pelo terreno aplanado e seguindo um caminho sombreado pelo meio do bosque. Um cavalo aparece no final do caminho do carvoeiro. Em seguida, mais dois. O primeiro é montado pelo homem que Walter chama de Hastings. Foi ele quem convidou Richard a se unir à caçada e agora volta, puxando o segundo cavalo por uma rédea longa; Richard está caído sobre o dorso do cavalo, cada braço de um lado do pescoço do animal, o rosto lívido e inanimado. A seu lado, vêm o caçador com o cachorro de pernas curtas. Atrás, está o terceiro cavalo, conduzido pelo clérigo de preto.

Apesar da ansiedade por Richard, quando Katherine vê o clérigo, ela prende a respiração. Todas as antigas ansiedades se apoderam dela e ela abaixa a cabeça. O clérigo a ignora e passa por ela em silêncio. Eles conduzem os cavalos para dentro do pátio, onde Hastings desce da sela para ajudar Geoffrey e Thomas a tirar Richard e carregá-lo para a beira gramada do caminho. Eles o colocam de rosto para baixo sobre a grama. A flecha está profundamente enterrada nos músculos que dividem suas costas. Ele está vivo, mas seus olhos estão fechados e seu rosto brilhando de suor. Ele respira muito rapidamente.

– Quem lançou a flecha? – Geoffrey pergunta.

– Milorde, o conde de Warwick – Hastings diz. – Receio que seja uma ponta *broadhead*. As minhas flechas são feitas pelo mesmo homem.

Ele tira uma flecha de sua aljava para mostrar-lhes. É uma típica flecha de caça, com uma cabeça larga que termina em duas farpas afiadas, cada qual com cerca de uma ponta de dedo de comprimento e a mesma largura.

– Como foi que aconteceu? – Katherine pergunta.

– Não sei – Hastings diz. – Eu estava olhando para outro lugar. Eu estava... distraído.

– Devíamos mandar buscar um cirurgião – o clérigo diz. Ele possui um tipo de voz que ela já ouviu inúmeras vezes, flutuando por cima da parede da nave na igreja do priorado.

– Um cirurgião? – Hastings diz, endireitando-se. – Santo Deus. Isso certamente vai acabar com ele.

– Seu pai, então – Geoffrey diz –, pois não há nada que possamos fazer aqui por ele. Se tentarmos extraí-la, só irá rasgar ainda mais a carne. Isso irá matá-lo.

– Mas não podemos deixar a flecha aí.

Geoffrey tira sua faca, corta o justilho, em seguida a lã ensopada de sangue do casaco de Richard e sua camisa em volta do ferimento. A pele de Richard está pálida, manchada, como mármore, e a carne ao redor da flecha já está ficando roxa.

– Podemos tirá-la com um corte – Katherine diz. – Descobrimos para que lado estão as farpas e em seguida nós mesmos cortamos a carne, de modo que elas não venham rasgando ao removermos a flecha.

Hastings parece em dúvida, mas Katherine sente uma curiosa certeza. A sensação a toma de surpresa.

– Já ouvi falar em fazer isso – o clérigo diz. – Mas com fórceps. Você não tem nada como isso aqui, tem?

Geoffrey sacode a cabeça.

– Como podemos saber onde estão as farpas? – Thomas pergunta.

– Podemos sentir – ela lhes diz.

Hastings sacode a cabeça.

– É uma flecha de caça – ele diz. – As farpas correm ao longo da linha do encaixe. Olhem. – Ele aponta para a ponta emplumada da flecha, com o entalhe para a corda do arco. – O entalhe de uma flecha de guerra corre para o outro lado, atravessado em relação à farpa. – Ele dá de ombros. – Cada qual é projetada para penetrar entre as costelas do alvo, sabe. Um caçador está atrás de um cervo; um arqueiro, de um homem. É deste jeito que é.

Há um belo sentido naquilo.

– Eu farei isso – Katherine diz. Ela se inclina sobre o corpo de Richard.

Há uma longa fibra de algum material embutido no ferimento. Ela o puxa. Richard estremece.

– É melhor agir depressa, sabe? – Hastings opina. – Os homens inconscientes depois de uma queda na praça de combate não sentem nenhuma dor até acordarem.

Geoffrey passa sua faca a Katherine. Ela ainda se sente completamente calma. É claro que ela o fará. Ela pega a faca. É grande, e suja. Ela olha para ela, em dúvida.

– Tome – Hastings diz. – Use a minha.

A faca de Hastings é uma bela peça trabalhada e talvez duas vezes mais afiada do que a de Geoffrey. Ela coloca as costas da lâmina contra a flecha. O ferimento sangra livremente agora. Ela sopra os cabelos dos olhos, em seguida, lentamente, força a faca na carne de Richard. O sangue jorra do ferimento e empoça contra o tecido rasgado da camisa de Richard. O músculo sob a lâmina é resiliente. Ela imaginava que se abrisse facilmente, mas não. Richard estremece.

– Segurem-no, ele tem que ficar imóvel – ela diz.

Os quatro homens seguram Richard, prendendo-o no solo. Ele solta um gemido. Ela sente a ponta da faca tocar a farpa.

– Está ali – ela diz. Ela corta longe da flecha, com pequenos e sucessivos puxões da lâmina; o tecido da carne de Richard abre-se um pouco a cada movimento de sua mão.

Depois de repetir o processo do outro lado da haste da flecha, ela devolve a faca a Hastings, que a pega cuidadosamente e vai lavá-la no cocho.

– Devo puxar? – ela pergunta. Geoffrey balança a cabeça em sinal afirmativo. Ela segura a flecha com as mãos, agarrando-a logo abaixo das penas; em seguida, lentamente, começa a retirá-la. O sangue enche o ferimento, escuro e fluindo livremente.

– Tomara que a ponta não se solte da haste – Geoffrey diz.

– São flechas muito bem-feitas – Hastings contesta.

A flecha sai com um minúsculo ruído de sucção e um jorro de sangue.

– Temos que parar o sangramento – ela diz. – Corte sua camisa em tiras, sim?

Enquanto Geoffrey corta o tecido, Thomas pega a flecha e vai unir-se a Hastings junto ao cocho. Ainda pode ser usada.

– Thomas – ela chama. – Pegue a pomada.

Ele se vira e olha para ela sem compreender. Ela está prestes a lembrar-lhe que a pomada está no pacote do perdoador quando se lembra de que o pacote supostamente pertence a ele. Ela faz para ele o sinal monástico para homem idoso e depois o sinal para bolsa. Ela nota a pontada de interesse do clérigo, que se inclina para a frente para olhá-la mais atentamente, e ela sente seu estômago revirar. Katherine fica ruborizada e ocupa-se pressionando um dos pedaços de linho contra a boca franzida do ferimento de Richard.

Ele retesa o corpo sob a pressão e arqueja com a dor. Ele está voltando a si. Ela pressiona um pouco mais, delicadamente. O linho absorve o sangue rapidamente. Ela aplica outra tira de pano dobrada sobre a primeira e segura-a outra vez. Ela faz questão de não olhar para o clérigo.

Quando Thomas volta, ela espalha um pouco da pomada arenosa sobre uma tira limpa e começa a enxugar o ferimento.

– O que é isso? – o clérigo pergunta.

– Uma pomada – ela responde, como se soubesse, engrossando a voz.

– E qual a sua finalidade?

– Evitar putrefação.

– E funciona?

– Espero que sim.

O clérigo resmunga.

– Ele ainda está vivo? – Hastings pergunta. – Ainda está respirando?

– Não sei.

Ela suspende a pressão e o sangue enche a ferida em pequenos fluxos. Ela pressiona o linho outra vez.

– Segure isto no lugar – ela instrui Thomas. – Pressione.

Ela passa para o outro lado, ajoelha-se ao lado da cabeça de Richard e leva seus dedos molhados de sangue aos seus lábios. Sente uma leve friagem. Ela faz um sinal afirmativo com a cabeça.

– Ele está respirando.

Quando ela ergue os olhos, os homens estão olhando fixamente para ela.

– Por todos os santos – Hastings diz. – Isso foi perfeitamente executado.

– Quase como se você já tivesse feito isso antes – o clérigo diz. – Você já trabalhou em um hospital?

Ele a está olhando muito atentamente. Ele possui um rosto pálido e longo e – visível agora que ele tirou o chapéu – cabelos escuros e lisos, grudados em sua pequena cabeça como se estivessem molhados ou untados com óleo.

– Não – ela gagueja e puxa o capuz mais para cima do rosto. Talvez seja exatamente esse gesto que confirma as suspeitas do clérigo, pois quando ela vai ao cocho se lavar, mergulhando os braços na água fria até os cotovelos e vendo o sangue sair flutuando de sua pele em delicados fios, ele posta-se atrás dela.

– Irmã – ele diz.

Ela se vira. Seu coração bate com força, sente um nó na garganta. Ela pode sentir seu rosto afogueado.

– O que você quer? Por que está me chamando assim?

– Eu queria ter certeza – ele diz.

– Certeza de quê? Quem é você?

– Alguém que tem certeza de quem você é – ele diz. – Meu nome é Stephen Lamn. Sou secretário de Sua Eminência o bispo Coppini. Mas eu sou de Lincoln, sabe? Da Ordem de Gilberto.

PARTE TRÊS

A estrada para o campo de batalha de Northampton, junho – julho de 1460

14

Thomas solta um gemido quando vê a nau *Mary* outra vez. Esperava não vê-la nunca mais, nem seu pequeno mestre, cujo nome ele esqueceu, mas quando atravessam o Portão Seaward e saem no cais, lá está ela, baixa na água, e lá está ele, ainda com um único dente na boca, de pé junto ao timão, com as mãos nos quadris. Quando sobem a bordo, ele olha fixamente para eles com indisfarçável desprezo, sem reconhecê-los, como se ele tivesse passado a ser o proprietário da embarcação por algum processo legal e agora fosse seu mestre legítimo.

– Vamos logo – ele diz com voz grasnada –, instalem-se. A maré está mudando e vamos perder o vento se vocês não andarem depressa.

Thomas gostaria que Katherine estivesse lá para vê-lo. Isso a teria feito rir. Mas sir John Fakenham pediu-lhe para ficar e cuidar de seu filho, e assim ela viajará mais tarde, e ele fica feliz por isso. Afinal, o que ela poderia fazer se tivessem que lutar?

Os arqueiros, enquanto isso, desceram para o porão de carga do navio e agora espalhavam-se na meia-nau. Mais arqueiros embarcam, homens de azul e branco, com a insígnia em forma de anzol de Fauconberg no peito. O olhar de Thomas é atraído para o local onde ele matou Cobham e Saxby e os outros homens. As hastes das flechas foram quebradas e descartadas, e as partes enterradas nas tábuas do convés foram aplainadas até ficarem niveladas com o assoalho, parecendo nós da madeira.

Assim que concluem que não podem acomodar mais homens a bordo, os marinheiros recolhem a prancha de embarque e desamarram os cabos do navio. Duas barcas pegam os cabos e suas tripulações começam a trabalhar com os remos. A nau, aos poucos, desliza para dentro do canal. Uma vez em águas profundas, as barcas soltam os cabos e a nova tripulação do *Mary* enfuna uma vela que se enche com o barulho de uma explosão abafada. Após um instante de hesitação, o *Mary* se recobra, acelera e lança-se ao mar, margeado de espuma leitosa, para se unir ao resto da pequena frota que aguarda para atravessar o canal, cada embarcação repleta de homens de armadura e elmos.

– Logo estaremos lá – Geoffrey diz.

– Já ouvi isso antes – Thomas diz a ele.

Mas estarão. Logo se veem no mar verde, singrando as águas revoltas, um vento constante por trás. O sol brilha em suas costas e gaivotas gritam em sua esteira. Eles são uma expedição de seis navios, cada qual repleto de arqueiros e soldados de Fauconberg: uma bela visão.

Em pouco tempo, já podem ver a linha da costa da Inglaterra através da névoa no horizonte e, em seguida, não muito tempo depois, até mesmo os penhascos esbranquiçados de Denver.

A ideia de atravessar o Canal da Mancha novamente preocupou tanto Thomas nos últimos dias que ele não pensou muito na batalha que os aguardava, mas quando se aproximam da costa de Kent o estado de ânimo a bordo muda. O medo deixa um ou dois homens mais falantes, outros mais silenciosos, murmurando suas preces, fazendo o sinal da cruz. Outros não param de mexer em suas armas, amarrar novamente os braçais, esticar as luvas, verificar as condições das flechas. Um ou dois bocejam incontrolavelmente. Dafydd assovia entre os dentes. A boca de Thomas fica seca e suas mãos estão trêmulas. Ele anseia por cerveja.

– Sandwich – Walter diz. Ele aponta para um aglomerado distante de telhados pálidos reunidos ao redor de uma igreja de pedra escura em meio a uma faixa verde de terras pantanosas. – Duvido que estaríamos tentando isso se os franceses já não tivessem derrubado as muralhas e incendiado o lugar completamente. – Ele está sombrio, ainda de mau humor, sem nenhum entusiasmo pela ideia do que está por vir.

– Mas é bom ver a Inglaterra outra vez – Geoffrey tenta.

– Nunca tive que descer em um lugar onde não sou desejado – Walter continua. – E posso apostar que eles têm canhões desta vez. Canhões e água. Canhões e água. É a pior combinação que existe. Se você não recebe uma pedrada no rosto, provavelmente vai afundar. Isto vai ser engraçado. Onde está Simon?
– Aqui.
– Prestes a ver o que há de tão bom nos canhões, hein, filho da mãe ignorante.

Eles ouvem o primeiro disparo enquanto singram o canal. À frente deles estão as docas e depois as muralhas de sílex da cidade. Os portões estão fechados. A fumaça ergue-se de fogueiras e, ao longo de toda a muralha, os homens estão amontoados nas frestas.

A primeira pedra zumbe pelo ar, depois hesita e cai com estardalhaço nas águas turvas do canal. Ouvem-se gritos de comemoração do primeiro navio. O canhão seguinte dispara. Desta vez, são dois estrondos separados que se unem em um só: o barulho da arma, depois o som mais longo da pedra atingindo a primeira embarcação a meia-nau. A pedra irrompe através das pranchas de madeira e atinge os homens atrás delas.

O barco cambaleia, perde o rumo. Thomas ouve berros de fúria e dor. O sangue escorre pela lateral do barco. Logo se seguem os corpos, mortos e feridos empurrados por cima do parapeito conforme os vivos lutam para encontrar espaço para lançar suas flechas. Então, um terceiro canhão dispara.

– Está vendo? – Walter grita acima do barulho. – Está vendo?

Novamente, a pedra atinge o barco, fazendo-o estremecer. Ouvem-se mais gritos. Thomas ouve homens gritando para os defensores, implorando misericórdia. Suplicando para que não disparem os canhões sobre eles.

Um quarto canhão é acionado. Os arqueiros na primeira embarcação começam a lançar suas flechas sobre os homens em terra, procurando alvejar os canhoneiros, mas eles estão muito amontoados e os canhoneiros estão atrás de paliçadas e embaixo de telheiros. Pontas de flechas lançam faíscas das pedras do calçamento. Os defensores lançam suas flechas de fogo, rastros de fuligem desenhando arcos no céu, e logo a primeira vela começa a arder, caindo em trapos pretos e fumegantes sobre os homens embaixo.

Então, uma pedra atinge a nau. É pequena, do tamanho da cabeça de um homem. Ela chega com um som retumbante e uma explosão de lascas do topo do parapeito do navio, na meia-nau. Ela atravessa o peito do primeiro homem, lança o segundo no ar e em seguida estraçalha os quadris do terceiro. Estilhaços de madeira e de homens voam em todas as direções, outros levam as mãos ao rosto e de repente há sangue por toda parte, uma chuva fina e cor-de-rosa. Ela tinge os rostos de vermelho. Cola os olhos, prende-se aos lábios, solta um gosto distinto, de cobre.

O *Mary* dá de encontro com o primeiro navio, agora em chamas e declinando contra o porto. Os corpos mortos estão espalhados pelo convés e os feridos lutam para escapar antes que sejam queimados ou afogados.

Thomas segue Walter atravessando o intervalo entre os dois navios, agarrando e transpondo os parapeitos ensanguentados; ele escorrega na sangueira coagulada, endireita-se depressa, antes de ser pisoteado pelos que vêm atrás. Os homens à sua volta estão rugindo e ele percebe que ele também está. Uma tempestade ininterrupta de flechas continua a cair sobre eles. As flechas arrancam homens do chão, os fazem girar, arremessam-nos no convés.

O homem ao lado de Thomas é abatido, espetado por uma flecha entre os botões de sua jaqueta. É o outro Thomas. Johnson também recebe uma flecha que atravessa sua coxa, um ferimento típico de arqueiro. Ele não grita, mas atira seu arco no chão, se vira e vai embora, mancando, e é empurrado para o lado por um dos homens de Fauconberg tentando pisar em terreno firme.

Outro dos homens de Fauconberg cai quando está tentando passar do parapeito do navio para o muro do porto. Ele grita e Thomas sente seu corpo ceder sob a pressão do barco contra a mureta do cais. Ele não olha para baixo.

– Um Fauconberg!

Thomas consegue chegar ao cais, cambaleando, a haste de seu machado de guerra prendendo-se entre suas pernas e fazendo-o tropeçar, no exato instante em que uma flecha passa zumbindo por cima dele e se aloja no navio em chamas. Uma fumaça negra sufoca-os. Ele consegue recuperar o equilíbrio, gira o machado para suas costas e começa a atirar suas flechas sem pensar em nada, preparar, apontar, atirar, preparar, apontar, atirar, todas aquelas horas de treinamento recompensando-o agora. Ele deixa as flechas voarem sempre que vê o disco pálido de um rosto.

Os defensores estão usando o mesmo traje dos homens em Calais: casacos de linho bege com a cruz de São Jorge. Também são bons arqueiros. Eles mantêm o céu escuro de saraivadas de flechas e estão dizimando os homens de Fauconberg. As setas caem com estrondo, homens são mortos e os feridos gritam. Amigos arrastam amigos dali antes que sejam atingidos de novo e o sangue torna as pedras do calçamento escuras. Uma flecha bate em seu elmo. Parece agarrar sua cabeça e atirá-la ao chão. Seus pés voam no ar. Ele vê um lampejo de luz verde e em seguida se vê deitado, fitando o céu cinzento, onde nuvens de fumaça formam vagalhões e flechas passam velozmente da esquerda para a direita e de novo da direita para a esquerda. Homens passam por cima dele, tropeçam em suas pernas inertes. Eles estão gritando. Ele não consegue se levantar. A escuridão atrapalha sua visão. O som vem de longe. Onde ele está? O que está acontecendo? Ele sente um calor infiltrar-se nele. Pode sentir um sorriso tolo cobrindo seu rosto. Então, sua visão é bloqueada. Owen ergue-se acima dele, sua mão enorme o segura por baixo do braço e o coloca de pé.

– Para trás – Owen diz. Ele usa seu corpo enorme para proteger Thomas e o empurra. – Volte.

Thomas volta a si. Ainda tem flechas para atirar e os canhões no portão da cidade continuam a atirar. Um dos canos de bombarda é apontado para a beira-mar e Thomas pode ver homens curvados sobre ele, soprando o pavio para fazer o fogo pegar. Em seguida, todos eles recuam e pressionam as mãos sobre os ouvidos, enquanto o canhão dispara com um solavanco. Ele expele uma grande língua de fogo e o próprio barulho é suficiente para enlouquecer um homem.

A pedra atravessa uma fileira de homens à frente; quatro deles são instantaneamente estraçalhados. Corpos caem e se amontoam. Uma névoa de sangue é levada pelo ar. Ouvem-se gemidos. Homens tentam se virar e correr, mas os comandantes de grupos estão lá com suas armas de cabos longos, empurrando-os para frente com estocadas e safanões.

Então, o segundo canhão dispara. Mas ele explode. Grandes pedaços de ferro e carvalho são violentamente lançados sobre os defensores reunidos, espalhando-os em uma nuvem de fumaça e sangue, dilacerando-os em pedacinhos. Os invasores comemoram. Eles adquirem uma nova coragem e arremessam-se para a frente, pelo cais escorregadio de sangue. Mais companhias desembocam dos navios e se unem ao ataque; a entrada em cena de novos soldados começa a fazer a diferença e logo parece que eles vão conseguir o que vieram fazer.

Eles sobem para a cidade, um passo de cada vez, buscando o abrigo de muros, barris, rolos de corda e carroças, mas as flechas ainda conseguem alcançá-los, pontas perfurantes, do tipo *bodkin*, aterrissando com um baque característico, atingindo madeira e argamassa, pedra e carne.

Os músculos de Thomas continuam a trabalhar sem que ele pense, até suas flechas terminarem. Com a aljava pendurada, vazia, em seu cinto e o suor escorrendo pelos olhos, ele se vira e abre caminho de volta pelo meio da multidão de homens, contorcendo-se para deixar que outros arqueiros assumam o seu lugar.

Walter está lá, parado junto a um beco fétido, entre duas pequenas casas recém-construídas.

– Temos que dar a volta e sair por trás dos canhões – ele grita. – Traga seu maldito machado e venha comigo.

Thomas parte atrás dele, mas já é tarde demais. Os defensores também esgotaram suas flechas e agora jogam os arcos fora e sacam suas armas sobressalentes – marretas, adagas, alfanjes, machadinhas – e vêm como um enxame por cima da muralha para envolver-se com seus atacantes. A infantaria de Fauconberg, armada com alabardas, avança de encontro a eles e assim começa a luta, a disputa corpo a corpo, cortando e retalhando, que será decidida não por habilidade, mas pelo medo de ser empurrado de volta para o mar.

Por um momento, parece haver dúvida. A pressão dos defensores parece maior do que a dos atacantes, mas os tambores estão rufando, as trombetas soando e os homens gritam por Fauconberg. O flanco esquerdo sucumbe à pressão, e o eixo da luta muda. Mas um bando de soldados de armadura sob o estandarte de Fauconberg precipita-se para a frente e logo o flanco esquerdo se recupera e o direito começa a repelir o inimigo.

Pouco depois, o combate está terminado. Chega àquele ponto em que todos, sem aviso prévio, sabem o que acontecerá em seguida. Os atacantes dão o primeiro passo fácil para a frente; os defensores se dispersam e debandam. E então a derrota pode começar a ser infligida.

Quando termina, Thomas senta-se em um barril quebrado, com a cabeça entre as mãos. Suas têmporas latejam e seus dedos estão sangrando da corda do arco. Ele desamarra a tira de couro de seu elmo e examina a superfície anteriormente lisa. Há uma depressão em forma de estrela e um sulco longo na parte de trás, onde a flecha bateu e ricocheteou. Ele toca no vergão inchado no lado de sua cabeça, a ponta dos dedos umedecendo-se. Coloca o elmo novamente e amarra as tiras sob o queixo.

A fumaça do telhado em chamas de uma pequena casa espalha-se pelo ar e seu cheiro mistura-se a sangue, fezes e salitre. Os soldados pressionaram o recuo dos defensores até a cidade, em busca de sua fatia de glória, mas todos à sua volta, os arqueiros e soldados com alabardas, deram a luta por encerrada e a maioria iniciou o saque. Os corpos espalham-se pelo cais como se tivessem sido arremessados ali, empilhados uns sobre os outros, alguns presos por flechas, outros ostentando as marcas de martelos de guerra, espadas, adagas, machados. Alguns foram estraçalhados pelos canhões. Já se veem moscas zumbindo no ar e o sangue brilha entre as pedras do calçamento, oleoso e escorregadio, viscoso como catarro. Está respingado nas paredes das casas e há retalhos de tecido rasgados de estandartes e roupas; partes de armaduras quebradas; armas descartadas; flechas quebradas; um cavalo morto. Há um braço solitário nas pedras do calçamento, perfeitamente decepado pelo cotovelo.

Thomas observa dois arqueiros de vermelho-escuro e azul começarem a vasculhar uma pilha de corpos atirados contra a parede da igreja, três ou quatro de profundidade. Eles os arrastam para fora como se fossem sacas de grãos, até encontrarem um homem vivo. Um dos arqueiros grita para avisar seu companheiro. O homem no chão berra alguma coisa e ergue as mãos em súplica. O segundo arqueiro cai sobre ele e o esfaqueia no rosto. Os gritos são terríveis. Os homens erguem os olhos do que estão fazendo e em seguida desviam o olhar outra vez. O morto para de se debater, mas o arqueiro continua a esfaqueá-lo, aterrorizado demais para parar. Ele possui uma adaga curta, preta, e seu braço sobe e desce, sobe e desce, como se estivesse quebrando nozes em um pilão. Thomas tampa os ouvidos com as mãos.

Walter está voltando pela estrada com cinco ou seis dos outros. Há sangue nas mangas de seu casaco, uma mossa em seu pequeno escudo e uma bolsinha de couro que ele joga para o alto e pega de volta. Parece satisfeito consigo mesmo. Thomas alegra-se de ver Dafydd, Owen e Red John com ele. A meia-calça de Dafydd está rasgada no joelho e toda suja de sangue. Owen tem um olho preto. Mas estão vivos.

– Esperem aqui, vocês – Walter diz. – Peguem o que quiserem dos mortos, mas não toquem em mais nada. Pelo amor de Deus, não entrem em nenhuma das casas ou eu mesmo os matarei.

Ele se vira e atravessa de novo o portão da cidade em direção ao porto. O resto se reúne ao redor e acha um lugar para se sentar. Passam uma jarra de cerveja de um para o outro.

– Está tudo bem – diz Red John. – Eu paguei por ela.

– Cerveja – Simon diz. – Santo Deus, é bom estar de volta.

A sensação, no entanto, não parece certa.

– Mas parece que estamos invadindo, não é? – Dafydd diz. Ele gesticula, indicando os corpos mortos. – Como se não fôssemos desejados em nosso próprio país.

– Não deve se incomodar com todos esses filhos da mãe, Dafydd – Simon diz, tomando um gole. – Eles podem estar usando o uniforme do rei, mas não são propriamente ingleses. Aposto como metade deles são, você sabe o quê, franceses.

– Ainda assim – Thomas diz.

– O povo nos quer de volta. Espere e verá. Assim que pegarmos a estrada para Canterbury, virão aos bandos se unir a nós. E meninas também. É por isso que não querem que a gente ataque e saqueie o lugar.

Isso pode afugentá-los. E para mostrar que somos melhores do que estes malditos nortistas. Não me leve a mal, Thomas.

Homens, mulheres e crianças começam a aparecer agora, de olhos arregalados, pisando entre as pilhas medonhas, parando, o olhar fixo nos cadáveres. Um comerciante e sua mulher param diante de sua casa e examinam as janelas quebradas, o telhado de palha espetado de flechas e um morto tombado diante de sua porta. Há impressões de dedos, em sangue, na argamassa. A criança, então, suja o sapato de sangue e começa a chorar quando sua mãe não consegue limpá-lo.

– Eu vi Thomas morto – Thomas diz.

Ouvem-se resmungos de pesar e os demais fitam o chão.

– O que aconteceu com seu arco? – Dafydd pergunta.

O arco de Thomas era muito bonito. Thomas sacode a cabeça. Alguém deve tê-lo levado.

– E vejam o que eu achei – diz Little John Willingham. Ele lhes mostra uma adaga finamente trabalhada, com um emblema no pomo. Um galo com as penas da cauda erguidas.

– Eu não ficaria com isso, se fosse você – Dafydd o adverte. – Imagine o filho dele encontrando você com ela?

– Bem, não posso vendê-la de volta para ele, posso? O desgraçado está morto.

– Arranque a galinha, então.

John saca a adaga e bate a decoração em uma pedra. Após algumas batidas, ela quebra e sai, mas agora ele conclui que não gosta mais dela e a atira na água.

Permanecem sentados por algum tempo, observando os demais arqueiros fazendo o que têm que fazer, levantando viseiras, cortando as tiras de couro que prendiam as partes das armaduras, roubando anéis, armas, bolsas de moedas, qualquer coisa. Um deles ri quando um outro pisa em um rolo de intestinos azuis que vazaram de um homem que levou a pior contra algo afiado.

Hugh está sentado um pouco afastado dos demais, fitando o mar. Seu rosto está da cor de gordura de ganso.

Thomas chama-o.

– Você está bem, Hugh?

Hugh sacode a cabeça, mas não diz nada, apenas gesticula indicando o corpo mais próximo dele. Há lágrimas em seus olhos, vômito em suas roupas, e ele treme. Sua aljava está cheia.

– Quando chegarmos a Londres, tudo estará terminado – Dafydd diz. – O rei vai se livrar de quem quer que esteja querendo se livrar dele, e então estaremos todos em casa a tempo da colheita.

– Tenho que ir para casa para a colheita, de qualquer forma – Brampton John diz. – Não posso deixar minha velha mãe fazer isso. Mas eu detesto a lavoura.

Walter retorna com Geoffrey.

– De volta para o navio, vocês aí – Geoffrey chama. – Levem seu material para cima. Precisamos ir logo, se quisermos encontrar um lugar seco para dormir esta noite.

Eles vão escolhendo seu caminho pela praça do mercado, mas têm que esperar junto ao portão da cidade enquanto prisioneiros são levados para o porto. Um deles usa uma bela armadura, o protetor da boca e do pescoço quebrado, obviamente um nobre.

– Quem é aquele?

– Sei lá – Walter diz. – Estou levando-o de volta para Calais de qualquer forma, de modo que é lá que ele vai receber o dele.

Ele dá um golpe com uma das mãos na palma da outra para fazer o barulho de um machado caindo sobre um bloco de madeira. O cavaleiro hesita, dá um passo em falso – ele na verdade não passa de um garoto, de pele clara e olhos arregalados e assustados –, mas um soldado não barbeado com o uniforme de Fauconberg empurra-o por trás e ele segue em frente.

Quando já estão de novo a bordo da nau, Johnson está morto. Está caído em uma poça de sangue para um lado, a flecha ainda em sua coxa, a cabeça atirada para trás, os lábios azulados, o rosto pálido como a lua.

– Vi que ele ainda estava se mexendo – o mestre diz, encolhendo os ombros. – Pensei que estivesse apenas ferido.

Eles reúnem seus equipamentos e, juntos, carregam o corpo de Johnson em uma rede e descem a prancha de embarque improvisada. Colocam-no em uma carroça. Não há bois para puxá-la, de modo que eles mesmos têm que levá-la pela cidade. Depois de atravessarem a cidade, eles encontram um grupo realizando uma cerimônia de enterro, trabalhando com pás e picaretas em um campo. Três padres e dois arautos contam os corpos. Eles descarregam o corpo de Johnson, distribuem seus valores e lançam-no na cova coletiva.

Mais adiante do cemitério, está o terreno público onde Fauconberg está armando seu acampamento. Mais homens com pás escavam buracos enquanto outros cortam estacas dos bosques próximos. Uma fogueira está sendo acesa perto de uma tenda vermelha com uma barra amarela, em forma de sino, e um homem hasteia o estandarte de Fauconberg em uma lança. Outros, em vestimentas desconhecidas, rondam de um lado para o outro, esperando para falar com seus arautos.

– Está vendo? – Simon diz. – Os homens estão vindo em bandos para o nosso lado agora.

Eles armam a barraca em um canto do acampamento e depois catam alguma madeira de um celeiro para sua fogueira. Sentam-se sobre seus elmos junto às chamas e observam enquanto os homens fazem uma fila para se juntar ao exército de Fauconberg. Vê-se todo tipo de soldado, de criadores de porcos com toscas espadas e alabardas de ferro até cavaleiros com um séquito uniformizado. Alguns dos soldados contra os quais eles lutaram ainda hoje estão voltando para se alistar. Companhias e contingentes trazem consigo carroças carregadas de barris e sacas, bem como suas mulheres e crianças, e quando chega a noite o exército já dobrou de tamanho.

– Logo seremos invencíveis – Dafydd diz, rindo.

– Espere até chegarmos a Canterbury antes de dizer isso – Walter diz. – Esse é o primeiro teste de verdade.

Canterbury. Até a simples menção do nome faz Thomas sofrer. Ele olha ao redor em busca de Katherine, mas então se lembra.

– A que distância fica daqui? – ele pergunta.

– Um dia? – Geoffrey tenta adivinhar. – Não é longe.

Começa a chover. Eles se retiram para dentro da barraca e ficam espreitando para fora, enquanto as fogueiras assobiam e lentamente se extinguem.

A chuva não para pelos dois dias seguintes e, no terceiro, o acampamento cheira a pântano. Homens escorregam e caem; cavalos escorregam e caem. Armaduras e armas enferrujam; o casaco de Thomas dobra de peso. Os homens fazem suas necessidades nas muretas de aterro levantadas ao redor do acampamento.

Esperam pelo conde de Warwick, ainda em Calais.

– Por que ele não se apressa? – Dafydd pergunta. – Parece que passei a metade da minha vida esperando o maldito conde de Warwick e um maldito vento a favor.

– Vento a favor – Owen repete, girando sobre uma das bandas do traseiro e soltando gases.

Ainda está chovendo na manhã seguinte quando os navios entram no porto. Thomas bebe cerveja com Geoffrey sob o encharcado telhado de palha de uma taverna. A proprietária está olhando para eles porque, juntos, eles tomam a maior parte do espaço e quase não sobra lugar para outros fregueses. Eles conversam sobre Hugh.

– Ele é um garoto – Thomas diz. – Ainda devia estar em casa. E não vendo tudo isto. – Ele gesticula, indicando a praça do mercado, onde agora a chuva já lavou o sangue das pedras do calçamento e tudo que resta da batalha são janelas quebradas, obras de pedra talhada danificadas, flechas enterradas em telhados de palha como alfinetes em uma almofada de costureira. Um muro ainda está coberto de fuligem e perfurado onde o canhão explodiu.

Geoffrey ri.

– Veja quem fala, Thomas. Ha. Como um velho soldado, repentinamente.

Thomas pensa por um instante. Santo Deus. Geoffrey tem razão. Tudo que ele já fez. Os homens que já matou.

Olhe para suas mãos! Sangue nas dobras. Santo Deus.

– E muitos mais novos do que Hugh estão lutando – Geoffrey está dizendo. – Eu estava na França quando tinha a sua idade. E Walter? Bem, que idade ele tinha quando foi para as guerras? Três? Quatro? – A cerveja deixa uma meia-lua no lábio superior de Geoffrey.

– Mas Hugh sente as coisas – Thomas continua. – Você o viu depois que aportamos? Ele havia vomitado sobre si mesmo e sujado a calça. Ele não havia lançado nem uma flecha.

Geoffrey desvia o olhar, como se de certa forma fosse culpa sua.

– Vou lhe dar mais cerveja da próxima vez.

– Não se trata de falta de coragem, eu acho.

Geoffrey dá de ombros.

– Talvez você tenha razão – ele diz. – Talvez ele não devesse estar aqui. Talvez devesse estar em um monastério.

Thomas abre e fecha a boca. Um rapaz atravessa o portão do porto onde a porta corrediça foi quebrada e derrubada, e que já foi levada por um ferreiro.

– O conde de Warwick chegou! – ele grita, e eles começam a beber. Quando finalmente Warwick desembarca, a notícia já se espalhou. Homens, mulheres e crianças ignoram a chuva e vêm assistir.

Warwick monta o mesmo belo cavalo negro com que foi caçar naquele dia, e usa uma capa de viagem com a cruz de São Jorge no tabardo por baixo. É um gesto para agradar o soldado comum e para que o povo saiba que ele não veio para guerrear contra seu rei. Quando ele passa, a multidão grita saudações e agradecimentos pela sua vinda. Os homens o abençoam!

– Um Warwick! – gritam. – Um Warwick!

– Por que gostam tanto dele? – Thomas pergunta. Lembra-se de ter visto Warwick depois da caçada. Hastings não quis revelar nada do que se passara na floresta, mas foi o conde quem atirou em Richard e o conde quem foi embora apressadamente.

– Não pode culpá-los, Thomas – Geoffrey está lhe dizendo. – Ele manteve o Canal da Mancha livre dos piratas nos últimos anos, livre dos franceses. Mais do que o rei poderia ter feito.

Eles ficam parados ao lado da estrada que leva ao acampamento de Fauconberg e, quando Warwick passa por eles, seu olhar recai sobre eles e seu rosto se contrai ao reconhecê-los. Seu sorriso se anuvia; seu olhar volta-se imediatamente para a frente. Ele segue adiante, o punho cerrado contra o quadril.

– Mas é um filho da mãe – Geoffrey diz serenamente. – Isso eu posso dizer.

O filho do duque de York, o conde de March, vem em seguida, um homem muito maior, em um belo cavalo de guerra cinza. Thomas o viu pela última vez após o combate em Newnham. Ele sorri, acena e ri, e, mesmo de onde Thomas está, ele pode ver por quê. Um pouco mais adiante na rua está uma jovem alta em uma vestimenta verde-escura. Tem um chapéu no alto da cabeça e um colo farto. Um olhar para ela faz a boca de Thomas ficar seca. Quando o conde de March passa por ela, ele faz o cavalo escorregar nas pedras do calçamento. Fagulhas voam no ar. Ele faz um grande estardalhaço em acalmar seu cavalo, dando tapinhas em seu pescoço; depois que o cavalo foi acalmado, ele tira o chapéu e fala com a mulher, que fica ruborizada, e durante todo o tempo seu marido permanece junto ao seu ombro, sorrindo complacentemente. Após um minuto, o conde de March segue em frente com um longo olhar para trás.

A seguir, vem o pai de Warwick, o conde de Salisbury, desabado em sua sela, olhando carrancudamente por baixo da aba de seu chapéu, onde gotas de chuva se enfileiraram na borda. Ele olha para o povo como se estivessem atrapalhando seu caminho e de certa forma fossem responsáveis pela chuva; ao passar, a pequena multidão silencia. Atrás dele, a alguma distância, vem sir John Fakenham, seu pequeno pônei sendo conduzido por William Hastings. O rosto de Hastings está verde, como se não tivesse apreciado a travessia, e não confiasse em si mesmo oscilando no lombo de um cavalo. Um rapaz usando seu distintivo de um touro preto conduz o cavalo de Hastings alguns metros atrás, e até mesmo o cavalo parece doente.

Sir John vê Geoffrey e Thomas e faz sinal para que se aproximem. Cumprimentam-se apertando as mãos.

– Graças a Deus que vocês ainda estão conosco. Soube que eles travaram uma luta, não?

Geoffrey balança a cabeça, confirmando.

– E qual foi o balanço? – sir John pergunta.

– Dois mortos – Geoffrey diz. – Dois rapazes da nossa terra.

Sir John faz uma careta.

— Pode me dar seus nomes? Muito embora eu não saiba como vou conseguir dar a notícia às famílias. Por todos os santos, este é um negócio terrível. Ingleses matando ingleses.

— E como está Richard, sir John? — Geoffrey pergunta.

O rosto de sir John se crispa.

— Ele está com Kit, a bordo de uma maldita nau que foi cruelmente atacada, com aquele velho pirata como mestre, mas a nau seguiu em frente na mesma maré e deve estar ao largo da costa agora. Aquele seu amigo é um cirurgião nato, Thomas, mas milorde de Warwick mandou vir seu próprio homem, um médico, e assim que Richard estiver estabelecido, teremos os melhores cuidados que o dinheiro pode comprar.

Thomas sorri ao pensar em Katherine. Ele olha para as docas, onde logo seu navio estará atracando. Há mais cavaleiros vindo dos navios agora e ele leva alguns instantes para perceber que está olhando para um homem com um chapéu de bispo entre eles. Quando o vê, Thomas instantaneamente vira-se de costas para sir John e desaparece no meio da multidão.

— Thomas — ele ouve Geoffrey dizer. — Aonde você vai?

Não é o bispo que ele teme, mas o homem montando um pônei atrás dele: o clérigo Lamn.

15

Katherine está parada junto à amurada do navio quando o *Mary* encosta no ancoradouro de Sandwich pela segunda vez em quatro dias. O navio agora está remendado com velas manchadas de sangue e suas vigas estão chamuscadas e salpicadas de flechas quebradas.

– Atenção agora – seu mestre grita, e o cozinheiro genovês, agora promovido a marinheiro, atira uma corda para os rapazes no cais. Katherine retorna para a meia-nau, onde Richard está deitado de bruços, frouxamente amarrado a uma prancha de madeira macia. Ele está adormecido.

Quando ergue os olhos por cima do parapeito do navio, ela vê Thomas e Geoffrey esperando no cais e sente uma agradável sensação de alívio. Ambos estão vivos. O estado em que estava a nau lhe dera motivo para pensar o pior, mas agora ali estavam eles, os ombros encolhidos por causa da chuva, esperando com um carroceiro e um boi.

Thomas parece mais velho, de certa forma esgotado, e ela vê as casas queimadas, as janelas estilhaçadas, as paredes esburacadas.

– Foi muito ruim? – ela pergunta quando está em terra.

– Nada que já não tenhamos visto antes – Geoffrey responde por ele. – Mas sentimos a sua falta. Johnson se foi, morto, e o outro Thomas também, que Deus tenha suas almas. Mas o resto está bem. Como vai ele? – Geoffrey balança a cabeça em direção a Richard.

– Acho que o pior já passou – ela diz. Richard ainda parece muito mal. Seu rosto está abatido e sua pele tingida de um rosado febril ao redor dos olhos e da boca. Ela não conta a eles como tem sido difícil, como chegou perto de chamar um padre.

Eles o levantam em sua prancha e juntos o carregam pela rampa de desembarque. Ele geme quando o colocam na carroça. Geoffrey senta-se com o carroceiro enquanto Thomas e Katherine vão caminhando atrás.

– Lamn está aqui – ele diz a ela.

– Eu sei. Ele veio no navio antes do meu. Achei que eu estava sem sorte por não viajar com sir John, que ao menos insistiria para que Richard tomasse um pouco de cerveja, mas nos atrasamos e então o bispo e seu séquito se uniram a sir John em seu navio. Depois disso, fiquei contente.

– E ele ainda não disse nada?

– Até agora, não.

Quando ele a abordara perto do cocho no forte, depois que Richard fora ferido, ela negara sua acusação. Thomas ouvira sua voz alterada e aproximara-se do clérigo e, com Geoffrey atrás dele e o resto dos homens retornando do treino naquele momento, Lamn recuara e fingira ter cometido um erro. Ele não falara mais nada, e depois que levaram Richard para dentro, Lamn se afastara com William Hastings sem olhar para trás. Assim que ele partiu, Katherine subira correndo a escada para onde eles dormiam e começara a juntar os seus pertences.

– Ele vai voltar amanhã – ela dissera. – Com os frades.

Thomas tentou persuadi-la de que ninguém em Calais iria dar ouvidos a Lamn.

– Warwick precisa de cada soldado que puder manter – ele dissera. – Ninguém vai se importar se somos apóstatas.

Ela soubera, então, que devia contar-lhe que ela era mais do que uma apóstata, mas ainda assim alguma coisa a impediu, e agora ali estavam eles na Inglaterra, com Canterbury a apenas um dia de distância.

– Mas quem é ele? – Thomas quer saber. – O bispo, quero dizer.

– Seu nome é Coppini. Sir John diz que ele é um francês de algum lugar chamado Itália. Ele é um enviado direto do papa.

Thomas ri.

– Do papa?

Ela sorri também. Até mesmo a palavra papa parece tola em seus lábios. Isso a faz lembrar-se da noite em que encontraram o perdoador no bosque e se viram conversando sobre o rei. Não cabia a eles discutir tais pessoas.

A carroça continua a ranger pela cidade até chegarem ao acampamento. Ali, a lama tornou-se espessa e clara, do tipo capaz de arrancar a bota de um homem, e a chuva não dá mostras de que vai ceder logo – talvez nunca. Quando removem Richard da carroça, ele acorda.

– Como foi? – ele pergunta, a voz rouca. Seus lábios estão rachados e seu hálito, asqueroso. Ele não consegue abrir bem os olhos.

– Você não perdeu nada – Geoffrey tenta apaziguá-lo. – Eles fugiram assim que nos viram.

– Não houve luta?

Geoffrey sacode a cabeça.

Richard fecha os olhos.

– Kit está aqui? – ele pergunta.

– Estou aqui – ela responde. Richard fica aliviado e adormece outra vez.

Eles o levam para a barraca em que sir John já está sentado em sua almofada sobre seu baú. Após inclinar-se e beijar seu filho, ele se volta para Katherine.

– Tenho boas notícias, Kit – ele diz. – Milorde o conde de Warwick está mandando vir seu médico hoje de manhã. Um sujeito chamado Fournier. Ele tem uma grande reputação.

Katherine não consegue pensar em nada para dizer.

– Não tem nada a ver com os seus cuidados – ele continua. – Nenhum homem poderia desejar um enfermeiro mais atencioso e Hastings tem apregoado aos quatro ventos suas habilidades com a faca.

– Ele é um homem bom, William Hastings – ela diz.

Sir John concorda.

Depois que sir John sai, ela se agacha na tenda ao lado de Richard e tenta dar sentido a tudo aquilo. Ela ainda não sabe o que fazer. Terá que ir embora logo, antes que Thomas a leve diante do Prior de Todos, mas não pode simplesmente abandonar Richard. Talvez este médico a tranquilize.

Mas quando Fournier chega, ela continua em dúvida.

– Mestre Dominic Fournier – seu criado anuncia, mantendo aberta a aba que fecha a entrada da tenda para que o médico entre. Ele usa uma capa de veludo, engordurada nas lapelas gastas pelo uso, e um chapéu de pele desabado, ostentando um arranjo de penas de ganso molhadas. Está mal barbeado e suas sobrancelhas escuras se unem no meio. Parece ansioso, como se pudesse ser desmascarado a qualquer instante.

– Tem vinho? – ele pergunta. – Qualquer um?

– Nenhum – ela responde.

Ele balança a cabeça.

– Muito bem. Então, vamos ser breves. Garoto, exponha o ferimento.

O garoto olha para Katherine em busca de permissão. Ele tem um rosto cinzento, com a orelha direita parcialmente cortada e da qual por um instante Katherine não consegue desviar o olhar. Ela se pergunta distraidamente por que é tão raro ver homens com orelhas cortadas. O que acontece aos garotos? Será que somente uns poucos vivem até se tornarem homens?

Ela não quer que o garoto toque no ferimento, então se inclina e ela mesma tira o curativo. Ela ouve Fournier fazer o barulho de quem suga os dentes. Em seguida, ele cheira o ar. O ferimento tem as bordas escuras e ligeiramente enrugadas, a pele ao redor é rosada e delicada, fina como seda. Algo brilha entre as bordas. Katherine sabe que o ferimento está sarando e fica satisfeita – não, perplexa com o que conseguiu.

– Sim, sim – Fournier diz. – Como eu temia. O ferimento sarou de fora para dentro. Ele selou lá dentro o humor líquido e quente. Tem que ser cauterizado. Vamos precisar de fogo.

Katherine levanta-se.

– Você vai queimá-lo? – O pânico torna sua voz estridente.

– É o único jeito – Fournier diz. – Temos que limpar o ferimento a partir de dentro, com fogo, depois então deveremos sangrá-lo. Uma ferida como esta, particularmente neste lugar, desequilibra os humores. Temos que fazer uma pequena incisão entre os dedos, ali. – Ele aponta para a mão inerte de Richard com o bico comprido de seu calçado de madeira. – Tem a ver com as funções do fígado. E a lua está propícia para o corte.

Ele gesticula para o alto. Katherine fita-o por um segundo. Algo começa a crescer dentro dela, uma força física que faz estremecer sua estrutura miúda, apodera-se de sua pele. É sempre assim quando ela resolve se interpor no caminho do mal. A prioresa certa vez afirmou que era a presença do diabo dentro dela e a surrou por isso, como se assim pudesse expulsar o demônio.

Então, ela atravessa a tenda para o local onde Thomas deixou o machado de guerra do gigante, encostado a uma das estacas da barraca. É mais leve do que ela se recorda, mas o peso da cabeça do machado lhe confere um ímpeto temível, e quando ela o ergue, ele está apontando para a barriga de Fournier.

Ele recua um passo.

– Se tocar nele – ela diz –, eu vou trespassá-lo.

Katherine nunca esteve tão certa a respeito de nada, e no entanto – o que ela está fazendo? Está ameaçando o médico pessoal do conde de Warwick com um machado de guerra. Fournier recua mais um passo. Surgem manchas vermelhas em suas faces e sua boca treme. Ele perde os tamancos quando eles se prendem na lama.

– Você é louca! – ele exclama, com voz esganiçada.

Ela ameaça-o com o machado.

– Saia – ela diz. – Saia agora.

– Isto não vai ficar assim – Fournier grita enquanto recua pelas abas da porta da tenda. – Não vai ficar assim, está me ouvindo?

Ele desaparece antes que ela possa pensar em algo a dizer. O garoto se abaixa para pegar os tamancos do médico e sai correndo atrás dele.

Quando Geoffrey vem ao seu encontro, Richard está adormecido sob um tapete, respirando regularmente.

Eles não dizem nada por um instante, mas é evidente que Geoffrey está exasperado.

– Sir John está aborrecido – ele diz.

Katherine não diz nada. Ela não sabe o que dizer. Sente-se envergonhada.

– O que você estava pensando? – ele continua. – Ele é o médico pessoal do conde de Warwick!

Ela sacode a cabeça e fecha os olhos para impedir as lágrimas. Ainda não sabe o que dizer. Por que ela não pode deixar simplesmente que as coisas aconteçam? Mas... ele ia queimar Richard. Não pode estar certo.

– Você é estranho, Kit, não resta dúvida. Se você não estivesse cuidando de Richard tão bem... não sei. Sua orelha já teria sido cortada há muito tempo.

Ela pensa no garoto sujo de Fournier e balança a cabeça com um movimento rígido. Ela engole em seco.

– Nas circunstâncias atuais – Geoffrey adverte –, fique longe dele por um ou dois dias.

Mais tarde, neste mesmo dia, chega a ordem para levantar acampamento.

– Graças a Deus – Thomas diz, mas, se ele pensa que levantar acampamento vai significar se livrar de Fournier ou de Lamn, está enganado, pois chega a notícia de que o bispo viajará com eles.

– Warwick espera persuadi-lo a excomungar o exército do rei – sir John diz com uma risada, enquanto os observa começar a desarmar as barracas na chuva. Depois que a carroça já foi carregada, deixam a cidade de Sandwich e começam a subir a estrada romana em direção a Canterbury, uma estrada de mil anos e ainda transitável em sua maior parte. Nos campos que se estendem dos dois lados da estrada, a água enche os sulcos e qualquer um que saia da estrada volta com lama até os joelhos.

– Nunca vi chover tanto – um deles diz.

– O trigo vai apodrecer se continuar assim.

– Tudo vai apodrecer se continuar assim. Nós também vamos apodrecer.

Eles atravessam um rio que transbordou as margens. Cisnes deslizam pelos campos. A chuva continua sem tréguas. Ainda assim, mais e mais homens se juntam a eles. Logo, as torres da catedral irrompem na linha do horizonte à frente.

Katherine caminha ao lado de Hugh logo atrás da carroça. Cada passo na direção da cidade lhe dá medo, mas ela não sabe o que fazer. O pânico a reduziu à indecisão.

– Não posso suportar isso outra vez – Hugh murmura para ela.

Ela ergue os olhos.

– Suportar o quê?

Ele olha à sua volta, ao longo da coluna, vendo se pode falar. Ele vê algo ou alguém e sacode a cabeça. Eles continuam a andar em silêncio até que ele para outra vez. Ali as árvores se fecharam sobre a estrada, os arbustos estão cerrados de folhagem. Um arqueiro agacha-se sobre uma vala.

– Adeus, Kit – Hugh diz e estende a mão magra. Katherine aperta-a. Está fria, é como segurar um peixe.

– Vai embora? – ela pergunta.

Ele assente.

– Não sou bastante forte – ele diz. Então, ele sai da estrada para a beira gramada. Um instante depois, ele já foi embora.

Katherine abre a boca para chamá-lo, dizer-lhe para parar, voltar ou esperar por ela. Ela não sabe qual.

– Vamos. Vamos – diz Dafydd quando ele e Thomas a empurram por trás. Ela se vira novamente e continua a andar. À frente deles, os estandartes penduram-se, dobrados e molhados, de suas hastes. Os homens se encolhem dentro de suas capas.

Walter salta da parte de trás da carroça. Ele carrega quatro aljavas cheias. Entrega uma a Thomas.

– Tente mantê-las secas – ele diz. – Vai precisar delas logo de manhã cedo. – Ele olha ao redor por um instante. – Onde está o frouxo do Hugh? – ele pergunta.

Thomas dá de ombros. Walter olha para ela. Ela também dá de ombros, mas de modo diferente, e Walter compreende. Ele sai da estrada e espreita o resto das fileiras.

– Idiota – diz. – Espero que os piqueiros não o peguem. Vão pendurá-lo numa árvore assim que puserem os olhos nele.

Continuam andando.

Então, Hugh se foi. Será que tornará a vê-lo? Sequer saber o que aconteceu a ele?

Algumas vacas em um pomar observa-os passar.

– Deveríamos roubar uma – Dafydd diz. – Nunca se sabe quando se vai precisar de uma vaca.

— Toque em uma delas e o conde de Warwick mandará afogá-lo no pântano.

— E um cisne?

— Mesma coisa.

— Mas olhe à sua volta — Dafydd exclama. — Olhe! Tem tanta coisa aqui. Nunca vi nada parecido. Pomares por toda parte. Pereiras. Ameixeiras. Cerejeiras. O que é isso? Uma maldita castanheira! E todas essas aves! Perdizes, pavões machos e fêmeas, e isso sem falar nos carneiros!

— Carneiros! — Owen diz.

— E onde está todo mundo? Parece que não tem ninguém tomando conta.

Há galinhas gordas soltas em todo vilarejo e boas estalagens onde servem cerveja feita de lúpulo importado e servida em grandes canecos de estanho, com tortas de queijo e ervilhas na manteiga, e cada passo que ela dá só a leva para mais perto da forca.

Nesse exato momento, ouvem-se uma explosão de trombetas e gritaria de trás deles.

— Abram caminho! Afastem-se para o lado!

É o conde de Warwick passando em seu cavalo, de armadura completa, viseira aberta, seguido por um grupo de homens também de armadura, os cascos dos cavalos levantando lama conforme passam. No entanto, depois que passam, os homens começam a erguer a cabeça. Começam a andar com passadas largas. Katherine sacode a cabeça. Por que não conseguem vê-lo pelo que ele é, ela não sabe explicar. Um instante depois, o conde de March passa em seu cavalo, languidamente, sem tanta azáfama, e em seguida vêm os outros, Salisbury e Fauconberg e seus homens, seus estandartes no alto apesar da chuva. Atrás deles, o bispo Coppini e, depois, Lamn.

— Atrasados para seu jantar, aposto — Dafydd diz com desprezo.

Nesta noite, eles acampam em terras de uso público fora dos muros cinza-prateados de Canterbury e, na calada da noite, Katherine junta seus pertences: sua faca, as poucas roupas, o capuz sobressalente; coloca-os em sua bolsa, e espera.

16

Toque de trombetas e gritaria de homens na madrugada.

– Acordem. Preparem-se. Vamos, seus preguiçosos. Levantem-se e preparem-se para a ação.

É Walter, à entrada da tenda. Sombras esvoaçantes atravessam a lona conforme homens correm de um lado para o outro fazendo seus preparativos à luz da fogueira, atabalhoados e reclamando na semiescuridão. Thomas coloca-se de pé e amarra as tiras de couro de seu antebraçal. Ele força os dedos ainda machucados a entrarem na luva dura de sangue.

Katherine já está acordada, os olhos abertos na escuridão.

– Boa sorte – ela diz. – Que Deus o acompanhe.

– Para você também, Kit. Para você também.

Ela afasta seu cobertor e levanta-se, exalando calor e cheiro de sono.

– Não, Thomas – ela diz. – Estou falando sério.

Ela segura a mão dele. Ele sorri. O comportamento dela ainda pode surpreendê-lo.

– Eu também.

Ela parece decidida na escuridão. Ele tem que puxar a mão para desligar-se dela e sente seu olhar fixo seguindo-o conforme ele deixa a tenda. Algo está errado, mas o quê?

Do lado de fora, Geoffrey está sem camisa, sua barriga cabeluda prateada como uma lua no amanhecer. Ele esvazia um jarro de cerveja na boca enquanto dois garotos passam marchando, um hasteando um estandarte, o outro tocando um tambor como um coração, bum-buum, bum-buum. Homens vão formando fila atrás deles, os rostos sujos da fumaça das fogueiras que ficaram alimentando a noite inteira. Sente-se um cheiro forte de cavalos.

– Arqueiros, para a frente – um homem grita de sua sela, embora todos eles saibam o que devem fazer. – Arqueiros para a frente! Encontrem sua posição. Depressa!

Thomas encontra seu lugar. Estão em uma campina gramada, um pouco fora da estrada, o solo sob seus pés bastante encharcado, bosques de olmos e carvalhos dos dois lados. Atrás deles, os soldados e a infantaria com alabardas entram em formação, chacoalhando suas armaduras, em cinco ou seis fileiras. Alguns deles carregam apenas ferramentas da fazenda: um forcado, uma faca amarrada a um cabo para fazer as vezes de uma espada larga, todos eles à espera de uma oportunidade para conseguir armas melhores para a próxima vez. Estes são os homens sem nenhuma espécie de proteção, as raspas do barril do recrutamento, os homens que compõem os números para as comissões de recrutamento.

Outros carregam alabardas, martelos, machados, espadas, marretas, piques e lanças. Muitos possuem um elmo e alguns possuem manoplas. Nenhuma das partes de armadura combina e a maioria foi roubada ao menos uma vez antes, se não duas.

Reunidos sob seus estandartes, estão os cavaleiros de armaduras e seus soldados, as forças particulares daqueles que podem pagar por elas. Os homens do conde de Warwick formam a divisão central, de um lado ao outro da estrada, os de March tomam o flanco esquerdo e os homens de Fauconberg ocupam o direito. É fácil ver March. É o mais alto no campo, seu estandarte longo movendo-se como um rabo de peixe.

– Um Fauconberg!

– Vamos! Com ânimo, agora!

O dia chega lentamente. O que estava invisível na obscuridade torna-se discernível com a luz e eles se veem diante dos muros da cidade do outro lado de uma vala e de um amplo trecho de várzeas. Diante dos portões da cidade, de um dos lados da estrada, há uma pequena aldeia amontoada ao redor da torre baixa e maciça de outra igreja, e mais além há um terreno aplanado de onde um homem com um jumento e uma pá foge apressado ao ver o que está acontecendo.

Na cidade, homens movem-se entre as ameias da guarita e veem-se outros ao longo dos parapeitos das muralhas. Thomas imagina-os fitando o exército sitiante, tentando estimar o número de homens e armas, examinando seus estandartes, esperando, assombrados.

Os sinos começam um toque firme e constante.

– Calma agora, rapazes – Geoffrey lhes diz. – Verifiquem seu equipamento. Assegurem-se de que têm tudo de que precisam. Verifiquem suas flechas. Verifiquem o arco. Depois, tomem um gole.

Adiante deles, na aldeia, eles podem ver vários homens de uniforme, alguns deles a cavalo. Eles podem ouvir o barulho de arreios e de cascos de cavalos.

– Lá vêm eles – Dafydd diz. Ele se abaixa e faz o sinal de uma cruz na lama sob seus pés. Em seguida, leva um torrão de terra à boca e encaixa sua flecha. Os demais arqueiros fazem o mesmo. Um sacerdote vai à frente deles, entoando o pai-nosso, abençoando-os conforme prosseguem.

Todos eles se ajoelham. Thomas mal consegue engolir.

– Detesto esta parte – Red John diz ao seu lado. Mesmo na semiescuridão, Thomas pode ver que os olhos de John estão estranhamente brilhantes. Ele quisera ter um odre de vinho com ele, ou um caneco de cerveja. É mais fácil com a bebida.

– Esperem a ordem – Walter murmura. Ele lambe o dedo e verifica o vento. Não há nenhum.

Um grupo de cavaleiros bem montados adianta-se de suas fileiras pela estrada e entra no povoado.

– Quem são eles? – Thomas pergunta.

– Arautos – um arqueiro à frente diz. – Arauto de Warwick, lá.

Eles relaxam. Red John enfia sua flecha de novo no chão. Os cavaleiros, cerca de cinco deles em tabardos de diferentes cores, desmontam e deixam seus cavalos aos cuidados de um criado.

– É uma negociação – Walter diz. – Vão ver se teremos que lutar.

Thomas se dá conta de que seus lábios se movem em uma prece. Minutos se passam. A luz do dia fica mais forte. Alguém vomita. Os homens riem. Thomas estende a mão e vê que ela treme. Será melhor quando começar. Quisera ter comido alguma coisa antes e ainda anseia por algo para beber – qualquer coisa.

Então, repentinamente, ele não sente mais medo: está entediado.

Pensa em Katherine. Ela tem se comportado estranhamente desde que voltaram para a Inglaterra. Talvez seja o fato de estarem tão perto de Canterbury. Ele olha para o pináculo da torre da catedral e pensa em retornar à ordem. Olha para suas mãos: como mudaram seu formato. Estão calejadas e largas agora, com músculos firmes, e tudo que resta de sua vida antiga é uma mossa no dedo indicador, onde ele apoiava o cálamo para escrever. Seus braços devem ter dobrado de circunferência.

Ele tenta imaginar o Prior de Todos, do outro lado das muralhas da cidade, sentado, tomando vinho, em um aposento muito semelhante à esmolaria. Pode vê-lo recebendo Katherine de volta à ordem, e depois? Aqui a visão torna-se vaga. Não pode imaginá-la diante do prior em seu casaco manchado, seus cabelos cortados, com a meia-calça sobrando ao redor dos tornozelos. Não pode imaginá-la abaixando a cabeça para um velho.

Será que ele precisará lhe arranjar algum tipo de vestido e de cobertura para a cabeça? Será o mínimo que ele pode fazer. E a última coisa que poderá fazer por ela, pois, depois que se despedirem, isso será o fim. Ele jamais tornará a vê-la. Ele se lembra de repente do seu fervoroso aperto de mão e da maneira emocionada como lhe desejou boa sorte.

Ele pigarreia e cospe no chão. Dafydd encontrou alguma coisa para comer e seus dedos estão engordurados com os sucos de carne. Ele oferece um osso a Thomas, em seguida larga-o, ao ver algo se movendo. Ele rapidamente pega seu arco de novo.

– Lá vamos nós.

Os arautos emergem do meio de duas casas pequenas no povoado e vão a meio galope até onde Warwick aguarda com seus homens sob seu estandarte. Segue-se uma rápida conversa. Após um instante, Warwick impele seu cavalo para a frente, de modo que ele fica sozinho diante de seu exército. Em seguida, ele se vira de frente para seus homens, fica em pé nos estribos, abre a viseira para que possam ver seu rosto:

um quadrado pálido. Ele ergue o braço e gesticula. Thomas não consegue ver bem o que ele faz, mas os que conseguem começam a aclamar, eufóricos.

– O que será que ele está fazendo?

Trombetas e cornetas também começam a soar e, em seguida, os sinos da catedral iniciam um repique comemorativo.

– Ele conseguiu! – alguém grita. – Eles abriram os portões!

Ao longo das fileiras, os homens começam a gritar.

– Warwick! Warwick!

Outro grupo de cavaleiros sai do povoado: mais arautos. Mais acima da estrada, os portões da cidade são abertos de dentro. Canterbury e o arcebispo se declararam a favor do duque de York. Não haverá luta. Ao menos, não hoje.

Thomas sente um misto de emoções. Alívio, é claro, mas agora ele vai ter que dar adeus a Katherine.

Eles se dispersam de volta às suas tendas e Thomas vai à procura de Katherine. Ele sente um peso no coração com o que está prestes a acontecer, com o que deverá dizer, mas ele já imaginou esta despedida inúmeras vezes: ele acha que sabe o que lhe dirá, e como.

– Onde está Kit? – ele pergunta.

Ninguém a viu.

Ele ajuda Geoffrey com o jantar, sempre tentando encontrá-la, mas ela não aparece. Quando a comida fica pronta, eles se sentam no muro do aterro, bocejando de fadiga, colocando colheradas de ensopado de carneiro na boca. Acima deles, seus casacos penduram-se dos galhos de um espinheiro, secando sob o sol fraco.

– Alguém viu Kit? – Geoffrey pergunta. – Richard está perguntando por ele.

Ninguém a viu desde que foram chamados para se colocar de prontidão.

– Provavelmente encontrou uma estalagem em algum lugar – diz Brampton John, embora não se possa ver nenhuma por perto.

– Veja se consegue encontrá-lo, Thomas, sim? Diga-lhe que Richard está precisando dele.

Thomas balança a cabeça, assentindo. Na barraca, não há nenhum sinal da bolsa de Katherine.

Trombetas começam a soar no acampamento outra vez. Tambores retumbam. Cavalos atravessam os prados. Um *te deum* foi cantado na catedral, os condes prestaram suas homenagens no santuário de St. Thomas e agora Walter retorna ao acampamento.

– Vamos, vamos – ele diz. – Vamos embora.

Eles se levantam e começam o cansativo processo de levantar acampamento outra vez.

Ainda nenhum sinal de Katherine.

Carroças começam a rodar pela estrada e entrar pelos portões da cidade quando um punhado de cavaleiros vem cavalgando pelo meio do caos, gritando que estão procurando a companhia de sir John Fakenham. São homens de Warwick, em boas montarias.

– Somos nós – Walter lhes diz.

– Encontramos um garoto de vocês – diz seu comandante. – Indo embora. Mal vale a pena conservá-lo, é tão magro, mas o conde quer que sejam estabelecidos exemplos. Qualquer um que tente escapulir tem que ser punido.

Ele indica um grupo de homens abrindo caminho pelo acampamento que está sendo desmontado. Entre eles, Katherine, as mãos atadas, arrastando os pés. Ela parece tão pequena, tão abatida e infeliz, que até Thomas a confunde com um garoto.

Walter apruma-se, com as mãos nos quadris.

– Santo Deus – ele diz, e cospe. – O que quer que a gente faça com ele?

– Enforque-o.

Thomas sente um calafrio percorrê-lo. O ambiente fica tenso. As cores parecem se avivar, as linhas parecem ficar mais nítidas.

– Enforcá-lo?

– É o que o conde deseja.

Katherine mantém os olhos fixos no chão. Ela tem um olho roxo.

– O que estava pensando, mocinha? – Walter pergunta.

Katherine não diz nada.

– É apenas um garoto – Thomas diz ao comandante do grupo. – Vocês não podem... Nós não podemos enforcá-lo.

O comandante olha para baixo, do alto de seu cavalo.

– Quem é você para dizer isso?

Santo Deus.

– Olhe, ele tem razão – Geoffrey diz. – Kit, que idade você tem?

Katherine ainda se recusa a falar.

– Ele tem quatorze, pelo amor de Deus – Thomas diz.

O comandante ergue a mão da sela.

– Por mim, poderia ter só dois – ele diz. – O conde de Warwick quer um exemplo.

Os homens entreolham-se. Outros param para ver.

– Oh, meu Deus!

– Mas deve haver algum... não sei, algum erro – Thomas diz. – Kit não tem razão para fugir.

– Ele não tem nenhum lugar para onde fugir – um dos homens diz.

– Por que fez isso, Kit?

Ela continua calada.

O comandante se impacienta.

– Vocês não estão me ouvindo – ele diz. – Não há nada que eu possa fazer a respeito. Ou vocês fazem, ou nós fazemos.

Um dos cavaleiros tem uma corda. Ele examina o espinheiro à procura de um galho que sirva.

– Thomas – Walter murmura –, vá procurar sir John. Ele é o único que pode tirar Kit desta.

– Onde ele está?

– Tente a barraca da guarda. Ele deve estar perto de Fauconberg.

Thomas tenta encontrar o olhar de Katherine antes de se virar e correr, tenta encorajá-la, mostrar-lhe que está fazendo alguma coisa, mas ela continua olhando para o chão, sem se dirigir a ninguém. Ele corre pelo acampamento, até o centro. Fauconberg, March e Warwick estiveram na catedral para ouvir o *te deum* e estão cavalgando para o norte juntos. Ninguém viu sir John.

Um sino toca na cidade.

O tempo está passando.

Ele começa a rezar uma prece, seus passos marcando os versos em latim. Ele abandona a prece pelo meio. Está nauseado de pânico. Onde ele está? Onde está sir John?

Ele pensa em Katherine. Uma corda ao redor de seu pescoço. As pernas sacudindo-se no ar. Enforcada no espinheiro, junto das roupas que estão secando.

Oh, Santo Deus! Ele não aguenta mais. Ele corre pelas fileiras e novamente de volta, procurando onde já procurou antes. Onde estará sir John? Certamente ele não pode ir muito longe sem a ajuda de Geoffrey.

– Thomas! – ele ouve um homem gritar.

Metade dos homens no acampamento chama-se Thomas, mas Thomas reconhece a voz de William Hastings. Ele está à cabeceira de uma mesa com alguns homens que Thomas não reconhece. Bebem vinho e há uma torta em uma tábua e uma tigelinha de sal.

– Thomas Everingham! Herói de Newnham! Venha se juntar a nós em uma bebida – Hastings chama.

– Não posso, senhor, estou procurando sir John. – Ele explica sua pressa.

– Não é por causa do cirurgião, é? Pensei que sir John já tivesse resolvido isso.

– Não é isso. Eles o pegaram tentando fugir.

Hastings fica de pé com um salto.

– Mas ele... Santo Deus! Que desperdício. Não. Não. Não podemos permitir isso. Leve-me a ele. Minha palavra vale alguma coisa, o suficiente, talvez, para adiar o inevitável.

Quando a encontram novamente, Katherine está embaixo de uma árvore, de camisa e com o gorro puxado para trás. Ela parece lamentavelmente magra e sob a luz fraca do sol sua pele parece translúcida. Um dos homens de Warwick está atrás dela, dobrando a corda úmida para formar um laço. Walter ainda discute com o comandante. Katherine continua em silêncio. É como se ela já os tivesse deixado.

– Parem! Vocês, parem aí!

Ao ver Hastings, o comandante toca o elmo com o dedo.

– Senhor – ele diz.
– Não pretende enforcar este menino, não é?
– Ordens do conde de Warwick, senhor. Eu o peguei do outro lado do vilarejo. Começou a lutar. Teria nos poupado muito tempo e esforço se o tivéssemos matado lá mesmo, mas o senhor conde quer que seja dado um exemplo. Portanto, é o que estamos fazendo.
Hastings vira-se para Katherine.
– É verdade?
Katherine ainda não diz nada. Ela nem sequer olha para ele.
– Kit, você tem que dizer alguma coisa em sua defesa. Caso contrário...
– Ande logo, enforque-o – alguém grita na multidão.
O soldado joga a corda por cima do galho acima da cabeça de Katherine.
– Ainda bem que ele é magrinho – ele diz, achando o galho fino.
Hastings ergue a mão.
– Ninguém vai ser enforcado aqui – ele diz.
O comandante fica surpreso.
– O senhor assume a responsabilidade?
Hastings balança a cabeça, mas ele está ansioso. Revogar uma ordem do conde de Warwick não é pouca coisa.
– Assumo – ele diz. – Assumo.
Thomas sente seu coração voltar a bater.
A multidão fica decepcionada.
– Caiam fora daqui, todos vocês – Walter diz, rangendo os dentes.
O comandante faz um sinal com a cabeça para seus homens. O que segura a corda puxa-a para baixo outra vez, enrola e guarda em um saco. É difícil ler o seu rosto: está decepcionado ou aliviado? Os outros montam seus cavalos.
– Acho que esta história não vai acabar por aqui – Hastings lhes diz. – Mas fiquem de olho no garoto e não o deixem escapulir outra vez.
Walter balança a cabeça.
– Obrigado, senhor – ele diz.
– É melhor eu encontrar o velho Warwick antes que ele me encontre – Hastings diz. Seu olhar demora-se em Katherine, que continua se recusando a falar, e cuja expressão quase não mudou. – Você é um garoto

bonito, Kit, se ao menos encorpasse um pouco, mas isso nunca vai acontecer se você for pendurado de uma árvore pelo pescoço.

Novamente, Katherine não diz nada e, com um último sinal de cabeça a Thomas e Walter, Hastings faz o agrupamento se abrir para ele passar e sai a passos largos pelo mesmo caminho por onde veio.

Walter solta a respiração.

– Santa Mãe de Deus, mocinha! Santa Mãe de Deus!

Uma única lágrima escorre pela face de Katherine.

– Não faça isso de novo, está ouvindo? – Walter esbraveja. – Se fizer, todos nós vamos ser enforcados e eu não vou morrer enforcado por um fiapo como você. Compreendeu?

Katherine balança a cabeça.

– Thomas – Walter diz. – Fique de olho nele. Descubra por que ele fugiu e trate de não deixar isso acontecer de novo. Compreendeu?

Eles sentam-se numa pequena elevação sob os galhos onde as roupas ainda estão secando.

– Por quê? – Thomas pergunta. – Depois de tudo por que passamos. Quando já está tão perto de Canterbury?

Ela sacode a cabeça.

– Eu lhe contarei – ela diz –, mas primeiro tenho que dormir. Estou tão cansada que mal posso levantar a cabeça.

Ela tem tomado conta de Richard por mais de uma semana sem dormir adequadamente, ele imagina, e o alívio de escapar da forca deve tê-la enfraquecido também, e assim ela agora se deita no chão e dorme tão profundamente que nem mesmo o barulho dos homens arrumando seus pertences e tirando suas roupas ainda úmidas dos galhos do espinheiro a acorda. Thomas vai pegar seu cobertor e o estende sobre ela. Ele senta-se ao seu lado, fitando-a, e seus olhos se enchem de lágrimas quando pensa em como quase a perdeu.

Mais tarde, sir John aparece. Ele parece nervoso e se apoia pesadamente no braço de Geoffrey, sentindo muita dor. Geoffrey também parece ansioso. Eles estão vindo da tenda de Warwick e a notícia não é boa.

– Hastings fez o que pôde – ele diz –, mas deve haver punição visível, ou não há punição. Ele quer que a orelha de Kit seja cortada.

Thomas cerra os olhos.

– Bem, agora vamos ver do que ele é feito – Walter diz. – Acorde-o, sim, Tom?

Walter nunca chama Thomas de Tom. Ninguém jamais o fez, exceto seu pai e o deão. Ele se inclina sobre Katherine. Ela parece tranquila, roncando suavemente sob seu cobertor. Ele coloca a mão em seu ombro.

– Kit – ele diz. – Kit.

Ela acorda e olha para ele por um instante.

– Eu estava tendo um sonho – ela diz, sorrindo. Senta-se e se espreguiça, depois olha novamente para ele.

Os homens estão reunidos ao redor, olhando para ela.

– O que foi? – ela pergunta.

– O conde de Warwick – Thomas diz.

Ela permanece imóvel.

– O que ele quer?

– Sua orelha.

– Minha orelha?

Ela não parece especialmente assustada.

– Ele quer que seja cortada – ele continua, gesticulando, no caso de ela não haver compreendido.

Katherine franze a testa.

– Ah – ela diz. Em seguida: – Como fazem isso?

– Tesoura.

Ele a ouve engolir em seco. Seus olhos estão arregalados enquanto olha ao redor.

– Você fará isso? – ela pede.

– Eu?

Ela balança a cabeça. Ele olha para ela com os olhos arregalados. Sente náusea diante da ideia. Não consegue deixar de lançar um olhar para a ponta rósea de sua orelha.

– Se você quiser – ele diz.

Ela balança a cabeça outra vez.

– Pegue bastantes bandagens de linho, sim? E mantenha a pomada do perdoador à mão.

Walter está ao lado, a postos.

– Tome – ele diz.

Ele entrega a Thomas um par de tesouras de ferro ainda quente da pedra de amolar. Ali perto, sir John observa, o rosto lívido.

– Sinto muito que tenha chegado a isso, Kit – ele diz. – Mas o senhor de Warwick está inflexível, e é somente pelas boas graças de William Hastings que você não está se balançando de uma árvore. Dará uma boa história para seus netos um dia, mas acho que não vai melhorar sua aparência.

Os homens observam em silêncio.

– Quer tirar sua camisa, Kit?

Ela sacode a cabeça.

– Sente-se, então.

Eles tiram a almofada de sir John e a fazem sentar na arca. Um grupo de garotos que cuidam dos cavalos aparece, convocados para testemunhar a punição, e um traz um tambor que não para de tocar até Walter ameaçá-lo com uma faca.

Thomas olha para a tesoura na palma de sua mão, aperta-a e deixa a mola abri-la algumas vezes.

– Coloque-a um pouco no fogo – Walter diz, passando-lhe um pedaço de pano. – Deixe-a bem quente. Ajuda a cicatrizar o corte.

Katherine permanece sentada e ele se lembra da primeira vez que cortou seus cabelos no cais em Boston. Então, ele se inclina e coloca as lâminas sobre as brasas pelo maior tempo que consegue suportar. Suas mãos tremem. Geoffrey fica atrás dela, pronto para ampará-la, e por cima de sua cabeça, ele faz um sinal para Thomas. Ela inclina a cabeça, expondo a linha de sua garganta e sua pequena orelha direita. Thomas pega a tesoura e age rapidamente, afastando os cabelos de Katherine e cortando o topo de sua orelha com um movimento rápido e preciso. Ele sente o tecido elástico da orelha sob o deslizamento das lâminas, um momento de resistência, depois uma capitulação e, por fim, o talho macio da tesoura. Terminou. Seus dedos estão cobertos de sangue quente.

Ela se retesa e se debate, chutando as canelas dele, mas não grita. Geoffrey segura-a com força. As narinas de Thomas estão cheias do cheiro de carne e cabelos queimados. Ele larga a tesoura e vira-se de costas. Walter abaixa-se e atira o pedaço de orelha nas chamas, depois chuta a tesoura para fora de vista. Geoffrey segura Katherine contra ele, consolando-a, afagando a parte de trás de sua cabeça.

– Está tudo bem, garoto – ele diz. – Está tudo bem. Já acabou. A dor logo vai passar. – Ele pisca o olho para Thomas. – Muito bem! – ele diz, sem som.

– Pronto! Pronto! – Walter berra. – Acabou o espetáculo. Caiam fora daqui, todos vocês.

Os homens e rapazes vão se dispersando. Thomas aplica as compressas de linho ao ferimento. Não está sangrando tanto quanto ele havia imaginado que sangraria e ele se pergunta se Walter não teria razão sobre as lâminas quentes. O rosto de Katherine está lívido onde não está pegajoso do seu próprio sangue.

– Nós vamos permanecer aqui hoje, Geoffrey – sir John está dizendo. – Vamos dar tempo a eles para superar tudo isso. Mas vamos nos deitar cedo e pouca bebida, compreendeu?

Geoffrey balança a cabeça, assentindo. Uma estranha atmosfera perdura.

– Podemos ir à missa na catedral amanhã – Geoffrey diz. – Agradecer a Deus pelas pequenas graças.

Thomas ajuda Katherine de volta à tenda de Richard. Ele dorme em uma boa e grossa pele de carneiro agora, comprada com a venda de seu cavalo, e Katherine deita-se em seu velho colchão ao seu lado. Thomas traz uma cuia de água e uns pedaços de linho, e começa a limpar seu rosto.

– Quer que eu lhe traga um pouco de cerveja? – ele pergunta. – Ajuda a amortecer a dor.

Ela aceita, mas apenas com os olhos.

– Thomas – ela diz. – Sabe...

Ela para. Olha para Richard onde ele dorme um sono febril. Thomas acha que ela está prestes a lhe dizer por que fugiu.

– O que foi? – ele pergunta.

– Você sabe que agora eu nunca mais posso voltar ao priorado.

Ele agacha-se ao lado dela. Santo Deus! Ele não tinha pensado nisso. Então, ele molha o linho na água e limpa mais sangue de seu pescoço. Precisa de tempo para pensar.

– Por todos os santos, Katherine. Sinto muito.

Ela sorri.

– Não – ela diz. – Não. Isso é uma coisa boa.

Ele interrompe o que está fazendo.

– Como assim? Você não quer voltar ao priorado?

Ela coloca a mão sobre a atadura em sua orelha.

Ele se sente um tolo. É claro que ela não quer voltar ao priorado.

– Mas o que você vai fazer?

– Parece que não tenho escolha – ela diz. – Ainda que eu tivesse algum outro lugar para ir, o conde de Warwick quer que eu fique.

Ela sorri outra vez. Ele sorri também e fica em silêncio por algum tempo. Ela fecha os olhos quando a dor aumenta, relaxa depois que passa.

– Então, você vai ficar? – ele pergunta.

Ela abre os olhos.

– Se você ficar, sim.

Um grande peso parece sair de seus ombros.

– A roda da fortuna. – Ele ri. – Quando se pensa que você está infeliz, você está feliz.

Ela abre os olhos e olha para ele por um longo instante.

– Sim – ela diz –, mas por outro lado, quando você pensa que está feliz, está infeliz.

Ele segura sua mão com força. Ela sorri novamente, em seguida vira-se de lado, de costas para ele, e adormece.

As lágrimas rolam pelo rosto de Thomas e ele as enxuga com as costas da mão.

– Que diabos, Kit – ele diz –, que diabos!

17

Na manhã seguinte, eles desmontam o acampamento, atravessam os prados encharcados e entram em Canterbury pela guarita. Os sinos estão tocando e as pessoas gritam para eles conforme passam, desejando-lhes sorte em nome de São Tiago. Thomas caminha ao lado de Katherine. Ela dá pequenos passos arrastados, hesitantes, e apoia-se nele de vez em quando. Ela puxou o capuz para esconder seu rosto e sua orelha, e caminha olhando para os pés, ao invés de olhar para cima, para a catedral. Nos espaços repentinamente confinados da cidade, eles são rodeados por frades de todo tipo.

– Eu gostaria de ir à missa outra vez – ela admite, o olhar erguendo-se rapidamente para as janelas da catedral. – Não me confessei desde que deixamos o priorado.

Thomas abaixa a cabeça.

– E temos muito a confessar – ele diz.

Katherine não diz nada. Eles continuam andando.

– Você confessará apostasia? – ele pergunta.

– Eu pensei nisso – ela diz – e a verdade é que não o farei.

– Então, morrerá sem receber perdão? Então, será amaldiçoada pela vida eterna.

Katherine sacode a cabeça.

– Não acho que deixar o priorado tenha sido um pecado. A prioresa costumava me bater com uma vassoura de espinheiro. Costumava me deixar passar fome. Ela me acorrentou a um tronco e me esticou por uma noite inteira e só Deus sabe o que ela reservava para mim, caso eu tivesse ficado lá. Você já ouviu falar de uma freira de um lugar ao norte chamado Watton?

Thomas olha fixamente para ela.

– Não – ele responde. Ela não consegue dizer se ele acredita nela, mas é um olhar curioso, quase terno em sua expressão. Ele ergue a mão como se fosse tocá-la, depois a deixa cair. Ele sacode a cabeça.

– Bem, considere-se de sorte – Katherine lhe diz –, de muitas formas.

As pessoas os cumprimentam quando passam, o vinho flui e por toda parte homens e mulheres estão rindo. Thomas para em uma loja para comprar algumas penas de junco para escrever e tinta. Ela diz a ele que ele pagou demais, mas o que eles sabem? Em seguida, atravessam os portões da cidade outra vez e saem para os campos. A velha estrada é completamente reta, em direção oeste, onde nuvens ameaçam trazer mais chuva. As notícias se espalham ao longo da coluna de que o arcebispo de Canterbury uniu seus homens aos dos condes de March e de Warwick, e que estará cavalgando com eles.

– Coppini diz que tudo é mérito dele – diz sir John com uma risada da traseira de sua carroça. – Típico do maldito francês.

Richard está sentado. Ele está pálido, muito magro, ainda sem falar muito, apenas olhando fixamente para os pináculos da catedral conforme a cidade vai sumindo atrás deles. Ele tem olheiras escuras e sua pele parece a de uma pessoa que morreu afogada, mas já não cheira a doença ou a morte, e Katherine tem certeza de que ele está se recuperando. Para o bem dele, mais tarde naquela manhã eles deixam Katherine acompanhá-lo, mas ela tem consciência de que permanece sob vigilância. Sir John a ignora, embora ela às vezes o surpreenda fitando-a com uma expressão que ela não consegue decifrar. Seria remorso? Ansiedade? De vez em quando, ele se inclina para frente, tentando ver seu ferimento, mas ela o mantém bem escondido sob seu gorro.

A carroça segue rangendo, as rodas girando pelas longas valas de lama, chocando-se com um chiado dissonante quando batem em pedras soltas. Aqui e ali, a margem da estrada desmoronou e os homens que vêm atrás têm que firmar a carroça enquanto ela avança ou têm que empurrar as rodas com os ombros quando ela atola. A chuva, até então uma ameaça, começa a cair. Katherine cobre Richard com uma capa de viagem e coloca um chapéu de palha sobre sua cabeça. Após algum tempo, ela tem certeza de que ele está dormindo e procura ver Thomas, caminhando atrás com os outros homens, uma cabeça mais alta do que a maioria. Ele sorri para ela e revira os olhos. Um sorriso irrompe em seus lábios e ela sente uma pequena emoção como a que se sente com o primeiro aroma da primavera.

Homens continuam a se juntar à coluna conforme ela marcha para oeste e toda noite os batedores retornam com a notícia de que tal e tal lugar declarou seu apoio ao duque de York e ao conde de Warwick, em vez do rei Henrique. Logo os homens nem comemoram mais, já que um depois do outro, as cidades e vilarejos ao longo do caminho enviam arqueiros e soldados com alabardas para unirem-se a eles, cada contingente liderado por soldados montados sob uma nova bandeira, um novo estandarte. Mesmo aqueles homens organizados por ordem do rei unem-se a eles, e o exército avança pela estrada como um rebanho de ovelhas, podendo ser contadas aos milhares.

À medida que o exército aumenta, a comida torna-se cada vez mais escassa. Apesar da riqueza das terras em volta, não se encontra cerveja. Nem mesmo na própria Rochester, onde acampam sob as austeras muralhas do castelo, antes de atravessar o rio. A essa altura, a coluna se estende por mais de quinze quilômetros e os que estão no final têm menos de tudo do que aqueles que vêm na frente; de tudo, quer dizer, exceto lama e excrementos, tanto de animais quanto de seres humanos.

Toda noite, a coluna para e um acampamento é montado, barricadas e varas cercando uma cidade de tendas. No centro do acampamento, uma fogueira de sinalização é acesa e os lordes competem para ter suas barracas erigidas o mais próximo possível dela. O acampamento é dividido em quatro partes por dois caminhos que se cruzam no centro onde está a fogueira, e essas vias logo se tornam intransitáveis por causa da lama e dos soldados que vão e vêm. Pela manhã, o acampamento é desfeito. As tendas são desarmadas e empacotadas, paus e varas recolhidos, fogueiras extintas e tudo jogado em carroças. Eles partem, deixando para trás barricadas e valas, buracos enegrecidos das fogueiras e uma cruz de lama para marcar sua passagem.

E todos os dias chove.

No domingo, a missa é rezada ao ar livre, perto de Gravesend, e o padre pede ao Senhor para lhes enviar uma trégua nas condições do tempo. Chove o dia todo, também, mas o dia seguinte é limpo e luminoso, e eles tomam isso como um bom presságio. Até o entardecer, percorrem os caminhos sinuosos das colinas acima de Southwark e, ao anoitecer, eles veem Londres pela primeira vez.

A cidade é dominada pelo pináculo da Catedral de St. Paul, mais fino do que a ponta de uma flecha e tão alto que Katherine acha que deve ser uma ilusão da luz. É uma visão tão impressionante que o resto dos homens para e fica olhando em silêncio por algum tempo. O costumeiro manto de fumaça de madeira e carvão paira acima da cidade e o rio fervilha com todo tipo de barcos, indo e vindo em sua superfície encrespada ou atracados nos ancoradouros que se estendem pelas duas margens. Mais abaixo no rio, do outro lado, vê-se a Torre, um sólido complexo por trás de seus fossos e muros compactos.

Mas Katherine está mais preocupada com as igrejas. O horizonte está apinhado de torres e pináculos, e há mais nos campos e vilarejos além das muralhas da cidade. Há até mesmo uma equilibrando-se na ponte abaixo deles, que parece que vai tombar para um lado ou para o outro a qualquer instante.

– O lugar deve estar repleto de frades e padres – Katherine diz a Thomas. – Quanto mais rápido sairmos daqui, melhor.

Thomas a ignora.

– Geoffrey diz que a maior parte do exército do rei está no norte – ele diz. – Perto de Coventry.

– Coventry?

Thomas balança a cabeça.

– Para onde Riven se dirigia?

– Sim – Thomas diz. – O rei acha que o duque de York passará por lá quando voltar da Irlanda, então está lá à espera dele.

– Mas agora estamos aqui, atrás dele. Ele vai ter que fazer alguma coisa a respeito, não?

– Acho que sim – Thomas admite.

Katherine faz uma careta ao pensar em mais viagem.

– Acha que nós iremos ao encontro deles, ou eles virão ao nosso? – ela pergunta.

Thomas não sabe.

– Talvez a gente se encontre no meio do caminho, não? – ele diz. – Parece que tudo dependerá de amanhã e se os conselheiros de Londres fecharem seus portões para nós, então estaremos arruinados. Geoffrey diz que Warwick e March não conseguirão pedir nenhum dinheiro emprestado dos mercadores de lá para comprar mais comida para nós ou pagar seus vassalos para mantê-los no campo por mais tempo.

No dia seguinte, homens a cavalo atravessam o acampamento constantemente, vindos de Londres com recados do prefeito e dos conselheiros da cidade e levando recados de volta dos condes de Warwick e de March. Até a manhã seguinte, alguma coisa foi resolvida, e os condes aparecem ao raiar do dia vestindo suas melhores roupas, e eles se preparam para conduzir o exército pela ponte e entrar em Londres.

A sensação de alívio está por toda parte.

– A população da cidade nos deu as boas-vindas – sir John explica enquanto descem a colina. – Mas, por Deus, foi por pouco.

– E quanto aos homens do rei? – Katherine pergunta. – Certamente eles vão lutar, não é?

– Restam bem poucos deles e os que ainda estão lá devem fugir, exceto talvez lorde Scales, que se refugiou na Torre.

Ainda assim, quando atravessam os campos fora de Southwark, eles ouvem um estampido característico ao longe. Todos se encolhem. Depois da experiência em Sandwich, todos os homens temem o barulho de canhões, até mesmo Simon, o briguento. Uma pequena coluna de fumaça irrompe das ameias acima da masmorra da Torre de Londres ao longe, no rio.

– O que foi isso?

– Lorde Scales está atirando contra a cidade – diz sir John. – Ele sempre foi louco.

Até mesmo Walter está chocado.

– Isso não está certo – ele diz. – Ele vai pagar por isso.

Os que vão à frente da coluna são recebidos por multidões eufóricas quando entram em Southwark. Homens, mulheres, crianças, porcos e cachorros correm em bandos para saudar os condes que vêm cavalgando com o arcebispo e o núncio apostólico, mas, quando Thomas e Katherine marcham entre as fileiras de estalagens duas horas mais tarde, o desinteresse já se estabeleceu e somente restaram os porcos.

Eles compram cerveja de uma mulher que mora ao lado de uma taverna chamada Tabard.

– Geralmente vendo cerveja para pessoas que estão indo para o leste – ela diz. – Peregrinos, por exemplo.

Eles seguem a carroça pela ponte levadiça e para a ponte propriamente dita, comprimindo-se para passar pela guarita, tão apertados uns contra os outros que alguns homens se machucam. Todos os olhos são involuntariamente atraídos para os medonhos corpos em postes que alinham-se pelas ameias.

– Devemos ter conhecido metade deles – Walter diz.

Os pássaros atacam as cabeças, arrancando qualquer carne macia que possam encontrar sob o alcatrão em que foram mergulhadas. Mais adiante, Walter aponta para as vigas das casas que estão queimadas e para as paredes de pedra marcadas com os característicos furos deixados por flechas.

– Da época de Jack Cade – Walter murmura.

Katherine nota que no meio da multidão há algumas expressões sérias e que nem todo mundo está satisfeito com a ideia de ter um exército de Kent marchando pela cidade. Uma vez atravessada a ponte, a multidão engrossa outra vez. São tão estranhos esses londrinos, não apenas para ela, mas uns para os outros, dos mais refinados comerciantes em suas capas forradas de couro de carneiro em belos cavalos de passeio, até o mais rude dos limpadores de fossas com os pés cobertos de excremento seco. E há muitos estrangeiros também, homens apavorantes de pele escura e roupas estranhas, que não deviam nem ser cristãos, e homens de pele clara, roupas escuras e chapéus esquisitos, observando-os através de olhos semicerrados enquanto eles sobem a rua na direção do pináculo da St. Paul.

Ali perto, frades estão em grupos: suas capas cinza, pretas, marrons e brancas indicando a ordem a que pertencem. Katherine busca o abrigo do braço de Thomas e aninha-se em sua capa.

– Está tudo bem, Kit – ele diz. – São apenas frades. Você é um soldado.

Atrás das multidões todo tipo de loja está com as janelas fechadas para evitar a tentação, e a cada pequena distância um comandante com o uniforme vermelho de Warwick monta guarda com ar severo. Cada qual carrega uma arma de haste, um martelo de guerra ou uma espada, assegurando que as diversas companhias mantenham as mãos longe das lojas.

Ao passar sob a torre da Catedral de St. Paul, ela olha para cima, mal acreditando que possa ser tão alta, ou que a enorme rosácea na parte leste da igreja pudesse ser tão esplêndida. Thomas olha boquiaberto, até tropeçando na rua. Mas logo eles viram e passam por uma rua onde o cheiro de carne podre se ergue das pedras e os frades dão lugar a ajudantes de açougueiro e fazendeiros. Eles formam uma fila novamente para passar pelo novo portão e logo estão fora dos muros da cidade outra vez, entre priorados, abadias e pequenas fazendas, enquanto seguem a estrada pela colina, passando por várias estalagens. O cheiro de vacas está por toda parte e a estrada é coberta de esterco.

Logo eles chegam a um pasto esgotado ao redor de um pequeno lago, onde mais uma vez montam acampamento entre porcos, cachorros e montes de todo tipo de sujeira. Geoffrey tem que comprar a lenha para a fogueira deles de um fazendeiro local e eles a reforçam com juncos descartados que queimam sem chama ou calor e lançam uma coluna de espessa fumaça cinzenta no úmido ar da tarde.

– Que latrina – Dafydd diz.

Thomas pega sua pena de junco e um frasco de tinta, em seguida desamarra o livro-razão do perdoador e começa a copiar o desenho da rosácea da Catedral de St. Paul, de memória, em uma margem. Katherine senta-se e fica observando-o. É hipnotizante, ver o bico de junco desenhar formas e sombreados no papel.

Após um instante, Red John une-se a eles e fica espantado.

– O que são? – ele pergunta, apontando os nomes. Olha para eles como se as palavras pudessem ter poderes mágicos, como se fossem um cântico ou fossem, de algum modo, ameaçadoras.

– Os nomes dos ingleses estacionados em Rouen em 1441 – Thomas diz, e ele corre o dedo pelas letras grosseiramente desenhadas. – Olhe. O duque de York é mencionado, e seu séquito.

Red John está estupefato.

– Pensei que fosse apenas a Bíblia em palavras – ele diz.

– Não – Thomas diz. – É um registro de homens e de seus movimentos na França. Diz que o duque passou o verão de 1441 em um lugar chamado Pontoise.

– Onde fica?

– Não sei.

Red John aponta para uma outra coluna.

– E o que são?

– Os nomes dos homens que permaneceram em Rouen naquele ano.

– Leia os nomes em voz alta.

– William Hyde. Hugh Smyth. John Rygelyn. William Darset. Robert Philip. Nicholas Blaybourne.

A lista é longa. Quem são esses homens?, Katherine se pergunta outra vez. Thomas disse que são soldados mortos há muito tempo, então por que o registro de seus movimentos era tão importante para o perdoador?

– Você também sabe escrever? – Red John pergunta.

Thomas faz um sinal afirmativo com a cabeça e escreve duas palavras.

– Olhe – ele diz. – Este é o seu nome.

Ele escreve o nome de Katherine também. Ela sorri e tenta lembrar a letra K, de modo que a reconheça quando a vir outra vez. Red John senta-se ao lado dela e eles ficam observando, enquanto Thomas termina o desenho da rosácea. Depois de pronto, ele balança a cabeça com verdadeira satisfação.

– Muito bonito, Thomas – diz Red John. – Muito bonito. Mas eu ainda não sei por que você tem todos esses nomes escritos em um livro.

Thomas dá de ombros.

– Eu também não sei. Já estavam aí quando eu o ganhei. Dizem que o livro é muito valioso, mas eu não sei por quê.

Red John estreita os olhos para ele, como se ele fosse maluco.

– E não seria porque, sei lá, ele seja feito de ouro ou algo assim?

Thomas segura no alto o livro velho e de encadernação simples, o papel de bordas brutas.

– Não – ele diz. – Não é isso.

– Então, deve ser o que está escrito nele que o torna valioso, não?

– Acredito que sim.

– E é apenas uma lista de quem estava, onde e quando? Nada mais?

– Não.

Red John pensa por um instante.

– Então, significa que alguém cujo nome está escrito aí como estando em um lugar deveria estar em outro lugar. Ou não deveria estar onde estava, quando o livro diz que estava. Compreendeu? Tem que ser uma coisa ou outra.

Thomas ri.

– Mas há milhares de nomes.

– É verdade. É verdade – Red John admite. – Então, o que você tem que fazer é descobrir para quem isto é valioso. Quem iria querer isto, quero dizer. Venda para eles, então não terá mais que acompanhar o conde de Warwick por toda parte pelo resto de sua vida.

Com isso, ele se levanta e os deixa. Eles o observam enquanto se afasta, admirado com o que viu.

– Embrulhe-o bem, Thomas – ela lhe diz, e observa enquanto ele o faz.

Mais tarde naquele dia, uma longa fila de carroças sai de Londres, carregadas com feijões, ervilhas e peixe seco. Também há cerveja, vinho, pão e até mesmo bacon. Há feixes de gravetos e grandes toras de freixo. Eles comem bem nessa noite, reunidos em volta da fogueira, tomando cerveja, cantando canções e vendo as fagulhas voarem alto na escuridão.

Bebem tanto que muitos ficam com as pernas trôpegas. Thomas entre eles. Katherine apreciou a cerveja e bebeu mais do que de costume, e agora ela se sente aquecida, satisfeita e generosa.

Thomas senta-se ao seu lado e fica em silêncio por um instante, enquanto observam Dafydd e um dos Johns executarem uma estranha dança, enquanto um homem faz seu tamborim rufar batendo os dedos na pele do instrumento à velocidade de uma chuva forte. Quando terminam, todos vibram e aplaudem e, em seguida, há um momento em que as pessoas estão rindo e se divertindo, e a noite poderia seguir muitos caminhos.

– Como está sua orelha? – Thomas pergunta. Ele está olhando para ela de uma maneira que a deixa inquieta, mas que lhe agrada. Ela toca no gorro que esconde a ponta cortada. Ainda dói.

– Acho que isto ajuda – ela diz, erguendo seu caneco de cerveja.

Eles sorriem e bebem e faz-se um momento reconfortante entre eles, em que ficam sozinhos, apesar da multidão.

– Por que você fugiu, Kit? – ele pergunta em voz baixa.

Ela olha rapidamente para ele e pode ver que ele receia ter estragado o momento, mas ela deixa escapar um pequeno suspiro e se reclina para trás. Ela fita as chamas por um instante, depois toma uma decisão.

– Thomas – começa a dizer –, eu deveria ter lhe contado isso assim que deixamos o priorado. Eu sempre queria contar, mas... tinha vergonha de mim mesma. Tinha medo do que você iria pensar de mim, o que você faria quando soubesse.

– Soubesse o quê?

– Quando eu estava no priorado, havia uma freira lá, irmã Joan. Ela era mais velha do que eu e a favorita da prioresa. Era ela quem me segurava enquanto a prioresa me surrava. Ela controlava as chaves. Este tipo de coisa.

Thomas balança a cabeça, mas fica repentinamente sóbrio e sério.

– Quando eu fui embora, logo antes de eu ir embora, nós estávamos na enfermaria. Com Alice, lembra-se? Bem, eu a empurrei. Joan, quero dizer. Sobre o colchão.

Thomas está intrigado.

– E daí? – ele pergunta. – Parece que ela merecia.

– Sim. Sim. Merecia. Mas eu havia deixado uma garrafa sobre o colchão. Ou uma botija. Não me lembro agora. Era de vidro.

Thomas compreende o que ela está dizendo.

– E ela caiu em cima dela?

Katherine balança a cabeça, confirmando.

– A garrafa se quebrou. O vidro. Os cacos... eles penetraram em suas costas. Nas costas de Joan, compreende?

– Ela se feriu?

Katherine balança a cabeça outra vez.

– Eu me atirei em cima dela. Eu não sabia sobre o vidro, mas eu a estava pressionando contra os cacos. Eu queria matá-la, admito, mas acho que não teria coragem. Então, vi sangue em sua boca.

– Na boca? – Thomas pergunta. – O que quer dizer? O vidro penetrou...?

Ele gesticula, indicando as costas. Katherine balança a cabeça. Ela está um pouco trêmula.

– Você a salvou? – ele pergunta.

Agora, ela sacode a cabeça.

– Eu nem sequer tentei. Não saberia como, ainda que quisesse.

Thomas olha para o fogo.

– Então é por isso que... que os frades estavam tão inquietos quando deixamos Boston? Era porque estavam à sua procura?

– A garota que matou a irmã Joan, sim.

Faz-se um silêncio. Thomas toma um longo gole de seu caneco.

– Santo Deus – ele diz, depois de ter engolido sua cerveja e limpado a boca com as costas da mão. – Não é de admirar que você não quisesse ver o Prior de Todos. Não é de admirar que tenha fugido. Mas, Jesus, quisera que você tivesse me contado.

Ela balança a cabeça outra vez e olha para as mãos.

– Eu também quisera – ela diz –, mas achei que você pudesse se afastar de mim, deixar-me por conta própria. E eu não posso, eu simplesmente não posso continuar, não sem a sua ajuda. Veja o que acontece quando eu tento.

Ela toca sua orelha de novo. Ele balança a cabeça outra vez, mas seu rosto se enterneceu. Seu olhar a percorre, de suas botas surradas, pelas calças folgadas, pelo casaco grande demais para ela, pelo chapéu que cai sobre seus olhos, e ela pode ver que ele está consumido pela mesma ternura que ele demonstrou nas docas naquele dia em Sangatte, e por um instante ela deseja que ele se inclinasse para a frente e a envolvesse com seus braços, como ele tentou fazer naquele dia.

Em vez disso, ele faz uma pergunta.

– Lembra-se daquele primeiro dia? – ele pergunta. – Depois que o gigante veio atrás de nós e o barco afundou?

Ela se lembra, mas não exatamente. Uma lágrima rolou de seus olhos e ela enxuga o nariz com as costas da mão.

– "Melhor é serem dois do que um..." – ele cita. – "Porque se um cair..."

– "... o outro o ajudará a se levantar" – ela completa.

Katherine segura a mão dele entre as suas e pisca, tentando afugentar as lágrimas. Thomas corresponde ao aperto de sua mão. Eles se soltam ao mesmo tempo.

– Bem – ele diz. – Se você não vai voltar, o que vai fazer?

Ela olha em volta. A gaita e o tamborim tocam uma nova canção agora, mais lenta, e os homens ao seu redor se tornaram mais introspectivos, e é possível imaginá-los pensando em seus amores ausentes, oportunidades perdidas ou arrependimentos passados.

– Não sei – ela responde. – Eu simplesmente não sei. O que quer que o Senhor tenha reservado para mim é o que o Senhor tem reservado para mim.

18

Já anoiteceu e a chuva continua martelando na abóbada de folhas acima deles. Thomas aninha-se junto à árvore, ouvindo Dafydd se lamuriando no escuro.

– Não posso acreditar nisto – Dafydd diz. – Temos viajado por toda a Inglaterra por duas semanas inteiras, embaixo dessa maldita chuva torrencial, e agora que chegamos aqui temos que aguardar no acampamento outra vez?

– Dá uma folga, sim, Dafydd? – diz Henry, o novo arqueiro. – Você fala demais. Não sei como você é quando está calado.

Henry é de Kent. Ele se juntou a eles em Londres, exatamente quando perderam Simon, o briguento, que escapuliu à noite sem que ninguém notasse. Henry tem ombros largos e é um bom arqueiro, mas os cantos de sua boca são voltados para baixo e ele olha para o mundo com uma expressão mal-encarada por baixo das sobrancelhas grossas.

No entanto, o que ele diz é verdade: Dafydd não parou de se lamuriar desde que deixaram Londres. Primeiro, marcharam para o norte pela estrada de Cambridge, seguindo lorde Fauconberg em busca do rei Henrique e de seu exército que, diziam, estava se dirigindo à Ilha de Ely nas terras pantanosas a leste. Após dois dias de viagem, nunca andando mais depressa do que a mais lenta das carroças, descobriu-se que o boato era falso. Assim, Fauconberg os fez parar e eles ficaram esperando nos campos ao lado da estrada por notícias para saber para onde iriam em seguida. Então, levantaram acampamento e começaram a se dirigir para oeste por estradas terríveis, em direção à cidade de Dunstable, em Bedfordshire. Ali, ao menos, Geoffrey encontrou um novo boi para a carroça deles, mas não havia nenhum sinal do exército do rei. Após nova espera, enquanto mensageiros eram enviados e recebidos, moveram-se para o norte outra vez, pela antiga estrada romana em direção a Coventry, mas no caminho souberam que o rei estava vindo de Coventry ao encontro deles.

Assim sendo, eles agora estão acampados em uma elevação fora da antiga estrada, ao sul da cidade de Northampton, e os condes de Warwick e March trouxeram suas tropas de Londres e de Kent para se juntar às de Fauconberg, e finalmente estão prontos para encontrar as tropas do rei Henrique.

– É preciso resolver isso de uma vez por todas – Dafydd diz – para que a gente possa ir embora para casa, não é?

– Mas por que você está aqui, afinal, Dafydd? – Thomas pergunta. – Sei que está atrás de uma boa armadura e tal, mas como foi que você se uniu a sir John?

Dafydd conta-lhe como ele lutou por lorde Cornford, que possuía terras perto de sua casa no País de Gales, mas quando Cornford foi morto na ponte de Ludford, em vez de ir para casa e enfrentar alguma confusão que ele não quis especificar, ele se juntou à companhia de sir John Fakenham, também seguidor de Cornford.

– Mero acaso, vê?

Thomas resmunga. O acaso. Essa era a força que parecia guiar todos eles: ele próprio, Katherine, o perdoador, sir John, Dafydd. Todos eles, exceto o conde de Warwick, que parecia dobrar as forças do destino à sua própria vontade.

O tempo passa. A chuva continua. No acampamento, alguém joga mais lenha na fogueira e fagulhas elevam-se acima do teto pontudo das tendas. Walter chega do meio da escuridão com uma nova lanterna de sebo. Ele está fervendo de raiva.

– Muito bem – ele diz. – Vamos, seus preguiçosos, levantem-se! Levantem-se! Vamos! Temos que fazer ronda.

Os homens levantam-se e pegam suas lanças molhadas na relva. Eles seguem Walter que vai balançando sua lanterna, Dafydd na retaguarda com a sua própria lanterna. As grevas de Henry rangem quando ele anda.

– Passe um maldito óleo nelas, sim? – Walter reclama. – Esse barulho me irrita.

Eles percorrem as barricadas. Os homens reúnem-se em grupos na entrada de suas barracas, tranquilamente compartilhando cerveja e histórias ao redor de suas fogueiras quando deveriam estar dormindo.

– É engraçado pensar que alguns deles estarão mortos amanhã, não é? – Dafydd diz.

– Tenho fé em Deus que um deles vai ser você, Dafydd – Walter retruca com mau humor.

Desde que souberam das notícias que os mensageiros trouxeram com eles naquela tarde, Walter tem estado violentamente irritado. Os batedores haviam encontrado o inimigo nos campos deste lado de Northampton. Dois deles foram mortos na mesma hora, um outro foi ferido e deveria estar morto até de manhã, mas foi capaz de trazer de volta a notícia de que os homens do rei estavam acampados antes da cidade, com um rio protegendo seus flancos; que devia haver cerca de dez mil deles; que estavam erguendo uma rampa de defesa e que têm mais canhões e bombardas que qualquer um dos dois sobreviventes jamais viram na vida.

Foi essa última notícia que deixou Walter tão mal-humorado.

Eles continuam andando, em direção à estrada, onde Geoffrey e os demais aguardam perto de uma fogueira sibilante, os olhos vermelhos da fumaça.

– Alguma coisa?

– Nada.

– Isto é uma perda de tempo – Walter diz. – Devíamos estar dormindo, não em função de guarda. Aposto como eles estão no mais profundo sono por trás de suas muralhas neste momento.

– Nada vai acontecer esta noite, isto é certo – Geoffrey concorda. Ele estende a mão em concha para pegar um pouco da chuva. Ela recomeçou, tamborilando em seus elmos e escorrendo para dentro de seus olhos. Um instante depois, a luz da lanterna de junco se apaga.

– Droga. – Walter atira-a contra as raízes de uma árvore.
– Talvez a gente não tenha que atacá-los, Walter – Geoffrey diz.

Walter está furioso.

– Eles passaram dois dias inteiros escavando aquela maldita fortificação e você acha que eles vão deixar seus canhões para trás e sair para atirar em nós? Subir a colina?

– Warwick ainda está enviando arautos.

– E eles continuam a ser mandados de volta, não? E enquanto o duque de Buckingham estiver no acampamento do rei, sempre serão.

– Ainda há o arcebispo. Se ele se envolver, o rei terá que ouvir.

– Ouvir o quê? É você quem não está ouvindo, Geoffrey. Warwick diz que quer falar com o rei. Muito bem, você diria, mas sobre o que ele quer falar? Vou lhe dizer. Ele quer falar sobre reaver suas terras e se livrar de canalhas como Buckingham e Somerset e todos os outros desgraçados que o rei tem em volta dele. Então por que todos esses malditos à volta dele iriam querer que Warwick falasse com ele? Não iriam e não vão querer. Warwick sabe disso. March sabe disso. E é por isso que estamos aqui. Um enorme exército que deveria estar na França, acabando com os malditos franceses, mas em vez disso estamos esperando para ir lá embaixo atacar um bando de outros ingleses que estão esperando para nos explodir direto para o purgatório com todos aqueles miseráveis canhões. É besteira, isso é o que é. Apenas besteira!

Faz-se um longo silêncio. A chuva briga com a fogueira. Walter cospe, depois se afasta e vai urinar ruidosamente em uma poça de água.

Geoffrey ergue uma das sobrancelhas e olha para Thomas.

– Ai, ai – ele diz, dando de ombros.

Walter para de urinar antes de acabar. Todos se viram para esperar, perturbados com o hiato, prendendo a respiração.

– Santo Deus – ele diz por cima do ombro, levantando a meia-calça.
– Vem vindo alguém aí.

Geoffrey joga mais lenha na fogueira.

– Um cavaleiro – Walter sussurra. – Talvez mais de um. Vocês, saiam de perto da luz. Preparem seus arcos. Geoffrey, venha comigo. Henry, vá chamar o capitão da guarda. Traga-o aqui. O mais depressa possível.

Todos eles podem ouvir o cavalo agora, subindo a estrada, vindo da direção de Northampton. Vem devagar, escolhendo o caminho pela escuridão. Thomas toca na ponta de seu machado de guerra. O cavalo é cinza, o cavaleiro é quase invisível em uma capa de viagem escura. Ele para a uma certa distância, onde a luz da fogueira reflete fracamente nas suas grevas e escarpes. Portanto, não se trata de um viajante.

– Senhor, é bem-vindo à nossa fogueira – Geoffrey grita para a escuridão. – Apesar de que eu gostaria muito de saber por que está viajando numa noite como esta.

O cavaleiro esporeia o cavalo mais um ou dois passos para a frente. A luz da fogueira ainda não alcança seu rosto.

– Estou aqui para falar com Ricardo Neville, o conde de Warwick – ele diz. Tem a voz firme de um nobre, embora não seja possível deduzir pela sua capa que tipo de homem ele é: jovem ou velho, gordo ou magro, forte ou doentio.

Walter dá um passo à frente e espreita o rosto do estranho.

– Posso dizer a ele quem você é? – ele pergunta.

– Ele não me conhece de nome – diz o homem –, mas vai querer ouvir o que tenho a dizer. Dê-lhe isto, como um símbolo.

O estranho inclina-se para frente e entrega algo a Walter. Ele usa luvas. Ainda não conseguem ver seu rosto.

Walter aceita o objeto, franzindo o cenho.

– Está armado, senhor? – ele pergunta.

O estranho para por um instante, como se considerasse aquilo um insulto; então, puxa a capa para trás para revelar a bainha vazia de sua espada no quadril. Ele usa um tabardo branco.

– Thomas – Walter diz. – Corra e entregue isto ao arauto de Warwick.

– Não! – o estranho retruca com veemência. – Não. Entregue apenas ao conde de Warwick.

Thomas atravessa a zona de luz e pega o objeto. Ele o sente cálido na palma de sua mão. Ele se vira e começa a se afastar.

– Ei, você. Espere.

É o estranho. Thomas para.

O estranho inclina-se para frente em sua sela e olha bem para Thomas. Seu rosto está oculto nas profundezas do capuz de sua capa. Um longo momento se passa. Thomas pode ouvir a respiração do estranho, ouvir sua boca se abrir, em seguida se fechar.

Finalmente, o estranho endireita-se na sela e gesticula, mandando Thomas prosseguir.

– Vá – ele diz.

Thomas se vira e começa a entrar para o meio do acampamento. À luz fraca das fogueiras, é difícil discernir a forma do objeto, mas é um pequeno distintivo de prata como o que um homem prenderia em seu casaco para mostrar sua lealdade a um determinado lorde. Thomas segura-o diante da fogueira sinalizadora no centro do acampamento e pode ver que o distintivo é de um galho desfolhado, o próprio símbolo de Warwick. O capitão da guarda vai ao seu encontro quando ele se aproxima, correndo pelo caminho com Henry logo atrás dele.

– Tenho algo para Sua Senhoria o conde de Warwick – Thomas diz.

– Me dê – diz o capitão, estendendo a mão. Thomas sacode a cabeça.

– É para ser entregue somente ao conde.

O capitão ergue as sobrancelhas.

– Espero que você saiba o que está fazendo – ele diz e se vira, indicando a maior tenda na clareira, iluminada de dentro por inúmeras velas, de modo que ele pode ver a sombra de um homem sentado em seu banho. Outra sombra despeja um balde de água que solta rolos de nuvens de vapor. Um grande toldo se estende da frente da tenda, onde mais dois homens guardam a entrada.

Thomas explica sua missão, e enquanto um dos guardas observa Thomas, o outro coloca a cabeça pela abertura da tenda e murmura em voz baixa. Thomas ouve o conde vociferar.

– Mande-o entrar.

O guarda reaparece e faz sinal com o polegar para Thomas entrar.

Thomas passa pela aba que cobre a entrada da tenda.

O conde de Warwick está sentado em seu banho, enquanto um criado despeja água sobre suas costas, seus joelhos como ilhas na água nublada de vapor. O cheiro de ervas é forte, mas o das velas – sebo – é ainda mais forte.

Os cabelos de Warwick estão emplastrados em sua cabeça.

– Você – ele diz, reconhecendo Thomas apesar da luz fraca. – O que em nome de todos os santos você quer?

Thomas fica surpreso por Warwick reconhecê-lo. Ele o viu apenas rapidamente naquele momento depois do acidente de caça.

– Há um cavaleiro na beira do acampamento que me incumbiu de lhe entregar este símbolo, senhor.

Thomas atravessa o tapete no chão para entregar-lhe o objeto. Warwick pega-o com a mão molhada e gira-o na mão algumas vezes. Ele franze o cenho.

– Quem é esse homem? – ele pergunta a Thomas.

– Ele não quis dizer seu nome.

Warwick resmunga.

– Espere-me.

Ele se levanta, deixando a água quente escorrer de seu corpo e estende os braços. O criado corre para enxugá-lo com um pano de linho.

– Depressa, homem!

Warwick enxuga-se e veste-se rapidamente. Ele faz Thomas esperar e Thomas fica vendo-o vestir sua capa de viagem e botas de montaria. Thomas nunca viu um homem tão cheio de energia, com tanta certeza em tudo que faz, e existe uma espécie de ferocidade concentrada na maneira como ele se desloca.

Quando está pronto, ele sai para a noite, estalando os dedos e gesticulando para que os guardas lhe tragam uma lanterna. Thomas não diz nada enquanto conduz Warwick de volta através do acampamento.

Quando chega à cerca de estacas, o cavaleiro já desmontou, mas Thomas ainda não consegue ver seu rosto. Warwick adianta-se e fala com ele, e após alguns instantes os dois homens apertam-se as mãos.

– Certo – Walter diz. – Mais uma volta no acampamento. Vamos.

Eles recomeçam a ronda, e quando chegam de volta, o estranho já foi embora e não há ninguém para contar o que aconteceu. Ao amanhecer, a chuva já parou. Thomas senta-se ao lado de Red John na barricada e eles bebem sua cerveja em silêncio. Os arbustos estão cheios de pássaros e seu canto ressoa no ar. Uma carroça entra na clareira, uma das rodas balançando-se, carregada de barris de cerveja. É puxada por quatro bois. Depois outra, e mais outra.

Então Walter tem razão, Thomas pensa. Apesar de todos os embaixadores e tentativas de diálogo que Warwick e March estão enviando ao rei Henrique e ao duque de Buckingham, eles sabem que haverá um confronto no final, e ali está, a cerveja de que os homens vão precisar para se blindarem contra os horrores do dia que virá.

Ele desce da barricada. Se vai ter cerveja, ele quer ser um dos primeiros a receber. Ele pega um caneco cheio das mãos da mulher e retira-se para a barricada outra vez. Richard Fakenham aparece, a primeira vez que ele o vê caminhando sem ajuda desde o acidente. Ele anda com cuidado, como seu pai, como se não confiasse em seus pés para sustentá-lo, e por trás de sua nova barba negra, seu rosto está crispado de dor. Ele quer falar com Thomas.

– Que objeto o mensageiro lhe deu ontem à noite, Thomas? – ele pergunta.

– Era um símbolo de um galho, sem folhas, eu acho.

– Warwick reconheceu o objeto quando você o deu a ele?

– Acho que não. Acho que ele ficou confuso, para dizer a verdade.

– E quando ele viu o mensageiro?

Eles haviam trocado um aperto de mãos caloroso, não? Como se Warwick o tivesse reconhecido e, no entanto, o estranho dissera que ele não o reconheceria pelo nome. Portanto, aí estava um mistério, mas um mistério que não será resolvido neste momento, porque se ouve um toque de trombeta e os homens erguem o olhar. É isso.

Thomas bebe o que resta de sua cerveja e guarda o caneco em sua bolsa. Ele ajuda Richard a voltar para a tenda. Katherine está lá, ajudando a carregar as bagagens na carroça. Ela deverá ficar com Richard e sir John, e ficar de olho no comboio.

– Boa sorte – ela diz.

– Para você também. Ainda bem que você não virá conosco – ele acrescenta. – Walter diz que é suicídio.

Faz-se um longo silêncio.

– Ele estará lá desta vez, Thomas – ela diz. – Eu sei disso. Não sei por quê. Eu simplesmente sei.

Thomas balança o machado de guerra às suas costas.

– Pensei que seria diferente – ele diz. – Pensei que eu o encontraria sozinho em algum lugar e seria justo. Mas isto? – Ele gesticula, indicando o exército à sua volta: os homens afiando suas espadas, guardando flechas, testando cordas, amolando lâminas. Homens de todos os tamanhos, formas, idades, experiência. Milhares e milhares. Como ele poderia encontrar Riven em meio a esta multidão? Como arranjará tempo e espaço para lutar contra ele?

– Pode não ser como cada um de nós imagina – ela diz. – Mas certamente é vontade de Deus que isso aconteça, não?

Thomas balança a cabeça outra vez. Ele sabe que ela o está testando, em parte seriamente e em parte de brincadeira. Ele sabe que ela não acredita mais na vontade de Deus. Mas Thomas acredita e, se Deus quiser, ele encontrará Riven e aquele seu gigante.

– E então tudo estará terminado – ele diz.

Ela olha firmemente para ele e ele não pode deixar de sorrir. Ela é tão frágil, e no entanto tão veemente. Ela abre um sorriso também.

– Sim – ela diz. – Terminado.

Ele se vira quando a gritaria recomeça e o exército começa a entrar em formação, cada conjunto de homens tentando encontrar o estandarte certo sob o qual se reunir.

– Tenho que ir – ele diz.

Ela balança a cabeça.

– Que Deus o acompanhe – ela diz, apertando a mão dele.

– A você também, Kit – ele diz.

E ele a observa enquanto ela recua, saindo do caminho, e seu lugar é tomado por uma coluna de arqueiros em elmos de aço oxidados.

19

— Arqueiros, à frente! Arqueiros, à frente! Vai para lá, homem, droga!
– Fauconberg! Onde está Fauconberg?
– Stafford! John Stafford, comigo!
– Onde estão os homens de William Hastings?

No meio da manhã, Thomas e o resto da companhia de sir John estão em seu contingente, prontos para partir, duas aljavas cada um, cordas sobressalentes, marretas, escudos, elmos com fendas. Lorde Fauconberg segue à frente com seus soldados e seus cavaleiros em armaduras, montados e em silêncio. Seus estandartes estão pesados da chuva e penduram-se de suas hastes como se estivessem quebrados. Fauconberg é incumbido de assumir a vanguarda de arqueiros e dos homens de Kent, enquanto os condes de Warwick e de March deverão assumir os outros dois contingentes.

Eles sobem a estrada à frente de uma multidão frouxamente ordenada, confinados pelos dois lados por densos bosques de espinheiros e amieiros, muito verdes por causa das chuvas intensas. Atrás deles, vem o resto do grupo de Fauconberg, em blocos de cerca de duzentos homens: arqueiros, pisando com firmeza, carregando seus arcos sobre os ombros, as aljavas batendo em suas costas; seguem-se os soldados com seus martelos de guerra e espadas; depois, os soldados de Kent com suas alabardas e espadas largas. Em seguida, mais arqueiros, e assim por diante, o padrão se repetindo ao longo da linha. Atrás, vêm os homens sem trajes especiais, somente de camisa e meia-calça, empunhando ferramentas agrícolas, e por fim os soldados velhos, montados em cavalos velozes, designados a impedir qualquer vacilante que queira se virar e fugir.

Uma ou duas vezes, eles são forçados para fora da estrada, conforme mensageiros do front passam correndo, levando ordens de um comandante a outro, e durante todo o tempo os tambores e trombetas continuam.

– Abram caminho! Abram caminho aí! Abram caminho para o arcebispo!

– Então, Warwick ainda está tentando um acordo? – Thomas pergunta em voz alta.

– É tudo besteira – Walter diz outra vez. Ele está enrolado em sua capa, usando-a como uma mortalha, e está pálido e mais mal-humorado do que nunca.

Thomas assume sua posição costumeira entre Dafydd e Red John, e à frente deles, do outro lado de uma campina inclinada, emoldurada pelas árvores, ele pode ver os pináculos de igrejas e torres de vigia de Northampton por trás de suas muralhas.

Acima da cidade, ergue-se uma grossa coluna de fumaça, escura contra as nuvens de chuva.

– Isso é normal? – Thomas pergunta.

Walter responde, com um rosnado.

– Claro que é normal – ele diz. – Eles estão incendiando a cidade. É como a maldita França.

Quando emergem das árvores e saem para a campina, a chuva começa a cair torrencialmente. Eles se encolhem em seus casacos úmidos e alguns homens enfiam suas cordas por baixo dos elmos por superstição. Há uma abadia próxima dali e um elaborado monumento em pedra a algum acontecimento há muito esquecido, cercado por seguidores do acampamento e um público local, ali para ver o que acontece.

– Está bem. Está bem. Vão andando agora.

Mais tambores e cornetas e eles saem da estrada, descendo para uma ampla vala com água até os joelhos, em seguida escalando a margem e saindo para uma encosta onde as vacas desfolharam os galhos mais baixos das poucas árvores existentes ali. A relva sob seus pés é macia e recoberta de ervas rasteiras, e conforme prosseguem em fila pelos campos que descem em um declive suave em direção à cidade à direita, os homens começam a praguejar.

Então, Thomas vê por quê.

Do outro lado da campina, a menos de mil passos de distância, na curva do rio, os homens do rei escavaram um fosso largo que agora estava cheio da água do rio. A terra que removeram foi empilhada e compactada atrás do fosso formando uma longa muralha, da altura de um homem. Está coberta de estacas pontiagudas e, a intervalos regulares ao longo de sua extensão, é perfurada de frestas de onde se projetam as inconfundíveis bocas de canhão.

– Suicídio – alguém murmura. – É isso o que é. Suicídio.

– Malditos franceses – Walter murmura. – Exatamente como Castillon. Até pior.

– Quantos eles têm? – Geoffrey pergunta. Também ele perdeu um pouco a cor.

Walter conta.

– Vinte bombardas – ele diz. – Muitos outros menores. Um verdadeiro arsenal. E olhem só para eles.

Atrás das bombardas enfileiram-se milhares de homens por categoria: soldados na frente, para defender o dique, arqueiros atrás, de modo que possam atirar por cima da cabeça de seus companheiros em qualquer exército que se aproxime.

– Não têm muitos arqueiros – Geoffrey diz.

– Não precisam de arqueiros se têm todos esses canhões, não é? – Walter resmunga. – Já estaremos todos mortos antes de chegarmos à linha de alcance.

Atrás da linha estreita de arqueiros está o acampamento, umas cem tendas, como um vilarejo, inclusive uma enorme tenda de duas estacas centrais, acima da qual tremula o estandarte real. É a tenda do rei. Acima das tropas, deve haver cinquenta estandartes de todos os tipos, inclusive aquelas bandeiras de guerra, longas, com duas pontas como um rabo de peixe, carregadas pelos partidários dos lordes. Depois de toda a chuva, até elas inclinam-se a ponto de se tornarem irreconhecíveis a qualquer distância, mas Thomas só está procurando uma: a bandeira branca de Riven, com a barra de xadrez e um triângulo ascendente de corvos.

Ele gostaria que Katherine estivesse ali. Ela tem olhos melhores do que os de qualquer outra pessoa. Talvez ela pudesse até mesmo ver o gigante.

– Você consegue distinguir algum dos estandartes? – ele pergunta, virando-se para Geoffrey. Algo chamou sua atenção na chuva. Um quadrado claro, na parte de trás do flanco esquerdo, marcado com símbolos pretos.

– O do rei, imagino – Geoffrey diz. – E o de Buckingham. E lá está o de Ruthyn, à esquerda. Beaumont está lá, e Egremont também, e aquele é do conde de Shrewsbury. Santo Deus, são muitos. São tantos homens segurando estandartes que quase não sobrou ninguém para lutar.

Ele tenta rir. Walter sorri com escárnio. Eles podem ouvir os homens do rei gritando agora, tanto para desafiar quanto para provocar, e Thomas olha ao longo da linha de homens à sua volta, silenciosos em resposta. Nenhum rosto demonstra nada além de medo. Não há nada da resolução que ele viu em Sandwich, nada da determinação que haviam demonstrado na ponte de Newnham.

Walter parece alguém que já entregou a alma a Deus e um tremor involuntário surgiu na face de Red John. Ele não para de apertar e soltar as mãos em seu arco. Após um momento, ele volta-se para Thomas.

– Thomas – ele diz. – Estou com um mau pressentimento. Se der errado, você me procura? Pode fazer com que eu tenha uma sepultura apropriada? Não quero que os arautos me atirem no rio com o resto dos mortos.

Ele estende a mão e Thomas aperta-a.

– Vai dar tudo certo – Thomas diz. – Fauconberg sabe o que está fazendo.

As palavras soam vazias e ele se admira de ter a coragem de proferi-las, quando Fauconberg cavalga à frente de suas tropas. A chuva ricocheteia de sua armadura e da ponta erguida de seu elmo. Ele solta o protetor da boca e do pescoço e volta-se para se dirigir a seus homens.

– Homens da Inglaterra! – ele brada. – Este é um dia infame. Hoje, não por culpa nossa, somos convocados a guerrear contra nossos compatriotas ingleses. Aqueles de vocês que lutaram comigo na França conhecem a minha preferência por matar franceses, e portanto hoje meu coração está aflito. Estou pesaroso por termos que lutar contra o exército do rei.

"Mas eu lhes digo que nossa causa é justa. Eu lhes digo que Deus nos deu Sua bênção e, embora a guerra seja contra o estandarte do rei, nós não vamos lutar contra a pessoa do rei. E assim, portanto, em nome de Deus, eu ordeno que poupem quem puderem poupar."

– Que Deus nos poupe – Walter resmunga.

– Poupem, antes de tudo, o rei. Nenhum homem entre vocês deverá tocar a pessoa do rei, sob pena de morte. Sempre que possível, poupem também o soldado comum onde o encontrar, pois ele é mais digno de pena do que de desprezo. Poupem sua vida para que ele possa usá-la melhor no futuro.

Conforme ele fala, a chuva se transforma em um verdadeiro aguaceiro. Fauconberg encolhe-se dentro de sua armadura.

– Matem apenas os nobres – ele grita acima do barulho da chuva. – Matem apenas aqueles que estão de armadura sob seu próprio estandarte. Podem matar quantos duques, condes e lordes quiserem e, para cada morte, vocês serão muito bem recompensados. Matem todos eles, matem todos eles, exceto aqueles que lutam sob a bandeira de sir Edmund Grey de Ruthyn. Não o machuquem, nem aos seus. Os homens de Ruthyn lutam de casacos vermelhos e são identificados por sua insígnia de um galho desfolhado, que é semelhante ao do milorde de Warwick, salvo que, enquanto o dele é branco, os homens de Ruthyn portam um galho cinzento. Poupem esses homens sempre que possível.

– Como se fôssemos ter a chance de poupar alguém – Walter diz.

Então, era este o motivo da visita do mensageiro da noite anterior. Seu distintivo não era o de Warwick, mas de Ruthyn. Mas o que isso significa? Ele se volta para Walter para perguntar, mas neste momento Walter sente-se nauseado, começa a vomitar sua cerveja misturada a golfadas de bílis. O comandante de um grupo de vinte homens joga um punhado de capim no ar, observando onde ele cai. O vento é ínfimo, a chuva é torrencial e o capim cai rapidamente no solo.

– Vamos acabar logo com isso – Walter diz, limpando a boca. Seus olhos estão injetados. – Vamos acabar logo com isso.

Mas há mais entraves.

Fauconberg vira seu cavalo e estende a mão para verificar a chuva. Atrás dele, na planície abaixo deles, em frente à posição do rei, o arauto de Warwick e um grupo que inclui o arcebispo de Canterbury estão voltando das linhas inimigas pela campina.

– Temos tempo para uma prece – Fauconberg continua. Ele desmonta e passa as rédeas de seu cavalo a um pajem. Ele se ajoelha na lama e um padre aparece ao seu lado, o resto dos homens ajoelha-se também e, juntos, começam o pai-nosso. Quando terminam, uma trombeta soa no meio do contingente de Warwick. Fauconberg vira-se e encara a chuva e o inimigo, em seguida ergue o braço, segurando seu martelo de guerra no alto. Os homens fazem o último sinal da cruz e abaixam as viseiras.

Outro toque de trombeta.

E Fauconberg abaixa o braço.

Os homens arremetem-se para a frente, armaduras e armas retinindo e raspando conforme avançam. Um dos primeiros homens escorrega na grama; um outro cai. A linha cede e oscila. Depois de apenas dez passos, um outro escorrega, e mais outro. Agora, a linha entra em colapso. Armas são largadas. Apanhadas. Carregadas. Thomas enfia os calcanhares na terra macia e Black John atrás dele tem que usar seu ombro para não escorregar pela encosta da colina abaixo.

Walter esqueceu seus deveres como comandante de grupo e está murmurando preces.

– Mantenham uma linha! – Geoffrey grita em seu lugar. – Mantenham-se em seus lugares. Firme, rapazes. Esqueçam os canhões. Esqueçam.

Já estão perto do sopé da colina agora, entrando no terreno pantanoso da planície de inundação do rio. A lama suga suas botas. Há poças de água marrom onde o rio destruiu suas margens. À sua volta, Thomas só consegue ouvir o ruído de homens começando a correr de armadura.

E é então que ele vê.

E desta vez ele tem certeza.

Está ondulada, como um sinal. Eleva-se por um curto espaço de tempo na extremidade esquerda da muralha. A bandeira de Riven.

Thomas cambaleia, tropeça, quase cai. Mas sente-se como se estivesse flutuando, mantido no ar por alguma força desconhecida. Ele se sente invencível. O charco sob seus pés parece se firmar e ele se lança para a frente.

– Venham! – ele urra. – Vamos!

Ele abre caminho às cotoveladas até a frente dos arqueiros, chapinhando na lama. Ele corta a linha e os homens o seguem, agrupando-se à esquerda.

– Thomas! – Geoffrey chama. – Devagar! Deixe as alabardas receberem o impacto!

Eles estão a seiscentos passos da linha do inimigo agora, seiscentos passos daqueles canhões, mas Thomas avança para eles, os olhos fixos naquele estandarte. Ele pode ouvir o inimigo urrando para eles. Para ele. Ele continua a correr.

Quinhentos passos.

A linha estende-se para a esquerda, formando um vazio no meio. Thomas continua na frente, a lama endurecida até as coxas, liderando-os em direção ao flanco direito do rei. Quaisquer que tenham sido os planos de Fauconberg para seu ataque, eles não têm nenhuma utilidade agora. Todos se lançam atrás de Thomas.

Quatrocentos passos.

Então, o primeiro canhão dispara: uma lança de fumaça cinza que atravessa a vala em sua direção. É seguido instantaneamente pelo estrondo de um trovão. A enorme pedra corta o ar para trás dele, pulsando pelo espaço que os arqueiros acabaram de deixar. Ela derruba as fileiras de soldados que se adiantaram para tomar o lugar deles. O barulho é ensurdecedor. Thomas olha para trás e vê um homem no ar, os pés acima dos ombros, sem a cabeça.

Atrás dele surgiu um corredor nas fileiras, pavimentado com os mortos e moribundos, homens hábeis em combate com lanças, homens que treinaram toda a sua vida com lança, espada e martelo de guerra, homens que podem controlar um cavalo com os joelhos e os calcanhares, homens agora derrubados e deixados no chão como restos de açougueiros.

Outro tiro de canhão. Mais outro. O estrondo rasga o céu. A cada um, um novo buraco se abre entre as fileiras. A fumaça espalha-se pela campina e o cheiro forte de salitre enche o ar. Thomas pode senti-lo acima de seu próprio suor, do sangue e da terra exuberante sob seus pés.

Ele cai. Deixa cair seu arco e uma aljava. Um homem o pisoteia, não tem como evitar. Ele é pressionado dentro da lama. Os homens passam por ele como uma manada. Ele consegue se içar, ajoelha-se e é empurrado para baixo de novo. Ele ouve uma imprecação em seu ouvido; ele agarra seu arco, recupera o controle, ergue-se e começa a correr outra vez. Ele está bem para trás agora, mas à sua volta os homens estão desmoronando.

São as pedras. Não foi para isto que eles afluíram em bandos para o estandarte do conde de Warwick, Thomas pensa, para serem estraçalhados por uma pedra disparada de um muro por mercenários franceses.

Um arqueiro de outra companhia está se contorcendo no chão, gritando por sua mãe. O sangue jorra de um buraco fumegante em seu casaco.

Os arqueiros à sua volta reduzem o passo. Eles estão em posição agora e aprontam seus arcos. Thomas puxa uma flecha de seu cinto e a encaixa. Ele atira e adianta-se. Atira outra, que voa pela campina até um dos canhoneiros arrogantemente parado na muralha. Ele atinge o homem, derrubando-o. Um quarto canhão dispara e a pedra salta pelo charco e decapita um homem tão rapidamente que seu corpo continua em pé por um instante. A pedra enterra-se na lama, junto aos calcanhares de alguns homens com alabardas que haviam se virado para começar a voltar pela encosta acima.

E de repente lá está Walter, aparentemente recuperado, e tudo fica bem.

– Atirem e corram! – ele está gritando. – Atirem e corram!

Thomas encaixa outra flecha e atira. Ele continua atirando-as para a esquerda.

Os soldados com suas alabardas estão pressionando agora, atravessando as fileiras de arqueiros em suas companhias.

Então, o quinto canhão dispara, mas, em vez do esperado estrondo que se segue, este faz um ruído abafado. Walter para e abaixa seu arco.

– O tiro falhou – ele grita.

Em seguida, vem um som ainda mais abafado quando outro canhão falha, e rolos de fumaça erguem-se acima da linha do inimigo. Ainda, um terceiro barulho surdo.

Walter começa a rir desenfreadamente, apontando para o céu.

– É a chuva! – ele grita. – A maldita chuva! Deus está do nosso lado! Eles não conseguem disparar seus malditos canhões!

Eles podem ver os franceses agora, erguendo as mãos para o alto, dando as costas aos seus canhões, tentando fugir. Um dos homens do rei, de armadura completa, golpeia um francês para impedi-lo de bater em retirada, lançando-o ao chão. Ele levanta sua espada para um outro, mas um terceiro atira algo em cima dele, derrubando-o, e logo há homens debandando em todas as direções.

– Vamos! – Walter berra. – Subam! Subam! Podemos pegá-los agora!

Ele faz um sinal para um capitão dos soldados com alabardas, um rapaz desengonçado com um elmo enferrujado e grevas que ele provavelmente pegou emprestados de seu pai. Eles ainda estão a duzentos passos do muro, entrando no alcance dos arqueiros inimigos, e no exato instante em que soldados da infantaria e guerreiros armados com alabardas perto deles arremetem para a frente, o céu acima deles escurece de flechas.

– Cuidado! – alguém grita.

Ouve-se um furor repentino, como uma centena de martelos batendo em sucessão, e em toda a sua volta há homens caindo e hastes de flechas ricocheteando entre eles, quebrando-se e estilhaçando-se. Os soldados encolhem-se em suas armaduras, a cabeça abaixada, continuando a avançar, a visão bloqueada por suas viseiras, de modo que tudo que conseguem ver é o pescoço do homem à frente. A rapidez é vital. Não há como ajudar os feridos. Hesitar é morrer. Eles continuam em frente, passando por cima dos corpos, empurrando os feridos para fora do caminho, apenas tentando ultrapassar os obstáculos.

E durante todo o tempo, Thomas está preparando, apontando e atirando, três ou quatro passos à frente, preparando, apontando e atirando, três passos à frente. Então, suas flechas acabam.

Diante deles, o rapaz com as grevas de seu pai se contorce no chão, chapinhando em seu próprio sangue, engasgado, procurando respirar. Ele tenta puxar uma flecha de seu peito, mas ele tem outra atravessada na coxa e, para ele, tudo está terminado. Um dos comandantes de grupo abaixa o arco e dispara uma flecha na garganta do rapaz.

– Só para ele calar a boca – ele grita, como se os outros o estivessem acusando de alguma coisa, mas ele também já está seguindo em frente, preparando e atirando, preparando e atirando. Eles correm pela grama da campina, pisoteada e encharcada de sangue, os pés chafurdando em sangue e coisa pior. Corpos estendem-se pregados ao chão e a relva ao redor está coberta de pontas de penas das flechas. Thomas pisa em um homem aparentemente adormecido na grama e, ao seu lado, outro está gritando com uma flecha no estômago.

Cem passos.

O suor faz seus olhos arderem. Ele arranca flechas do chão, preparando e atirando todas com um único movimento. Ele lança suas flechas nos rostos dos homens do outro lado do fosso. Ele está apenas alguns metros atrás dos soldados agora, movendo-se na direção do rio, na direção daquele estandarte.

Cinquenta passos.

Os gritos dos inimigos erguem-se em uma parede sólida de som abafado, conforme os soldados de Fauconberg alcançam a muralha construída pelo inimigo. Thomas espera o choque das armas quando os dois lados se encontram, mas o impacto nunca ocorre. Em vez de luta, há um outro som, um som de entusiasmo.

Após um instante de confusão, ele ergue os olhos.

Os homens estão exultantes de alegria.

Há outros de pé na muralha. Homens de uniforme vermelho com insígnias cinza. Não estão lutando. Estão derrubando sua própria barricada. Estão acorrendo em massa para o alto da barricada e atirando para baixo os troncos e estacas para criar passagens por cima do fosso. Os homens de Fauconberg, com seus uniformes azuis e brancos, estão se lançando sobre a barricada. Eles atacam pelas frestas nas defesas e saltam para dentro do acampamento. Os homens de vermelho estão ajudando-os, voluntariamente colocando as mãos para cima. Um deles está em pé em cima da barricada e acena, instando os invasores a seguirem em frente. Ele exibe um galho desfolhado cinza no peito.

Walter grita de entusiasmo.

– Eles mudaram de lado! Os homens de Ruthyn mudaram de lado. Vamos, desgraçados! Vamos pegá-los!

Eles se atropelam atabalhoadamente para atravessar as pontes improvisadas, Thomas ajudado pela mão estendida de um dos homens de Ruthyn, e logo eles estão no acampamento. O chão está imundo de lama, água do rio, sangue e fezes. Há uma pilha de corpos de um lado, cravados de flechas quebradas; um dos arqueiros de Fauconberg já os está saqueando. Thomas tenta atravessar a multidão de homens, voltar na direção do rio, na direção do estandarte de Riven.

Mas a luta ainda não terminou. No acampamento, ouvem-se toques de corneta, batidas de tambores e gritos de ordens. A fúria dos recentemente traídos empresta aos homens do rei uma selvageria incontrolável. Eles avançam sobre as tropas de Ruthyn, homens que há somente alguns momentos antes haviam sido seus companheiros de batalha, e começam a obrigá-los a recuar.

Por um instante, parece que eles vão morrer cortados ou atirados de volta na vala para se afogarem, mas, à medida que mais e mais dos homens de Fauconberg se unem a eles, a balança começa a se inclinar contra o exército do rei, que confiou em canhões e não em arqueiros, e na eficácia de seu muro em vez do número de homens. Agora, ambos o deixaram na mão. Eles foram ultrapassados em números e tomados de assalto. Só há duas coisas que eles podem fazer: fugir e serem mortos ou lutar e serem mortos.

Eles preferem lutar.

Um cavaleiro de uniforme vermelho e negro bloqueia o caminho de Thomas. Sua plumagem de penas exóticas sacode-se e oscila conforme ele limpa um círculo ao redor dele com uma lâmina de cabo longo como se cortasse feno. Corpos de todos os matizes empilham-se à sua volta. Ele fica em pé sobre homens mortos e derruba a espada larga de um soldado, dá um passo à frente e o despacha com um golpe indireto de sua arma que passa pelos seus dentes. Ele é desumano, lacrado em sua armadura lustrosa de sangue, girando e golpeando. Nada pode atingi-lo.

Este não é um lugar para nenhum homem sem uma mínima proteção de armadura, mas os homens de Fauconberg avançam em bandos. Thomas é capturado na aglomeração, os braços imobilizados nos lados do corpo, empurrado na direção do cavaleiro. E o cavaleiro não está sozinho. Seus homens estão retendo a onda uniformizada de azul e branco.

Thomas empurra com todas as forças; tenta escapulir, mas os homens o empurram de volta. O ruído de aço contra aço é mais alto do que em qualquer oficina de ferreiro; ferro vibrando contra ferro. Ele não consegue atravessar. Está cara a cara com um dos homens de Fauconberg, rangendo os dentes, mas seu adversário também está preso no tumulto. Thomas se vira e se vê de frente para o homem de armadura. Ele solta o arco e empunha seu machado de guerra. O homem arremete contra ele. Thomas lança-se para trás. A multidão às suas costas abre espaço. O homem de armadura escorrega em um morto e Thomas captura sua adaga com a ponta de sua arma. O cavaleiro fica aturdido, perde o equilíbrio por um instante, e um homem no chão agarra sua alabarda com as duas mãos ensanguentadas e crava o esporão de sua arma atrás do joelho do cavaleiro. Este cambaleia, tenta se reequilibrar, mas não é suficientemente rápido.

Outro dos homens de Fauconberg finca sua alabarda no ombro do cavaleiro. Ele se dobra, retrocede outra vez, mas sua armadura está amassada. Ele não consegue mover o braço. Outro soldado, menor, parecendo um furão, se arremessa para a frente e destrói sua viseira, enquanto um terceiro enterra uma longa ponta de lança em sua boca. Os partidários do cavaleiro foram morosos demais e agora eles se viram e correm, ou tentam. Mas seu caminho é bloqueado e os homens de Fauconberg os retalham por trás com suas lâminas, cortando seus tendões. É muito fácil.

Agora Thomas pode se mover. Ele força seu caminho em direção ao rio correndo e arrastando-se entre duas carroças. Alguns arqueiros descobriram a cerveja do rei e estão ocupados tentando beber até ficarem entorpecidos. Corpos espalham-se por toda parte na lama. Homens feridos olham para ele, piscando. Thomas agacha-se para a esquerda, desce um caminho entre fileiras de barracas de acampamento, bivaques rudimentares de lona para os soldados comuns, tendas melhores para a nobreza, suas botas escorregando.

Ouvem-se outra onda de aclamações vinda do campo principal e a reverberação de armas conforme os homens de Warwick entram em combate. Os homens do rei começam a recuar pelo acampamento, arrancando suas armaduras enquanto correm, jogando fora as armas. Um soldado da infantaria, com os olhos arregalados, seminu, choca-se contra Thomas, contraindo-se quando vê o machado de guerra, e sai correndo, esbarrando e tropeçando, fugindo pelo meio das tendas em direção ao rio. As roupas de um outro estão fumegando.

Thomas segue o caminho e chega a uma clareira. Dafydd, Owen e Henry estão ali à sua frente, agachados, pálidos, sobre o corpo de um soldado de uniforme branco. Dafydd está tentando tirar um anel do dedo do morto. Homens desarmados passam como raios, da direita para a esquerda. Henry encaixa uma flecha e segue um homem como um caçador seguiria uma ave. Ele atira bem no peito do homem e o derruba. Ele ri.

Dafydd ergue os olhos, vê para onde Thomas está indo.

– Não vá lá agora, ainda não – ele grita. – Um pouco quente demais para nós. Venha tomar um gole.

Owen ergue um frasco. Thomas sacode a cabeça, segue em frente.

– Droga! – Dafydd grita. Ele solta a mão do morto, pega seu arco e puxa Owen para que o siga. Henry os segue também. Ele não tem mais flechas, de qualquer modo. Ao longo do caminho, eles podem ver a barraca do rei, um brasão de armas no teto, estandartes pendurados nas duas estacas. Na clareira à frente da tenda, sobre as cinzas da fogueira da guarda de vigilância da noite anterior, um grupo de soldados de infantaria de Fauconberg, com suas alabardas, está reunido ao redor de cinco ou seis cavaleiros de armaduras, golpeando-os e talhando-os, esgotando-os como cachorros molestam ursos.

Esses são os lordes, os duques e condes, esses famosos demais para precisarem se incomodar com uniformes, e eles são diferenciados apenas pela decoração no topo de seus elmos. Eles foram desertados por seus servidores, ou talvez eles sejam tudo que restou vivo dos servos dos seus domínios, e seus soldados de infantaria – em casacos vermelhos e pretos – estão sendo rechaçados pelos homens de Fauconberg. Atrás deles, observando com rostos pálidos que fazem Thomas se lembrar dos monges no priorado, estão os arautos reais em seus tabardos divididos em quatro partes iguais.

E lá está Riven.

Ele é inconfundível, mesmo em sua armadura ornamentada, uma espada longa e negra nas duas mãos, desviando um golpe, torcendo-se, simulando um ataque, abaixando a cabeça para evitar as investidas das alabardas dos soldados, sempre com movimentos muito bem treinados. Thomas fica paralisado por um instante, observando. Riven dá um passo para o lado para que uma alabarda não atinja sua coxa, em seguida a agarra, puxa o soldado que a empunha para a ponta de sua espada e depois o atira para trás para morrer no chão com o sangue espumando de sua garganta. Riven não olha mais para o homem, mas arremessa a ponta do cabo da alabarda sobre outro dos homens de Fauconberg, distraindo-o pelo instante que um dos outros cavaleiros leva para lançar-se para a frente e desfechar um golpe com sua pesada clava no rosto do soldado.

– Santo Deus – Dafydd murmura. – Eu não quero ter nada a ver com isso.

Mas Thomas assume o lugar dele em frente a Riven. Ele olha fixamente para dentro da fenda do elmo de Riven. Ele espera algum tipo de reação. Ele a obtém na forma de uma estocada. A ponta da espada, chata e arredondada como uma língua, passa zumbindo pelos seus olhos conforme ele se atira para trás. Ele rola no chão e se levanta. Então, investe outra vez, agacha-se e gira o machado de guerra tentando golpear o lado direito de Riven.

Riven dá um passo para o lado, esquivando-se do golpe, mas o esporão do machado o atinge e corre pelo lado de seu corpo, reverberando pelas fivelas de sua couraça. Ele rasga a última tira de couro e a couraça se solta. Riven sente a mudança e a apalpa com seus dedos enfiados nas manoplas de aço. Não há nada que ele possa fazer.

Ele aguarda. Cinzas se levantam em torno de seus pés. Dafydd está junto ao ombro de Thomas, Henry vai dando a volta para a esquerda.

Ele pegou uma alabarda de um morto. Thomas dissimula, fingindo um ataque com o machado. Riven investe. Dafydd avança com sua espada, apara a lâmina de Riven em seu pequeno escudo, cambaleia com a força do golpe e ataca Riven, mas sua espada bate inutilmente no antebraçal da armadura de Riven. Ele dá um salto para o lado com um ganido, agarrando a mão. Riven golpeia com toda força o guarda-mão de sua espada na cabeça de Dafydd. Ele atinge seu elmo e Dafydd cambaleia para trás, o sangue escorrendo pelos seus olhos. Riven se vira, mais rápido do que nunca, e investe sua lâmina contra Henry, tentando atingir suas pernas.

Henry recebe o golpe em suas grevas rangentes e investe a alabarda contra Riven, a curta distância. Riven desvia-se para o lado e desfecha uma cotovelada com sua armadura no rosto de Henry, que sucumbe, dois esguichos de sangue nos lábios. Riven dá um passo na direção dele e ergue a espada. Thomas intervém, desfere uma estocada, a ponta da haste de sua arma retinindo na couraça de Riven, fazendo-o cambalear, rompendo outra das tiras de couro.

Esquecendo-se de Henry, Riven volta-se contra Thomas, que se agacha e corre. Cinco passos: ele se vira e retorna. Desfere um golpe com o machado contra Riven, que o bloqueia e retrocede. Thomas recua. Uma pequena incisão daquela espada e tudo estará terminado. Ele retoma o ataque, mas Riven o faz debandar outra vez. Sua lâmina é tão rápida que é difícil segui-la com os olhos.

Mas o cavaleiro ao lado de Riven está em apuros. Sua armadura coberta de fuligem está amassada de algum golpe anterior e ele tem dificuldade em se mover. Ele cambaleia, enquanto os outros soldados o perfuram com estocadas da ponta de lança de suas alabardas. Ele está sendo abatido. Não tem muito tempo de vida. Riven também está ficando cansado. Thomas desfecha novo golpe contra ele, a ponta do machado raspando um vergão na lateral da viseira, quase a arrancando. Riven dá um salto para o lado; sua espada relampeja e corta a carne do ombro de Thomas. Arde como uma queimadura e Thomas arqueja de dor.

Henry recupera-se, mas suas pernas estão bambas, e seu queixo e peito estão cobertos de sangue. Ele avança para Riven pelo outro lado. Riven forma um triângulo com os dois cavaleiros ainda de pé, costas contra costas. Soldados mortos estendem-se nas cinzas sob seus pés. Muitos outros estão suficientemente feridos para não querer mais tomar parte na luta.

Um instante depois, o terceiro cavaleiro é derrubado sob um turbilhão de ataques dos outros soldados armados com alabardas, mas, quando se aproximam para acabar com ele, um dos soldados perde a mão para o machado do segundo cavaleiro. O sangue jorra sobre seus pés nas cinzas enquanto o soldado se esvai.

Thomas volta para Riven e, no minuto seguinte, eles trocam golpes, bloqueando-os e desviando-se. Riven mantém Thomas e Henry afastados com simulações de golpes, trocando sua espada de uma das mãos para a outra, mas, depois que Henry rompe a última tira de couro de sua couraça, ele começa a se mover com menos flexibilidade. As placas da armadura se abrem, mostrando uma fenda de vulnerabilidade.

Thomas ataca novamente, suor, sangue e água da chuva escorrendo pelos seus olhos, suas articulações vibrando com os golpes; mas Riven move-se letargicamente agora, uma criatura quase diferente da anterior. Toda vez que Thomas o ataca, a espada de Riven cede alguns centímetros. Thomas começa a desfechar golpes em seu corpo também e a armadura de Riven se amassa. Ainda assim, ele está bastante forte e derruba a alabarda das mãos de Henry, que tropeça em um homem ferido.

Agora, entretanto, o segundo cavaleiro matou o último soldado que o atacava. Ele fica em pé sobre ele, com as mãos nos joelhos, arfando. Então, endireita-se e, penosamente, se arrasta em direção a Henry, mas antes de atacar, ele para por um instante e levanta a viseira. De seu rosto escorre suor, ele está afogueado do esforço e até seus olhos estão vermelhos. Ele ergue a mão, pedindo uma parada.

– Um momento, pelo amor de Deus! – ele diz, arquejante.

Henry está de pé. Ele pegou um machado de guerra de algum lugar e avança. Desfecha um golpe da lâmina pelo rosto do cavaleiro, lançando-o violentamente para trás. O cavaleiro cai gritando para os céus e agarrando o rosto desfigurado com as mãos. Henry posiciona-se acima de seu corpo e desfere um golpe do machado como um lenhador cortando um tronco de árvore.

Depois, ele só consegue retirar o machado pisando no pescoço do cavaleiro e alavancando a arma.

Riven vira-se para matar Henry enquanto o machado está preso, mas Thomas investe contra ele. Riven apara o golpe, tenta atingi-lo com o pomo da espada, e uma adaga longa e fina surge em sua mão. Thomas sente quando ela passa zumbindo pela sua orelha enquanto ele se desvia, abaixando a cabeça.

É o último ato desesperado de Riven, e desta vez não há erro. Thomas finge que vai atacar pela direita, depois se vira e gira o machado com tal força e rapidez que não se vê mais do que uma mancha no ar. Riven deixa escapar um berro quando a ponta de lança do machado zumbe pelo ar. Ela penetra pela fenda na couraça de Riven e para, imobilizada.

Riven cambaleia e deixa cair a adaga. Abaixa as mãos, lentamente. O tempo parece parar; todo o clamor cessa.

Thomas puxa a haste e retira a ponta da arma do corpo de Riven, que fica em pé por um instante, os braços ao lado do corpo. Ele dá um ou dois passos, em seguida cai de joelhos.

Por um momento, permanece ereto, os braços ao longo do corpo.

Thomas larga o machado de guerra e ele próprio cai de joelhos, encarando Riven. O sangue escorre do ferimento em seu ombro; seu casaco está encharcado de sangue. Ele está trêmulo; sua visão está turva. Ele estende o braço para abrir a viseira de Riven.

Ele quer ver Riven antes que ele morra.

Quer ser visto.

Quer olhar em seus olhos.

Mas a viseira está emperrada. Thomas força-a e ela se abre com um rangido.

Não é Riven.

Thomas sente suas entranhas se revirarem e ele vomita, um vômito azedo e ardente, por suas mãos e seus pulsos, por todo a placa de aço, por todo o cavaleiro.

Ele cai e rola de costas. A chuva é maravilhosamente fria. Ele deixa que ela caia em seus olhos, misture-se ao sangue e ao suor.

Thomas olha para o alto, para as nuvens escuras, enrolando-se em espirais e se desenrolando, fechando-se em mãos cerradas e em seguida espalhando-se como fumaça de um canhão. Durante todo o tempo, a chuva cai suavemente e, em toda a sua volta, ele pode ouvir o encerramento da batalha, conforme os feridos são sacrificados com gritos e clamores, chafurdados em sangue.

Henry está lá, ainda com aquele machado. Está ameaçando alguém junto à tenda do rei.

– Quem, por todos os santos, é você? – Henry pergunta.

Thomas ouve uma resposta e então um homem alto aparece, olhando para baixo. Ele está meneando a cabeça e dizendo alguma coisa que Thomas não consegue entender. Ele possui um desses rostos sem ossos que o faz lembrar de um irmão no priorado que morrera do que o deão descrevera como abundância de piedade.

Depois, Thomas não vê mais nada. Som e visão vão desaparecendo e uma luminosidade branca e silenciosa o envolve.

Mais tarde, ele acorda e se vê recostado contra a reforçada parede de lona da tenda. Sente gosto de sangue e cinzas. Um caneco de cerveja está pressionado em suas mãos, mas ele não consegue segurá-lo. Alguém o pega e o leva aos seus lábios. Ele deixa a cerveja escorrer pelo seu queixo. Um rosto assoma em seu campo de visão.

– Você está bem, Thomas? – Dafydd grita. Está todo sujo de sangue, mas vivo, e exibindo um largo sorriso. A cabeça de Thomas está zumbindo e ele o ouve ao longe, como se estivesse a uma grande distância. Ele não para de sacudir o braço, apontando para alguma coisa, mas Thomas só consegue ver as costas dos homens passando pelos espaços entre as tendas. Dafydd está rindo.

– Henry pegou-o – ele grita. – Confinou-o em sua tenda. Imagine! Um maldito arqueiro de Kent capturando o rei da Inglaterra, o maldito Henrique VI! Em sua tenda! Um maldito arqueiro!

Thomas tenta se mover para ver o que está acontecendo, mas a dor é forte demais.

– Conseguimos! – Dafydd está dizendo. – Nós os derrotamos! Matamos todos os nobres e capturamos o rei da maldita Inglaterra!

Com grande esforço, Thomas consegue se sentar. Owen força-o a beber mais cerveja.

– E agora? – Thomas pergunta.

– Bebemos mais cerveja!

Owen a entorna até ela escorrer pelas suas faces, deixando rastros rosados em seu rosto sujo de fuligem.

– O conde de March ajoelhou-se diante do rei, não foi? – Dafydd diz. – Mas todo mundo sabe quem manda agora. Lá está ele: o conde de Warwick. Olhe para ele.

Os olhos de Thomas doem quando ele os move lentamente para o outro lado da clareira. Surgiu uma lacuna nas fileiras e lá está o conde de March, enorme em sua armadura de aço, ajoelhado sobre um dos joelhos diante do rei, o homem de rosto pálido, sem ossos, que Thomas viu um instante antes de desmaiar. O rei parece arrasado, mortificado. Ele parece não saber o que fazer, o que dizer para aquele gigante ensanguentado, ajoelhado à sua frente. Thomas quase consegue sorrir. Gostaria que Katherine estivesse ali. Isso a faria rir e murmurar alguma coisa. Atrás dos dois, mas mantendo-se afastado de outro ajuntamento de homens de armadura, está o conde de Warwick.

Não parece que ele se esforçou muito na batalha. Ele ainda está sorrindo enquanto olha ao redor da aglomeração, e então seu sorriso se amplia em um sinal de boas-vindas. Ele ergue a mão enluvada e um homem em um cavalo cinza passa pela visão de Thomas, bloqueando-a por um instante, de modo que tudo que ele consegue ver são seus coxotes, grevas e escarpes. Então, o sujeito desce de seu cavalo, que alguém leva dali, e Thomas vê o homem por inteiro pela primeira vez e o reconhece como sendo o visitante da noite anterior, que foi ver o conde de Warwick.

É um homem de Ruthyn, o que organizou o acordo, e Warwick volta-se para ele com aquele sorriso, atravessando a clareira para cumprimentá-lo; e enquanto todos os homens estão aclamando o que está acontecendo, e enquanto os homens de Warwick, de March e de Fauconberg estão comemorando sua famosa vitória neste campo fora da cidade de Northampton, Thomas é acometido por um novo espasmo, e cospe toda a cerveja que tomou em um jato quente e ardente, pois agora reconhece aquele homem.

Riven.

É Giles Riven, as mãos ainda presas às do conde de Warwick, e ao fundo, segurando aquela égua cinza, está o gigante. Seus pés descalços são a última coisa que Thomas vê conforme a dor aumenta em seu corpo, e novamente ele cai em um vácuo de reverberante luminosidade.

PARTE QUATRO

Marton Hall,
Condado de Lincoln,
setembro de 1460

20

É final de verão e o ar recende a fruta madura e terra arada. Delgados talos de aveia estão empilhados junto ao celeiro, e um velho e seu filho guiam dois bois e um arado pelo solo enegrecido pela chuva. Katherine, por falta de outra coisa para fazer, ajuda uma senhora a vasculhar os arbustos à cata de amoras silvestres e ela já quase encheu seu cesto quando ouvem o som ritmado de cascos de cavalo. Um cavaleiro vindo do vilarejo – um visitante com notícias do mundo exterior, talvez. Quando veem que se trata apenas de Thomas, a velha mulher retorna ao seu trabalho.

– Você está em grande estilo – Katherine diz quando ele freia o cavalo ao seu lado. Ele veste uma capa de viagem e um chapéu de veludo, e parece ainda mais alto e mais forte na sela de um cavalo; se não o conhecesse, ela sabe que teria se retraído timidamente. Ele passa a perna por cima da sela e salta agilmente para o chão, como se tivesse andado a cavalo toda a sua vida. Seu ferimento o incomoda menos agora, dois meses após ter sido infligido, mas seu rosto ainda está abatido e ele tem olheiras escuras sob os olhos azuis. Ele tira o chapéu, passa a mão pelos cabelos avermelhados e sorri.

– Gostaria de dar uma volta? – ele pergunta, oferecendo-lhe as rédeas.

Katherine meneia a cabeça.

– Eu mal consigo me manter sobre um pônei – ela diz –, quanto mais em um desses.

Ambos recuam um passo para admirar o cavalo. É um belo animal de desfile, elegante e adestrado – um palafrém. Pertenceu ao conde de

Shrewsbury e fora encontrado amarrado atrás das tendas do acampamento em Northampton, seu cavalariço morto ou fugido há muito tempo, e após um intervalo, quando lordes de menor importância o cobiçavam, o conde de March o dera como prêmio – assim como a armadura amassada de Shrewsbury – ao homem que o matara: Thomas Everingham, um arqueiro desconhecido do condado de Lincoln, do séquito de sir John Fakenham.

– O que você está fazendo aqui fora? – ele pergunta.
– Fournier está vindo para sangrar sir John hoje – ela diz.
Thomas ri.
– Então, você foi despachada?
– Não – Katherine começa a dizer. – Bem. Sim. De qualquer modo, ele escreveu para dizer que está vindo e que a sangria está de acordo com o movimento dos corpos celestes, ou algo assim, embora seja mais provável que ele tenha ficado sem dinheiro para o vinho.
– Como está sir John? – Thomas pergunta.
Ela reflete sobre a pergunta por um instante.
– Deprimido – ela diz.
Thomas resmunga. Eles se viram para observar um bando de estorninhos atrás do arado. Um pombo-torcaz arrulha nas árvores.
– E você? – ela pergunta.
Ele ergue o braço acima da cabeça para mostrar que tudo está bem, mas não diz nada.
– Eu não estava pensando em seu ferimento – ela diz. – Eu estava pensando... nisto.
Ela indica os campos alagados, o grupo de casas rústicas sob a torre da igreja e, atrás delas, Marton Hall, a mansão de sir John Fakenham.
– Não sei – Thomas admite. – Sou grato por tudo que sir John tem feito por nós e por esta vida, mas... – Ele encolhe os ombros.
Tem sido difícil para ele, Katherine sabe. Ela já o ouviu rangendo os dentes à noite. Esta angústia tem atrasado sua recuperação, na opinião dela, e ela tem certeza de que ele já estaria curado se não acreditasse que Deus o havia desertado no campo de Northampton em favor de Giles Riven.

– Mas você vai ter sua chance outra vez – ela diz. – Tenho certeza disso. É a vontade de Deus.

– Não – ele diz. – Não haverá mais batalhas na Inglaterra. O país está em paz agora, ou assim diz Ricardo Plantageneta. Quando o duque de York voltar da Irlanda, ele irá assumir sua posição de direito no conselho, e pronto.

– Não? E quanto à rainha? O que será dela? E dos filhos de todos aqueles homens que foram mortos em Northampton? E quanto a todos que fugiram naquele dia? Eles certamente não vão deixar as coisas como estão.

– Ninguém sabe sequer onde a rainha está. E ela é uma mulher. Não tem nenhum poder de decisão.

Ela olha fixamente para ele. Ele está brincando? Aparentemente, não.

– Mas ela tem um filho, não tem? – Katherine insiste. – Deve esperar ver o filho no trono um dia, não?

– E ela verá – Thomas continua como se ela é que fosse a tola. – Quando nosso atual rei Henrique morrer. Além do mais, você não compreende. Riven está do nosso lado agora. Se sir John for à guerra outra vez, ele também irá, e eu estarei a postos ombro a ombro com ele.

– Como se isso importasse – ela contrapõe. – Você ouviu a história de Richard do cavaleiro chamado William Lucy? Que correu para o campo fora de Northampton tarde demais para ajudar o rei, só para ser abatido por um dos homens do rei que tinha interesse na mulher dele?

Thomas pensa de novo na batalha e imagina quantos incidentes como esse houve naquele dia. Ele se lembra de fragmentos da batalha, momentos distantes e desconexos, vistos de relance. Depois que a luta havia terminado, eles ajudaram a se desfazer dos corpos, atirando alguns no rio para se juntarem àqueles que já haviam se afogado, arrastando outros para uma sepultura cavada por um fazendeiro e seus filhos e enterrando-os lá. Eles devolveram os corpos dos nobres – mais leves depois de pilhados – aos seus arautos. Uma missa foi rezada na abadia próxima, pois alguma demonstração de tristeza era necessária quando entre os mortos derrotados havia os primos, tios, cunhados e sobrinhos dos vitoriosos.

"É assim que é", sir John dissera. "Guerra: cruel e implacável."

Eles haviam encontrado Red John deitado de costas. A água da chuva se acumulara em suas órbitas, o elmo estava tombado ao lado de sua cabeça e seus cabelos castanho-avermelhados estavam molhados, caídos para trás, em ondas. Sua pele pálida e translúcida estava fria ao toque, suas sardas de alguma forma mais claras e, quando o viraram, descobriram que ele estava deitado em uma das armadilhas farpadas usadas para aleijar cavalos. Tiveram que puxar com força para removê-la de sua espinha dorsal e, por fim, não conseguiram, de modo que o enterraram com o estrepe fincado nas costas em uma sepultura bem funda somente para ele, bem perto da abadia onde o rei Henrique e os condes de Warwick e de March rezavam suas preces. Não era solo consagrado, mas foi o melhor que podiam fazer. Thomas ficara observando da traseira de uma carroça com lágrimas nos olhos.

Quando terminaram, partiram de volta na direção de Londres com o rei Henrique tratado como devia ser, cavalgando à frente da coluna, acompanhado por Warwick e March, o arcebispo, o núncio apostólico e até mesmo por Henry, o arqueiro de Kent, que sorriu durante todo o trajeto de volta.

Foi então, na estrada para o sul, acampados junto a uma encruzilhada onde duas estradas antigas se encontravam, que Warwick decidiu em favor de Riven. Ele lhe deu o direito ao Castelo de Cornford e a todas as suas terras, e a guarda da filha de lorde Cornford até ela atingir a maioridade. Sir John argumentou que a jovem estava noiva de Richard, seu próprio filho, a quem Warwick quase matara em um acidente de caça, que Cornford era seu primo e que o castelo e suas propriedades lhe eram devidos. Mas Warwick não deu ouvidos. Em troca do castelo, Riven deveria abrir mão de Marton Hall, a mansão que ele ocupara à força no ano anterior e dar a sir John uma soma de dinheiro em recompensa.

"Foi por causa do papel de Riven na deserção de Ruthyn, e o fato de que ele possui cem arqueiros montados próprios", dissera Geoffrey.

Fora uma lição deprimente do poder do poder.

A viagem de lá a Marton levara quatro dias e durante todo esse tempo sir John não disse uma palavra. Ele permaneceu sentado na almofada sobre sua arca na carroça, fitando os pés, prendendo a respiração com um silvo sempre que passavam por um buraco da estrada. Nem mesmo a visão de Richard recuperando-se de seu ferimento e capaz de montar um cavalo outra vez o alegrou muito, e quando pararam diante de Marton Hall tudo que ele pôde fazer foi fitá-la com lágrimas nos olhos. Não era o tipo de retorno para casa que nenhum deles havia imaginado.

Em sua ausência, a propriedade havia sido dolorosamente tratada. As janelas haviam desaparecido. Uma parede havia sido derrubada, de modo que as vigas de sustentação do assoalho do andar superior estendiam-se no ar como dedos abertos, e o telhado estava arriado. Telhas quebradas espalhavam-se pelo pátio e a carcaça de um carneiro envenenara o poço. O chumbo do telhado do banheiro externo fora roubado e havia uma pilha de excremento embaixo da latrina que devia estar ali há seis meses ou mais.

"Desgraçado", foi tudo que sir John murmurou quando viu que a cama no andar de cima também tinha sido roubada. "Desgraçado."

Nas semanas que se seguiram, Richard dedicou-se a restaurar a antiga casa, deixá-la habitável, e agora, dois meses depois, o fogo arde no salão e sir John pode descansar no andar de cima em uma cama nova, protegido das correntes de ar por cobertores de lã e pelos muitos metros de tecido adamascado azul das cortinas que se dependuram por toda parte.

Seus arqueiros da Guerra dos Cem Anos retornaram para suas casas, homens ricos por alguns meses, enquanto aqueles que não tinham para onde ir permaneceram em Marton, ajudando na lavoura quando não estavam ajudando a consertar a casa. Graças à pomada do perdoador e aos cuidados de Katherine, o braço de Thomas aos poucos se curou, e embora ainda não seja capaz de atirar com arco e flecha, tem passado seu tempo aprendendo a cavalgar seu novo cavalo.

Katherine tem vivido bem, seca e alimentada, por mais tempo do que pode se lembrar de já ter vivido, e não se lembra da última vez que ficou sem comida por mais de um dia. Marton Hall se tornou um lar para ela e aos poucos ela foi se libertando dos costumes do priorado, até então impregnados como poeira em sua pele.

Mas agora Thomas está irrequieto.

— Se não é vontade de Deus que eu encontre Riven — ele lhe diz —, então eu deveria voltar para o Prior de Todos. Eu devia me unir à ordem novamente. Eu fiz meus votos.

Ele está confuso, até mesmo aflito.

— Não posso viver assim — ele diz. — Olhe. — Ele mostra-lhe suas mãos. Há pequenos ferimentos nas palmas, onde suas unhas se fincaram na carne. — Eu faço isso à noite — ele diz. — Não consigo me conter.

Eles continuam andando. Ela compreende Thomas e como ele se sente — se Deus quer que ele seja seu instrumento de vingança, então isso irá acontecer, ele encontrará Riven e o matará, mas, se não for essa Sua vontade, então não acontecerá; e a cada dia que passa, enquanto Thomas permanece em Marton e não há nenhuma chance de enfrentar Riven em uma batalha, esse último cenário parece o mais provável.

Ela tem vontade de dizer a Thomas que, se ele quer encontrar Riven, tudo que tem a fazer é ir em seu encalço, que não precisa ser por acaso, que não precisa ser em um campo de batalha. Ele, Thomas, tem que agir por conta própria, e não esperar o capricho de Deus.

Ela abre a boca para lhe dizer isso, mas a cautela a mantém calada. Ela está aprendendo muitas lições, ela pensa, por mais frustrantes que possam ser. Em vez disso, diz:

— Olhe à sua volta, Thomas. Olhe para este lugar. Retire forças daqui. Sua chance virá novamente, tenho certeza.

Estão perto do vilarejo agora, próximo ao chiqueiro. Ela pega uma vareta e inclina-se sobre a cerca para coçar um porco entre suas omoplatas castanho-avermelhadas.

— E quanto a você? — ele pergunta. — Estamos a um dia de viagem até o priorado.

Ela fica em silêncio por um instante, vendo o prazer do porco. Thomas refere-se ao seu retorno, não a se juntar à ordem outra vez, mas para descobrir quem a deixou lá como oblata. Ela tem pensado nisso desde aquele dia nas dunas abaixo de Sangatte quando ele lhe disse que alguém devia estar pagando por sua permanência lá.

— Mas como posso fazer isso? — ela pergunta. — Não posso ir como estou, pois nenhum rapaz teria permissão de entrar no claustro, e se eu for como eu mesma, bem, você não deve ter esquecido de que sou procurada por assassinato.

Ela tem sonhado com sua chegada ao priorado com uma intensidade particular nos últimos meses. Neles, vê as letras no papel, sente sua textura sob a ponta de seus dedos. Há a sugestão de um selo ao pé da página. Ela pode ouvir o ruído abafado de moedas na bolsinha de couro oleado, e pode sentir seu pulso doendo com o seu peso.

– Talvez devesse voltar como mulher? – Thomas pergunta. – Não uma freira, mas uma mulher normal, como Liz?

Liz é a filha de Geoffrey. Ela provavelmente é da mesma idade de Katherine e ajuda seu pai e sua mãe na mansão, onde é alvo de muita especulação entre os arqueiros restantes. Katherine se viu observando Liz atentamente, estudando seus movimentos, a facilidade com que circula em sociedade, suas roupas. Liz notou seu olhar mais de uma vez e sempre Katherine desvia o olhar ao sentir suas faces arderem. Liz sorri, intencionalmente. Ela tenta se imaginar como Liz, mas não consegue, embora a ideia continue a vibrar em sua mente como uma corda dedilhada.

Ela sacode a cabeça e eles deixam o porco entregue ao seu trabalho de fuçar.

– Deve haver algum outro modo – ela diz.

Eles passam pela igreja, ambos atentos à presença do sacristão, um homem ocupado, que nada teve a dizer a sir John desde seu retorno. Há galinhas por toda parte, um cachorro dormindo na rua e, do outro lado, uma mulher vedando um forno de pão. Katherine e Thomas são figuras familiares agora e a mulher ergue a mão, cumprimentando-os, assim como um criador de porcos, sem estar conduzindo nenhum porco, que se vira e aponta para a estrada para Lincoln.

Três cavaleiros aparecem no final do vilarejo. Thomas se retesa instantaneamente. Ela coloca a mão em seu braço.

– Fournier – ela diz.

Eles observam os cavaleiros se aproximarem.

– Bom-dia, mestre Fournier – Thomas grita.

– Deus o proteja, senhor – Fournier responde, tirando o chapéu. – E a você também, rapaz. Não está armado hoje, está?

Katherine sacode a cabeça. Fournier pode ser muito afável, ela tem que admitir.

— Vocês foram enviados para me conduzirem a Marton Hall? — Fournier pergunta.

Não foram, mas não importa. Fournier usa uma capa nova, da cor do vinho da Gasconha, e seu gorro bem ajustado à cabeça é forrado de pele. Ele parece ter prosperado desde que Katherine o viu pela última vez e arranjou um novo assistente, outro rapaz desengonçado, de canelas finas, mas com as orelhas intactas. Ela puxa seu próprio gorro para baixo para esconder sua orelha.

O terceiro do grupo é um guarda-costas mal-encarado, curvado em sua sela, que revira os olhos quando começam a voltar pela estrada para a casa de sir John, e Fournier continua uma aula que ela imagina que deva ter começado em Lincoln.

— O objetivo do paciente é ser curado, certo? E para esse fim, ele concordará com qualquer coisa. Uma vez curado, entretanto, seus pensamentos voltam-se para outra parte e, muito provavelmente, ele se esquecerá de sua obrigação de pagar. O objetivo do médico, por outro lado, é ganhar seu sustento, de modo que ele deve insistir em receber o dinheiro com antecedência. Ele nunca deve se satisfazer com uma promessa ou com uma caução do paciente antes de a cura ser efetuada. Entenderam?

Quando passam pelo campo, o homem e seu filho ainda estão trabalhando, seu arado revirando linhas perfeitas de grama e terra escura, mas agora gaivotas do tamanho de gatos afugentaram os estorninhos e elas gritam como as almas dos condenados. Mais adiante na estrada, a velha senhora está voltando para casa com seu cesto de amoras silvestres.

— Todas estas terras são de sir John? — Fournier pergunta.

Thomas balança a cabeça, confirmando.

— Até onde a vista pode alcançar — ele diz.

Isso aumentará cinco vezes os honorários de Fournier, ela pensa, e ela mais uma vez se admira do quanto Thomas pode ser ingênuo.

No pátio, Walter está afiando sua faca em um dos degraus. Ele ergue os olhos, vê quem está chegando e volta para sua tarefa, sem dizer nada.

– Sim, bem – Fournier diz. – Tenha um bom dia.

A mulher de Geoffrey, sra. Popham, recebe-os à porta e Fournier lhe pede para esquentar um pouco de vinho.

– Para beber ou para limpar seus instrumentos? – Katherine pergunta.

Fournier a ignora e ela segue na frente pela escada, encontrando sir John em seu quarto, deitado na cama, tomando vinho em uma caneca de estanho. Dois cães de caça brancos estão deitados ao seu lado, animais feios, e os três olham para Fournier com olhos temerosos, injetados.

– Bom-dia, mestre – sir John murmura, os lábios descorados mal se movendo. – Já chegou a hora?

Seu rosto está macilento e ele parece mais perto da morte do que da vida. Quando tenta se sentar e deixar de lado a caneca, a dor é demasiada, e ele sucumbe.

– Sim, sir John – Fournier responde, sentando-se na cama e pegando a caneca de sua mão. – Como vai a fístula?

Sir John aperta os olhos. Uma lágrima escapa.

– Não consigo andar – ele diz. – Não consigo defecar. Não consigo nem mesmo tossir, tamanha é a dor.

Fournier balança a cabeça.

– É como eu pensei – ele diz. – Seus humores estão desequilibrados.

Katherine resmunga. Fournier volta-se para ela.

– Você tem algo novo a dizer?

– Não – ela diz. – Só que o que atormenta sir John não é algum desalinhamento de seus humores. É uma ferida que ele tem no traseiro.

Fournier levanta-se.

– Nós vamos passar por isso outra vez?

Ele toca o cabo da faca em seu cinto. Corajoso desta vez, ela pensa, mas na verdade na última vez ela estava armada com o machado de guerra. Sir John abana a mão e deixa-a cair sobre os lençóis.

– Deixe-nos, Kit – ele murmura. – Deixe o médico fazer o seu trabalho.

Katherine lança um último olhar a Fournier e em seguida deixa o aposento, indo juntar-se a Thomas no pátio embaixo.

— Esta sangria é uma barbaridade — ela diz. — É tão ruim quanto acreditar em pedacinhos de ossos velhos como os que o perdoador costumava vender.

— Estive pensando no perdoador — Thomas diz. — E no livro-razão. Você acha que sua família pode saber por que ele lhe dava tanto valor? Ele tinha um filho, ele mencionou, que morreu, mas será que sua mulher ainda está viva?

Eles ouvem um grito contido pela janela acima deles. Ambos erguem os olhos para o beiral do telhado.

— Quanto tempo ele vai ficar aqui? — Thomas pergunta.

— Uma semana? — Katherine arrisca. — Ele tem que ver que seu paciente sobreviva, ao menos para receber seus honorários.

— Então, talvez a gente deva viajar para Lincoln, nem que seja para evitar a companhia dele. O que acha?

Ela ri. A duplicidade de sua intenção é encantadora em sua simplicidade.

— Você imagina encontrar Riven na praça do mercado? No pátio da igreja? Em uma taverna, talvez?

Ele olha para ela de soslaio. Depois, também ele sorri e eles se veem rindo um para o outro. Em seguida, ambos desviam o olhar. Na manhã seguinte, eles partem na aurora ainda cor-de-rosa, Thomas em seu palafrém, o machado de guerra sobre a sela, Katherine em um pequeno pônei marrom. Ela não monta com facilidade — há algo sobre a posição, com as pernas separadas, que ela acha errado — e ela sabe que ao lado dele ela mais parece seu criado do que uma igual. Mas o pônei tem bom temperamento e sempre se antecipa aos seus comandos, e ela gosta dele.

Quando emergem na luz do sol, veem Lincoln à sua frente, o pináculo da catedral parecendo ainda mais alto por causa das terras pantanosas e planas ao redor. Eles continuam cavalgando e durante toda a manhã o sol brilha em seus rostos. Quando passam sob os muros de pedra clara do castelo e através do velho arco, o sino da catedral toca a Sexta.

Eles param para olhar a catedral. É tão grande a ponto de parecer sobrenatural, além de sua compreensão, e existe até mesmo algo de assustador a respeito dela. Por fim, eles não aguentam mais, viram-se de costas para ela, amarram seus cavalos, dando uma moeda a um garoto para lhes dar água. Em seguida, param à sombra para tomar um pouco de cerveja – com gosto de mato e um grande colarinho – e comer um prato quente de ervilhas na manteiga em uma das ruas próximas ao pátio da catedral. O ar fervilha de insetos zumbindo, como uma colmeia. Perto dali, uma barraca de artigos para escrita vende livros e Thomas não consegue resistir.

O dono da barraca, de barba e cabelos brancos, veste-se de acordo com as leis suntuárias, as tiras de amarrar seu gorro dependurando-se até o peito; ele começa mostrando a Thomas seus artigos mais baratos, exibindo-os e declamando a virtude das pinturas e desenhos. Os dedos de Thomas desviam-se para a superfície de couro de um deles, e quando ele o abre, o dono da barraca solta um suspiro de aprovação.

– *Problemata Aristotelis* – ele diz, balançando a cabeça. – Em francês. Você sabe o que é qualidade quando a vê, meu rapaz.

Há a sugestão de um ponto de interrogação no final de sua frase. Ele examina as botas rústicas e o tecido grosseiro das roupas de Thomas.

– Sabe quem fez isto? – Thomas pergunta.

– Infelizmente, não – o comerciante admite. – Apenas que é de uma oficina em Bruges. Copiado de um original de lá, eu diria.

– Já esteve em Bruges? – Thomas pergunta.

– Muitas vezes. Uma bela cidade. Embora a umidade penetre em ossos velhos como os meus.

– A maioria dos mais belos desenhos vem de Bruges – Thomas diz a Katherine, revirando o livro nas mãos. – Um dia, eu gostaria de ir lá. Embora signifique atravessar o mar outra vez.

Quando Thomas fica entusiasmado com alguma coisa, parece uma criança. Ele admira outros livros, testando as texturas dos couros, afagando as superfícies dos papéis, e o dono da barraca o deixa colocar a ponta do dedo em uma letra L inicial muito elegante, em alto-relevo com gesso e coberta de folha de ouro.

– Um belo trabalho – Thomas reconhece.

O comerciante sorri levemente, mas seu olhar salta de Thomas para Katherine e novamente para Thomas. Katherine tem a sensação familiar de ansiedade revolver suas entranhas. Ela nunca se esqueceu do que o perdoador dissera sobre viajar entre estranhos, e ela puxa seu gorro para baixo outra vez, para esconder sua orelha cortada. Eles não deveriam ter vindo. Ela termina a conversa perguntando sobre o perdoador.

— O velho mestre Daud? — diz o dono da barraca, mais afável. — Eu o conheço. Um bom homem e um coletor sério. Ele está fora nestes últimos meses, não é? No estrangeiro, ouvi dizer, embora os padres ainda rezem missa e toquem o sino pela sua volta são e salvo. Ele tem uma casa em Steep Hill, perto do Jew's.

Um pensamento ocorre a Thomas.

— Você já viu algo assim antes? — ele pergunta, abrindo seu pacote e desembrulhando o livro-razão. O comerciante abre o livro e examina-o por um instante.

— Eu diria que sim, embora não me desse ao trabalho de olhar para ele duas vezes. É um documento oficial: uma lista de soldados e seus movimentos na França, não é? Sim. Talvez valha como refugo? Ah. Mas disto aqui eu gosto.

Ele aponta para a cópia de Thomas da rosácea da Catedral de St. Paul em Londres. Thomas acrescentou algumas cores desde então — vermelhos, azuis e amarelos — e o desenho brilha. O comerciante oferece algum dinheiro por ele, mas Thomas sacode a cabeça e o comerciante devolve o livro. Eles vão embora exatamente quando os sinos tocam meio-dia e meia.

A casa do mestre Daud fica ao pé da colina, à direita. Parece fechada e vazia, mas depois que Thomas bate na porta, uma menina com um rosto inexpressivo, vestindo uma espécie de túnica longa e um gorro de pano, vem abri-la.

— A sra. Daud está em casa? — Katherine pergunta. Sem uma palavra, a menina segura a porta aberta e, com rápidos olhares uns para os outros, eles entram. Ela os conduz por um corredor com palha espalhada no chão e para uma sala de painéis de madeira onde as janelas fechadas só deixam passar um pouco de luz. Há uma longa mesa ao longo da parede, almofadas nos bancos das janelas e tapeçarias com cenas que ela não reconhece nas paredes. Há até mesmo tapetes de seda sob seus pés, mas são os livros sobre mesas por toda a sala que chamam a atenção, pois eles exibem o pior da poeira. Ela está por toda parte, uma pálida camada de mais de um centímetro de altura. É como se ninguém tivesse estado naquele aposento há semanas, talvez meses, provavelmente anos.

– Ela sempre disse que vocês viriam um dia – a criada diz.

– Quem?

– A sra. Daud.

– Mas você não sabe quem somos.

A jovem balança a cabeça e se retira.

– Estranho – Thomas diz, os olhos nos livros.

Katherine pensa por um instante. Então, exclama:

– Ela não sabe que ele está morto!

Isso não havia ocorrido a nenhum dos dois. Thomas começa a remexer os pés e está tentando afrouxar o colarinho quando a porta se abre outra vez e uma mulher entra. Ela é alta e magra, com a testa alta, como se seus cabelos tivessem sido arrancados na linha do rosto, e sua pele é pálida como marfim. Ela usa um vestido tingido na cor de folhas secas de sálvia, com mangas que se prolongam até o assoalho. Uma vez dentro da sala, ela permanece parada, de modo pouco natural, imóvel, um único movimento com o cotovelo, ao gesticular para a criada, para que sirva o vinho que ela trouxe em uma bandeja de prata.

– Bom-dia, sra. Daud – Katherine começa. Sua voz soa alta demais aos seus próprios ouvidos.

– Bom-dia – a sra. Daud sussurra, os olhos fixos nos de Katherine. São quase tão pálidos quanto seu rosto, com um quê de amarelo. Por um instante, Katherine não sabe como começar. A sra. Daud permanece imóvel, enquanto sua criada lhes entrega um copo de prata.

– Ele está morto, não está? – a mulher diz.

Após um instante, Katherine balança a cabeça. A sra. Daud fecha os olhos. Quando os abre, a pouca luz que havia neles se enfraqueceu ainda mais.

– É como eu temia – ela diz. – Deus não foi bondoso comigo.

Deus também não foi bondoso com o perdoador, Katherine pensa.

– Ele havia feito suas preces – Katherine mente – e recebeu a extrema-unção de um padre.

Novamente, a mulher balança a cabeça.

– Eu agradeço por vir me trazer a notícia – ela diz. – Há alguma coisa que eu...?

Katherine sente o sangue subir às suas faces.

– Não, não – ela diz. – Não buscamos nenhuma recompensa. Não é mais do que o nosso dever cristão. Mas... ele deixou apenas isto.

Ela faz sinal para Thomas, que apressadamente retira o livro-razão do embrulho e o oferece a ela. A sra. Daud não faz nenhuma menção de pegá-lo.

– Um livro – ela suspira.

– Ele parecia achar que era de grande valor – Katherine diz.

A sra. Daud indica os livros empilhados nas mesas.

– Ele achava que todos os livros eram de grande valor.

Faz-se um longo silêncio. Uma carroça passa fazendo um grande barulho do lado de fora: os gritos do carroceiro, a marcha lenta dos cascos de seu cavalo.

– É uma lista de nomes – Katherine continua. – Não mais do que uma lista, na verdade.

– Fique com ele, então – diz a sra. Daud. – Eu não tenho nenhuma utilidade para isso. Mestre Daud nunca me ensinou a ler.

Outro longo silêncio.

– A senhora nem sequer reconhece isto? – Thomas pergunta.

Ela dá de ombros.

– Ele disse que estava indo para a França, para vender algo de grande valor para o rei lá. Ao menos, foi o que ele nos disse. Mas ele estava sempre planejando vender coisas de grande valor. Ele tinha três arcos e flechas pertencentes à bruxa Joana.

Mais silêncio.

– Mas estes livros... – Thomas começa a dizer, indicando-os com um gesto.

– Não valem nada para mim. Servem apenas para me lembrar do meu falecido marido, apenas isso.

— Posso olhá-los? – Thomas pergunta.

— Fique à vontade – diz a sra. Daud. – Logo eles irão embora daqui. Eu terei que me casar novamente e meu futuro marido não é amante de livros. Maria os acompanhará até a porta.

Com isso, ela se vira e deixa o aposento. Maria a segue. Katherine olha para Thomas. Ele coloca seu copo de vinho vazio na bandeja, serve-se novamente, bebe, e em seguida começa a limpar a poeira das capas dos livros. Katherine não diz nada. Ela nota como a sala está fria, mesmo em um dia de sol.

— Thomas – ela diz. – Vamos.

— Ele tem tudo aqui – Thomas diz. – Olhe. – Ele mostra-lhe um livro. – Um saltério – ele lhe diz.

— Tão bonito quanto o seu?

— É uma cópia do Saltério de Utrecht, sabe? Com iluminuras de um gênio. Olhe. Maravilhoso. E aqui, a Vida de Julius Caesar.

Ele abre a capa, feita de madeira de lei e decorada com renda dourada. E cheira, inalando os aromas misturados de couro, madeira, velino e cola. Ele vira uma página.

— Olhe para isso – ele diz, indicando uma letra Q floreadamente desenhada, em cujo aro homens em capas vermelhas colhem gordas uvas com facas douradas.

— É mais bonito do que o nosso livro – Katherine concorda.

— Quisera que a sra. Daud tivesse nos dado este em vez do livro-razão – Thomas diz. – É refinado. Quase inacreditável.

Ele o recoloca delicadamente sobre a mesa e começa a mexer nos livros, trazendo à tona aqueles que estão por baixo, suspirando a cada revelação. Katherine o deixa entregue às suas explorações e encontra a criada parada no corredor, fitando em silêncio as teias de aranha que adornam os candelabros acima de sua cabeça. As velas são tão velhas que já estão quase cor de laranja. A sra. Daud desapareceu. Katherine abre a boca para dizer alguma coisa, mas, diante de tal alheamento, não consegue pensar em nada para dizer. Thomas precisa ser chamado para se afastar dos livros.

Quando saem, a criada fecha a porta imediatamente, e eles ficam parados nos degraus, olhando um para o outro com a testa franzida.

— Tem alguma coisa errada aqui – Thomas comenta.

Ele tem razão, mas o que será? Eles param na rua ensolarada, as pedras do calçamento quentes sob seus pés, o cheiro de estrume fresco de cavalo no ar. Moscas e abelhas zumbem, pegando sol. Katherine vira-se e olha para cima, para as janelas dos andares superiores da casa, projetados para fora. A sra. Daud está lá, fitando-os através de uma vidraça grossa. Após um instante, ela recua para a escuridão, seu rosto ondulando pelo vidro, e desaparece.

Eles ficam parados na rua por mais alguns instantes. Thomas olha para o sul, onde as terras planas que se descortinam depois das muralhas dissolvem-se na névoa do verão.

– O priorado fica a um dia de viagem daqui – ele diz.

Ela olha para ele.

– E o Castelo de Cornford também – ela diz.

Antes de poderem dizer mais alguma coisa, eles ouvem um cavalo subindo a estrada na direção deles. O cavaleiro está de pé nos estribos, açoitando suas ancas. Eles saem da estrada para deixá-lo passar. Seus flancos estão brancos de suor.

– Com pressa – Thomas diz.

Quando chegam ao topo da colina, uma multidão está reunida perto do portão da catedral. Alguém grita alguma coisa. Um sino começa a tocar.

– O que é?

O dono da barraca de livros e material de escrita começa a guardar seus artigos. Ele se vira para eles.

– Já souberam? – ele pergunta. – Ricardo de York voltou da Irlanda. Aportou em Chester na semana passada e está a caminho de Londres. O cavaleiro diz que ele leva um homem à sua frente, carregando sua Espada de Estado, e está virada para cima.

– O que isso significa? – Katherine pergunta.

– Somente os reis avançam dessa forma.

– E daí?

– O duque pretende reclamar o trono.

Eles se voltam um para o outro.

– Está vendo? – ela diz. – Eu disse a você que a guerra ainda não acabou.

21

Na manhã seguinte, quando sir John emerge de seu sono induzido pelo álcool, eles lhe falam da chegada de Ricardo Plantageneta, duque de York, à Inglaterra.

– Tenho que me levantar – ele diz. – Temos que ir a Londres. Temos que vê-lo. Ele revogará a decisão de Warwick na questão do Castelo de Cornford. Tenho certeza disso.

Thomas vê Katherine fechar os olhos, como se a simples menção do Castelo de Cornford a deixasse deprimida ou entediada, mas quando Fournier fica sabendo que sir John tem ligação com as maiores autoridades do reino, seus olhos brilham.

– Como conseguirá vê-lo? – ele pergunta.

– Através do filho do duque, o conde de March – diz sir John. – Ele tem uma dívida conosco. Venha, Kit, ajude-me a levantar. Richard, meu filho, leve Walter e Thomas e convoquem os homens. Vejam se há algum recém-chegado que possa engrossar as nossas fileiras. Sra. Popham, precisamos de mais tecido vermelho para nossos casacos. Não quero aparecer em Londres com um bando de maltrapilhos.

– Como ele é, o duque de York? – Thomas pergunta a Richard enquanto selam os cavalos.

– Não sei – Richard diz com um suspiro. – Mas ouvi rumores. Dizem que ele ficou louco depois que foi para a Irlanda.

– Louco? Como assim?

– Ele deveria ser o primeiro lorde do reino depois do rei Henrique, e foi regente enquanto o rei estava incapacitado, mas agora, em vez de aconselhar-se com ele, a rainha prefere interesseiros como os duques de Buckingham e de Somerset. Tem sido duro para ele, mas na Irlanda, sem ninguém para lhe dizer o contrário, dizem que ele tem agido como se fosse o rei da Inglaterra no lugar do rei Henrique, como se este não existisse.

Primeiramente, Thomas é enviado a Brampton para encontrar Brampton John, que mora com a mãe e três cabras em um casebre sem janelas, com teto de palha, onde dois caminhos se cruzam. Brampton John fica satisfeito de ser chamado novamente para se unir à companhia de sir John, já estando farto da vida na fazenda por todo o verão, e eles comemoram com um jarro da cerveja de sua mãe.

– Por que você não coloca algumas janelas aqui? – Thomas pergunta, tossindo por causa do interior enfumaçado da cabana de Brampton John.

– Janelas? Para quê?

– Para poder ver.

– De nada adiantam janelas. Ainda que eu ficasse aqui quando tem a luz do dia, o que não faço, a última coisa que eu quero ver é este maldito campo. Passo todo o meu tempo lá, cavando, plantando, colhendo.

Na manhã seguinte, eles vão para o norte, para encontrar Little John Willingham.

– Você não imagina quem eu vi no outro dia – diz Little John quando começam a caminhar de volta para Marton, os arcos sobre os ombros. – Edmund Riven. O rapaz com o olho.

Ele indica seu olho direito.

– O filho daquele desgraçado que roubou o castelo de sir John. E bem, não fui eu quem o viu, foi minha mãe. Disse que ele estava lá com dez de seus homens. Estavam indo para o norte. Eles pararam, compraram cerveja e perguntaram se ela conhecia todo mundo na região, e quando ela disse que conhecia de vista, eles perguntaram se ela havia visto algum estranho nas redondezas, particularmente uma jovem. Ela respondeu que não e então eles perguntaram quem era o dono das terras. Ela lhes disse para irem embora, pois deviam saber perfeitamente quem era o dono, já que viviam nelas há mais de um ano.

– E eles foram para o norte?

– Na direção de Gainsborough. Com uma carroça de bagagem. A única razão para ela não ter fechado a porta na cara deles foi porque ela queria vender sua cerveja velha e estragada para eles. Uma bebida horrível.

Thomas pretende lembrar Little John para contar a Richard ou sir John o que sua mãe viu, mas, quando chegam a Marton Hall, uma carroça com dois bois está no pátio, e Geoffrey, Richard e Brampton John estão carregando sir John em seu colchão, descendo a escada. Thomas e Katherine apressam-se a ajudá-los a colocar o velho lorde na cama da carroça, enquanto Fournier observa, um copo de vinho na mão, e a sra. Popham causa alvoroço.

– Por quanto tempo vai ficar fora? – ela pergunta. Richard dá de ombros. Ninguém faz a menor ideia. São feitas as despedidas, o carroceiro estala seu açoite e os animais começam a fazer força.

– Graças a Deus por isso – Walter diz, içando-se para a sua sela. – Passei tempo demais aqui, andando por aí, sem fazer nada, engordando.

Thomas compartilha os sentimentos de Walter, Katherine sabe disso.

– Mas será que devem deixar Fournier lá? – ela pergunta. – Ele vai beber até a última gota de vinho e toda a cerveja.

Ela está sentada ao lado de Geoffrey na carroça. Os demais vêm atrás, Walter no pônei, Thomas e Richard em seus cavalos, as rédeas bem folgadas em seus dedos. Eles atravessam Lincoln, para onde o comerciante de livros mudou sua barraca, e depois descem a colina, passando pela velha casa do perdoador. Thomas ergue os olhos e lhe parece ver um movimento à janela, e ele imagina a viúva lá parada, em silêncio, observando.

Conforme viajam para o sul, eles coletam mais notícias sobre o avanço de Ricardo de York pela Inglaterra. Ouvem dizer que sua mulher, a duquesa de York, viajou de Londres para ir ao seu encontro em uma liteira decorada com cortinas de veludo azul e conduzida por quatro parelhas de cavalos brancos. No dia seguinte, são cinco parelhas e as cortinas são de tecido bordado a ouro. Quaisquer que sejam as pequenas variações nos detalhes, parece que o vendedor de livros ouviu corretamente. Ricardo, duque de York, está indo para o sul com a dignidade de um rei.

Sir John fica transtornado.

– Isso muda tudo – ele diz. – Até agora, estivemos lutando para nos livrar dos sanguessugas que ficam rondando a corte, os tipos de homens que nos deixaram na mão na França. Homens como Buckingham e Somerset, homens como o maldito Giles Riven. Ladrões, assassinos, vigaristas e similares. Estávamos tentando restaurar a boa governança e o Estado de Direito, não é? Para que um homem pudesse andar pelas estradas sem medo de ser roubado ou pudesse recorrer à lei sem medo de ser coagido por seus adversários, ou que pudesse deixar sua própria casa para ir além-mar lutar por seu maldito país e voltar para encontrá-la ainda lhe pertencendo.

– E tínhamos razão de agir assim – Richard diz. – Todos podem ver que o país estava em situação de perigo e que as guerras na França terminariam em derrota e vergonha.

– Sim. Sim – sir John concorda, abanando a mão. – Mas agora tudo isso mudou, não vê? Se o que ouvimos a respeito de York for verdade, vai parecer que estivemos lutando para nos livrarmos do rei. Para depô-lo. E substituí-lo. Pelo duque de York. Eu não atendi ao chamado do velho Fauconberg para isso, e imagino que muitos outros também não. – Ele sacode a cabeça. – O pior é que isso virá como um brado de guerra para os lordes do norte. Nós tivemos um verão de paz, hein? Consertamos o telhado, fizemos a colheita, engravidamos algumas garotas, eu diria, mas isso somente porque o jovem Warwick sabe que não tem o poder de interferir com o que acontece no norte, e assim não tentou. Ele tem ficado em Calais, pelo amor de Deus! E isso satisfez todos aqueles nortistas filhos da mãe. Desculpe-me, Thomas. Eles não se importam com o que Warwick faz em Kent e Londres, desde que não os incomode. Mas agora York chega e quer ser rei? Eles vão ficar em pé de guerra.

Richard fica pensativo. Continuam a viagem.

– Você acha – ele diz, por fim – que Riven já sabe disso?

– Sobre York? É claro.

– Pergunto-me o que ele vai achar disso.

É a vez de sir John ficar pensativo.

– Ele vai avaliar qual lado é mais vantajoso para ele – diz, por fim – e agir de acordo.

Richard balança a cabeça, concordando.

– Como nós também devemos fazer, não é?

Sir John olha longamente para o filho, em seguida espanta uma mosca de seu rosto e vira-se de costas.

A estrada está apinhada de carroças carregadas de produtos para os mercados de Londres e a notícia da vinda do duque de York corre para cima e para baixo entre os viajantes, e a cada vez a história ganha um novo toque. Assim, quando finalmente entram em Londres por Bishopsgate, pouco antes do horário de recolher na noite do seu quarto dia na estrada, eles não sabem se encontrarão a cidade em chamas ou com celebrações regadas a vinho.

Ao que se viu, por fim, a cidade parece estar no mesmo dilema. Está tensa, na expectativa, mas ninguém parece saber de quê. Eles passam por todos os postos de lavagem de tecidos de lã e armações de madeira para secagem nos terrenos gramados ao lado da estrada. Finalmente, encontram lugar para a carroça e os cavalos no pátio de uma estalagem, a Bull Inn, onde o cavalariço, um homem gordo com um avental de couro manchado, lhes conta que o duque de York está em Abingdon, a dois dias de viagem de Westminster, e que, aonde quer que ele vá, leva trompetistas à frente, tocando fanfarras para anunciar sua chegada.

Quando Thomas relata isso a sir John, ele solta um grunhido.

– E pensar em todo o trabalho que tivemos depois de Northampton! – ele diz. – Como fizemos questão de deixar claro para todo mundo que o rei ainda é o rei, como nos curvamos e renovamos nossos juramentos de lealdade. E agora isto!

E fica pior. Após uma noite atormentados pela cerveja azedada da estalagem e pelas pulgas na palha, no dia seguinte eles ficam sabendo pela proprietária de uma casa de pasto, que por sua vez ouvira de um barqueiro que acabara de chegar de Westminster, que lá só se falava da marcha do duque de York com oitocentos homens sob o estandarte do brasão real da Inglaterra, sem a faixa branca que diferenciava seu próprio estandarte daquele do rei.

– É isso – diz a dona da casa de pasto. – Quando descobrirem que ele quer ser rei, teremos todos aqueles nortistas filhos da mãe invadindo isso aqui outra vez, enfurecidos como arganazes, roubando tudo em que possam botar as malditas mãos.

Eles retornam à estalagem.

– Nossa viagem foi desperdiçada antes mesmo de atingir seu destino – sir John admite. – O duque não vai ter tempo para nos receber agora, muito menos ouvir o nosso caso.

Eles pedem cerveja e a bebem à mesa junto à lareira.

– Ainda assim – ele continua –, já viemos até aqui, vamos tomar um barco até o palácio em Westminster e ver o que houver para ser visto. Ao menos, teremos algum assunto para conversar no caminho de volta para casa. Geoffrey, veja que os rapazes estejam limpos e bem arrumados, sim? Casacos novos e todas as placas de armaduras que possuímos, compartilhadas entre todos, de modo que façamos uma boa figura, hein?

Depois da batalha de Northampton, quando o conde de March presenteara Thomas com a armadura do conde de Shrewsbury, Thomas a vendeu para Richard e o preço havia incluído os velhos coxotes, grevas e escarpes de Richard, e ele agora os amarra com as tiras, cobrindo as pernas da ponta dos pés às coxas. Thomas não pode deixar de sorrir à visão de suas pernas envolvidas em aço, a perfeita carreira de pequenas placas que se encaixam sobre cada pé para formar uma ponta sobre os dedos. É quase possível caminhar com os escarpes.

Após ouvir a missa na igreja de St. Botolph ao lado do priorado em frente, Geoffrey aluga uma liteira para carregar sir John pela ponte, cinco arqueiros à frente, cinco atrás. Katherine caminha ao lado, seu gorro puxado bem para baixo para esconder a orelha. Eles encontram um barco disposto a levá-los a Westminster, sobem a bordo, espalham-se pelas largas pranchas que vão de um lado ao outro da embarcação, e encostam suas armas na amurada. Os remadores, seminus e velhos demais para esse tipo de trabalho, pegam os remos e o mestre iça sua vela remendada, de cor ocre, e envia o barco para o meio do rio.

Sopra uma leve brisa. O sol sai. A água é verde. Thomas e Katherine sentam-se juntos no último banco de remador na popa e olham para trás, através dos arcos sob a ponte onde a água ruge, para as ameias da Torre, suavizadas pela fumaça de carvão.

Os remadores remam contra a corrente, passando pelos embarcadouros, cada qual tendo ao fundo uma igreja, um priorado ou um mosteiro, e Thomas não pode deixar de se lembrar das palavras do perdoador. A igreja é realmente rica. Eles passam pela maciça construção quadrada do Castelo de Baynard, austero e pouco convidativo, seu portão na água firmemente fechado com tábuas, e prosseguem passando pelos muros da cidade, seguindo o rio, conforme ele serpenteia por Charing, até que diante deles elevam-se o castelo do rei e a Capela de St. Stephen em Westminster.

– Dia movimentando – o piloto do barco resmunga.

Os remadores inclinam-se sobre seus remos e os levam rio acima enquanto aguardam espaço no cais. Uma barca se afasta, depois outra, ambas descendo o rio em direção a Londres. Thomas acha que reconhece o velho de cabelos brancos, na primeira, pomposamente instalado, com um pequeno séquito em tabardos vermelhos. Será o conde de Salisbury? O pai de Warwick?

Finalmente, os cabos são lançados e eles atracam rapidamente. Richard fala com os guardas e lhes apresenta suas credenciais, enquanto Thomas e Geoffrey ajudam sir John a sair do barco e o instalam em terra com lágrimas de dor nos olhos.

– Aquele Fournier filho da mãe – ele murmura. – Honorários de dois marcos e ele só fez piorar as coisas, que os santos sejam minhas testemunhas, e sinto-me fraco como um gatinho. Aqui, ajude-me, Thomas, sim?

Thomas passa um dos braços de sir John pelo seu ombro e Geoffrey o outro.

– Não é muito digno, mas por Deus...

Richard os conduz pelo portão e para dentro de um pátio.

O palácio é um intricado labirinto de prédios e recintos dominados por uma capela de pedra e, em cada portão, veem-se mais homens de York, sujos da estrada e carregados de lanças, machados de guerra e espadas, como se estivessem em um campo de batalha em vez de em um palácio real.

Eles encaram os uniformes vermelhos dos homens de sir John com desconfiança, mas são apenas dez deles e, por fim, recebem permissão para passar ao New Palace Yard, o novo pátio do palácio onde outra multidão circula pela entrada do salão. Nos degraus, há um certo alvoroço entre os arautos reais em seus casacos divididos em quatro partes, e uma confusão parece iminente.

Quando se aproximam, William Hastings emerge da multidão. Seu rosto está pálido de cansaço e há uma longa mancha na manga de seu casaco azul, mas ele está satisfeito de vê-los.

– Bom-dia, sir – sir John diz. – Eu apertaria sua mão, mas estou impossibilitado, como pode ver. Talvez você possa apertar a mão do meu homem aqui, Thomas.

– Tenho prazer em apertar a mão dele – Hastings diz, tirando o chapéu e tomando a mão de Thomas, e em seguida a de cada um dos outros. – Lamento vê-lo sofrendo, sir John, mas fico contente em vê-lo aqui. Estamos precisando de cabeças frias.

– Quando o duque chegou?

– Não faz nem meia hora. E olhe: lá estão seus arautos agora. Você já tinha visto uma coisa dessas?

Hastings ri. Os arautos estão se empurrando e se desafiando: um lado pertencente ao rei Henrique e o outro, a Ricardo de York. São indistinguíveis, exceto pelos casacos dos arautos do duque de York que são mais brilhantes por serem mais novos. Ocorre a Thomas que esses homens refletem o que está acontecendo por todo o país, e que, se de alguma forma a disputa pudesse ser confinada a estes sujeitos, muito sangue deixaria de ser derramado. Ele afasta o pensamento.

– Então, é verdade? – sir John diz. – Ouvimos boatos, mas esperávamos que fossem infundados.

– É verdade, lamento dizer. Meu senhor o duque de York chegou com estes tolos tocando seus clarins como se quisessem acordar os mortos. Em seguida, ele marchou para dentro do salão com a espada em pé à sua frente, seus homens ostentando o brasão real, e ele agarrou o trono como se fosse dele. Ele virou-se para os lordes esperando uma ovação, mas, sabe como é, como poderiam? Eles renovaram seus votos ao rei Henrique há apenas alguns meses. E de qualquer modo, além disso... – Hastings franze o nariz.

– Santo Deus – sir John diz. – Ele ficou tempo demais na Irlanda. Pegou alguma doença de lá. É a única explicação.

Hastings ri.

– De qualquer modo, ele foi ao encontro do rei Henrique. Eu adoraria ouvir o que têm a dizer um ao outro.

– E o conde de Warwick? – sir John pergunta. – O que ele tem a dizer sobre o assunto?

Hastings ergue as sobrancelhas.

– Nada, ainda – ele diz. – É esperado aqui esta noite.

Já é fim de tarde e os homens começam a deixar o pátio em grupos, enrolando suas capas no corpo e correndo para seus barcos para serem levados de volta à cidade, ou atravessando os portões para a estrada que leva de volta pelo Newgate. Os homens do duque de York são deixados à luz mortiça do crepúsculo parecendo deslocados e pouco à vontade. É impossível saber o que lhes disseram para esperar, mas certamente, Thomas pensa, não pode ter sido este curioso anticlímax.

– Devíamos ir ao encontro dele – Richard diz. – Apelar por sua jurisdição contra Riven.

– Ao encontro de quem? – sir John pergunta.

– Do duque de York.

Sir John vira-se para ele.

– Perdeu o juízo, meu filho? – ele diz.

– De jeito nenhum – Richard diz. – Se apelarmos para ele agora, ele vai achar que o fazemos porque acreditamos que ele seja o rei. Ficará lisonjeado. Será condescendente conosco.

Sir John fica desconcertado. Há uma pausa. Em seguida, Hastings balança a cabeça. Faz sentido.

– Bem, acho que podemos tentar – sir John admite.

– Claro – Hastings acrescenta. – O que ele pode dizer de pior? E eu os acompanharei, se me permitem. Temos a mesma bisavó, o duque e eu.

Eles olham para ele com novos olhos.

– Filipa de Clarence – ele diz, como se fosse engraçado –, filha de Leonel, filho do rei Eduardo III. Mas a partir daí nos afastamos. Por aqui.

Eles deixam os outros no pátio externo e atravessam o portão para o pátio do palácio, onde a concentração das tropas do duque de York se torna ainda mais compacta, e eles veem que Richard não foi o único a ter a ideia de buscar uma entrevista com seu comandante. A escada que leva às suas dependências está apinhada de homens esperando exatamente a mesma oportunidade.

– Vai ser uma longa espera – Hastings arrisca. Eles ficam parados na escadaria curva de pedra por mais de uma hora, impossibilitados de ir mais para cima e logo também impossibilitados de recuar, devido à pressão daqueles que chegaram depois deles. Sir John começa a desfalecer. Thomas passa-lhe um odre de vinho. Velas são acesas. Eles sentem o cheiro do fogo nas cozinhas. Finalmente, chegam a um patamar. Ali estão dependuradas as tapeçarias representando o dia do Juízo Final e algumas cenas da vida de Salomão e Nabucodonosor. Atrás de uma barreira de mais cinco guardas na entrada, há um corredor vazio e, depois dele, uma sala particular onde Thomas pode ver mais homens à luz de uma lareira. Mordomos em roupas comuns passam por eles, levando travessas de tortas aromáticas e jarras de vinho.

Thomas sente a boca encher-se de água. Nenhum deles comeu nada desde a manhã e pensar em torta de pombo e um jarro de cerveja é pensar no paraíso. Ele se arrepende de estar usando a armadura nas pernas.

Em seguida, porém, há um tumulto atrás deles. Há um movimento em onda. Homens gritam nas escadas. Alguém desfere um soco. Eles são empurrados contra os cinco guardas. Thomas fica cara a cara com um capitão barbado de elmo e peitoral.

– Pelo amor de Deus, recuem – ele diz. – Não vê que ele está ferido?

O guarda olha para sir John.

– Muito bem, deixe-o passar. Mas vocês não devem entrar na sala. Fiquem ao lado.

Os guardas os deixam passar. Eles carregam sir John pelo curto corredor escuro e entram na sala. Está apinhada de homens, mas Thomas imediatamente vê o conde de March, parado diante do fogo com uma taça de vinho em uma das mãos e suavemente coçando o rosto com os longos dedos da outra. Aparentemente, ele está ouvindo um homem vestido de azul, mas sua atenção parece estar longe dali e, neste exato momento, um tumulto alcança o patamar atrás deles, March ergue os olhos com o barulho e vê Hastings.

– William! – ele grita, chamando-o. – Entre, entre! Prazer em vê-lo! Mas pelo amor de tudo que é mais sagrado, por que é que você está aqui?

Eles se beijam. March é mais alto do que Hastings, mas não muito, e Thomas se pergunta se ele pode ver o antepassado comum em seus rostos. Não. March usa um vistoso casaco de veludo verde, de ombros largos, que vai se afunilando até a cintura, cortado curto para expor suas nádegas e o volume de seu pênis e testículos. Os bicos de suas botas de couro são extravagantemente pontudos.

– Estou esperando com sir John Fakenham – Hastings diz a March –, que está aqui para suplicar a indulgência de uma palavra com seu bom pai.

Os olhos de March recaem sobre sir John e em seguida saltam para Thomas.

– Meu Deus! Você outra vez. Thomas de Tal! Salvador de Newnham e algoz de milorde o conde de Shrewsbury.

Thomas abaixa a cabeça.

– Milorde – ele diz.

– Nossos caminhos parecem se cruzar e toda vez que você está perto de mim algo benéfico me acontece. Espero em Deus que você traga boa sorte esta noite, porque acho que vamos precisar. É o meu primo que ouço chegando?

Eles se viram e veem que o tumulto na escada era a chegada do conde de Warwick.

– Oh, por todos os santos! – March murmura. – Alguma vez já viram um homem tão furioso?

Toda a conversa fraqueja e a sala parece prender a respiração quando Warwick entra em passadas largas e firmes. Ele para, o rosto crispado. Está procurando alguém e todo mundo sabe quem. Um caminho parece se abrir entre ele e o duque de York, que está recostado contra um aparador com uma taça de vinho na mão. Ele está fingindo que não percebeu a presença de Warwick e conversa animadamente demais com um jovem de longos cabelos louros encimados por um gorro escuro.

O duque de York é uma cabeça mais baixo do que seu filho, o conde de March, e mais velho do que Thomas imaginara, cerca de cinquenta anos, provavelmente, com uma barba rala e grisalha e um corpo magro e encolhido. Ninguém se deixa enganar pela sua demonstração de indiferença, especialmente não Warwick, que agora avança para ele em largas passadas, como se pretendesse dar-lhe um soco.

– Com que direito você agora resolve reclamar a coroa da Inglaterra? – Warwick pergunta. Ele ergue a voz, alardeando sua fúria. O duque de York vira-se e finge notá-lo somente agora.

– Senhor de Warwick! – ele diz, como se estivesse feliz em vê-lo. Seus lábios estão muito úmidos e vermelhos, e ele os lambe, mas não tem a coragem de inclinar-se para frente e beijar Warwick como teria feito em outras circunstâncias.

– Eu exijo uma resposta – Warwick continua. – Com que direito você agora reivindica o trono da Inglaterra?

O duque de York hesita, olha para o rapaz louro e por fim encontra sua voz.

– Eu sou Ricardo, duque de York – ele diz. – Sou filho de Anne, que era filha de Roger Mortimer, conde de March, que era filho e herdeiro de Filipa, que por sua vez era filha e herdeira de Leonel, o terceiro, mas o segundo filho sobrevivente do rei Eduardo III.

É um discurso ensaiado que se torna cada vez mais fluente.

– Através desta linhagem, eu reclamo o direito, título, bens e dignidade real das coroas dos reinos da Inglaterra e da França, e a soberania da Irlanda, por direito, lei e costume, antes de qualquer questão de John de Gaunt, o quarto filho do mesmo rei Eduardo.

Warwick olha para ele, espantado.

– Isso eu sei – ele diz. – Isso todos nós sabemos. O que eu não compreendo é por que você faz a reivindicação agora?

– É meu direito – York responde. – Eu tinha deixado essa questão de lado até agora. Mas ela não morreu. Não se deteriorou.

– Será que você não vê que todos nós amamos nosso rei Henrique? – Warwick continua, erguendo a voz novamente para que todos ouçam. – E que nenhum dos lordes, nem o povo deste país lhe desejam mal?

Os olhos do duque esbugalham-se e brilham como vidro polido. O rapaz louro adianta-se e dirige-se a Warwick com um inadequado aceno da mão.

– Caro primo – ele diz –, não fique com raiva. Você sabe que é nosso direito ter a coroa. Ela pertence ao meu pai aqui e ele vai tê-la, independentemente do que qualquer um possa dizer.

Warwick olha fixamente para o garoto. Thomas acha que ele pode até mesmo matá-lo.

– Oh, meu Deus. Meu irmão Rutland – March diz, expirando impacientemente. Ele adianta-se, os pés grandes fazendo a palha fresca ranger, e interpõe-se entre Warwick e Rutland. Ele põe a mão no ombro do irmão.

– Irmão – ele diz. – Não diga mais nem uma palavra.

Rutland leva um susto, ergue os olhos para March e fica vermelho. Ele é muito jovem, jovem demais para saber o que está fazendo. March se vira, passa o braço pelos ombros de Warwick e o afasta dali, em direção à porta.

Warwick está empertigado de raiva, o rosto vermelho, e March procura acalmá-lo, falando-lhe em voz baixa, propondo algum plano futuro, talvez, enquanto o conduz de volta pelo meio da multidão e para fora, para o corredor.

O duque de York volta-se novamente para Rutland e continua a conversar como se nada tivesse acontecido, mas até Thomas pode ver que suas mãos estão tremendo, e seu sorriso rígido revela dois dentes da frente tortos. Após um instante, o duque e Rutland deixam o aposento e, depois que saem, o murmúrio da conversa reacende atrás deles.

– Bem – Hastings diz após um instante –, não foi tão mau como era de esperar. – Ele bate nos dentes da frente com o indicador e é difícil dizer se está fazendo uma piada ou não.

Eles passam aquela primeira semana em Londres na Bull Inn em Bishopsgate e toda manhã assistem à missa em uma capela diferente antes de tomarem o barco para Westminster para tentar uma audiência com o duque de York. Toda noite eles retornam sem sucesso. No terceiro dia, Thomas para de se incomodar com a armadura de suas pernas e no quinto todos já estão entediados.

Sir John e Richard podem discutir os acontecimentos enquanto se desenrolam, mas Thomas sabe que eles não têm nenhum poder de influenciá-los, e assim também eles estão condenados a ficar sentados de braços cruzados. Nem ele vê William Hastings outra vez, embora outros lordes venham e vão e se reúnam por longas horas no Westminster Hall, cada qual trazendo consigo seu séquito de homens uniformizados, que ficam jogando dados, treinando seus golpes e tomando cerveja para passar o tempo.

– Tudo depende se o direito à coroa pode passar por uma mulher – sir John está dizendo. – Se puder, então a reivindicação do duque de York é superior à do rei, embora o pai do rei e o pai de seu pai tenham ocupado o trono antes dele.

– É claro que não deveria passar por uma maldita mulher – Walter intervém.

– Mas por que não? – sir John contrapõe, no espírito da discussão.

– Por que não? Porque as mulheres são mulheres.

– Mas veja o conde de Warwick. Como ele se tornou o conde de Warwick? Ele se casou com Anne Beauchamp, condessa de Warwick. Assim, ele obteve o título e as propriedades através de sua mulher. Por que a coroa não deveria passar assim também?

– Porque é a coroa – Walter diz.

– Bem, aí está – sir John diz. – Não acho que os lordes estejam discutindo a questão com mais clareza lá dentro. – Ele indica o salão. – Mas é uma vergonha – ele continua –, porque homens perderão suas vidas por causa disso.

– Já perderam antes, perderão outra vez.

Sir John suspira.

– Obrigado, Walter. É claro que é verdade. Mas isso dividirá famílias. Irmão contra irmão, pai contra filho. Esse tipo de coisas. Espero que não, é claro, mas se um homem tem o direito ou não de chamar a si mesmo de rei da Inglaterra levanta paixões perigosas que só podem levar a mais derramamento de sangue.

A discussão se arrasta por toda a manhã, até que Katherine não pode mais aguentar.

– Acho que vou dar uma volta – ela diz.

Thomas une-se a ela. Os demais permanecem na praça, onde sir John explana seus pontos de vista incessantemente.

– Sir John parece melhor – Thomas diz.

– Só porque ele está fora do alcance de Fournier – ela diz, com desdém.

Além dos muros da abadia, eles encontram um negociante de artigos para escrita vendendo uma pobre seleção de livros, alguns deles sem encadernação. São de pouco interesse para Thomas, mas Katherine gosta deles.

– É como se o autor fosse retornar a qualquer momento, pegar sua pena de escrever e continuar a conversa – ela diz.

Nem todos os livros são tratados religiosos.

– O que é aquele ali? – ela pergunta, apontando. É uma série de folhas dobradas, grosseiramente cortadas nas bordas, amarradas com tiras de pano da cor de solas de sapato. Thomas desamarra as tiras e o abre, observado pelo vendedor. Cheira a mofo.

– Santos – Katherine diz.

Na primeira folha aberta vê-se a surpreendente figura de um homem vestindo um robe longo com o dedo inserido no ânus de outro homem.

– É um tratado sobre fístula – Thomas lê em voz alta. – De um homem chamado John Arderne. É um barbeiro-cirurgião de Londres, diz aqui.

Eles examinam a gravura. Há outras, cada qual tão peculiar e chocante quanto a primeira. Thomas fica ruborizado.

– Então, a fístula pode ser curada? – ela pergunta.

– Acho que sim – Thomas diz, continuando a ler um pouco. – Apesar de que eu não gostaria de ver você fazer isso.

Katherine pega o pergaminho das mãos dele. Por cima do ombro dela, ele vê que há muitas ilustrações, inclusive uma de uma coruja. Uma sombra de dúvida atravessa sua mente. Quem quer que tenha desenhado o pássaro obviamente nunca viu uma coruja na vida real, e desenhou um pato com garras e um bico pontiagudo. Em outras páginas, há figuras de plantas que poderiam ser usadas em tratamentos e um desenho de um homem zodiacal, sugerindo épocas propícias para cortar determinadas partes do corpo, e de um homem ferido, também, mostrando os tipos de ferimentos que podem ocorrer em uma guerra.

– Será que Fournier viu isto? – Katherine pergunta. – Quando foi escrito?

– Diz aqui que foi no ano de nosso Senhor de 1376.

– Há quase cem anos. Portanto, até mesmo Fournier deve ter tido tempo de ouvir falar disto. Deveríamos comprá-lo. Quanto é?

O vendedor diz o preço e sem nenhuma objeção Thomas pega sua bolsinha de moedas. Katherine pechincha e consegue chegar à metade do preço. Quando Thomas paga, o velho vendedor entrega a ela o embrulho.

– Você negocia como um judeu – ele diz com um sorriso. – Ou uma mulher.

Ela não diz nada, mas pega o pacote e se vira.

– Obrigada, Thomas – ela diz, conforme atravessam o pátio da abadia.

Uma ideia ocorre a Thomas.

– Talvez possamos usá-lo para começar nossas aulas de leitura, hein? – ele pergunta.

– Aulas de leitura?

– Sim, por que não?

– Ajudaria a passar o tempo, imagino.

Assim, eles sentam-se apoiados contra uma parede, ombro a ombro, e ele começa a treiná-la na arte das letras.

– "Extrato de um tratado do Mestre Iohn Arden sobre fístula anal"– ele lê em voz alta, o dedo seguindo a linha – "e fístula em outras partes do corpo; abscessos formando fístulas; hemorroidas e tenesmo; clisteres; e certas pomadas, pós e óleos."

Eles se entreolham.

– É um texto difícil para começar a aprender a ler – ele admite –, mas é o que temos, portanto...

Ao fim da segunda semana, Katherine começa a ler, com o dedo sob cada letra de cada palavra, mas no processo ela adquiriu uma compreensão intelectual não só do processo de operação de John Arderne para a remoção ou cura de fístula, como também dos diversos unguentos e pomadas que se utilizam de plantas como cicuta e meimendro, e das várias teorias do autor sobre limpeza na cirurgia.

Durante todo esse tempo, sir John espera pacientemente, sem sucesso, por uma audiência com o duque, mas é quando Katherine está terminando a leitura das páginas de Arderne pela segunda vez, começando a gostar de seu estilo e da maneira alegre como ele gosta de se vangloriar, que os lordes finalmente chegam à sua decisão na questão do duque de York e sua reivindicação ao trono da Inglaterra, França e Irlanda.

Ao longo das semanas, a questão passou de um para o outro entre juízes, advogados e conselheiros reais. São homens austeros, de casacos pretos forrados de pele e que, um por um, fizeram questão de lavar as mãos sobre o problema. Cabe aos lordes determinarem, dizem, e assim, na ausência de uma resposta clara, os lordes optam por um acordo que serve a todos em parte e a nenhum completamente. O rei continuará rei, dizem, mas agora o duque de York se torna seu herdeiro.

– Mas o duque é dez anos mais velho do que o rei – sir John diz. – Com certeza vai morrer primeiro. Por que ele concordaria com isso?

– E por que o rei concordaria em deserdar seu próprio filho? – Richard pergunta.

– Se é que ele é seu próprio filho – sir John retruca.

Um boato tem circulado no Palace Yard de que o filho da rainha não é filho do rei e que o rapaz foi concebido enquanto o rei estava indisposto. O boato, depois de transmitido uma, duas, três vezes, se transforma em fato. O filho da rainha *não* é filho do rei. Alguns até dizem que o verdadeiro pai é o duque de Somerset. Somente Katherine pergunta como a rainha reagirá ao saber que seu filho foi deserdado e é chamado de bastardo.

– Ela não vai gostar nada – sir John admite.

– Então, este acordo não resolveu nada? – Katherine diz.

Faz-se uma longa pausa.

– Não.

– Então, a rainha virá para o sul com seu exército outra vez? – ela continua.

Nova pausa.

Finalmente:

– Provavelmente.

22

Thomas e Katherine seguem sir John e Richard na saída por Bishopsgate na manhã seguinte e não estão sozinhos na estrada. A notícia do acordo espalhou-se rapidamente e parece que o país inteiro está fazendo um balanço e se preparando para o que pode vir. Homens de armaduras cavalgam em bandos, voltando para suas propriedades, enquanto frades e mensageiros correm em ambas as direções.

Sir John, que ganhou novo alento durante sua estada em Londres, agora sofre um revés. Já não consegue sentar-se em seu baú, mas permanece desmoronado na palha no fundo da carroça conforme seguem a estrada em direção a Stamford. Perto de Ancaster, há um desvio da estrada que leva ao Castelo de Cornford e, quando passam por ali, todos olham sua extensão coberta de arbustos.

– Eu me pergunto o que ele estará tramando – Richard diz. – De certo modo, eu esperava vê-lo em Westminster.

Little John Willingham começa a contar a história de sua mãe vendendo cerveja a Edmund Riven, de suas perguntas sobre uma garota e de como ele estava indo para o norte a toda brida. Sir John finalmente adormeceu, mas Richard está ouvindo.

– Poderia significar qualquer coisa – ele diz, finalmente. – Ou nada.

Quando chegam de volta a Marton Hall, Fournier ainda está lá, ainda à mesa, embora seu garoto e seu guarda aparentemente tenham pegado seus cavalos e desertado. A sra. Popham diz que ele já está bêbado às onze horas da manhã e dormindo sobre a comida ao meio-dia. Sir John fica lívido ao vê-lo.

– Ora, mestre Fournier, tenha um bom dia.

– Bom-dia para o senhor também, sir John. Não parece ter melhorado desde nosso último encontro. Ainda bem que eu adiei minha partida, de modo que podemos cortá-lo outra vez amanhã e restaurar o equilíbrio de seus humores.

Richard e Geoffrey ajudam sir John a subir para o seu quarto, deixando Thomas e Katherine e os outros à mesa de jantar.

– Mestre Fournier – Katherine diz da outra extremidade da mesa –, o senhor está familiarizado com o nome John Arderne?

O médico, que pegara seu copo, faz uma pausa.

– John Arderne? Ora, sim. Um cirurgião. Do século passado, um grande talento com a faca, mas possuidor de teorias perigosas e profanas concernentes à produção do salutar pus.

– Ele não era um especialista na cura de fístulas? – Katherine continua.

Fournier toma um longo gole de sua bebida e olha fixamente para ela por cima de sua taça. Ele a recoloca na mesa e enxuga os lábios.

– Ele teve um pequeno sucesso – ele admite –, mas a intervenção... bem, é extremamente perigosa. Eu não aconselharia. E você sabe que Arderne ignorava a necessidade de cauterização ou purgativos? Ele recomendava uma esponja limpa pressionada sobre um ferimento para parar o fluxo de sangue e depois disso nada mais além de ataduras, trocadas apenas quando sujas, e o ferimento mantido seco? Loucura.

– Então, o senhor sabe sobre a cura dele para fístula?

– Claro. Por quem você me toma?

– Achei que o senhor fosse um barbeiro. Um cortador de cabelos. – Ela não acrescenta "um bêbado". Toda conversa silenciou na mesa.

– Você duvida da minha capacidade de realizar tal operação?

Katherine escolhe as palavras cuidadosamente.

– Eu não duvido de sua capacidade. Apenas de sua coragem.

Fournier coloca o copo na mesa. Está refletindo profundamente.

– Não é uma fístula tão grave – ele diz, como se falasse consigo mesmo. – E é apenas uma. Eu tenho os instrumentos necessários para a operação na minha bagagem.

Por um instante, Katherine tem a impressão de que Fournier realizará a operação.

– Mas, não – ele diz. – Eu não tenho nenhuma das anotações de que iria precisar, nem lembrança suficiente dos detalhes do procedimento.

Ele retorna à sua bebida com alívio.

– Nós temos as instruções dele aqui – Katherine diz. Ela faz um sinal para Thomas, que retira o manuscrito do pacote do perdoador. Ele está prestes a passá-lo ao longo da mesa, mas vê os dedos engordurados que iriam sujar as páginas e resolve se levantar e entregá-las diretamente ao médico. Fournier olha para elas, inicialmente com descontração, mas logo franze as sobrancelhas.

– Agora o senhor não tem nenhuma desculpa – Katherine diz.

Fournier não levanta os olhos. Ele vira uma página, dobrando-a cuidadosamente. Após um longo instante, fecha-a. Seu olhar salta pela sala, como se estivesse ansioso demais para conseguir parar em um só lugar por muito tempo, até pousar na porta.

– É uma pena – ele diz. – Eu devia ter feito a operação logo de manhã, mas a Lua está em Libra e os astrólogos concordam que nenhuma operação deve ser feita enquanto a Lua estiver no signo que governa a parte do corpo a ser operada. As estrelas são forças poderosas em nossos destinos...

– Mas o senhor disse que iria sangrá-lo amanhã – Katherine interrompe. Os olhos de Fournier parecem ainda mais fundos em seu rosto.

– Muito bem – ele concede –, conduzirei a operação amanhã, bem cedo.

Ele esvazia sua taça e bate-a na mesa para que a encham outra vez.

Na manhã seguinte, ele foi embora.

– Ao menos, ele não cobrou pela sangria – Geoffrey diz, antes de descobrirem que ele levou uma taça de prata em substituição.

– Eu tive um sonho à noite – Katherine diz a Thomas mais tarde. – Sonhei que era eu quem cortava sir John. Eu retirei sua fístula e em recompensa ele me deu sua almofada. Por alguma razão, eu fiquei satisfeita com ela.

Thomas estreita os olhos.

– Você não pretende fazer isso sozinha, não é? Fournier disse que é uma operação perigosa.

Ela sacode a cabeça.

– Não é mais perigosa do que qualquer outra. Não mais do que extrair a flecha de Richard e eu faria isso se tivesse os instrumentos. Eu sinto que já conheço o procedimento de cor agora.

Thomas suspira.

– Devemos achar outra coisa para você ler – ele diz.

Katherine ri e está prestes a sair quando a sra. Popham desce a escada do quarto de sir John. Ela carrega uma bolsa de couro.

– O cirurgião foi embora e deixou seus instrumentos – ela diz.

Thomas volta-se para Katherine. Ele olha para ela, espantado.

– É a vontade de Deus, então – ele diz, muito calmamente, e ela pode ver que ele gostaria que não fosse.

A sra. Popham entrega a bolsa a Katherine como se fosse dela por direito e, ao pegá-la, Katherine sente seu peito estremecer. Todo o seu corpo está tremendo.

Seria realmente o desígnio de Deus?

– Há a possibilidade de que sir John não permita que eu faça a operação – ela diz.

– Você realmente quer fazê-la? – Thomas pergunta.

– Quero que ele fique bem outra vez. Quero vê-lo andar.

– Mas cortá-lo? – Thomas diz, soltando a respiração.

– Quando eu tirei a flecha de Richard era como se eu tivesse um poder – ela diz a ele. – Como se eu soubesse o que fazer. Eu sinto o mesmo agora.

Thomas balança a cabeça, aceitando sua palavra, e juntos eles sobem a escada e espreitam pelas cortinas em torno da enorme cama de sir John. Richard está acordado; seu pai dorme; os cachorros têm as patas sujas de lama.

– Ele não se mexeu a noite toda – Richard diz. – E agora eu soube que Fournier fugiu.

Katherine balança a cabeça.

– Richard – ela diz. – Você confia em mim?

– O que quer dizer?

Ela estende o manuscrito para ele. Richard pega-o e se contrai.

– Santo Deus – ele exclama, exalando o ar dos pulmões. – Está pretendendo extirpar a fístula?

Katherine balança a cabeça, confirmando. Richard volta-se para seu pai. Neste momento, o velho lorde se contorce de dor e seu rosto se crispa numa careta. Richard devolve o manuscrito.

– Tem certeza de que consegue fazer isso? – ele pergunta. – É mais do que remover uma flecha, sabe? Mais do que cuidar de um ferimento como o de Thomas.

– Sinto-me confiante. Não sei por quê.

Richard afasta delicadamente os cabelos da testa de seu pai.

– Deixe-me pensar nisso – ele diz. – Logo lhe darei uma resposta.

Katherine assente. Ela está de saída quando ele lhe diz.

– Mas eu confio em você, Kit. Sei que você pode fazer isso se diz que pode.

Depois do café da manhã, Katherine segue os outros para o campo de treino de arco e flecha atrás da igreja, levando o manuscrito com ela. Eles atiram suas flechas, enviando-as com um baque surdo para dentro dos bancos de terra na extremidade da clareira. Eles preparam e atiram, preparam e atiram. Uma hora, duas horas. Ao final, Thomas está esfregando o ombro e eles estão sujos e suados.

– Vamos de novo – Brampton John diz.

– O que deu em você?

– Só a ideia de vinte mil nortistas filhos da mãe vindo para cá... Tenho mulher agora, sabe?

– É mesmo? Pensei que aquela fosse a sua mãe – Dafydd diz e por pouco os dois não começam uma briga.

Mais tarde, Richard vai ao campo de treinamento. Ele os chama e todos se dirigem juntos para a igreja. Eles deixam os arcos na porta e se reúnem na nave.

– Paguei ao padre para rezar uma missa.

– Com que finalidade? – Walter pergunta.

– Kit vai operar a fístula de meu pai.

Dafydd abre a boca para praguejar, mas lembra-se de que está na casa de Deus. À luz matizada da vidraça da janela, seus rostos estão manchados e Katherine sente uma distância abrir-se entre ela e os outros, como se ela estivesse se transformando em algo diferente, algo a ser temido. O curioso é que eles olham para Thomas em busca de orientação. É como se, por ser amigo de Kit, ele tivesse alguma percepção especial.

– Ele pode fazer isso – Thomas diz, encolhendo os ombros.

A missa é rezada rapidamente por um padre impaciente para ir a outro lugar, mas as preces que os homens oferecem são sinceras. Depois da missa, eles saem silenciosamente, atravessam o vilarejo em grupo e voltam para a mansão. O ambiente parece mais carregado e cada movimento, cada gesto, parece ter um significado adicional, como acontece antes de uma punição.

– Thomas – ela diz. – Poderia arrancar alguns fios da cauda de seu cavalo? Uns vinte, mais ou menos. Os que você conseguir achar, bons e fortes, que não se rompam facilmente.

Ela pede vinho quente à sra. Popham.

– Vamos precisar de bastante, em uma vasilha de cobre, bem como panos de linho, velas e um frasco de óleo de rosas. E as claras de cinco dos seus ovos mais frescos.

No quarto de dormir, sir John está acordado, porém sonolento. Seus olhos são apenas fendas e sua língua está espessa. Com o tratado ao seu lado, Katherine começa a examinar os instrumentos de Fournier, escolhendo aqueles de que vai precisar.

Ela encontra a *spongia somnifera*, embebida no anestésico que Fournier usa para deixar os pacientes amortecidos. Resta cerca de dois centímetros do líquido no frasco, mas será muito? Ou pouco? Ela terá que esperar para ver o poder do anestésico.

Após alguns instantes, a sra. Popham traz uma grande vasilha de cobre de vinho tinto fervente. Thomas chega logo atrás dela com os fios da cauda de cavalo. E logo em seguida, entram Dafydd e Owen, depois Black John, depois todos os outros. Somente Walter permanece no térreo.

– Pode colocar a vasilha no chão – Katherine diz à sra. Popham. – E poderia trazer um pouco de água morna, na temperatura do sangue, em um jarro? E um pratinho de sal. E quantas velas tiver. E, Geoffrey, por favor, tire estes malditos cães daqui.

Enquanto Geoffrey afugenta os cachorros, ela enrola os fios no vinho e coloca os instrumentos sobre eles para mantê-los submersos. Em seguida, embebe a esponja no líquido do frasco. Ela não faz a menor ideia do que é aquilo, mas o cheiro é inebriante, quase se sobrepondo ao odor adocicado que se levanta dos lençóis de sir John sempre que ele se move. Ela coloca a esponja sob seu nariz. Ele olha para ela por cima da esponja, os olhos caídos como os de um buldogue.

– Coragem – ele sussurra, colocando a mão úmida no pulso de Katherine. – Tenha coragem, Kit. É a vontade de Deus, e Ele estará ao seu lado, guiando sua mão.

Ela balança a cabeça. As pupilas de sir John se alargam conforme os vapores fazem efeito. Em seguida, as pálpebras se fecham. Sua respiração se acalma. Ele começa a roncar.

Todos relaxam.

– Ajude-me a virá-lo, sim?

Richard e Geoffrey delicadamente viram sir John de bruços, de modo que ele fique com o rosto virado para baixo no lado da cama, as pernas penduradas da beirada com os joelhos apoiados nas palhas nas tábuas do assoalho. O volume de seu corpo é impressionante.

– Pegue uma almofada, sim? – Katherine diz. – Uma que não seja muito valiosa. E alguns panos, e água morna.

Dafydd sai em busca do que foi pedido e volta com tudo e mais um jarro de água tépida, na temperatura do sangue. Eles deslizam a almofada sob os joelhos de sir John e em seguida os envolvem nos trapos. Katherine faz um sinal com a cabeça para Richard e ele abaixa com cuidado os calções íntimos, sujos de sangue, pelas coxas de seu pai, revelando suas nádegas róseas recobertas com uma penugem branca. Neste exato momento, ele libera gases, um silvo suave que termina em um rápido escape. Um respingo de sangue escuro mancha sua panturrilha clara.

– Você vai ter que abrir as pernas dele – Katherine diz.

Geoffrey terminou de acender velas nos castiçais. Ele olha para Richard, que engole em seco.

— Está bem — ele diz. Os dois se inclinam e cada um segura uma das pesadas coxas de sir John e as afastam. Ela pode ouvir as exclamações ofegantes dos homens atrás dela. Entre as pernas de sir John, logo acima do saco flácido de seus testículos, há um ferimento escuro do tamanho de uma unha do polegar, exsudando uma substância fétida, rosada. Enterrada sob a pele fina e seca de sua nádega, ela pode ver um filamento de tecido de cicatriz enrugado, ligeiramente protuberante.

Deve ser a fístula.

Sir John emite um gemido.

— Thomas — Katherine diz. — Fique preparado com a esponja caso ele comece a se mexer.

Thomas sobe na cama pelo outro lado, aliviado de não ter que assistir.

— Arderne recomenda um clister antes — ela diz, falando mais consigo mesma. Ela retira o funil de cobre da vasilha de vinho e segura-o no alto. Sob ele, pendura-se um tubo com uma curva pronunciada, da espessura de um polegar, e cuja ponta apresenta numerosas perfurações. Ela o enche, deixa o vinho correr para dentro da vasilha e em seguida despeja um fio do óleo de rosas sobre a ponta do funil antes de, segurando-o delicadamente com as mãos, introduzi-lo no reto de sir John.

Ele retesa o corpo.

Thomas molha a esponja no frasco.

— Espere — ela diz. — Não muito. Ainda não. Pode não lhe fazer bem.

Thomas balança a cabeça, assentindo.

— Dafydd, despeje a água aqui dentro, sim? Com firmeza, agora.

Dafydd dá um passo à frente e entorna um pouco da água do jarro dentro do funil. Ela desce pelo tubo, gorgolejando.

— Ótimo — ela diz. — Mais.

Ele despeja mais e a água escorre para a palha no chão. Ela vê a cabeça escura da fístula inchar como se um verme estivesse tentando escapar pela pele, e então a ferida começa a exsudar um líquido claro. Seguem-se alguns grumos e depois filetes irregulares de água sanguinolenta escorrem pelas pernas de sir John. Quando o fluxo se reduz, ela retira o cobre e mais água jorra de seu ânus.

Em seguida, ela pega a sonda. Possui cerca de vinte centímetros de comprimento, redonda nas duas pontas, feita de prata boa e maleável. Ela sacode o aparelho para tirar o vinho, depois reza um pai-nosso antes de lentamente inserir uma das pontas na boca da fístula.

Novamente, sir John contrai-se e Katherine faz um sinal com a cabeça para Thomas. Ele aproxima a esponja do nariz de sir John.

Katherine guia a sonda ao longo do canal da fístula, forçando o tecido corrompido adiante, sentindo o tecido podre ceder suavemente, até encontrar uma espécie diferente de resistência, esponjosa e inflexível.

A sonda percorreu talvez uns oito centímetros e ela imagina que esteja agora no reto de sir John. Isso era o que mais lhe causava ansiedade, a introdução dos seus dedos no ânus. Ela mergulha a mão no vinho e em seguida pede a Richard para despejar algumas gotas de óleo de rosas em seus dedos. Em seguida, ela os guia entre a fenda das nádegas apartadas e no redemoinho de pelos que envolvem a entrada do ânus.

Está quente, insuportavelmente quente. Ela quase retira os dedos. Mas segue em frente. Ela desliza seus dois dedos até a segunda articulação, até poder sentir a sonda pressionando um enrugamento duro na parede do reto. Aquele deve ser o começo da fístula. Um sangue quase preto escorre entre seus dedos e serpenteia pelo seu pulso. Ela coloca a ponta dos dedos na ponta da sonda e empurra pelo outro lado, até algo ceder e ela poder sentir a protuberância da sonda contra a ponta de seus dedos. Ela solta a respiração.

Em seguida, ela segura a sonda e a alavanca para baixo, curvando-a, correndo-a contra seus dedos de modo que ela sai do ânus de sir John com um naco de sangue coagulado e outro material decomposto.

Sir John geme em seu sono. Thomas leva a esponja na direção dele. Katherine meneia a cabeça. Ela recosta-se para trás e olha para o que fez. Ela estremece, deseja poder desistir, deseja estar em outro lugar, mas agora que começou...

Ela torce alguns fios da cauda de cavalo formando uma alça e passa-a em volta da ponta arredondada da sonda que continua projetando-se da fístula. Em seguida, ela segura a ponta da sonda no ânus e delicadamente a empurra em toda a extensão, de modo que leva com ela os fios, exatamente como se estivesse dando um ponto em sua nádega.

Ela ouve os homens atrás dela deixarem o quarto um a um. O rosto de Richard está exangue e o de Geoffrey está verde.

– Ninguém deveria ter que ver seu pai assim – Richard diz.

Katherine, de joelhos atrás de sir John, tem uma visão bem pior.

– Ninguém deveria ver ninguém assim – ela diz.

O cheiro de doença e podridão é forte e Katherine não consegue evitar uma leve ânsia de vômito. Ela usa um pano para limpar o sangue ao redor das nádegas do velho lorde. Seus testículos estão pesados, sem pelos; o saco escrotal parece uma pera, a pele enrugada.

– O que vem agora, Thomas?

Apesar de ter lido o trabalho de Arderne três ou quatro vezes, ela não consegue se lembrar de tudo.

– Amarrar as duas pontas da ligadura e depois apertá-las usando o *tendiculum*, de modo a obter uma linha reta, esticada, entre a abertura da fístula e o ânus. – Ele tosse ao terminar.

Katherine passa os fios pela tarraxa de metal do *tendiculum* e amarra-os na outra ponta. Em seguida, ela gira a tarraxa até esticar bem os fios sobre a ponta de jacarandá bem polido. Os fios penetram na carne inflamada e com crostas ao redor da boca enrugada da fístula.

Ela pede a Geoffrey para dar a volta e segurar o instrumento com os fios esticados na posição enquanto ela pega uma agulha com uma ponta especial, com cerca de trinta centímetros, com um sulco em toda a sua extensão. Ela a desliza dentro do buraco, seguindo a linha dos fios de cavalo. Sangue e mais alguma coisa vazam para fora e escorrem sobre seus sapatos.

– Certo – ela diz. – É isso. Thomas, esteja preparado. Richard, pode trazer aquela esponja? E Geoffrey, segure a vela com firmeza.

Todos os três balançam a cabeça, anuindo, Richard agarrando uma esponja manchada de vermelho do vinho e espessada por óleo de rosas e clara de ovo.

– Depois que eu tiver feito o corte – ela diz –, temos primeiro que enxugar o sangue. Precisamos limpar o canal o máximo possível. Então, teremos que sentá-lo, para que ele pressione o ferimento com seu peso, acordá-lo e alimentá-lo com carne e vinho.

Sir John ainda ronca. Ele baba, manchando o lençol sob sua boca.

Ela enfia a mão na vasilha com vinho em busca do bisturi. Tem um cabo de osso, muito bem-feito, o instrumento mais afiado que ela já viu. Ela o coloca junto à agulha e em seguida desliza o lado cego por dentro do sulco.

Ela faz um sinal com a cabeça para Thomas e começa.

Thomas a lembra de inserir a cóclea.

Ela para.

A cóclea. Claro. Ela encontra a pequena colher de marfim no vinho e a insere cuidadosamente no ânus de sir John. Ela a vira e em seguida pega a agulha sulcada e a bate delicadamente contra o que ela espera seja a parte côncava da colher. Isso vai impedir que ela faça um corte longo demais, cortando o reto.

Ela retorna ao bisturi e pressiona-o de leve contra a carne. Após um instante de hesitação, a pele se abre. O sangue aflora ao corte. Ela desliza o bisturi para baixo, abrindo a pele e a camada de gordura pálida e macia embaixo. O sangue enche sua mão em concha. Ela não consegue ver nenhum detalhe do que está cortando.

– A esponja! Limpe o sangue!

Richard enxuga o sangue e o ferimento fica visível por um instante. Ela termina o corte. Sente o bisturi bater na colher. O *tendiculum* solta-se em sua mão.

– A esponja.

Richard aplica a esponja, limpando o sangue. Katherine joga a agulha e o bisturi de volta dentro do vinho.

– Me dê isto – ela diz, pegando a esponja. Ela a pressiona de leve contra o ferimento, retirando fragmentos de carne deteriorada e escura, limpando a cicatriz da fístula.

Ela deixa de lado a esponja usada e encontra uma nova para pressionar o ferimento.

Sir John contorce-se na cama.

– Rápido – ela diz. – Coloque-o sentado.

Ela segura a esponja no lugar enquanto os três homens rolam sir John sobre o próprio corpo e o sentam. Sua cabeça pende de um lado para o outro como se estivesse bêbado. Thomas segura-o. O rosto de sir John está muito pálido e ela pode sentir sua respiração em sua mão molhada de sangue. Ele está respirando com dificuldade, mas ainda está vivo – por enquanto, pelo menos.

– Peguem seu baú – ela diz. – Coloquem em cima da cama e contra as costas dele, para apoiá-lo.

Richard e William levantam o velho baú e o colocam na cama, atrás das costas de sir John.

– Como foi, o que você acha? – Geoffrey pergunta.

– Cortar foi fácil. Agora é que vem a parte difícil. Parar o sangramento e esperar que não haja putrefação. Foi por isso que coloquei todos os instrumentos em vinho quente.

Geoffrey balança a cabeça.

– E o que isso faz?

É uma boa pergunta.

– Eu não sei – ela responde.

Geoffrey resmunga.

Eles envolvem sir John em um cobertor e colocam seu chapéu para que ele não pegue um resfriado. Suas pálpebras estão azuis, as faces flácidas e pálidas, cada pelo da barba refletindo a luz da vela.

– Pobre coitado – Geoffrey diz.

O tempo passa. As sombras se intensificam. Os cachorros voltam e são enxotados para fora. A respiração de sir John é agitada e irregular. Katherine morde o lábio. Ela pode sentir seu coração batendo e uma onda de medo a domina a cada irregularidade.

– Muito bem – ela diz. – Deitem ele outra vez.

Cuidadosamente, eles o colocam deitado de costas e em seguida o viram. Ela não ousa retirar a esponja, embora queira fazê-lo. Ela olha fixamente para a esponja. Embora ela brilhe, nada se move. Ela acha que o sangue parou de sair.

– Está bem – ela diz. – Vamos colocá-lo confortavelmente.

Depois que ele está deitado de bruços, com a cabeça virada para o lado, os lençóis puxados até suas orelhas e dois cobertores sobre suas costas e pernas, ela limpa as mãos em uma tira de linho.

A sra. Popham chega com mais velas, um pouco de vinho e um pedaço de carne, e os deixa em um aparador, enquanto Geoffrey recolhe a palha encharcada de sangue. Nenhum dos dois consegue olhar para Katherine.

– Vamos ter que ficar de vigia – ela diz. – Alguém vai ter que ficar com ele o tempo todo agora. E mantenha essa esponja à mão. A dor vai ser terrível.

– Ele aguenta a dor – Richard diz. Ele olha para seu pai com as ataduras de linho empilhadas em suas mãos. – Ele é um velho muito forte.

Katherine balança a cabeça, concordando.

– Muito obrigado pelo que você fez, Kit – ele diz. – Você é uma sanguessuga nata. Devia estar lá fora fazendo fortuna, em vez de perder seu tempo aqui cuidando de nós.

– Veremos – ela diz. – Se ele conseguir passar pelos próximos dias sem putrefação, então, sim. Veremos.

– Você precisa de um banho – Richard diz, indicando as pernas de Katherine. Sua meia-calça está encharcada, folgada nos joelhos, pesada de sangue e da água do enema. Ela retira a lã de sua coxa. Então, solta-a e tenta conter um grito.

– O que foi? – Richard pergunta.

– Nada – ela diz. – Nada.

Ela sente seu rosto queimar. O sangue não é todo de sir John. Uma parte é de Katherine. Ela começou a menstruar.

23

Os dias passam-se devagar. No começo, eles se revezam ao lado de sir John, passando o soporífico sob seu nariz sempre que ele começava a se contorcer em seu sono, revezando-se para trocar os lençóis e buscar sinais de putrefação. No quarto dia, o soporífico acabou ou ele se tornou imune aos seus efeitos, pois começa a recobrar a consciência. Ele balbucia, murmura e se contrai em seu sono, como alguém afligido por um pesadelo.

A sra. Popham traz uma poção de papoula, cicuta e meimendro, coração de alface e a raiz de uma mandrágora, incorporados à bílis de um porco e adoçados com vinho para disfarçar o amargor. É uma velha receita de sua mãe, ela diz, e da mãe de sua mãe antes dela. Para fazer sir John tomá-la, eles usam o mesmo funil com que Katherine fez o enema, e depois disso ele dorme como um morto.

Katherine está presente o tempo todo, dormindo e comendo na cama ao lado dele, saindo apenas em busca da privacidade da latrina. Toda vez que ela se afasta, Richard entra em pânico e diz a ela que devia usar o urinol no quarto. Toda vez, ela diz que comeu ou bebeu alguma coisa que envenenou seus intestinos, e faz uma piada com isso.

Uma semana depois, eles sentem o cheiro de inverno no ar. O Festival de São Martinho chegou e se foi, o trigo de inverno está plantado, os porcos abatidos e tostados, e agora ventos frios despojam as árvores das últimas folhas. Há nevascas no céu e bandos de gansos selvagens voam para o sul. Todo rosto que Thomas encontra no vilarejo está contraído e temeroso; o medo do inverno está em todos eles.

Porém um mês se passa e já é quase Natal quando recebem a má notícia de um frade viajante.

A mulher do rei Henrique, a quem o perdoador certa vez chamou de loba da França, está levantando um exército na Escócia, exatamente como a dona daquela casa de pasto em Londres havia previsto, e o duque de Somerset, seu aliado mais poderoso, está de volta à Inglaterra, após ser expulso de seu castelo em Guisnes. Depois de Northampton, ele havia prometido ao conde de Warwick que jamais pegaria em armas outra vez e, no entanto, agora estava reunindo suas tropas logo do outro lado do rio em Hull. O frade, um dominicano com uma sede insaciável, ouviu dizer que os condes de Devon e Northumberland uniram-se a ele lá, juntamente com os lordes Clifford e Dacre, com homens suficientes para marchar sobre Londres.

– Eles cairão sobre vocês como gafanhotos nos campos do Egito – o frade diz, tomando outro grande gole de sua bebida. – Vão tomar tudo que puderem, destruir o que não conseguirem tomar. Eu iria embora, se fosse vocês.

Seu olhar repousa na sra. Popham e em Liz, até que Geoffrey o despacha em sua viagem. Depois disso, Thomas e o resto dos homens passam os dias no treinamento de arco e flecha, sob chuva, granizo e chuva com neve, às vezes sob neve, lançando voos de flechas pelos céus de chumbo.

– Nós nunca conseguiremos detê-los – Little John Willingham diz. – Eles serão muitos. Nossa única esperança é que eles passem direto por nós sem nos atacar.

– Não farão isso – Richard diz. – Estamos a oito quilômetros da estrada de Hull a Londres. Nossa única esperança é que Warwick envie um exército para o norte.

– O que quer que seja, não acontecerá antes da primavera, de qualquer modo – Geoffrey lhes assegura. – Ninguém coloca um exército no campo no inverno. A comida já é normalmente escassa, ainda mais se tiver que alimentar milhares de arqueiros.

Eles caminham de volta para a mansão no momento em que um misto de chuva e neve recomeça.

— Nunca vi tempo pior — alguém diz. — Parece que Deus quer nos inundar.

Na estrada, eles encontram um mensageiro em um cavalo magricela e de dorso afundado, que vem na direção deles. Ele esteve na mansão, diz, com uma mensagem de lorde Fauconberg. Sir John recebeu ordens de levar quinze arqueiros e dez soldados com alabardas para o Castelo de Sandal, fora de Wakefield. Lá ele encontrará o duque de York e o conde de Salisbury, e ele deverá se unir a eles para irem para o norte, em resposta à ameaça representada pelo exército da rainha e seus vassalos.

— Mas é Natal daqui a uma semana — Dafydd diz. — Ninguém luta na época do Natal, nem mesmo os malditos escoceses.

Quando chegam à mansão, Thomas bebe um caneco de cerveja e sobe para ver Katherine. Sir John está acordado, sentado na beira da cama, as pernas enfraquecidas penduradas no chão, a pele flácida caída em dobras sobre os velhos ossos. Katherine parece exausta, mas feliz — até satisfeita consigo mesma.

— Thomas! — sir John grita. — Bem a tempo de ajudar um velho a dar seus primeiros passos em muitos dias.

Com Katherine segurando seu outro braço, eles ajudam sir John a caminhar para cima e para baixo em seu quarto, quatro ou cinco vezes. O velho lorde se cansa rapidamente, mas pela primeira vez em anos ele caminha sem dor. Após alguns instantes de descanso na cama, ele pede a eles que o ajudem a se vestir e a levá-lo para baixo.

— Estou cansado deste quarto — ele diz. — Cansado da cama, cansado da vista. Cansado destes malditos cachorros, para dizer a verdade. Coloquem-me em frente à lareira com um pouco de vinho quente e uma torta de carneiro, e Deus vai recompensá-los, ainda que eu não o faça.

Eles o levam para o salão e o ajudam a sentar-se à mesa em frente ao fogo.

— Sinto-me um novo homem — ele diz. — Sinto que sou capaz de fazer qualquer coisa. Dentro de uma semana, poderei estar de volta em cima de uma sela, acreditem. Viajaremos juntos para Sandal.

— Bem — Richard diz, colocando seu copo na mesa e passando a longa perna por cima do banco. — Fomos convocados. Fauconberg quer a nossa presença. Agora temos que decidir o que vamos fazer.

Sir John parece aflito, como se aquela não fosse a maneira que ele esperava comemorar sua volta ao salão.

— Fazer? — ele pergunta.

— Fazer enquanto Riven permanece nas graças de Warwick — Richard responde.

— Eu não o compreendo, meu filho.

— É que, enquanto Riven estiver em afinidade com Warwick e enquanto nós também estivermos, não há a menor chance de fazer valer nosso direito a Cornford, não é?

Sir John sacode a cabeça tristemente.

— Sem dúvida, parece que sim — ele concorda. Ele olha para Thomas e Katherine ali parados, e por um instante Thomas acha que deveria pedir licença e sair, mas ambos passaram tanto tempo com sir John e Richard no quarto em cima enquanto sir John se recuperava que não parece fazer muito sentido. Sir John faz um gesto para que se sirvam da bebida e se sentem.

— Então, temos duas opções — Richard diz. — A primeira é tentar criar um cisma entre Riven e o conde de Warwick.

Sir John balança a cabeça.

— Como poderíamos fazer isso?

— É difícil. Não sabemos o suficiente sobre os interesses de Riven: onde eles podem ir contra os interesses de Warwick. Não acho que eles tenham nenhuma propriedade vizinha uma da outra.

Sir John tenta pensar em alguma coisa. Ele franze a testa. Por fim, sacode a cabeça.

— Não consigo pensar em nenhum modo. Warwick já provou que ele pode perdoar qualquer coisa de qualquer um, se isso for de seu interesse.

— A outra opção, então, é tirar uma flecha da aljava de Riven.

— O que você quer dizer? Simplesmente ir lá e roubar o castelo? Com quinze de nós e um rapaz sem metade da orelha?

– Não – Richard diz. – Nós mudamos nossa fidelidade. Não marchamos para Sandal, em vez disso encontramos o duque de Somerset. Para nos unirmos a ele.

Há um silêncio à mesa por um instante. A ideia de se unir a Somerset é surpreendente. Sir John é o mais estupefato.

– E lutar por ele, contra Warwick e o duque de York? E o velho Fauconberg?

– Sim – Richard diz. – Enquanto apoiarmos Warwick no poder, estaremos apoiando a ocupação de Cornford por Riven.

Agora, sir John fica vermelho de raiva.

– Mas eu estou comprometido a servir milorde Fauconberg – ele diz. – E através dele o conde de Warwick, ou o duque de York, ou quem quer que Fauconberg queira apoiar. Santo Deus, Richard! Você não vai conseguir que eu mude de lado!

– Muitos outros o fizeram – Richard responde, erguendo a voz. – Ruthyn, por exemplo, e o próprio Riven. Ele apoiava Buckingham de manhã, ao meio-dia já era um homem de Warwick.

Sir John bate o punho cerrado na mesa. Há um mês, os copos teriam dado um salto, mas agora seu gesto não faz mais do que agitar a poeira. Sua fúria, entretanto, é real.

– Não me compare a Riven – ele brada, colericamente. – Não diga que eu sou assim.

Richard recosta-se para trás, os braços cruzados.

– Só estou sugerindo opções, pai – ele diz. – Eu não o estava acusando de ser um vira-casaca.

– Ótimo – diz sir John. – Essa avenida está fechada para nós, entendeu? Deve haver outras opções, opções que não manchem o nome Fakenham.

Faz-se um longo silêncio. Um toco de lenha cai no fogo, lançando fagulhas no ar.

– E a filha? – Katherine pergunta.

Eles viram-se para ela. Katherine já provou seu valor tantas vezes antes que sua opinião é considerada a de um igual.

– Que filha? – Richard pergunta.

– A de lorde Cornford.

— Ela está prometida àquele maldito filho de Riven, o caolho.

— Que pena eu tenho dela — Richard diz. — Fournier diz que o ferimento não para de exsudar pus e o cheiro de putrefação é forte o bastante para coalhar leite de ovelha.

Thomas não pode deixar de sorrir. Katherine evita encará-lo. Ninguém diz nada por alguns instantes.

— Mas eles ainda não estão casados? — Katherine pergunta.

— Não — sir John diz, olhando ao redor em busca de confirmação, os olhos se estreitando. — Nós teríamos ouvido falar, não?

— Mas, então — Richard diz —, por que ele não se casou?

Sir John franze a testa.

— Confesso que tentei não pensar sobre isso desde o verão — ele diz. — Mas é uma boa pergunta.

— Pode ser que ele não tenha direito sobre ela? — Richard pergunta.

— Ele tem que ter, não acha? Ele é seu tutor.

— Mas ele só ganhou esta posição depois que voltamos de Northampton. Há apenas cinco meses. Ela deve ter fugido nesse ínterim.

Sir John balança a cabeça.

— E lembram-se daquela história que John Willingham estava nos contando? — Thomas arrisca. — Sobre sua mãe ter visto o rapaz indo para o norte? Ele estava procurando alguém. Acho mesmo que era uma garota.

Ninguém consegue se lembrar desse detalhe da história.

— Achei que vocês estivessem me dizendo que Riven estava se deslocando para o norte — Richard diz. — Mas será que poderiam estar procurando Margaret? Não. Não. É absurdo.

— Mas, ainda assim... — sir John diz.

— Que idade ela tem? — Katherine pergunta.

Novo silêncio. Richard olha para seu pai. Sir John está curvado para a frente, os cotovelos apoiados na mesa. Ele coloca a palma da mão sobre a barba.

— Lembro-me de que ela nasceu na Epifania do Senhor — ele diz. — Lembro-me de ter enviado ao velho Cornford um barril de vinho em comiseração por não ser um menino, depois eu soube que a mãe não se recuperou do parto e, no final das contas, não teve graça nenhuma.

– Quando foi isso? – Richard pergunta.

Sir John abana a mão.

– Foi no mesmo ano em que sua mãe morreu – ele diz. – No Ano de Nosso Senhor de 46.

Segue-se um longo silêncio. A escuridão se aprofundou. A luz amarela da vela faz sir John parecer um personagem bíblico. Um dos cachorros tem um sobressalto durante seu sono.

– Mas isso significa que ela terá quinze anos no seu próximo aniversário – Richard diz. – Em menos de um mês. Até lá, ela está sob a custódia de Riven, mas ele está ficando sem tempo, não acham? Se ele for casá-los contra a vontade dela.

– Pode não ser contra a vontade dela – sir John ressalta. – Ela pode ter se apaixonado pelo rapaz.

– Mas como poderia se Riven nem sequer sabe onde ela está?

– Não temos certeza disso.

– É a única explicação.

Faz-se mais uma longa pausa. Ela pode ouvir Liz Popham rindo da janela para o pátio, onde John Willingham faz malabarismos com maçãs para diverti-la. Ela está costurando remendos no casaco de Geoffrey, vermelhos com fio verde.

– Mas se Riven não sabe onde ela está – Katherine diz –, quem sabe?

Sir John e Richard entreolham-se, como se lhes ocorresse um pensamento.

– Não sei – sir John diz finalmente. – Ela estava na propriedade de Cornford no País de Gales antes de ele ser assassinado, mas e depois disso? – Ele encolhe os ombros.

– Mas eu estava noivo dela! – Richard continua. – Certamente você devia saber onde ela estava?

– Você *estava* noivo dela, Richard – sir John diz, as faces ficando coradas. – E enquanto você era noivo dela eu sabia onde ela estava. Depois que fui privado dos meus direitos e considerado traidor, depois que fui expulso de minha própria casa, minhas próprias terras e meu próprio país, eu tinha outras preocupações em mente, como o seu bem-estar, o bem-estar dos meus homens, o bem-estar do meu povo. Compreende?

Richard ergue uma das mãos. Não fica claro se é um gesto de desculpas, mas ele acalma sir John.

– Riven saberia sobre o lugar de Cornford no País de Gales? – Katherine pergunta.

– Talvez. A terra veio para Cornford através de sua esposa, nada além de uma colina de pasto selvagem, pelo que ele dizia, e cheio de galeses violentos roubando as ovelhas e as mulheres uns dos outros e confundindo as duas. – Sir John ri baixinho de sua própria piada.

– Por que ela permaneceu lá, então? – Katherine continua. – Por que ele não a trouxe para viver em Cornford?

– Ela era uma criatura doente – sir John diz. Algo errado com seu peito, e Cornford era frio demais para ela. Tem muita corrente de vento, aquele castelo, e o vento do leste vem direto do mar.

Richard estala a língua, desaprovando alguém quase silenciosamente, mas sir John continua.

– Cornford nunca se recuperou da morte de sua mulher – ele diz. – Costumava mimar a garota. Ele era assim. Era por isso que eu gostava dele. Ele era o único que compreendia por que eu também não o mandei para longe, meu filho, portanto antes de você começar a criticar, pense nisso.

Richard ergue as sobrancelhas, mas abaixa o olhar para as mãos sobre a mesa.

– Eu só a vi uma vez – sir John continua. – Quando tinha cinco ou seis anos, eu acho. O sotaque mais estranho que já se viu. Como Dafydd e o outro garoto... Owen, não é? Provavelmente, já acabaram com isso a esta altura, é claro.

A sra. Popham entra com uma braçada de lenha. Ela a coloca junto à lareira e deixa a sala novamente.

– Então, ela ainda pode estar no País de Gales? – Katherine pergunta.

Thomas admira o modo como Katherine pode se ater a uma questão, ir até o fundo do assunto.

– Imagino que sim – sir John concorda. – O que explicaria por que Riven não conseguiu achá-la.

– E ela só estará sob a custódia de Riven até a Epifania? – Richard pergunta. – Depois disso, ela poderá fazer o que quiser?

Sir John balança a cabeça, confirmando. Um brilho surge em seus olhos.

– Se meu entendimento da lei estiver certo – ele diz.

– Então, temos que rezar para que ele não a encontre antes? – Katherine diz. – Ou existe alguma maneira de fazer com que ele não a encontre?

Sir John coça a face. Richard olha intensamente para ela.

– Normalmente, eu colocaria minha confiança em Deus – sir John começa a dizer – e esperaria pelo melhor, mas com homens como Riven talvez seja melhor nós mesmos cuidarmos do assunto.

– Mas como podemos encontrá-la? – Richard pergunta.

Uma ideia ocorre a Thomas.

– Dafydd – ele diz. – Dafydd servia lorde Cornford, não é? Ele me disse que estava na ponte de Ludford quando Riven matou Cornford, e por falta de outra coisa a fazer, ele se uniu à próxima companhia que apareceu, que por acaso era a sua.

Há um momento de silêncio.

– É isso mesmo – Richard diz, sorrindo à lembrança. – Eu me lembro. No começo, eu não conseguia entender uma palavra do que ele dizia, nem dele, nem do seu irmão. Na verdade, ainda não consigo, mas ambos sabem usar um arco.

– Então, chame-o aqui, sim, Thomas?

Thomas encontra Dafydd no celeiro jogando dados com Owen e dois dos Johns. Ele vem relutantemente, já que estava ganhando a rodada, mas fica feliz em se lembrar de sua terra natal.

– É um belo lugar – ele diz, quando lhe dão uma bebida e o sentam à mesa com eles. – Sempre morno, como se a água do mar fosse aquecida ou algo assim.

Sir John olha para ele com ceticismo.

– Você serviu lorde Cornford na residência dele?

Dafydd coça a cabeça.

– Não exatamente – ele diz. Certamente, em seu justilho sem mangas e cabelos desgrenhados, ele parece desalinhado demais para ser convidado a entrar.

— Lembra-se da filha de lorde Cornford?

— Margaret? Nunca a vi. Mas ouvi falar muito dela. Sempre doente, não é? Gwen trabalhava no castelo, costumava ferver água para ela e coisas assim.

— Gwen?

— Minha irmã.

— Cornford tem um castelo no País de Gales? – Richard pergunta.

— Não – Dafydd diz, como se Richard fosse retardado. – Cornford tinha uma mansão, no alto da colina, não? Bem, é de sua esposa, na verdade. Mas, sempre que Cornford se ausentava, ele mudava todo o pessoal da casa para o castelo, em Kidwelly, por medida de segurança. Gwen trabalhava para os Dwnn.

Sir John fica confuso.

— Quem são os Dwnn? – ele pergunta.

— Os Dwnn? Não conhece os Dwnn? Os Dwnn moram em Penallt. Bem, essa é a casa deles. O velho John Dwnn é o comandante da guarda do castelo. Um verdadeiro castelo, aquele. Kidwelly. Torres e uma ponte levadiça e tudo o mais.

— E é lá que Margaret Cornford estaria?

— Bem, isso eu não sei. Estava quando eu saí, pelo menos.

Todos olham para ele. Thomas quase ri, tão simples é a solução para o problema do paradeiro de Margaret Cornford.

— O quê? – ele pergunta.

Sir John lhe oferece mais vinho.

— Bem, a que distância fica esse lugar, Kidwelly, daqui? – Richard pergunta após alguns instantes.

Dafydd olha dentro do seu copo por um momento, em seguida ergue os olhos.

— Não sei – ele diz.

— Bem, onde fica?

— No mar. Perto de Carmarthen.

Todos os rostos ficam inexpressivos. Nenhum deles já ouviu falar de Carmarthen.

— Onde é isso?

Dafydd abre a boca para dizer alguma coisa. Ele pensa, em seguida fecha a boca outra vez. Parece chocado.

– Santo Deus – ele diz consigo mesmo. – Eu não sei. Eu não sei onde fica. Eu nem sei como ir para casa.

– Tudo bem, Dafydd – Richard diz. – Alguém saberá. Alguém em uma estalagem. Um frade, talvez.

Dafydd balança a cabeça em silêncio e levanta-se.

– Vou procurar Owen – ele diz, e sai com passos trôpegos, deixando a porta aberta. Thomas fecha a porta e volta para se sentar.

– Não podemos simplesmente mandar aqueles dois para procurá-la, não é? – sir John pergunta. – Não é?

Richard, na verdade, ri.

– Aqueles dois? Eles nunca a encontrariam, e se encontrassem, não conseguiriam voltar até aqui para nos contar.

– Podemos enviar Thomas e Kit com ele – sir John sugere. – E Walter. E talvez um ou dois dos outros.

– Mas e quanto à convocação a Sandal? – Richard pergunta, ainda precisando ser convencido.

– Só haverá luta no ano que vem – sir John assegura-lhes. – Na época da Páscoa, na melhor das hipóteses. Portanto, não faz sentido ir para Sandal antes disso. Tudo que vamos fazer é ficar sentados naquela fortaleza miserável, morrendo congelados, se não morrermos de fome, esperando a chegada da primavera.

– E na companhia de Salisbury e York – Richard admite.

Sir John estremece e vira-se para Katherine.

– Você iria a esse Kidwelly? – ele pergunta.

Ela fica assustada.

– Se acha que isso poderia ajudar, é claro – ela diz. – Mas o que deveremos fazer se a encontrarmos?

É uma boa pergunta.

– É tudo uma questão de julgamento – sir John diz. – Se ela está a salvo com esses infames Dwnn de Dafydd, então a deixamos lá, mas se vocês acharem que há perigo de... bem, não sei bem de quê. De ser encontrada pelos homens de Riven, eu acho. Se for esse o caso, e ela aceitar nossa ajuda, então tragam-na de volta aqui. Cinco de vocês devem ser o suficiente, e se partirem depois do dia dos Santos Inocentes, estarão de volta até o dia da Candelária. Uma boa simetria, essa.

E assim fica combinado.

Eles passam os próximos dias preparando-se para a viagem, e no dia de Adão e Eva, enquanto Richard e Walter compram mais cavalos de um negociante, Thomas e Katherine e os outros viajam até Lincoln para comprar roupas do alfaiate e do comerciante de roupas usadas, mais uma aljava de flechas, um pouco de couro de sapato. Enquanto os consertos estão sendo feitos em suas botas, Little John Willingham leva os outros a uma estalagem para comemorar o começo das festividades de Natal.

– Nunca mais os veremos – Thomas diz quando se separam.

– Só espero que eles não deem com a língua nos dentes – Katherine diz. – Já imaginou se Riven descobrir o que pretendemos fazer e para onde estamos indo?

– Ele não vai ficar sabendo, não é?

Katherine franze a testa e eles continuam andando. Uma peça sobre o paraíso está sendo encenada do lado de fora da catedral e eles param para ver e fazer algumas indagações. Como chegar a Carmarthen? Ninguém ouviu falar em Carmarthen. Fica perto de onde? Ninguém sabe. País de Gales? País de Gales todos conhecem. Para lá. Para oeste. Por fim, eles encontram um mercador de lã que conhece a região ao redor de Gloucester, onde ele diz que se pode encontrar a melhor lã do país, e que fica para aquele lado. Ele conhece o País de Gales, ou ao menos o sul do país.

– O caminho mais direto é ao longo do Fosse Way – ele lhes diz em troca de um jarro de cerveja. – De lá, devem continuar descendo a estrada para Cirencester até encontrarem a rota dos negociantes de gado, que os levará através do país, até Gloucester. Ou, algumas léguas ao sul de High Cross, a estrada cruza um rio. É o Avon. Têm que alugar um barco para levá-los ao porto de Bristol.

Thomas agradece ao homem e, quando acham Dafydd e os outros, já é quase noite e o caminho de volta a Marton envolve vários atrasos, já que um depois do outro precisa parar para se aliviar. Little John Willingham desmaia e resta apenas Thomas sóbrio o bastante para carregá-lo.

Quando chegam de volta à mansão, encontram um cavalo à espera para que seus arreios sejam retirados e, lá dentro, Fournier: de volta, segundo ele, para recolher seus instrumentos que ele descuidadamente deixou quando foi chamado com urgência durante sua última visita.

– E seus honorários, é claro – Katherine murmura. Fournier fica surpreso em saber que eles vão partir em uma viagem nesta época do ano, mas fica satisfeito por encontrá-los antes de partirem.

– Porque eu me vejo como testemunha de algo que é um pequeno milagre – ele diz de seu lugar habitual à cabeceira da mesa, um novo garoto atrás dele, um copo de vinho quente na mão. – Vejo que sir John está curado.

Ele fala alto para chamar a atenção, e Thomas pode ver Katherine retesar-se na outra extremidade do salão onde está sentada nas sombras.

– Não é nenhum milagre – ela diz, inclinando-se para frente e ficando sob a luz.

– Não? Um garoto sem nenhum treinamento, sem nenhuma experiência, realizando um procedimento complexo e geralmente fatal como este? Ora, vamos. Algo deve ter guiado sua mão. O que foi? O Espírito Santo?

Fournier está sentado absolutamente imóvel e seu ajudante olha fixamente para a nuca de seu mestre. Faz-se um silêncio no salão e todos se inclinam para frente, cientes de que algo foi insinuado. Richard atira um pedaço de pão na mesa.

– Que conversa é essa, mestre Fournier? – ele diz.

– Só estou dizendo – Fournier responde – que não é possível para um mero garoto fazer o que este fez sem algum tipo de intervenção. A única pergunta que resta é se a intervenção é divina, ou diabólica.

PARTE CINCO

Para o Castelo de Kidwelly, País de Gales, janeiro de 1461

24

Eles partem ao amanhecer do dia seguinte ao dia dos Santos Inocentes. O céu no alto parece uma tela de nuvem pálida que promete neve, e sob os cascos de seus cavalos a terra ressoa com um som oco.

Sir John os observa na partida.

– Vamos sentir falta de vocês – ele grita. – Esperamos vocês de volta até a Candelária.

Depois que saem do meio das árvores e deixam para trás a torre de Lincoln, Katherine já perdeu toda a sensibilidade nos dedos das mãos e dos pés. Dafydd cavalga ao lado deles, encoberto em sua capa de viagem com um chapéu grande de pelo de gato na cabeça. A única maneira de saber que ele é uma criatura viva é pelo vapor de sua respiração.

– Pelo menos não está nevando – ele diz, exatamente quando os primeiros gordos flocos de neve começam a girar em torno deles.

Eles continuam, atravessando a cidade de pedras cinzentas no momento em que os sinos da catedral tocam a Sexta. Walter lidera o grupo no cavalo de Richard, Thomas segue atrás em seu palafrém, os outros três em seus pôneis com seus pelos ásperos de inverno recentemente crescidos. Cada homem carrega sua bagagem e seu arco. Walter tem uma espada; Thomas, seu machado de guerra; Dafydd e Owen, uma lança de quatro metros e meio cada um; Katherine, uma espada curta em uma bainha de couro, que ela gosta de usar. Sir John ofereceu-lhe uma besta com um mecanismo de enrolamento que facilitava o manuseio, mas ela a recusou.

— O senhor pode precisar dela mais do que eu — ela disse, e ele a pegou de volta e colocou-a junto à porta da frente.

— Só por precaução — ele dissera, com uma risada.

Eles não conversam muito, nem mesmo quando encontram o desvio para a estrada romana Fosse Way e começam a percorrê-la. A neve começa a se acumular nas montanhas ao longe, para o norte e oeste, mas fora isso a estrada segue reta e plana até atingirem Newark exatamente quando os portões estão se fechando para a noite. O capitão da guarda os deixa passar e os direciona para a Castle Inn, onde encontram torta de coelho e cerveja ao redor do fogo.

— Não tenho muito mais para servir-lhes — o estalajadeiro lhes diz. — Os homens do duque de York pegaram tudo e não me pagaram absolutamente nada pelo prazer. Miseráveis.

— Eles já passaram por aqui? — Walter surpreende-se.

— Cerca de cinco mil, indo para o norte. Nem todos eles ficaram aqui, mas antes disso tivemos o conde de Devon e seus homens, não foi? Não é cristão estar no campo nesta época do ano.

Na manhã seguinte, há chouriço de sangue no café da manhã e partes menos nobres de porco, há muito tempo curtidas em salmoura. Eles se demoram um pouco mais no calor da estalagem, enquanto Walter paga o dono da hospedaria, e em seguida saem para o frio. Os soldados no Portão Mill os observam passar sem dizer nada, e depois do portão a paisagem está esmaecida pela neblina.

— Vamos cavalgar para dentro do mar sem nem perceber — Dafydd se queixa.

— O que será que estão fazendo em Marton Hall agora? — Thomas pergunta.

— Provavelmente, sentados com seus traseiros gordos junto ao fogo, comendo mais uma torta de pernil — Walter sugere. — Santo Deus, gostaria de estar lá. Este cavalo está me deixando nauseado, sabia? Como se estivesse no mar. Como está se sentindo, Kit? Não está com frio demais?

É interessante notar como Walter mudou de tom. Ele se tornou quase respeitoso e ela não consegue saber se essa mudança ocorreu desde a operação da fístula de sir John ou desde a acusação de Fournier de que ela possuía ligação com o diabo, e sua reação a isso.

Ela murmura alguma coisa e encolhe-se mais dentro de sua capa.

O estranho é que, ao ouvir Fournier acusá-la de bruxaria, o sangue subira ao seu rosto e ela ficara sem palavras, mas depois, quando os empurrões e puxões começaram, e ela se viu com uma faca na mão, ocorreu-lhe que ela estava esperando por isso desde a operação. Porque ela percebera de repente, no momento em que empurrara Fournier do banco, que ela própria estivera fazendo a mesma pergunta a si mesma.

Thomas a puxara antes que ela realmente se tornasse uma ameaça para Fournier e, naturalmente, ela ficara aliviada. Ela não iria querer matar um homem, nem mesmo Fournier, mas tem certeza de que, ao atacá-lo, agira corretamente. Fora instintivo, uma reação humana. Uma bruxa teria esperado, aguardado o momento propício. Um rapaz com uma faca era algo com que todos eles podiam lidar, e só fez com que gostassem mais dela.

Eles chegam à cidade de Leicester naquela noite e encontram carne de carneiro cozida na estalagem, mas a palha do colchão fede como se algo morto tivesse ficado estendido ali por uma semana ou mais e, na manhã seguinte, eles não conseguem se livrar do cheiro nas roupas.

– Desculpem por este incômodo – diz o dono da estalagem, sem lhes dar nenhuma explicação.

Eles continuam a viagem, na direção sul e oeste. Gralhas tagarelam nos espinheiros e há um pau de forca vazio em uma encruzilhada deserta. Owen fica para trás, virando-se em sua sela.

– O que há com ele? – Walter pergunta.

– Acha que tem alguém nos seguindo – Dafydd anuncia.

– É mesmo?

Dafydd balança a cabeça, confirmando.

– Em geral, ele tem razão – diz.

Walter olha para Katherine.

– Acha que pode continuar se nós ficarmos de tocaia?

Ela balança a cabeça, assentindo.

Eles andam a meio galope ao longo da estrada, em seguida conduzem os cavalos por cima de uma vala e pelo meio dos troncos de um agrupamento de árvores ao lado da estrada. Acima deles, os galhos das árvores roçam e batem uns nos outros, e a neve derretida pinga em seus ombros. Eles esperam, inclinando-se para frente em suas selas, tremendo de frio enquanto os cavalos soltam baforadas de vapor.

Nada.

– Tem certeza, Owen?

Owen balança a cabeça vigorosamente.

– Não serão apenas viajantes?

Ele sacode a cabeça.

Eles esperam embaixo das árvores até que os cavalos começam a tremer de frio. Nada ainda. Após um longo tempo, Walter estala a língua em desaprovação e força o cavalo de volta por cima da vala para retornar à estrada. Eles prosseguem, descendo uma ladeira, mas Owen continua virando-se em sua sela.

– Ainda tem alguém lá atrás – Dafydd grita.

– Kit – Walter diz –, vá para trás e dê uma espiada, sim? Esse maldito galês me deixa apavorado.

Ela deixa-se atrasar, mas o nervosismo de Owen é contagiante e agora ela está amedrontada, não querendo ficar muito para trás. Ela o acompanha, tocando no cabo de sua pequena espada. Eles vadeiam um rio, depois outro, e continuam pela margem oposta, os cavalos raspando as pedras. Momentos depois, ela ouve algo e ambos se viram em suas selas. Desta vez, eles têm certeza.

– Tem alguém lá – ela grita.

– Santo Deus – é tudo que Walter diz.

Novamente, eles ficam em pé nos estribos e forçam os cavalos a galopar. O pônei de Katherine, molhado, com frio e com fome por tanto tempo, está exausto. Ela vê um priorado à frente e, depois dele, um bosque escuro e alguns teixos de aparência inóspita.

– Para baixo deles – Walter grita, gesticulando. Eles continuam forçando os cavalos por mais uns cem passos, passando pelo priorado, depois saltam de suas selas e puxam os cavalos para baixo do emaranhado de galhos.

– Continuem em frente – Walter diz. Eles vão abrindo caminho, em zigue-zague pelo meio dos troncos de aroma adocicado, até estarem bem longe da estrada, mergulhados nas trevas. Eles amarram os cavalos e voltam depressa em direção à estrada. Katherine apoia-se em um tronco áspero e aguarda.

Ela tenta imaginar quem poderia estar seguindo-os e só pode pensar em um nome.

Mais além do priorado, tem-se apenas a longa vista da estrada absolutamente reta e deserta. O vento sussurra no meio dos galhos. Um dos cavalos relincha e eles ouvem algum movimento. Katherine olha para trás, mas não consegue ver nada na obscuridade.

– Os cavalos estão bem? – ela pergunta.

– Shhhh! – Walter sibila.

Ela vira-se novamente e espreita ao longo da estrada. Seus olhos começam a evocar formas que não podem ser reais e após alguns instantes ela tem que beliscar a ponte do nariz e sacudir a cabeça. Ao seu redor, os demais estão agachados atrás das árvores, os rostos pálidos e tensos, os dedos agarrando e soltando os arcos. Todos têm uma flecha preparada. O tempo se arrasta.

Não há nada. Mas mesmo assim. Só resta aguardar. Nada ainda. Por fim, desistem, recompõem-se e voltam para seus cavalos.

O pônei de Katherine está deitado de lado, os flancos imóveis. Ela não consegue conter um grito e corre para ele, mas não há nada que se possa fazer. Uma baba esverdeada cobre seus lábios pretos e, embora seus olhos estejam abertos, estão sem vida. Ela se ajoelha e sacode a cabeça. Não consegue evitar as lágrimas.

– Estas são árvores de cemitério, não são? – Dafydd diz, erguendo os olhos para os galhos. – Devem ser venenosas para animais.

Eles olham para os cavalos restantes, na borda do bosque, arrancando a grama morta de baixo dos arbustos, depois de novo para o cavalo de Katherine, caído sob os teixos.

Ela nem chegara a lhe dar um nome.

– É só um cavalo, Kit – Walter diz. – Venha. – Ele a ajuda a descarregar sua bagagem, arrancando as tiras de couro de baixo do peso morto do cavalo. – Você vai com Thomas, então? – ele pergunta. Ela balança a cabeça, e ele começa a carregar a bagagem dela na parte de trás de sua sela para distribuir o peso. Em seguida, conduzem os quatro cavalos restantes de volta pelo meio dos teixos, pela vala e de volta à estrada.

– O que vamos fazer? – Dafydd pergunta. – Não podemos percorrer toda essa distância com cinco em quatro cavalos, não é? Mesmo Kit sendo tão magrinho.

– Vamos ter que fazer como o mercador de lã sugeriu – Thomas diz. – Descer o rio de barco.

– Que rio?

Eles olham à volta.

– Podemos perguntar no priorado.

Mas o prior se recusa a abrir o portão dos pedintes e, em vez disso, um dos irmãos grita que eles deveriam seguir mais três léguas, passar a vau por um rio e, em seguida, um pouco mais abaixo do rio, na margem oposta, encontrariam um porto.

Por que ninguém lhe falara das árvores venenosas?

Eles prosseguem, subindo e descendo uma colina, e quando estão chegando ao sopé da encosta, ela novamente ouve alguma coisa. Owen para e vira-se em sua sela.

Desta vez, até Walter ouve o barulho.

Eles se entreolham e continuam, agora mais depressa. Está escurecendo e a temperatura está caindo. Círculos concêntricos de gelo formam-se nas poças. Katherine está montada com os braços em volta da cintura de Thomas e, quando ninguém está olhando, ela descansa a cabeça nas suas costas. Ela fecha os olhos. Ela poderia dormir se, toda vez que tentasse, não visse seu pônei morto.

Por fim, eles encontram o rio, assinalado por salgueiros nas margens e, perto da passagem a vau, um pequeno vilarejo se amontoa ao redor de um desvio do rio. Amarrados pelas duas pontas a uma plataforma de toras de madeira, escorregadia de lama, veem-se três barcos de fundo chato, iguais aos que passam regularmente pelo Trent atrás da mansão em Marton, carregando Deus sabe o que e para onde.

Um homem sai de uma das cabanas. Ele segura uma machadinha enferrujada. Atrás dele está um garoto de olhos tristes com uma longa vara.

– O que vocês querem? – ele pergunta. Sua voz está rouca de medo e seus olhos são dois perfeitos círculos escuros.

Walter desmonta.

– O prior nos mandou – ele mente. – Não temos más intenções. Só queremos alugar seu barco, se ele flutua.

O homem solta uma arfada de alívio.

– Ele flutua, sim – ele diz. – Mas pode não estar disponível para aluguel. Depende de onde deseja ir.

Walter olha ao redor para alguma orientação. Ninguém sabe.

– Kidwelly – Dafydd diz. – Sabe onde fica? País de Gales.

– País de Gales? Ele não consegue levá-los até lá.

Eles se entreolham, consternados.

– Por que não? – Walter pergunta.

– Eu os levarei a Stratford – ele diz, deixando de lado a machadinha, mas não tão longe que não possa alcançá-la, se for preciso. Ele possui um sotaque como o de Geoffrey. – Podem pegar uma barca de lá, descer o rio até Bristol. Ou Gloucester. Última ponte no Severn. Ou primeira, depende de onde você olha.

– Podemos passar a noite? – Katherine pergunta. – Ou há uma estalagem por perto?

O homem os examina. Que escolha ele tem? Ele lhes dá a pouca cerveja que tem e eles compartilham um pouco de sopa com ele e seu filho. Depois, sentam-se juntos no chão, perto do fogo em sua cabana, observando a fumaça se erguer dos tocos úmidos até não haver mais nada para queimar. Atrás deles, a cabra e o cachorro do barqueiro olham fixamente para eles, a chama lúgubre mal se refletindo em seus olhos.

– Acha que alguém está realmente nos seguindo? – Thomas pergunta no escuro.

Walter dá de ombros.

– Não – ele diz. – Claro que não. Por que fariam isso?

Mas, apesar de ninguém saber a resposta a essa pergunta, eles não acreditam em Walter e mal conseguem dormir naquela noite. De manhã, comem uma papa azeda, temperada com um osso de texugo. As velas cor de ocre dos barcos estão amontoadas em rolos frouxos sobre o pau de carga. E há uma sopa de folhas e água do rio no fundo do barco até a altura dos tornozelos.

– Não vou entrar lá – Dafydd diz. – Vai afundar assim que entrarmos.

Mas eles forçam os cavalos a subirem a prancha de embarque e entrarem no barco com um bombardeio de cascos nas tábuas finas da embarcação. O gelo deixa tudo escorregadio e o barqueiro dá a cada um uma vara comprida com a qual empurrar contra a margem ou o leito do rio e, então, enfuna a vela no exato momento em que o garoto desamarra a corda da popa e a prende com um nó.

Katherine olha para Thomas, sabendo o que ele está pensando.

– Eu meio que espero o gigante aparecer a qualquer momento – ela diz.

– Desta vez, estamos preparados. – Thomas sorri e faz um sinal com a cabeça indicando Owen, sentado com o arco preparado e uma aljava cheia à cintura. A corrente os leva para oeste. Após algum tempo, Katherine senta-se na proa do barco e seus pensamentos se voltam novamente para aquela noite com Fournier.

Depois que Thomas a acalmara e tirara a faca de sua mão, ela deixara a casa e fora sentar-se no pátio com Liz Popham, que estava tendo dificuldade em decidir quem iria aceitar como marido: Little John Willingham ou John Brampton. Katherine não dissera nada. Ela achava – e ainda acha – que não fazia diferença qual Liz escolhesse, já que ambos eram tão semelhantes, mas depois ela passou uma noite angustiada, sem conseguir dormir, por medo do que Fournier fosse fazer em seguida.

Na manhã seguinte, Fournier levantara-se antes de o dia clarear. Ele pegara seu cavalo, seus instrumentos e viajara para o sul, parando apenas no portão para olhar para trás, para ela, e ela achara que ele estava prestes a dizer alguma coisa quando Walter o enxotou.

– Já vai tarde! – Walter dissera.

Mas o que será que ele estava prestes a dizer, e para onde estava indo? Ao subir na sela e virar o cavalo para o sul, ele lhe lançara um olhar particularmente significativo.

O único som ao redor deles agora é do remo do garoto mergulhando na água e o gorgolejar das águas.

– Owen ainda acha que tem alguém lá – Dafydd diz, acima do barulho. – Um barco.

– O quê? – Walter grita. – Pelo amor de Deus!

Eles se reúnem na popa e olham para trás ao longo do rio. Nada.

– Kit?

Ela não consegue ver nada, mas acredita em Owen e simultaneamente eles pegam suas varas e aceleram o barco abruptamente, um movimento que faz os cavalos cambalearem.

Em pouco tempo, o horizonte é dominado pelo vulto gigantesco de um castelo incrustado em um penhasco, bandeiras em cada contraforte, chaminés expelindo fumaça de carvão.

– Castelo de Warwick – diz o filho do barqueiro. Eles param de impulsionar o barco para olhar, espantados, para o castelo, conforme ficam sob suas muralhas, do topo das quais homens de elmos olham para baixo, para eles.

Thomas olha sem piscar, boquiaberto, e até mesmo Walter parece impressionado. Mas Owen continua escrutinando as margens do rio enquanto passam.

– Viu alguma coisa? – Katherine pergunta.

Ele sacode a cabeça. Em Stratford, o barqueiro se recusa a ir adiante, de modo que o pagam, e na manhã seguinte encontram uma barcaça maior, com uma tripulação de três homens que somente estão dispostos a deixar seus lugares junto à lareira no salão de uma estalagem à margem do rio por uma remuneração tamanha que faz Walter odiá-los e admirá-los ao mesmo tempo.

– Qual é a pressa? – um deles pergunta.

– Vamos agora mesmo – Walter diz. Eles carregam os cavalos e empurram a barcaça para fora, pelo meio do tráfego do rio. A partir dali, as águas estão mais movimentadas, com todo tipo de barco indo e vindo, velas enfunadas, homens nos remos, levando barris, sacas e cavalos para cima e para baixo do rio. Novamente, Owen senta-se atrás com seu arco sobre os joelhos. Teria sido fácil ignorá-lo se Dafydd não ficasse constantemente olhando para ele.

– O que ele tem? Uma espécie de sentido mágico ou algo assim? – Walter pergunta.

– Até hoje nunca errou – Dafydd diz.

– Mas há um monte de barcos nos seguindo! – Walter grita. – Olhe. Aquele ali, com a vela remendada. Vacas a bordo. Não pode estar nos seguindo, pode? Vacas. Já pensou nisso?

Eles param em Tewkesbury naquela noite, onde encontram uma hospedaria com o nome dos sinos que soam a última das sete horas canônicas da torre quadrada da abadia próxima. Enquanto os outros cuidam dos cavalos, Katherine e Thomas demoram-se no cais, esperando nas sombras de alguns salgueiros. Não veem nada de anormal, ou ao menos nada que possam notar.

– Vou subir o rio – Thomas diz, e demora tanto que Katherine começa a pensar que alguma coisa lhe aconteceu. Ele retorna na escuridão, após se perder no meio das árvores.

– Eu gosto deste lugar – ele diz.

Na manhã seguinte, eles estão de pé ao romper da aurora, carregando o barco ao fraco som do canto litúrgico vindo da abadia. Owen está de volta ao parapeito da popa outra vez, parecendo ansioso.

– Por tudo que é mais sagrado! – Walter grita. – Ninguém pode ter nos seguido até aqui.

– Por que não? – Katherine pergunta.

Walter abre a boca para dizer alguma coisa ríspida, mas fecha-a novamente e desvia o olhar.

– É esse galês desgraçado – ele murmura. – Ele devia ir sentar-se à frente do maldito barco. Ao menos assim nós poderíamos tirar um cochilo.

Mas, durante toda a manhã, Walter continua olhando para trás ao longo do rio. Em determinado ponto, ele franze a testa.

– Aquela vela – ele diz, apontando para um quadrado verde ao longe. – Já viram antes?

– Owen diz que está conosco desde Stratford – Katherine diz, mas ninguém responde.

Eles chegam à cidade de Gloucester antes do meio-dia.

– Agora, é descer direto para Bristol – o capitão lhes diz.

O navio de vela verde ainda os acompanha, à distância de cinco ou seis vezes o alcance de um tiro de arco, nem mais longe, nem mais perto.

Katherine ainda está em dúvida.

– Mestre – ela pergunta finalmente. – O senhor conhece a maioria dos navios no rio? O que me diz daquele?

Ele olha para trás, para a embarcação, o sol de inverno refletindo-se nos pelos curtos em seu queixo, como na neve.

– Já o vi antes – ele murmura. – Desde Stratford. Mas não imagino o que possa estar fazendo por aqui, a menos que esteja levando homens a algum lugar com muita pressa, não? – Ele olha diretamente para ela e ela vira o rosto.

Em Bristol, à medida que as duas margens do rio se afastam, eles se mantêm próximos ao lado oriental e velejam na direção do sol poente, até serem lançados na foz de um outro rio e usarem a correnteza para colocá-los entre alguns imponentes penhascos de pedra vermelha. Pouco tempo depois, eles entram no braço do rio sob outro castelo de ameias, onde o cais está repleto de barcos, mais do que eles já tinham visto em Boston ou talvez até mesmo em Calais; alguns parecem grandes o suficiente para transportar uma igreja. As casas ao redor deles impressionam pelo tipo de riqueza que só pode advir da compra e venda de lã.

– Depressa, depressa – o barqueiro grita, conforme eles descarregam os cavalos –, não quero estar aqui quando a maré baixar.

Walter paga o piloto enquanto os outros escrutinam rio abaixo, onde o barco de vela verde destaca-se no meio do canal, antes de abaixar a vela e se desviar, como se depois de alguma discussão, para a margem mais distante do rio. Sem a vela, o navio se perde rapidamente na floresta de mastros.

– Conseguiu distinguir o barco? – Walter pergunta.

Katherine sacode a cabeça.

– Nós já descemos muito o rio para atravessar agora – Walter continua. – Teremos que encontrar um navio que nos leve a esse maldito lugar. Santo Deus, espero que tudo isso valha a pena.

– Esperem até ver Kidwelly – Dafydd lhes assegura. – Nunca mais vão querer sair de lá.

Após algumas perguntas aos fiscais e a um dos assistentes do capitão do porto, eles encontram um navio de carga, de casco circular, de um único mastro, comandado por um homem cujo sotaque eles mal conseguem compreender.

– Ele é um mercador do Leste, do Báltico ou algo assim – Walter diz. – É de algum lugar, de qualquer maneira.

O capitão do navio pretende velejar para Wexford, na Irlanda, com um carregamento de vinho da Gasconha em tonéis, e ele pode levá-los, mas não pode transportar os cavalos.

– Para onde querem ir?

Mais uma vez, eles explicam.

– Kid Velly?

– Fica no mar – Dafydd não para de repetir.

– Quando você olha para o mar, o sol brilha no rosto, no lado do rosto ou nas costas?

– Quase nunca brilha – Dafydd admite.

– Rosto! – Owen grita. – No rosto.

O mestre do navio pestaneja e começa a se afastar como se a idiotice pudesse ser contagiosa.

– Está bem – ele admite. – É a costa sul que vocês querem.

– Você vai reconhecê-lo quando o vir, não vai, Dafydd?

Dafydd não parece muito seguro. Eles pagam ao capitão do navio uma parcela do valor pedido por ele. Walter sacode a cabeça enquanto conta as moedas da bolsa que sir John lhe deu.

– Nós perdemos a maré – o capitão do navio anuncia, indicando a lama atrás dele. – Partiremos amanhã. Assim que clarear.

Eles vendem seus cavalos em um estábulo que cheira a lama do rio. O negociante mal pode acreditar no cavalo de Thomas e tem que enviar um garoto para buscar mais dinheiro para poder cobrir ao menos metade do seu real valor. Então, em vez de comprarem provisões para a viagem, eles pagam a um barqueiro para levá-los ao outro lado do rio, onde ficam até à noite procurando o barco de vela verde, sem sucesso.

Na manhã seguinte, o capitão do navio e sua tripulação encontram-se com eles na faixa litorânea com um grande suprimento de provisões e materiais para a viagem, parte da qual está disposto a vender a Walter – a um preço.

– Um homem tem que ganhar a vida – o mestre diz, encolhendo os ombros. Ele vende a eles uma panela de barro de feijão cozido, cerveja em um barril de madeira e um pão do tamanho do torso de um homem e duas vezes mais duro. Depois de subirem a bordo, cada um encontrando um nicho entre os tonéis de vinho, a tripulação desamarra os cabos e dois pequenos barcos a remo os reboca para fora do canal de águas rápidas que inchou durante a noite, tornando a encher o braço lamacento do rio. Dentro de pouco tempo, estão de volta ao Canal de Bristol. Walter e Thomas juntam-se a Katherine na popa do navio e olham para trás, para a boca do porto, onde os pináculos das igrejas e as torres do castelo ficam escondidos por trás dos penhascos convergentes de pedra calcária vermelha.

Entre eles, outro barco desponta, uma vela verde içada.

25

É o segundo dia deles no mar e o capitão do navio sabe que uma tormenta está a caminho porque os pássaros desapareceram.

– E uma bem forte, eu acho – ele diz.

Então, há uma discussão. O imediato quer atracar no porto, Thomas imagina, mas o comandante do navio quer levá-lo para o mar. Por fim, o comandante vence e o pequeno navio muda de direção, para dentro do vazio do mar ocidental, onde nuvens preto-azuladas agitam-se no horizonte.

O dia escurece e a chuva começa algum tempo depois do meio-dia, fria e penetrante, aguilhoando como alfinetes. O vento enfuna a vela, começa a zumbir pelas escadas de corda e só fica mais forte quando é capaz de levantar as cordas do convés e fazê-las correr horizontalmente. O navio mergulha e se levanta, e a tripulação recolhe a vela e a enfia embaixo do convés. O imediato se amarra ao mastro e grita para que os outros façam o mesmo.

Então, o céu fica preto e o mar se ergue ao redor deles. Thomas percebe de repente o quanto o navio é pequeno. Ele é jogado de um lado para o outro, erguido em grandes escarpas de água verde, depois é solto para despencar em cavados espumantes. Enormes deslizamentos de água varrem o convés. Thomas agarra-se ao mastro. Ele roga a Deus por salvação. O capitão luta para se manter em pé. Os tonéis de vinho flutuam livremente. Algo cai do topo do mastro e atinge o imediato, deixando-o morto ou inconsciente, ninguém sabe dizer. Ele continua amarrado ao mastro, caído para a frente com as mãos junto aos pés, a cabeça na altura dos joelhos, e é jogado para trás e para frente até sem dúvida estar morto.

O capitão berra o tempo todo: eles têm que esgotar o navio; e assim eles saem cambaleando de seus poleiros e começam a trabalhar com o que podem encontrar: baldes, jarros, vasilhas, um chapéu velho. Um dos homens da tripulação usa um martelo de madeira e uma alavanca para colocar os tonéis de volta no lugar.

O vento se intensifica ainda mais, rangendo no cordame, e o mar bate no barco sem cessar, tentando reduzi-lo a gravetos. A água estronda por cima das amuradas, empurrando-os, o nível erguendo-se em espuma ao redor de seus joelhos. O navio fica pesado, desequilibrado.

Thomas começa a pensar que é assim que tudo vai terminar: vão se afogar em um navio de um negociante do Leste ao largo da costa galesa, o rugido do vento em seus ouvidos e o gosto de salmoura na boca. Era melhor terminar tudo agora, ele pensa, deixar de lado o balde, fazer suas preces, encarar a verdade. É somente a visão de Katherine que o força a prosseguir. Seus cabelos estão emplastrados em sua cabeça pequena e seus ombros pequenos e ossudos movimentam-se sem parar conforme ela pega água com uma vasilha de madeira.

E assim continua durante a maior parte da tarde e noite adentro, até que finalmente o vento se abranda. A chuva hesita, vacila. Thomas ergue os olhos. Será sua imaginação, ou a onda seguinte está menor, o levantamento do navio menos árduo, o mergulho subsequente menos profundo, a corredeira de água pelo convés menos forte? Ele apega-se às diferenças. Anima-se. Mergulha seu balde na espuma efervescente e recomeça. Em pouco tempo, conseguem jogar fora mais água do que entra.

A tripulação se regozija em silêncio. Também eles acham que o pequeno navio conseguiu sobreviver à tormenta. Eles continuam a esvaziar o convés durante toda a noite, mergulhando, levantando, despejando, e quando finalmente param, Thomas está zonzo e seus dedos sangrando, mas a embarcação continua flutuando e eles ainda estão vivos.

Eles dormem toda aquela noite, e a manhã seguinte irrompe límpida, apenas uma barra de nuvem púrpura pelo céu da cor do peito de uma pomba, e uma brisa constante de sudoeste. Não há nada que indique a passagem de uma tormenta, exceto a quantidade de paus e tábuas à deriva no mar. Então, surge um corpo, flutuando de bruços, um homem de casaco claro e meia-calça azul.

– Alguém não teve tanta sorte – é a opinião do mestre do navio. – Fiquem de olho para ver se há algum sobrevivente.

Mas não há nenhum, apenas mais destroços, um rato aterrorizado em um barril oscilando na água e depois um retalho de vela. É verde? Katherine observa-o passar, franzindo a testa, sem dizer nada.

A terra firme é uma sombra no horizonte. O imediato, um hematoma roxo do tamanho de um ovo de pato na testa, faz a tripulação desenrolar e içar a vela, e o capitão do navio grita com voz cansada tentando impor a ordem e dá uma alavancada no timão. A lona agita-se por alguns momentos, depois se retesa e o navio retoma o controle de si mesmo, virando-se nas águas verdes e ondeadas, e eles tomam a direção norte, de volta à costa.

– A que distância você acha que nós andamos à deriva? – Thomas pergunta ao mestre do navio.

O sujeito dá de ombros.

– Um dia, talvez – ele diz. – Talvez, dois. Veremos.

Os marinheiros continuam a esvaziar o navio, mas acima deles as gaivotas estão de volta.

– Um bom sinal – diz o capitão do navio.

Thomas vai se juntar a Katherine na proa, onde ela deixa o vento secar o casaco de lã que se recusa a tirar. Ela escrutina o mar.

– Algum sinal dele? – ele pergunta. Ele se refere ao outro barco. Ela faz uma pausa e em seguida sacode a cabeça. Ela parece pálida à luz das primeiras horas do dia, a pele quase transparente, as roupas manchadas, os cabelos duros de sal. Sua orelha cortada está avermelhada por roçar contra a lã molhada do seu gorro. Ele tem vontade de tocá-la, mas se contém. Ele quase ri ao tentar imaginar o que ela diria se ele o fizesse.

No dia seguinte, o litoral se revela uma linha irregular de colinas verdes, rodeadas de penhascos de pedra cinzenta e extensões de areia de cor ocre. Nuvens se amontoam no alto e logo recomeça a chover.

— Por ali, eu acho — diz o capitão, e o barco aderna para oeste. Eles continuam velejando, passam por uma restinga e depois viram para o norte outra vez, atravessando uma baía em direção a um promontório.

— Chama-se Worm's Head — diz o capitão, indicando com a cabeça um ponto baixo quando passam por ele. — É mal-assombrado.

— Mal-assombrado?

— Pelas almas de marinheiros afogados.

Dafydd e Owen estão juntos na amurada, agarrados um ao outro e apontando para uma baía que se abre diante deles.

— O que é? — o capitão pergunta.

— Nossa terra! — Dafydd grita. — Olhe! Lá está a casa!

Ele aponta. Não há muito a ser visto: uma ampla extensão de lama, um banco de areia, depois colinas baixas e um rio que vem do noroeste e deságua na baía. Thomas não vê nenhuma cabana. Katherine olha atentamente, franzindo a testa, olhando para outra coisa na areia, mas continua sem dizer nada.

— A próxima baía é Kidwelly! — Dafydd diz. — Depois daquela curva.

O mestre do navio ordena que a vela seja reduzida e eles dão a volta no promontório. Depois dele, há a foz de outro rio.

— Nunca vi tanta lama — Walter murmura. — É como se houvesse dois mares: um de água, onde estávamos, e agora isto. Olhem só para isso.

O mar de lama de Walter se estende até o horizonte para os dois lados e por todo o caminho à frente até onde a terra se ergue em pequenas elevações verdes e arredondadas. Gaivotas voam em círculos no alto, grasnando umas para as outras, brincando no vento, as penas o único detalhe brilhante entre as nuvens cinzentas.

— Não é um belo lugar, hein? — Thomas sugere.

— Uma merda de lugar — Walter concorda.

— Esperem até ver a cidade — Dafydd diz, mas suas palavras assumiram um tom ambíguo. Eles continuam através do canal na lama. Um homem na proa grita instruções ao mestre do navio no timão, e Dafydd aponta uma casa de pedra cinzenta e telhado baixo, situada entre alguns arbustos raquíticos nas colinas.

— Penallt – ele diz. – Onde moram os Dwnn.

— Malditos Dwnn. – Walter estala a língua em desaprovação. Thomas não consegue evitar um sorriso e, ao vê-lo, Walter sorri também.

O capitão do navio os desembarca no cais deserto, uma plataforma de madeira podre, cheia de entulho.

— Boa caçada – ele diz, recebendo o restante da passagem em moedas e dando à tripulação a ordem para zarpar.

Após quase quatro dias no mar, eles ficam parados no desembarcadouro instável e observam o navio deslizar de volta pelo canal.

— Nunca mais – Walter diz. – De agora em diante, irei a pé. Não importa para onde eu esteja indo, vocês nunca mais me verão em um barco outra vez.

Ainda assim, eles combinaram com o capitão do navio que ele passaria por ali em seu caminho de volta de Wexford para ver se eles iriam precisar de transporte de volta para Bristol, mas Thomas acredita que nunca mais o verão.

— O preço da viagem de volta é o dobro – o mestre do navio dissera quando viu onde estava deixando-os. – Um homem precisa ganhar a vida.

Continua a chover, uma chuva leve e constante, mas morna – ou ao menos não muito gelada.

— Estão vendo? – Dafydd diz. – Eu disse a vocês que aqui era quente.

— É estranho – Thomas concorda.

— Vamos lá, Dafydd – Walter diz. – Mostre-nos esse seu fabuloso castelo.

Eles carregam o que podem de suas bolsas manchadas de sal e seguem uma trilha ao longo da margem do rio, ao redor de uma escarpa baixa para a igreja, acima da qual eles veem o castelo erguendo-se em um promontório. É pequeno, mas há algo perfeito nele, na maneira como suas muralhas claras cobrem a subida e se inclinam sobre o vale.

— Estão vendo? – Dafydd pergunta.

— Por que estão cobertas de tábuas? – Walter pergunta. Ele aponta para as muralhas do castelo.

Dafydd parece ansioso.

— Não sei.

Dafydd segue à frente do grupo, espadanando água em uma passagem a vau e subindo para o vilarejo que se aninha sob as muralhas do castelo. As casas são muito baixas, de pedra, com telhados de palha, rústicos, mofados e parcialmente estragados. A água encharca tudo. Uma estrada semicoberta de palha os leva para depois da igreja, encosta acima na direção do castelo. Eles encontram um garoto com três cabras, descalço. Dafydd cumprimenta-o em uma língua que Thomas não compreende e o garoto retorna o cumprimento como se ele tivesse visto Dafydd no dia anterior.

– Esse é Dafydd – Dafydd explica depois que o menino passa e continua a descer a estrada. – Dafydd, filho do criador de porcos. Cresceu um pouco, hein?

Owen resmunga alguma coisa.

Mas há alguma coisa estranha naquele povoado. Todos sentem isso. Não há fumaça no ar, nem aquela algazarra de um dia de trabalho que todos esperariam encontrar. Não há sequer galinhas ou porcos soltos por ali. Dafydd para e agacha-se para passar por baixo da verga baixa da porta de uma cabana. Está escuro lá dentro, não há fogo aceso, nenhuma espiral de fumaça para fazer os olhos arderem. O colchão de palha também se foi e quando ele passa a mão acima da porta, onde o arco e a bolsa de flechas deviam estar pendurados em seus ganchos, não encontra nada; também não há panelas, apenas um balde com a alça quebrada, parcialmente cheio de algo viscoso.

– Onde está todo mundo, Dafydd?

Dafydd encolhe os ombros. Thomas inconscientemente balança seu machado de guerra, de modo a ficar mais à mão. Walter prepara seu arco e pega uma flecha. Mais acima da estrada, a filha de um cervejeiro com as pernas nuas está lavando um barril na chuva. Ela para ao vê-los e fica esperando, boquiaberta. Ela é muito feia. Ela reconhece Dafydd e Owen e eles conversam por um instante.

O que quer que ela lhes diz faz Dafydd se espantar.

– O que foi? – Thomas pergunta.

– Não acredito! Myvanwy diz que Jasper Tudor içou sua bandeira em Pembroke.

— Jasper o quê?

— Jasper Tudor — Dafydd diz. — O maldito conde de Pembroke. Ele ergueu sua bandeira e está recrutando homens para marcharem para Londres. Ela diz que ele está esperando um exército de irlandeses e franceses vir do outro lado das águas, da Irlanda. Guerreiros mercenários estrangeiros e celtas e aqueles filhos da mãe com armas de fogo.

— O que ele quer com eles? — Walter pergunta, irritado.

— Vão lutar pelo rei Henrique.

Walter pragueja.

— E quanto ao castelo? — Katherine pergunta. Dafydd vira-se para a garota e fala ansiosamente.

— Ela diz que os Dwnn estão defendendo-o para o duque de York. É por isso que está coberto de tábuas.

Eles se apressam subida acima, atravessando o vilarejo deserto, até estarem diante da casa da guarda do castelo. A ponte levadiça está içada, apresentando-lhes sua parte de baixo mal-acabada, e cabeças movem-se na torre e ao longo das ameias cobertas de tábuas acima. Um instante depois, uma das portinholas se abre com uma pancada e o rosto de um homem aparece.

— Identifiquem-se — ele grita.

— Maldição — Dafydd murmura. — É o velho Gruffydd Dwnn.

Ele dá um passo para trás de Thomas, como se tivesse medo de ser visto, e Walter responde:

— Viemos de Lincoln — ele diz. — Servimos a sir John Fakenham e ele nos enviou com cartas para John Dwnn na esperança de sua assistência em uma questão de propriedade.

Quando Walter tenta ser formal, ele fala como se somente há pouco tempo tivesse aprendido a língua. O homem na portinhola ergue a cabeça. Em seguida, ele começa a falar galês e termina com algo que parece uma pergunta. Após um instante, Dafydd responde. Ele está ruborizado como se tivesse sido flagrado em alguma travessura. O homem dá uma gargalhada e a portinhola é fechada outra vez. Mais cabeças aparecem nas ameias, curiosas, mas são pequenas, e nenhuma usa elmo. Meninos, meninas, mulheres espreitando. Dafydd acena para eles e grita alguma coisa.

A ponte levadiça é baixada com um rangido percussivo de correntes grossas passando por pequenos orifícios de pedra, e as pranchas batem com estrondo contra a cabeça da ponte de pedra. De repente, o ar fica denso do cheiro de cavalos, umidade, lama e podridão.

Eles sobem na ponte coberta de limo e esperam enquanto outro portão reforçado com ferro é aberto por mãos invisíveis. Depois dele, há um túnel escuro, barrado por um portão corrediço de grade de ferro, que é levantado para deixá-los passar, com um novo clangor de correntes. Mais adiante, outro portão está aberto, a luz do dia repartida pelas barras de ferro de mais um portão corrediço. Enquanto o portão vai subindo vagarosamente, Thomas olha para cima e vê rostos espreitando-os pelos buracos assassinos no teto.

– Muito bem protegido – Walter admite. – Seriam precisos cem tiros de bombarda para fazer um buraco aqui.

Um homem surge depois do portão.

– Não temos notícia de que os Tudor tenham bombardas – ele diz com um sotaque cantado. – Apenas um exército de irlandeses. São verdadeiros diabos para a pilhagem e é melhor matá-los na hora, como lobos, e quanto aos franceses, bem, acho que são mais agitados do que corajosos, como sempre.

Ele diz se chamar Gruffydd Dwnn, o chefe da guarda do castelo, leal a Ricardo, duque de York. Ele usa um capuz antiquado, igual ao que Thomas lembra que o perdoador usava, embora este homem seja um velho soldado, duro como pedra, o nariz deformado, como se tivesse sido atingido por um martelo de guerra.

Ele os conduz para fora da casa da guarda e para o pátio externo do castelo. Ali, vê-se um aglomerado de tendas rústicas e telheiros, e o ar entre as muralhas é turvo com a fumaça do fogo da preparação das comidas. De um lado, todos os animais domésticos do vilarejo competem por espaço entre uma cerca de galhos flexíveis entrelaçados, e o cheiro é forte.

– Então, é aqui que está todo mundo – Walter diz.

Quando a notícia da chegada deles se espalha, uma centena de rostos, sujos e enegrecidos de fumaça, alguns emoldurados por cabelos ruivos flamejantes, emerge para fitá-los através da névoa sombria da fumaça. Um cachorro malhado, preso a uma corda, late para eles.

– Abarrotado – o velho concorda com a observação implícita de Walter –, mas estas muralhas nos torna uma noz que só pode ser quebrada por um grande exército. Os homens de Tudor vão passar direto por nós, na esperança de carne mais fácil na Inglaterra.

Uma mulher em um vestido de aniagem marrom-avermelhado e touca imunda grita alguma coisa, e vem abrindo caminho pelo acampamento, empurrando os que estão à sua frente, em direção a Dafydd e Owen, sempre gritando e gesticulando com braços fortes e cobertos de sardas. Ela cumprimenta Dafydd com um tapa de leve e em seguida é envolvida em um abraço pelos dois homens.

– Essa é Gwen? – Walter pergunta pelo canto da boca. – Ela parece uma assassina.

Katherine pergunta a Dwnn onde haveria um mirante de onde eles pudessem ver o mar.

– Tem-se uma boa vista do mar lá de cima – Dwnn responde, com um olhar de soslaio. Ele aponta para uma porta baixa na lateral da casa da guarda. Thomas a segue pela escada em espiral, passando por uma porta que dá para uma sala com tapeçarias e continuando a subir.

– Você não acha que ele pode ter nos seguido até aqui, acha? – Thomas pergunta. – Seria magia negra, depois daquela tempestade.

– Não sei – Katherine diz. – Só quero me certificar.

Após mais algumas voltas, eles emergem no passeio calçado de pedras, onde o vento agita os cabelos de um garoto descalço, usando um *kilt* e um justilho de couro, vigiando o mar. Bem na periferia da vasta extensão da baía, o pequeno navio em que viajaram está contornando o promontório e começando a desaparecer nas névoas que cobrem o horizonte a ocidente.

Thomas sente uma pontada de tristeza com a partida deles. Ele se pergunta se o capitão do navio saberia sobre Tudor e seu exército de irlandeses vindo pelo mar. Será que ele sabia? Talvez o vinho já fosse destinado a Tudor?

Entretanto, quanto ao outro navio, aquele que Katherine acredita que nos seguiu, não há nenhum sinal. O mar está vazio, não passa de uma vastidão de águas cinza-azuladas e turbulentas. Bem ao longe, o volume pesado de algumas nuvens planas traz mais chuva.

– Viu algum barco no mar? – Thomas pergunta ao garoto.

O garoto emite alguns sons ininteligíveis em sua língua.

– Vamos precisar de Dafydd – Katherine diz.

Thomas olha para o pátio embaixo. Dafydd está defendendo-se de perguntas, tapinhas e beliscões de um pequeno grupo de mulheres em túnicas rústicas. Quando Thomas o chama, cerca de cinco garotos ouvem seus nomes e olham para cima. Até um cão late.

Enquanto esperam que ele suba a escada, examinam a região. As colinas ali são encharcadas, cortadas por rios, cobertas de fetos e faixas de grama vividamente verdejante. Há agrupamentos de espinheiros torcidos pelo vento e pequenos carneiros brancos e pretos, e tudo parece manchado e sujo.

Dafydd chega sem fôlego e questiona o garoto com perguntas arquejantes. O garoto confirma a impressão de que ele não viu nenhum navio, exceto o navio que os trouxera.

– Ele diz que houve uma tempestade – Dafydd diz, olhando para eles e erguendo uma das sobrancelhas.

– A garota ainda está aqui, Dafydd? – Thomas pergunta.

– Ah, ela está aqui sim – Dafydd diz.

– O que quer dizer com isso? – Katherine pergunta.

– Nada. Nada. Venham. Vamos tentar achá-la.

Eles se encontram com Walter dois andares abaixo, na sala de tapeçarias, aquecendo-se junto a uma lareira de pedra, tomando cerveja com Dwnn e um homem barbado que não sabe falar inglês. Quando Dafydd os vê, ele continua descendo os degraus, deixando Thomas e Katherine entrarem sozinhos. A fumaça manchou as vigas acima de suas cabeças, e as tapeçarias, peças rústicas de lã, são da cor de água de pântano. Há cerveja em um jarro de madeira circundado por um aro, em uma bandeja de estanho redonda, e um garoto serve um copo para cada um. Walter está rasgando um pedaço de pão.

– Seu amigo está nos contando como foi que vocês vieram a cair na companhia de Dafydd, o ladrão de ovelhas – Dwnn começa. – Eu soube que Cornford tinha sido morto, é claro, mas eu pensei que tinha sido em combate, e não que tivesse sido assassinado.

– Um dos muitos pecados do assassino – Thomas diz. – E com a graça de Deus, um dos últimos.

– Amém a isso – Dwnn concorda, erguendo seu copo. – Eu gostava do velho Cornford. Ele tinha modos estrangeiros de ver as coisas, talvez, mas nós apreciávamos a companhia dele por aqui. Entretanto, tenho sua filha aqui. Ele a confiou a mim quando partiu para servir ao duque de York no ano passado, como de costume, embora eu tenha sido informado que ela é protegida de sir John Fakenham? Tenho que dizer, eu esperava notícias dele há mais tempo. Já faz mais de um ano desde a morte de Cornford.

– Estivemos um pouco ocupados – Walter murmura.

– Bem, fico feliz que estejam aqui, de qualquer modo – Dwnn diz. – Vão levar a garota com vocês? – Há um tom esperançoso em sua voz.

Esse não era o plano. Mas, por outro lado, qual era o plano? Thomas não sabe.

– Ela causa muitos problemas? – Katherine pergunta.

Dwnn parece pego em flagrante.

– Não, problemas não – ele diz, não com bastante rapidez. – Ela é atraente, reconheço, mas ela... – Ele para.

– O que há de errado com ela? – Katherine pressiona.

Dwnn parece pouco à vontade.

– Sua respiração – ele diz rapidamente, recorrendo, até Thomas pode ver, a outra coisa, qualquer coisa, que não a verdadeira razão. – É difícil. E, bem. Ela tem... tem um temperamento estranho. Vocês vão ver. Ela vai ficar muito contente de vê-los.

Thomas se pergunta por quê.

– Venham – Dwnn diz. – Vamos ao encontro dela. Vocês poderão ver por si mesmos.

Eles deixam seus copos de lado, descem a escada de pedra e entram no pátio.

– Nós não pretendíamos levá-la conosco, não é? – Thomas pergunta a Walter.

– Não sei – Walter diz. – Pensei que você soubesse.

Ambos olham para Katherine.

– Ela não fica com vocês em suas dependências? – Katherine pergunta a Dwnn. Ela está surpresa.

– Não – Dwnn admite. – Ela fica com o padre. Por causa da fumaça das fogueiras e dos próprios aldeões. Ela não fez questão de se tornar querida por eles.

Eles atravessam o pátio e entram na escuridão das torres que formam a fortaleza interna. Mais uma vez, há um portão e uma grade corrediça que podem ser fechados, mas no pátio interno não há nenhuma tenda ou fogueira, apenas um padre em sua batina, sentado na grama, debulhando feijões secos com uma mulher grávida e uma criança pequena que obviamente é filho dele. Dwnn os ignora e leva Walter, Thomas e Katherine por outra porta de verga baixa e por uma escada de pedra em espiral.

Margaret Cornford está de pé na extremidade oposta de uma longa sala sem aquecimento. Usa um vestido de cor indeterminada, apertado na cintura fina, e um chapéu verde, justo, com um adorno acastelado. Ela não se move ao vê-los, mas continua lá parada, esperando. Não há redemoinhos de partículas de poeira nas faixas de luz cinzenta que penetram pelas janelas e Thomas conclui que ela está ali de pé, imóvel, há bastante tempo.

– Margaret – Dwnn anuncia. – Os visitantes são da Inglaterra. Vieram de Lincoln. Para vê-la.

O rosto de Margaret é pálido como um fantasma, e seus olhos são inexpressivos, vazios, mas ela é extraordinariamente bela. Thomas prende a respiração. Ele mal aguenta olhar para ela e desvia o olhar, com medo de se trair. Walter abre a boca para dizer alguma coisa e depois a fecha de novo com um estalido seco. Até ele tira o chapéu. A jovem olha fixamente para eles, e Thomas arrisca outro olhar de relance. Santo Deus, ela é linda. Ela faz Thomas lembrar a representação de Santa Maria Madalena, pintada na tela da crucificação em uma das capelas do priorado. Ela possui sobrancelhas finas e bem torneadas, maçãs do rosto altas, uma pela clara, maravilhosamente sedosa, e seus lábios são carnudos e parecem prometer algo que ele não consegue identificar.

Então, ela fala.

– Até que enfim – ela diz.

26

— Já estou farta deste lugar – ela diz – e desta gente.
Margaret Cornford gesticula indicando primeiro as paredes de pedra e as janelas estreitas com postigos, em seguida o catre em um dos cantos, os lençóis de linho e os cobertores de lã grosseiramente tecida, as vasilhas de barro, a cômoda, a mesa, as tapeçarias. Enquanto indica cada objeto, ela parece esperar que os visitantes concordem que sua vida tem sido difícil. No entanto, ali estão eles manchados de sangue, com as roupas molhadas e duras de sal, famintos e exaustos.

Gruffydd Dwnn ergue ligeiramente as sobrancelhas. Ele obviamente está acostumado a tais demonstrações de ingratidão.

— Você tem forças para viajar, Margaret? – ele pergunta. – É inverno, e o frio... sabe?

Seu tom de voz é ambíguo: meio duvidoso, meio esperançoso.

— É claro que tenho – ela diz.

Mas com isso ela começa a tossir e, uma vez que começa, não parece capaz de parar. A tosse nunca trava em sua garganta e, após alguns instantes, suas faces estão queimando, e ela está encurvada e arquejante. Katherine dá um passo em sua direção, mas Dwnn sacode a cabeça.

Uma outra mulher – mais baixa, mais velha, uma espécie de enfermeira – sai correndo de uma porta oculta na escuridão da extremidade do aposento, toma-a pelo braço e a conduz de volta para a cama.

— Vamos – Dwnn diz, indicando a porta atrás deles, por onde haviam entrado. – É melhor a deixarmos agora. Estes acessos a acometem sem nenhuma razão aparente, mas eles passam, e a sra. Melchyn a faz beber urina de cavalo e sangue de morcego, se consegue encontrar, misturados a uma ou outra erva.

Thomas chega a esperar ouvir Katherine dizer algo sobre o tratamento causar mais mal do que a doença, mas desta vez ela fica calada. Mas parece preocupada.

Eles passam a noite na sala acima da casa da guarda, em bancos reunidos ao redor da mesa diante do fogo. Dafydd e Owen não são convidados a se juntarem a eles, pois têm má reputação, e eles pernoitam com suas mulheres lá fora no pátio, mas Thomas, Katherine e Walter comem tortas amanteigadas recheadas com uma ave marinha com gosto de peixe. Comem queijo assado, em grande quantidade, e bebem uma cerveja espessa e doce até seus olhos ficarem empapuçados e Dwnn ordenar a seus criados que tragam palha para seus colchões.

Thomas divide seu cobertor e seu calor com Katherine, como de costume, enquanto Walter divide o dele com o homem barbado que não sabe falar inglês do outro lado do fogo abafado. Dwnn retira-se para seus aposentos particulares em cima.

Thomas em geral deixa Katherine dormir mais perto do fogo, mas esta noite ela não quer e eles trocam de lugar.

– Kit? – ele sussurra.

Ela cutuca-o com o joelho para mostrar que está ouvindo.

– Você está bem?

Ele sente a palha se mexer enquanto ela balança a cabeça. Ela se vira, aproxima as costas dele e, um instante depois, ele pode ouvir sua respiração regular. Ele permanece acordado por mais algum tempo, a mente no livro-razão do perdoador, talvez cansado demais para dormir, capaz apenas de ouvir Dwnn roncando através de seu nariz deformado no andar de cima. Ele não pensa na tempestade ou nos cavalos, mas em Katherine. Tem vontade de passar o braço ao seu redor e tocá-la. Quer sentir sua pele sob seus dedos. Não consegue dormir. Mal consegue respirar.

Durante a noite, ele sente Katherine retesar-se e ele acorda no mesmo instante, mas não se mexe. Ele a sente rolar na palha, ouve quando ela se levanta. Será que ela vai urinar? Ela atravessa a sala com cuidado e retira a barra que tranca o postigo da janela. Uma faixa de luar divide o aposento ao meio. Um cachorro late ao longe.

O que ela está fazendo? Ela sobe no banco, pressiona o rosto na abertura e permanece ali, perfeitamente imóvel, por longos instantes, antes de descer do banco e fechar o postigo.

– O que foi? – ele sussurra quando ela retorna para o cobertor.

– É que... Não. Nada – ela diz, mas ele não a sente relaxar antes de ele mesmo adormecer outra vez.

Na manhã seguinte, ela não está mais ali. Ele a procura e a encontra no passeio da torre, com o garoto ainda adormecido junto à porta, confinado em uma posição impossível. Ela veste sua capa de viagem ainda úmida, o chapéu puxado sobre as orelhas; longos fiapos de cabelos que escaparam da aba fustigam seu rosto.

Por cima de seu ombro, o mar tornou-se verde sob a chuva e subiu bastante, de modo que agora não se vê mais nenhuma lama na baía. Dali do alto, eles podem ouvir as ondas na costa e até mesmo o rio abaixo deles está cheio.

Ela espreita na direção oeste, protegendo os olhos da chuva. Ao ouvi-lo, ela se vira, em seguida vira-se de volta e aponta. Thomas olha atentamente. Ao longe, depois do promontório, a oeste, parece haver um longo rasto no céu.

– O que é? – ele pergunta.

– Fumaça, eu acho.

– Já falou com Dwnn?

Ela sacode a cabeça.

– Ele está na missa.

Thomas acorda o garoto com uma sacudidela vigorosa. Ele balbucia alguma coisa, ainda meio adormecido, então Thomas o segura pelo braço e aponta para a fumaça. O rapaz balbucia mais, nervosamente, e desaparece pela porta. Podem ouvi-lo descendo correndo os degraus em espiral. Um instante depois, eles o veem ziguezagueando pelo pátio externo, gritando alguma coisa enquanto corre. Thomas reconhece a palavra Tudor. Atrás dele, mulheres e crianças saem atabalhoadamente de dentro de seus abrigos. Eles olham para cima, para a torre. Thomas volta-se novamente para Katherine.

– Será que é Jasper Tudor? Será que seu exército veio para terra firme?

– Deve ser – ela responde.

Thomas sente-se nauseado. Um exército de homens vindo nesta direção.

Ele acha que não conseguirá suportar nada parecido com aquela tarde em Northampton outra vez. Um instante depois, ele ouve pés na escada, e Dwnn e Walter unem-se a eles.

– É isso mesmo – Dwnn diz a eles. – Os navios de Tudor estão aqui, cheios de malditos mercenários franceses e irlandeses. Santo Cristo! É melhor nos prepararmos.

Eles começam a descer a escada ruidosamente.

– Eu não compreendo – Walter diz. – Por que vieram agora? Estamos no meio do maldito inverno. Onde é que eles vão conseguir comida? Onde vão dormir? Simplesmente não faz sentido.

– Tudor sempre foi mais ou menos assim – Dwnn admite. – Sabia que o avô achava que ele era feito de vidro? Pode acreditar? Ele foi rei da França.

– E por causa disso seu filho está trazendo um exército para cá para destituir o duque de York? – Katherine pergunta.

Dwnn dá de ombros.

– Assim parece – ele diz. – Nenhum ponto fraco para o duque de York, depois do que aconteceu a seu irmão, e ele não pode ter gostado do Ato de Acordo, não é? Seu próprio sobrinho deserdado.

Thomas sacode a cabeça.

– Mas ele provavelmente jamais se encontrou com o próprio sobrinho – ele diz. – Por que iria se importar tanto a ponto de… de invadir seu próprio país com soldados estrangeiros?

Dwnn olha para ele como se ele fosse retardado.

– Se seu sobrinho for rei, ele ganha posições, não? Títulos, terras, cargos etc. Casa seu filho com a mulher mais rica da região. Se seu sobrinho não for o rei, o que ele ganha? Um chute no traseiro e um empurrão escada abaixo. É por isso que ele está aqui.

Colocado dessa forma, faz bastante sentido.

No pátio, as mulheres já estão trabalhando arduamente batendo roupas na chuva, marcando a passagem do tempo com a batida regular e seca de seus martelos de madeira.

– Bem, e agora? – Katherine pergunta a Dwnn.

– Meu John vai levar a notícia da chegada ao conde de March. O conde vai querer impedir Tudor de se juntar ao exército de Somerset no norte, posso apostar. Santo Deus. Se esses dois se unirem, eu não gostaria de estar vivendo em Londres agora. Um bando de escoceses, irlandeses, franceses e nortistas? Vão roubar tudo que puderem e queimar o resto. – Dwnn franze o cenho. – Vocês já deveriam ter ido embora, se quiserem estar de volta à Inglaterra antes do meio do verão – ele lhes diz.

– Hoje? – Walter pergunta.

– Hoje – Dwnn confirma. – Os batedores de Tudor logo estarão varrendo o campo à procura de qualquer coisa em que possam colocar as mãos. Podemos lhes vender cavalos e comida.

– Nós faríamos a viagem de volta a cavalo?

– A menos que queiram ir andando ou que um navio atraque, o que eu não acho que vá acontecer.

Thomas e Katherine se entreolham.

– Então, é melhor a gente ir andando – Walter diz. Katherine balança a cabeça, assentindo.

– Vou informar Margaret – Dwnn diz.

– Por quê? – Walter o interrompe.

– Ela vai querer se aprontar. Deve ter coisas para empacotar.

– Quer que levemos Margaret?

Dwnn fala rapidamente antes que eles possam mudar de ideia.

– Claro – ele diz. – Pensei que era para isso que estavam aqui. E é melhor assim. Ela viajará sem uma criada, se não se importam. Não posso enviar a sra. Melchyn para a Inglaterra, não com os homens de Tudor aqui. De qualquer modo, poderão se locomover mais rápido assim.

Katherine suspira e os homens balançam a cabeça, concordando com relutância. Um garoto é enviado para avisar Margaret e eles retornam à sala para empacotar seus pertences outra vez.

– Nós ao menos sabemos a rota para casa? – Thomas pergunta a Walter.

– Levaremos um guia – Walter diz. – Um dos rapazes daqui.

– Onde estão Dafydd e Owen? – Katherine pergunta.

– Devem estar por aí – Walter resmunga. – Provavelmente, se despedindo.

Dwnn lhes vende três cavalos de aparência estranha, com olhos grandes e cabeça pequena. Os melhores disponíveis, ele diz.

– E quanto a Owen e Dafydd?

– Eles podem levar os seus próprios cavalos.

Eles preparam os cavalos no pátio externo enquanto o pônei de Margaret é trazido dos estábulos, com uma sela lateral que parece nunca ter sido usada.

– Ela gosta de cavalgar – Dwnn diz –, mas o problema é sua respiração. É difícil para ela ficar perto de cavalos.

– Ela vai ter outro acesso de tosse? – Katherine pergunta.

Dwnn encolhe os ombros.

– Pode ser, mas a sra. Melchyn lhe deu bastantes remédios. Ela vai ficar bem. Só que... – Ele para, com um olhar para o céu cinzento. – Mantenham-na aquecida, sim? Seu peito, quero dizer. O frio parece piorar seu estado.

Margaret surge em uma capa azul, com forro acolchoado de lã, e um chapéu combinando. Ela está mais bela do que nunca, e Thomas mal consegue olhar para ela. Margaret pressiona um guardanapo sobre o nariz e a boca enquanto atrás dela vem a sra. Melchyn com três pesadas bolsas de couro e um frasco de couro de algo que Thomas só pode imaginar que seja urina de cavalo e sangue de morcego.

Eles agradecem a Dwnn e se preparam para as despedidas.

– Bem, e agora, onde estão Dafydd e Owen? – Thomas pergunta.

Não são encontrados em lugar algum. Após uma busca pelo castelo, verificam que Gwen desapareceu também.

– Obviamente, eles não querem deixar a família – Dwnn diz, encolhendo os ombros. – Não se pode culpá-los, com Tudor e os irlandeses e tudo o mais.

– Mas... mas eles não podem simplesmente não voltar, podem? – Katherine pergunta. Ela não consegue acreditar. E eles nem se despediram.

– Não – Walter diz. – Não, certamente não podem. Estão sob contrato com sir John Fakenham.

Dwnn encolhe os ombros outra vez.

– Devem ter ido para as colinas – ele diz. – Não conseguirão mais encontrá-los agora.

Mas como viverão nas colinas no inverno?, Thomas se pergunta. Dwnn é evasivo, não consegue encará-los.

– Qual é a cabana deles? – Thomas pergunta. – Só podem ter ido para lá.

– A algumas léguas daqui – Dwnn gesticula vagamente.

– Não levaremos Margaret se não pudermos achar Dafydd e Owen – Thomas diz. – Teremos que deixá-la aqui.

Walter inclina a cabeça para o lado, em aprovação. Dwnn hesita. Ele precisa de tantos homens quanto puder obter, é claro, mas iria querer ficar com Margaret? A jovem fita-o furiosamente.

– Está bem – ele diz finalmente. – Vou mandar Little Dafydd levá-los.

Este é outro Dafydd, outro criador de porcos, em um pequeno pônei alquebrado, sem sela. Little Dafydd se parece tanto com Dwnn que Walter ri.

– Vocês fazem alguma outra coisa? – ele pergunta.

Thomas vira-se para Little Dafydd.

– Fala inglês? – pergunta.

Little Dafydd balança a cabeça vigorosamente, mas não diz nada para provar.

– Ele entende, ao menos – Katherine comenta.

– Depois de encontrarem Dafydd, devem ir para leste – Dwnn explica –, na direção de Monmouth. Este Dafydd aqui conhece as estradas e caminhos alternativos, e que perguntas fazer quando chegarem aos limites desta região. Devem levar três dias, se andarem rápido, o que devem fazer, se quiserem evitar os homens de Tudor. Dafydd os deixará na estrada Monmouth e de Monmouth vocês podem encontrar o caminho para o rio em Gloucester. Digam a quem encontrarem que Tudor está em terra, mas deixem a critério deles decidir se isso é uma boa ou uma má notícia.

Eles sobem em suas selas. A sra. Melchyn e Dwnn ajudam Margaret, que leva um instante para estender suas saias e depois sua capa. Ela espirra com coriza, e Thomas nota uma troca de olhares entre a sra. Melchyn e Dwnn.

– Bem, então, adeus, Meg – Dwnn diz. – Tivemos bons momentos, não? Você gostaria de se despedir de alguém?

– Não – a jovem diz por trás de seu lenço. – Estou feliz em ir embora.

– Está bem – Dwnn diz, recuando um passo, erguendo a mão e sorrindo frouxamente. – Bem, adeus, então. Boa viagem.

Eles seguem uma trilha de criadores de gado que serpenteia pelas colinas baixas. Nuvens negras vão se avolumando, vindas do mar, e um falcão hesita na borda de uma escarpa. Little Dafydd segue à frente, em seu pônei de passo firme, em seguida vêm Walter, depois Thomas, seguido de Margaret, e finalmente Katherine.

Ela não consegue tirar os olhos das costas de Margaret, observando a maneira como a jovem se move na sela, a maneira como a capa encobre seu corpo, até mesmo os sapatos que ela usa – couro vermelho, ligeiramente pontudos, limpos – projetando-se de baixo da bainha de suas longas saias. Eles até combinam com suas luvas de montaria.

E a jovem não para de olhar para trás, para Katherine, como se tivesse suspeitado de algum mistério, alguma diferença. Katherine desvia bruscamente o olhar e sente-se ruborizar, mas no instante seguinte ela volta a observar a jovem à sua frente.

Depois que param para comer – três tortas de pombo frias – Thomas deixa Margaret ir à frente e fica para trás, para falar com Katherine.

– O que a fez acordar à noite? – ele pergunta.

– Eu estava sonhando com Fournier – ela diz. – Ele está sempre em minha mente, desde que deixamos Marton Hall.

Thomas dá um riso de desdém.

– Porque ele a acusou de estar associada ao diabo? Você se esquece de que todos nós vimos você extrair a fístula de sir John. Não houve nenhuma magia negra ali, apenas a faca amolada, a mão firme e muito sangue.

– Não é isso – ela diz, e ela tenta descrever o olhar que Fournier lhe lançou quando ela deixava Marton Hall na manhã seguinte, e por que ela não consegue esquecer aquele olhar.

– Então, o que você acha que ele adivinhou? – Thomas pergunta. – Que você é uma mulher? Que é uma apóstata? Que você matou uma mulher? Se assim fosse, ele a teria desmascarado para sir John, ali mesmo.

– Não – ela diz. – Era como se ele tivesse descoberto algo novo e houvesse recentemente reconhecido seu valor.

– Como o quê? – Thomas pergunta.

– Achei que talvez ele soubesse que estávamos vindo para cá para encontrar Margaret.

Ele se vira para ela.

– Mas... – ele começa a dizer, depois compreende e se cala. – Santo Deus – ele diz. – Se ele sabia disso, então existe apenas um homem no reino com interesse no paradeiro de Margaret.

Katherine balança a cabeça.

– Santo Deus – Thomas diz, soltando o ar. Ele olha para Margaret. – E ele estava viajando para a casa de Riven na manhã em que partimos.

Katherine balança a cabeça. Thomas para seu cavalo, vira-se na sela e inspeciona a região ao redor, embora ela não saiba o que ele espera ver. O mar reapareceu à direita deles, uma mancha cinzenta depois dos flancos das colinas, cobertos de musgo. À frente, estão outra enseada, outro rio, dunas de areia e lodaçais. É a baía que o mestre do navio lhes disse que era mal-assombrada pelas almas de marinheiros afogados. Lá estava o longo promontório rochoso que ele chamara de Worm's Head, orlado de espuma onde as ondas se quebram.

– Mas por que Riven ainda não a tomou? – Thomas pergunta. – Se ele sabe onde ela está?

– Estive pensando nisso – Katherine diz. – Acho que ele não sabe onde ela está. Ele só sabe que nós sabemos onde ela está.

Thomas pensa nas palavras de Katherine.

– Então, era ele nos seguindo na vinda? Na esperança de que nós o conduzíssemos a Margaret?

Katherine balança a cabeça.

– Faz sentido – ele diz. – Eles nos seguiram até a tempestade, e depois... Bem, eles nos perderam, ou suponho que nós os perdemos.

– Ou talvez eles próprios estejam perdidos.

– Vamos rogar a Deus que assim seja.

Mas ainda assim ela se pergunta se não viu um navio ancorado nas areias na baía que Dafydd dissera que era sua terra. Pode ter sido qualquer coisa, ou pode ter sido alguma coisa, ela não sabe, mas agora o rapaz à frente parou no topo da colina e aponta para algo, e eles podem ver que o céu ao longe está turvo de fumaça preta.

Eles sobem para o cume, passando por Margaret, e quando chegam lá, Walter e o garoto já desceram de seus cavalos e estão agachados como caçadores, espreitando o vale distante. Little Dafydd aponta para uma cabana, parcialmente oculta em um pequeno bosque de álamos, a fumaça desprendendo-se dos juncos enegrecidos onde parte do telhado pegou fogo. No pomar, há um homem deitado de bruços, os braços estendidos, e um cachorro late em algum lugar.

– Santo Deus – é tudo que Walter diz.

Eles observam por algum tempo. Nada se move.

O cachorro continua latindo.

– Homens de Tudor? – Thomas pergunta.

Little Dafydd reconhece a palavra Tudor e balança a cabeça ferozmente, mas Katherine não tem tanta certeza. O exército de Tudor desembarcou bem para oeste, exatamente naquela manhã. Poderiam ter chegado até ali em tão pouco tempo?

A cabana fica perto de uma passagem a vau onde o caminho do gado corta o rio. O rio desce para o mar, mas desaparece entre os bancos de areia dos baixios antes de chegar lá. Ela se surpreende e estreita os olhos. Encalhados na areia estão os destroços de um navio, pequeno, distante. Próximo dali, alguma coisa, um cavalo morto talvez, é cercado de pássaros.

Ela cutuca Thomas e aponta. Há mais alguma coisa estendida no lodaçal lá embaixo, atraindo menos pássaros. Está longe demais para distinguir o que é. Vigas, traves e outros detritos de um navio espalham-se à volta, parcialmente enterrados na lama.

– Será o navio com a vela verde? – Thomas pergunta.

Ela balança a cabeça.

– Devemos ver se podemos contornar – Walter está dizendo. – Esta luta não é nossa.

– Contornamos? – ele pergunta ao rapaz em voz alta, apontando para o norte e indicando o ato de andar com o movimento dos dedos.

O rapaz sacode a cabeça e gesticula vigorosamente para a cabana em chamas. Ele repete alguma coisa. Incessantemente.

– O que ele está tentando dizer?

Katherine sente um frio repentino.

– É Dafydd e Owen – ela diz. – Aquela é a casa deles.

27

Eles retornam para os cavalos. Walter e Thomas preparam seus arcos. Katherine perde sua espada.

De repente, Walter prageja.

– Malditos! Desgraçados! – ele berra. – Algum miserável as roubou! Vejam! Só me restaram três!

Ele exibe três flechas.

Thomas também foi roubado, e lhe restam duas.

– Desgraçados! – Walter exclama outra vez. – Cinco. Cinco malditas flechas e temos que atravessar metade do maldito País de Gales e a maior parte da maldita Inglaterra.

Ele enfia suas flechas no cinto e depois se vira para Margaret.

– Espere aqui – ele diz. – Se não voltarmos, volte para Kidwelly.

Ela olha para ele com indisfarçável repugnância. Ele a ignora e sobe de volta em seu cavalo.

– Vamos, então – diz a Thomas e Katherine.

Eles, por sua vez, também sobem em suas selas e o seguem pela descida da colina e pela passagem a vau. Quando chegam ao pomar da cabana, desmontam. O homem morto está deitado de barriga para baixo, usando um casaco castanho-avermelhado, rústico e barato. Nas costas, há um buraco através do qual se projeta a ponta de ferro negra de uma flecha.

– *Bodkin* – Walter diz, batendo nela com seu arco. Ele coloca o pé sob o torso do homem e o vira para cima. Não há nada de especial a respeito dele: apenas um homem, agora morto, uma pequena cicatriz entre suas suíças ruivas, uma haste de flecha quebrada enterrada na barriga. Não há nada que diga quem ele é ou o que fazia, a não ser o volume de seus ombros e os calos reveladores na palma da mão direita.

O cachorro ainda está latindo.

– Vá naquela direção – Walter diz a Thomas. – Kit, você fica aqui.

Walter vai pela direita, e Thomas, pela esquerda, em direção aos fundos da cabana. Uma fumaça pálida flutua quase indiferente do telhado. Ela observa Thomas movendo-se devagar pelas macieiras silvestres, o arco armado, até que ele para junto a um cercado de gansos. Ele recua rapidamente, como se tivesse encontrado algo aos seus pés, e ergue o rosto para o céu.

Walter chegou à porta da cabana. Ele a empurra e dá uns passos para trás, conforme rolos de fumaça saem lá de dentro e o envolvem. Quando a fumaça se dissipa, ele adianta-se e sacode a estrutura, imaginando se os juncos do telhado cairão sobre ele. Katherine sente cheiro de carne assando.

Um instante depois e Walter sai novamente. Ele tem um ar sombrio.

– Gwen – ele diz, indicando a cabana com a cabeça.

Katherine aproxima-se. Gwen está lá dentro, no chão, as saia levantadas, suas coxas pesadas brancas como mármore na semiescuridão, manchas de sangue em cada uma delas, a pequena protuberância de seu antebraço queimada, carbonizada, em um fogo que ainda cintila. Katherine tem uma ânsia de vômito, cobre a boca com a mão quando suas entranhas sobem queimando.

Ela cambaleia para fora e vomita. Quando termina, ela recomeça, até estar vomitando apenas bílis. Thomas volta. Suas mãos pendem dos lados do corpo e sua boca fecha e abre silenciosamente. Ela esquece sua própria náusea.

– O que houve? – ela pergunta.

Ele gesticula. Abana a mão.

Walter vai até ele. Katherine o segue, seus passos lentos. Ela não vai querer ver isso.

No meio de todo o excremento e penas de ganso está Owen, estirado de costas, as mãos agarradas a uma flecha em sua garganta. O sangue está diluído na chuva fina. Mais sangue forma poças em buracos na lama do cercado, no que ela agora vê que são pegadas de pés enormes e descalços.

– Oh, Santo Deus! – ela exclama, arfando.

Ela mal consegue acreditar. Sente-se entorpecida. Owen. Não consegue conter um soluço. Walter passa o braço por seus ombros.

– Tudo bem. Está tudo bem.

Mas não está, e a voz dele falseia também. Thomas vai para o lado de Owen. Ele segura a flecha quebrada, tirada do primeiro morto, inspecionando suas penas.

– É das nossas – ele diz, mostrando-a a Walter.

– Ao menos, ele pegou um deles – Walter diz.

Margaret aparece. Ela perdeu a paciência de esperar e desceu a colina, mas ela vê o corpo e para antes de chegar ao pomar.

O cachorro continua latindo.

– Onde está este maldito cachorro? – Walter pergunta.

– Onde está Dafydd? – Katherine pergunta.

Eles se entreolham e em seguida começam a seguir o som do cachorro, vindo da parte de trás da cabana. Há mais lenha armazenada lá, cuidadosamente cortada e estocada em pilhas bem arrumadas: tocos, feixes, gravetos. Outro homem está de bruços, em um casaco de couro, e em seguida outro, deitado de costas, os olhos abertos, os braços atirados para trás, uma flecha no peito. Eles sentem cheiro de fezes e sangue.

Walter passa por cima deles.

– Olhe – ele diz.

A flecha projeta-se de um tabardo branco imundo e, no peito, vê-se uma insígnia escura.

Um corvo.

Ela vê os ombros de Thomas se arriarem conforme ele solta a respiração.

– Ele está aqui – ele diz.

Ela balança a cabeça. Sente frio. O medo se apodera dela.

O cachorro solta um ganido.

À frente, Walter pragueja.

O cachorro, um filhote de fox terrier, está amarrado a uma estaca, e fora do seu alcance, nas sombras dos fundos da cabana, embaixo do espinheiro onde a roupa lavada devia secar caso o sol aparecesse, está Dafydd. Eles reconhecem suas botas, manchadas de sal, um buraco na sola, e sua meia-calça, remendada no joelho depois da luta em Kent. Ele está deitado de costas no meio do esterco e de cavacos de madeira.

Seus olhos estão fechados, as pálpebras dobradas para dentro sobre as órbitas vazias.

– É ele – Thomas diz. – Aquele gigante. Ele está aqui.

Katherine somente consegue balançar a cabeça. Em seguida, ela se vira e olha na direção do mar, onde a lama e a areia da praia são apenas visíveis através das escarpas sinuosas do vale. Riven e aquele gigante e o resto deles teriam vindo até ali, ela pensa, depois que foram dar na praia. Ela se pergunta quantos teriam sobrevivido à tormenta. Cinco? Dez? Vinte? Também se pergunta sobre seus rastros. Certamente teriam deixado alguns. Ela pensa em descer até a praia para ver.

– Não temos tempo para enterrá-los – Walter murmura. – Peguem o que quer que seja útil e vamos embora.

– Não podemos deixá-los aqui deste jeito – ela diz, indicando-os com um gesto.

Walter olha para ela.

– Se estes desgraçados nos seguiram desde Lincoln, então estarão aqui de volta até esta noite. Até onde vocês acham que vamos conseguir ir com esta jovem? – Ele sacode o polegar na direção de Margaret.

– Margaret – Katherine diz, vira-se e sai correndo. Em um instante, ela está de volta à frente da cabana. Os passos de Thomas vêm golpeando atrás dela, depois os de Walter.

– Margaret! – ela chama.

E Margaret a espreita altivamente da clareira diante do pomar.

– Sim?

– Graças a Deus.

Eles param e se entreolham tolamente.

– Kit – Walter diz. – Fique de olho nela.

Ela assente.

– Mas ao menos os coloque juntos – ela diz. – Eles iriam querer isto.

Walter resmunga com irritação, mas Thomas vai à frente e eles carregam os corpos de onde estão e os colocam juntos sob uma macieira. Em seguida, trazem Gwen da cabana, Thomas com ânsias de vômito, eles a estendem ao lado de Owen e a cobrem com um colchão de palha, a única coisa que encontram para esse fim. Em seguida, se ajoelham e rezam preces junto aos corpos, apesar do mau cheiro do corpo de Gwen.

Depois disso, montam e cavalgam em silêncio, seguindo o caminho que sobe as colinas. Katherine não consegue deixar de olhar para trás por cima do ombro, em busca do gigante. Thomas faz o mesmo. Seus olhares se cruzam e ambos fazem um sinal com a cabeça, em concordância.

Dentro de pouco tempo, a chuva recomeça. Eles se voltam para o interior, seguindo um vale onde uma água escura espuma por uma série de quedas-d'água rochosas. À frente, mais colinas, encostas áridas erguendo-se até as nuvens, e os pôneis já começam a resfolegar. Em determinado ponto, o garoto vira-se e estuda o céu atrás deles. A noite se avizinha e a temperatura está caindo.

Ele diz alguma coisa.

– O que ele disse?

– Neve – Margaret traduz. – Ele diz que vai nevar nas terras altas esta noite.

– Tudo que precisávamos – Walter resmunga.

Katherine surpreende-se que Margaret compreenda a língua. Dwnn não dissera que ela não fizera o menor esforço para aprender?

– Vamos ter que encontrar algum abrigo – Thomas diz. Parece ser o que sempre estão fazendo, Katherine pensa, procurando abrigo contra alguém ou alguma coisa.

– Vamos nos apressar – Walter diz. – Quanto mais distância entre nós e aqueles desgraçados, melhor.

Pouco depois, eles passam para uma estrada com o capim alto nas faixas elevadas ao lado dos sulcos produzidos pelas rodas das carroças. Mais adiante, vê-se fumaça no ar e eles encontram uma ponte sobre um rio de águas rápidas e escuras, e mais além um vilarejo grande com uma hospedaria. Eles guardam os cavalos no estábulo e se reúnem ao redor do fogo para uma sopa rala de coelho e mais queijo assado. Os colchões não têm muita palha, mas de qualquer forma Katherine não teria dormido muito. Ela fica deitada, ouvindo com atenção qualquer indício dos homens de Riven, mas sem ouvir nada além da tosse de Margaret.

Neva à noite, como o garoto Dafydd dissera que nevaria e, pela manhã, as colinas estão com os cumes brancos e há gelo na água do poço. Mais queijo e eles partem, enrolados em suas capas de viagem, todos exceto o garoto, que não tem nada, nem sequer sapatos.

– Não posso nem olhar para ele, me faz sentir ainda mais frio – Walter admite.

Após algum tempo, Thomas não suporta mais e eles param e abrem a bolsa de Margaret para encontrar alguma coisa mais quente para o garoto. Há uma quantidade de vestidos, camisas, uma touca, alguns documentos, moedas de ouro e uma bolsinha de couro azul, um rosário de contas, um par de tamancos de madeira com pontas de couro, assim como uma meia-calça de boa qualidade, roupas de baixo, um casaco de lã e, embaixo de tudo isso, um Livro das Horas, provavelmente mais valioso do que todo o resto junto. Eles dão o casaco de lã para Little Dafydd e Margaret não diz nada, mas dá de ombros e ignora os agradecimentos do garoto.

Eles cavalgam o dia inteiro, até à tarde, quando chegam a uma cidade dominada por seu castelo. O garoto diz alguma coisa e Margaret traduz.

– Ele disse que aqui é Castell Nedd – diz. – E que é melhor ficarmos aqui esta noite e, pela manhã, pegar a estrada para o norte.

A estalagem possui um laguinho e eles tomam sopa de peixe com pão, e ainda mais queijo assado, e apesar da cerveja salobra, ninguém fala muito. O dono da estalagem soube da chegada de Tudor em terra, mas não sabe nada sobre o grupo de Riven. Katherine senta-se junto à lareira, observando o vapor se elevar de suas roupas, e sente falta da presença sólida de Owen, das bobagens que Dafydd dizia.

Nesta noite, Margaret dorme de costas, respirando ruidosamente e tossindo em seu sono, e Katherine, por causa disso, não consegue dormir. Por fim, Thomas passa um braço ao redor de seus ombros para acalmá-la e continua lá na manhã seguinte quando acordam antes do romper do dia.

– Mais desta neve maldita – Walter diz.

Lá fora, a neve formou uma crosta dura, e quando partiam uma mulher grita alguma coisa da porta de sua casa.

– Ela diz que fazemos mal em pegar esta estrada – Margaret lhes diz através de seu nariz fanhoso. – Ela diz que há mau tempo a caminho.

Mas parece não haver nada que possam fazer. Eles saem do vilarejo, passam pela igreja que está com as portas fechadas e o sino silencioso, atravessam o portão da guarda depois do qual o rio corre velozmente sob uma ponte de madeira. Placas de gelo rodopiam em sua superfície.

Durante toda manhã, eles cavalgam para o norte com o rio ao lado e a neve às suas costas. A estrada piora à medida que avançam, subindo as colinas. Os arbustos crescem livremente no meio da estrada agora e porções dela parecem ter deslizado para o rio embaixo. As encostas do vale parecem se erguer ao redor deles. A trilha vai ficando cada vez mais íngreme e eles passam por cascatas onde a água marrom bate em pequenos lagos escuros e a névoa eleva-se no ar. Pingentes de gelo penduram-se das rochas.

– Quanto ainda falta, Margaret? – Katherine pergunta.

– Por que acha que eu saberia?

– Pergunte ao garoto.

Ela o faz.

– Ele diz que devemos chegar a um lugar que ele chama de Merthyr esta noite – Margaret diz. – E que só passou por aqui uma vez, com meu pai, quando ele ia para Ludlow, na última vez.

Faz-se silêncio e, após algum tempo, eles param para comprar pão em um vilarejo e compram também queijo de uma mulher que só concorda em vendê-lo por duas moedas de Walter.

– Assalto à luz do dia – Walter murmura, mas ele paga porque eles não aguentarão sem ele. Eles alimentam os cavalos e montam outra vez. Está frio demais para ficarem ali parados.

Quando saem do vilarejo, com a promessa de apenas mais algumas léguas antes de pararem para passar a noite, Katherine olha para trás. Seu olhar viaja do vilarejo onde a neve cai espessa nos telhados e ao longo de toda aquela parte do vale, pelo fio escuro da estrada pela qual vieram.

Os cavaleiros, quando ela os avista, já são perfeitamente visíveis. Não estão tentando se esconder. Cavalgam velozmente, passando depressa pelas árvores, correndo para alcançá-los.

– Olhem! – ela grita. – Thomas!

Thomas vira-se bruscamente. Walter também.

– Pode vê-lo? Ele está lá? – Thomas pergunta.

Eles ainda estão longe demais para saber.

– Não sei.

– Quantos são?

– Cinco? Dez?

O machado de guerra já está nas mãos de Thomas.

– Aqui não – Walter diz. – Deve haver um lugar melhor lá em cima. – Ele aponta para cima, para algumas cabanas ao lado da estrada. Atrás delas, há a sugestão de uma trilha cortando a encosta acima, até se perder nas colinas cobertas de árvores atrás. Eles se viram e cavalgam o mais depressa possível. Até Margaret enfia os calcanhares nos flancos de seu cavalo, que começa a trotar. Eles vão até as cabanas, depois encontram a trilha pelo meio das árvores atrás delas. É mais uma trilha de criadores de gado, embora esta seja pavimentada em alguns trechos com pedras largas, como se tivesse sido uma das antigas estradas romanas. O garoto balbucia alguma coisa.

– Este caminho leva a algo que ele chama de Sarn Helen – Margaret informa. – Diz que leva a Brecon, mas atravessa as colinas, que ele teme por causa do tempo.

– Vamos nos preocupar com o tempo depois. Brecon é bom para nós?

Margaret fala com o garoto e ele lhes informa que Brecon leva direto a Londres.

– Então, vamos – Walter diz. Ele força o cavalo a atravessar o rio a vau. Todos o seguem e sobem para o meio das árvores, altas, de tronco prateado, com uma camada clara de folhas mortas no chão e a neve sussurrando entre os galhos desfolhados no alto. Eles seguem o caminho, que corta a encosta, faz uma curva e em seguida volta na direção contrária.

— Aqui — Walter diz, descendo do cavalo onde o caminho faz a volta. A passagem é estreita naquele ponto, apertada entre altos barrancos. Walter afasta-se para o lado para deixá-los passar.

Thomas desce de seu cavalo.

— Me dê suas flechas, Walter — ele diz.

Walter volta-se para ele, o rosto estranhamente plácido.

— Não — ele diz, em voz igualmente tranquila. — Me dê você as suas. Eu fico aqui. Vocês dois vão. Vocês levam a moça, sim? É ela que eles querem ver morta, não é? Você viu o que fizeram com a Gwen de Dafydd. Pode imaginar o que farão com ela? Assim, aconteça o que acontecer, ela tem que viver. Compreendeu? Caso contrário, tudo isso terá sido em vão, não é? — Ele faz um gesto amplo, abrangente.

— Não, Walter — Thomas argumenta. — Você mesmo sempre diz isso. Esta luta não é sua.

— E é sua? Dois criados de Lincoln?

— Nós nunca fomos criados — Katherine diz. Ela desmontou e caminha até onde eles estão conversando. Ela sente sua falta de tamanho agora, de pé mais abaixo na encosta, mas sabe que chegou a hora. Ambos olham para ela. Walter enruga a testa, franze os lábios.

— O que vocês eram, então?

— Éramos eclesiásticos — ela diz. — Thomas é um cônego da Ordem de São Gilberto.

Walter volta seu olhar, incrédulo, para Thomas. No primeiro momento, Thomas parece que vai tentar negar.

— E eu — ela continua — era uma irmã da mesma ordem.

Ela não pretendera contar a verdade a Walter desta forma, na encosta de uma colina, na neve, com os homens de Riven no vale embaixo. Mas, uma vez que as palavras são proferidas, ela fica satisfeita. Esta não é uma hora para desonestidade. Os olhos de Walter estão fixos nela agora.

— Você era uma irmã? — ele diz. — Uma freira?

Ele não consegue acreditar. Ela pode ver Thomas cerrando os olhos com força.

— Eu era, sim — ela diz.

Ela deixa Walter olhar para seu corpo.

— Sinto muito – ela diz. – Era... mais fácil.

Walter afasta-se um ou dois passos e depois retorna. Ele empurrou o chapéu para trás e torce uma mecha do topete na mão.

— Não posso acreditar! – ele diz. – Durante todo esse tempo. A mocinha é uma mocinha mesmo? Ha!

— Sinto muito, Walter. Eu não queria mentir para você, mas uma vez começado...

Walter balança a cabeça, recompondo-se, tentando dar sentido a tudo aquilo.

— Está bem – ele diz, balançando a cabeça. – Está bem. Então você é uma mulher. Uma freira. Como você foi parar em um maldito navio, vestida como um garoto, cercada por todos aqueles sujeitos mortos?

— É uma longa história – Thomas começa, querendo dizer que não deseja contá-la. Mas Walter merece mais do que isso e Katherine lhe conta como veio a deixar o priorado.

Walter resmunga.

— Eu sabia que havia algo diferente em você. Em vocês dois. Mas, Santo Deus! Uma moça, todo esse tempo. Santo Deus!

— Desculpe – Thomas diz. – Eu fico aqui, se você quiser. Se isso fizer diferença.

Walter olha para ele fixamente. Está pensando. Em seguida, dá um tapinha no ombro de Thomas. Lágrimas assomam a seus olhos.

— Não. Não. Isso não faz diferença. Ou, sim, faz. Faz uma grande diferença. Significa que eu ficarei. Vocês prossigam. – Ele se volta para Katherine. Abaixa o olhar. – Desculpe-me – ele diz. – Você sabe. Por tudo que eu disse. Todas as vezes...?

— Não há nada para se desculpar, Walter – ela diz, embora sinta um nó na garganta e mal consiga falar. – Eu é que peço desculpas. Eu sinto muito. Obrigada por tudo que fez por nós.

Walter ergue os olhos bruscamente.

— Nós? – ele diz. – Então, vocês são...?

Mas, antes que qualquer um deles possa responder, o garoto grita alguma coisa de cima.

— Eles estão vindo – Margaret traduz. – Ainda estão na estrada, mas encontraram nossos rastros.

Walter salta para o caminho outra vez.

– Está bem – ele diz. – Vão. Subam em seus cavalos e vão embora.

– Não – Thomas insiste. – Esta luta não é sua.

Walter sacode a cabeça.

– Claro que é minha luta – ele diz. – Viram o que eles fizeram a Dafydd? Vou ficar aqui, detê-los o maior tempo possível, enquanto vocês prosseguem com a moça. As moças. E o garoto. Eu terei a surpresa e a encosta a meu favor e, com um pouco de sorte, matarei todos eles. Cinco flechas. Cinco homens. Depois, veremos.

– E se você não matar todos eles? – Katherine pergunta.

– Algum dia eu já deixei de matar todos eles? – ele pergunta. É uma encenação. Ela sabe disso. Ele está sendo Walter, o velho soldado.

Ela sente as lágrimas brotarem em seus olhos.

– Walter – ela diz, dando um passo em sua direção.

– Pare aí mesmo! – Walter diz, recuando. – Vão embora. Fujam. Um monge e uma freira. Pelo amor de Deus.

O garoto grita outra vez.

– Eles encontraram nossos rastros – Margaret anuncia.

– Certo – Walter diz. – Vão o mais rápido que puderem. Encontrem um lugar para se abrigarem esta noite e eu os alcançarei. Farei algum tipo de sinal. Uma coruja. Que tal? Uns dois pios e saberão que sou eu.

Eles sabem que ele nunca dará esses pios.

Thomas balança a cabeça, assentindo. Seus olhos também estão cheios de lágrimas.

– Vão agora. Andem. Caiam fora – Walter diz.

– Espere – Thomas diz. – Fique com isto.

Ele entrega seu machado de guerra a Walter.

Walter olha para ele.

– Tem certeza?

– É um empréstimo, não é? – Thomas diz.

Walter dá uma risada.

– Pode vir a calhar. Agora, vão! E boa sorte!

Quando olham para trás, Walter está ajoelhado, fazendo o sinal da cruz no chão e inclinando-se para beijá-lo.

28

Little Dafydd os conduz diretamente pela trilha acima, uma única e longa marca através da floresta, mais larga do que o caminho dos criadores de gado, mas tolhida nos dois lados por moitas de abrunheiros e esporádicos bordos campestres. Thomas cavalga o mais rápido que consegue – ele deve isso a Walter – mas o cavalo, de passo sempre tão firme, está nervoso, pressentindo o ambiente, e quase cai pela encosta exatamente quando Thomas vira-se para olhar por cima do ombro. Ele ouve o barulho de armas embaixo. Um grito, talvez. Ou talvez apenas um corvo.

Ele abaixa a cabeça e eles seguem em frente.

Mais tarde, ele conduz seu cavalo para o lado, onde a trilha se eleva, e deixa Katherine e Margaret passarem. O rosto de Margaret está crispado e ela está assolada por mais um acesso de tosse. Sua respiração faz o ruído de uma serra cortando carvalho. Katherine não olha para Thomas. Eles continuam subindo a colina por mais uma légua. Cavalgam em silêncio e durante todo o tempo ele sabe que deveria ter ficado e enfrentado o gigante.

Depois, Margaret os faz parar porque tem que tomar uma dose do remédio. Ela treme, com calafrios. Thomas olha para Katherine.

– O que é? – ele pergunta. – O que há de errado com ela?

– Não sei – ela diz –, mas, seja o que for, a urina de cavalo não está adiantando nada.

Continuam em frente. O caminho fica mais plano, mergulha em um pequeno vale, onde há vestígios de alguma extração, uma mina talvez, e um bosque de abetos. Eles precisam parar, ele pensa. Devem até mesmo arriscar uma fogueira. Manter a jovem aquecida. Depois do vale, o caminho sobe inexoravelmente. Katherine para no pequeno bosque, talvez pensando o mesmo que ele. Mas ainda é cedo demais. Ainda não se afastaram o suficiente.

– Vamos continuar? – Thomas pergunta ao garoto, apontando para o alto da colina.

Little Dafydd parece ansioso. Seu olhar se volta para Margaret, cuja tosse não dá trégua, mas continua indo e vindo, um ronco constante. Katherine olha para ela também, depois de novo para baixo da colina.

– O que acha? – ele pergunta.

– Devemos continuar – ela diz. – Não nos afastamos o suficiente.

Thomas balança a cabeça, assentindo, dá a volta em seu cavalo e usa os calcanhares para fazê-lo trotar colina acima. Os demais o seguem. O vento se intensifica e a neve alfineta seus olhos. Ela se acumula e endurece nas dobras de suas capas. Eles se inclinam contra o vento e a subida, e seguem em frente até a noite estar prestes a se abater sobre eles e já não aguentarem mais.

– Não podemos prosseguir! – Katherine grita acima do barulho do vento. – Está escuro demais.

– Mas não podemos parar aqui! Não há nenhum abrigo. Se conseguirmos passar do topo, deve haver algum lugar do outro lado.

Eles continuam, as cabeças enterradas contra o vento. A estrada continua morro acima.

– Thomas – Katherine grita outra vez. – Thomas! O que é aquilo?

Ela aponta para a frente, à esquerda, onde um vulto escuro assoma da neve. Thomas faz menção de pegar seu machado de guerra, mas lembra que não o tem mais. Little Dafydd começa a dizer alguma coisa, apontando. O vulto não se move e eles prosseguem em sua direção, vendo-o se tornar cada vez maior através da neve.

– Uma rocha – Thomas diz finalmente.

– Tem algum abrigo? – Katherine grita.

Margaret está realmente passando mal agora; sua respiração, um ronco constante. O barulho se mistura ao do vento.

– Temos que parar – Thomas diz.

Ele desmonta, puxa seu cavalo para fora da trilha e começa a subir em direção à pedra. É uma laje grossa de pedra cinzenta, duas vezes o tamanho de um homem e quase tão larga quanto alta, colocada em pé por forças desconhecidas. Instintivamente, os cavalos se agrupam atrás dela, protegendo-se do vento, do focinho à cauda.

– Temos que colocar Margaret atrás da pedra – Katherine grita. – Onde estiver mais abrigado.

Thomas ajuda Margaret a descer da sela. Ele a sente rígida e leve em seus braços, como um arco retesado, ele pensa, mas muito quente ao toque, e sua respiração é um ronco irregular que faz ele mesmo ter vontade de tossir. Ele a carrega para trás da rocha, onde Little Dafydd está raspando e retirando a neve com os pés descalços. Thomas a coloca no chão, as costas contra a superfície áspera da rocha. Sua cabeça pende para trás e ela se esforça para respirar.

– Dafydd – ele diz, e aponta o lugar ao lado dela onde ele deve se sentar. Little Dafydd, cautelosamente, senta-se ao lado dela, mas ela está mal demais para se importar com boas maneiras ou posição social, e deixa-se cair contra ele. Por um instante, a tosse para e parece que ela ficará mais confortável. Mas, em seguida, recomeça.

– Precisamos de uma fogueira – Katherine diz.

Ele tem dúvidas.

– Podemos correr o risco? E se...?

Nenhum dos dois quer pensar no que pode ter acontecido lá embaixo no bosque. É melhor se concentrar em conseguir fugir.

Thomas remexe em sua bolsa à procura da pedra de sílex, do aço e da sacolinha de fios de linho torcidos e queimados. Olha à sua volta à procura de qualquer coisa que possa queimar. Nada. Mesmo ao abrigo da grande pedra, o vento agita suas roupas. Katherine tira as roupas extras de sua própria bolsa e as estende sobre Margaret e Little Dafydd. Dafydd olha para Thomas por cima do ombro dela. Seus olhos estão arregalados e Thomas de repente se pergunta se algum deles sobreviverá àquilo.

Precisam de uma fogueira.

Ele tem o livro-razão. Abre a bolsa e está prestes a rasgar as páginas, todos aqueles nomes, todas aquelas datas e quantias pagas, transformar tudo em fumaça. Faria alguma diferença? Mas Katherine inclina-se para frente e segura seu pulso. Ela sacode a cabeça.

– Isso não – ela diz. – Que tal o livro na sacola de Margaret?

Ele sente-se aliviado. Guarda o livro-razão e pega o Livro das Horas, de Margaret. Ele sabe que é um livro precioso por causa da encadernação e da qualidade do papel, e teme queimar o que pode ser uma obra de arte. Mas que escolha eles têm? Ele fecha os olhos enquanto arranca as páginas, uma, duas, três de cada vez, rasgando-as de sua costura e amassando-as em bolas. Ele atrita a pedra no aço e, após alguns instantes, o pano pega fogo. Ele deixa a chama crescer e em seguida a protege com as bolas de papel.

– Mantenha o fogo aceso – ele diz a Katherine, entregando-lhe o livro. Os outros se agrupam para a frente, espalmando as mãos trêmulas sobre o calor vacilante. Thomas traz os tamancos de madeira de Margaret, depois seu arco, inútil sem flechas, em seguida arranca alguns arbustos de urzes de raízes grossas, batendo-as no chão para tirar a neve. Com sua espada, ele golpeia ainda uma pequena árvore retorcida e leva tudo de volta para alimentar as chamas. Não vai durar a noite inteira, mas terá que servir.

Eles se aconchegam sob uma tenda improvisada com suas roupas, até um por um adormecer, Thomas por último, as costas apoiadas contra a pedra, as pernas estendidas para o fogo à sua frente, as costas de Katherine contra seu peito, a cabeça em seu ombro. Ele pressiona o nariz no topo de seu gorro, respirando a mistura de fumaça, lã, poeira e aquele outro traço indefinível que pertence exclusivamente a ela.

Ele se ajeita, para que ela possa se apoiar melhor contra ele, e passa o braço à sua volta, o qual, após um instante, ela agarra contra seu peito. Ele pode sentir sua respiração e tem consciência de que a ponta de seus dedos descansa na parte interna de sua coxa. Ele não consegue resistir e, bem devagar, acaricia a lã gasta de sua meia-calça, sem intenção de nada além de intimidade, ou talvez, em algum lugar no fundo de si mesmo, para testar até onde ele pode ousar. É o que precisa, diz a si mesmo, depois de ter deixado Walter para morrer.

Ele leva um instante até perceber que ela está prendendo a respiração. Então, ela diz alguma coisa, talvez em sonho, e muda a posição das pernas, de modo que a mão dele resvala para fora de sua perna, mas ela repousa a cabeça em seu peito e, após alguns instantes, as batidas de seu próprio coração se acalmam e logo também ele está dormindo.

Ele acorda no meio da noite, no absoluto silêncio, e nota que o fogo se apagou, o vento amainou e o céu está cravejado de estrelas. Já não consegue ouvir o riacho e leva um instante até perceber que está congelado.

Somente mais tarde, quase ao amanhecer, é que ele sente falta da tosse de Margaret.

Por um instante, fica contente, imagina que ela deve ter melhorado, mas em seguida, à luz pálida da aurora, quando vão acordá-la, ela não se move. Ela está rígida e seu rosto azulado. Flocos de neve se derreteram em suas pálpebras e depois se congelaram outra vez.

Katherine se inclina sobre o corpo curvado da jovem e, após um instante, ergue os olhos para ele. Thomas vê lágrimas em seus olhos e escorrendo pelo seu rosto. Ele sente náuseas de culpa. Durante a noite, ele pensara apenas em si mesmo e em Katherine, em si mesmo com Katherine, e deixara a fogueira se apagar. Não fora verificar o estado dela. Ele a ouvira silenciar, ele próprio estava confortável e aquecido, e não fizera nada. E durante todo o tempo...

– Sinto muito – ele diz. – É minha culpa. Eu devia... não sei.

– Não – Katherine lhe diz. – A culpa é minha. Você disse que deveríamos ficar no vale lá embaixo. Eu disse para continuarmos. Oh, Deus, me perdoe.

Ela começa a juntar todas as suas roupas, sacudindo a neve delas, e ele a ouve soluçar. Little Dafydd olha para eles com ar inexpressivo.

– Há um fosso lá embaixo – Thomas diz, balançando a cabeça na direção do rio. – Podemos enterrá-la ali.

Ele deixa a cargo de Katherine despir o corpo de Margaret. Ela a deixa em suas roupas de baixo e eles a carregam, as feições de uma beleza sublime, agora que ela está livre da tosse, até uma pequena área que Little Dafydd limpou da neve. Eles a estendem no chão e, após alguns instantes, a rigidez parece abandonar seu corpo, e ela se assenta na terra e até parece em paz. Enquanto Katherine e Little Dafydd buscam fetos, mais urzes, capim, qualquer coisa que possam arrancar, Thomas pega a primeira página do livro do perdoador, sua tinta, e corta um pedaço de junco congelado do leito do rio para talhar como uma pena. Em seguida, escreve: *Aqui jazem os restos mortais de lady Margaret Cornford, filha única do falecido lorde Cornford, que morreu neste dia, amada por Deus e por todos que a conheciam. Que descanse em paz.*

Em seguida, ele estende o pedaço de papel em uma pedra e coloca outra pedra em cima, para fazer um marco simples. Eles cobrem seu corpo da melhor forma possível, ajoelham-se junto à sua sepultura e Thomas reza uma prece, pedindo a Deus para ter compaixão por sua serva Margaret, perdoar os pecados que possa ter cometido, e para que os santos e mártires a recebam no céu e a guiem até Jerusalém. Lágrimas brilham nas faces de Katherine e ela enxuga o nariz na manga. Ela treme e Thomas tem que ajudá-la a se levantar e se afastar do local da sepultura.

Mais tarde, Katherine oferece a capa de Margaret a Little Dafydd, mas ele não aceita. Eles carregam os cavalos em silêncio, dão as costas à pedra e voltam para o caminho. Quase não há mais vento agora e o céu acima está muito pálido. A neve apagou todos os rastros de sua presença e à frente a estrada se ergue para os dois picos.

Quando chegam ao caminho, Little Dafydd diz alguma coisa.

– Acho que ele quer nos deixar agora – Katherine diz.

– Não se pode culpá-lo – Thomas concorda.

Eles tentam lhe dar o cavalo de Margaret, mas ele não o aceita, não com a sela lateral, então eles lhe dão o cavalo de Katherine, que é o que ele quer de qualquer forma. Em seguida, eles se despedem da melhor maneira possível e o observam refazer seus passos pelo caminho abaixo, afastando-se depressa da grande rocha, em direção aos campos de neve, de volta à cidade que ele chamara de Castell Nedd.

– O que será que ele dirá a Dwnn? – Thomas se pergunta.

Restam apenas eles dois, com dois cavalos famintos, sem nenhum arco, nenhuma companhia e nenhuma ideia do que fazer em seguida, exceto seguir a estrada por cima das colinas em direção à Inglaterra.

Eles se viram e caminham para o norte, encosta acima até o topo, onde o vento sopra mais forte. Do outro lado, o terreno mergulha abruptamente até um vale. O caminho desce sinuosamente, até ficar reto, correndo ao lado de uma linha escura na neve que deve ser um rio.

– Vamos – Thomas diz, e eles partem através da neve, ainda caminhando, enquanto os cavalos os seguem, escolhendo onde pisam. Eles chegam ao rio, congelado em alguns pontos, fluindo em outros, e o seguem na direção leste, viajando o dia inteiro. Katherine cavalga na sela lateral no cavalo de Margaret, e constata que gosta daquele modo de cavalgar.

– Você fica bem, aí em cima – Thomas comenta. – Bem, ficaria, se estivesse usando um vestido.

Katherine não diz nada. Ela não disse nem uma palavra desde aquela manhã. Em toda a volta, a terra é deserta. Eles nem sequer veem uma ovelha até o final da tarde, quando já escurece e eles divisam uma mancha de fumaça acima de duas cabanas ao longe. Em seguida, surgem mais casas e logo uma pequena vila. Eles param na primeira cabana e um velho concorda em lhes vender pão, e quando Thomas comete o erro de deixá-lo ver o peso da bolsa de Margaret, seus velhos olhos se aprofundam no rosto. Ele os convida para se sentarem junto ao fogo e eles se lançam sobre o pão com as mãos imundas, enquanto a mulher do velho vai buscar cerveja.

Enquanto estão sentados, um outro homem se une a eles, depois mais outro. Ninguém diz nada. Apenas olham fixamente para eles. O ambiente fica carregado. Thomas pode imaginar como aquilo vai acabar.

– Temos que cuidar dos cavalos, Kit – ele diz, levantando-se repentinamente e puxando-a antes que os três homens possam entender o que se passa. Eles saem às pressas, montam sem perda de tempo, exatamente quando mais dois homens vêm correndo.

Eles cavalgam a toda brida, seguindo o caminho ao longo de um rio caudaloso, até alcançarem uma estrada verdadeira. Ela os leva através de algumas lavouras precariamente demarcadas e alguns cercados de pedra onde ovelhas balem na crescente escuridão. Os cavalos, entretanto, estão cansados e não conseguem mais correr. Quando a estrada cruza o rio a vau, Thomas puxa as rédeas.

— Santo Deus — ele diz.

Eles fitam a superfície negra e turbulenta do rio. Do outro lado, podem ouvir os sinos na cidade tocando a última das sete horas canônicas. Thomas vira-se. Pela estrada, cinco galeses em seu encalço.

— Se eu tivesse meu arco — Thomas diz —, mesmo com somente aquelas cinco flechas eu poderia acabar com isto.

Ele vê um outro homem juntar-se a eles com um arco e uma flecha já encaixada. Eles o veem se preparar para atirar e por um instante mal conseguem acreditar. A flecha passa zunindo por eles, a ponta de penas, mal instalada, produzindo um zumbido característico. Ela desaparece na água depois deles com um sonoro estalo.

— Depressa — ele diz, puxando as rédeas de seu cavalo e conduzindo-o pela descida de pedregulhos até o rio. A água é gelada a ponto de entorpecer, profunda e turbulenta. Ele sente seu cavalo perder o apoio das pedras no leito do rio e começar a nadar.

— Venha! — ele grita para Katherine. Ela força seu pônei pelo barranco da margem e para dentro da corrente gelada.

Thomas atravessa rapidamente, suas botas cheias de água e a meia-calça molhada. O cavalo resfolega ruidosamente, tremendo. Ele olha para trás para ver Katherine. Seu pônei luta para nadar, consegue atravessar para o outro lado, mas tropeça ao escalar a margem do rio.

— Katherine!

Ela cai para dentro da água e ele acha que ela foi atingida por uma flecha. Mas não, ela agarra as rédeas com as duas mãos, o pônei arrasta-se para cima e ela é puxada para fora da água. Ela está encharcada e perdeu o gorro. Seu pônei se esforça para subir a margem, os cascos escorregando nos pedregulhos. Thomas salta para baixo a fim de ajudá-la. Do outro lado do rio, os galeses continuam avançando.

— Rápido — Thomas diz, arfando. Ele a coloca de pé, eles se viram e correm, agachando-se pelo meio das árvores em direção à cidade, puxando os cavalos atrás deles. Uma flecha resvala na lama atrás deles, mas trata-se de uma última tentativa, e logo eles estão avançando em zigue-zague pelo meio das cercas e currais onde gansos grasnam nas trevas. Agora, se ao menos puderem encontrar uma estalagem na cidade, estarão a salvo.

Eles encontram uma embaixo do monte do castelo, com um cavalariço que o dono da hospedaria tem que acordar com um pontapé, e a promessa de cerveja com ensopado de porco, feijão e mais queijo assado. O estalajadeiro fala inglês e eles lhe contam como foram atacados na estrada.

– É assim por toda parte ultimamente, não? – ele diz sem muita preocupação. – Todos estão se aproveitando da situação.

– Se aproveitando de quê? – Katherine pergunta. Sua voz está estranhamente arrastada.

– Tudor está a caminho, não sabiam? Está vindo para cá com um exército de franceses e irlandeses, e os homens de Pembroke, é claro. Estão muito bem armados. Estão indo ao encontro do exército da rainha em algum lugar ao norte, não é? Ha! Acho que vão empurrar o velho Warwick e March e quem quer que tenha sobrado do resto deles de volta para o mar de uma vez por todas agora.

Ele está prestes a continuar falando, mas nota que Katherine está tremendo.

– Como um cachorrinho, hein? Se quiser, livre-se destas roupas, rapaz.

Katherine está sentada na bolsa de Margaret, com as mãos estendidas sobre as brasas do fogo que lentamente ressuscita no meio da sala. O dono da estalagem passa para trás da cortina e começa a gritar com alguém em sua própria língua. Enquanto isso, Thomas começa a vasculhar a bolsa de Katherine. Encontra uma camisa branca manchada, um par de calções, um pedaço de pano, dois antiquados capuzes de lã e uma tira de couro, mas tem feito tanto frio que ela tem usado tudo o mais que possui, e agora todas as suas roupas estão encharcadas, agarradas ao seu corpo.

Os olhos de Thomas recaem na bolsa de Margaret. Nela, há a capa azul, os vestidos, roupas de baixo, uma fina meia-calça. Ele tem uma ideia.

– Kit – ele diz, agora já por hábito, apesar de estarem sozinhos. – Você vai ter que se tornar uma garota outra vez.

Ela olha para ele e ele vê que seus olhos estão brilhantes e febris.

Santo Deus, ele pensa, ela não pode morrer também. Katherine, não. Ela, não.

– Vamos – ele diz, tomando-a pela mão e conduzindo-a para um canto da sala onde o fogo ainda não lançou muita luz, e começa a retirar suas roupas. Ela esboça uma reação, tentando afastá-lo, mas ele é forte demais e ela fraca demais.

– Vamos, Kit – ele murmura. – Vamos. Está tudo bem. Sou apenas eu. Thomas. Estou tentando ajudá-la. Você tem que tirar estas roupas molhadas. Temos que secá-la. Vamos.

Ele consegue persuadi-la a tirar seu casaco molhado, a veste de lã, seu rosário – o rosário de Alice –, sua camisa de baixo. Seus seios não são maiores do que dois joelhos e ela é tão magra que ele poderia tocar uma música em suas costelas, mas meu Deus! O que é isto?

Por toda a extensão de suas costas, há uma rede de minúsculas cicatrizes em alto-relevo, dos ombros à cintura. Ele olha fixamente para aquilo, horrorizado, em seguida esfrega a pele espessa delicadamente com o pano seco, tentando incutir um pouco de vida de volta na carne pálida como gordura de ganso. Em seguida, ele remexe nas bolsas de Margaret e encontra uma muda de roupa de baixo, bem grossa. Ele a estende e passa-a pela cabeça de Katherine. A veste cai até os joelhos. Então, ele se ajoelha e retira sua meia-calça e seus calções, que se amontoam em torno de suas botas encharcadas. Ele levanta uma perna magra e puxa o rolo de roupas até seu tornozelo, retirando a bota com um barulho de guincho e o cheiro de água de rio. Em seguida, a outra bota.

Katherine permanece em pé, em parte compreendendo, em parte colaborando, muda. Ele encontra um par de calções na bolsa de Margaret e os estende no chão para que Katherine pise dentro deles. Depois que ela o faz, ele os puxa para cima e amarra da melhor forma que pode por baixo da vestimenta de linho.

Ele esfrega o queixo. E agora? Vasculha a bolsa novamente, os dedos grossos entre as roupas de lã finamente tecidas. Uma touca. Ele a coloca na cabeça de Katherine, depois enrola as bordas para trás como viu outras mulheres fazerem. Ele encontra uma túnica de linho grosso, de um marrom insípido, que veste nela pela cabeça e amarra na frente. Ele amarra as tiras logo acima dos seios e em seguida dá um passo para trás. O efeito é estranho, mas ainda não está certo. Ela ainda parece parcialmente vestida. O que está faltando? Um vestido de verdade. Ele encontra o vestido azul-claro que Margaret usava no primeiro dia que a viram, passa-o pela cabeça de Katherine, puxa-o para baixo e em seguida enfia seus braços nas mangas estreitas.

Durante todo o tempo, ele conversa com ela, a voz baixa e reconfortante. Ela oscila quando ele não a está segurando, mas fora isso coopera de boa vontade. Ele se pergunta se seria o efeito do frio. Ele nunca a viu tão aquiescente.

Ele encontra um longo cinto de couro na bolsa de Margaret e enrola-o duas vezes na cintura de Katherine. Em seguida, encontra um capuz com uma longa aba, que ele coloca em sua cabeça e prende no cinto. Tudo que falta são a meia-calça e os sapatos, que nunca foram usados fora de casa, muito menos na lama. Ele se abaixa, pega o pé de Katherine e enfia uma perna da meia-calça até acima do joelho. Ela fica muito frouxa e não parece haver nenhuma maneira de impedir que ela caia em dobras ao redor de seu tornozelo outra vez. Vai ter que ficar assim mesmo. Ele faz o mesmo com a outra perna e em seguida enfia seus pés magros nos sapatos de couro, fechando a fivela exatamente quando o estalajadeiro retorna.

O homem para repentinamente, um jarro de cerveja na mão.

– Oh! – ele exclama. – Ora, nunca imaginei. Achei que você fosse um rapaz, dona.

Ela está – não há outra palavra para isso – esplêndida.

Katherine continua calada. Ela olha para a maneira como o tecido se agarra aos seus braços, depois puxa a touca junto ao pescoço. Ela passa os dedos na frente do vestido, tateando os laços, que ele agora vê que não amarrou direito, em seguida corre as mãos pelos quadris, e Thomas pode sentir seu rosto se ruborizar. Ele não sabe para onde olhar e lembra-se, em um lampejo, do que ele sentiu na noite anterior, antes de Margaret morrer.

– Tão estranho – Katherine diz finalmente. – Tão estranho.

O dono da estalagem serve a cerveja e deixa o ensopado na mesa junto ao fogo. Thomas observa enquanto Katherine senta-se, bebe um pouco da cerveja quente e afasta a comida. Agora que está vestida como uma jovem, ela bebe com modos mais delicados, de modo que, enquanto Kit fazia um esforço consciente para beber avidamente e depois limpar a boca na manga da camisa, ali está ela, tomando a cerveja em pequenos goles de seu copo, como uma moça deve fazer. De repente, ele se sente muito ansioso em sua companhia, como se ela fosse uma estranha, e ele não sabe o que fazer quando ela deixa o copo e se apoia na mesa, segurando a cabeça.

– Nós somos as únicas pessoas hospedadas aqui? – Thomas pergunta ao proprietário quando ele traz a palha para as camas.

– Geralmente, nunca há ninguém nesta época do ano, e com Tudor a caminho, bem... Você está bem, dona?

Os olhos de Katherine estão brilhantes e ela oscila, ali sentada à mesa.

– Tudor está vindo para cá? – ela pergunta.

– Assim dizem. Está vindo de Pembroke pelas colinas, com seis mil homens. Logo vai colocar aquele conde de Warwick para correr, hein?

Nem Thomas nem Katherine dizem nada enquanto o estalajadeiro leva suas tigelas e as coloca no chão para um cachorro de pernas curtas lamber.

– E de onde vocês são? – ele pergunta, voltando-se para Thomas. – Vocês não parecem ser daqui de perto.

– Somos de Lincoln – Thomas diz, gaguejando. Seria ruim admitir que são de Lincoln? Ele não faz a menor ideia. O dono da hospedaria se anima.

– Então, vocês têm mais notícias da batalha? – ele pergunta.

– Batalha? – Thomas pergunta.

– Um frade trouxe a notícia ontem – diz o estalajadeiro. – Houve uma grande batalha fora do Castelo de Sandal, em algum lugar ao norte, sabe? Perto de York. Foi travada na noite do Ano-Novo, e Ricardo de York foi morto! Sim, e o conde de Salisbury também! Não souberam? Todo o exército do duque foi exterminado e agora o norte do país está nas mãos da rainha, e toda a Inglaterra também, segundo dizem.

29

Ela é acordada pelo barulho de cavalos na estrada lá fora. Ainda está escuro e embora reconheça o som de homens de armadura, não consegue deixar de voltar a dormir. Quando acorda novamente, sente o corpo pesado e espreita através das pálpebras semiabertas, vendo Thomas de camisa, alimentando as chamas do fogo com achas de lenha.

Ele olha para ela, pressentindo uma mudança, abre a boca e diz alguma coisa, mas ela não consegue entendê-lo e volta a dormir. Ela tem tido sonhos curiosos e recorrentes, intensamente vívidos, mas estranhamente vagos, e através de todos eles flutuam as sombras dos mortos: Walter, Dafydd, Owen e especialmente Margaret. Ela está sempre presente. Às vezes, ela não passa de um filete de névoa do rio ao amanhecer, em outras vezes é de carne e osso e parece muito real.

– Ela está doente? – Katherine ouve o dono da estalagem perguntar a Thomas.

– Tem febre – Thomas diz. – Nada de mais. Ela passou muito frio nas colinas.

O estalajadeiro resmunga alguma coisa sobre um convento ser mais adequado do que o seu saguão e Katherine olha além de Thomas, fita o teto, as telhas e as vigas enegrecidas de fuligem. Ela tenta permanecer acordada, mas volta a cair no sono onde as sombras dos mortos se reúnem à sua volta outra vez.

Ela não sabe dizer quanto tempo fica assim. Quando acorda, é como se tudo estivesse a uma grande distância. Ela vê Thomas, seu rosto flutuando em sua direção, às vezes estranhamente grande, às vezes, em miniatura; e ela ouve sua voz, às vezes alta em seus ouvidos e às vezes como um matraquear distante. Ela sabe que ele está fazendo uma pergunta, ou oferecendo ajuda, mas nada do que ouve ou vê tem a ver com ela. É como se uma outra pessoa estivesse deitada ali, entrando e saindo do estado de consciência.

Em um desses dias – ela sabe que é dia porque as janelas estão abertas e uma brisa agita a fumaça do fogo – ela vê Thomas comendo alguma coisa. De vez em quando, uma criada – uma jovem lerda, corpulenta e mal-humorada, que não teria sobrevivido muito tempo no priorado – vem olhar para ela e seus pertences, e Thomas ergue os olhos de sua escrita. Ele colocou a bolsa de Margaret onde pode vigiá-la.

Mais tarde, Katherine olha para baixo e vê seus braços envoltos não no casaco de lã úmido e malcheiroso com o qual se acostumou, mas em linho fino, e fica surpresa em ver que agora está vestida como Margaret Cornford. Ela adormece outra vez e quando acorda já está escuro e ela tem certeza de que agora é Margaret, porém mais uma vez resvala para uma sonolência confortável e aquecida.

Já é dia na próxima vez em que abre os olhos, acordada pela fome. Thomas está sentado em um banco, fazendo anotações no livro do perdoador. Ele parece cansado e abatido. Ela pensa na primeira vez em que o viu, correndo na neve diante dos muros do priorado, e em seguida em seu rosto iluminado pelo sol quando estavam em Calais, e agora isto. Lágrimas brotam em seus olhos. Ele é uma alma tão boa, ela pensa, e sofreu muito pelos outros. Ele se vira e olha para ela, com um sorriso irrompendo no meio da tristeza. É como o início da primavera ou o sol aparecendo entre as nuvens.

– Katherine? – ele diz, a voz embargada. – Você está conosco. Graças a Deus!

Ele passa os pés por cima do banco e vai em sua direção. Ela permanece calada. Sente um gosto ruim na boca e sua cabeça dói quase tanto quanto seu estômago. Ele a ajuda a se sentar e ela bebe a cerveja de um copo de couro engordurado.

– Por quanto tempo eu fiquei assim? – ela diz, a voz dissonante.

– Dias – ele diz. – Uma semana, na verdade. – Também ele perdeu a noção do tempo.

Um instante depois, o estalajadeiro entra com lenha para o fogo.

– Graças a Deus! – ele exclama. – Ela voltou à vida.

A estúpida criada surge por cima do ombro dele e parece desapontada. Depois que eles saem, Katherine volta-se para Thomas outra vez.

– Eu sonhei a notícia de que Ricardo de York está morto?

Thomas sacode a cabeça.

– Não – ele diz. – E chegou uma nova confirmação.

Ele lhe conta como ficou sabendo que Ricardo de York e seu exército haviam emergido do Castelo de Sandal e sido engolfados por forças muito maiores lideradas pelo favorito da rainha, o duque de Somerset, e Andrew Trollope, o homem que havia liderado as tropas de Calais que mudaram de lado no ano anterior. Ele descreve como o estalajadeiro riu ao lhe contar como a batalha não durara mais do que meros minutos e que o duque de York teve a cabeça decepada, espetada em um mastro e carregada para York onde foi colocada no portão de entrada da cidade.

– "Para que York possa ver York!" – ele disse.

Eles haviam até mesmo colocado uma coroa de papel em sua cabeça, para que ele ficasse a caráter, dissera o dono da estalagem. O conde de Salisbury fora executado no dia seguinte e o filho mais novo do duque de York, o conde de Rutland, que eles haviam visto discutindo com o conde de Warwick em Westminster naquele verão, fora assassinado depois da batalha. Agora, as três cabeças estavam juntas em estacas. Os arautos deram à batalha o nome da cidade próxima, Wakefield.

Katherine pergunta sobre sir John Fakenham e os outros, sobre Richard e Geoffrey, e todos os outros Johns que esperavam para se unir ao duque de York.

– Talvez eles não estivessem lá, sabe? – Thomas diz. – Devem ter ficado em Marton Hall. Lembra-se do que sir John disse? Que iriam na primavera, quando a luta deveria começar?

Ela balança a cabeça. É uma esperança frágil.

– E quanto a... e quanto a Walter?

Thomas sacode a cabeça.

– Nada – ele responde –, mas também não ouvi nada sobre o filho de Riven, nem sobre o gigante.

– Você acha que Walter pode ter...? – Ela não consegue terminar a frase.

– Espero que sim. Ele era o tipo de homem que teria gostado da ideia de cobrar um alto preço por sua vida.

Em seguida, Thomas abaixa a voz e olha para a cortina que separa a despensa, de onde o dono da estalagem e seus criados entram e saem.

– Os batedores de Tudor passaram por aqui – ele sussurra. – O exército vem avançando do oeste pelas colinas que atravessamos. O dono da estalagem acha que estarão aqui nos próximos dois dias.

– Então, devemos partir – Katherine diz, tentando se sentar.

Thomas balança a cabeça, assentindo.

– O estalajadeiro disse que a estrada até a Inglaterra corre para nordeste a partir daqui – ele diz –, para uma cidade chamada Leominster. Ele me disse para ter cuidado com quem falamos quando chegarmos lá, pois a região é o que ele chama de Marches e deve estar cheia de traidores.

Ela se esforça para se erguer apoiada nos cotovelos e olha para suas roupas. Ao vê-las, algo como alívio a percorre, como se alguma coisa tivesse sido decidida por ela.

– Por que estou vestida assim? – ela pergunta, enquanto afasta os cobertores.

– Não se lembra? São as roupas de Margaret. Eram as únicas secas. Mandei suas roupas para as lavadeiras, mas não quiseram nem tocá-las com medo de que fossem se desfazer. – Ele para, olha para ela incisivamente. – Você tem forças para viajar? – ele pergunta.

Eles se entreolham. Ambos já ouviram essas palavras antes, quando estavam prestes a deixar Kidwelly e alguém fez a mesma pergunta a Margaret Cornford. *Você tem forças para viajar?* Margaret lhes dera a resposta que eles queriam ouvir, mas não era necessariamente a resposta certa.

– Desde que não haja mais colinas como aquelas – ela diz.

Thomas franze a testa.

– Não posso lhe prometer isso – ele diz.

Ela ergue os olhos e espreita através das barras da janela da sala. Nem ele pode prometer que não nevará. O céu do começo da manhã está branco, carregado de neve, e enquanto o cavalariço sela os cavalos, eles terminam a torta de carneiro e fazem a criada gorda encher o frasco de couro de Margaret com cerveja. Katherine amarra a bela capa azul de Margaret em volta dos ombros e pressiona o chapéu sobre a touca, em seguida eles deixam a hospedaria pela primeira vez em mais de uma semana.

Sob os pés, a neve no pátio é dura e uma grossa língua de gelo pendura-se de uma calha. Katherine sente o frio a cada respiração. Ela monta na sela lateral e se arruma exatamente como viu Margaret fazer. Em seguida, espera enquanto Thomas dá uma gorjeta ao garoto do estábulo por ter passado óleo nos cascos dos cavalos.

Após um instante, ela percebe que Thomas a observa. Quando se volta para ele, Thomas desvia o olhar, como se estivesse envergonhado por ter sido flagrado olhando fixamente para ela.

– O que foi? – ela diz.

– Você está muito diferente – ele diz.

– Estou usando um vestido – ela ressalta.

– Eu sei – ele diz. – É que... é só que eu não tinha percebido... eu não tinha imaginado que você ficaria tão bem nele, é o que eu quero dizer.

Ele atropela essas últimas palavras e ela não pode deixar de sorrir.

Eles atravessam os portões da cidade e seguem a estrada para o norte, a região à sua volta soterrada em neve, silenciosa, exceto pelo rio, que desliza ao lado deles como uma faixa de seda preta. Repentinamente, a estrada começa a subir. O vento fica mais forte, infiltra-se por baixo das bainhas de suas roupas, agita as crinas dos cavalos. Eles viajam em silêncio, Thomas com os ombros curvados. De vez em quando, ele se vira para trás para ver se ela está bem.

Ela se pergunta o que encontrarão quando chegarem a Marton Hall.

– E se já estiver nas mãos de Somerset? – ela diz, procurando falar alto. Thomas para seu cavalo e espera que ela emparelhe com ele.

– Não sei – ele diz. – Mas sir John terá deixado uma mensagem, e ele vai querer saber o que aconteceu conosco. O que aconteceu a Walter. E Dafydd. E Owen.

— E Margaret — ela acrescenta.

Thomas balança a cabeça, concordando.

— Sim. E Margaret — ele diz, e continuam cavalgando, cada qual imerso em seus próprios pensamentos. Agora, tudo em que Katherine consegue pensar é Margaret. Até suas mãos naquelas luvas a fazem se lembrar dela. Ela está montada no cavalo de Margaret, vestindo as roupas de Margaret e às vezes acha que Margaret está falando com ela, dizendo-lhe alguma coisa.

Algum tempo depois, eles passam por uma torre em uma colina a uma pequena distância da estrada para o sul. Além da próxima elevação, destaca-se um pequeno casebre onde não se vê ninguém, nem na cabana, nem na área de lavoura depois dela. Eles descem dos cavalos. Lá dentro, brasas ardem lentamente sob cinzas claras.

Thomas chama pelos donos, mas não há resposta.

— Pode sentir alguém nos observando? — ele pergunta.

Ela também tem a mesma sensação e olha em torno, mas não vê nada. O vento sussurra nas árvores. Eles comem um pouco do pão que levaram e jogam fora a cerveja por ter gosto de urina de cavalo. Em seguida, montam novamente e atravessam uma ponte de madeira. Então, Thomas para e desce do cavalo. Ele se abaixa e passa o dedo pela lama endurecida com a geada.

— Cavalos — ele diz. — Cerca de dez deles, com boas ferraduras. Tenho visto suas marcas na estrada desde Brecon.

Ela não diz nada. Claro que há impressão de cascos na lama, ela pensa. É uma ponte. Então, ela vê o que ele está querendo dizer. Há muitas marcas de ferraduras, todas deixadas ao mesmo tempo e todas indo na mesma direção, nordeste.

— Seriam dos batedores de Tudor? — ela pergunta.

— Talvez — Thomas diz, mas não há certeza em sua voz.

— Ou? — ela pergunta.

Ele volta a montar e vira-se para ela sem dizer nada.

— Não podem ser de Riven e seu gigante — ela diz, mas sabe que podem.

— Eles devem saber que atravessamos os montes — ele diz, por fim. — Devem imaginar que estamos tentando voltar a Marton Hall.

– Acha que deveríamos evitar a estrada? – Katherine sugere, sem muita convicção. Ela ergue os olhos para a cadeia de montanhas, estendendo-se ao redor deles, cinzentas de neve, envoltas em névoa. Ela não está suficientemente recuperada para passar mais noites ao relento; ambos sabem disso.

– Não – Thomas diz. – O estalajadeiro disse que há uma hospedaria que os criadores de gado usam. Temos que passar a noite lá.

Eles continuam a viagem, seguindo os rastros do grupo montado até a noite começar a cair, e então, após mais uma légua, eles chegam à estalagem, uma luz amarela na obscuridade, oferecendo todo tipo de promessas. É uma casa de telhado de palha, paredes tortas, e construída fora da beira da estrada, entre campos cheios de ovelhas balindo. Antes mesmo de desmontar, eles podem sentir o cheiro de carne cozinhando, e Katherine não consegue pensar em mais nada. Entretanto, quando se aproximam, ouvem o barulho de homens em uma conversa regada a cerveja.

– Não podemos ficar aqui – Thomas sussurra.

A decepção recai sobre ela como roupas molhadas. Não, pior ainda. Na verdade, dói. As poucas forças que lhe restam vão se esvaindo e logo ela está tremendo e suando. Ela ainda não está recuperada. Eles continuam cavalgando.

– É mais quente como homem ou como mulher? – ele pergunta.

– Nenhum dos dois – ela responde.

Ele ri.

A névoa sobe do rio ao lado, transbordando para a planície de inundação, fria, úmida e penetrante. Eles ficam satisfeitos quando a estrada se afasta do rio e começa a subir uma pequena colina. Depois do topo, eles encontram o que procuram: uma cabana solitária, com fumaça saindo pelos beirais. Um homem surge da escuridão carregando uma ferramenta de cindir madeira, com uma lâmina comprida e afiada, e um peixe morto. Ele deixa cair o peixe quando vê Thomas e gira a ferramenta com as duas mãos. Ele larga a ferramenta ao ver Katherine, tranquilizado pela presença de uma mulher.

O homem concorda em deixar que compartilhem seu fogo, mas ele não tem nenhuma notícia, nem de Tudor, nem de Riven, nem de nenhuma batalha de que o estalajadeiro de Brecon lhes falou. Ele nem sequer ouviu dizer que há alguma guerra e só é capaz de lhes informar que eles ainda estão na estrada certa para Leominster e que vão enfrentar um tempo muito frio. Ele retira a barrigada do peixe no chão sem maiores cuidados, atirando as tripas nas chamas, onde elas chiam antes de se consumirem. Em seguida, cozinha o peixe com água em uma panela enegrecida, pendurada de uma barra acima do fogo. Ele não tem nenhum interesse em saber de onde eles vêm, nem para onde vão, e depois de ter comido a sua parte do peixe, ele adormece ali mesmo junto ao fogo, caindo para o lado no chão de terra batida, roncando e babando por toda a noite.

Thomas estende seu cobertor desajeitadamente sobre os dois e oferece a Katherine o livro do perdoador para descansar a cabeça, mas ela recusa, e pela manhã, quando acordam, o carpinteiro está do lado de fora entre montículos de cavacos, fendendo uma tora de madeira com sua ferramenta. No alto, o céu está branco como leite, o frio está mais cortante do que nunca e o corpo do carpinteiro exala vapor. Em poucos instantes, Katherine está tremendo em sua capa e seu rosto queima no vento. Os cavalos tropeçam na lama dura como ferro conforme atravessam um pequeno platô, descem e encontram outro povoado, também deserto.

– Devem ter ouvido dizer que Tudor está a caminho – Thomas diz.

O mesmo acontece com o vilarejo seguinte. E o outro.

– Vamos morrer de fome se não comermos logo – Thomas diz.

– Somos apenas nós? – ela pergunta. – Ou todo mundo viaja com tanta incerteza?

– Talvez devêssemos voltar ao homem com o peixe? Podemos comprar um pouco dele.

Ela se vira na sela logo que atingem o topo da próxima elevação.

– Thomas!

Ele se vira, fica em pé nos estribos e olha por cima da cabeça de Katherine. A estrada atrás deles, a menos de três léguas de distância, agora é uma linha de cavaleiros.

– Santo Deus! – ele diz. – Eles andaram depressa. Só pode ser a vanguarda.

Eles aceleram seus cavalos e ultrapassam a colina, mas os animais estão cansados demais, com frio e com fome, e eles não conseguem mais do que um pequeno trote.

– Não devemos parar enquanto não alcançarmos Leominster – Thomas diz. – A cidade fechará seus portões a Tudor e o exército passará por ela sem parar. Foi o que o dono da hospedaria disse.

– Vamos rezar para que isso aconteça – Katherine diz. – Mas a que distância está Leominster?

– Ele disse que a menos de dois dias. Já andamos um dia inteiro, portanto...

– Podemos deixá-los para trás?

– Não sei.

Eles continuam a viagem pela manhã inteira, a estrada atravessando uma campina inundada pelo rio, coberta com uma fina camada de gelo cinzento e pequenos grupos de árvores desfolhadas. Os músculos de Katherine doem pela posição na sela a que não está acostumada, ela está febril, em parte ardendo e em parte congelada. Mas não podem parar. Cavalgam uma légua, mais outra, e durante todo o tempo o exército de Tudor parece diminuir a distância entre eles, seus batedores estendendo-se à frente, ao longo da estrada em direção a eles, depois ficando para trás e logo surgindo outra vez.

Um quilômetro e meio depois, ela olha para trás e um grupo de cavaleiros está partindo com mais empenho pela estrada em direção a eles. Eles foram vistos, ela pensa, dois pontos solitários no horizonte, e alguém deu a ordem para que fossem perseguidos e capturados. Dez homens, ela calcula, figuras claras em seus casacos de uniforme, lanças compridas em seus estribos. Há algo neles que a faz parar repentinamente. Um homem enorme, conduzindo um cavalo grande e forte.

– Thomas! – ela grita outra vez.

Thomas se contrai com seu grito e vira-se, estreitando os olhos para ver ao longe, para onde ela está apontando.

– Não pode ser – ele diz. – É apenas outro homem grandalhão.

– Temos que sair da estrada agora – ela diz. – Há uma curva lá adiante. Olhe.

Meia légua à frente, há um pequeno grupo de cabanas em uma encruzilhada, sem fumaça saindo dos telhados e desertas como todas as outras naquela região. Se conseguirem alcançá-las, talvez possam se afastar desta estrada, cortar caminho diretamente para o alto dos montes e deixar o exército passar. Ela espera estar enganada sobre Riven e o gigante estarem entre eles.

Eles incitam seus cavalos usando os calcanhares com força e, embora estejam exaustos, os cavalos são fortes e conseguem dar mais uma corrida. Chegam à encruzilhada no meio das cabanas e cortam para a esquerda, na direção norte. O caminho não é mais do que uma trilha, mas é suficiente, e os faz passar através de um pomar de raquíticas macieiras silvestres e por um moinho onde a roda d'água range e bate com pancadas surdas, acima da turbulência do riacho embaixo.

Katherine está entorpecida de frio, doente de fome e fadiga, seu pônei prestes a parar, talvez próximo à morte. Ela sente que está quase caindo da sela outra vez, mas mesmo assim eles não param. Seu caminho corre ao longo da margem do rio e depois pela campina frequentemente inundada por suas águas. Os montes erguem-se dos dois lados. À frente, vê-se uma floresta.

– O que deveremos fazer se eles vierem por este caminho? – ela pergunta.

– Estou tentando pensar no que Walter faria – Thomas diz.

Ela supõe que ele irá parar e se oferecer para vigiar a estrada enquanto ela segue em frente. É o tipo de coisa que ele poderia sugerir, como fizera do outro lado das colinas, no País de Gales, e repentinamente a ideia a aterroriza. Sem Thomas, não existe mais nada.

Ela se agacha conforme o caminho os leva através de um pequeno bosque de árvores de galhos baixos, onde poças escuras refletem o céu acima; em seguida, a estrada faz uma curva fechada em torno de alguns salgueiros, onde Thomas solta um gemido e ela segue a direção em que seu braço aponta.

Desta vez, não há erro.

O gigante, em um enorme cavalo, segue um caminho através dos bosques cerrados nas colinas acima. Devem tê-los visto sair da estrada e seguiram um outro caminho para interceptá-los. Outros cavaleiros seguem o gigante, cerca de dez em fila, brandindo suas longas lanças.

– Santo Deus! – ela exclama, soltando o ar dos pulmões. – Como foi que souberam?

– Ainda podemos deixá-los para trás – Thomas diz. – Ou encontrar um lugar melhor para lutar. – Ele olha ao redor. Não parece haver nenhum lugar melhor. Ele suspira. – Não. Vamos acabar com isso aqui mesmo. Estou cansado de fugir.

Ela assente. Juntos, eles sacam suas espadas, a dele mais longa do que a dela, uma pequena lâmina de cabo curto. Ela atira sua capa por cima do ombro e limpa o nariz com as costas da mão. Seus cabelos curtos estão soltos, a touca pendurada como um capuz; sua orelha dói no frio. Juntos, eles observam os cavaleiros emergirem na clareira: um homem com um olho vendado e o gigante.

– Olhe – Thomas diz. – É o filho. Não o pai. Talvez você consiga derrubá-lo do cavalo de novo?

O gigante os vê sob a árvore e gesticula. A seu lado, Edmund Riven ri. Em seguida, o gigante atiça seu cavalo e começa a avançar através dos juncos na direção deles. Ela ouve Edmund Riven puxar sua espada.

Enquanto isso, o gigante está brandindo algo no ar para que eles vejam. Ele ri.

É o machado de guerra.

Katherine fecha os olhos. Portanto, Walter está morto. Ela sente uma dor quase física, como um soco nos rins, uma queda de uma árvore.

– Se eu conseguir desferir ao menos um golpe, isso é tudo que peço – Thomas diz.

Os cavaleiros do outro lado da campina formam um leque, ombro a ombro, atrás do gigante e de Edmund Riven. Um ou dois deles parecem estar feridos. Até mesmo o gigante parece ter a mão esquerda arriada no colo, como se quisesse protegê-la. Obra de Walter, ela espera.

As sombras dos montes atrás dos homens de Riven estendem-se pela campina alagada conforme a noite enche o amplo vale, e, acima deles, todas as cores se fundem no céu. A respiração dos cavalos forma rolos de vapor no ar.

— Bem – Thomas diz. – É isso. É a vontade de Deus.

— Assim parece. – Katherine concorda. Sua voz falseia na garganta, falha. Seu coração bate muito rápido. Ela tem que tentar ser corajosa. Não começar a gritar. Não fraquejar no último instante.

Thomas vira-se para ela.

— Kit – ele diz. – Katherine.

Há lágrimas em seus cílios, seus lábios tremem.

Ela estende a mão para ele. Ele a segura.

— Thomas – ela diz, antes que ele possa falar. – Você sabe que eu não acredito na vontade de Deus, mas se Ele deseja nossa morte agora, como parece, então eu agradeço por nós ao menos estarmos juntos no nosso fim. Estou feliz por isso, ao menos.

Ele fica em silêncio por um instante. É como se ela tivesse se apropriado de suas palavras.

Ele repousa sua espada no colo e exala um longo suspiro, uma longa nuvem de vapor de hálito.

— Eu gostaria... – ele começa a dizer. – Eu gostaria que tivéssemos mais tempo. Simplesmente mais tempo juntos. Como outras pessoas. Sem nada disto. – Ele gesticula, indicando sua espada e os cavaleiros que se aproximam. – Gostaria que tivéssemos mais tempo para... para tudo – ele diz.

— Eu sei – ela diz. – Eu sei.

Ela faz seu cavalo se aproximar dele e se estica na sela. Ele se inclina e seus lábios se tocam. Ela fecha os olhos diante da sensação, desejando que aquele momento durasse.

Então, eles se separam.

— Vá com Deus, Thomas – ela diz.

— Você também, Katherine. Você também.

30

Enquanto ainda pode sentir o gosto dos seus lábios, ele sabe que deve matá-la.

É o que Walter teria feito.

Ele o fará rapidamente, tão rapidamente que ela nunca ficará sabendo o que está acontecendo. Ele passará a lâmina em seu pescoço e ela estará morta antes de tombar de sua sela. Será muito fácil e, uma vez feito, o gigante jamais poderá tocá-la.

Ele sente os nervos de seus dedos formigarem e o sangue no braço que empunha a espada ferver. Ele muda o modo de segurar o cabo da espada, leva o braço para trás. Ele ergue o braço.

Mas, do outro lado do terreno pantanoso, Edmund Riven parece pressentir o que está acontecendo.

Ele solta um berro e investe para o ataque.

Neste mesmo instante, Thomas vê um movimento na periferia de seus olhos, na beira do pântano junto à floresta, onde nada deveria estar se movendo. É uma pequena mancha, um borrão que um homem apenas registraria depois de desaparecida, mas um arqueiro saberia exatamente do que se tratava. Uma flecha.

Ela corta o ar e atinge o cavalo de Riven com uma pancada breve e surda. O cavalo vacila, cambaleia uns quatro ou cinco passos para a esquerda, depois se lança para a frente. O animal deixa a cabeça pender e suas pernas dianteiras se embaralham conforme ele corre. Ouve-se um estalo como o de pinho no fogo e o cavalo desmorona. Edmund Riven é arremessado de sua sela. Ele voa por um instante e em seguida desaparece. Atrás dele, o cavalo rola pelos juncos e pelas águas.

O gigante freia. Os homens atrás dele também. Uma segunda flecha atravessa o pantanal zumbindo e arranca um homem de sua sela, atirando-o como uma trouxa no chão. Um terceiro segue-se a ele. Thomas desce de seu cavalo e arrasta Katherine da sela. Ele se joga no chão e estende o corpo sobre o dela, pressionando-a contra a lama preta.

– Quem são? – ela grita.

– Não sei. Não sei.

Os homens de Riven estão igualmente confusos. Gritam a mesma pergunta uns para os outros. O cavalo relincha. Os outros tentam fazer os cavalos voltarem para o meio das árvores. Thomas ergue a cabeça acima do capim. No extremo oposto da campina, ele pode ver as pontas claras dos arcos em meio ao emaranhado de caniços. Outra flecha passa zunindo pelas pontas dos juncos. Atinge alguém e ouve-se um grito.

Os homens de Riven estão batendo em retirada. Os cascos vacilantes dos cavalos produzem o ruído de tambores ao alcançarem as árvores e arremeterem-se colina acima, de volta ao exército de Tudor.

Mas onde está o gigante? Onde está Riven?

Thomas ergue a cabeça de novo. Uma flecha passa assoviando acima de sua cabeça e por pouco não atinge os cavalos. Ele se agacha.

– Vamos – ele diz. Ele toma a mão de Katherine e a puxa, arrastando-se, para trás dos salgueiros outra vez. Sob os galhos, o cheiro de estrume de gado é forte. Ele olha pela borda do tronco áspero, vê os arqueiros subindo. Três ou quatro cavalos com as selas vazias pastam pelo capim e próximo dali um homem soluça, agonizante. Pontas de juncos se movem e uma flecha com as penas quebradas passa zumbindo acima deles na obscuridade.

Quem serão esses novos homens? De onde vieram?

Há um longo momento de silêncio. Então, um homem grita ao longe, chamando seus próprios homens. Cavaleiros surgiram do lado oposto do pântano e agora avançam cautelosamente pelo capim alto. Seriam batedores, talvez? Mas de quem? Thomas quase consegue distinguir o uniforme que usam, mas não consegue acreditar. Azul e vermelho-escuro? Esse não é o uniforme de March? Ou de Hastings?

– Que distintivo estão usando?

Katherine espreita pelo meio dos salgueiros.

Uma seta penetra no tronco com um estalo, bem acima de suas cabeças. Ela grita e ele a arrasta para baixo de novo.

Ouvem-se um repentino rumor de cascos e um grito de dor, seguido de outro grito que termina com um barulho de algo esmigalhado. Gemidos; mais silêncio. Acima de suas cabeças, passam mais três patos, as asas produzindo um chiado ao bater. Um homem urra. Um ruído de aço atritando com ferro, uma pancada na água e, em seguida, mais gritos. Um arqueiro surge na estrada, mantendo-se nas sombras, a cabeça oscilando. Ele leva um susto quando os vê, levanta seu arco e se prepara para atirar.

Thomas atira a espada para o lado e levanta as mãos. O arqueiro relaxa a corda do arco.

– Quem é você, merda? – ele pergunta. Ele fala como Walter. Thomas olha fixamente para ele. Mal consegue falar. O arqueiro tem a insígnia de uma cabeça de touro em seu tabardo. A cabeça de touro. O distintivo de William Hastings. Ele é um homem de Hastings. São os arqueiros de Hastings.

Thomas dá um passo em direção a ele e o arqueiro retesa o arco, mas logo é distraído por Katherine usando a elegante capa de uma dama, mas seus cabelos são curtos e estão descobertos, e ela não se parece com nenhuma das damas que ele já tenha visto.

– Meu nome é Thomas Everingham – Thomas começa a dizer. – Amigo de William Hastings.

Um novo grito ecoa no pântano atrás deles. Os três se encolhem. Ouvem um homem correndo tropegamente, arremetendo-se pelo meio dos juncos no caminho à frente. Ele para e olha para eles com olhos arregalados. Em seguida, ele se vira e corre, e ouve-se um baque quando ele embaralha as pernas e cai, derrubado por uma flecha. Alguém ri.

– Bem, Thomas Everingham – diz o arqueiro –, se você quer continuar a ser um bom amigo de William Hastings, é melhor manter a cabeça baixa. Você também... ah... senhora.

Ele toca em seu elmo e passa por eles, partindo pelo meio dos juncos, armando seu arco. Os arqueiros começam a chamar uns aos outros. Movem-se pelo pântano como caçadores dispersando um bando de pássaros de um bosque.

– Será que estão mortos? – Katherine pergunta. – Oh, peço a Deus que estejam.

Um dos cavaleiros vem subindo pelo caminho a partir da extremidade oposta da clareira. Parece jovem, movendo-se com arrogância exagerada, representando o papel de um grande soldado.

– Quem são vocês? – ele pergunta ao vê-los. Ele traz uma longa espada na mão e em seu peito vê-se também a cabeça do touro. O nariz comprido e a boca larga lhe emprestam uma aparência familiar.

– Você é um dos homens de William Hastings? – Thomas pergunta.

– Sim. Eu sou John Grylle, de Kirby Muxloe, em Leicester. E quem é você?

– Eu sou Thomas Everingham, de Marton Hall, em Lincoln, da companhia de sir John Fakenham, e amigo de William Hastings.

– É mesmo? – Grylle fez um cumprimento com a cabeça. – E a senhora?

Thomas vira-se. Santo Deus, quem é ela? Não haviam pensado nisso. Ele abre a boca para dizer alguma coisa, mas Katherine fala primeiro.

– Sou lady Margaret Cornford – ela diz com voz clara e firme. – De Cornford, também em Lincolnshire.

Thomas abre a boca e logo a fecha. Por que ela disse isso?

– Milady. – Grylle toca o elmo. – Mas por que estão aqui e...? – Seu olhar percorre seu vestido enlameado de alto a baixo. – E quem são aqueles homens na estrada? Presumimos que fossem batedores de Tudor, mas...?

– Eles nos seguiram até aqui desde o País de Gales – Katherine lhe diz. – Nós estamos vindo de lá. Do País de Gales. Eles são homens de Giles Riven.

Grylle mostra-se surpreso.

– Giles Riven, o vira-casaca? Ha. Mas por que vocês estão aqui, vindo do País de Gales? Têm alguma notícia de Tudor e seu exército?

– Sua companhia de vanguarda está na estrada ao sul daqui – Thomas diz, apontando. – Seguindo na direção da cidade de Leominster.

– Ha! – Grylle exclama de novo. – Ele vai ter que negociar com os homens de Marches antes de ter a liberdade desta escolha.

– Quem são eles? – Thomas pergunta. – Quem são os homens de Marches?

Grylle olha para ele como se fosse um retardado.

– Você está na fronteira, na região chamada Marches – ele diz, indicando com um gesto as montanhas à sua volta. – Todas estas terras pertencem ao conde de March e os que vivem nelas não veem com bons olhos ninguém que as esteja atravessando, especialmente não um bando de irlandeses e franceses liderados por um irlandês traiçoeiro que devia ser enforcado como o criminoso comum que ele é.

– Mas você é um homem de Hastings, não? Ele está aqui?

– Ora, claro – Grylle diz, novamente como se isso fosse a coisa mais óbvia do mundo. – Estamos acampados perto de Wigmore, a umas duas léguas estrada acima. Marchamos de Gloucester quando tivemos notícias do desembarque de Tudor.

Os homens nos pântanos atrás deles estão mais relaxados agora e começam a pilheriar e se jactar uns com os outros conforme os nervos se acalmam.

– Vejamos, então, onde estamos, certo? – Grylle diz, e esporeia o cavalo para passar por eles em meio aos juncos. Thomas e Katherine o seguem. Thomas ainda tem sua espada. Eles encontram o cavalo de Edmund Riven primeiro, esforçando-se para conseguir respirar, os olhos revirados, as orelhas abaixadas de dor. Uma flecha quebrada está enterrada em sua espádua e uma fita de sangue cor de ameixa serpenteia do ferimento. Um dos homens de Hastings contempla a cena silenciosamente. Após um instante, ele corta a garganta do animal com um golpe quase terno de sua faca e segura sua cabeça enquanto o sangue borbulha das bordas franjadas do ferimento em jorros rítmicos. O vapor de seu hálito desliza, fétido, pelo ar, e, após alguns instantes, o cavalo fica imóvel.

– Desculpe-me por isso, amigo – o arqueiro diz, abaixando lentamente a cabeça.

Thomas desvia o olhar. E pensar que ele chegara tão perto de fazer o mesmo com Katherine.

Riven foi lançado um pouco adiante, em meio aos juncos, de modo que Thomas afasta as plantas com sua espada, esperando vê-lo morto ou inconsciente.

Mas não há nada ali.

Ele faz uma nova busca.

Nada. Há talos de junco quebrados e uma marca na lama mostrando onde ele caiu, mas nenhum sinal de seu corpo, nem de sangue.

Ele desapareceu.

O gigante também, mas dele há menos sinais ainda, já que seu cavalo também desapareceu. Assim como seu machado de guerra.

– Deve ter escapulido – é a avaliação de Grylle. Ele gesticula na direção das árvores ao sul. – Mas eu tenho ordens para guardar este acesso e não para ir atrás dos batedores de volta ao acampamento.

Os arqueiros ficam desapontados. Há quatro homens de Riven mortos e dois feridos, ambos tão gravemente que não sobreviverão à noite. Thomas e Katherine e o sensível amante de cavalos desviam o olhar quando um dos sargentos os abençoa com o sinal da cruz e em seguida esmaga o cérebro de cada um deles com dois golpes de um martelo de chumbo.

– Isso é misericórdia – diz um dos arqueiros. – Espero que alguém faça isso por mim num caso como este.

– Santo Deus – Thomas exclama, sem conseguir controlar a respiração.

– Eu teria tentado fazer alguma coisa por eles – Katherine sussurra –, se não tivessem passado os últimos dias tentando me matar.

Grylle envia um homem a cavalo ao acampamento com eles para relatar o que houve. Eles montam em seus cavalos novamente e seguem o caminho através do vale. Estão cansados demais para conversar. Passam por um pequeno povoado e em seguida por um acampamento de tendas de soldados. Os homens olham fixamente para eles. São homens de Hastings e de March, e Thomas sente-se zonzo de alívio, mas não consegue deixar de pensar, admirado, por que Katherine disse ser Margaret Cornford.

Ela olha para ele desamparadamente e indica seu vestido.

— Foi tudo em que consegui pensar – ela diz. Ela fecha os olhos e sacode a cabeça.

Thomas não diz nada. O que ela poderia fazer? Dizer que era alguma outra pessoa? Mas quem? Ele abre a boca para lhe dizer isso, mas logo para. De nada iria adiantar. Além do mais, o que está feito, está feito. Eles seguem em frente.

Depois do acampamento, há um castelo: um aglomerado de torres de ameias, de pedra cinza, parcialmente ocultas por árvores desfolhadas, em uma muralha externa íngreme, um pouco para fora da estrada, a oeste. Atrás do castelo, ergue-se uma cadeia de colinas.

— Castelo de Wigmore – diz o guia. Quando chegam à casa da guarda, ele os identifica para o capitão da guarda como Thomas Iverington e lady Margaret Cornford, embora ninguém pareça se importar muito com o que tenham a contar que não diga respeito ao paradeiro, números e formação do exército de Tudor.

— Podemos ver William Hastings? – Thomas pergunta depois de ter contado ao capitão tudo que sabe.

O capitão resmunga alguma coisa sobre Hastings estar muito ocupado para receber qualquer pessoa e os leva para o apinhado pátio interno, de onde podem ouvir uma flauta que está sendo tocada em uma das salas no alto da torre. Alguém também está dedilhando cordas e um homem canta com voz alta. Thomas pergunta sobre o combate fora do Castelo de Sandal.

— Foi o que foi – diz o capitão, arrastando as botas. – Um desastre. Duque de York: morto no campo de batalha. Conde de Salisbury: capturado, depois executado por aquele filho da mãe, o Bastardo de Exeter. Conde de Rutland: assassinado por aquele açougueiro de cara preta, Clifford. E quantos homens como eu e você mortos onde estavam? Quem sabe? Milhares.

— Mas e quanto a sir John Fakenham? Sabe se ele estava lá?

O capitão sacode a cabeça.

— Nunca ouvi falar dele – ele diz e, em seguida, os deixa em um canto escuro perto de uma porta que leva à latrina do castelo. Thomas tira as bolsas das selas e Katherine apoia-se nele por um instante. Thomas permanece imóvel; ele passa um braço ao redor dela e eles ficam parados por alguns instantes, nenhum dos dois se movendo, nenhum dos dois precisando dizer nada.

Então, um mensageiro com uma vela em uma lanterna vem buscá-los e eles se afastam um do outro.

– Você é o sujeito que acaba de chegar do País de Gales? Peguem suas coisas e me sigam – ele diz. – O conde de March quer vê-los.

Ele os conduz por alguns degraus em uma torre e ao longo de um corredor de pedra até onde três soldados com alabardas montam guarda em uma porta. Através dela, eles podem ouvir a flauta e o canto. É bem diferente de qualquer canto que ele tenha ouvido em uma missa. Um dos guardas abre a porta e os conduz para dentro do salão. Uma fogueira escandalosamente alta está empilhada no meio do aposento e cinco ou seis homens estão sentados a uma mesa onde criados servem comida e bebida. O flautista e o cantor param e são conduzidos para trás de uma cortina por um homem gordo com um pano de linho.

Cada homem à mesa levanta os olhos de seu prato. Um deles é Eduardo de March, agora o duque de York desde a morte de seu pai. Eles o tinham visto pela última vez no verão anterior, naquela vez em Westminster.

Ao ver Thomas, ele se levanta, incrédulo.

– Meu Deus do céu! – ele exclama. – Você!

– Milorde – Thomas murmura.

Mas ele mal consegue tirar os olhos do peito da ave assada que fumega em uma travessa portada por um dos criados. O cheiro lhe dá água na boca.

– O que, em nome de todos os santos, vocês estão fazendo aqui?

– É uma longa história, senhor.

– E melhor contada com vinho, aposto, e algo para comer.

Isso vem de William Hastings, que se levantou e aproximou-se para apertar a mão de Thomas.

– É bom vê-lo de novo, Thomas... ah... Everingham, não é? – ele diz.

Thomas balança a cabeça. O olhar de Hastings salta para Katherine e volta para Thomas outra vez.

– Mas diga-nos. Quem é esta?

Ele inclina a cabeça em uma falsa saudação a Katherine. Por um instante, Thomas acha que Hastings reconhecerá Kit, o garoto que salvou a vida de Richard Fakenham. E Katherine não diz nada. Ela sente-se mal, pálida como um fantasma, com olhos brilhantes e vidrados que parecem se revirar para trás. Ela não responde. O silêncio apenas se aprofunda quando Hastings e March examinam seu rosto sujo, o vestido manchado, a touca imunda puxada para baixo para esconder sua orelha cortada. Os outros homens à mesa se inclinam para a frente a fim de prestar atenção à conversa e até os criados param o que estão fazendo, boquiabertos, as colheres cheias nas mãos, olhando fixamente para eles.

Thomas não consegue suportar mais.

– Lady Margaret Cornford – ele diz. – Filha do falecido lorde Cornford.

Ao dizer isso, ele sabe que ultrapassou um limite. Que agora não há mais volta. Katherine olha para ele febrilmente e ele se pergunta se ela está agradecida ou receosa.

Hastings contém uma exclamação.

– Milady – ele diz, soltando a mão de Thomas e tomando a dela. Ele a conduz à sua cadeira à mesa. Os homens – em casacos de gola de pele, um deles com um cordão de ouro no pescoço, o outro um padre – levantam-se.

– Amigos – Hastings diz, dirigindo-se a eles. – Milady fez uma longa e desconfortável viagem, de modo que creio que não lhe negarão um lugar à nossa mesa. É pouco e precioso o espaço no castelo para onde ela possa se retirar, e para aqueles de nós que prezam a memória de lorde Cornford, deveríamos estender toda cortesia possível à sua herdeira.

Os homens balançam a cabeça assentindo, mas franzem o cenho. Uma mulher àquela mesa? Katherine toma o seu lugar, agradecida apenas por poder sentar-se em uma cadeira, seus dedos finos tremendo ao beber vinho quente e em seguida roer o pão. March, nesse ínterim, leva Thomas para um canto.

– Então, você veio do País de Gales? – ele pergunta. – Você viu o exército de Tudor?

Thomas assente, confirmando.

– Dizem que são mercenários irlandeses – March continua como se falasse consigo mesmo –, com alguns franceses para completar. Não consigo imaginar em que condições estarão quando chegar a hora. O tempo tem estado inclemente, não?

– Tem feito muito frio, milorde, com neve.

– Espero que tenham sofrido de uma maneira cruel – March diz. – Estão acampados esta noite perto da estrada ao sul daqui, onde o capitão da guarda me disse que vocês foram resgatados. Minhas fontes dizem que eles estão com pouca comida e cerveja, é verdade?

– Havia bem pouco para conseguir ao longo do caminho – Thomas confirma.

– Podemos agradecer a John Dwnn por isso – March diz. – Ele mandou todo mundo no País de Gales enterrar os alimentos e fugir para as montanhas.

Dwnn. Thomas ouve o nome como uma bofetada. John Dwnn saberá que Katherine não é lady Margaret Cornford.

– John Dwnn está aqui agora, senhor? – ele pergunta.

– Dwnn? Não. Está fora, acossando o inimigo, como ele diz. Matando seus batedores, eu diria, e agradeçamos a ele por isso.

Ele ergue sua taça em agradecimento a John Dwnn antes de beber. Thomas pensa em perguntar sobre a batalha de Wakefield, mas como se pode perguntar a um homem sobre a morte de seu pai e de seu irmão?

– Bem – March diz. – Haverá luta amanhã. Espero que você se junte a nós. Você é meu talismã da sorte.

Thomas assente, mas está longe de ter certeza. Ele bebe em grandes goles, queimando a língua sem se importar. Santo Deus, como é boa aquela bebida.

– Amanhã será uma espécie diferente de luta – March diz, erguendo a voz, ampliando a conversa para incluir a todos no salão. – No passado, sempre instávamos nossos homens a pouparem os civis e matar apenas os nobres, mas daqui para frente... daqui para frente queremos todos mortos.

Devagar, a ideia penetra no pensamento dos homens.

— Mas, Eduardo... Vossa Graça — Hastings diz. — O senhor está falando da vida de ingleses. Da morte de ingleses, eu diria.

— Sei disso, William. Mas quero que todos saibam que, se pegarem em armas e seguirem aquele bastardo, Somerset, ou o velho maldito Tudor, ou qualquer outro contra nós, eles pagarão por isso com suas vidas. Eles não mostraram nenhuma misericórdia conosco, e portanto, por Deus, também não teremos misericórdia com eles.

Hastings permanece em dúvida.

— Mas quem entre eles tem escolha? — ele pergunta. — Comissões de Recrutamento são uma coisa, mas, se a sua subsistência depende de um homem e esse homem exige que você se arme e marche com ele para a guerra, o que você pode fazer? Se você recusar, será expulso, despejado, e seus bens concedidos a outro que se dispuser a lutar.

Mas March está resolvido. Perder o pai e o irmão deve fazer isso a um homem, Thomas imagina. Enquanto isso, Katherine permanece sentada, a cabeça oscilando no pescoço fino. Thomas pergunta a Hastings se há algum lugar para ela dormir.

— Claro, claro. Tenho certeza de que podemos encontrar um lugar. Ela deveria tomar um pouco de vinho e depois descansar.

— E posso perguntar se o senhor tem notícias de sir John Fakenham? — Thomas pergunta.

Hastings sacode a cabeça.

— Não soube de nada — ele responde. — Enviei um mensageiro com a ordem de que ele fosse ao encontro de Shrewsbury com todos os homens que pudesse arregimentar, mas o mensageiro jamais retornou. Não sei se ele foi impedido de entregar o recado ou abatido no caminho de volta. Tudo que eu sei é que Fakenham ainda não havia chegado quando começamos a marchar para o sul.

— Ele foi convocado a Sandal antes do Natal — Thomas diz. — Eu estava com ele quando o mensageiro chegou.

Hastings toma um gole de sua bebida e Thomas o ouve engolir. Faz-se um silêncio significativo por um instante.

— Só podemos rezar — Hastings diz. — Rezar para que ele ainda esteja vivo.

Thomas não é convidado para sentar-se à mesa, mas um criado conduz Katherine para sua cama e, ao sair, ela lança um olhar preocupado para trás, tentando encontrá-lo, mas em vão. Thomas encontra um lugar em uma passagem fora da cozinha onde um cachorro está sentado com a cabeça sobre as patas, a luz da lamparina de junco refletindo em seus olhos aquosos. A parede está aquecida do fogo da cozinha e, ao fechar os olhos, ele se pergunta onde ela estará, desejando que estivesse ali com ele.

A manhã seguinte é extremamente fria e o céu tem uma cor rósea decorada com tênues nuvens brancas. Os sinos tocam chamando para a missa, mas o ar está repleto dos tinidos e sons agudos de metal de homens se reunindo com armas afiadas. Alguns bebem cerveja em grandes goles, outros contam piadas e riem nervosamente. Eles comparam peças de seus equipamentos, espadas, martelos e machados de guerra, elmos e armaduras. Outros, ainda, estão amontoados diante das fogueiras, soprando as mãos. O mau cheiro, mesmo no ar glacial, é forte: corpos não lavados em lã úmida, fumaça de carvão, pedras de amolar quentes, vinagre e o vapor de seus hálitos. E acima de tudo isso está o cheiro do nervosismo, do medo, da expectativa.

Quando a missa termina, Hastings, March e os outros comandantes emergem da capela; eles seguram velas. Eles se reúnem na entrada por um instante e, depois, quando Hastings vê Thomas, ele ainda segura uma vela, mas agora também carrega na mão um tabardo dobrado.

– Você usará meu uniforme hoje? – ele pergunta, oferecendo a veste a Thomas. – Gostaria que você estivesse comigo.

Thomas engole em seco. De todas as coisas que ele preferiria não fazer, ir para o campo de batalha era uma delas. Mas agora ali está Hastings, um homem que ele pode considerar um amigo quando quase todos os outros estão mortos, pedindo-lhe um favor.

– Com prazer – ele diz, pegando o uniforme, sentindo o relevo do distintivo de uma cabeça de touro negro. – Embora eu não esteja bem preparado para isso e tenha que cuidar de lady Margaret.

– Ah. E onde está ela agora? Recuperada, espero? – Hastings gesticula, indicando a torre de menagem.

– Ainda não a vi esta manhã.

– Ela tem alguma família ainda? – Hastings pergunta. – Eu conhecia Cornford, é claro. Um bom homem. Ela se parece mais com sua mãe, eu diria, embora na verdade eu não a tenha conhecido. Parece que ela era muito frágil, não? Morreu no parto.

Thomas balança a cabeça, embora ele não conheça bem a história. Hastings coça o lado do seu nariz com a vela.

– Interessante – ele diz. – Interessante.

Ele fica em silêncio por um longo instante, imerso em seus pensamentos.

– Tome – ele diz, finalmente. – Fique com isso também.

Ele passa a vela a Thomas.

Um trombeteiro tenta fazer soar um toque de convocação, mas seus lábios estão frios demais para tocar o instrumento e tudo que consegue é emitir um brado dissonante. Os homens riem. Thomas olha para a vela.

– Candelária – Hastings explica. – Hoje. O tempo voa, não?

Ele sai, deixando Thomas com a vela e a túnica do uniforme.

Os soldados começam a sair da casa da guarda do castelo para se reunir no parque de veados mais além e, na confusão, Thomas encontra um pão e um jarro de cerâmica de cerveja que uma mulher havia separado sob uma mesa e, após um instante de consideração, ele cede à tentação e pega tudo. Ao sair apressadamente, ele sente os olhos negros da filha da mulher recaírem sobre ele com mais tristeza do que raiva e ele lhe deixa a vela em recompensa.

Ele encontra Katherine ainda no alto da torre do castelo e, sem nenhuma criada para ajudá-la, ela está lutando com suas roupas pouco familiares. Ele lhe dá a cerveja e o pão, e eles sentam-se em um baú, comendo, até que um mensageiro enviado por Hastings aparece.

– Você precisa vir – ele diz. Ele espera enquanto Thomas enfia o tabardo acolchoado pela cabeça e o alisa por cima de seu casaco ainda úmido.

– Adeus – ele diz, confuso, por um instante, sem saber como chamá-la. Ela olha para ele com seus calmos olhos azuis.

– Que Deus o acompanhe, Thomas – ela diz.

Ele não sabe se ela está apenas fazendo uma representação diante do mensageiro de Hastings, mas ela acrescenta em seguida:

– Não tenho medo de que você não volte. Você é imortal. De que outra maneira poderíamos explicar tudo isso?

Ele gostaria de ter tanta certeza.

Quando Thomas emerge pela porta da torre de menagem, o pátio embaixo está barulhento com os tocadores de tambores e clarins. Um grupo de arautos em capas azuis está reunido junto à casa da guarda. O conde de March, agora duque de York, já está montado em um cavalo de batalha. Ele usa uma armadura de placas caneladas com uma pluma branca no topo de seu elmo, e nas sombras das paredes de cortinas sua armadura parece absorver toda a luz disponível e destilá-la em algo puro, quase angelical, a não ser pelo fato de carregar um martelo de guerra pontudo e afiado em cima do ombro e um machado de guerra no colo.

A seu lado, está William Hastings, em uma armadura menos vistosa e sem pluma, a viseira aberta, o bonito rosto muito pálido. Atrás dele, um homem porta o estandarte de batalha em forma de rabo de peixe, com a figura de um cachorro branco e peludo, ou algo parecido, e mais atrás se estende uma fileira de uns cem homens em armaduras de placas sob seus próprios estandartes.

Os cavaleiros se movem com uma barulheira de tímpanos dissonantes: pancadas surdas de cascos de cavalos, o atrito de sapatos de ferro em pedra e o clangor de homens em armaduras. Eles passam pela casa de guarda e atravessam a ponte para se unirem aos soldados à espera na estrada para o sul. Thomas caminha atrás do mensageiro. O que Hastings quer dele? Seja o que for, Thomas sabe que não poderá lhe proporcionar. Suas mãos tremem à ideia do que está por vir.

Ele segue o mensageiro pela estrada através das árvores, passando em seguida por um pequeno povoado e um bosque irregular de salgueiros já muito podados, chiqueiros vazios e lama negra. Tudo está coberto por uma película branca de geada e o vapor do hálito paira no ar. Mais adiante, derramando-se sobre os prados pantanosos, veem-se milhares de homens: arqueiros, soldados com alabardas, soldados comuns; seus uniformes são novos para Thomas, suas bandeiras desconhecidas. Os oficiais, capitães e vintenares gritam e conclamam seus homens a assumirem seus postos. Tambores ressoam e trombetas bradam, e por um momento fugaz há uma atmosfera de festival, quando mulheres e crianças correm de um lado para o outro pelas bordas, vendendo cerveja e pão, salsichas, sopa. Uma mulher ainda usando sua touca de dormir tenta vender uma enguia defumada a Thomas, a pele tão dourada quanto a folha com que ele costumava trabalhar no priorado, e cerveja com gosto de água do pântano.

– Tem alguma coisa quente? – Thomas pergunta.

Ela meneia a cabeça. O mensageiro retorna para o seu lado e quase o arrasta dali.

– Vá embora agora, mulher – ele diz. – Temos muita coisa a fazer.

O vapor ergue-se do homem e do animal, e das valas onde os homens se aliviam. Conforme avançam pela estrada, Thomas sente apenas um medo crescente. Ele não consegue passar por isso outra vez, não sem Walter a seu lado, não sem Geoffrey ou nenhum dos Johns. Ali ele está com estranhos. Se ele cair, quem irá se abaixar para pegá-lo? O soldado com os dentes quebrados e aquelas correntes grandes e pesadas nos ombros? O garoto com a espada larga feita em casa e sem botas? Ele duvida. Eles pegariam sua bolsa antes de se darem ao trabalho de colocá-lo em pé. Eles o deixariam em uma vala para morrer congelado.

Quando alcançam Hastings, os cavaleiros já desmontaram e seus escudeiros conduzem os cavalos de volta através das fileiras. Hastings também está nervoso. Thomas o vê passar a mão protegida com cota de malha pelo gancho de seu machado de guerra, alisando-o com seus dedos como se pudesse deixá-lo ainda mais afiado. Ao seu lado está Grylle. Ele faz um breve cumprimento com a cabeça quando reapresentados. Ele veste uma armadura de placas feita para um homem muito maior e parece estar espreitando por cima de seu gorjal como uma criatura de seu buraco. Seu elmo é preto. Ele deve ter que idade? Quinze?

– Sua primeira luta de verdade – Hastings confessa a Thomas.– Sua mãe vai me matar se alguma coisa acontecer a ele.

Seu escudeiro leva cerveja em um frasco de couro tubular. Hastings oferece um pouco a Thomas e o observa enquanto ele bebe. Uma ruga se aprofunda em seu cenho sob a sombra de sua viseira aberta onde a névoa de seu hálito se congelou em pingos de gelo.

– Você não parece adequadamente vestido, Thomas – Hastings diz.

A toda volta deles, há homens equipados com armaduras completas, em parte tomadas no campo de batalha – as peças desencontradas que roubaram, saquearam ou adaptaram a seus próprios propósitos –, mas armaduras ainda assim. Todos os homens possuem luvas de aço, elmo, uma arma pessoal, alguma arma de haste longa, uma espada. Thomas não tem nada, exceto um casaco de viagem imundo e uma espada cega.

– É tudo que eu tenho – Thomas explica.

Hastings balança a cabeça.

– Pegue meu cavalo – ele diz, gesticulando para o escudeiro, um rapaz magricela cujo tabardo cai até os joelhos.

– Não vai precisar dele? – Thomas pergunta.

– Não, se triunfarmos – Hastings responde. – E se não... bem, não estou com disposição para fugir. Se perdermos hoje, eu não teria para onde fugir, de qualquer modo.

– Mas o que farei com ele?

– Quero que você aja como meus olhos no campo. Me faça este obséquio, Thomas. March e eu passamos a considerá-lo nosso talismã da boa sorte. Desde aquela vez em Newnham, lembra-se? Ele não gosta de entrar em uma batalha sem você.

Thomas balança a cabeça, assentindo. Isto seria normal? Ele não faz a menor ideia. No entanto, ele se sente satisfeito de subir à sela do cavalo, de destacar-se dos homens que vão lutar. Sentir o calor entre seus joelhos. Por cima de suas cabeças fumegantes, ele pode ver os prados alagados, ainda nas sombras, descendo até a região pantanosa e os dois salgueiros.

– Vá na frente e diga a Sua Graça que já estamos em posição, sim?

Há trombeteiros para fazer isso, Thomas sabe, e arautos já cavalgando para cima e para baixo, e dificilmente tomaria mais do que um instante do tempo de Eduardo para virar a cabeça e procurar ver onde a bandeira de Hastings está desfraldada por um soldado de barba. Mas Thomas vê que esta tarefa lhe é oferecida como um favor e ele agradece a Hastings por sua inesperada solicitude.

– Não tem de quê. Não tem de quê. Como eu digo, milorde de March vai querer saber que você está conosco.

Thomas o deixa e segue em frente. Os homens erguem os olhos para ele conforme ele passa. Estariam com inveja? Ele supõe que sim. Ele sabe que, no lugar deles, também estaria. Mas esses são homens de ar soturno, arrastando-se em frente com a intenção de não perder a chance de golpear outro homem com seu machado de guerra. Ele vira o cavalo para o sul no exato momento em que o sol surge acima das colinas a leste, incendiando a névoa que ondeia entre as árvores.

Ele continua cavalgando na direção do estandarte de Eduardo e logo, através da névoa, ele vê o exército de Tudor. Está espalhado pelos prados, a quinhentos ou seiscentos passos de distância, avolumando-se, subindo lentamente, acompanhado pelo barulho costumeiro de tambores e gaitas de fole. Bandeiras estão desfraldadas acima de suas cabeças e há homens em uniforme branco e verde, mas a maioria usa tecidos rústicos marrons e castanhos. Thomas protege os olhos do sol baixo e procura a bandeira de Riven ou homens com seu uniforme.

Ele não faz a menor ideia do que fará se os vir. Ele sabe que não pode lutar contra o gigante, nem mesmo com Edmund Riven, não agora, não neste dia, mas ainda assim, quando não consegue ver ninguém com o uniforme branco de Riven, fica perturbado.

Mas, por outro lado, ele se pergunta, onde eles estão? Para onde teriam ido?

Teria Tudor – ou quem quer que reivindicasse sua fidelidade volúvel – sido capaz de forçar o gigante a lutar? Forçado Edmund Riven a montar e seguir para a batalha? Ou, tendo perdido aqueles homens ontem, eles teriam se retirado? Voltado para o Castelo de Cornford?

Ele pensa em Cornford. Pensa em Marton Hall.

Ele está diante da primeira batalha agora, e vira-se e cavalga pelo front. Os homens erguem os olhos para ele, espantados, e ele não consegue deixar de devolver o olhar, fitar seus rostos pálidos, alguns muito jovens. No centro, está Eduardo, conde de March, o novo duque de York, de pé sob seu estandarte, movendo os braços, saltando no mesmo lugar para se manter aquecido. Ao seu redor, estão seus melhores homens, veteranos de expressão implacável, com machados, piques, alabardas e martelos de guerra, todos muito bem equipados. Eles aguardam que Tudor tome a iniciativa, mudando a haste de suas armas de mão, passando a língua nos lábios, todas as cabeças ligeiramente voltadas para March, aguardando o seu sinal.

Eduardo volta-se para ele.

– Everingham – ele diz.

– Milorde – Thomas diz, mas o sol brilha em seus olhos. Ele ergue a mão para protegê-los, mas verifica que não pode. Precisa de seu antebraço. Ele está confuso. Algo está errado. Em vez de um sol, há três. Cada qual lança um halo de luz dourada.

– E então? – March pergunta. – Trouxe uma mensagem?

Thomas não diz nada. Está confuso demais. Ele aponta.

– Olhe – ele diz. March vira-se para olhar. Ele se vira e também ele ergue o braço para se proteger dos sóis. Thomas nota que ele está lançando três sombras no solo coberto de geada, exatamente como se ele estivesse em pé diante de três velas de altar. À sua volta, os soldados começam a se virar e fazer o mesmo, todos com os braços levantados, espreitando a luz a leste.

– Pelo sangue de Cristo! – March murmura, virando-se para um homem a seu lado. – O que é aquilo, em nome de Deus?

O homem não tem resposta.

– Alguém me responda? Será que ninguém pode me dizer por quê, em nome de Deus, há três sóis?

Há um tom de pânico em sua voz. Os homens atrás notaram e por toda parte fazem a mesma pergunta. O movimento é sutil, um encolhimento, um fenecimento, conforme o exército dá um passo atrás, contraindo-se contra a fantástica luz. De repente, todo pensamento da luta é suspenso. Há um movimento em onda conforme os homens fazem o sinal da cruz. Mais de um larga sua arma e cai de joelhos.

– É um presságio! – diz um homem.

– Claro que é um presságio – March diz. – Mas um presságio de quê?

March olha em volta para suas tropas e Thomas vê que pela primeira vez ele não sabe o que fazer, o que dizer. Então, os dois sóis externos aproximam-se do sol central, o maior dos três, e um halo de luz ainda mais brilhante surge do sol central, estendendo-se ao redor de cada sol, com todas as cores do arco-íris.

– Uma trindade de sóis – Thomas pensa em voz alta. – O Pai, o Filho e o Espírito Santo.

March para e olha fixamente para Thomas. Em seguida, novamente para os três sóis, depois para seus homens, conforme eles se encolhem de medo diante da estranha luz.

Ele entra em ação.

– Desça do cavalo – ele diz, quase arrancando Thomas do cavalo de Hastings. Ele lhe dá seu machado de guerra e salta para cima da sela.

Ele vai fugir? Não. Suas mãos seguram as rédeas com força enquanto ele faz o cavalo dar uma guinada e ficar de frente para seus homens. Em seguida, pega o martelo de guerra de seu cinto e usa sua espora para fazer o cavalo erguer-se nas patas traseiras, sacudir a cabeça e urrar de fúria.

– Homens de Marches! – ele berra, brandindo o martelo de guerra no ar. – Homens de Marches! Sirs! Não receiem! Não tenham medo! É um sinal de Deus. Estes três sóis representam o Pai, o Filho e o Espírito Santo! São a Santíssima Trindade, enviados como um sinal para nos dar coragem, para nos mostrar que Deus Nosso Senhor está do nosso lado, para nos mostrar que a justiça prevalecerá! Portanto, vamos nos encher de ânimo e vamos hoje pensar em nos portarmos como homens, quando atacarmos com força Seus inimigos, expulsá-los do campo de batalha, pois esta é a vontade de Deus!

Faz-se uma pausa momentânea, quase infinitesimal, antes de se ouvir um brado do homem ao lado de March. Ele é seguido por outros e depois mais outros, e então, por todo o exército, os homens começam a erguer e brandir suas armas, urrando e berrando. March salta da sela do cavalo e segue em frente a passos largos. Atrás dele, o exército arremete-se para frente como uma onda através dos pântanos, em direção à batalha de Tudor.

31

Nos dias que se seguiram à vitória abaixo do Castelo de Wigmore, denominada pelos arautos com o nome do vilarejo mais próximo, Mortimer's Cross, Thomas e Katherine se hospedaram na estalagem White Hart, junto ao rio na cidade de Hereford. Há mortos a serem enterrados, feridos a serem curados e números a serem registrados. Durante toda aquela primeira semana, multidões se reúnem na praça do mercado embaixo da casa da prefeitura para ver desgraçados de rostos pálidos serem mantidos sobre uma larga tora de madeira, já pegajosa de sangue e talhada de marcas de machado, e terem a cabeça decepada e lançada na palha encharcada de sangue embaixo. A multidão vaia, assovia e ri a cada execução, mas aquilo revira o estômago de Katherine.

– Eles gostam de ver lutas de animais e mulheres estranguladas – Thomas lhe diz. – Ver alguém ter a cabeça decepada não é nada para eles.

É Grylle quem insiste que ela venha. Ele está atento a ela e, toda vez que Thomas se ausenta, o que acontece sempre que William Hastings lhe dá alguma incumbência, Grylle está lá. No começo, ela diz que não, mas depois é tomada pela ideia de que talvez seja isso que as *ladies* façam. Assistir a execuções. De repente, ela teme que, se disser não, ele descobrirá seu disfarce e assim é que ela se vê de pé ao lado dele, assistindo quando Owen Tudor é arrastado para o cadafalso.

Grylle fala com ela como se ela fosse uma tola, mas ela fica satisfeita quando ele explica que Owen Tudor é o homem que se casou com a viúva do rei Henrique V – o que faz dele o atual padrasto do rei – e, para seu maior azar, também o pai de Jasper Tudor, o conde de Pembroke, o homem que ergueu seu estandarte no País de Gales e pagou por todos aqueles mercenários irlandeses que agora jazem, massacrados, nos campos acima de Mortimer's Cross.

Enquanto está ali parado, junto à tora no cadafalso, ele não acredita que levarão a execução a cabo.

– Ele pensa que é inglês – Grylle diz, rindo.

Mas, quando os guardas removem sua gola de pele para mantê-la limpa e poder vendê-la depois, ele compreende que eles realmente o executarão e assume um ar melancólico, seus cachos prateados e pele enrugada emprestando-lhe uma aparência quase exótica em um mundo em que poucos vivem para comemorar o quinquagésimo aniversário. Ele murmura alguma coisa sobre estar acostumado a descansar a cabeça em lugares mais confortáveis do que uma tora e, antes de se ajoelhar, aproveita a oportunidade para colocar-se diante da multidão, examinando-a.

– Discurso! – alguém grita na multidão. – Vamos, conte-nos uma piada, bode velho galês!

Neste exato momento, os olhos de Tudor encontram os de Katherine e ele para abruptamente. É como se ele a reconhecesse. Katherine pode sentir seu rosto afoguear-se e, ao seu lado, Grylle fica intrigado e observa sua reação. Tudor sacode a cabeça como se não pudesse acreditar no que está vendo, e ele dá um passo na direção dela e gesticula.

– Você o conhece? – Grylle pergunta.

Katherine meneia a cabeça.

Ele parece conhecê-la.

Antes que o velho galês possa dizer alguma coisa, os homens por trás dele agarram-no, forçam-no a ficar de joelhos, e o carrasco – um açougueiro por profissão – arranca sua cabeça exatamente como se estivesse matando uma tartaruga.

Katherine vira o rosto para o outro lado e Grylle ri e tenta passar um braço à sua volta.

Posteriormente, alguém coloca a cabeça do velho Tudor nos degraus da cruz do centro da praça do mercado para risada geral. É feito por vingança, alguém diz, pela execução do conde de Salisbury, e a cabeça é virada de frente para a cidade de York a nordeste, "para que possam se encarar". Mais tarde, alguém mexe nela, uma louca que lava seu rosto, penteia seus cabelos e acende mais de cem velas em volta do pé da cruz. Ninguém sabe onde ela conseguiu as velas e, como são caras, logo são roubadas, e em pouco tempo os pássaros estão disputando o que sobrou do corpo insepulto do falecido marido da rainha.

Nos dias seguintes, Katherine não consegue deixar de pensar nele, mas nem Grylle, ao que parece, consegue parar de pensar nela. Ele está sempre circulando pela estalagem, geralmente trazendo mensagens convocando Thomas ao castelo, onde William Hastings e o novo duque de York planejam seu próximo passo.

Para escapar da companhia de Grylle, Katherine refugiou-se na assistência aos feridos, estendidos pela casa da prefeitura e no saguão da estalagem. Os cirurgiões fazem o que podem pelos feridos mais graduados que eles acham que podem sobreviver, mas, pelos outros menos afortunados, cabe às mulheres que perambularam pelo país atrás deles prestar esse serviço. Katherine ajuda uma mulher corpulenta, idosa, que seguiu o exército à França, segundo diz, e mais de uma vez teve que cuidar de seu homem depois de uma batalha. Ela tem um cisto no queixo e diz que sabe preparar todas as poções e pomadas de que precisa com plantas das sebes e ervas como aquileia, camomila ou lavanda. No entanto, é fevereiro, e nenhuma delas está disponível. Na falta dessas, ela despeja vinho quente em ferimentos menores e depois os sela com ataduras secas e preces.

– Às vezes, parece funcionar – ela diz.

Outros ferimentos, porém, são graves demais.

– Já vi cirurgiões costurarem a carne como uma dona de casa remenda as meias de seu homem – a velha mulher diz a Katherine –, mas eu não tenho esse dom e estes dedos não são tão delicados como foram um dia.

Ela os exibe: são nodosos e tortos como raízes de árvores.

– Você tem jeito pra isso – ela diz a Katherine, e assim Katherine faz uma primeira tentativa, costurando as bordas do ferimento que um arqueiro fez na própria coxa com sua faca quando estava bêbado.

– Teve sorte – diz a velha mulher, apontando para a parte interna de sua coxa. – Sendo aí nesta região, não haveria como estancar o sangue.

Elas lavam o ferimento com a urina do arqueiro e um copo de vinho aquecido em uma panela sobre o fogo. Isso faz o sangue começar a fluir de novo, mas limpa o ferimento, e, em seguida, enquanto a velha senhora mantém unidos os dois lados da carne, Katherine usa uma agulha de prata e um pedaço de fio de cânhamo, e costura as duas partes. Ela se surpreende com a sensação de sua carne. É mais firme do que imaginava, e mais dura, também, de modo que, quando ela puxa a agulha, o fio de cânhamo não rasga a carne, mas une as duas partes em uma costura uniforme.

– Muito limpa e bem-feita – diz a velha mulher mais tarde e Katherine pensa nas horas que passou costurando no priorado. Ela tenta imaginar o que ela teria feito se a prioresa lhe tivesse feito tal elogio.

Mas os homens continuam morrendo, muito tempo depois de terminada a batalha. Os primeiros a ir são aqueles que parecem estar se afogando no próprio sangue, os que têm ferimentos no peito. A seguir, vêm os homens com ferimento no estômago, geralmente em grande sofrimento, vomitando sem parar ou com a barriga horrivelmente inchada. Nenhum deles sobrevive. Depois, são os homens sem nenhuma lembrança da luta, homens que perderam seus elmos e que estão atordoados. Por algum tempo, parece que vão se recuperar, mas morrem de qualquer modo, mais tarde. E durante todo o tempo, os homens com ferimentos na carne estão sucumbindo, os braços e pernas inchando, tornando-se primeiro roxos e depois negros, e exalando tal odor que os homens engasgam e preferem o cheiro de sebo. E há outros que têm convulsões, se contorcem e gritam pelo Senhor, petrificados de terror com o que está à sua espera.

É melhor ser abatido no campo de batalha, ela pensa, e a velha senhora concorda.

Mais uma vez, ela pensa em Owen Tudor. Ele quis dizer alguma coisa com o olhar que lhe lançou? Ela ainda não sabe dizer e, no entanto, não consegue esquecê-lo. Por que o velho Tudor iria destacá-la na multidão? Alguns dias mais tarde, um médico nos moldes de Fournier aparece, manda as mulheres embora e faz os cirurgiões ajustarem os humores daqueles que podem pagar por isso sangrando-os. Logo a sala se esvazia, de uma maneira ou de outra.

Ela encontra Thomas retornando da catedral.

– Há uma sala – ele lhe conta – cheia de livros maravilhosos, cada qual preso à mesinha de leitura com uma corrente.

Ela pode ver a sombra da luta ainda o encobrindo. Vê-se uma hesitação em seu semblante, uma distância em seu olhar, como se ele não quisesse ver nada muito de perto por medo do que pudesse encontrar. Ainda assim, a descoberta da biblioteca lhe proporcionou um pequeno retorno à luz.

– Alguma notícia de sir John? – ela pergunta.

Ele sacode a cabeça.

– O exército da rainha está saqueando o norte – ele lhe diz. – Um homem veio de uma abadia ao sul de Lincoln, perto de Boston, onde ele diz que os monges enterraram todos os seus valores, inclusive seus paramentos e objetos de prata.

– Estão pilhando igrejas?

– E todo mendigo e indigente da região se uniu a eles, segundo esse homem, como ratos saindo dos seus buracos, e estão violentando as mulheres e torturando os homens para revelarem o paradeiro de seus bens. Ele diz que cortaram uma faixa de cinquenta quilômetros de largura pelo país, onde tudo está queimado, morto ou pior.

Ela pensa em Marton Hall.

– Mas o que aconteceu ao conde de Warwick? – ela pergunta. – Onde está ele enquanto tudo isto está acontecendo?

– Está levantando tropas, dizem, e deve estar protegendo Londres.

Protegendo Londres. Isso é típico do conde de Warwick, Katherine pensa.

– Mas não compreendo por que estamos nos demorando aqui – ela diz –, em vez de irmos reprimir os nortistas.

– É preciso arranjar provisões – Thomas supõe. – E os homens precisam de tempo para se recuperar.

Katherine pensa no que ele diz.

– Talvez, se as pessoas souberem como os nortistas são cruéis, fiquem mais ansiosas para se unir a Warwick, não? Ou lhe emprestar dinheiro, de qualquer modo. Talvez ele esteja esperando a notícia se espalhar.

Thomas fica impressionado. Eles continuam a caminhar pelas ruas – Katherine aos poucos está se acostumando às sandálias de madeira que comprou – e através da praça do mercado até a estalagem. Mais uma vez, ela pensa na morte de Owen Tudor, e Thomas está igualmente preocupado.

– Katherine – ele começa a dizer. – Quer dizer, Margaret. O que você pretende fazer?

Ela sacode a cabeça. Seu adereço da cabeça é pesado, desajeitado, sempre ameaçando sair. Seu vestido também atrapalha seus movimentos e ela não tem nenhuma ideia de como se comportar na presença dos outros. Ela está consciente de seus olhares, o tempo inteiro, esquadrinhando seu corpo, analisando suas roupas, a maneira como caminha, se move, inclina a cabeça. Até mesmo Thomas a julga, ela percebe, quando lhe lança um dos seus raros olhares, e ela sente que está de certo modo desapontando-o e, assim, uma distância se abre entre eles. Ela gostaria muito de jogar fora o vestido e achar uma meia-calça e um casaco, e passar a ser Kit de novo.

– Eu simplesmente não sei – ela diz. – Eu simplesmente não sei. Depende de tantas coisas diferentes. E do que você vai fazer.

Thomas encolhe os ombros.

– William Hastings... – ele começa a dizer e, em seguida, vê a expressão de seu rosto e hesita.

Eles deixam uma carroça passar.

– Eu sei o que você pensa dele – ele continua – e não posso dizer que aprovo tudo que ele faz, mas ele tem sido um bom amigo para mim. Para nós. Sem ele, onde estaríamos agora?

É uma pergunta interessante. Certamente, ela está agradecida pela proteção que Hastings lhes ofereceu e sem o jovem Grylle não há dúvida que estariam mortos. Mas ela não esquece as moedas de ouro de Margaret em sua bolsa. Com elas, poderiam pagar sua viagem sem ficar devendo nenhum favor. Poderiam não ter tido que testemunhar o massacre nos campos ao sul do Castelo de Wigmore, quando os homens de Eduardo usaram os irlandeses nus para prática de tiro com arco ou os forçaram a entrar no rio com estocadas de lança e golpes de machado, enquanto riam de suas desajeitadas tentativas de nadar. Não teriam tido que ver homens como Tudor decapitados na praça do mercado.

– Então, eu me perguntei se não deveríamos ficar a serviço de Hastings, pertencer à sua casa – Thomas diz. – Ele mostrou grande bondade e pertencer a uma casa, ter alguém que cuide de nós... bem, nós precisamos disso. Não podemos simplesmente sair por aí pelo país sozinhos outra vez.

Ela sente uma raiva súbita.

– Está muito bem assim para você, Thomas – ela diz. – Você se desfez muito bem de sua vida anterior e qualquer um pode ver como você se tornou útil. Mas e quanto a mim? Não posso esconder para sempre que sou uma mulher. Não posso me unir à casa de William Hastings assim simplesmente, sem nenhum propósito. Você parece se esquecer de que eu sou lady Margaret Cornford.

E ela coloca a mão no toucado e executa o tipo de mesura que viu outras mulheres fazerem. Ele olha espantado para ela, perplexo.

– Santo Deus do Céu – ele exclama. – Você... você não acredita que poderá continuar com a farsa, não é? Não é?

Ela também não sabe e Deus é testemunha de que não quer saber, mas a raiva a faz responder.

– Acredito, sim. Eu me mantive disfarçada por um ano, vivendo entre todos vocês e ninguém suspeitou. Ninguém. Será igualmente fácil fingir ser uma mulher que ninguém conhece.

Thomas está estupefato.

– E se alguém que conhecia Margaret vir você? – ele pergunta. – Lembra-se de Dwnn?

– Dwnn é apenas um único homem – ela diz. – E ele está de volta a Kidwelly. Desde que eu nunca mais volte lá, quem vai saber que eu não sou quem eu digo ser?

– E quanto a quem você realmente é? Já pensou nisso? A família que a colocou no priorado?

Ela de fato pensou neles.

– Eu já lhe disse – ela responde. – Não há nada para mim lá. Essa verdade está além da minha compreensão.

– Mas é tão perigoso! E quanto a Riven? Enquanto você viver, ele vai querer matá-la!

Ela balança a cabeça, concordando. A preocupação que ele demonstra por ela abranda um pouco sua irritação.

– Eu sei – ela diz, mais calma agora. – É por isso que não posso fazer isso sem sua ajuda.

– Minha ajuda? – ele diz. – Katherine, você sabe que eu farei qualquer coisa para protegê-la de Riven e de outros como ele. Eu morreria por você. Mas... parece-me que você está se colocando em risco e por nenhuma razão plausível.

Ela olha para ele por um longo instante.

– Se eu voltar a ser Kit, então Margaret Cornford morre.

Ele franze a testa. Este é um território incerto para ele, mas ela pode ver que ele está se esforçando.

– Ela já está morta – ele diz. – Você não a está mantendo viva.

Katherine sacode a cabeça. Ela está confusa e nada naquela situação é fácil. Não faz muito sentido, nem mesmo para ela, e ela não consegue explicar-lhe adequadamente. Tudo que sabe é que deve salvar Margaret Cornford e para fazer isso ela tem que se tornar Margaret Cornford, com todas as implicações. É seu dever. Desta forma, talvez ela possa se redimir em parte pela morte da jovem. Ela não merecia uma morte tão inclemente, tão solitária.

– Eu estou, Thomas – ela diz. – Estou, sim.

– Mas você não compreende? – ele diz. – Não compreende? O que isso significa? Se você for Margaret Cornford?

Ele lhe lança um olhar fulminante. Por um instante, sente medo dele, do modo como se inclina sobre ela, de sua agressividade.

– Se Richard Fakenham ainda estiver vivo – ele brada colericamente –, você deverá, então, se casar com ele.

Ela recua um passo e faz silêncio por um instante, repentinamente incapaz de falar, como se estivesse sufocada. Santo Deus. Por que ela não havia pensado nisso?

– Então, eu terei que me casar com ele – ela ouve a si própria, embora sua voz definhe e desapareça conforme ela fala.

Thomas recua. Já não olha com raiva. Em vez disso, há lágrimas em seus olhos. Ele leva a mão à cabeça, empurrando seu gorro de lã para trás. Seu rosto empalidece.

– Casar-se com ele? – murmura.

Ela própria pode sentir as lágrimas aflorarem aos seus olhos. Ela balança a cabeça e elas rolam pelo seu rosto.

– Mas... – ela começa a dizer. – Mas nós temos que descobrir. Temos que descobrir se ele está vivo antes de nós... de nós... Oh, meu Deus!

Mas Thomas se foi. Ele se vira e se afasta sem olhar para trás.

E nesse momento as lágrimas realmente transbordam. Elas escorrem de seu queixo e, embora as enxugue com a manga do vestido, não consegue deixar de soluçar alto e, assim, mal ouve o mensageiro, respingado de lama, temeroso, em um cavalo quase morto, que passa ruidosamente por ela a caminho do castelo. Mas as notícias, quando ela as ouve do dono da estalagem de White Hart, são perturbadoras.

O exército do conde de Warwick foi dizimado, espalhado ao vento.

Suas tropas foram derrotadas pelo exército da rainha em St. Albans, perto de Londres. O conde escapou vivo, segundo dizem, mas o rei, que o arqueiro Henry, de Kent, havia mantido prisioneiro depois daquele dia perto de Northampton, caiu de novo nas mãos da rainha e agora nada pode impedi-la de retomar Londres. E se Londres cair, tudo que almejavam estará fora de seu alcance. Os lordes entre eles – homens como March e Warwick – assim como homens menos importantes como Hastings serão condenados pelo que fizeram. Isso significará a morte legal de suas famílias. Significará morte literal para eles.

Katherine procura Thomas na White Hart, mas não consegue encontrá-lo. Sua bagagem ainda está no saguão com seu cobertor, mas ninguém o viu em parte alguma. Ela precisa falar com ele, tentar dar sentido a tudo aquilo, e tentar arquitetar um plano. Ela precisa acertar as coisas com ele.

Ela decide ir até o castelo para encontrar-se com ele lá. Atravessando a fraca sombra lançada pela torre da catedral, ela não sente nada daquela angústia familiar quando vê os frades e os padres cuidando de seus afazeres. Ela é Margaret Cornford, em um elegante vestido, com uma capa nos ombros, um adereço na cabeça e sandálias nos pés. Ela tem ouro em sua bolsa.

No entanto, quando avista o próprio Hastings, sente um tremor de pânico familiar e suas pernas param de obedecer-lhe. Ele está a cavalo, seguido por cinco ou seis homens em armaduras leves, nenhum deles é Thomas, e ele parece sombriamente preocupado.

– Milady – ele a cumprimenta de sua sela, e ela sente seu olhar avaliador percorrer seu vestido. Ele sorri um tipo especial de sorriso. Em seguida, como se ele não conseguisse se conter, lança a perna por cima da sela e desliza para o chão para caminhar ao seu lado. Ele tem o costume desnorteante de se dirigir às mulheres do mesmo modo com que se dirige aos homens.

– Soube das últimas notícias? – ele pergunta.

– Sim. Isso muda as coisas, não? – Ela sente sua voz falsear. Não é, afinal, uma atriz muito experiente.

– De certa forma – ele concorda. – Mas não é um completo desastre.

– Se a rainha tomar Londres?

Hastings não se mostra preocupado.

– Temos homens lá no conselho – ele diz. – A cidade não vai abrir seus portões para aqueles ladrões e assaltantes e, depois de ouvir as histórias de seus excessos, mais homens se unem a nós a cada dia que passa.

Exatamente como Katherine imaginava.

– Mas ainda assim – ela continua. – A perda da pessoa do rei?

Hastings sorri.

– Duas coisas – ele diz. – Primeira é que ter Henrique de Lancaster com eles só irá retardá-los. Eles vão ter que submeter-se a ele agora e nunca se soube que ele tenha conseguido tomar uma decisão sobre qualquer assunto que você possa imaginar. Eu seguro isso com minha mão direita ou esquerda? Entendeu? Segunda é que isso nos força a agir, digamos assim. Henrique quebrou o Ato de Acordo, que declara especificamente que ele nada deve fazer que prejudique Eduardo ou seu pai, e eu acho que qualquer homem, ou mulher, mentalmente capaz reconheceria a violação.

– E daí?

– E daí que ele perdeu seu direito ao trono.

– Ah. E em seu lugar, Eduardo?

Hastings sorri.

– Exatamente – ele diz. – É o que determina o Acordo. Esclarece a situação, hein?

Eles continuam andando.

– Você se demorou aqui esperando ver exatamente isso acontecer? – ela pergunta.

Ele olha incisivamente para ela, mas depois sorri.

– Não, não – ele diz. – O exército está cansado. Não temos flechas, nem comida. Não podemos marchar para Londres tão cedo.

Ele mente muito facilmente, de modo muito convincente, ela se admira de sua desfaçatez.

– Parece estranho que o conde de Warwick tenha levado o rei com ele para a batalha. Quase como se quisesse que fosse capturado.

Hastings ri.

– Milady – ele diz –, você nos julga espertos demais.

– E ao não ir em sua ajuda quando podia, você não só aumentou sua própria autoridade e reputação, como também deixou o conde de Warwick parecendo menos invencível.

Desta vez, Hastings fica encantado. Ele bate palmas e arrasta os pés em um passo de dança.

– Sei que não teve esta intenção, milady – ele diz, rindo –, mas você me divertiu imensamente. Até nos encontrarmos aqui por acaso, eu imaginava o desastre em St. Albans exatamente isso, um desastre. Mas, e agora? Agora eu vejo essa batalha como uma brilhante vitória.

Ela não pôde deixar de sorrir diante de sua satisfação.

– Tudo que você tem que fazer agora é proclamar Eduardo como rei – ela diz – e tudo ficará bem. Exceto, é claro, a pequena questão do exército da rainha.

O sorriso de Hastings se esvai. Ele puxa a ponta de seu nariz.

– Sim – ele diz. – Tem isso.

Eles caminham mais alguns passos em silêncio.

– E quanto a você? – ele pergunta quando se aproximam da ponte levadiça do castelo.

Katherine não sabe.

– É o fardo das mulheres – ele diz tristemente – depender dos homens.

Depois desse comentário, ela pergunta a ele sobre Thomas. Ela não sabe muito bem como formular a pergunta, uma vez que não tem certeza de como expressar o relacionamento que tem com Thomas. Ele é seu criado, levando-a de volta ao homem de quem ela está noiva? Ela acha que sim.

– Everingham? – Hastings diz. – Eu não o vi. Eu lhe ofereci um lugar junto a mim, mas entendo que ele tem obrigações para com você e naturalmente com sir John Fakenham. Estamos todos preocupados com sir John. Eu mandei um mensageiro para ter notícias, sabe? Mas até agora, não tive nenhuma.

Katherine não diz nada. Eles caminham mais alguns passos.

– Everingham me disse que você está noiva do filho de sir John, Richard? – Hastings continua.

Ela sente uma dor aguda, como se alguém pressionasse uma ferida, mas fica surpresa de saber que Thomas mentiu para Hastings a seu respeito, em apoio à sua alegação de ser Margaret Cornford. E com algum custo para si mesmo, ela compreende.

– Sim, estou – ela diz.

– Então, eu lhe desejo felicidades – Hastings diz. – Só posso desejar que o rapaz esteja vivo. Ouvi dizer que ele foi convocado a Sandal juntamente com seu pai, antes de o velho duque de York ser morto, mas agora existe certa dúvida sobre ele sequer ter chegado lá.

– Eu não soube de nada – ela diz. – Mas gostaria muito de saber.

– Acho que todos nós gostaríamos – Hastings concorda. Há alguma coisa perturbadora em sua maneira de falar, como se ele buscasse a mesma informação, mas por uma razão diferente. Ela pensa novamente em Grylle e na atenção que ele vem lhe dando.

– Eu gostaria de ir a Marton Hall e descobrir por mim mesma – ela diz.

Hastings olha para ela.

– Estranho – ele diz. – Thomas Everingham pediu exatamente a mesma coisa.

Ela se surpreende novamente. Thomas tem estado ocupado em seu interesse.

– Mas não posso abrir mão dele – Hastings diz. – Ele é muito útil, e Eduardo, que logo será coroado rei, como você sabe, ele passou a considerar o seu Thomas Everingham como uma espécie de talismã da sorte.

Katherine morde a língua para não dizer o que pensa disso.

– Você, naturalmente, é livre para ir aonde quer que queira – Hastings continua –, mas eu desaconselharia. Essa corja que a rainha arregimentou é tão maligna como as que você pode encontrar às portas do inferno. E, por enquanto, eles são donos das terras ao norte de Londres, inclusive suas terras em Cornford.

Ele acrescenta isso quase como um pensamento que não tivesse lhe ocorrido antes e, em seguida, deixa a frase morrer. Ela pode vê-lo olhar para ela, calculando rapidamente, aquela centelha em seus olhos substituída por algo muito mais sério, e ela compreende com um sobressalto o que ele está fazendo. Ele está calculando seu valor. Por que ela não havia pensado nisso? Como Margaret Cornford, ela agora se tornou uma proposição extremamente atraente.

Na realidade, ela percebe agora, Thomas tem razão. Ela é o tipo de possibilidade pela qual os homens poderiam matar para possuir. Ela se lembra de lorde Cornford, seu suposto pai, apunhalado no olho pela posse do castelo e suas propriedades, e agora ali está ela, herdeira desse fardo.

– Com licença – ela diz. – Preciso ir.

– Que Deus a acompanhe! – Hastings diz-lhe enquanto ela se afasta, e ela não sabe se ele está rindo dela. Katherine volta às pressas para a estalagem, repentina e completamente aterrorizada, a tal ponto que a simples visão de quatro cônegos andando depressa para as Completas a perturba, e ela chega de volta à estalagem curvada sobre si mesma e consumida de pavor.

Mas onde está Thomas?

Conforme a noite cai, seu pânico só aumenta. Katherine senta-se em um baú e espera. Ela janta sozinha na ponta da mesa. As horas passam. O estalajadeiro, macilento e descarnado, vem cobrir o fogo, e Thomas ainda não voltou. Ela continua sentada por algum tempo à luz crepitante de uma vela de sebo e escuta sem realmente ouvir as terríveis conversas daqueles à mesa, onde só se fala da crueldade das tropas escocesas da rainha.

— Ela não tem como pagá-los, a não ser com saques — diz um homem.

Por fim, o dono da estalagem coloca a barra que tranca a porta e ela se retira para o quarto no andar de cima que ela divide com duas outras pessoas, um casal que às vezes suspira durante a noite e o faz nesta noite enquanto ela está lá deitada, ouvindo as cordas da cama deles se esticarem como as madeiras de um navio no mar. Ela sente falta da presença de Thomas, de seu curioso cheiro de poeira e de seu braço sobre ela durante a noite, e lamenta não ser Kit outra vez, capaz de dormir com os outros junto ao fogo no saguão.

Na manhã seguinte, ele ainda não está de volta. Ela come em silêncio, cônscia do estalajadeiro de rosto sombrio, examinando-a por baixo das sobrancelhas grossas. E não está sozinho. Parece que mulheres não viajam desacompanhadas, mesmo em tempos tão estranhos. Ela se pergunta se Thomas voltará e por um longo instante sente outra pontada de pânico.

E se alguma coisa tiver acontecido a ele, algum estúpido acidente? Ou pode ser algo pior? Teria Riven ou o gigante entrado às escondidas na cidade e o avistado antes que ele os visse? Ele estaria agora caído em um monte de lixo qualquer com a garganta cortada? A cabeça esmagada? Ela coloca sua capa e sua touca e volta depressa para a cidade. Começou a nevar novamente, flocos pesados caindo de um céu cinzento e derretendo-se em seu rosto, e as ruas estão cheias de homens em suas capas de viagem, ar sombrio, reunidos nas esquinas com armas sobre os ombros e pesadas sacolas de lona no chão aos seus pés. Finalmente, o exército está de partida. Juntas de bois são fustigadas na direção do portão leste, através da massa de palha e estrume que cobre a rua, cada par puxando uma carroça de laterais altas, carregadas de barris e sacas de feijão, estragando-se na neve. Homens de olhar impassível, a cavalo, passam em tropas, e por toda parte eles exibem seus uniformes e elmos.

Mas onde, em meio a tudo isso, está Thomas? Katherine desvia-se pelo meio da multidão, uma mulher sozinha sem nenhuma criada, atraindo olhares dos homens e comentários que ela nem consegue entender. Um instante depois, ela está perdida. Dobrou uma esquina errada e agora está em uma viela cada vez mais estreita, o caminho à frente bloqueado com todo tipo de lixo e dejetos malcheirosos, os andares superiores tão próximos uns dos outros que os ocupantes de uma habitação poderiam se inclinar para fora de suas janelas e comodamente apertar a mão de seu vizinho. Dois cachorros e um porco disputam um pedaço fétido de carne nos degraus de uma das casas, e quando Katherine passa pela porta de outra, a mão invisível de alguém a bate com força.

A neve se transformou em uma mistura de chuva e neve, o ar está cheio de fuligem e alguém despeja um balde de uma janela à frente, em um andar alto. Ela ouve uma risada, amarga e sem humor, levanta a barra de sua saia e se desvia de uma mecha de cabelos ensanguentados presa a um fragmento de osso descorado, enquanto ratos deslizam para as sombras. A viela se enche de fumaça de carvão, fazendo sua garganta arder.

Ela dobra uma esquina e entra em outro beco. Sombras movem-se rapidamente em sua direção. Ela dá meia-volta e segue novamente por onde viera, continuando a descer a primeira viela. Santo Deus, gostaria que Thomas estivesse com ela agora. Ela para. À frente, está uma vala larga, repugnante, uma vala de esgoto onde nem mesmo porcos se aventuram.

Atrás dela, um homem se move, dois deles, emergindo da viela, um deles arrastando o pé. Eles a chamam e ela sente o estômago revirar. Ela começa a correr, as sandálias de madeira escorregando na imundície, seu novo toucado caindo em volta do pescoço. Ela tateia à procura da faca em sua cintura e a saca, auferindo uma migalha de conforto com seu gasto cabo de madeira. Ela salta pela viela, passando pelos cachorros e pelo porco, e então ouve um uivo quando ele é chutado para o lado atrás dela.

– Venha cá, senhora!

– Só queremos conversar!

Ela salta para o passadiço, escorrega na madeira molhada, agarra-se a um pilar, consegue se levantar e continua correndo. Ela pode sentir os pés dos dois homens atrás dela. Ela se lança na rua, East Street, passa por um mosteiro, chega a uma pequena igreja e continua correndo, atravessando o portão leste. Um homem a cavalo parou no cruzamento; envolto em sua capa, um gorro puxado sobre os olhos, ele observa a procissão de carroças. Katherine agarra a tira de seu estribo e volta-se para encarar seus atacantes.

Ele olha para baixo.

– Kit – ele diz.

É Thomas.

– Oh, meu Deus – ela diz. – Graças a Deus é você.

O alívio a domina e ela continua a agarrar seu estribo. Ele desce e dá a volta pelo outro lado do cavalo.

– Estive procurando por você – ele diz. – Eu voltei à estalagem. O estalajadeiro disse que você tinha saído.

Ela lança os braços ao redor dele e pressiona o rosto em seu pescoço. Ele fica sem jeito, mas seus braços a envolvem finalmente, embora haja pouca ajuda em seu abraço, não como já sentira antes.

– Você está bem? – ele pergunta.

– Thomas – ela diz. – Senti sua falta. Onde você esteve?

– Tenho estado ocupado – ele diz. – Obtendo provisões.

Ela vê que ele tem um novo arco e uma aljava cheia de flechas, e que há grandes e pesadas sacolas de couro em sua sela.

– Nós vamos viajar para Marton – ele diz. – Ver como está. Ver se... se ainda estão vivos.

– E quanto a Hastings? – ela pergunta. – Ele o deixou ir?

Thomas desvia o olhar.

– Fiz um acordo com ele – diz.

Ela compreende que ele não quer que ela faça mais perguntas.

PARTE SEIS

Para Marton Hall, condado de Lincoln, fevereiro de 1461

32

Thomas e Katherine deixam a hospedaria White Hart ao alvorecer do dia seguinte e antes de os sinos tocarem a alvorada eles já estão no portão leste da cidade. Thomas suborna o guarda para deixá-los passar e Katherine ri.

– Como nós mudamos – ela diz.

Thomas não diz nada e eles cavalgam pelos pastos desertos a esta hora do dia, a não ser pelos porcos e cabras entre os postos de lavagem e armações de madeira para tratamento e secagem de tecidos, e eles seguem a estrada que os levará a leste, à cidade de Worcester. No decorrer da manhã, passam por homens e carroças que vêm no sentido contrário, trazendo barris e sacas, pilhas de arcos novos e aljavas abarrotadas de flechas para Hereford, para abastecer o exército do novo duque de York, e Katherine tenta entabular uma conversa.

– É bom viajar tão agasalhados – ela experimenta, indicando a nova capa de viagem de Thomas. Ela também está usando uma capa nova, vermelho-escura, com uma gola de pele e um grande capuz, e Thomas nota que ela está linda: seus traços marcantes emoldurados pelo adorno de pele, o frio corando suas faces e lhe emprestando um brilho nos olhos. Nem mesmo os lábios rachados diminuem sua beleza. Os homens olham para ela quando passam, alguns abrindo a boca para cumprimentá-la com uma observação sugestiva, talvez, mas o gracejo sempre morre em suas línguas quando veem a expressão do rosto de Thomas.

– E será que encontraremos uma estalagem nesta cidade, Worcester? – ela pergunta. – Parece haver tantas na estrada.

Ele resmunga. Não consegue parar de olhar para ela, embora Deus saiba que ele não quer. Ele sabe que está fazendo o que é certo ao levá-la a Marton Hall, levá-la para Richard Fakenham, mas ele não pode fazer mais do que isso. Não pode mais ser como sempre foi, porque ela já não é como era. Ela o deixou, tomou um caminho diferente e, por mais que ele tente, não consegue forçar suas feições em seu costumeiro sorriso e se alegrar em vê-la partir.

Até mesmo esse mínimo é difícil.

Ele se pergunta se deveria dizer alguma coisa: dizer-lhe que, apesar de a ideia de vê-la se tornar Margaret Cornford já seja bastante ruim, a ideia de vê-la se tornar mulher de Richard Fakenham o faz se sentir doente. Ele não se importa com as mentiras que já contou a William Hastings e ao conde de March; ele não se importa em manter vivo o nome da jovem morta; ele não se importa com os planos de sir John para o Castelo de Cornford: ele quer apenas que tudo volte a ser como antes.

Eles encontram uma hospedaria em Worcester, perto da catedral, mas ele não pode compartilhar a mesma cama que o dono da estalagem oferece a ela. Em vez disso, dorme junto à lareira no saguão, onde as pedras do chão retêm o calor do fogo. Ele a vê aceitar a cama, hesitante, confusa com seu comportamento, e ele deseja que pudesse se comportar como sempre o fez ou que ela insistisse para que ele ficasse com ela, ou ela com ele, mas ela não o faz, e ele se vira, sentindo um grande nó no peito.

O dia seguinte é melhor, e apesar de mal se falarem, o silêncio entre os dois é quase amigável, e eles viajam até outra estalagem em outra cidade, onde têm que dormir no saguão, o que fazem, as costas de Katherine contra seu peito, apesar de Thomas não tocá-la. Na manhã seguinte, ele vê que passou os braços ao redor dela, e que sua cabeça, com a touca de linho, está bem embaixo do seu nariz. Ele se levanta antes que ela acorde e corre para se lavar no poço lá fora, enquanto a chuva cai de um céu de chumbo.

Nesse dia, eles encontram a rua que os habitantes do local chamam de Rikeneld Street, onde tomam a direção norte. No dia seguinte, se deparam com os primeiros sinais da passagem do exército da rainha: um vilarejo onde as casas tiveram os telhados e as paredes destruídas, ou foram reduzidas a escombros enegrecidos. Cercas foram arrancadas, cabanas demolidas, fornos desenterrados e janelas roubadas. A terra foi assolada, e cheira a podridão e ruínas.

Assim, Thomas para, a fim de amarrar as tiras de suas grevas e das placas protetoras das mãos, peças que ele comprou em Hereford, provavelmente despojos do campo de batalha de Mortimer's Cross, mas ainda assim em boas condições. O elmo está amassado e a tira sob o queixo manchada, e quando Katherine vê isso, ela se pergunta em voz alta o que Richard Fakenham teria dito se ela um dia deixasse sua armadura ficar tão enferrujada quando estava sob seus cuidados em Sangatte. Thomas não diz nada. É doloroso demais pensar naqueles tempos felizes. Após algum tempo, ele desamarra seu arco e a adverte para manter sua pequena faca à mão. Ela o faz e eles prosseguem a viagem.

As terríveis visões se repetem conforme se dirigem para o norte: um convento completamente saqueado; uma fileira de sepulturas novas sob a neve no cemitério de uma igreja; a horrível cabeça de um homem empoleirada em cima de um muro de pedras; três bebês no fundo de um poço. Perto de Lichfield, eles veem um corpo lançado no alto de uma árvore e Katherine pergunta como ele acha que ele foi parar lá. Ele não sabe.

E agora todos que eles encontram têm uma história da crueldade dos nortistas, cada qual pior do que a anterior, todas quase inacreditáveis, e o ódio à rainha e a seus partidários está por toda parte.

Ele se pergunta como os cônegos teriam sobrevivido aos nortistas da rainha. Ele os imagina tocando aquele sino, e depois? Eles provavelmente teriam aberto os portões exatamente como fizeram com Riven. E os nortistas teriam entrado e destruído tudo, roubado o que pudessem, queimado todo o resto. Teriam queimado seu saltério, ele imagina. Ou o roubado. Ele nem se importa. Maldição. E pensar em todo o tempo que gastou nele. Ele provavelmente teria feito o mesmo. Ele pode imaginar sua mesa cortada em pedaços e usada como lenha para o fogo. E quanto às freiras? O que os nortistas fizeram com elas?

Ele pode muito bem imaginar.

Esfria novamente. A chuva se transforma em uma mistura de chuva e neve e depois vem a neve, girando de um céu cinzento, e Katherine puxa sua capa para cima, junto às orelhas. Eles atravessam o rio Trent em Newark onde haviam ficado quando estavam a caminho do País de Gales, e da margem leste do rio eles não veem mais prédios incendiados, mas os homens ainda os espreitam de suas cabanas, todos estão armados com alguma coisa e todos têm medo.

Lincoln foi poupada, mas a guarda está alerta, reunida ao redor de seus braseiros, e quando param Katherine e Thomas, eles perguntam sobre o que o conde de March está fazendo, o que o conde de Warwick está fazendo e o paradeiro do rei e da rainha. Thomas e Katherine pouco podem lhes dizer, além do que aconteceu em Mortimer's Cross, bem como relatos em segunda mão da última batalha em St. Albans, que dispersou os homens de Warwick e devolveu a pessoa do rei à rainha.

— Ouvimos dizer que o exército da rainha pretende tomar Londres — diz um dos homens, em parte afirmando e em parte perguntando. — Mas a cidade não abrirá seus portões, e ouvimos dizer que o conde de March, que agora é o duque de York, está vindo às pressas do oeste para socorrer a cidade.

Thomas balança a cabeça, assentindo. Provavelmente, é isso mesmo que está acontecendo, ele imagina.

— Será que a rainha vai travar uma batalha ao sul? — um deles pergunta.

— Não sei — Thomas diz. — Seu exército não tem suprimentos, nem amigos lá e, como pode ver, faz frio. Se os conselheiros distritais não abrirem os portões, ela deve se retirar para o norte, de volta a York, para obrigar o conde de March a ir lutar lá em cima.

Foi isso que ele ouviu de William Hastings. Os homens da guarda de Lincoln consideram a história bastante plausível e deixam Thomas e Katherine entrar na cidade. Eles puxam seus cavalos pela colina acima, passando pela casa do perdoador, ainda silenciosa e fantasmagórica, depois passam pela catedral, de onde os vendedores de livros desapareceram com suas barracas e onde as portas estão trancadas por dentro. Eles atravessam Bailgate e passam por baixo do velho arco até a estrada romana que leva para o norte. Eles montam em suas selas outra vez, e conforme deixam a cidade para trás, encontram gralhas grasnando, bolas soltas de visco nas árvores e neve velha nos campos.

Eles já viajaram por essa estrada muitas vezes, geralmente em melhores circunstâncias, e mais uma vez ele faz a mesma pergunta a si mesmo que tem feito nos últimos quatro dias: por quê? Por que estão fazendo isso? É claro que ele quer encontrar sir John e Geoffrey, encontrar os outros, ver se ainda estão vivos, e é claro que ele precisa lhes contar sobre Dafydd, Owen e Walter, e se isso fosse tudo que estivessem fazendo, já seria bastante ruim, mas Thomas ainda precisa mentir para sir John e Richard, dizer-lhes que Kit morreu e que ali está lady Margaret Cornford para se casar com Richard. Ele pode imaginar o rosto de Richard ao vê-la. Como ele ficará satisfeito por ela não ser sem graça, mas bela a seu próprio modo...

E ele – Thomas – terá que mentir outra vez, inúmeras vezes. Para sempre.

– Devíamos ter trazido uma escolta – ela diz. – Alguns homens de Lincoln, pelo menos. E se ainda houver alguns nortistas por aí?

Thomas salta da sela, encaixa a corda de seu arco novo, em seguida enfia algumas flechas em sua bota, como Walter costumava fazer. Ele pode sentir a ponta de aço das flechas contra seu tornozelo e lamenta não ter mais seu machado de guerra. Ele monta outra vez e eles continuam a cavalgar, Katherine com sua capa em volta das orelhas, de modo que tudo que ele pode ver de seu rosto é a ponta vermelha do nariz afilado, como um bico.

Por fim, chegam ao local da estrada onde devem virar e ela para seu pônei.

– Thomas – ela pergunta. – O que você espera?

Ele lhe lança um olhar inexpressivo, como se não fizesse a menor ideia, mas ela não acredita nele.

– Não sei – ele responde após alguns instantes. – Quero que a mansão esteja exatamente como a deixamos. Quero que sir John esteja sentado junto ao fogo, com Geoffrey por perto, e a sra. Popham ainda fazendo confusão por causa do casamento da filha. Quero sentir o cheiro de fumaça de lenha de macieira e daquela mistura de porco assado e pão quente, e daquelas ervas que ela costuma colocar em cima da cama. Eu quero, creio, que tudo continue igual. Algo calmo e ordenado em meio a tudo isto. Tudo que nós vimos. Tudo que aconteceu.

Ainda assim, ele não consegue dizer-lhe o que realmente quer.

Ela sorri debilmente.

– Tornou-se o que as pessoas chamam de lar, não é mesmo? – ela diz.

Ele balança a cabeça, confirmando.

Após um instante, ela faz a pergunta que ele andou evitando durante toda a viagem.

– E quanto a Richard? – ela pergunta. – E quanto a ele?

Ele esporeia o cavalo e eles cavalgam por uns instantes, até ele sentir que pode controlar sua voz.

– Eu o imagino no campo, cavalgando – ele diz, finalmente. – Eu o imagino cavalgando com um falcão no punho. Um falcão treinado ou algo assim.

Ele também tenta um sorriso, mas sente que parece um esgar, mais de acordo com a paisagem de inverno. Ele vai parar quando chegar ao portão, ele pensa. É isso que irá fazer. Ele vai parar no portão, virar-se e ir embora, de volta a Hastings e ao conde de March, que o tem em boa conta, que não esperaria que ele ficasse parado, olhando, enquanto uma mentira estava sendo praticada.

– Eles vão enxergar a verdade ao me ver, não vão? – Katherine diz. – Vão me ver meramente como Kit de vestido.

– Não – Thomas diz, e ele tem razão, pois ela já não se parece com Kit de vestido. Ela está linda, e não apenas para ele. Ele viu a maneira como outros homens reagiam ao vê-la nas estradas e nas hospedarias. E, no entanto, parte dele espera que sir John e Richard enxerguem a verdade e pensem que ela é outra pessoa e não lady Margaret Cornford, e assim não se arriscarão a concretizar o casamento, com receio de que outra pessoa descubra a verdade.

– Como eu estou, Thomas? – ela pergunta. – Diga-me.

Ele olha para ela outra vez. Seus olhos movem-se devagar, como se ele tivesse um resfriado, e ele não consegue disfarçar sua dor.

– Você parece uma dama – ele diz. – Ele não vai achar que você é Kit de vestido. Só... – ele para.

– O quê?

Ele respira fundo.

– Só eu pensarei assim – ele diz. – Pensarei assim por quanto tempo isso durar.

Por um instante, ela não responde. Ele acha que falou demais, ou talvez menos que o necessário. Então, ela se vira e há lágrimas em seus olhos. Ela parece mais perturbada e mais linda do que nunca e ele sente um aperto de dor no coração.

– Sinto muito, Thomas – ela diz. Seu rosto se enterneceu. Seus olhos estão cheios de lágrimas. – Que Deus me perdoe, mas eu sinto muito. Sinto muito que seja assim e não como deveria ser. Gostaria que tivéssemos feito as coisas de modo diferente. Mas nós temos que fazer isso... não temos? Por ela. É meu... nosso... castigo, eu acho. Por tudo que fizemos.

– Uma penitência – ele diz. E de repente ele vê aquilo como uma penitência. Mas não um castigo pela morte de Margaret, mas pela morte da freira no priorado, aquela com cacos de vidro nas costas, aquela que Katherine pressionou para baixo e matou; e por causa da morte dessa freira, Katherine suportou tudo, e continuará a suportar o que quer que venha a lhe acontecer, até seus últimos dias.

Ele quer lhe dizer que não se case com Richard e que ele não sabe como vai viver sem ela, e que Deus não iria querer que ela sofresse mais, nem fazê-lo sofrer mais, mas não consegue. Não consegue encontrar as palavras certas, não consegue pensar em todas as coisas que quer lhe dizer. E, assim, em vez disso, ele desvia o rosto para ocultar as lágrimas que assomam aos seus próprios olhos, e diz:

– O vilarejo está logo à frente.

Eles continuam a cavalgar em direção a um céu branco da ameaça de mais neve. Logo estarão na mansão e então tudo começará.

Mas há algo errado. Thomas freia seu cavalo. Não há fumaça acima do vilarejo, nada para indicar que mora alguém ali.

Katherine sente o mesmo.

– Onde estão todos? – ela pergunta.

Não há pegadas na neve, como se ninguém tivesse passado por ali desde a última nevasca. Thomas desce rapidamente de sua sela e encaixa uma flecha, toca no cabo de sua espada. Ele entrega a Katherine as rédeas de seu cavalo e sobe a rua margeando em direção à praça do mercado. A igreja está intacta, as janelas no lugar, a porta inteira e fechada, mas ali também não há pegadas nos degraus. Onde estará o sacristão? Uma cabana mais à frente também está intacta e deserta. Ela observa Thomas passar agachado pela padaria azulejada. Ele sente o cheiro de algo pegajoso e frio. Um cadáver. Homem ou animal? Um ou dois? Ele continua subindo a rua, passando pelo cercado onde Katherine costumava parar para coçar as costas dos porcos. Vazio. Ainda nenhuma pegada. Ele atravessa a rua para outra fileira de cabanas, empurra e abre uma porta. Está escuro lá dentro. Ele se inclina sobre o fogo. As cinzas estão frias, até a terra embaixo está fria. Há dias que ninguém esteve ali.

Katherine está do lado de fora, segurando os cavalos. Ela olha para Thomas. Ele sacode a cabeça. Ambos sabem o que isso significa.

Eles continuam subindo a rua até encontrar o primeiro corpo depois das macieiras. Está sendo atacado por cinco ou seis corvos. Thomas pula a vala e entra no campo da lavoura, para, mira e lança uma flecha zunindo pelo meio da terra arada para abater um dos pássaros, que cai rodopiando. Os outros batem as asas e alçam voo, fugindo pelos campos.

O corpo está deitado de bruços, formando um monte volumoso, coberto com uma grossa crosta de neve antiga. O homem usava um casaco vermelho desbotado, muito remendado, os cotovelos com remendos de mais tecido vermelho. Costura verde. A ponta de seus dedos está comida até o osso. Thomas agacha-se e examina o corpo sem tocá-lo. Os corvos encontraram um caminho para dentro do corpo acima dos rins e o cheiro é forte, de revirar o estômago.

Ele sente as lágrimas aflorarem aos seus olhos e lhe vem uma sensação de desolação. Levanta-se, recua um passo, faz o sinal da cruz, murmura uma prece. É curta, pois ele pretende voltar para enterrar o corpo, de modo adequado, no cemitério da igreja, e então ele encontra o pássaro morto e o arranca de sua flecha com a sola de sua bota, limpando a ponta da flecha na neve.

Ele caminha lentamente de volta a Katherine.

– Quem é? – ela pergunta.

Ele percebe que ela sabe. Trata-se apenas de não querer que esteja certa.

– Geoffrey – ele diz quando se aproxima, e pode ouvi-la prender a respiração.

– Oh, Santo Deus – ela diz, fechando os olhos com força. – Ele era... Oh, Deus.

Ele quase a toma nos braços, mas não ousa. Em vez disso, balança a cabeça e passa por ela. Ela o segue em silêncio ao longo da estrada através do pomar até o pequeno bosque onde amarram os cavalos. Ali, encontram o segundo corpo, com as costas apoiadas em um tronco de árvore sob as varas desfolhadas do salgueiro podado. Suas mãos seguram um dardo de besta alojado em sua face. Seus dedos estão inchados; a carne está azul e manchada, com listras de sangue escuro e azulado. A neve também se acumulou sobre seu elmo e se misturou ao sangue no seu casaco de uniforme tornando-o cor-de-rosa. Thomas se inclina e afasta a neve com as costas dos dedos. Acima do coração do homem, recortado em feltro e costurado com pontos grosseiros, vê-se um distintivo. Um corvo.

Eles o fitam por um instante.

– Um dos homens de Riven.

Eles param nas árvores para observar os fundos de Marton Hall. Uma das extremidades do telhado está chamuscada e enegrecida, exatamente como a pequena casa de Dafydd, e o quintal cheira a fuligem e fezes humanas. As janelas estão fechadas e não há marcas na neve. Parece deserta. Eles caminham por trás das construções anexas à mansão e da cerca de treliça, até chegarem à frente da casa. Uma flecha está enterrada no batente da porta. Abaixo dela, outro corpo está estendido na lama, os pés voltados para a casa, como se ele tivesse sido atirado do vão da entrada. Seu elmo foi lançado a certa distância e algo grosso e rombudo projeta-se de sua garganta. Outro dardo de besta.

Thomas está prestes a sair do meio das árvores quando ela estende a mão e o faz parar.

– Espere – ela diz. Ela está estudando o telhado de junco da mansão, que está sem neve e de onde pinga água. – Significa que está quente – ela diz.

No entanto, nada se move. Após um instante, Thomas levanta-se novamente e está prestes a atravessar o pátio quando uma folha da janela da casa desce com um grande baque e ouve-se um grito. Thomas sobressalta-se, dá um salto para trás. Um dardo de besta passa zunindo por ele, atingindo a manga de seu casaco com um impacto que quase arranca seu braço. Ele corre atabalhoadamente para trás de um tronco de árvore. Katherine está agachada, fitando-o, os olhos arregalados.

– Santo Cristo! – ele diz, soltando o ar dos pulmões, esfregando o pulso. A manga do casaco foi completamente rasgada. O dardo de besta está na neve no chão. – Quem está aí? – ele grita. – Quem é você?

Não há resposta.

– Viemos em paz – Thomas grita outra vez. – Procuramos sir John Fakenham.

Ouve-se um movimento muito leve na casa. Alguém se move cautelosamente.

– O que você quer com ele? – alguém grita de dentro.

– Somos amigos dele – Thomas grita em resposta. – Trabalhamos para ele.

Faz-se um longo silêncio. Então, alguém grita:

– Quem são vocês?

– Meu nome é Thomas Everingham – ele grita. – Thomas Everingham e... lady Margaret Cornford. Eu morava aqui. Estamos procurando sir John Fakenham. Ou Richard Fakenham. Ou qualquer pessoa que possa saber do paradeiro dos dois.

Ouve-se outro barulho. Outra janela desce.

– Thomas Everingham?

A voz está mais alta agora e há um rosto entre as barras da janela do andar superior: cabelos brancos, flácido, vermelho.

– Sir John?

– Meu rapaz!

Sir John desaparece. Thomas olha para Katherine. Da casa, vem um rangido quando algo é arrastado pelo assoalho de pedras e, em seguida, um ruído surdo conforme a barra de travar a porta é deslizada para trás. Em seguida, a porta se abre sobre dobradiças não lubrificadas e sir John surge nas sombras, ainda cauteloso.

Thomas atravessa o pátio.

– Santo Deus – sir John exclama. – É mesmo você.

Ele tem uma aparência horrível. Deixou a barba crescer e está imundo, como o pior tipo de aldeão, mas Thomas corre nos últimos passos e atira os braços ao redor do velho amigo. Eles batem nas costas um do outro, abraçando-se.

– Que Deus seja louvado, é mais do que maravilhoso ver você – sir John exclama. Ele se afasta de Thomas para vê-lo à distância de seus braços estendidos. Em seguida, abraça-o de novo. Lágrimas rolam pelas suas faces sujas.

– Quais são as notícias? – ele pergunta. – Que notícias tem de Walter? De Dafydd? E onde está Kit?

Ele espreita por cima do ombro de Thomas, mas Katherine recuou para as sombras das árvores e aguarda, observando.

Thomas sacode a cabeça. Também ele está chorando agora.

– Mortos – ele diz. – Foram mortos no País de Gales. Estávamos tentando voltar para cá, para vocês, para casa, mas... foi... foi Riven. O filho de Riven. E aquele gigante.

Sir John faz um ruído entre um gemido e um grito.

– Oh, meu Jesus! – ele exclama. – Oh, meu Jesus!

– Os homens de Riven nos seguiram até o País de Gales – Thomas continua.

Sir John puxa suas orelhas.

– Oh, meu Deus! – murmura. – Oh, meu Deus!

– E o senhor? – Thomas pergunta. – Como se saiu? Onde está todo mundo?

– Nós? Valha-me Deus. Nós... bem, veja por si mesmo. Tivemos tempos terríveis e ainda tivemos que suportar as atenções de Riven. Pensei que você fosse um dos homens dele, que tivesse voltado para saquear mais. Mas, Thomas, quem está com você? Você disse que é lady Margaret Cornford?

Thomas sente as têmporas latejarem. Ele está prestes a enganar sir John, mentir para ele. Santo Deus, e se ele simplesmente der uma risada ao ver Katherine? E se ele simplesmente disser "Esta não é Margaret, é Kit".

Ele abre a boca para parar com tudo aquilo, para dizer não, esta não é lady Margaret, é Kit de vestido, quando Katherine emerge das árvores no canto de sua visão. Ela tirou sua capa, para que seja mais facilmente visto que está usando um vestido, para que seja mais facilmente visto que ela é uma mulher, e arrumou seu toucado de linho. Apesar de tudo, apesar de sua magreza, suas roupas sujas, seus sapatos gastos, ou talvez mesmo por causa deles, ela parece, ao menos aos olhos de Thomas, absolutamente linda.

Sir John olha fixamente para ela. Katherine hesita. Ela olha para Thomas, buscando apoio. Há um momento longo e tenso.

Sir John parece atônito. Em seguida, ele se recobra.

– Milady – ele diz. – Bem-vinda à nossa casa. – Ele aproxima-se dela, toma sua mão e a beija, o cenho ligeiramente franzido, talvez por ela não estar usando luvas, nem nenhum anel, e suas mãos ainda estarem sujas da estrada. A despeito de si mesmo, Thomas sente-se aliviado.

– Sir John – Katherine diz. – É uma honra, embora o que...? – E ela hesita educadamente, seu olhar adejando pela fachada da casa, a flecha no batente da porta, a louca aparência de sir John.

– Sim – sir John admite. – Você nos encontra um pouco despreparados. Para hóspedes, quero dizer. – Ele ri debilmente, mas deixa a frase definhar. Fita-a abertamente, arrogantemente, e começa a chorar novamente. Aperta os olhos com força e as lágrimas escorrem pelos fios prateados de sua barba. Ele começa a soluçar e Katherine olha para Thomas em busca de orientação.

Thomas toma o velho Fakenham pelos ombros.

– Sir John – ele diz. – O que foi?

Sir John não consegue falar.

– Onde está Richard? – Katherine pergunta, seu tom de voz incisivo e insistente, de acordo com seu novo papel.

– Aqui.

Uma nova voz se une a eles. Vinda da porta.

Ambos se viram.

Parado ali, agarrando o lintel com as mãos, está Richard Fakenham. Ele calça botas macias de couro e veste um casaco azul rústico. Enrolada sobre seus olhos há uma atadura de linho longa e suja.

– Cegaram-no – sir John diz em voz baixa. – Os dois olhos.

33

Já anoiteceu e eles estão sentados no salão, junto ao fogo amortecido.
— Foi aquele gigante deles — sir John relata. — Eles armaram uma cilada para ele e Little John Willingham. Mataram Little John. Com um machado, segundo Richard me contou, e depois que ele estava morto, pegaram Richard, o seguraram à força e... bem.

Sir John não consegue continuar. Faz-se um longo silêncio.
— Ele está dormindo? — Katherine pergunta.

Sir John sacode a cabeça.
— Eu o ouço chorar às vezes — ele diz. — À noite. Não é um som que um pai queira ouvir.
— Por que fizeram isso? — Thomas pergunta.

Sir John encolhe os ombros.
— Porque puderam — ele diz — e para me mandar um recado, eu creio.

Katherine permanece sentada, ouvindo, incapaz de contribuir para a conversa, vendo mais uma vez o quanto essa simulação será difícil. Sir John olha para ela de vez em quando, e ela imagina que ele a esteja achando tímida, mas na verdade ela não sabe o que pensar, nem como se comportar.

Assim que Richard emergira da casa, ela ficara paralisada, enquanto Thomas desajeitadamente tornava a se apresentar. Eles haviam se abraçado e beijado, e Richard dissera que era bom vê-lo outra vez. Fez-se um silêncio prolongado e, então, Richard disse que, de qualquer modo, era bom saber que ele estava vivo. Ele perguntara por Walter e depois por

Kit. Thomas relanceara os olhos na direção de Katherine sem mover a cabeça e, após um instante de hesitação que poderia ser interpretado como pesar, ele dissera que ambos estavam mortos e que, dos cinco homens que partiram para o País de Gales, somente ele continuava vivo.

Ela viu o quanto a mentira custava a Thomas. Ela gostaria de poder, de algum modo, desfazer tudo aquilo, voltar atrás e lidar diretamente com o mundo – ou tão diretamente quanto já fizera – e ter Thomas de volta ao que ele era.

Richard gemera de dor e pesar ao ouvir as notícias e se afastara, tateando para subir os degraus.

– Devemos tentar ajudar? – Katherine perguntara a sir John.

Sir John sacudira a cabeça.

Eles ouviram seus passos pelo quarto em cima e depois tudo ficou em silêncio.

Sir John serve-se de um pouco mais de cerveja e fala do mês anterior.

– Não fomos para Sandal – ele diz. – Não quisemos passar todo o inverno em um castelo com tantos homens presos atrás daquelas malditas paredes que seria impossível encontrar um lugar para defecar sem que outro homem fizesse o mesmo em seu colo. E graças a Deus que eu não fui. Imagino que ouviram falar, não? York e seus homens saíram pelos portões do castelo para o ataque, deixando os malditos abertos, acredite, e a ponte levadiça abaixada, para dar apoio a um grupo que saíra para procurar alimentos e fora, inteiramente contra as regras da trégua do Natal, atacado por alguns dos homens de Somerset.

"Quando se deram conta, os bosques estavam infestados com mais dos desgraçados. Tudo terminou em questão de minutos, segundo ouvi dizer, e todos os grandes homens que tínhamos do nosso lado, mortos. O duque de York, é claro, e aquele jovem tolo, Rutland. Lembra-se dele em Westminster? Estava discutindo com Warwick. Foi assassinado por Clifford depois que tudo estava terminado, com o rapaz tentando entrar em Wakefield. Quanto ao conde de Salisbury, bem, ele foi levado para Pontefract. Pensei que iriam pedir resgate por ele a Warwick. Pode imaginar? Um inglês pagando resgate a outro inglês pela volta de seu próprio pai? Mas por fim, um dos miseráveis de Exeter arrastou o pobre infeliz de seus aposentos e decepou sua cabeça ali mesmo. O conde de Salisbury!"

Ele pergunta a Thomas a respeito da batalha que Eduardo de March venceu – ele não consegue parar de chamá-lo de conde de March – e o que ele acha que acontecerá em Londres.

– William Hastings me disse – Thomas explica – que já que os partidários do rei Henrique mataram Ricardo, o velho duque de York, em Wakefield, o Ato de Acordo perde a validade e Eduardo, o novo duque de York, está livre para reivindicar o trono como seu de direito.

– Então, o que acontecerá ao rei Henrique? – sir John quer saber. – Ele abdicará?

Thomas não sabe.

– Não se ele estiver com a rainha – Katherine não consegue deixar de responder.

Sir John estreita os olhos para ela, depois afaga sua barba. Parece áspera. Ela toma um pequeno gole da cerveja, que é horrível, e tenta fazê-lo delicadamente. Faz-se silêncio, até sir John voltar-se novamente para Thomas.

– Sabe que Giles Riven trocou de lado outra vez? – ele pergunta. – Voltou para a rainha depois de Wakefield. Por Deus, gostaria de ter mais uma oportunidade de acabar com ele. Por tudo que ele me fez, por tudo que fez aos meus, gostaria que estivesse morto e se divertindo com o diabo no inferno. Acha que ele estará lá? Com a rainha, quero dizer.

Naturalmente, Thomas não faz a menor ideia.

– Ele nos custou caro – sir John continua. – Muito caro. Mas nós cobramos a nossa parte também. Seus homens vieram cercar nossa casa, sabe, para nos expulsar. Assim que soubemos do que acontecera em Sandal, vimos que os malditos nortistas viriam em nosso encalço, de modo que nos preparamos, ou assim pensávamos. Mas eles passaram por Newark em vez de vir para cá, e foram tão ávidos em pilhar o sul que não se deram ao trabalho de atravessar o rio. Achamos que estávamos a salvo. A vida estava voltando ao normal ou tão normal quanto possível.

"E então eles vieram. Pegaram a sra. Popham. No vilarejo. Geoffrey, Brampton John e Little John estavam aqui na mansão, e Elizabeth, você se lembra dela, Thomas? A filha de Geoffrey. Ela veio correndo buscar ajuda. Agora eu penso que a deixaram ir só para virem para cá e nos pegarem. Nós agarramos as armas que pudemos, achando que se tratava apenas de um grupo de retardatários que resolveu enlouquecer, pilhar e saquear, em seu caminho para o sul.

"Não nos preocupamos com armaduras, nem nada, e Geoffrey, bem, claro que ele estava preocupado. Era a mulher dele que eles tinham raptado. Assim, corremos para o vilarejo. Nós podíamos ouvi-la gritar em uma das cabanas, mas não havia ninguém por perto, de modo que, bem, acho que devíamos ter percebido do que se tratava. A primeira flecha derrubou Brampton John. A segunda atingiu Geoffrey diretamente no olho. Ele caiu como um touro. Santo Deus. Ele estava comigo havia muito tempo, sabe? E eles o mataram, simplesmente assim", ele disse, estalando os dedos. "Miseráveis."

Faz-se um longo silêncio. Katherine enxuga uma lágrima. Ela sabe que, para todos os efeitos, ela não conhece essas pessoas de quem sir John está falando, mas não consegue se conter.

– Eu matei um deles – sir John continua. – O arqueiro, graças a Deus, antes que pudesse atirar mais uma flecha. E Richard pegou um outro. Os demais debandaram. Richard pegou o cavalo do arqueiro; Little John, o outro cavalo. Eles foram atrás deles. Então eu me dei conta, tarde demais: meu Deus, é uma armadilha. Para nos tirar da casa. Eu corri de volta. O mais rápido que pude. – O rosto de sir John está pálido de vergonha e pesar. – Eu cheguei bem a tempo de vê-los fugindo com Liz em uma sela. Eles haviam ateado fogo no telhado da casa e no estábulo, e os cavalos urravam. Eu tinha que fazer uma escolha.

O aposento fica em silêncio. Uma tora de lenha no fogo exala um longo suspiro.

– Eu tenho a vida dessa jovem em minha consciência – sir John diz. – E Deus será meu juiz no próximo mundo.

Ambos murmuram amém.

– Eu soltei os cavalos e apaguei o fogo. Então, esperei. Pensei que, quando Richard e John voltassem, eu poderia enviar um deles a Lincoln para arregimentar mais alguns homens. Ouvi cavalos no pátio e corri para fora. Mas não eram eles. Ou melhor, eram. Eram os homens de Riven. Eles jogaram Richard na lama e foram embora, rindo. Ele gritava e esperneava, e havia sangue em seus olhos, e eu entendi imediatamente o que haviam feito.

Faz-se um longo silêncio. Sir John aperta a ponte de seu nariz.

– Mas e os homens mortos lá fora? – Thomas pergunta.

Sir John parece se animar.

– Aqueles? Batedores de Riven. Eles estavam nos insultando, gritando coisas horríveis. Sobre o que haviam feito com a jovem Liz e com Richard. Graças a Deus por aquela besta. Lembra-se que Kit a deixou quando partiu? Ele disse que eu precisaria da besta antes dele, ou algo assim. O garoto quase sempre estava certo, não é, Thomas? De qualquer modo, eu feri mais um ou dois durante o dia seguinte e, por Cristo, espero que tenham tido uma morte horrível. Eles disseram que iriam apenas aguardar, esperar que morrêssemos de fome. Mas eles não estavam mais agindo com cuidado. Acho que, depois do que haviam feito com Richard, eles sabiam que não precisavam mais se preocupar.

Fazia sentido, Katherine imagina. Quando Riven soube que ele havia perdido a chance de pegar Margaret Cornford no País de Gales, deve ter mudado de tática. Ele deve ter pensado que ela jamais se casaria com Richard se ele fosse cego. Ela queria perguntar por que Riven não havia simplesmente matado Richard, mas ela não podia revelar o que sabia. Ela gostaria que Thomas perguntasse, mas talvez ele fosse consciente demais para perguntar a um pai por que seu filho não fora assassinado, apenas cegado.

Sir John volta-se para ela.

– Lamento que tenha nos encontrado neste estado, milady. Lamento que meu filho esteja nas condições em que está agora. Ele era um belo rapaz antes disso. Um maravilhoso espadachim, não é, Thomas? E um bom caçador. Ele amava tanto a vida. Todos que o conheciam o amavam. Sei que todo pai diz isso, mas... Se o tivesse conhecido antes, tenho certeza de que o teria admirado. E tinha um bom coração também, não é, Thomas? Hummm?

Thomas balança a cabeça, mas não consegue levantar os olhos da mesa.
– Ele não virá se juntar a nós? – Katherine pergunta.
Sir John meneia a cabeça. Permanecem em silêncio por um longo tempo. Katherine está consciente do olhar de sir John sobre ela, mas quando ergue os olhos ele está sorrindo com lágrimas nos olhos.
– Onde Riven está agora, o senhor sabe? – Thomas pergunta. Sua voz adquiriu aquele tom frio e inflexível. Sir John sacode a cabeça.
– Há dias que ele não nos incomoda. Até mesmo semanas.
– Então, ele deve estar com o exército da rainha – Thomas diz.
Sir John balança a cabeça, concordando.
– Então, desta vez não falharei – Thomas diz. – Desta vez, vou encontrá-lo e dar um fim nesta situação. Acabar com ele. Ele não pode continuar vivendo depois disso, não mais, e nós tampouco podemos continuar vivendo assim.

Katherine se pergunta se alguma coisa é assim tão simples.

Nesta noite, ela dorme na cama de sir John, enquanto este divide com Richard a cama menor que fica guardada embaixo da cama principal e que eles colocam ao lado dela. Thomas está lá embaixo, junto ao fogo abafado, mantendo a guarda. Os lençóis estão imundos e há pelos de cachorro por toda parte. Ela havia se esquecido dos cachorros. Eram da raça talbot, criaturas de aparência estranha. Ela imagina que estejam mortos agora. Em certo momento, Richard levanta-se à noite e vai tateando para o andar térreo.

Como deve ser ficar cego?, ela se pergunta. Estar permanentemente no escuro? Ela tenta imaginar o que Richard deve estar sentindo, fisicamente. Ela se lembra da expressão de Thomas no momento em que o gigante pressionou o polegar em seu olho na canoa do barqueiro. Ele estava repleto de absoluto terror, uma sensação que certamente nenhum homem jamais esqueceria. E para alguém como Richard, que se considerava um soldado, devia ser duplamente difícil.

Teria sido melhor para Richard ter sido assassinado? Provavelmente, ela pensa. E foi por isso que o gigante não o fez.

Santo Deus! Thomas tem mencionado o erro de ter poupado a vida de Riven, mas e a do gigante? Mesmo na ocasião em que ela soubera que deveriam ter acabado com ele, quando ele jazia, atônito, junto ao barco naquela manhã, mas eles não foram capazes de fazê-lo. Eram muito inocentes, na época. Agora, entretanto, ela teria com muito prazer arrebentado o rosto do gigante com aquele machado, cortado sua garganta. Por um instante, seu corpo pulsa de energia.

Ela sente a constrição de sua veste de baixo, apertada em torno de suas pernas e de sua cintura, e deseja que estivesse usando uma camisa e calções, como costumava fazer quando era Kit. Ela pensa em Thomas lá embaixo junto ao fogo, enrolado sozinho no cobertor, e sente uma súbita raiva. Ele é um tolo teimoso, ela pensa. Se ele tivesse dito apenas uma coisa, ou tentado por um único instante dissuadi-la de fingir ser Margaret Cornford, ela teria tirado sua capa e trocado por algumas roupas surradas de rapaz, e teria imediatamente retomado sua vida como Kit.

Mas agora é tarde demais. E as lágrimas sobrevêm, deslizando suavemente para suas têmporas, quando ela pensa em como estão traindo sir John e Richard, pessoas que sempre foram boas para eles, e ela amaldiçoa a si mesma por ter pensado em continuar sendo Margaret Cornford.

E agora o que iria acontecer a ela?, Katherine se pergunta. A que vida ela própria se condenou? Uma vida que serve como sua própria penitência? Uma vida melhor do que ela poderia ter esperado no priorado, talvez, mas manchada com fraude e mágoa, em que tudo que ela fizer em benefício próprio magoará aqueles a quem mais ama.

E é justamente quando já está quase dormindo, tomada de tristeza por esses pensamentos, que seus olhos se arregalam subitamente e ela se vê inteiramente acordada.

Ela acha que pode ver uma saída para a situação. Acha que há uma saída.

Na manhã seguinte, eles se levantam antes do galo cantar. Thomas fica fora a manhã inteira, enterrando o corpo de Geoffrey no cemitério da igreja e arrastando os outros para longe da casa. Cabe a Katherine reanimar o fogo e fazer sopa com o que resta de suprimentos. Ela conhece bem a despensa e a cozinha, e sabe como levantar o balde de água do poço. Ela está prestes a começar a retirar o excremento de trás da casa, exatamente como costumava fazer quando era Kit, quando vê sir John fitando-a com os olhos estreitados, e ela deixa a pá onde está, limpa as mãos nas saias e vai sentar-se à mesa onde Richard esfrega os punhos nas órbitas.

– Doem? – ela pergunta.

Richard solta um gemido.

– Deixe-me ver – ela diz. Sua atadura está suja e manchada, e como o sangramento deve ter estancado, Katherine se pergunta para que ela realmente serve. Ela se aproxima. Richard se enrijece, mas ela coloca a mão em seu ombro e um instante depois ele relaxa. Ela está consciente de que sir John a observa enquanto ela desata a imunda bandagem de linho.

– Eu mesmo a coloquei – ele diz. – Quisera que ainda tivéssemos Kit conosco. Ele era... bem, ele tinha um dom, não é, Richard?

Richard resmunga.

– Ele me operou – sir John continua, dirigindo-se a Katherine agora. – No outono passado. Antes de tudo isso. Eu tinha uma fístula. Sabe o que é, não? Enfim, é horrível. Eu mal podia andar de tanta dor. Bem. Kit aprendeu a ler, pode acreditar? Apenas um garoto, mas aprendeu a ler, arranjou um velho livro de instruções de um médico sobre como operar uma fístula, e retirou a minha. Simples assim. Foi um milagre, não? Richard? Um grande milagre.

Katherine pestaneja para afastar as lágrimas que afloram aos seus olhos. Richard não diz nada. Ela retira a última volta da bandagem e lá estão suas pálpebras, fundas e coladas, com uma crosta que parece areia e sangue. Um cheiro forte desprende-se delas, uma espécie de bafo adocicado.

Sir John suga os dentes.

Katherine pega o resto do vinho e alguns panos limpos da arca no quarto de cima e limpa os olhos de Richard, removendo a crosta e os vestígios de sangue com um bom chumaço do material, de modo que ela não tenha que sentir o vazio. Quando termina, vê que não há necessidade de cobrir seus olhos, exceto pelo fato de ser um terrível choque ver as órbitas vazias. Assim, ela corta uma tira de linho limpo e seco com sua faca e a amarra novamente ao redor de sua cabeça. Ela pode sentir o cheiro de Richard agora e pensa em como ele precisa de um banho, e se pergunta se caberá a ela insistir neste tipo de cuidados no futuro.

– Onde aprendeu suas habilidades, milady? – sir John pergunta.

Ela não responde. Ela não entende que sir John esteja falando com ela.

– Pronto – ela diz. – Assim está melhor, eu acho.

E agora sir John olha fixamente para ela através de olhos semicerrados, mas nesse momento Thomas retorna com lenha para o fogo e o corpo de um grande pato com o pescoço flácido. Sir John dá uma risada e eles começam a depená-lo e limpá-lo.

– O seu criador de porcos está de volta – Thomas diz a eles. – E diz que logo os outros também estarão.

Sir John balança a cabeça.

– Para minha vergonha, eu os mandei a Lincoln – ele diz –, já que eu não podia garantir sua segurança com Riven e seus homens na guerra dos Cem Anos.

No dia seguinte, Katherine sente o cheiro de lenha queimando e há algumas mulheres curvadas no campo e a sensação de que tudo pode voltar a ser como era. Ela faz Thomas carregar a roupa suja pelo velho caminho até o rio, onde ela enrola a barra de suas saias e começa a lavar a roupa. Faz tanto frio que ela não consegue aguentar mais do que alguns minutos de cada vez e fica satisfeita quando uma das mulheres do vilarejo vai até a margem do rio e concorda em ajudar por um valor que Katherine dobraria com satisfação. Ao final do dia, elas torcem as roupas não muito limpas e as estendem nos galhos de espinheiros, e quando Katherine volta à casa, exausta, há sopa e cerveja e notícias do sul.

O exército da rainha não tomou Londres, mas deu meia-volta e está voltando para o norte, para York, como William Hastings esperava.

– Louvado seja Deus – sir John diz –, pensei que tínhamos que nos preparar para o caso de virem para cá.

– Eles não tomariam o caminho mais curto? – Thomas pergunta.

Sir John resmunga, admitindo a possibilidade, mas os dias seguintes são passados com grande ansiedade. Eles acumularam o máximo de alimentos que puderam: maçãs, carne de carneiro defumada, feijões e ervilhas secas, três barris de cerveja. Thomas tem seu arco novo e mais dois feixes de flechas e ele recolheu os dardos e a besta está perto da porta, pronta para uso.

Então, eles aguardam junto ao fogo amortecido e esperam que a fumaça não anuncie a presença deles. Katherine dorme, pensa e se prepara.

Conforme os dias passam, a tensão lentamente aumenta. Eles se revezam às janelas e um deles sempre fica acordado durante a noite, mas chega a um ponto em que nada acontece e eles começam a acreditar que o exército da rainha passou direto por eles. Então, na semana seguinte, depois que neva outra vez, o dia amanhece perfeitamente límpido e azul. Eles se reúnem do lado de fora para ouvir sinos distantes, talvez de tão longe quanto Lincoln, ressoando no ar glacial.

– Será um aviso? – Thomas pergunta, seu hálito enevoando seu rosto.

– Rápido demais – Richard diz. É bom ouvi-lo ter uma opinião e seus olhos o incomodam menos, desde que Katherine os limpou, e enquanto os outros protegem os olhos do reflexo do sol na neve, ele continua perfeitamente imóvel, de frente para o sul.

– Eu acho que eles devem estar comemorando alguma coisa – ele diz.

– Mas o quê? – sir John pergunta.

Eles devem esperar até o dia seguinte para descobrir. É outro frade, de cinza desta vez, falador, e viajando para o sul, que encontrou um homem que viajava para o norte, um escocês, que o roubou.

– Agradeço a St. Mathew por ele não ter levado meu rosário – diz o frade, tocando o cordão em seu cinto. – Embora ele tenha se apoderado de tudo que eu tinha para comer e ainda usou o meu fogo para cozinhar.

Em troca da comida, o escocês compartilhara suas notícias e, depois que colocaram feijão e cerveja diante do frade, ele as divulga como se valessem ouro.

– Só que em Londres, Eduardo de March foi proclamado rei!

Sir John assovia.

– Eduardo de March é rei! – ele diz. – Era isso que os sinos estavam anunciando!

— Sim – o frade concorda. – Eles não tocaram os sinos antes por medo de atrair a atenção do exército da rainha.

Passa-se um longo instante enquanto eles consideram isso. Katherine lembra-se do rapaz magricela com pés grandes e o estranho olhar malicioso que ela não conseguiu compreender na época. O que Deus viu nele para fazê-lo rei? Algo que Henrique não possuía, ela imagina: vigor, juventude. Um recomeço, talvez, um broto novo no jardim, mas e quanto às plantas já crescidas? O que acontecerá a todos aqueles duques, condes e lordes que lutaram por Henrique no passado?

— E quanto ao rei Henrique? – sir John pergunta. – O que acontecerá com ele?

— Os seguidores do rei Eduardo dizem que o rei Henrique descumpriu um certo Ato do Parlamento e que, por ter feito isso, foi apropriadamente deposto, e que de agora em diante devemos chamá-lo apenas de Henrique de Lancaster.

— Henrique de Lancaster – sir John repete, a voz baixa de pesar. – Creio que ele não vai gostar disso. Muito menos a rainha.

O frade balança a cabeça, concordando.

— É verdade – ele diz. – O escocês diz que a rainha retirou-se para York e que reuniu um poder de nobres como nunca foi visto na Inglaterra, e que ela pretende esmagar esse novo rei Eduardo e colocar sua cabeça em um poste juntamente com a de seu pai e de seu irmão.

— E o que o rei Eduardo está fazendo? – Katherine pergunta.

Há um momento de silêncio enquanto o frade deglute mais uma colherada.

— Oh – ele diz, limpando a boca na manga –, ele está à frente de seu próprio exército, marchando para o norte para encontrar-se com Henrique de Lancaster em uma batalha que ele diz provará a vontade de Deus de uma vez por todas.

Katherine nota que Thomas está agarrando seu copo com muita força e que seu rosto empalideceu, mas é somente na manhã seguinte, quando caminham para o cemitério para rezar preces junto à nova sepultura de Geoffrey, que têm um momento a sós.

— Você sabia que isso iria acontecer? – ela pergunta.

Ele balança a cabeça, confirmando.

– E eu devo partir – ele diz.

Ela para. É a coisa mais insensata que ela já ouviu.

– Partir? – ela repete. – Voltar para o combate? Não. Não. Você não pode. Thomas. Você não pode fazer isso.

– Tenho que fazer – ele diz, desviando o olhar, repentinamente evasivo. – William Hastings... – ele começa a dizer. – William Hastings me pediu para assumir o comando de alguns homens. Alguns arqueiros. Cem deles. E eu disse que o faria. Dei minha palavra. Foi por isso que ele nos deixou sair de Hereford e viajar para cá, ao encontro de sir John. E de Richard.

Ela fica perplexa. Quase agarra seu casaco.

– Santo Deus, Thomas – ela diz. – Você não pode ir. Vai ser morto.

– Não diga isso, Katherine.

– Não. Tem razão. Não direi. Mas... mas, e quanto a nós? Não pode nos deixar aqui. E se Riven souber que estamos aqui? Como vai ser?

Thomas exala um longo suspiro. Seus pés arrastam-se pesadamente na neve.

– O que você iria querer que eu fizesse? – ele pergunta, como se já tivesse descartado todas as outras opções. – O que mais posso fazer?

– Ficar – ela diz. – Ficar aqui. Onde você é mais necessário. Você sabe: sir John, Richard e eu. Nós precisamos de você. De uma forma como Hastings, March e Warwick não precisam.

– Riven está com o exército da rainha – ele diz. – Desta vez, eu o encontrarei. Colocarei um fim em tudo isso. Finalmente. Para sempre. Então, eu voltarei. Então, lavraremos os campos ou faremos o que quer que você queira.

Eles estão no cemitério da igreja agora e o túmulo de Geoffrey está embaixo de um teixo junto ao portão. Katherine se pergunta onde a sra. Popham estará enterrada, e Liz, mas não adianta pensar dessa forma, ela sabe, e assim ela fecha os olhos e se ajoelha ao lado de Thomas na terra gelada, e enquanto ele repete as preces para os mortos, exatamente como fez junto ao corpo de Margaret Cornford nas colinas do País de Gales, tudo que ela pode fazer é rezar para que ele não a deixe.

Quando voltam à mansão, sir John está amolando sua espada no mesmo degrau que Walter costumava usar.

– Eu vou com você, Thomas – ele diz. – Ou melhor, você vai comigo.

Thomas franze a testa.

– Não – ele diz. – Não há necessidade.

Sir John levanta-se. Ele perdeu peso desde que esse suplício começou, mas ainda é uma presença formidável, com o peso de um velho soldado e um brilho perspicaz no olhar.

– Há toda necessidade possível – ele diz. – Eu não posso continuar vivendo assim, encolhido, acovardado, aguardando notícias, e você se esquece de que estou ligado a milorde Fauconberg por contrato. Eu prometi fornecer-lhe quinze arqueiros e isso eu não posso fazer, então eu devo fazer o que me for possível. Além do mais, esta batalha será a maior de todas. Vai acabar com esta situação de uma vez por todas, e eu quero estar lá, Thomas. Quero ver se eu mesmo consigo achar Riven antes que seja tarde demais.

Thomas quase ri.

– Sir John – ele diz –, essas batalhas... elas não são assim. O senhor não sabe se irá encontrá-lo. O senhor simplesmente ficará cara a cara com um homem de armadura que tentará matá-lo o mais rápido possível. Ele tentará esmagar seu rosto com um martelo. Algo assim. Ou seus homens usarão suas alabardas para puxá-lo do seu cavalo e um deles dará uma estocada em suas bolas enquanto o senhor grita por misericórdia.

É a vez de sir John rir.

– Então, não mudou muito desde a minha época – ele diz. – Vamos. Pegue seu equipamento. Temos que nos aprontar.

– E quanto a nós? – Katherine pergunta. Ela está parada ao lado de Thomas, seu pulso está acelerado e ela sente como se fosse desmaiar. Sir John vira-se para ela como se somente agora tivesse notado sua presença.

– Ah – ele diz, e ela o vê voltar-se novamente para Thomas. – Ah. Pensei que, talvez, você ficasse aqui com Richard. Para manter a casa. Eu pedi a uma das mulheres do vilarejo para vir. Também se chama Margaret, embora ela seja Meg. Ela ficará aqui.

Katherine tem vontade de gritar com ele, de agarrá-lo pelo pescoço e torcê-lo.

– Não – ela diz. – Vocês não podem nos deixar aqui sozinhos. E se Giles Riven não estiver com o exército da rainha? E se o filho dele não estiver? E se aquele seu gigante ainda estiver aqui? E aí? Seremos apenas eu, Richard e essa Meg.

Sir John fica envergonhado, mas encolhe os ombros.

– Milady... – ele começa a dizer.

– Nós iremos com vocês – ela o interrompe. – Não ficaremos aqui para sermos assassinados.

Sir John fica chocado. Ele olha para Thomas, que balança ligeiramente a cabeça, assentindo.

Sir John solta a respiração.

– Muito bem, milady – ele diz. – Muito bem. Partiremos amanhã, à primeira luz do dia.

PARTE SETE

Para Towton Field, condado de Yorkshire, março de 1461

34

É uma manhã límpida e o sol se ergue por trás deles, lançando suas sombras alongadas pela lama enregelada da estrada. Thomas vai na frente, seguido por sir John conduzindo Richard com uma corda, e depois Katherine. Thomas empacotou todos os seus pertences porque ele acha que não voltará a Marton Hall, e pouco antes de perder de vista a mansão pela última vez, ele se vira e tenta se lembrar dos tempos felizes. Depois, segue viagem.

O território ao norte de Marton foi poupado e é somente depois que atravessam o Trent em Gainsborough que eles encontram a devastação deixada pelos nortistas outra vez: edificações de madeira demolidas para serem usadas como lenha, cercados e chiqueiros sem mais nenhum animal. Sente-se aquele cheiro de algo apodrecendo a céu aberto e corvos desajeitados brigam com estardalhaço nos galhos mais baixos.

Eles viajam durante todo o dia em direção a Doncaster. A estrada melhora, mas uma lâmina de nuvem pálida obscurece o sol e mais tarde uma mistura de chuva e neve começa a cair outra vez. Em certo momento no começo da tarde, eles veem um grupo de oito homens a cavalo se aproximando. Thomas encaixa uma flecha e aguarda. Então, Katherine reconhece o uniforme azul e branco de Fauconberg.

– Bons olhos você tem, milady – sir John diz sem olhar para ela.

Logo os homens os alcançam. Eles são uma guarda avançada vindo do Castelo de Pontefract, de armadura completa.

– Quantos homens Fauconberg tem? – sir John pergunta ao capitão do grupo, um homem corpulento que não tira os olhos de Katherine.

– Seis mil? – o homem arrisca. – Arqueiros, em sua maioria. O rei Eduardo e o conde de Warwick estão trazendo mais soldados e o que mais tiverem, e o duque de Norfolk deve trazer ainda mais homens do leste. Podemos calcular cerca de vinte mil homens no campo de batalha.

Sir John assovia com admiração.

– Uma verdadeira hoste! – ele diz.

– Talvez – o capitão concorda. – Mas o poder da rainha é maior ainda. Quase todos os lordes estão com ela. Somerset, é claro, Northumberland, Exeter, Dacre, Roos, Devon, Clifford...

Ele continua a nomear homens de quem Thomas nunca ouviu falar, mas sir John fica cada vez mais deprimido. Quando o capitão termina a lista, sir John faz o melhor que pode para parecer confiante.

– Não tenha medo, rapaz – ele diz. – Já estive em piores situações do que esta. Desde que Deus esteja do nosso lado, e Ele está, nós venceremos. Além do mais, nós vamos nos unir a vocês. E olhe para nós! Um velho, um cego, uma mulher e um único arqueiro, embora ele seja um arqueiro muito bom, veja bem. Do que mais vocês precisariam?

Sir John ri. Ninguém mais o faz. Eles sobem juntos na direção do topo de uma colina e o capitão pergunta a Katherine o que ela está fazendo indo para a guerra.

– Faço parte do séquito de William Hastings – ela diz. – Devo cuidar dos feridos.

O capitão parece descrente.

– Você é uma espécie de barbeiro-cirurgião? – ele pergunta.

– Claro que não – ela lhe diz –, mas, depois da batalha de Mortimer's Cross na última Candelária, eu extraí pontas de flechas do corpo de muitos homens e costurei muitos ferimentos. Posso estancar sangue, fazer curativos, atar bandagens tão bem quanto qualquer homem. Melhor, na verdade.

Sir John ergue as sobrancelhas, mas o capitão está encantado.

– Bem, a senhora não vai ter mãos a medir – ele diz. – Olhe.

Eles chegaram ao alto do monte e, no vale, seguindo a antiga estrada para o norte através das árvores distantes, está a longa fila de homens e carroças. Ela se estende de um horizonte coberto de neve ao outro.

Eles param seus cavalos e observam por um longo instante.

– O que é?

É Richard quem fala. O capitão volta-se e olha fixamente para ele, depois desvia o olhar e se benze.

– É o novo exército do rei – Katherine lhe diz. – Estão indo para o norte, são tantos que você não acreditaria. São milhares. Milhares e milhares. Com carroças, cavalos e Deus sabe o que mais.

– Algum canhão? – Richard pergunta.

– Não vejo nenhum. Talvez venham na parte de trás da caravana.

– Exatamente como o jovem Kit – sir John diz, virando-se em sua sela. – Lembra-se dele, Richard? Ele podia ver a quilômetros de distância, não é? Nos salvou de algumas complicações. Como naquela vez em que quase atacamos o navio de Warwick no Canal da Mancha. E você não disse que naquela vez em Newnham...? – Sua voz definha. Um vento constante começa a soprar, sacudindo os galhos dos amieiros acima deles, agitando a mistura de chuva e neve. – Bem – ele diz, puxando a capa bem junto ao queixo. – Um bom garoto, faz muita falta.

Thomas observa Katherine enquanto ela tenta encontrar a expressão certa para esse comentário. Em outras circunstâncias, ele quase poderia rir de seu desconforto, mas não hoje, não ali, montado em seu cavalo, observando a coluna dos homens de Fauconberg ziguezagueando através das cúpulas desfolhadas das árvores com o vento em seu rosto. O capitão da guarda deixa-os com uma saudação e esporeia seu cavalo pela encosta abaixo. Seus homens seguem-no.

– Vamos – sir John diz depois de tê-los visto partir. – Vamos encontrar o velho Hastings, está bem?

Eles partem atrás do grupo e juntam-se à coluna na estrada. As companhias caminham atrás de suas carroças, locomovendo-se com a velocidade que os carroceiros conseguem, mas os bois já estão cansados e a estrada é ruim. Eles avançam lentamente. Quando finalmente chegam a Doncaster, são informados de que Hastings já seguiu para Pontefract.

– Ele está com pressa, hein? – sir John diz a si mesmo. – Acho que não podem desperdiçar nem um dia, tendo que alimentar toda essa gente.

À volta deles, os homens estão pálidos, tensos, famintos, ansiosos e com frio. O inverno não é tempo para se guerrear.

– Então, temos que alcançá-lo em Pomfret – sir John diz.

– Podemos fazer isso ao anoitecer? – Katherine pergunta. O céu acima está ameaçador, mas sir John é inflexível e eles partem, cavalgando ao lado da coluna mais uma vez, deixando Doncaster para trás, tendo que sair constantemente da estrada onde está bloqueada, inundada ou interrompida. Mensageiros passam por eles para cima e para baixo da coluna, levando cartas do front para a retaguarda, distantes um dia um do outro.

Depois de duas horas, eles chegam ao Castelo de Pontefract. Suas torres se erguem acima dos campos à volta, torres quadradas, recortadas de ameias, atraindo a vista desde quilômetros de distância, rodeadas por construções anexas, pastagens e cercados de animais, todos apinhados de tendas, carroças, rebanhos de carneiros, fileiras de cavalos e bois. A neve ali foi pisoteada até se tornar uma lama espessa, e há tantos homens andando de um lado para outro à procura de comida, cerveja, qualquer coisa para alimentar o fogo, que é impossível se mover no espaço de um tiro de flecha até a casa da guarda. As trevas são banidas, mas depois se tornam mais impenetráveis por causa da fumaça de milhares de fogueiras, e qualquer paz se torna impossível por causa dos homens falando, gritando, cantando, martelando placas de armaduras, afiando armas, tocando tambores, flautas e tamborins. Cachorros latem incessantemente.

Eles abrem caminho em meio à multidão, procurando distintivos que reconheçam, bandeiras que conheçam, perguntando por Hastings. Por fim, encontram alguns homens agachados junto a uma fogueira, sob a encharcada e enlameada bandeira de Hastings. Thomas reconhece seu capitão, outro Thomas, um galês, que parece exausto e faminto, e seus homens não parecem em melhores condições – na verdade, piores.

Eles sentam-se sobre seus elmos na lama, ao redor de fogueiras fracas e fumacentas de madeira verde. O galês, ao menos, tem um naco de pão. Ele se alegra ao ver Thomas.

– Thomas! Você está aqui! Não tem comida, tem? Não? Cerveja? Não. Claro, que pergunta idiota. É uma época do ano estúpida para estar no campo. Todos nós deveríamos estar em casa, bem aconchegados. E não temos permissão de pegar nada sem pagar, sabe? Sob pena de morte. Afogamento, na verdade. E depois, quando você realmente consegue arranjar o dinheiro que estão pedindo, o pão – ele segura um pedaço de pão escuro como prova –, o pão é horrível.

Ele atira o pão no fogo, onde fica por um instante, até um dos arqueiros resgatá-lo com a haste de uma flecha quebrada e pegá-lo para si próprio.

Sir John surge na luz da fogueira.

– Ainda é Quaresma, rapaz – ele diz. – É bom ficar longe das tentações diárias. É bom manter-se firme. Bem, onde podemos encontrar Hastings?

O capitão se levanta. Sir John tem esse efeito em alguns homens.

– Acaba de perdê-lo por pouco, sir. Ele foi para o rio com lorde Fitzwalter...

– Fitzwalter? – sir John pergunta. – Meu Deus! Eu não o vejo desde Rouen. O que ele está fazendo aqui? Ele está com Warwick?

– Sim, senhor. Ele tomou a ponte, depois de uma escaramuça, segundo ouvi dizer, e agora ele colocou todos os nossos carpinteiros e tanoeiros tentando consertá-la.

– A que distância fica o rio daqui? – sir John pergunta.

O galês encolhe os ombros.

– Meia légua, mais ou menos. Naquela direção.

Ele gesticula, indicando o norte. Sir John se pergunta se não deveriam subir e procurar Fitzwalter, mas o galês parece em dúvida.

– Não é um lugar para uma dama – ele diz, balançando a cabeça na direção de Katherine –, nem para um cego, se me perdoa. Podem ficar aqui junto à fogueira, como estão, até William Hastings voltar, não? É ele que quer ver, milady?

Nesse exato instante, os primeiros feridos vêm mancando da briga na ponte e atrás deles vem uma carroça carregando aqueles que não podem andar. Os homens se levantam e abrem espaço para os recém-chegados, mas eles param, olhando, imóveis, e faz-se um longo silêncio. Ferimentos de flechas em sua maioria, Thomas vê, mas também alguns homens com as mãos ensanguentadas no rosto. Ele pode sentir o cheiro da batalha e sente aquele medo familiar de novo. Ele não quer estar ali.

– Tive que tirar alguns homens de Somerset da ponte – um vintenar de uniforme azul lhes diz. – E eles não queriam ir embora.

Os feridos são descarregados da carroça e colocados na lama junto à fogueira. Alguns têm que ser carregados em suas capas.

– O que quer que eu faça com eles? – o capitão galês pergunta ao vintenar.

– Vocês não têm um cirurgião? – ele retruca. – Ouvi dizer que têm.

O galês coça sua barba recente.

– Nós tínhamos, sim – ele diz. – Um sujeito extraordinário, mas nós o enterramos perto de Leicester.

Há uma pausa. Os dois homens olham para os feridos e Thomas pode vê-los pensando que quanto mais cedo morrerem, melhor.

Mas Katherine agora está entre eles.

– Há muitos mais para vir? – ela pergunta.

– São só estes. Por enquanto – o vintenar supõe. Ele olha fixamente para ela, de boca aberta, e Thomas vê o efeito que ela possui sobre os homens. Ela se inclina sobre cada ferido e faz uma rápida avaliação de cada um.

– Chamem o padre – ela diz. – Este aqui já está morto. – Porém há alguns que ela acha que vão sobreviver. Ela se volta para o galês. – Onde estão os instrumentos do barbeiro-cirurgião? Suas bolsas?

– Não sei – o galês admite. – Mas ele tem um assistente.

– Encontre-o, então, e diga-lhe para trazer a bolsa.

– Muito bem – sir John diz, esfregando as mãos e virando-se para Thomas. – Então, vamos procurar Fitzwalter. Ele sempre tem uma panela no fogo.

Thomas volta-se para Katherine. Ela ouviu o que sir John disse e agora está parada, imóvel, entre os feridos, devolvendo o olhar de Thomas. Seu rosto está pálido. Eles se encaram e Thomas pode sentir um formigamento em sua pele e lágrimas em seus olhos. Ele quer correr para ela, abraçá-la e dizer-lhe que – Santo Deus! – ele a ama.

Porém. Porém sir John está ali, assim como o galês. Portanto, em vez disso, ele fica parado, com os braços caídos ao lado do corpo, sem dizer nada, mas vê quando os olhos dela ficam rasos d'água e ela enxuga uma lágrima com a mão suja. Ela funga e diz, finalmente, com serenidade.

– Vá com Deus, Thomas.

E ele não consegue conter as lágrimas de seus próprios olhos, nem consegue falar com o nó que sente na garganta. Ainda assim, sussurra:

– Você também, milady. Fique com Deus.

E então eles têm que ir. Ele se vira e enterra a cabeça em alguma pequena tarefa que tem a fazer com a armadura de sua perna, antes de ajudar sir John a montar e subir para sua própria sela. Ele olha para ela do alto de sua sela e ergue a mão; em seguida, deixa-a cair e encobre um soluço atiçando seu cavalo.

– Nós os veremos de manhã – sir John diz. – Cuide dela, Richard.

Thomas faz o cavalo virar e segue sir John para dentro da fumaça e da escuridão. Enquanto avança, sente que está deixando algo para trás, algo de dentro dele, desenrolando-se para fora através de uma ferida em seu peito. Não sente forças em suas pernas para controlar o cavalo e se pergunta se cairá da sela.

Quando chegam à margem do rio, a luta já terminou e os inimigos mortos foram saqueados e deixados na neve. Thomas não conhece seu uniforme: um distintivo com uma concha de peregrino em tecido rústico castanho-avermelhado. Os mortos de Warwick estão estendidos de costas, um ao lado do outro na margem da estrada, como para inspeção, e perto da ponte o ar está saturado com os cheiros de pedra lascada, madeira recém-cortada e ferro em brasa onde os carpinteiros, pedreiros e tanoeiros estão trabalhando, as costas curvadas, exalando vapor no frio.

Os homens de Fitzwalter, em seus casacos azuis do uniforme, estão do outro lado da ponte, na margem oposta do rio, queimando como lenha uma carroça quebrada. As labaredas são belas na obscuridade, chamejando e reluzindo, e a coluna de fumaça ergue-se, negra e silenciosa, no céu de fim de tarde.

— Que rio é este, alguém sabe me dizer? – sir John pergunta.

Ninguém faz a menor ideia. Tem cerca de cinquenta passos de largura, caudaloso, margeado por álamos e salgueiros carregados de neve. A ponte que o atravessa é de pedra, larga o suficiente para um homem e uma carroça, com parapeitos baixos, escorados por uma sucessão de arcos largos e, na extremidade oposta, uma capela. No meio da ponte, entretanto, o inimigo arrancou as pedras e quebrou dois dos arcos.

— Mas por que eles não guardaram a ponte? – sir John pergunta novamente, indicando a margem oposta com um movimento da cabeça. – Não faz sentido, a não ser que estejam nos preparando uma armadilha mais adiante, mas, por Deus, já não estamos em uma?

— E se quisessem fazer isso, por que quebrar a ponte, para começar? – Thomas pergunta.

Sir John resmunga e descansa o pé na mureta baixa de pedra. Uma brisa se levanta. É difícil dizer se nevará novamente esta noite ou pela manhã. Provavelmente em ambas. A terra do outro lado do rio desaparece na distância sombria e só de olhar já se sente frio.

— Ele está lá – sir John murmura. – Posso sentir isso nos meus ossos. Ele e seu maldito filho. E aquele gigante filho da mãe. Desta vez, nós os encontraremos, Thomas. Desta vez, os faremos pagar pelo que fizeram.

Thomas pode apenas sentir o frio e a dor de ter se separado de Katherine de forma tão melancólica. Ele estremece e bate os pés no chão. Pensa que deve achar Hastings primeiro, dizer-lhe que está ali, e assumir suas responsabilidades, mas sir John está inflexível.

— Hastings pode esperar até amanhã. Ande. Vamos encontrar Fitzwalter, está bem? Ver se ele tem alguma coisa para nos aquecer.

Thomas Fitzwalter é um desses homens grandalhões, de ombros largos, peito amplo, com uma barba preta fora de moda e, à luz vermelho-vivo das chamas, ele parece uma peça de madeira de lei envelhecida.

— Fitzwalter! – sir John exclama ao vê-lo.

Fitzwalter recua um passo.

— Por todos os santos, Fakenham! Sir! O que faz aqui?

Os dois homens batem nas costas um do outro e se beijam. Fitzwalter tem metade da idade de sir John, mas ele já nasceu antigo, com toda a certeza e conhecimento do que dizer e de quando dizer, e os dois se tratam como velhos amigos.

– Olhe só para você – Fitzwalter continua. – Nossa! Você está andando normalmente. O que aconteceu com a velha fístula?

– Operei! – sir John anuncia orgulhosamente, como se ele próprio o tivesse feito. – Foi meu cirurgião. Estou completamente curado.

Ele anda de um lado para o outro. Ergue a mão para pegar a de uma parceira de dança imaginária. Na companhia de Fitzwalter, sir John é um homem mudado, como se aliviado do peso das tristezas recentes.

– Meu Deus! – Fitzwalter ri. – Quem é esse milagreiro? Me dê o nome dele.

– Eu daria – sir John diz, o estado de ânimo mudando por um instante –, mas ele se foi para onde vai toda carne.

Eles pedem bebida e lorde Fitzwalter abre um espaço para sir John junto ao fogo, sob o abrigo de uma aba de lona estendida de uma tenda atrás deles. Thomas permanece de pé, ouvindo enquanto os dois trocam bisbilhotices sem importância sobre o tempo que passaram juntos na França. Eles mencionam Rouen, e Thomas pensa no livro-razão que carrega em sua sela. O nome de sir John estaria nele? Provavelmente.

Outro veterano vem se unir a eles, a quem sir John chama de "Jenny" e a quem oferece condolências pela morte de seu pai. Quem é seu pai? Thomas não faz a menor ideia. É simplesmente mais um homem que perdeu o pai e que está indo para o norte para um ajuste de contas.

Quando esgotam os assuntos sobre os amigos mútuos, sir John levanta a questão da ponte.

– Foi uma sorte encontrar a travessia tão fracamente defendida – ele arrisca.

– É verdade – Fitzwalter concorda. – Um bom e antigo erro militar, eu espero. Eles deixaram apenas uma guarda avançada e, quando nos viram, metade deles correu para as colinas. A outra metade ficou onde estava e, devo dizer, nos infligiram mais baixas do que imaginávamos. Vinte homens mortos. Não podíamos atravessar para pegá-los em um bando grande, sabe, sendo a ponte tão estreita. Tivemos que enfraquecê-los abatendo um por um com flechas. Levamos quase a tarde toda.

Sir John balança a cabeça. Enquanto conversavam, uma neve fina caiu para renovar a nevasca anterior e, à volta de todo o acampamento, os homens dormiam junto às fogueiras, a neve acumulando-se em montículos nas dobras de suas capas, em picos sobre seus chapéus.

– E agora você deixou homens do outro lado? – sir John continua.

– Vinte arqueiros e o mesmo número de homens com alabardas.

– Você acha que é suficiente?

Fitzwalter dá de ombros.

– Para lhe dizer a verdade, não posso enviar mais ou eles vão começar a brigar entre si. É o velho enigma sobre o barqueiro tentando atravessar o rio com uma galinha, sabe? Com uma raposa e um saco de grãos.

Sir John olha-o sem entender.

– Eles brigaram por causa de um jogo de dados – Fitzwalter explica. – Os homens de Jenny e os meus, e agora se os deixamos juntos por um instante eles pegam as clavas e se espancam. Eu talhei a orelha de um deles por quebrar o braço de um outro homem na primeira luta, mas isso não parece ter adiantado nada. – Ele toma sua bebida.

– Sempre podemos enforcar um ou dois – Jenny sugere.

– É verdade – Fitzwalter concorda. – De qualquer forma enviei uma mensagem a Warwick explicando a posição e amanhã toda a hoste estará aqui, de modo que não precisaremos de reforços então.

Sir John parece em dúvida, mas Jenny boceja.

– Nada acontecerá até de manhã, de qualquer modo – ele diz. – Portanto, não precisamos nos preocupar.

Como se vê, Jenny está quase certo.

O que Thomas primeiro vê são pés correndo e um homem vindo de encontro à aba da tenda. Ainda está escuro, bem antes do alvorecer, e a fogueira dos sentinelas está baixa. O homem cai de joelhos e cospe sangue na pele de carneiro de Fitzwalter. Este se ergue e por um instante não sabe onde está.

– Venha – é tudo que o homem ferido consegue dizer, apontando por cima do ombro. Ele agarra a perna de Fitzwalter e cospe mais sangue através dos dentes quebrados. Seus dedos também são uma massa de sangue e ele lança gotas escuras no couro amarelo. Um guarda vem correndo e agarra o ferido pelo ombro.

– Desculpe-me, senhor – ele diz a Walter. – Rápido demais para mim.

– Venha! – o ferido diz, cuspindo sangue, e aponta na direção do rio.

Eles ouvem mais gritos, o ruído metálico de armas e um berro distante de raiva ou de dor. O guarda hesita, olha para Fitzwalter. Thomas ergue-se, de joelhos. Mais gritos.

– O que é isto? – Jenny reclama de dentro de seus cobertores. Sir John ergue-se nos cotovelos, abrindo e fechando a boca, sem seu gorro, os cabelos brancos desgrenhados.

– Droga! – Fitzwalter urra. – Se aqueles cretinos estiverem brigando outra vez!

Ele fica de pé com um salto, agarra o machado do guarda e arremete-se para fora da tenda. Ele nem se dá ao trabalho de vestir seu casaco, muito menos sua jaqueta ou qualquer peça da armadura. Jenny o segue, igualmente pouco vestido. O guarda arrasta o homem ferido para longe dali, prometendo matá-lo.

A tenda retorna ao silêncio. O teto de lona arqueia-se sob o peso da neve e um pingente de gelo pendura-se do seu centro.

– Tem alguma cerveja aí, Tom? – sir John pergunta. Alguém foi expulso da tenda para abrir espaço para sir John e ele parece ter dormido bem, pois seus olhos estão fundos em suas rugas.

Thomas sorri.

– Encontrarei alguma – ele diz.

– E um urinol também, sim? – sir John continua. – Atualmente, sinto que preciso urinar com mais frequência.

Na clareira do lado de fora, um rapaz ajuda um homem a se meter em uma armadura. A lama endureceu sob os pés durante a noite. Ouvem-se ainda mais gritos vindos do rio e a luta continua. Soa como algo maior do que duas companhias atacando-se com paus. Um arqueiro passa correndo com um arco e duas aljavas cheias de flechas sacolejando em suas costas.

– Os malditos nortistas estão de volta! – ele grita. – Ande. Pegue suas coisas.

Thomas agacha-se para dentro da tenda outra vez.

– Maldição! – reclama sir John. – Vamos, ajude-me a levantar, meu rapaz, e vamos para a luta.

Thomas ajuda sir John a vestir sua armadura. Está apertada. Seu corpo mudou de forma desde que a armadura foi feita e as tiras incomodam.

– Espere – sir John diz, impedindo-o de amarrar o gorjal. Ele toma um último gole de cerveja velha.

– Sempre fico com muita sede – ele diz.

Thomas amarra as placas de sua própria armadura, pé, depois perna, depois coxa, em seguida o mesmo para a perna esquerda. A seguir, ele pega seu arco, flechas e o elmo. Ele apanha sua nova capa, olha para ela, sabe que jamais perderá seu arco enquanto estiver usando-a e assim a deixa com o resto de seus pertences. Ele está prestes a sair quando se volta e pendura o livro-razão no ombro. Desenrola uma corda de seu pulso e prepara seu arco.

Homens feridos estão voltando da margem do rio quando eles finalmente ficam prontos, alguns com ferimentos de lâminas, um vomitando sangue enquanto outro segura seu braço sem mão na curva do cotovelo, pressionando-o contra o peito, revirando os olhos. O sangue derramado ainda desprende vapor no frio cortante da manhã.

– São os Flower of Craven – diz um homem ao passar mancando. – Os malditos Flower of Craven.

– Quem são eles? – Thomas pergunta a sir John, que dá um sorriso amargo.

– Os homens do açougueiro Clifford – ele diz. – Foi ele quem matou o jovem Rutland depois da batalha de Wakefield. Os homens de Clifford se denominam Flower of Craven. Santo Deus! Vai ser um longo dia.

Na margem do rio, os corpos deixados ao relento estão invisíveis sob uma mortalha de neve, mas agora há novos corpos sob as árvores e a ponte está abarrotada de mortos e feridos. Homens com o uniforme azul de Fitzwalter e vermelho de Warwick jazem entrelaçados, cravados de flechas. Aqueles que não foram mortos, foram expulsos da ponte e agora estão se protegendo atrás das árvores, vergas e barris deixados pelos carpinteiros na noite anterior.

Do outro lado do rio, os nortistas empilharam carroças, barris e vergas, construindo uma muralha fortificada.

– Santo Cristo – é tudo que sir John diz. E depois: – Agora, nós nunca mais conseguiremos atravessar.

Cinco ou seis homens com alabardas empurram uma carroça em direção à ponte, protegendo-se atrás dela enquanto as flechas estrondam em suas madeiras.

– Isso não vai adiantar muito para eles – sir John diz quando a roda dianteira da direita da carroça bate em um corpo na estrada. Um homem atrás da carroça espreita pelo lado para tentar descobrir o que fazer em seguida e uma flecha crava-se na carroça junto à sua orelha. Ele dá um salto para trás e olha ao redor em busca de orientação. Não há nenhuma sendo oferecida.

– Temos que revidar – Thomas diz. – Temos que destruir um por um.

Sir John olha para sua espada.

– Não – ele diz. – Vamos reunir muitos de nós, soldados à frente, arqueiros e homens sem armadura na retaguarda, e então nós colocaremos os filhos da mãe para correr.

– Podemos fazer as duas coisas. Vamos. – Thomas corre para a frente e desvia-se para trás de um dos salgueiros. Uma flecha passa zumbindo por ele, baixa e direta, por pouco não o atingindo. Uma outra vai saltando pela neve atrás dele. Outra ainda quebra-se, estremecendo, contra o tronco, junto à sua cabeça.

Belo tiro, ele pensa, e espreita detrás da árvore. Ele pode ver apenas um homem, com um elmo pintado, espreitando através de uma brecha na barricada de madeira. Isso é difícil. Como atirar detrás de uma árvore? Ele recua um passo, estica a corda até sua face, inclina-se e solta. Ele se arremessa para trás a tempo de sentir uma flecha passar junto à sua face em resposta. Ele nem sequer vê aonde vai sua própria flecha.

Outro arqueiro está sentado com as costas contra o tronco da próxima árvore à frente, a cerca de dez passos de distância. Ele veste o uniforme do conde de Warwick e segura seu arco contra o peito. Está entoando uma prece e aperta os olhos com força, e Thomas acha que ele se borrou.

Atrás deles, a uns cem passos mais ou menos, todo mundo recuou para além do alcance das flechas da margem norte, todos eles espectadores agora, esperando pelos acontecimentos, afundados até os tornozelos na mistura de lama e neve dos campos. Eles acenderam uma fogueira e alguém está vendendo cerveja. Sir John segura uma caneca. Ele a ergue para Thomas, que amaldiçoa sua sorte. Por que ele correu para a frente?

Outra flecha bate ruidosamente na casca da árvore, acima de sua orelha. Alguns homens avançam ao longo da margem norte para forçá-lo a aparecer. Ele escorrega pelo tronco da árvore, apoiando as costas contra ele, como o outro arqueiro fez. O que devem fazer? Ele está imobilizado, completamente imobilizado. Através das pontas encarquilhadas e queimadas do frio do capim, ele pode ver a ponte. Há corpos empilhados uns sobre outros, três, às vezes quatro em cada pilha, como talos de trigo ceifados. Muitos caíram com as costas voltadas para o inimigo, tentando fugir. Teriam sido atingidos pelas flechas nas costas, na parte detrás das pernas, onde os arqueiros sempre miram nos tendões. Ele pode ouvir gemidos e constantes lamentos. Há homens pedindo socorro e, de repente, três ou quatro corpos de homens em armadura despencam do muro da ponte e caem com estrondo nas águas escuras. Jamais serão vistos novamente e suas famílias ficarão imaginando o que lhes aconteceu.

Ele espreita à frente. No outro lado do rio, a muralha dos defensores é como a de um castelo e a única maneira de chegar até eles é transpondo a ponte estreita, agora quebrada outra vez. Ele vê a beleza disso. Pouco importa quantas tropas o rei Eduardo reúna deste lado da margem, porque tudo acaba se resumindo a um front de apenas seis homens lado a lado de largura. E antes que esse front possa travar combate com o inimigo, eles terão que suportar devastadoras saraivadas de flechas tanto da esquerda quanto da direita. Até mesmo os mortos na ponte agora se tornaram um obstáculo. A única esperança é que as flechas do inimigo se esgotem.

Alguns soldados a pé começam a se dirigir para a ponte, uma pequena falange, as cabeças abaixadas contra a esperada tempestade de flechas. Eles descem a estrada pisando nos cadáveres, amontoados. Há cerca de quinze, vinte deles, homens comuns, que vivem e trabalham nas grandes propriedades, Thomas supõe, usando o uniforme de Warwick, mas provavelmente homens de Fitzwalter. Eles arrastam os pés em pequenos passos, o joelho de cada homem na parte de trás do joelho do homem à sua frente. Passam pela primeira carroça, depois outra. Nenhum tiro de flecha. Eles estão quase na linha das árvores agora, quase na ponte. Ainda, nenhuma flecha.

A formação consegue ultrapassar o primeiro obstáculo de homens mortos, e ainda assim nenhuma flecha. Eles se abrem e se fecham em torno de um homem ferido que ainda se arrasta, tentando agarrar as pernas e tornozelos de qualquer um perto o suficiente para ajudá-lo. Ainda, nenhuma flecha. Então, eles começam a subir a parte de pedra da ponte, ziguezagueando pelo meio dos barris e vergas até a pilha de mortos e feridos. Ali, a formação tem que se desfazer.

Thomas sussurra através dos dentes para o outro arqueiro, que ainda agarra seu arco.

– Vamos – sussurra. – Prepare-se.

O arqueiro o ignora. Ele já está fora de si. Thomas resvala pelo tronco até ficar em pé, encaixa uma flecha e espera.

Ainda nenhuma flecha enquanto os homens se aproximam do meio do vão da ponte, subindo, descendo, e agora há brechas em sua barreira de armaduras. Então, na margem oposta, alguém grita uma ordem e vê-se um súbito alvoroço. Surgem cabeças, braços se erguem, arcos aparecem acima das barricadas e as flechas voam. Elas tremulam através das águas, tão leves e ágeis em seu voo, e no entanto tão pesadas.

Thomas fecha seus ouvidos aos sons dos homens na ponte, pois é terrível demais de ouvir. Pontas de flechas penetram neles de perto e, de uma distância tão curta, poucos têm qualquer chance, independentemente do quanto sua armadura seja canelada ou temperada. O primeiro é lançado no ar. O segundo é atirado com um grande barulho metálico por cima da mureta da ponte. Outro desaba e faz os que vêm atrás tropeçar. Um quinto, depois um sexto caem e instantaneamente os que estão atrás começam a recuar atabalhoadamente. Os homens cambaleiam sob a saraivada de flechas.

Thomas agacha-se no meio das árvores para lançar sua flecha, enviando-a para desaparecer através de um pequeno espaço na confusão de toras de madeira. Ele imagina que pode ouvir seu baque surdo ao penetrar na lã de um uniforme branco que ele vê de relance. Ele prepara e atira outra vez, um tiro que faz a corda de seu arco retinir como um sino. Sua flecha atinge um alvo, um homem de pé, tomando muito cuidado em sua própria mira. A flecha o atinge na garganta, lança-o para trás e ele desaparece. Thomas vira-se e arma o arco outra vez, atirando a flecha pelo outro lado da árvore. Ele a observa desaparecer no céu cinzento acima das fortificações na margem oposta e está armando novamente quando uma flecha passa zunindo pelo seu nariz.

Ele desliza para trás da árvore e espera.

Após um longo instante, tudo termina. Nenhum dos homens consegue sair da ponte e, quando o último cai, a multidão para de aclamar e o único som é o de um ferido choramingando de dor e o murmúrio dos galhos desfolhados dos salgueiros que flutuam ao vento.

Ouve-se uma gargalhada da margem oposta.

Thomas deixa-se cair no chão. Sente o cheiro de comida, de seu próprio suor, da escuridão do rio, do arqueiro na outra árvore e de sangue. O tempo passa. O céu clareia, o frio penetra em seus ossos através do casaco molhado. Ele mal ousa se mover agora, para não atrair a atenção dos arqueiros inimigos. Seu estômago dói de fome e sua boca está pegajosa por falta de cerveja. Ele precisa urinar.

Atrás dele, Thomas pode ver homens se organizando outra vez. Alguém assumiu o comando. Os arqueiros se espalharam em uma linha de duas ou três fileiras. Atrás deles, ocorrem algumas trocas e negociações. Peças de armaduras são barganhadas e passadas para aqueles que estão na frente. Ameaças e dinheiro são trocados. Vai haver um novo confronto na ponte.

Thomas toca em suas flechas. Restam-lhe cinco. O arqueiro atrás da árvore próxima está morto ou dormindo.

Após alguns instantes, os soldados partem novamente, a mesma formação de antes, descendo a estrada, pisando em cadáveres, cada qual com a mão no ombro do homem à frente. Mantêm a cabeça abaixada, as costas retesadas, martelos e machados na vertical, como se pudessem oferecer alguma proteção. Ele acha que sir John não está entre eles. Um dos homens porta uma bandeira que ele não reconhece.

Alguém está gritando ordens aos arqueiros e um sino começa a tocar na cidade do outro lado dos campos. Os soldados já estão na ponte quando as flechas vêm da margem oposta. Em resposta, os arqueiros de Fitzwalter movem-se depressa em uma ampla fileira na margem sul e lançam suas flechas. Elas saltam para o céu cinzento, fazem um alarido ao atravessar a copa das árvores e desabam sobre os homens na margem oposta. As flechas batem na madeira de carroças e vergas, um tamborilar retumbante que cai como chuva sobre as cabeças dos defensores.

Thomas prepara seu arco, espreita por trás do tronco da árvore e atira. Há inúmeros alvos, pois são homens corajosos, de pé para lançar suas próprias flechas contra os soldados na ponte. Thomas vê um arqueiro cair de costas com um grito silencioso. Ele matou outro homem.

Os homens na ponte já estão quase chegando à parte avariada, onde ela se estreita a algumas poucas vergas. Um deles escorrega. A madeira deve estar pegajosa de sangue, traiçoeira na neve. Thomas encaixa outra flecha, mira cuidadosamente na parte avariada, adiante dos soldados que avançam. Uma cabeça aparece por trás da barricada, brandindo um machado. A flecha o atinge, lança sua cabeça para trás, derruba-o, fazendo-o desaparecer.

Outro homem aparece. Thomas erra o tiro e a flecha é desperdiçada. É um besteiro. Thomas o observa mirar com sua besta e soltar o dardo no rosto do homem à frente do ataque. O impacto o lança para trás e ele tomba já morto através dos buracos na ponte, ficando preso nos arcos, as pernas balançando acima da água. Um outro besteiro aparece; este Thomas acerta, no ombro, fazendo-o girar. Um bom tiro. Os soldados seguem em frente e por um instante parece que serão bem-sucedidos, mas o momento passa e eles não conseguem, e repentinamente fica óbvio que jamais conseguirão.

As flechas atiram-nos para trás, a balança pende para o outro lado, eles se viram e tentam correr, e logo a ponte fica vazia, sem vida, uma península de armaduras ensanguentadas e homens mortos, rangendo e desmoronando conforme os feridos tentam se mover. Um homem chora com gritos curtos e trêmulos, sacudindo-se violentamente.

Faz-se um longo silêncio.

Thomas senta-se e espera.

O que acontecerá? Ninguém parece saber. A confiança se esvai dos homens e faz muito frio.

Então, de trás, ouvem-se toques de trombetas e batidas de tambores. Por toda a extensão dos campos, os arqueiros começam a abrir caminho. Um grupo de arautos, em seguida o estandarte do rei Eduardo e logo atrás as bandeiras de Warwick e de Fauconberg, chegando do castelo em Pomfret.

Eduardo, antes conde de March e duque de York, agora rei, surge majestoso em sua armadura e uma longa capa de montaria azul, debruada de uma espessa pele de animal. A seu lado, está Warwick, também de armadura completa, cavalgando um cavalo castanho. Thomas se pergunta o que teria acontecido ao seu famoso cavalo de guerra negro. Os homens de Warwick zumbem à sua volta e por toda parte os outros olham para eles em busca de orientação. E lá eles permanecem em suas selas estudando o terreno e o custo em baixas até agora. Thomas pode ver Fauconberg e o rei discutindo, Fauconberg gesticula com veemência em uma direção – para oeste – enquanto o rei gesticula para outra – pela ponte –, enquanto o conde de Warwick faz seu cavalo marchar ritmadamente em círculos estreitos à volta deles.

Um novo ataque está sendo planejado, o terceiro do dia. Ordens são emitidas, as trombetas soam, companhias de homens deslocam-se para a frente, outras para trás. Homens de armadura chegam a cavalo para falar com o rei Eduardo. Às vezes, ele ouve; às vezes, não. Fauconberg continua gesticulando. Por fim, o rei Eduardo diz alguma coisa e Fauconberg parte com alguns de seus homens.

Companhias de arqueiros sob o comando de seus vintenares começam a fazer uma formação em leque pelos campos, nas pegadas daqueles que haviam apoiado aquela segunda tentativa de atravessar a ponte. De vez em quando, flechas zumbem sobre eles através do céu cinzento, alçadas por um vento do norte que zumbe através das árvores.

Thomas observa enquanto o rei Eduardo diz algumas palavras aos homens reunidos na estrada. Palavras de encorajamento, ele imagina. Ouve-se uma aclamação ruidosa e eles partem, descendo a estrada na direção da ponte. Desta vez, deve haver uns cem homens e eles se movem como um tatuzinho, esquerda direita, esquerda direita, no ritmo, gritando mensagens uns para os outros, mantendo-se juntos. Devem ser todos de um só lorde, sob uma única bandeira. Quem serão? Thomas não sabe.

De qualquer modo, após um instante, já não importa. Quando alcançam a ponte, uma torrente de flechas cai sobre eles e logo não resta mais um homem vivo para retornar às terras e mansões de seus senhores. Estão todos mortos, sendo observados enquanto partem deste mundo em silêncio, com os rostos sem expressão, pelo rei Eduardo, pelo conde de Warwick e por mil arqueiros exaustos, curvados sobre seus arcos e sacolas vazias. Eles conseguiram chegar mais longe do que os dois primeiros ataques, quase ao fim da ponte. Um deles havia escalado a trave mestra da ponte e até erguido seu machado de guerra, mas fora puxado para frente por um soldado nortista com uma alabarda e não é difícil imaginar o que teriam feito com ele.

Na margem sul do rio, ninguém se move. É como se estivessem paralisados. Flechas ainda voam do norte para o sul, e após um instante um homem de armadura leve sai com dificuldade do rio, água escorrendo das dobras, apenas para ser derrubado por uma flecha da margem oposta.

Conforme a manhã dá lugar à tarde, eles fazem mais duas tentativas. Cada qual se sai pior do que a última. Há uma enorme quantidade de corpos na ponte agora, bloqueando a passagem. Thomas observa cada ataque de sua posição privilegiada, em silêncio.

Mais para trás, Warwick continua fazendo seu cavalo dar voltas. Seu nervosismo pode ser visto por qualquer um. Seus homens permanecem ao seu redor, como se resignados ao fracasso. Não há comida circulando, nenhuma bebida, e os rostos dos homens são pequenas manchas da cor de linho velho. Famintos, congelados, impedidos de prosseguir por uma travessia de rio que não conseguem transpor, confrontados pela visão de centenas de seus companheiros mortos, estendidos na neve, e somente com a perspectiva da longa marcha de volta para casa através de campos vazios, quem poderia culpá-los por desejarem estar em outra parte?

E agora o vento está se intensificando, tornando-se mais presente. Nuvens pálidas deslizam rapidamente pelo céu. O rei Eduardo olha para o alto e de repente ele é jovem outra vez, jovem demais para esse tipo de coisa, e Warwick, bem, ele fugiu de uma batalha, não foi? E perdeu outra. Quem pode ter confiança nele agora? E ele ainda está montado, não está? Como se estivesse pronto para a fuga. Ele ficaria ali se os nortistas atravessassem a ponte agora? Ou iria bater em retirada outra vez?

Segue-se um longo momento. Não há nenhum plano para isto e Thomas tem consciência de que neste instante tudo está em suspenso. Há homens recuando da luta; alguns até se viraram para procurar seus cavalos. Logo outros mais se retirarão e, se um vai embora, todos irão. Este é o momento em que algo deve acontecer.

E acontece. Warwick conduz seu cavalo para a frente, para o meio da clareira na cabeceira da estrada, de modo que todos possam vê-lo. Ele se levanta nos estribos por um instante, brandindo sua espada. Agora, ele detém a atenção de cada homem que pode vê-lo e dos ouvidos dos que não podem. Ele olha à sua volta como se chegasse a uma decisão própria.

– Milordes! – ele grita. – Milordes! Deixem aqueles que quiserem fugir, que fujam. Mas deixem aqueles que desejarem ficar, que fiquem aqui comigo!

Dizendo isso, ele lança a perna por cima do cavalo e salta com leveza para o chão. Segurando as rédeas, ele leva a espada ao pescoço do cavalo. Todos ficam imobilizados. Aguardam. Warwick olha para todos eles. O cavalo dá um passo para trás, depois outro. Em seguida, Warwick puxa a espada em sua direção, talhando a carne, cortando as veias que correm ao longo do pescoço do cavalo, lançando uma torrente de sangue fervilhante sobre seus belos escarpes de placas. Ele recua um passo para deixar o cavalo cair ruidosamente no chão.

Exceto pelo cavalo moribundo, faz-se completo silêncio.

O rei Eduardo, que era o conde de March, fita espantado o conde de Warwick. Ele não parece saber o que fazer. Olha em volta, talvez à procura de lorde Fauconberg, mas ele não está ali.

Os próprios homens de Warwick sabem o que fazer. Eles começam a aclamar e abrem caminho até a frente da multidão, e logo estão arremetendo-se pela estrada para lançar um novo ataque à ponte.

35

William Hastings destinou a Katherine e ao assistente do barbeiro-cirurgião um celeiro de teto de junco entre alguns olmos, a mais ou menos uma légua da travessia do rio que chamam de Ferrybridge. O assistente do barbeiro-cirurgião encontrou uma garota de rosto redondo para lhes mostrar onde ficava o celeiro.

– É de admirar que ela não tenha sido enforcada como uma feiticeira – ele murmura. – Mas ela sabe o caminho.

O nome do assistente é Mayhew e ele fica nervoso perto de cavalos e qualquer pessoa no comando. Ao chegarem ao local, descobrem que o celeiro está ocupado por homens abrigando-se do frio e que cheira a estrume e ratos.

– Mas está imundo – Katherine diz.

– O que esperava? – a menina responde. – É um celeiro de cavalos.

Ela tem cerca de doze anos, Katherine imagina, com um sotaque que ela mal consegue decifrar.

Grylle chega para expulsar os soldados e, a despeito de si mesma, Katherine fica satisfeita em vê-lo, embora ele fique chocado quando a vê.

– Está se sentindo bem, milady? Parece...

Ele deixa a frase morrer, dando de ombros. Ela andara chorando e imagina que seu rosto esteja sujo de fumaça misturada a lágrimas.

– Eu estou bem – ela diz, e Grylle não insiste.

– Lamento muito que seja tão inadequado – ele se desculpa. – O hospital no mosteiro já está cheio.

Ela supõe que isso não seja verdade e que o local esteja sendo usado como alojamento para os comandantes de classe mais alta.

— Mas os frades estão a caminho — ele continua, animando-se —, e os cirurgiões das outras companhias logo estarão aqui. Acho que eles devem trazer mais suprimentos.

Ele não faz a menor ideia. Ela não faz a menor ideia. Ninguém faz a menor ideia. Estão tão empenhados em lutar uns contra os outros que se esqueceram de pensar no que fazer com os feridos.

— É sempre assim? — ela pergunta a Mayhew depois que Grylle parte.

— Geralmente, sim — Mayhew confirma, olhando para cima, para os pingentes de gelo que se penduram do teto. — Qualquer lorde importante quer um médico, não é? Mas na verdade apenas para cuidar dele próprio. São muito caros, sabe? Ninguém quer gastar seus bálsamos em um soldado moribundo, não é? Seria como ministrar a uma vaca ou um cachorro. Veja bem, William Hastings é um bom homem. Cuida de seus homens, naquilo que pode. Veja o meu exemplo.

Ele aponta para o próprio peito. Ele possui orelhas de abano e um rosto vermelho, repleto de sardas, como Red John, e seus braços dependuram-se de ombros estreitos quase até os joelhos. Katherine não pode deixar de sorrir para ele.

— Então, vamos — ela diz, e juntos eles ajudam Richard a sair da carroça e entrar no celeiro.

— Tem alguma coisa para comer? — ele pergunta.

Há um pedaço de pão de centeio duro e uma garrafa de couro cheia pela metade de uma cerveja rala, mas isso é tudo, e depois que terminar, eles terão que arranjar mais. Juntos, eles ajudam os feridos que conseguem caminhar a entrar no celeiro e, depois, três frades de cinza do mosteiro se unem a eles, trazendo consigo longas tiras de linho, um jarro de vidro cheio de sanguessugas, uma variedade de bálsamos em potes de barro, um pouco de óleo de rosas, um pequeno barril de vinho, seis dúzias de ovos e um crucifixo.

— Você se entenda com eles — Katherine diz a Mayhew.

No começo, eles a olham com desconfiança, o que só aumenta quando veem Richard sentado, o rosto sem expressão, encostado na fileira de pedras da parede do celeiro.

Depois, no entanto, os feridos são trazidos e acomodados em fila ao longo da parede norte do celeiro. Mayhew quebra um pouco do reboco já esfarelado da parede sul do celeiro para deixar entrar a luz mortiça do dia, mas a abertura também deixa entrar o frio, com rajadas de neve, de modo que eles acendem uma fogueira no meio do celeiro, queimando o que quer que consigam encontrar, e logo a fumaça se adensa e todos ficam de olhos vermelhos e tossindo. Eles aquecem o vinho quebram os ovos e Mayhew recolhe toda a urina que pode conseguir. Em seguida, eles desembrulham os instrumentos do cirurgião e começam a tratar os feridos, cortando as roupas e lavando os ferimentos com urina e vinho quente.

O primeiro paciente de Katherine é um rapaz com uma flecha no músculo da coxa. Ele está pálido de medo da dor e ergue para ela os olhos arregalados, pretos de fuligem e brilhantes à luz cor de laranja do fogo. Ela examina a perna e o considera ao mesmo tempo feliz e infeliz. A flecha não atingiu o osso. Isso é sorte. Nem atingiu a artéria que transporta todo o sangue, aquela que uma vez cortada significa que o ferido sangrará até morrer.

Mas a flecha está enterrada bem fundo no músculo e as bordas do ferimento, agora limpas com uma esponja, estão erguidas ao redor da haste da flecha.

Uma sombra surge junto ao seu ombro e ela ergue os olhos.

– Posso?

É Mayhew. Ele colocou um avental de ferreiro e agacha-se sobre o rapaz, apalpa sua perna e enrola a meia-calça rasgada para baixo, até o joelho.

– Hummm – murmura. – Hummm.

– Você vai puxá-la? – ela pergunta. Ela se lembra de ter cortado a carne e extraído a flecha de Richard na França.

– É melhor puxar a flecha pela ponta – ele diz. – Já vi isso acontecer mil vezes.

Ele mede a flecha ou a parte dela que se projeta da perna. Em seguida, senta-se direito, sobre os calcanhares, e olha para a perna do rapaz de outro ângulo. Ele balança a cabeça, ponderando consigo mesmo.

– Só existe uma maneira para isso – ele diz e se levanta.

– Pronto? – ele pergunta ao rapaz com um sorriso. O rapaz ergue os olhos para ele com absoluto pavor. Sua boca se abre e fecha, mas, antes que ele diga qualquer coisa, Mayhew agacha-se novamente, agarra a flecha com as duas mãos e apoia o ombro sobre o encaixe da flecha, forçando-a a atravessar a perna e sair do outro lado, com um jato de sangue e rasgando a carne. O rapaz grita. Ele arqueia violentamente o corpo e se ergue até Mayhew para dar-lhe um soco.

– Segure-o! – Mayhew grita. Katherine lança-se sobre o rapaz, tentando imobilizá-lo no chão. Um dos frades apressa-se para ajudar. Mayhew posiciona-se e quebra a haste da flecha logo acima do ferimento enquanto o rapaz solta o ar dos pulmões e se debate no chão. O sangue espalha-se por todo lado, misturando-se com a palha e a lama e o que mais houver ali. Mayhew passa os dedos sobre a parte quebrada da flecha para remover quaisquer farpas, despeja um pouco da urina que tem no pote de barro sobre o ferimento e em seguida pede ao frade para levantar a perna do rapaz.

A ponta preta da flecha *bodkin* projeta-se logo abaixo das nádegas do rapaz, onde o sangue flui em uma linha grossa. Mayhew a segura entre os dedos, gira-a e em seguida a desliza para fora do ferimento. Um súbito jato de sangue o faz franzir a testa. Ele indica com a cabeça um chumaço de linho embebido em urina ainda morna.

– Pressione com força – ele diz.

Katherine segura o chumaço sobre o ferimento. O arqueiro desmaiou. Após um instante, o sangramento diminui e Mayhew balança a cabeça com satisfação.

– Ha! – o frade exclama. – Bom trabalho.

Mayhew levanta-se e inspeciona a ponta da flecha. Há alguns fiapos de lã presos à ponta, pegajosos de sangue. Novamente, ele balança a cabeça com satisfação e atira a flecha no fogo.

– Mais divertido do que ficar sentado tratando de cataratas, hein? – ele diz. – E se nós amarrarmos as ataduras agora, acho que ele viverá para lutar mais uma vez.

O rapaz está muito pálido e sua testa porejada de suor. Katherine lava os dois ferimentos e coloca ataduras com tiras de linho. Todo dia se aprende uma nova lição.

Mais feridos são trazidos ao celeiro: um rapaz de azul com uma ponta de flecha no estômago, a haste quebrada emergindo de um rasgo em seu casaco. Ele é carregado em um emaranhado de capas por seus companheiros, cinco ao todo, e seu rosto também está muito pálido, como alabastro, ou marfim, e seus lábios muito vermelhos. Mais uma vez, Mayhew aparece. Ele olha para o rapaz e sacode a cabeça quase imperceptivelmente. Juntos, eles conduzem os homens para um espaço no chão perto do fogo onde o colocam com inesperada delicadeza.

– Você vai ficar bem, filho – um deles diz, e Katherine vê, pela semelhança entre eles, que aquele é realmente o pai falando com o filho. – O cirurgião logo vai consertá-lo e poderemos voltar para mamãe, hein? Novinho em folha, com uma boa recompensa cada um.

Mas as lágrimas escorrem de suas pálpebras e ele se afasta, com um último aperto na mão de seu filho. Seus companheiros recuperam suas capas, deslizando-as de baixo do corpo do rapaz, e reúnem-se em volta do homem mais velho, levando-o dali, de volta ao campo.

Há uma trégua quando a noite sobrevém. Os frades têm mais pão e cerveja, e dormem junto ao fogo. Ela compartilha um cobertor com Richard e no meio da noite ele senta-se, mas não se move. É como se olhasse para a luz. Ela não diz nada.

Pela manhã, eles vêm de novo. Todos são ferimentos de flechas. Nem um só corte de lâmina. Katherine limpa-os e de vez em quando corta a carne para liberar uma ponta de flecha quando ela sabe onde está cortando, em geral deixando a cargo de Mayhew, que sempre foi apenas um assistente, mas parece ter um raro dom para o seu trabalho.

– Onde estão os outros malditos cirurgiões? – ele pergunta. Suas sardas estão cobertas por respingos de sangue e seu avental de couro parece de um açougueiro. – De férias até os nobres serem envolvidos, eu diria – ele responde à sua própria pergunta.

Um padre veio de Pontefract e se move calmamente entre os feridos, guiado por um dos frades, e agora mais frades vieram e começam a retirar os corpos do celeiro e a trazer novos feridos para dentro. Os feridos são principalmente arqueiros, trazidos por seus companheiros, mas de vez em quando aparecem alguns soldados graduados, da cavalaria, trazidos por seus escudeiros e criados, que ajudam a remover a armadura de placas e tentam obter para eles um tratamento preferencial.

— Meu senhor é amigo pessoal de sir Humphrey Stafford — diz um deles.

Katherine, entretanto, sempre os ignora em favor dos mais necessitados, pensando em Thomas e em quem o traria se ele fosse ferido.

Pouco depois do meio-dia, um cirurgião de fato aparece e em poucos instantes ele reorganiza tudo e todos, de modo que uma grande área é reservada para os mais abastados, enquanto aqueles sem aparência de ter dinheiro são colocados do lado de fora no frio glacial. Ele não é um cirurgião, afirma, mas um médico. Ele usa um casaco longo e um chapéu de pele pontudo e oleoso, que nunca tira da cabeça. Ele fica parado no centro do celeiro, ao lado do fogo, e manda Mayhew sangrar aqueles de quem eles passaram a manhã inteira removendo flechas.

— É uma bênção que as pessoas comuns não possam se dar ao luxo de tal tratamento — Mayhew murmura, indicando com um movimento da cabeça os pobres arqueiros e soldados comuns banidos para o frio.

O médico vira-se para Katherine, confuso com sua presença.

— Quem é você? — ele pergunta.

— Sou lady Margaret Cornford, filha do falecido lorde Cornford, amigo pessoal de William Hastings — ela diz, olhando-o nos olhos. — Estou aqui a pedido de William Hastings e não tomarei parte no sangramento de nenhum homem, nem na cauterização de ferimentos, nem na aplicação de nenhum dos seus cremes inúteis.

A fome faz suas mãos tremerem, mas ela fala com determinação.

— No entanto, limparei ferimentos — ela continua — onde for possível, com vinho morno e urina fresca, e os suturarei depois com cânhamo ou seda, e depois eu colocarei ataduras com linho seco e limpo. Nada mais. Nada menos.

Ele é uma cabeça mais alto do que ela, com um nariz comprido e enrugado, de onde eclodem pelos em duas explosões úmidas. Ele a olha de cima, calculando seu valor e, assim, seu poder. Após alguns instantes, ele passa a língua pelos lábios finos.

– Muito bem, milady – ele diz. – Mas restrinja seus tratamentos aos soldados comuns. Eu cuidarei dos senhores.

– Eles não vão lhe agradecer por matá-los, o senhor sabe.

O médico parece contrariado, vira-se e afasta-se, seu longo casaco fazendo um leve volteio às suas costas. Mayhew sacode-se com uma risadinha, vendo o médico deixar o celeiro, mas ele continua com sua faca e cuia, cortando a mão de um homem entre os dedos e segurando-o enquanto ele sangra dentro de uma tigela de barro.

O rapaz com a flecha no estômago morre no começo da tarde e a essa altura Katherine está banhada de sangue até os cotovelos e pelas saias, e está quase desmaiando de fome. Ela imagina que tenha tratado cerca de cem ferimentos e está esperançosa por todos os homens que tratou, pois quando não está fazendo sangria nos senhores, e quando o médico não está lá, Mayhew está em toda parte, fazendo avaliações instantâneas se um homem viverá ou morrerá, e designando-os de acordo com suas avaliações para Katherine e os frades, de modo que ela se vê tratando os levemente feridos, enquanto os frades lidam com aqueles cujo sopro de vida parece insustentável.

Mais ou menos às quatro horas, quando a luz do dia começa a esmaecer, há uma diminuição na chegada daqueles considerados com boas chances de sobreviver e, pela primeira vez desde que acordou, ela pensa em Richard. Ela o encontra sentado onde ela o deixou naquela manhã. A garota simplória com rosto de lua cheia fita-o de uma distância de apenas alguns centímetros e Katherine a manda embora dali.

– Você sabia que ela estava aqui? – ela pergunta.

Ele meneia a cabeça.

– Achei ter pressentido alguma coisa – ele diz – e gritei, mas tem havido tanto movimento de idas e vindas, tantos sons diferentes, que eu não podia ter certeza. Seu ajudante Mayhew acaba de me pedir para urinar em uma cuia para ele, o que faço com prazer, mas há algum outro modo em que eu possa ajudar? Estou congelado até à medula aqui.

Antes que ela possa pensar em alguma resposta consoladora, ouve-se um troar de cascos de cavalos. Um grande grupo de homens vem na direção do celeiro. Cavalgam sob uma bandeira com a cruz de Santo André.

– Santo Deus! – ela exclama, prendendo a respiração. – O conde de Warwick.

– Ele está aqui? – Richard pergunta, levantando-se atabalhoadamente.

– Está vindo para cá.

– Está ferido?

– Pode ser.

– Não deixe aquele maldito médico vê-lo. Salve-o você mesma. Vai ser a sua realização.

Ela olha para ele. O que será que ele quer dizer?

Os homens de Warwick arremetem-se pelos campos até o celeiro e o primeiro a chegar salta do seu cavalo antes mesmo de ele parar.

– Um cirurgião! – ele grita. – Milorde de Warwick está ferido.

O médico ainda está ausente. Mayhew aparece.

– É grave? – ele pergunta.

– Uma flecha. Na coxa.

– Ele está sangrando? – ele pergunta.

O homem olha para Mayhew. Ele perdeu o elmo e tem sangue no casaco do uniforme.

– É claro que ele está sangrando, merda! Desculpe-me, senhora.

– Está sangrando muito? – Mayhew enfatiza.

O soldado gesticula, exasperado.

– Ali vem ele. Veja por si mesmo.

Warwick está no cavalo de outro homem, inclinado para trás na sela, o toco quebrado de uma flecha projetando-se da parte interna de sua coxa direita. Seu rosto arrogante está contorcido de dor e, a cada sacolejo do cavalo, ele se encolhe e murmura uma imprecação.

Mayhew fica paralisado diante da cena. É como se estivesse olhando para um santo ou mártir, e ele não só perde seu toque especial, mas a voz também.

Katherine intervém.

– Tirem-no do cavalo – ela diz.

Os soldados ajudam seu senhor a descer do cavalo e ele passa os braços sobre os ombros de dois dos homens e vai mancando até o celeiro.

– Onde está meu cirurgião! – ele grita, a voz erguendo-se em um grito na última sílaba. – Tragam-no!

– Deitem-no aqui – ela diz, chutando para o lado as tigelas de sangue. Os homens o deitam de costas no espaço que o médico reservou para aqueles que podem pagar pelo sangramento.

– Tirem sua armadura – ela ordena. O soldado inclina-se e corta os laços e as tiras de couro. Ele libera a placa e a atira para o lado. A flecha quebrou os elos da saia de malha e alojou-se na carne da coxa de Warwick, logo abaixo da virilha.

– Não fique parada aí – Warwick murmura. – Faça alguma coisa.

A meia-calça de Warwick está encharcada de sangue, mas não em grande quantidade. Ela corta a meia-calça e a enrola para baixo, até o joelho. A flecha está na parte macia da coxa, alojada nos músculos da parte de trás de sua perna. Graças a Deus que ele teve sorte.

– Você tem o resto da flecha? – ela pergunta.

O soldado olha para ela como se ela fosse uma idiota.

– Tem alguém aqui que não seja um palhaço ou um bufão? – ele diz. – Este é o meu senhor, o conde de Warwick, pelo amor de *Jesu*, não um camponês qualquer. Ande logo e cure-o.

Ela retorna ao ferimento. É difícil. Até onde a flecha penetrou? Ela pega uma das agulhas de prata, bem longa, lava-a em um jarro de vinho quente e em seguida sonda o ferimento ao lado da haste da flecha, inserindo a peça fina de metal pelas bordas do ferimento e deixando-a traçar o caminho da flecha. O rosto de Warwick se torce em um esgar de dor.

– Vinho – ele exige.

Ela sacode a cabeça.

– Precisamos dele para outros fins.

Ele não está acostumado a que lhe neguem qualquer coisa que exija e olha realmente para ela pela primeira vez.

– Quem diabos é você? – ele pergunta.

Em vez de responder, ela pressiona a agulha mais para dentro. Ela quer distraí-lo com a dor, e consegue. Seus dedos estão no ferimento agora. Isso significa que a flecha penetrou fundo na carne e será mais fácil empurrá-la até sair do outro lado, exatamente como vira Mayhew fazer anteriormente. Ela retira a agulha e deseja que Mayhew não tivesse ficado de repente tão tímido.

Ela terá que fazer um curto desvio com a base de sua mão na haste quebrada e esperar que possa forçá-la para fora com um único movimento. Mas e quanto ao ferimento no outro lado? Ela tem uma ideia, ergue os olhos. Um grande número de pessoas se reuniu ao redor, nove ou dez homens, inclusive um arauto no uniforme do rei. Todos portam armaduras de placas e o soldado está de joelhos. Ele usa luvas grossas de couro.

– Me dê o vinho – ela ordena ao frade.

O frade leva o jarro de vinho aos lábios do conde.

– Espere – Katherine diz, e ela se inclina para a frente e gira a faca do cirurgião dentro do jarro.

– Está bem – ela diz, retirando a lâmina. – Ele pode beber agora.

Todos observam enquanto Warwick bebe todo o vinho. Ele faz uma careta e cospe alguma coisa.

– Vire-o sobre o lado esquerdo, sim?

O frade e o soldado seguram-no e o viram, queixando-se, sobre o lado esquerdo.

– Segurem-no bem firme. E tragam uma vela.

Um dos frades traz uma vela de altar de boa cera, lançando uma luz adequada. Com ela, Katherine pode ver que o conde tem grandes manchas na nádega e ela pensa em sir John e sua fístula. Seria assim que elas começam?

– Você – ela diz, dirigindo-se ao soldado. – Empurre a flecha. Devagar.

Ele fica horrorizado.

– Faça – Warwick diz.

O homem arrasta-se para a frente. Olha ao redor, buscando aprovação.

– Ande logo – Warwick diz.

– Devagar – ela acrescenta.

Ele se inclina e segura a flecha. Warwick prende a respiração.

– Desculpe-me, senhor.

– Apenas faça o que tem que fazer.

Ele empurra a flecha através da carne do conde. Warwick se enrijece. Trinca os dentes.

– A vela! – ela exclama.

O frade inclina-se sobre ela.

Ela observa o ponto de saída da flecha crescer e inchar nas costas da coxa de Warwick, tornando-se pontudo, descorado. Ela dá um talho com a lâmina no local. Ela sente o contato da faca com a ponta da flecha. O sangue fervilha do corte e a flecha desliza para fora. Warwick arqueia o corpo violentamente e grita de dor. Mayhew e o frade o seguram com força, o soldado parece surpreso. Há sangue por todo o chão. Uma grande poça, expandindo-se rapidamente. Katherine é tomada de pânico. Ela cortou a artéria! Ela entra em pânico, não sabe o que fazer, para onde se voltar. Em seguida, ela se acalma.

– Esponja – ordena. – Linho.

Ela extrai a flecha completamente e atira-a para o lado, depois pressiona a esponja embebida em urina no ferimento e em seguida o linho embebido em vinho. Ela o segura no lugar até ficar completamente encharcado de sangue.

– Mais – ela diz.

Mayhew passa-lhe um novo pedaço de linho. Ela o pressiona sobre o primeiro e, quando o segundo fica encharcado, usa um terceiro. Ao pressionar o quarto pedaço de linho, o ferimento não está mais sangrando.

Ela quase desmaia. Não cortou a artéria.

– E então?

A pergunta vem do soldado, e ele fala por todos.

– Ele vai viver – Mayhew diz. – Vai viver.

36

Quando a ponte é finalmente tomada, na obscuridade do começo da noite, depois que os arqueiros montados de Fauconberg atravessaram o rio a vau mais acima da corrente e surgiram por trás dos defensores da ponte, Thomas senta-se na margem do rio e abre sua sacola para ver se tem alguma coisa para comer. O livro-razão está lá. Ele o abre novamente e olha todos os adornos que ele acrescentou desde que o obteve. Lá está o vitral da St. Paul, o nome de Red John, o retrato de Katherine que ele fez enquanto ela estava doente em Brecon. Ela parece a própria Virgem Maria.

Ele gostaria de não ter que carregar aquele livro consigo, mas, agora que ele está longe das carroças, não tem onde deixá-lo. Ele o pendura no ombro e sai à procura dos homens de Hastings. Não há o menor sinal da bandeira deles, mas, nas pedras escorregadias de sangue da ponte, Thomas encontra o capitão galês, parecendo tão satisfeito consigo mesmo como se ele pessoalmente tivesse colocado os nortistas para correr.

– Atravessamos a vau rio acima – ele diz, rindo. – Não estava guardada. O velho Fauconberg é uma raposa. Ele está subindo a estrada norte com seus lanceiros e sua infantaria montada agora, perseguindo o resto daqueles filhos da mãe.

À frente, os campos estão cinzentos de neve. As rajadas de vento açoitam seus rostos. Thomas não sente nada além de terror. Ele não deve ir adiante, nenhum deles deveria. Nada de bom os aguarda. Disso ele tem certeza.

– Bem – diz o galês. – Temos que começar a nos deslocar de qualquer modo. Um vilarejo chamado Saxton. Em algum lugar lá em cima. Ordens de Hastings.

– A que distância fica? – Thomas pergunta.

– Umas três ou quatro léguas – o galês arrisca.

Thomas se vira e examina o exército que aos poucos atravessa a ponte.

– E quanto às carroças?

– Elas deverão atravessar o rio a vau.

– Então nós não precisávamos tomar esta ponte – Thomas diz.

Do outro lado do rio, através das árvores, eles podem ver homens cavando valas de sepultura comum nos campos.

– Não – o galês concorda.

Eles observam os homens cavando por algum tempo e o padre tremendo de frio junto às sepulturas.

– Tem filhos? – o galês pergunta.

Thomas meneia a cabeça.

O galês resmunga.

– Tem sorte – ele diz. – Tenho duas garotas, Kate e Katherine, que recebeu o nome da mãe. Eu costumava querer filhos homens, sabe? Costumava imaginar como seria. Fazer este tipo de coisa juntos. Mas agora, talvez, talvez seja melhor assim. Eles iriam apenas acabar deste modo.

Ele gesticula, indicando o outro lado do rio, e Thomas balança a cabeça. Em seguida, eles se viram e tomam a estrada por onde a coluna se desloca para o norte através da lama e da neve. Conforme avançam, trombetas soam e tambores começam a tocar, e em toda a volta os capitães fazem o melhor possível para organizar e encorajar os homens, que se movem devagar, com expressões exaustas e tensas nos rostos sujos. Eles seguem a estrada para o norte na direção do vilarejo de Saxton, e chegam quando já está escuro. Nenhuma carroça os alcançou, de modo que encaram a noite sem alimentos, nem abrigo, e enquanto os capitães se amontoam dentro da igreja e nas casas vizinhas, os homens são deixados sem nada.

Antes do toque de recolher, Thomas anda rapidamente até a periferia do vilarejo para urinar. Há homens reunidos lá, fazendo o mesmo, olhando para o norte, para onde o céu está tingido de laranja com a luz de milhares de fogueiras.

– Será amanhã, então – um deles diz. – Portanto, façam suas preces e durmam um pouco.

Thomas descansa a cabeça sobre seu livro-razão, embaixo dos beirais de uma cabana próxima, e reza. Reza por Katherine e sir John. Reza por si mesmo. Reza para encontrar Riven e para não lhe faltar coragem de lutar com ele ou com seu gigante. Reza para não lhe faltar coragem de matar ambos.

Depois de fazer suas preces, fica deitado, acordado, encolhido de frio, ouvindo o som baixo dos homens à sua volta: um ou outro ronco, sussurros, preces, os pequenos movimentos na escuridão. É nessas ocasiões que eles são mais autênticos, Thomas supõe, sem nenhum disfarce, e quando se sabe que tipo de homens eles são e eles sabem que tipo de homem você é.

Ele deve ter adormecido, pois acorda tremendo antes do alvorecer, os cabelos duros de gelo. Ao longe, o horizonte está clareando, os primeiros pássaros começam a cantar e a terra começa a emergir indistintamente da luz cinzenta e leitosa da manhã. Ainda não há nada para comer, e uma das sentinelas lhe diz que Fauconberg deve estar em um vilarejo chamado Lead, mais a oeste. Seus lanceiros e arqueiros montados pegaram os Flower of Craven na escuridão da noite em um pequeno vale mais para o norte, não mais do que uma mossa na amplitude da região, diz o mensageiro, e mataram até o último dos homens.

– Eles não esperavam por isso – continua o mensageiro, rindo. Ele estava lá, diz, e tomou parte na emboscada, e ele mostra a Thomas um pequeno anel de ouro; o anel tem a forma de um dragão com a cauda enroscada. Seu rosto está pálido de fadiga e há sangue em volta de uma de suas narinas, onde ele mexeu no nariz com o dedo sujo de sangue.

– E se eu lhe desse o anel em troca de um pão? – ele pergunta.

– Você teria muita sorte.

– E um casaco?

Thomas ri. Os sinos da igreja tocam e ambos, instintivamente, olham para cima. Por trás da torre da igreja, pálidas nuvens de neve se movem para o sul.

– Domingo de Ramos – o mensageiro murmura, guardando o anel. – Páscoa na semana que vem. Provavelmente não viveremos para vê-la.

– Não fale assim – o galês diz, surgindo ao lado de Thomas. – É ruim para o moral.

– Viu quantos homens o velho Henrique de Lancaster tem? – o mensageiro diz. – Não? Bem, eu vi. Fui até o alto da montanha ontem. São milhares e milhares deles. Nortistas desgraçados. E vou lhe dizer uma coisa: eles têm toda a gente de alto nível. Todos os lordes, nobres, todos os homens que sabem lutar. Não são como nós. Quem nós temos?

– O rei. Nós temos o rei.

O mensageiro olha para o galês por um longo instante.

– É mesmo? – ele pergunta. – Temos mesmo?

– E Deus.

Com isso, o mensageiro cospe no chão.

– Nós temos Warwick – Thomas diz.

– Warwick – o arqueiro concorda. – Embora eu tenha ouvido dizer que ele está ferido.

Eles ouvem o lento rangido de rodas de carroças na estrada para o sul e todos se levantam e vão em direção às carroças.

Flechas. Oito carroças cheias delas.

– Nem um pouco de comida? Nem cerveja? Como podemos lutar assim? Não se pode preparar um maldito arco de barriga vazia.

– Vamos matar os bois – alguém sugere. – Vamos cozinhá-los em suas próprias carroças.

O primeiro carroceiro tenta protestar, mas seu chicote é rapidamente arrancado de suas mãos e os outros sete não se preocupam em defendê-lo. Enquanto eles descarregam suas carroças na estrada, um dos homens gira seu machado e mata o animal. O barulho faz Thomas se lembrar da morte do deão. Antes que possam talhar o boi ou quebrar as carroças para a fogueira, ouvem-se mais trombetas, o som curiosamente fraco no ar cinzento e frio, como se pudesse se quebrar a qualquer instante.

É um dos capitães de Fauconberg e um grupo de seus homens, cerca de vinte deles. Não se vê nenhum sinal de sir John. Thomas se pergunta para onde ele terá ido. De qualquer modo, ele espera que sir John esteja bem. Eles param diante do boi morto, seus cavalos se assustando com o cheiro penetrante do sangue, e começam a gritar ordens.

Todos os olhos estão no boi, sua língua gorda se enrolando, mas os homens são afastados dali, arrastando os pés, rígidos de frio, os rostos sombrios. A situação apenas piora quando eles deixam o abrigo do vilarejo e começam a avançar arduamente pelos campos de lavoura onde o vento varre a terra em súbitas rajadas. Todo homem caminha com um olho nas bandeiras que estão congeladas na brisa, como indicadores, estendidas para o sul, dizendo a cada um para retornar ao lugar de onde vieram.

Thomas anda pelo meio dos homens que William Hastings designou ao seu comando, verificando se cada um tem um arco, ao menos uma corda sobressalente e uma aljava cheia de flechas. A maioria usa elmos bem ajustados, já furados de ferrugem, e todo homem tem uma outra arma pendurada no cinto: um martelo, uma adaga, algo assim. Eles rescendem a umidade e fungos.

Eles param novamente, amontoados na estrada. A neve começa, minúsculas bolinhas, como granizo.

– Haverá muitos? – um dos homens pergunta. Ele é mais novo do que Thomas, com um arco de teixo amarelo. Ele lembra Thomas do garoto Hugh, que fugiu antes de Canterbury. Ele não havia pensado mais nele desde então.

– Alguns – Thomas diz. – O suficiente, de qualquer modo.

Ele tenta ver a si próprio através dos olhos deles, como alguém que já esteve em combates, que lutou em Sandwich e em Northampton, o homem que matou o conde de Shrewsbury, depois sobreviveu à derrota e à debandada em Mortimer's Cross. Eles olham para ele como se ele soubesse o que está fazendo, como se devesse liderá-los, quando tudo que ele fez até agora foi ignorá-los e deixá-los entregues à própria sorte enquanto ele chafurda em seu próprio sofrimento.

– Qual é o seu nome? – ele pergunta.

– John – o garoto responde. – John Perers, de Kent.

Thomas balança a cabeça. Outro John.

– Bem, John – ele diz. – Você tem olhos bons?

– Tenho, sim. Posso distinguir um alvo muito bem.

– Não, estou à procura de uma bandeira. Seis corvos, assim.

Ele desenha o emblema de Riven na neve fina sobre a lama junto aos seus pés.

– Preto sobre branco.

Perers balança a cabeça.

– Do nosso lado?

– Do lado deles.

Um grupo de homens a cavalo está reunido na encosta, direcionando as companhias às suas posições. O vento agita a crina e o rabo dos cavalos. Levanta as barras de suas vestimentas, lança neve em seus rostos.

– Vocês aí, para lá – um deles grita. Ele gesticula e o bando sai da estrada, seguindo outras companhias por campos lavrados, onde a terra foi deixada em sulcos congelados pela passagem dos arados no outono. Abaixo deles, ao sopé da encosta, surgindo em grandes números do vilarejo, vêm os soldados treinados, os homens com alabardas e os homens comuns, sem equipamentos. Eles constituem o grosso do exército, mais ou menos organizados em companhias, reunindo-se nos campos em torno do vilarejo, cada um seguindo três ou quatro cavaleiros sob o estandarte de seu senhor.

Deve haver dez mil, quinze mil. É impossível calcular. São incontáveis. Rapazes conduzem fileiras de cavalos de volta para a retaguarda e, em toda a volta deles, os homens manobram pela encosta acima, assumindo suas posições.

Eles param quando alcançam uma companhia já em posição.

Eles estão no meio do campo. Viram-se e olham para a encosta, para o ponto onde uma árvore solitária coroa o alto da montanha. Thomas espalha seus homens, a formação comum em rastelo, enquanto mais companhias vão entrando em linha ao redor deles, e criam um amplo front com a profundidade de sete homens.

– Posso sentir o cheiro deles – um dos homens diz. É um velho amargo, mal-humorado, de suíças grisalhas. Ele manuseia suas cordas, passando a língua pelos lábios, as mãos nodosas tremendo.

Ninguém diz nada.

– Posso sentir o cheiro deles – ele continua. – Posso sentir o cheiro de homens que dormiram sob um teto, junto a uma fogueira. Homens de barriga cheia de carne e cerveja.

Ainda, ninguém diz nada.

– Posso sentir o cheiro de homens com o vento às suas costas – ele acrescenta.

– Oh, cale a boca – o galês exclama rispidamente. – Pelo amor da Virgem Maria, pelo amor de suas malditas sete dores, você poderia calar essa maldita boca?

Faz-se silêncio por um longo momento. O vento zumbe e sussurra, e a neve se torna macia e começa a cair em grandes flocos. A árvore no cume da montanha perde-se de vista. Atrás deles, no vilarejo, há uma comoção de tambores e trombetas. Um grupo de cavaleiros avança lentamente através da multidão, subindo a estrada, arautos abrindo o caminho para eles, três ou quatro dos estandartes de cauda longa acima de suas cabeças.

– Deve ser o rei Eduardo – murmura o galês.

Atrás do grupo do rei vêm o conde de Warwick e seus homens de vermelho, em seguida Fauconberg, com seu próprio séquito em azul e branco. Thomas se pergunta outra vez onde sir John deve estar e se Katherine está a salvo.

– Soube que o velho Warwick foi ferido? – o galês pergunta. Ele passeia pelas fileiras de seus arqueiros, verificando a posição de seus homens, os nervos aparentemente de aço.

– Na coxa – Thomas confirma. – Uma flecha. Deve ter sido uma flecha que ricocheteou, embora eu tenha visto e parecia bem fincada em sua perna.

– Provavelmente recebeu os cuidados do melhor cirurgião do mundo, hein, o conde de Warwick? Um cavalheiro italiano, aposto, que curou o papa de um edema.

– O papa tem um edema? – outro homem interrompe.

– Não tem mais – diz o galês, solta uma risada e continua sua inspeção. Thomas gostaria de ser assim como ele.

Ouvem-se mais gritos de ordens dos vintenares e dos oficiais, homens valentes em bons cavalos, e os melhores soldados começam a se espalhar pelos campos para encontrar seu lugar atrás das fileiras de arqueiros.

– De onde vocês são? – um capitão dos homens atrás deles pergunta, gritando. Ele toca sua viseira com as juntas dos dedos protegidos por manoplas. É um rapaz, dezesseis anos talvez, desconjuntado em sua armadura antiga. Ele carrega uma espada fina e aparentemente inútil, mas seus homens estão armados com alabardas, gládios e martelos, e usam o mesmo uniforme vermelho e branco.

– Todo tipo de lugar – Thomas respondeu. – E vocês?

– Huntingdon.

Thomas nunca ouviu falar do lugar.

– Ao norte de Londres – diz o rapaz. – Nós poderíamos ter vindo com o duque de Norfolk, mas em vez disso viemos para cá. Graças a Deus que viemos. Eu não iria querer perder isso.

O rapaz lhe dá um sorriso que mais parece um esgar e, em seguida, olha por cima do ombro como se esperasse alguém.

– Ainda assim, ele logo deve chegar aqui – ele continua, tagarelando com coragem agora, sua mão passando rapidamente do rosto para o pescoço, depois para o copo de sua espada e novamente para o rosto. Mesmo no frio ele está suando. Ele oferece a Thomas um gole de bebida de seu frasco.

Thomas aceita agradecidamente. Vinho.

– Sim, logo ele deve estar aqui – o rapaz repete. – Meu pai está com ele. Com o duque de Norfolk. Estão vindo do leste. Com cinco mil homens. Se não mais.

Thomas lhe devolve o frasco. Então, eles são cinco mil a menos do que se pensava.

– Bem, que Deus o acompanhe, senhor – ele diz –, e obrigado pelo vinho.

— A você também. Talvez a gente possa tomar outro gole juntos depois da batalha, não?

— Eu teria muito prazer.

Eles param e ouvem atentamente. É um rugir surdo, indo e vindo como o tragar das ondas na praia abaixo de Sangatte.

— O que é isso? – o rapaz pergunta.

— Devem ser eles – Thomas diz.

O rapaz engole em seco e balança a cabeça.

Trombetas soam ao longo das fileiras.

Thomas retorna para o front. Olha para as próprias mãos. Estão tremendo outra vez e ele as fecha com força em torno do arco. Santo Deus, como ele gostaria de um pouco mais de vinho. Ou cerveja. Qualquer um serviria. Os olhos de Thomas encontram os do galês, que faz um sinal com a cabeça. Lá vamos nós, ele pensa. Os oficiais de Fauconberg percorrem a linha de um lado a outro em seus cavalos, gritando instruções aos oficiais subalternos. Acima deles, suas bandeiras agitam-se energicamente. Um deles para diante da companhia de Thomas. É Grylle, com seu elmo inconfundível, a armadura ainda grande demais. Grylle finge não reconhecer Thomas.

— O topo da colina é horizontal – ele grita, apontando para trás. – Depois vem um platô, um trecho de terra plana com um ligeiro aclive. Os homens de Lancaster estão lá, na extremidade oposta.

Thomas não imagina que possa deixar de vê-los, mesmo sob aquela neve.

— Eles estarão a uma distância de dois tiros de arco – Grylle continua – e estarão acima de nós, na subida.

Ninguém diz nada, mas Grylle sabe. Todos eles sabem.

— Não podemos escolher tudo – ele diz. – Temos que combater o inimigo onde o encontrarmos.

Um dos arqueiros atrás de Thomas cospe acintosamente.

— São muitos?! – alguém grita.

Grylle fica em silêncio por um instante significativo e o som de algazarra e gritaria chega até eles novamente, vindo do norte. Se ele não estivesse usando um gorjal, Thomas imagina que teria visto Grylle engolir em seco.

– Deus está conosco! – Grylle os faz lembrar. – Deus está conosco, não com aqueles malditos nortistas.

Ele balança a cabeça e segue em frente para dar seu recado mais abaixo da linha. Thomas deixa seus olhos percorrerem as fileiras. O front estende-se quatrocentos, quinhentos passos fora da estrada, o mesmo do outro lado. Deve haver milhares só de arqueiros e o dobro de soldados. E ainda assim o inimigo tem mais? Não parece possível.

A neve se abranda e um padre a cavalo aparece à frente, perto da estrada no centro do exército. Ele é seguido por três ou quatro arautos e um punhado de homens de armadura. Será Coppini? Teria o núncio apostólico percorrido todo esse caminho com eles? Ele está longe demais para Thomas ter certeza.

O bispo – se for ele – desmonta, segurando seu chapéu no lugar, e entrega o cavalo a um acompanhante. As bandeiras dos arautos, indistintas a essa distância, agitam-se com força ao vento, e o bispo ergue as mãos e começa a dizer alguma coisa.

– Fale alto, pelo amor de Santo Ivo – alguém grita. Em seguida: – O que ele está dizendo?

– Uma prece – Thomas lhes diz.

– Uma prece? Que tipo de prece?

– Uma que nos ajudará a vencer.

– O quê? Ele está rezando para o vento dar meia-volta e esses nortistas desgraçados saírem de sua maldita colina?

– Algo assim.

Os homens riem. Thomas se enternece: brincar com suas próprias mortes. Agora, o padre estende os braços e os que estão à sua volta se ajoelham. O movimento se propaga em onda pelo exército, espalhando-se do centro e das fileiras do front, por toda a extensão até os flancos e a retaguarda. Homens descem dos seus cavalos e se abaixam com um joelho na neve. Ainda não conseguem ouvir nada ou pouco ouvem, mas abaixam a cabeça e cada homem reza suas próprias preces.

Thomas reza novamente para não ser morto, para não ser ferido, para não ser deixado estendido lá fora, sangrando até morrer, enrijecendo-se no frio, mas, se for a vontade de Deus que ele morra, então que não seja uma morte dolorosa. Ele reza para que encontre Riven e o faça pagar por todo o mal que fez no mundo. Ele reza para que Katherine siga seu caminho na vida a salvo e que sir John sobreviva para retornar a Marton Hall. Ele reza por Richard. Reza para que ele encontre o que for melhor para ele.

Em um momento de quietude, ele ouve a voz do padre.

– E assim nós suplicamos por Vossa ajuda, Senhor, para livrar esta Vossa terra daqueles vis traidores que destruiriam nosso temido soberano Eduardo e aqueles que ele ama. Nós...

E o vento arrebata a voz outra vez. Em seguida, a devolve.

– Em Vossas mãos, ó Senhor, entregamos nossas almas, na certeza de que estamos fazendo o que é certo...

Porém, há mais alguma coisa agora. Thomas sente isso às suas costas: uma movimentação, um nervosismo que se espalha pelos arqueiros, o zumbido de indagação conforme os homens erguem os olhos de suas preces e viram seus rostos para sentir o vento. Eles começam a olhar para o céu, espreitando as pálidas nuvens de neve, verificando as bandeiras em seus mastros.

– Olhe aquilo – diz o galês, apontando.

Thomas viu. Acima do chapéu do padre, o estandarte de batalha com o rabo de peixe do arauto pende flacidamente em seu mastro, como se quebrado. Com os outros se dá o mesmo, assentam-se. As fitas do chapéu do bispo se acomodam. Ele retira a mão e o chapéu permanece no lugar.

O vento parou.

Thomas pode sentir os arqueiros prendendo a respiração, sem ousar se mover, sem ousar falar, sem ousar fazer qualquer coisa, por receio de quebrar o feitiço. Ninguém se move. Até mesmo o padre parou de falar e olha para cima, esperando.

A neve ainda cai do céu cinzento, cada floco do tamanho de uma moeda, belo e delicado, mas eles flutuam, deixam-se levar. Já não se lançam nos olhos de Thomas.

O arqueiro que duvidou da eficácia da prece do bispo se levanta.

– Caramba!

Em seguida, o resto da linha se levanta, todos ao mesmo tempo, e os homens ficam parados, espantados e boquiabertos enquanto o verdadeiro milagre ocorre.

O estandarte acima do padre tremula, uma vez, duas, em seguida se enrosca em seu mastro e, inacreditavelmente, gira devagar em suas argolas, virando do sul para oeste e, em seguida, fazendo a volta completa para o norte, onde o vento se intensifica novamente, e ele se torna um dedo, apontando para o norte, apontando para o inimigo. Mostrando-lhes o caminho a seguir.

E as bandeiras por todo o exército lentamente giram em seus mastros para se unir a ele.

O vento mudou de direção.

– É um milagre! – o galês grita. Ele agarra Thomas e o sacode. – Um verdadeiro milagre!

E logo o padre está de pé, gritando e gesticulando, indicando as bandeiras. Ninguém pode ouvi-lo por causa do ruído dos homens de armadura e o rugido de vozes. Instantaneamente, Grylle está lá, arremetendo-se do flanco para receber novas ordens. Há uma explosão de energia nas fileiras. Os homens parecem esquecer sua fome, sua sede, a neve imunda. Tudo em que conseguem pensar agora é como o vento carregará suas flechas mais longe do que as flechas do inimigo.

– Isto não vai ser tão mau assim – o galês diz. – Nós podemos vencer!

Mas por quanto tempo o vento durará?

– Vamos – Thomas se vê murmurando. – Vamos! Avance, droga! Enquanto o vento está a nosso favor.

Tambores adquirem vida. Flautas começam a soar. Trombetas anunciam. Mais mensageiros andam a meio-galope de um lado para o outro do front. Os arqueiros estão impacientes, tentando pressionar para a frente.

– Vamos! – alguém grita. – Vamos!

Mas o vento parece apenas se fortificar às suas costas e a neve apenas parece se intensificar. Grylle está de volta, para em frente a eles e vira o cavalo, de modo que tudo que podem ver é seu traseiro forte e sua cauda enfeitada. Grylle ergue uma das mãos e verifica ao longo da linha onde mais oficiais com o uniforme de Fauconberg estão estacionados, a cerca de cem passos de distância um do outro.

Eles abaixam as mãos todos juntos, e juntos começam a subir a encosta.

37

Quando irrompem no cume, eles são capazes de ver o outro lado do platô pela primeira vez, e a linha para de repente, em cadeia, como pequenas ondas. Um homem empurra Thomas pelas costas.

– Coragem – alguém murmura.

Deve haver vinte mil deles, formando longas fileiras, divididas em três batalhas. Eles estão no terreno mais alto, sob seus estandartes e bandeiras, e gritam e batem as armas umas nas outras.

Thomas sente suas entranhas se revirarem.

– Santo Deus! – ele exclama. Em seguida, tenta imaginar o que Walter diria.

– Atenção – ele sussurra. Em seguida, mais alto: – Atenção!

Um dos homens vira-se para fugir. É o garoto Perers. Thomas estende um braço, agarra-o, o faz virar-se. Walter lhe daria um soco. Assim, é o que Thomas faz também: no rosto, com as costas da mão, fazendo os nós de seus dedos doerem. Perers desaba no chão, em um emaranhado de pernas e braços.

– Levante-se. – Thomas se inclina, agarra-o e o coloca em pé. – Vamos – ele diz. – O vento está a nosso favor. Deus está conosco. Não ouviu o padre? Se pudermos lançar nossas flechas, viveremos para contar aos nossos netos sobre este dia.

Perers olha-o, espantado. Sangue e muco escorrem de sua narina. Faz-se um longo instante até Perers balançar a cabeça e limpar o nariz. Thomas balança a cabeça também, pega o arco novo do rapaz e entrega-o a ele. Suas próprias mãos pararam de tremer.

Grylle virou seu cavalo. De frente para os homens, ele tem que proteger os olhos da neve.

– Vamos avançar até estarmos no alcance de um tiro de arco – ele grita. – Então, daremos um tiro de regulação do alcance.

Os arqueiros compreendem. Eles tocam em suas armas, seus elmos, qualquer parte da armadura que possuam. Apertam os laços de seus corseletes acolchoados, afivelam cintos, tocam nos rosários. Eles começam a se acalmar, respirando fundo. Aqueles com o bom senso ou a experiência de ter guardado alguma coisa para beber o fazem agora, inclinando rapidamente a cabeça. Thomas ajeita o livro-razão nas costas, na altura da cintura. É um peso reconfortante, mas ainda assim um fardo não desejado.

Então, eles começam a avançar novamente. Esticam os ombros, flexionam os braços. Thomas encaixa uma flecha e continua andando: vinte passos, trinta, quarenta. De vez em quando, ele encolhe e relaxa os ombros, delicadamente soltando a corda, entortando o arco, tentando incutir algum sopro de vida na madeira congelada. Ele faz uma centena de cálculos inconscientes sobre a força do vento, sua direção, o modo como sopra. Ele pensa na neve, nas nevascas. Pensa no campo. Procura vantagens, desvantagens, qualquer coisa que possa influenciar o curso do dia que têm pela frente.

O platô não é plano, mas ligeiramente inclinado, descendo do leste para oeste e do norte para o sul. Ele vê o que parece ser um grupo de árvores ao longe à sua esquerda, e não parece haver nada mais depois dele, como se o terreno caísse abruptamente, descendo para o vale de um rio, talvez.

Thomas percebe como os nortistas escolheram bem seu ponto. O vale protege seu flanco e não haverá nenhuma possibilidade de os cavaleiros de Fauconberg darem a volta por trás deles como fizeram com a ponte no dia anterior. Ele se pergunta se haverá pontes sobre o rio ou se os nortistas já as destruíram por precaução.

E à frente, ao longe, arrumados em longas fileiras pelo terreno alto, está a massa dos arqueiros inimigos, quase invisíveis na neve.

O que devem estar pensando? Nesta manhã, eles estavam na posição perfeita, quase inatacáveis, com o vento às suas costas e uma encosta aos seus pés. Eles teriam se perguntado como poderiam perder. Mas e agora?

– Aqui! – Grylle grita.

Agora eles estão à distância do arremesso de uma flecha do inimigo.

Cada homem encontra para si mesmo o espaço de que precisa. Eles gritam uns para os outros para se espalharem para um lado e para o outro, para trás e para a frente. Eles desatam o cordão que amarra suas aljavas e tiram as flechas. Thomas arma seu próprio arco. Coloca algumas flechas no cinto.

Ele mal pode ver o inimigo. O vento não é forte, mas o céu está cheio de neve.

Cada homem se abaixa para pegar um torrão de terra congelada e colocar na boca, exatamente como seus avós devem ter feito em Agincourt, e fazer o seu sinal da cruz no solo onde ele ficará e provavelmente morrerá, e por um instante se faz silêncio. Thomas manuseia um pedaço de solo negro congelado e o coloca na boca. É tânico e áspero como areia, conforme se derrete em sua língua. Ele o empurra para o lado da boca.

Grylle faz um sinal e ao longo de toda a linha os capitães e vintenares gritam:

– Preparar!

Há uma faixa de movimento sincronizado. Thomas encaixa uma flecha.

– Apontar!

– Atirar!

Pronto. Está feito.

As primeiras flechas voam com o tamborilar de cordas e os grunhidos de seis mil homens. O céu tremula e se escurece. Ele para e observa, espreitando através da neve. Será que aterrissarão sobre o inimigo? Ouve-se um distante troar de tambores. Figuras nebulosas se contorcem nas linhas do inimigo. Eles estão ao alcance de um tiro de arco.

– Preparar! – ele grita. – Apontar! – As penas de sua segunda flecha roçam seu rosto. – Atirar!

Walter disse certa vez que era possível prever quem iria vencer uma luta depois das primeiras três ou quatro salvas. Quem conseguisse atingir mais alvos primeiro ganharia. Eles preparam, apontam e atiram três vezes. Mais de quinze mil flechas.

E em resposta há uma onda de algo se espessando na neve à frente. As flechas dos nortistas aterrissam com um repentino tamborilar de chuva. São como pelos no solo, como uma estranha plantação que ninguém jamais irá querer comer. Elas caem a uma distância de cinquenta passos.

Os homens riem. Estão encantados.

– Para cima! – os vintenares berram. – Para cima!

E logo os homens estão arremetendo pela subida. Eles param perto do local onde as flechas do inimigo se enterram em pequenos tufos de terra e gelo.

– Preparar! Apontar! Atirar!

Eles repetem o processo até ficarem sem flechas. As costas de Thomas queimam. Seus dedos estão ardendo, esfolados. Em toda a sua volta, os homens gemem com o esforço. É alta a velocidade dos disparos, dez por minuto, mas perdendo força. Os homens tornam-se desajeitados conforme cansam. Após dois minutos, estão exaustos, o rosto afogueado, arfando, as mãos nos joelhos, um vomitando com o esforço. O suor faz seus olhos arderem e o vapor de seus corpos turva sua visão.

– Flechas! Flechas! Mais flechas! Depressa!

E como está o inimigo? Através do campo, ele pode ver e ouvir o impacto das flechas. Pode ver a linha inimiga entrar em colapso, mas parece que os arqueiros inimigos, pouco protegidos por armaduras, estão pagando caro.

– Eles não vão aguentar muito mais tempo – Thomas grita. – Eles têm que vir nos atacar!

Nenhum comandante pode ficar vendo seus homens sofrerem tal punição. Já se vê um muro baixo de mortos aos pés dos nortistas e por toda parte homens feridos atrapalham os que estão em pé. Os nortistas terão que se mover, de um modo ou de outro, ele pensa, para frente ou para trás, e seria melhor para eles se avançassem.

À sua volta, os homens ainda estão gritando, pedindo mais flechas. Eles começam a reutilizar as flechas dos nortistas, arrancando-as do chão e lançando-as de volta para o lugar de onde vieram. As flechas danificadas estremecem e pulsam no ar. As penas quebradas das hastes zumbem como vespas, cada qual com uma queda agonizante conforme voa para fora do alcance do ouvido.

Mas agora os garotos correm para a frente, cada qual carregado com cinco ou seis sacas de linho úmidas, cheias de flechas. Eles se agacham pelo meio das fileiras e as deixam aos pés dos arqueiros. Os arqueiros abrem as sacas rasgando-as e começam a trabalhar.

– Preparar! Apontar! Atirar!

Não é preciso lhes dizer o que fazer.

Ainda assim, os nortistas mantêm a posição. Eles continuam lançando suas flechas e todas as vezes elas não alcançam o alvo.

– Eles não conseguem ver – Thomas deduz. – Eles não veem que suas flechas não estão nos atingindo.

Cada homem está atirando como pode agora, pegando flechas do chão ou dos garotos quando eles passam. Thomas não tem mais fôlego para ordenar as salvas, apenas o suficiente para preparar, apontar e atirar.

Isso continua por cinco minutos inteiros. Como eles podem aguentar?

Então, os garotos escapolem furtivamente, algum sexto sentido avisando-os para ir embora, e por todo o campo ouve-se o clangor de trombetas, as bandeiras arremetem-se para a frente e as cores da linha inimiga mudam. A linha se solidifica. Já não se veem o amarelo-claro e o castanho-avermelhado dos corseletes acolchoados dos arqueiros – agora, homens em armaduras pesadas e reluzentes casacos de uniforme começam a surgir.

Eles avançam em companhias, sob suas bandeiras, mas primeiro têm que transpor os cadáveres de seus arqueiros espalhados como folhas de outono no solo escorregadio de sangue. A neve fustiga seus olhos enquanto caminham pesadamente, descendo a colina, abandonando seu posto de vantagem, e Thomas grita para seus homens para usarem até a última flecha que tiverem.

– Para trás! – ele grita, gesticulando. O front do inimigo está a uma distância de cem passos. – Vamos! Corram! Para trás!

Eles se viram e correm, Thomas com eles, agrupando-se e estendendo-se pelo campo para trás, na direção das lacunas deixadas entre os soldados de Eduardo. Ele está exausto, fraco como um gatinho, os braços e as costas queimando. Por um instante, não consegue ouvir nada acima dos urros e berros e do clangor das armas dos homens de Eduardo, conforme eles avançam contra os nortistas que vêm em sua direção. Trombetas ressoam com estridência, tambores ribombeiam e por toda parte os homens lançam seus brados de guerra por Warwick ou Fauconberg, mas a maior parte deles está gritando pelo rei Eduardo, e acima de todas as outras bandeiras e estandartes, é a bandeira do rei que chama a atenção. Sob ela, está a enorme figura do próprio Eduardo, empunhando sua arma de haste como se fosse um brinquedo, um mero bastão, e em toda a sua volta seus homens correm para a frente, ao encontro do inimigo.

Logo Thomas está no meio dos soldados e em seguida já atravessou as linhas, onde os arqueiros estão eufóricos, desenfreados, com a alegria de terem sobrevivido. Eles dão gargalhadas, repentinamente muito expansivos, abraçando-se, beijando-se, batendo nas costas uns dos outros, parabenizando-se por um bom trabalho. Todo homem está soltando vapor, como se estivesse pegando fogo, mas não sofreram nem uma baixa. Nem uma.

O duelo de arco e flecha está terminado e não há nenhuma dúvida sobre quem é o vencedor.

Mas as risadas param e cada homem fica em silêncio quando, mais acima da encosta, as duas linhas se encontram. O barulho é um estrondo reverberante, violento, o ruído estridente de metal contra metal, e o ribombar de mil martelos de guerra desfechados sobre seus companheiros.

A cerveja chega, arrastada encosta acima desde o vilarejo sobre o fundo de três carroças puxadas por parelhas de bois de chifres compridos, e fogueiras começam a ser acesas. Cerveja, pão e sopa, fria e viscosa, melhor do que qualquer coisa que Thomas já tenha provado, tomada em seu elmo. Os homens deixam a cerveja escorrer pelo queixo e para dentro de suas roupas, rindo novamente. Uma mulher que fornece cerveja tem punhos maiores que os de Thomas e em um deles ela carrega um grande e pesado porrete para manter a ordem. Ela abre a torneira dos barris, mas mantém o olhar fixo na encosta da colina atrás deles, sempre alerta para o desenrolar da luta, sabendo que ela jamais verá um novo dia se a situação se agravar.

Thomas engole sua cerveja e arranca pedaços do duro pão preto. Santo Deus, como é bom. John Perers surge ao seu lado, com ar astuto, satisfeito consigo mesmo. Ele tem que elevar a voz acima do barulho do combate e da gritaria dos homens, a constante parede de ruído que rola de volta do front como uma força física.

– Vi a sua bandeira – ele grita.

Thomas dá uma súbita guinada, entorna sua cerveja, deixa de lado o pão. Segura Perers pelo cotovelo.

– Viu?

– Acho que sim. Não tenho certeza. Com a neve e tudo o mais...

– Onde?

– Naquela direção, subindo a encosta.

Ele aponta na direção leste, com aquele seu arco, que Thomas nota que não é tão bem-feito quanto ele pensara no início, mas desbalanceado, com o topo mais pesado, tirado às pressas da mesa de trabalho do fabricante. Perers aponta o arco na direção da árvore no flanco à direita deles, onde o terreno começa a se elevar.

– Tem certeza?

– Não. Eu já disse. Ei! Aonde você está indo?

Thomas já saiu correndo e sobe a colina na direção do flanco direito do rei, atravessando os campos para onde o estandarte rabo de peixe azul e branco de Fauconberg é mantido no alto, na retaguarda. Antes de conseguir ir muito longe, seu caminho é barrado por mais homens avançando encosta acima em um só bloco. Atrás deles, vindos do vilarejo, muitos mais em uniforme azul e branco. A reserva, organizada em blocos, espera a ordem que significa que é a sua vez.

Os feridos começam a emergir das batalhas, retirados por seus companheiros, fazendo o conturbado caminho de volta, descendo em direção ao vilarejo. O que esperam? Haverá um hospital lá? Thomas não faz a menor ideia. Um grupo de homens carrega seu comandante ferido sentado em uma cadeira feita de armas de haste. Ele arqueja e revira os olhos com a dor de algum ferimento invisível e o tempo todo ele bate no ombro de um dos carregadores, como se isso ajudasse. Mais homens ensanguentados continuam vindo, com armaduras amassadas, os rostos empapados de sangue: um com o braço rígido, preso ao peito; outro sem elmo, os olhos extraordinariamente brancos no rosto escuro de sangue de um talho na cabeça; um outro cambaleando, dando voltas, como se estivesse bêbado, incapaz de se equilibrar, até que finalmente ele desaba de cabeça no chão, e ninguém se mexe para ajudá-lo.

Acima deles, flechas cortam o ar, tão leves no céu, tão pesadas no impacto. Elas caem por toda parte, em qualquer lugar, o tempo inteiro, a qualquer instante. Homens que em certo momento estão fazendo algo, em seguida estão cambaleando e berrando; outros caem estatelados no chão. Alguns ficam imóveis instantaneamente; outros se debatem com seus ferimentos e gritam por suas mães, suas esposas, pela ajuda dos santos. Os sobreviventes pisoteiam-nos.

Thomas segue em frente. Arqueiros com o uniforme de Fauconberg estão reunidos na subida, atrás dos soldados, e começaram a devolver saraivadas por cima das cabeças de seus próprios homens, tentando fazer suas flechas atravessarem a mistura inclinada de neve e chuva e penetrarem nos rostos dos nortistas. Eles certamente estão mirando nas bandeiras e estandartes, tentando atingir os comandantes. Seus próprios homens têm que fazer uma pausa, comer e beber, mas em seguida devem começar a se juntar aos homens de Fauconberg, apontando e atirando, apontando e atirando...

Thomas pega um novo saco de flechas e começa a subir a encosta, dirigindo-se ao front. Espreita à frente, à sua direita, à procura da bandeira de Riven, mas não consegue ver nada acima das fileiras em movimento na neve misturada à chuva. Ele encaixa uma flecha e atira, imaginando o local onde Perers deve ter visto a bandeira de Riven, em seguida outra, e depois mais outra. Imagina cada uma atingindo Riven ou o gigante, e sente prazer ao lançar cada uma delas. Quando suas flechas terminam, um vintenar aparece com um garoto carregando outro saco cheio de flechas. Thomas o pega, agacha-se, passa por trás do arqueiro mais à retaguarda, e desaparece.

Ali está um homem com uma boa armadura, estendido no chão com os olhos abertos, fixos, enquanto flocos de neve e de cinzas caem sobre seu rosto cor de cera. Ele foi deixado ali pelos seus e já um outro homem, um dos que não têm absolutamente nenhum equipamento de proteção, cruel e vil como um furão, está acima dele, examinando seus pertences, pegando o que quer, descartando o que não lhe interessa. Ele joga fora uma luva quase aos pés de Thomas quando ele passa. Thomas abaixa-se para pegá-la e a calça. Ainda está aquecida, o couro úmido com o suor do homem, as placas de aço das juntas dos dedos sujas de sangue. Após um instante de hesitação, ele pega a segunda luva de onde ela foi descartada. E ali está uma alabarda, abandonada no capim, uma arma rústica com uma lâmina lascada em uma haste torta. Thomas pega isso também e em seguida, em um instante de remorso, ele deixa de lado seu arco, de modo que agora ele é mais um dos soldados com alabardas. Um soldado com luvas ensanguentadas, com uma arma não confiável e um elmo de arqueiro.

Ele prossegue, avançando para o leste e para cima, na direção do flanco direito, mas do outro lado do campo, abaixo à sua direita, as trombetas soam com premência, os homens gritam uns com os outros, e lá embaixo no vilarejo companhias de homens ganham vida, correndo encosta acima para reforçar o flanco esquerdo.

Algo está acontecendo. A evolução seguinte do dia. A ala esquerda do exército – batalha de Warwick – inclinou-se para o lado e para trás, recuando um passo. Os mortos e feridos acumulam-se no chão lá embaixo e eles fluem de volta da linha de combate em grande número. Os garotos correm também e os piqueiros avançam rapidamente colina acima, correndo em círculos como cães pastores, usando varas e bastões para forçar o rebanho de homens de volta à luta. Ele vê as bandeiras dos inimigos. Eles estão perto de romper as linhas do adversário.

Este é o momento crítico. O dia parece ficar em suspenso pelos cinco minutos seguintes. Trombetas e clarins soam e mensageiros cavalgam a toda brida por trás dos diversos grupos de batalha.

Thomas se vira e se vê no caminho de uma companhia reserva de soldados de alabarda de Fauconberg, sendo instigados pelo campo para se unirem ao combate, a fim de apoiarem os homens de Warwick à esquerda. Ele tenta dar um passo para o lado, mas o vintenar o agarra pelo braço e o faz girar nos calcanhares!

– Vamos! Vamos!

Thomas liberta-se do vintenar com um safanão. Abre a boca para dizer alguma coisa, mas o vintenar ergue um martelo.

– Ande logo! Junte-se aos demais!

Thomas não tem escolha. Ele se vira e une-se aos outros, o vintenar empurrando-o, forçando-o a prosseguir. Eles refazem seus passos, passando novamente pelo homem de quem ele pegara as luvas, passando novamente por sua própria companhia que lança flechas por cima da cabeça dos homens na batalha central, passando por Perers e pelo galês, e em seguida descendo pelas valas e atravessando a estrada. Homens a pé, com o uniforme de Warwick, vêm correndo do vilarejo, seus vintenares berrando com eles, com o rosto roxo de fúria e premência.

O estandarte de Warwick é uma longa língua vermelha. Além dela, a linha se adelgaça e os vintenares batem em seus homens, instando-os a seguir em frente, forçando-os a preencher as lacunas. Um homem com o uniforme de Warwick empurra Thomas para onde a luta é travada sobre uma base de corpos caídos, três a quatro sobrepostos. É uma longa tira de aço de pontas espetadas que divide os exércitos. Os homens pisam nos feridos, saltam e pisoteiam os mortos para alcançar seu inimigo. Eles lutam corpo a corpo, desferem socos e cotoveladas, empurrões e estocadas. Não há espaço suficiente para manejar uma espada. Tudo se resume a armas pontiagudas e golpes a curta distância. Adagas, martelos e machados. Ele daria qualquer coisa por aquele machado de guerra agora.

Thomas é empurrado para a frente pela pressão dos homens. Ele desfere estocadas e golpes com sua arma, tentando atingir rostos, fendas dos olhos, dedos na haste das armas. Ele mal se defende. O barulho é ensurdecedor. Lâminas rústicas, de aço e de ferro, estão por toda parte. Ele pode sentir o cheiro de sangue, de terror e de homens que se borraram.

O homem diante dele possui um elmo que envolve todo o seu rosto e uma espada que ele segura com as duas mãos protegidas por cota de malha. Ele está de pé, as pernas abertas, uma de cada lado de um corpo, e pisando no peito de outro morto. Por cima de seu ombro, mais homens dirigem golpes ao rosto de Thomas, e de baixo para cima outros homens se agacham e se esticam para enganchar suas pernas e derrubá-lo. Ele tenta recuar, fugir, mas os vintenares estão lá atrás dele, empurrando os homens para o meio da refrega.

A arma de Thomas é agarrada pelo homem corpulento de elmo. Ele consegue liberá-la. É agarrada outra vez. Empurrada para baixo. Ele fica desprotegido. Usando o guarda-mão da espada como uma clava, o homem grandalhão o ergue no ar para abatê-lo sobre Thomas e matá-lo, mas o homem ao lado de Thomas arremete-se para a frente e enfia a lâmina de sua alabarda na axila do grandalhão. Ele o mata com um urro. Em seguida, um machado ou um martelo de guerra corta o ar pelo outro lado e atinge o salvador de Thomas nos dentes, lançando sua cabeça para trás com um estalo seco. Thomas é cegado pelo sangue, e dentes quebrados e fragmentos de osso do queixo destruído do soldado voam pelos ares. Nenhum dos dois mortos cai ao chão. São mantidos em pé pela pressão dos corpos. São empurrados para a frente, placa do peito contra placa do peito. Thomas agarra sua arma e a libera, mas outro homem se lança para a frente e o atinge violentamente no elmo.

Santo Deus.

O golpe resvala pelo lado de sua cabeça, passa de raspão pelo seu ombro. Ele fica paralisado de dor. Pode ouvir a si mesmo mugindo como um touro. Tem vontade de morrer. Ele olha fixamente ao longo da haste de uma alabarda. Um homem mais velho, de suíças, vem atacá-lo. Ele segura um longo espeto e seus olhos estão vermelhos de fúria. Então, a arma de Thomas é liberada. Ele aguenta a dor, enfia a própria lâmina no rosto do homem, sente o impacto, sente quando ela se prende em alguma coisa, corta e se liberta. Ele dá nova estocada, fazendo a lâmina ranger ao penetrar no rosto do homem de suíças. Ele pode sentir a lâmina no buraco atrás de seu nariz. Ele empurra a lâmina com um safanão, fazendo o velho virar-se.

Há sangue por todo lado, como chuva. Mistura-se à neve. Ergue-se do solo como vapor.

Quantos homens Thomas golpeia? Quantos ele mata? Ele não sabe. Há sempre, sempre mais. Seus dedos estão fremindo de dor e, por fim, ele não aguenta mais. Suas forças se esvaem tão repentinamente que em um momento ele está atacando um homem em um uniforme branco e verde e no seguinte ele mal consegue erguer seu martelo recém-encontrado para aparar um golpe desajeitado da alabarda de um fazendeiro. Então, ele sente-se agarrado pelas costas, bruscamente afastado do caminho e empurrado para trás. Tudo que ele consegue fazer é obedecer, seguir para onde é enviado. Ele avança aos trancos, cambaleando, todo resquício de vontade exaurido.

Um dos vintenares está lá, de pé entre os corpos moribundos, o mesmo que o havia empurrado para a linha de combate.

– Tome um pouco de cerveja – ele grita, agarrando outro homem e forçando-o a ir para o front. – E volte aqui!

Longe da luta, seu corpo estremece. Está surdo com o barulho; seus braços vibram da ponta de seus dedos dormentes até os ombros; suas costas queimam; e o sangue de outros homens mistura-se ao suor e faz seus olhos arderem. Suas pernas tremem, e quando ele deixa cair o martelo, seus dedos continuam curvados e a mulher da cerveja tem que pressionar a vasilha de couro engordurado em sua mão.

Ele bebe. A cerveja escorre pelas suas faces e pescoço. Escorre pelo seu peito, por dentro de seu casaco. Ele não se importa. Ele quer se afogar nela, deixar que encha sua boca e a garganta.

Ele estende a vasilha outra vez e a mulher joga mais cerveja aguada ali dentro.

Ele bebe; em seguida, a mulher da cerveja pega a vasilha e passa-a a outro homem, também pressionando-a em sua mão. O homem permanece parado, o olhar vazio, fixo ao longe. O sangue pinga de seu elmo. Ele bebe do mesmo modo que Thomas bebeu.

Thomas se vira e olha para a linha onde o estandarte de Warwick ainda tremula. Apesar de a linha ter cedido, apesar de ter dado um passo atrás, ela não se rompeu. Eles mantiveram a posição, salvaram o flanco. Ainda há homens correndo da retaguarda para reforçar o flanco, mas o trabalho está feito por agora. O momento de crise passou.

E no exato instante em que está pensando assim, ouve-se um espantoso grito de assombro e há um encolhimento da linha, como se recuasse, e Thomas sente o trovejar de mil cascos de cavalos através das solas de suas botas.

Do pequeno bosque a oeste, parcialmente escondidos na neblina e no torvelinho da neve, centenas de cavaleiros arremetem-se encosta acima, na direção da posição de Warwick. Por um instante, Thomas só consegue imaginar que pertençam ao lado do rei Eduardo, mas não, é uma emboscada, como a que tentaram naquele dia em Newnham.

Os cavaleiros estão à distância de um tiro de arco de onde Thomas está. Cavalgam com suas lanças de quatro metros e meio e seus martelos de guerra, duzentos homens talvez, até mais, e em seu caminho os homens de Warwick não podem fazer nada senão romper a linha.

Vendo aquilo, a mulher da cerveja atira seu jarro ao chão e corre para o banco da carroça. O carroceiro joga fora o nabo que está comendo e fica de pé em um salto. Ele começa a açoitar os bois com fortes chicotadas. As rodas da carroça libertam-se da lama com um sacolejo e a carroça começa a descer a colina. E de repente os piqueiros e os vintenares estão de volta entre eles, gritando, berrando e forçando-os a voltar à linha. Trombetas retumbam e mensageiros partem em disparada.

– Você! Para dentro! Agora! Ande! ANDE!

Os cavaleiros chegam com uma formação em cunha. Colidem com os remanescentes em fuga do flanco esquerdo de Warwick, espalhando-os, usando suas lanças, atropelando-os, matando-os com golpes de martelo. O choque da emboscada percorre a linha de combate, e justamente quando são mais necessários, não há arqueiros à mão, ninguém para arrancar os cavaleiros de suas selas, ninguém para matar seus cavalos e derrubá-los.

Um vintenar está lá. Um homem grandalhão com um rosto vermelho. Ele dá uma pancada em Thomas com um porrete, gritando com ele, empurrando-o para cima, de volta ao campo de batalha. Thomas não tem nenhuma arma, mas isso pouco importa. A linha está se desfazendo. Eles precisam de muitos homens.

Novas companhias vêm correndo do vilarejo.

– Um Warwick! Um Warwick!

Thomas se vê imprensado entre os que caem para trás e os que estão subindo. Os homens que correm para trás têm os olhos arregalados, a boca aberta e não há como retê-los. Eles jogaram fora suas armas e arrancaram suas armaduras.

Thomas não pode fazer nada senão unir-se ao resto que sobe a encosta para manter a linha. Ele se apodera de uma alabarda com o cabo ensanguentado.

Os cavaleiros são desacelerados apenas pelo número de mortos no chão. Os soldados nortistas a pé ganharam novo alento e começam a abrir caminho através de um muro de corpos, escalando, subindo e saltando, para pressionar os homens de Warwick a se espalharem por toda parte. Os homens de Warwick recuam, descendo a encosta por onde subiram.

Onde estão os arqueiros?

Por toda parte, os nortistas estão ganhando a supremacia e o que antes parecera o ponto crítico naquela manhã agora se revela como tendo sido o primeiro de uma sucessão. Por toda parte eles fazem os homens de Warwick recuar, perfurando-os com suas lanças quando caem, agarrando-os com ganchos e matando-os com golpes de martelo. Os homens a cavalo forçam suas montarias para a frente, massacrando os homens de cima.

Thomas é levado de volta para dentro do combate e tudo que pode fazer é tentar se defender, aparando as investidas das lanças e desviando as lâminas agora com uma alabarda. Mas, para cada investida que consegue abortar, outro golpe sobrevém, uma estocada atrás da outra. Uma lâmina relampeja em seus olhos. Ele se agacha. Ela bate em seu elmo. Ele agarra a haste e puxa. Outra ponta de arma passa de relance por sua visão, um movimento incisivo de corte de um lado ao outro. Ele solta a primeira haste e se inclina para trás, bloqueando e desviando a arma com a parte de trás de seu braço. Em seguida, outra ponta de lança penetra diretamente em seu casaco. Ele se desvia para o lado, mas suas roupas são cortadas até a pele, seu quadril abrasado pela passagem da lâmina de raspão. Ele revida o ataque instantaneamente, atinge alguém com sua alabarda.

Ele recua um passo. E em seguida mais um.

Eles estão perdendo a batalha e logo não terão mais condições de manter a posição.

Então, subitamente, o ar se enche de flechas. Um cavaleiro dá uma guinada para o lado em sua sela e se atira para trás, enquanto outro cavalo relincha e agita as patas no ar, com uma flecha enfiada até o fundo em sua boca. Mais cavalos desabam no chão. Os cavaleiros dão meia-volta em seus cavalos. Alguns desmontam. Outros são lançados ao chão.

Um grito se eleva no ar, sugerindo que o rei Eduardo está a caminho.

– Mantenham-se firmes! O rei! O rei!

– Graças ao bom São João! – um homem grita. – O rei!

Agora é a vez dos nortistas vacilarem.

Pois lá está o estandarte do rei e sob ele talvez uns vinte homens, nas melhores armaduras de placas, quase impenetráveis a estocadas de espada ou golpes de martelo, brandindo suas armas de haste e fazendo os nortistas recuarem.

Mas aonde quer que o rei vá trava-se a luta mais ferrenha. Todos querem ter a glória de matá-lo, e logo, estendendo-se do outro lado do novo muro de corpos, estão os lordes mais nobres dos inimigos. Homens com plumas nos elmos, lutando ao lado de seus próprios homens, sob suas próprias bandeiras. Estes são os verdadeiros soldados. Estes são os homens que treinaram durante toda a vida para lutar, e não há nada da falta de habilidade dos homens com alabardas.

Em vez disso, propaga-se uma fluência de golpes precisos e extraordinariamente potentes. Ganchos de martelos de guerra se abatem sobre o inimigo e lâminas se erguem no ar. Para cada ataque há uma defesa e para cada defesa, um ataque, e o barulho é um longo ribombar percussivo, como o toque de um tambor, e visto assim chega a ser elegante a seu modo, como uma dança, exceto pelo fato de os homens serem tão monstruosos em suas armaduras e o preço de dar um passo em falso seja a ponta de uma adaga no olho, na virilha ou na axila.

E em meio a tudo isso, sob sua bandeira, o rei Eduardo é supremo. Ninguém se compara a ele. Sua altura e alcance são imensos e ele dispersa todos à sua frente, lança-os para trás, afasta-os do caminho. Ele penetra na multidão e gira seu machado, esmagando mãos, elmos, cabeças e rostos, derrubando armas e seguindo em frente. Ele mata um cavalo com um único golpe e despacha também seu cavaleiro na volta do giro de seu machado.

A seu lado, seus homens formam uma mancha de velocidade calculada, defendendo seus flancos, arremetendo-se para frente para acabar de matar qualquer um que esteja no chão, a fim de que ele não seja apunhalado de baixo para cima. Thomas observa quando um homem com armadura cai sob o martelo do rei e fica estendido, perplexo, por um momento demasiado longo. Sua viseira é arrancada e uma adaga é cravada em seu rosto.

Mas nenhum homem pode lutar assim o dia inteiro e logo até mesmo o rei Eduardo é forçado a se retirar, exausto pelos seus esforços e pelo calor retido dentro de sua armadura. Seu espaço é tomado primeiro pelos seus homens e depois por uma sucessão de nobres de menor envergadura, até que, repentinamente, Thomas se vê de volta à linha outra vez, lutando com todas as forças novamente, desfechando estocadas e golpes nos rostos pálidos de outros homens. Seus braços estão queimando, seus ouvidos retinindo e seu quadril lateja. Mas o combate continua, o turbilhão infindável de aço, até que suas forças o abandonam mais uma vez.

Thomas se vira e abre caminho à força pela multidão. O sangue escorre livremente de um ferimento em seu couro cabeludo conforme ele se dirige, mancando, de volta à carroça de cerveja ao lado da estrada. Ao ver a quantidade de homens amontoados ali, à espera de cerveja, ele quase chora.

Mas, finalmente, ele consegue um pouco da bebida, despejada dentro de seu elmo sujo e amassado. Ele não se importa com o gosto, somente com o fato de ser uma bebida. É maravilhosamente forte. Ele senta-se na neve à margem da estrada, toma toda a sua cerveja e depois descansa a cabeça nos braços. Seus olhos se enchem de lágrimas e ele não consegue conter um soluço, embora ele não saiba por que ou por quem.

Ele retira as luvas, estende as mãos, as palmas manchadas de sangue, em parte seu próprio, em parte pertencente a outros, e os flocos de neve se derretem nelas, afinando o sangue. Suas grevas estão salpicadas de roxo onde o sangue secou como uma camada de verniz e há fragmentos de alguma outra coisa presa na malha de seus escarpes. Uma das botas está cheia de um líquido morno e seus dedos dos pés nadam nele, embora ele não saiba dizer se aquilo é sangue ou água.

Por fim, ele se levanta, pega suas luvas e encontra um martelo de guerra, ensanguentado, jogado na neve.

– Você está bem, companheiro? – alguém pergunta.

Thomas o ignora. Ele se pergunta qual será a hora do dia e há quanto tempo estão lutando. E se admira de ver que ainda restam mais homens a matar e ainda mais homens dispostos a matá-los. Mas ali estão eles, mais e mais homens, subindo a colina, vindo do vilarejo, homens que ainda não lutaram, embora pareça que isso foi o que ele andou fazendo o dia inteiro. É o que todo mundo andou fazendo o dia inteiro.

Mas agora o zumbido da luta parece ter perdido a força, e conforme Thomas tropegamente se dirige para leste, ele vê os acontecimentos como se olhasse através de uma grossa vidraça. Os homens estão desfocados e depois nítidos, seus sons são abafados e em seguida estridentes, e até mesmo a mistura de neve e chuva assume uma curiosa espécie de beleza. Sente-se aquecido, pela primeira vez desde que consegue se lembrar, e enquanto caminha gradualmente tudo fica coberto de uma aura dourada, como se emitisse luz solar. Ele parou de tremer, percebe, e continua a andar, sem o fardo de armas, até mesmo suas grevas e escarpes parecendo leves e fáceis para caminhar. E seu corselete acolchoado, que esteve duro de umidade e poeira por mais de um mês, agora parece uma camisa de linho flutuando sem peso sobre seus ombros.

Ocorre-lhe que talvez ele esteja morrendo.

Um padre passa por ele e começa a murmurar algo, mas Thomas ri e faz o sinal da cruz no ar, como se estivesse abençoando uma congregação, e se sente leve o suficiente para se afastar alegremente do padre. Um pouco mais adiante, ele nota que o sangue está pingando de seus dedos e que ele na verdade não consegue movê-los, e logo pensa que de qualquer modo isso não importa.

Tudo que ele consegue se lembrar é de que tem que se mover para o flanco direito do rei, pois é ali que ele é necessário, ou é onde algo o aguarda. Sabe que tem que ir para lá e que quando o fizer tudo se esclarecerá. Ele está se locomovendo para cima da encosta, pela retaguarda do exército do rei, através da confusão de homens feridos. As pessoas abrem caminho para ele, olham-no espantados quando ele passa. Uma pilha de corpos estende-se em um dos lados e há cavalos mortos, mulheres com mais cerveja e água. Um homem sai cambaleando da luta, mugindo como um boi no matadouro, até cair de joelhos e, em seguida, de cara no chão, onde fica se contorcendo na neve, até morrer, e ninguém sequer olha em sua direção.

Thomas continua andando, até ser barrado pela beira de uma estrada e uma vala cheia até à borda de um composto de fezes e, do outro lado, vê-se um pântano coberto de neve, onde lagos escuros e lamacentos têm a superfície recoberta de gelo cinzento. Há pequenas áreas de caniços e amieiros encarquilhados desfigurados pelo vento, e ele percebe que atravessou toda a extensão do campo e que agora está no flanco direito do rei, atrás dos homens de Fauconberg. Uma lembrança vem à tona. Ele se vira e olha para o campo, observando milhares de homens lutando e morrendo sob a vasta extensão do céu, e então – ele vê.

A bandeira.

Seis corvos.

O estandarte de Riven.

38

A sensação de bem-estar desaparece instantaneamente, mas Thomas sente uma onda de poder dentro de si, e de repente ele sabe o que fazer.

Ele corre. Comprime o elmo em cima de seu gorro empapado de sangue. Em seguida, enfia as luvas de juntas de aço. Ele encontra uma adaga rondel largada no chão, uma lâmina afilada, de aço, salpicada de ferrugem, e ele agarra uma alabarda, de boa qualidade, com bom peso e bom equilíbrio, e lança-se em frente, empurrando para os lados quem está em seu caminho, os olhos fixos na bandeira de Riven.

Ele não tem medo de ser morto. Ele é rápido e forte. Tem uma boa arma. Tem um elmo. Tem luvas. Seu sangue lateja nos ouvidos e ele pode ouvir a si mesmo urrando outra vez.

Ele avança pelo meio das lacunas nas linhas de Fauconberg até ficar diante da bandeira de Riven. A seu lado, estão três ou quatro jovens cavaleiros de Fauconberg em armaduras modestas. Eles lutam com armas de haste e espadas bastardas. A troca de golpes é rápida e ágil. Aquele não é um lugar para um arqueiro de armadura precária, mas Thomas obriga-se a ir em frente.

Riven agora é inconfundível. Em uma bela armadura, ele luta com um martelo de cabo longo. Ele se vira para prender uma alabarda sob seu braço e retalha o rosto do pouco protegido dono da arma. Em seguida, gira para aparar um golpe na lingueta de seu martelo, troca de mãos e enfia o cabo no rosto do homem. Naquele único instante, matou dois homens.

Isso quase não lhe custou nenhum esforço, nenhum raciocínio, e ele se prepara para repetir o feito. Mas agora Thomas está diante dele e por um breve instante Thomas imagina que Riven o reconhece e hesita.

Mas, se o faz, não hesita por muito tempo.

Ele arremete para cima de Thomas, que se move para aparar o golpe, mas obviamente foi uma simulação e Riven o ataca de baixo para cima. Thomas atira-se para cima do golpe, encolhendo-se quando o cabo do martelo desliza pelo seu peito, e ele enfia sua alabarda com toda força no cotovelo de aço de Riven.

Riven é lançado para trás, mas volta ao ataque. Ele ergue a arma no alto, mas ataca embaixo, pegando o joelho de Thomas e enviando um insuportável choque de dor pela sua espinha dorsal. Ele desfecha um golpe de curta distância no rosto de Thomas, que se agacha, e o martelo resvala em seu elmo. Os dentes de Thomas chocalham e ele sente gosto de sangue, mas não está morto. Riven parece surpreso. Thomas parte para o ataque. Ele simula um golpe, arremete-se para a frente, tenta atingi-lo pela esquerda, depois pela direita, e investe contra sua axila. Mas ele tropeça. Cambaleia. Cai. Perde a alabarda. Riven ergue-se sobre ele, levanta seu martelo com as mãos. Thomas está estendido entre os mortos, ele mesmo quase um deles. Ele rola sobre o corpo. Os corpos à sua volta o prendem, seguram-no, mas, antes que Riven possa desfechar o golpe de machado, um dos homens de Fauconberg intervém com uma estocada. Ele surpreende Riven e o faz se virar, distraindo-o tempo suficiente para Thomas atirar-se para a frente com a adaga na mão. Ele pode desferir um golpe de baixo para cima, por baixo da saia de metal de Riven. Mas Riven o agarra e o puxa para cima. Eles ficam cara a cara. Thomas pressiona sua face contra a viseira de Riven para impedi-lo de lhe dar cabeçadas. Ele consegue livrar seu braço direito e desliza a adaga para cima, sobre suas costelas. Ele quer esfaqueá-lo na axila.

Então o gigante aparece.

Ele carrega o machado de guerra. A arma que ele recuperou de Walter. Ele a gira e atinge a espinha dorsal de Thomas e golpeia com tamanha força que arranca Thomas do abraço de Riven e o arremessa por cima da camada pulsante de corpos vestidos de aço que cobre o chão. Ele se contorce de dor e cai de costas. Fica ali deitado, incapaz de se mover com a dor excruciante. Ele olha fixamente para o cruzamento de armas acima dele, observando o gigante espancar dois dos homens de Fauconberg, observando Riven matar o soldado de alabarda que salvara sua vida pouco antes. Ele sente o rapaz estatelar-se sobre suas pernas e depois disso não sente mais nada. É como se ele estivesse flutuando em água morna, a cabeça zonza, a audição abafada.

Ele se pergunta novamente se estaria morrendo.

E pensa em Katherine. Quer que seus últimos pensamentos sejam para ela. Quer dizer-lhe que sente muito. Sente muito por morrer ali, por deixá-la.

Acima dele, a luta continua. Homens caem ao seu lado. Há sangue no ar, estilhaços de metal e lascas de madeira, um dente, algo coberto de sangue.

Thomas observa os golpes, de um lado para o outro. Observa os flocos de neve caindo e imagina se a morte seria assim. Nenhuma entrada triunfal pelos portões do céu, nem agonizante descida para o inferno, apenas isto: distanciamento, uma eternidade passada no campo de batalha em que você morreu, uma eternidade passada arrependendo-se de todos os seus pecados de envolvimento e todos os seus pecados de omissão.

Mas ele descobre que consegue se mover. Seus dedos estão voltando à vida.

Será possível que não esteja morto?

Ele move a cabeça.

Dá uma guinada para o lado e rola sobre o corpo. Há uma breve trégua na luta. Os homens estão recuando, fazendo um balanço. Homens exaustos se retiram. Novos vêm subindo a colina.

Thomas está de quatro; ele só tem um pensamento em sua mente: fugir. Ele começa a engatinhar, um palmo de cada vez, escorregando pelo sangue, de volta por cima dos corpos de armadura cobertos de fezes e sangue coagulado. Cadáveres olham fixamente para ele com narizes esmagados e bocas e queixos retalhados. Alguns ainda estão vivos, cuspindo sangue, sangrando pelos ouvidos. Ele arqueja e a dor é uma faixa ardente ao redor de seu peito.

Ele pode ouvir a si próprio gemendo como um animal em agonia enquanto se arrasta pela linha dos homens de Fauconberg e desmorona sobre um cadáver. Ele descansa a face contra a placa do peito do morto e fecha os olhos.

Ele viu o gigante. Ele conhece aquele machado de guerra. Ele devia ter quebrado a espinha. Devia ter um gancho um palmo enterrado em suas costas. E, no entanto, ali está ele. Vivo.

Ele se ergue e continua a rastejar. O sangue está empoçado entre os corpos, em uma profundidade suficiente para afogar um homem. Tudo está encharcado de sangue. Tudo está vermelho. Ele encontra uma alabarda na curva do braço de um morto e a agarra. Ele a finca na lama sangrenta e usa-a como alavanca para se erguer sobre um dos joelhos.

A dor é terrível, entretanto não tão ruim quanto deveria ser. Ele leva o braço às costas bem devagar para pressionar o ferimento. Então, respirando com dificuldade, ele solta uma risadinha. Então é isso. O livro-razão. O gigante atingiu o livro. Thomas puxa a sacola para a frente, para ver onde o gancho perfurou um buraco no couro, e ele enfia o dedo no corte até a junta ensanguentada.

É a dádiva final do perdoador para salvar uma vida.

O som retorna aos ouvidos de Thomas e ele pode ouvir o clangor de metal e os gritos dos homens conforme a luta continua. A linha de Fauconberg está cedendo outra vez, curvando-se em sua direção. Riven e seus homens estão forçando sua passagem, e se a linha de Fauconberg se afinar mais, os nortistas a romperão. Eles terão vencido e a batalha chegará ao fim. Uma vez que este flanco seja virado, então todo o exército ficará cercado, empurrado colina abaixo e massacrado. Alguns talvez tentem fugir, ele supõe, mas então ele se lembra da ponte. É o ponto mais distante que conseguirão alcançar. É onde os que sobrarem morrerão. Talvez seja por isso que os nortistas destruíram a ponte para começar: não para impedir que viessem, mas para impedi-los de ir embora.

Não há nenhuma trombeta conclamando os homens a reforçar a linha, pois os trombeteiros fugiram ou foram forçados a jogar fora seus instrumentos e se unir à linha, e de qualquer forma, ainda que estivessem lá para tocar o sinal, não há nenhum homem para obedecer. Não sobrou nenhuma reserva.

É isso.

Aquele a quem chamam de Eduardo Plantageneta, anteriormente conde de March, depois duque de York, quis o julgamento de Deus sobre seu direito de ser rei e Deus deu sua sentença: ele não tem nenhum direito, e assim agora todos os seus homens têm que pagar o preço dessa aventura.

A bandeira de Riven é carregada bem alta à medida que ele passa entre as fileiras: Thomas pode vê-lo, cavalgando; e lá está o gigante, logo atrás dele, livrando-se dos homens que se aproximam com aquele seu machado. Thomas se pergunta se seu filho de um olho só também está lá, seu ferimento oculto sob a viseira.

Seu pensamento se volta para o dia em que viu Riven pela primeira vez, em que viu Katherine pela primeira vez. Ele pensa no tempo que passaram em Calais e depois no verão em Marton Hall. Pensa nas colinas no País de Gales, naquela semana na hospedaria em Brecon. Pensa em Walter, e em Dafydd e Geoffrey, e em todos os Johns. Pensa no deão. Em Margaret. E agora tudo está acabado. Ele nunca mais poderá vingar nenhum deles.

Ele joga o livro-razão para suas costas outra vez por cima do ombro e arranca a alabarda do chão lamacento.

Levanta-se.

Ao menos, morrerá de pé.

E então, de trás dele, vem o som de trombetas, fraco, distante, rarefeito. Ele se vira. Ao longo da estrada, uma massa de homens avança através da neve, cinzentos e indistinguíveis a distância. Há uma calmaria, infinitesimal, uma trégua no constante embate de metal, conforme os homens se viram para enfrentar os recém-chegados.

– É o Leão Branco! – um homem grita. – É o duque de Norfolk! Que Deus seja louvado!

São os homens que aquele garoto estava esperando, seu pai entre eles. Uma onda de aclamações eleva-se das fileiras dos homens do rei Eduardo quando a notícia se espalha, e os homens de Fauconberg sentem-se reanimados e se unem novamente à linha com renovado vigor. Homens de azul e branco passam correndo por ele, apressando-se a se juntar à luta novamente para manter a linha em posição.

– Vamos! Vamos! Um Fauconberg! Um Norfolk!

O novo contingente em uniforme vermelho é rápido. Eles se unem à linha do rei Eduardo na extremidade a leste, acima dos pântanos, e se chocam contra a linha dos nortistas, e pela primeira vez naquele dia, os nortistas são forçados a recuar um passo. Eles recuam por cima dos corpos dos homens que mataram e dos que morreram para garantir seu avanço. Seu flanco esquerdo, anteriormente situado no terreno pantanoso e lamacento do outro lado da estrada, agora é subjugado pelos homens de Norfolk, recém-chegados ao cenário da luta, e logo as linhas de combate são viradas, de modo que eles correm de norte para sul e é a vez dos nortistas recorrerem às suas reservas para escorar sua ala oscilante.

Thomas está respirando com mais facilidade e se recompõe. Sente-se redimido. Aliviado. Ele tem que retornar para encontrar Riven. Mas agora ele não consegue chegar ao front por causa da pressão destes novos homens; ele já não consegue ver a bandeira de Riven acima das cabeças cobertas de elmos e da floresta de alabardas e lanças. Além disso, a luta está pouco a pouco se distanciando. Ele a segue, tropeçando em seu rastro, onde entre os corpos o chão é uma sopa de sangue e neve que vai até os tornozelos, e todo homem está recoberto dessa mistura, de modo que os uniformes não são facilmente distinguíveis.

A linha avança lentamente.

Aqueles que lutam por Henrique de Lancaster estão sendo forçados a recuar por aqueles que lutam por Eduardo de York. Thomas prossegue, através dos túmulos de corpos rangendo onde os feridos lutam para escapar.

Então, através do torvelinho de neve, ele vislumbra a bandeira de Riven outra vez, ele tem certeza. Está mais para trás, e ele abre caminho à força. Ele tenta se inserir entre as costas largas dos homens de Norfolk, mas eles são em grande número e a resistência dos nortistas é ferrenha.

Eles continuam a lutar e a qualidade da luz no céu muda, agora está mais próximo da noite do que da manhã. Pela primeira vez no dia, parece que os homens do rei podem estar em maior número e a balança da batalha está se inclinando a seu favor.

Ouve-se, então, um grito retumbante. Um fragor que explode ao redor de Thomas.

– Um Warwick! Um Warwick!

Os homens estão lutando com desesperada intensidade, sabendo que ceder um centímetro agora será ceder o dia inteiro. Por alguns breves instantes, Thomas é forçado para o front outra vez, e vai retalhando e golpeando os homens de uniformes ensanguentados. Eles estão exaustos, e Thomas percebe – também pela primeira vez – que ele os está atacando e eles estão se defendendo. A balança pendeu para o seu lado.

Um deles se vira e sai correndo. O seguinte faz o mesmo, e o homem que Thomas está tentando matar é talhado pela lâmina larga de uma alabarda e desmorona no chão, e atrás dele não há mais ninguém, apenas as costas dos homens que estão fugindo da luta.

Assim, de repente, os nortistas começaram a debandar e sua linha a se desintegrar ao longo de toda a extensão.

É repentino.

A batalha está vencida.

A seguir, as trombetas soam por trás das linhas do rei Eduardo outra vez. É um toque estridente e os garotos correm do local onde os cavalos estavam estacionados, puxando longas fileiras de animais amarrados a uma corda. E de repente as lanças e espigões do rei estão lá, homens a cavalo chegando, vindos da retaguarda. A eles se juntam os piqueiros que recuperaram suas montarias e todo homem com acesso a um cavalo está abrindo seu caminho à força através da multidão para alcançar os nortistas em fuga e abatê-los.

Thomas fica parado, entorpecido, e observa os nortistas jogarem fora o que quer que possa atrasá-los – armas, armaduras, tudo – conforme iniciam uma fuga desordenada para o norte, empurrando-se uns aos outros para abrir caminho, pisoteando seus companheiros para poder fugir. Mas em vão. Os cavaleiros do rei Eduardo estão por toda parte, atropelando-os, trespassando-os com suas lanças, arrebentando crânios com martelos, retalhando-os com espadas.

E, assim, a verdadeira matança começa. O que era uma competição se torna um massacre, extermínio, mais comércio do que esporte ou batalha. Arqueiros estão ali com marretas e adagas, dilacerando as costas dos homens em fuga. Aqueles com flechas lançam-nas contra os homens enquanto correm, derrubando-os, restringindo a ação deles para que sejam mortos e saqueados à vontade.

Alguns nortistas não correm, mas tentam cobrar caro por suas vidas, e eles se unem em grupos, com as armas voltadas para fora, mas não conseguem resistir por muito tempo. Cercados, desabam sob uma saraivada de golpes e são agredidos assim que abaixam a cabeça; facas enfiadas nas fendas dos olhos, viseiras esmagadas e o conteúdo arrancado; espadas fincadas em virilhas e armaduras despidas. Até os mortos são mutilados.

Alguns tentam fugir de volta através do campo em direção à floresta, mas as lanças de Warwick os interceptam e os arrebanham na direção do vale mais além, para onde o restante dos homens do rei se dirige a fim de matá-los.

Onde está o rei Eduardo para exigir clemência para o povo?

Não há sinal dele. Seguiu para o norte, atrás dos fugitivos.

Onde está Riven?

Thomas está correndo agora, tropeçando em moribundos, cambaleando pelo meio dos corpos empilhados como ilhas em um mar de sangue. Aqui e ali, alguns dos homens do rei já se desligaram da luta para saquear os mortos, e Thomas começa ele mesmo a revistar os corpos, em busca daquele distintivo de uniforme, mas por toda parte só encontra homens do duque de Somerset, com seus portões corrediços de castelo, ou do duque de Exeter, misturados aos de Warwick, ou de Fauconberg, ou dos homens do rei com sua rosa branca. As pontas de armas ensanguentadas faz disso um perigoso exercício.

– Você não parece muito esperto – diz uma voz.

É Perers, vivo, até mesmo com boa aparência, carregando seu arco desarmado e uma única flecha na cintura. Ele examina Thomas como se tentasse descobrir por que ele está vivo quando deveria estar morto.

– E então, encontrou o sujeito com a bandeira? – ele pergunta.

Thomas sacode a cabeça.

Perers funga, torcendo o nariz.

– Deve estar lá embaixo então – ele diz. – Se ainda estiver vivo.

Ele gesticula, indicando o outro lado do campo, onde os homens do rei Eduardo estão reunidos na beira do platô, a oeste. Há milhares deles e o barulho do combate continua, um ruído metálico constante.

– Quer ver como se faz? – Perers pergunta.

Thomas balança a cabeça e Perers lhe mostra como ele vem usando os corpos como pedras para pisar.

– Não pise nos que estão com armadura – ele diz. – Escorrega demais. Só pise nos que estão de corselete acolchoado. E, pelo amor de Deus, tenha cuidado com aqueles estrepes. Se pisar em um deles, você vai ficar sabendo como é.

Os estrepes estão espalhados onde o flanco direito dos nortistas começara e Thomas segue Perers pelo campo, pisando de um corpo a outro, atento às bolas de ferro com aguilhões, escondidas sob a neve.

Na beira do platô, os homens do rei agrupam-se em uma fileira de três a quatro homens. Além deles, Thomas pode ouvir berros e gritos, a par com a barulheira de martelos e lâminas batendo em armaduras resistentes. Quando ele alcança a margem, os homens se voltam para olhá-lo, e ele nota que eles se mostram furtivos e culpados, como se tivessem sido flagrados em alguma infração.

Ele continua a abrir caminho.

No vale embaixo estão os nortistas: os homens de Somerset, os da rainha, os de Henrique de Lancaster, milhares de homens vestindo cores que Thomas não conhece, e estendidos ao longo do topo do vale ao redor estão os homens do rei Eduardo, os homens de Warwick e os homens de Norfolk, e eles estão massacrando as cabeças dos que estão embaixo, matando os que podem alcançar e empurrando os que não podem pela encosta abaixo, para dentro de um rio de águas rápidas que arrebentou suas margens e agora banha os troncos dos amieiros do outro lado.

É uma armadilha fatal.

Deve haver muitos milhares lá embaixo. Nenhum ficará vivo pelas próximas horas, a menos que o rei Eduardo retorne para conceder misericórdia aos soldados comuns.

É impossível penetrar a multidão imprensada dos homens de Warwick. Todos querem seu momento no front, todos querem vingança, e eles empurram e avançam para ter sua chance de matar um homem. Têm os olhos arregalados, como em uma rinha de ursos, e Thomas sabe que jamais esquecerá a visão ou o som deste momento.

Ele se vira e abre passagem de volta pela multidão ensandecida.

John Perers o segue.

– Isso é um pouco assustador, não?

Se Riven estiver no vale, ele morrerá, disso Thomas está certo. Alguém o matará ou ele se afogará. Mas e se ele não estiver lá?

Ele conduz Perers para o norte. Eles escolhem seu caminho pelo meio dos corpos que se amontoam no campo. Os saqueadores, com as costas curvadas sobre suas presas, estão por toda parte, usando machadinhas para retirar anéis dos dedos dos homens, enchendo suas bolsas de armas, moedas, distintivos de prata de uniformes, cordões de valor. A crueldade domina. A misericórdia desapareceu.

Abaixo, à esquerda, o terreno cede abruptamente, em uma descida até o rio. É muito íngreme para os homens escalarem e de seu posto privilegiado Thomas e Perers podem olhar para trás e ver o horror da cena. Enquanto os que estão mais acima da encosta tentam escapar das lâminas dos homens do rei Eduardo, os que estão embaixo estão sendo forçados a entrar nas águas geladas do rio até a altura do peito. Eles se livraram de suas armaduras como puderam e agarram-se aos seus companheiros. Alguns se deixam levar pela correnteza e talvez um ou dois consigam escapar. A maioria não consegue. Seus corseletes acolchoados estão encharcados de sangue e água, mais pesados do que a armadura, e eles desaparecem sob as águas com um último e desesperado aceno para a vida.

Thomas não vê Riven entre eles, mas isso não significa que ele não esteja lá.

Ainda assim, ele continua andando, como se algo o guiasse, e mais abaixo do rio alguns dos nortistas conseguiram chegar à margem oposta.

Os homens lutam para atravessar um trecho do rio a vau, com água até a cintura, até o ombro, escorregando nas pedras traiçoeiras do leito do rio. Toda a ordem se desfez e eles lutam uns com os outros para atravessar para a outra margem, voltando suas armas contra seus próprios amigos, forçando uns aos outros a afundar nas águas e, na obscuridade, Thomas leva alguns instantes para compreender o que ele está vendo.

Não se trata de uma parte rasa do rio, mas de uma barragem de corpos.

Tantos homens se afogaram ou foram mortos e atirados nas águas, que agora estão empilhados uns sobre os outros. Ergueram-se acima da superfície do rio em uma pilha e agora os homens lutam para transpô-la, atacando uns aos outros, pisoteando os que caem, forçando-os para dentro da água para conseguirem se manter à tona.

Até mesmo Peters fica horrorizado.

– Santo Cristo – ele diz, soltando a respiração. – Santo Cristo.

Há alguma coisa a respeito dessa concentração de crueldade que dá a Thomas a certeza de que é lá que Riven deve estar.

É então que ele o vê.

Não Riven. O gigante.

Ele está abrindo seu caminho à força em direção à barragem de corpos, derrubando os que estão à sua frente com aquele machado de guerra e depois pisoteando-os, espancando-os para dentro das águas. Aumentando a ponte para si mesmo. Thomas lembra-se do medo que o gigante tem da água. Atrás dele está um outro homem. Por um momento, Thomas não tem certeza. Na crescente obscuridade, pode ser qualquer um, mas em seguida, após um breve instante, ele tem certeza.

Riven.

Ele retirou sua armadura e agora usa apenas uma camisa manchada de sangue e sua meia-calça. Ele golpeia qualquer um que o atrapalhe com uma espada de lâmina curta.

Eles estão escapando.

Thomas tem que impedi-los, mas entre eles estão mil nortistas desesperados, tão imprensados uns contra os outros que não conseguem mover os braços, muito menos deixá-lo passar.

Ele se vira para Perers.

– Seu arco – ele diz. – Me dê o seu arco.

Perers sacode a cabeça.

– Vale mais do que minha própria vida – ele diz.

– Me dê isso agora!

O último momento é agora. Se Thomas não fizer isso agora, jamais verá Riven outra vez.

Thomas olha desvairadamente para Perers, que lhe entrega o arco. Ele se mostra muito hesitante.

– Uma corda! Rápido! Uma corda!

Perers desenrola a corda de seu pulso.

– Vai tomar cuidado com ele?

– Pelo amor de Deus! As flechas!

Mas Perers tem apenas uma.

O gigante já está na margem oposta agora. Ele está se esticando para trás para ajudar Riven.

Thomas encaixa a flecha. Ele segura o arco abaixado. Olha para Riven. Olha para o gigante. Ele prepara o arco, sentindo seu peso. É um arco feio, ele pensa, desprezado, rústico. Talvez seja perfeito para este último ato. Ele o levanta, segura a corda junto à face, os braços estremecendo com o esforço, e exatamente quando Riven escala a margem oposta, arrastando-se para o topo, passando pelo gigante, ele larga a flecha.

Ele erra o alvo.

Mas o gigante faz uma pausa. Ele dá dois passos cambaleantes para sua direita, arqueia as costas e deixa cair o machado.

– Santo Deus! – Perers murmura. – Que tiro!

O gigante tenta agarrar alguma coisa presa entre suas omoplatas. Não consegue alcançá-la. Ele cai de joelhos, em seguida também sobre as mãos. Riven vira-se para trás – talvez o gigante o tenha alertado de alguma coisa.

– Arrume uma flecha! – Thomas grita para Perers.

Seus olhos estão fixos em Riven, que hesita junto ao gigante caído, e por um instante Thomas acha que ele pode ajudá-lo. Mas Riven agarra o machado, vira-se e sai correndo. O gigante desmorona na neve.

– Encontre uma flecha! – Thomas grita. Ele também procura ao seu redor, mas sem perder Riven de vista. Riven corre para o norte ao longo da margem oposta, lutando contra o emaranhado de arbustos desfolhados, escorregando na neve, deixando um rastro de pegadas ensanguentadas.

Ele está fugindo. Está escapando.

Thomas joga fora seu elmo e corre ao longo do topo do vale, acompanhando Riven. O terreno é íngreme demais para ele descer.

Perers o segue.

– Meu arco – ele diz.

Thomas o ignora. Há uma enorme pilha de corpos bloqueando seu caminho e há estrepes espalhados no terreno. Ele salta atabalhoadamente por cima deles, sempre observando a figura cada vez menor de Riven, sempre procurando outra flecha. Encontra uma, mas a ponta está entortada, virada para trás. Jamais cruzará os ares. Ele a joga fora. Continua a correr.

Já está anoitecendo.

Logo ele perderá Riven na escuridão.

Ele começa a rezar uma prece.

– *Pater Noster, que es in caelis...* – Então, ele desiste. Preces são para mais tarde.

Na margem oposta, Riven corre aos tropeções pelo meio das árvores, cambaleando de exaustão, arrasta-se ao longo da margem, vadeia pelas áreas alagadas pelo rio no ponto em que as paredes íngremes do vale pressionam suas águas. Thomas encontra uma flecha, projetando-se do chão em um raro trecho de terra encharcada. Ele a retira do solo e corre para um local entre duas árvores baixas na beira do platô.

Riven passará lá embaixo, na margem oposta, a qualquer momento.

Ele encaixa a flecha e toma sua posição.

O vento ali é espasmódico, intermitente, zunindo pelo vale, soprando em rajadas pela encosta acima. Ele terá que ser cuidadoso. Ele só tem uma chance, depois tudo estará acabado.

Por um instante, ele acha que perdeu Riven de vista, mas ele logo reaparece, uma figura escura contra a neve, movendo-se como uma aranha. Ele passa por cima de um galho caído entre as árvores na borda de um pequeno bosque. Parece exausto, como se fosse desmoronar a qualquer momento.

Thomas puxa a corda com suas últimas forças, colocando as costas dentro do arco, e mantém a posição por um longo instante, e espera, espera o momento perfeito, concentrando-se apenas em Riven, que se alinha na mira.

Então, o arco explode.

A flecha voa na semiescuridão e um pedaço da barriga do arco bate na têmpora de Thomas.

A escuridão o engolfa.

39

Eles se transferiram para o vilarejo de Lead de manhã e se apoderaram da pequena igreja cercada de tanques de peixes, e não tiveram nada para comer ou beber o dia inteiro. Assim, quando dois homens de Hastings trazem sir John ao anoitecer, Katherine está exausta e tão faminta que a princípio ela nem o reconhece.

O rosto e a barba estão encrostados de sangue. Ele não consegue falar e ninguém sabe dizer o que há de errado com ele. Os homens de Hastings removeram sua armadura para aliviar seu peso, disseram, e viram que ela estava amassada, mas não parecia haver nenhum ferimento.

– Ele estava de barriga para baixo – um deles diz. – Quase se afogando na lama.

Ela o reconhece quando tira seu gorro de linho. Ele não parece ferido, e no entanto permanece ali deitado, a pele cor de cera, e qualquer um que olhasse para ele o daria como morto.

– Vamos encontrar um lugar mais confortável para ele ficar deitado – ela diz.

Um dos frades ergue os olhos do outro lado da capela.

– Um espaço aqui – ele diz, e se inclina para cerrar os olhos de um garoto que acaba de morrer. Mayhew convoca os outros frades para levar o corpo embora e eles carregam sir John pela palha manchada de sangue. À luz de uma lamparina, eles olham enquanto Mayhew corre os dedos pelo corpo. O que há de errado com ele? Ela não sabe dizer. Não há nenhum ferimento evidente, no entanto sua respiração está acelerada e superficial, e quando retiram seu colete, descobrem que seu peito está afundado.

– Já vi algo parecido uma vez – Mayhew diz, embora não pareça feliz com a lembrança. Ele vai jogando água e lavando os cabelos brancos de sir John, limpando o sangue, e depois corre os dedos pelo seu crânio.

– Aqui – ele diz. – Sinta.

Ele para ao lado dela e guia seus dedos. No começo, ela não sente nada; em seguida, percebe uma ligeira depressão. Ela se pergunta se pode sentir a mais leve sensação de osso áspero quando aplica um pouco de pressão.

– Um golpe – Mayhew diz. – Ele chegou sem seu elmo, mas devia estar usando-o quando foi atingido.

– Salvou a vida dele – ela diz.

Mayhew parece descrente.

– Talvez – ele diz.

– O que podemos fazer?

– Haverá um inchaço sanguíneo dentro da órbita do crânio, não tenho a menor dúvida – ele diz. – Geralmente... sempre é fatal. Tem a ver com o cérebro. Não pode funcionar com o inchaço.

Ela não pode aceitar isso.

– Não – diz. – Não sir John. – Ela pensa e depois pergunta: – Como você trata inchaços sanguíneos em outros lugares do corpo?

– Com sanguessuga, às vezes – Mayhew diz. – Ou fazemos uma incisão e retiramos o sangue.

– Por quê? – ela pergunta.

– Por quê? Porque sim. Porque é o que fazemos.

– E se cortarmos para tirar o inchaço agora?

– É... por trás do crânio – Mayhew diz. – Não podemos alcançar o local para fazer o corte.

– Os ossos estão quebrados, tenho certeza.

Mayhew franze a testa. Olha para sir John.

– Você teria que abrir o couro cabeludo – ele diz –, o que é bastante simples, é claro, mas depois teríamos que cortar o crânio, se já não estiver quebrado.

– Acho que está.

– Mas o inchaço pode não estar onde está a fratura. Pode estar do outro lado do cérebro e... não. Você não vai querer tocar no cérebro de um homem.

– Vale a pena tentar, não?

Sir John parece mais perto da morte do que da vida.

– Mal não pode fazer – Mayhew diz. – Mas vamos chamar um padre primeiro.

Enquanto Mayhew vai buscar mais vinho, Katherine vai chamar Richard. Ele está sentado em um degrau conversando com um capitão ferido e rasgando linho em tiras. Ela toca em seu ombro.

– Richard – ela diz. – Seu pai está aqui. Ele vai morrer, a menos que nós o operemos. Mas não é um local fácil e é claro que a operação pode matá-lo.

Richard levanta-se.

– Leve-me a ele – diz.

Katherine leva Richard até sir John e deixa os dois a sós, enquanto um outro homem é trazido com um ferimento no peito que faz um ruído e em poucos minutos ele está morto. Ela olha para Richard e sir John enquanto segura a mão do moribundo e vê Richard delicadamente tateando o rosto do pai, segurando seu queixo barbado entre as mãos, deixando a ponta de seus dedos brincar sobre seu nariz, seus olhos, sua testa.

– Pode fazer isso, milady? – ele pergunta, depois que o padre é chamado e ela está de pé ao seu lado. Ele está lhe fazendo uma deferência, já que ela conhece sir John.

– Obrigada – ela diz. Mayhew balança a cabeça, assentindo, e dá um passo para trás.

Richard segura a mão de sir John e o velho nobre geme em seu sono. Ela possui uma lâmina, tirada da bolsa do barbeiro-cirurgião, que é mais afiada do que qualquer outra que já tenha visto. Ela a ergue diante da vela que o frade segura, murmurando suas preces.

– Eu deveria raspar a cabeça dele? – ela pergunta. – Vai ajudar com os pontos depois.

Mayhew ergue as sobrancelhas.

– Boa ideia – ele diz. Ela gira a faca e corta as madeixas brancas. Por baixo, veem-se pelos minúsculos, finos e espetados, prateados, com falhas aqui e ali por causa de pequenas cicatrizes. Ela imaginava que as pessoas tivessem cabeças redondas, mas é claro que não têm. A de sir John é longa, marcada por sulcos e angulosa, ligeiramente assimétrica, com uma protuberância aqui e uma ponta lá. Ela retira os cabelos encharcados e limpa as cerdas eriçadas que restaram com um pano embebido em vinho. Agora que os cabelos se foram, é fácil ver a reentrância e até mesmo um tom esverdeado na pele. Novamente, ela pressiona os dedos na pele e pode sentir as arestas do osso.

– Não há outra solução – Mayhew diz.

Ela balança a cabeça e corta, controlando os nervos mesmo quando o sangue jorra do ferimento.

– O couro cabeludo sempre sangra muito – Mayhew diz.

A pele se enruga em volta do corte, retraindo-se. Há uma fina manta de carne rosada que ela precisa cortar. Em seguida, vem o osso, da cor de dentes velhos.

– Pano – ela diz, retraindo a lâmina. Mayhew limpa o ferimento com vinho e por um instante eles veem finas rachaduras na depressão, como em uma casca de ovo. Ele balança a cabeça. Com a ponta da faca, ela toca um dos pedaços de osso. Sir John gorgoleja e move a língua.

– Mantenha a posição – Mayhew adverte, agarrando a cabeça de sir John para mantê-lo imóvel. Katherine toca o osso outra vez, agora deixando a ponta da faca deslizar para a borda do fragmento de osso. Ela continua sondando. Suas mãos estão firmes, apesar do coração acelerado. Em seguida, ela tenta levantar e retirar o fragmento do crânio. Ele vem, mas junto com ele vem um jato de sangue, espesso e escuro, que brota do ferimento e escorre para dentro dos ouvidos de sir John.

– Ótimo – Mayhew diz. – Este deve ser o sangue da inchação.

Sir John emite outro ruído, no fundo da garganta, mais como um cachorro do que um homem, e ela teme o pior, mas Mayhew colocou o vasilhame de barro de vinho sobre seu peito e anéis concêntricos aparecem em sua superfície, fazendo-os saber que ele está vivo e respira. Depois disso, parece não haver mais nada a fazer além de costurar o couro cabeludo de sir John. Ela usa seu próprio cabelo e faz os menores pontos possíveis, sem pressa, enquanto Mayhew cuida dos demais feridos à medida que vão chegando. Quando termina, ela limpa o ferimento de sir John com mais vinho e claras de ovos, em seguida seu rosto com o restante da água de rosas.

Suas pálpebras estremecem e ele abre os olhos. Por um instante, ele parece aterrorizado.

– Está tudo bem, sir John – ela diz. – Está tudo bem, apenas não se mexa.

Ela toma sua mão e eles ficam assim por alguns instantes, imóveis, em silêncio, e então seus olhos se focalizam nela e ele sorri.

– Kit – ele sussurra através dos lábios secos. – Kit. Deus seja louvado, você está aqui.

Ela tem um sobressalto e o sangue aflora ao seu rosto. Ela não pode deixar de olhar para Richard, ali sentado, o rosto sem expressão. Ele teria ouvido? Ela acha que não.

Ela se inclina sobre o velho senhor.

– Sou Margaret, sir John – ela sussurra. – Margaret Cornford. Não se lembra?

Sir John abre a boca em pequenas arfadas.

– Eu sei o que eu sei – ele sussurra. – É verdade, eu sei o que eu sei. E onde está Thomas? Onde está ele? Você devia estar com ele.

– Acalme-se agora, sir John, silêncio agora e tudo ficará bem.

Ele fecha os olhos e mergulha novamente na inconsciência.

Ela se levanta abruptamente e se afasta.

Seu plano! Santo Deus, em meio a tudo aquilo ela se esqueceu de sua determinação, e agora não há mais tempo para isso, mas as palavras de sir John a perturbaram, mexeram com ela outra vez. Ela abaixa os olhos para seu vestido ensanguentado e compreende que não pode se passar por Margaret Cornford. Não pode viver assim. De repente, vê que tudo aquilo é um fingimento inominável, tão grotesco quanto desonesto.

Mas teria chegado a esta decisão tarde demais?

E Thomas?

Ela viu tantos homens mortos, como pode acreditar que ainda exista algum vivo? No entanto, de algum modo, ela tem certeza de que ele está vivo.

Com o anoitecer, o fluxo constante de feridos que durou o dia inteiro começa a diminuir, porém mais tarde um homem chega sozinho, mancando muito. Embora tenha perdido seu arco, ela percebe que ele é um arqueiro, e usa o uniforme azul e branco de Fauconberg.

– Pisei em um estrepe – ele lhe diz – justamente quando saía do campo. Passei por tudo aquilo, lutando o dia inteiro, e fui falhar no último instante. Dói muito, Santo Deus, dói muito.

Ele ergue a sola de sua bota para inspeção. Está imunda com fezes de todo animal que ela possa imaginar, manchada até o tornozelo de sangue humano.

– Não há nada que eu possa fazer por você – ela diz.

– Posso pagar – ele diz.

– Não é isso... – ela começa a dizer, mas ele tem uma bolsa de couro pendurada nas costas, e quando ele a puxa para a frente e abre, ela sente uma pontada no peito tão forte quanto uma punhalada.

– Olhe – ele diz, tirando o livro-razão do perdoador de dentro da bolsa. – Tem um buraco no meio e tudo mais, mas ainda assim... deve valer algum dinheiro.

Seus ouvidos estão rugindo e suas mãos se erguem para arrancar o livro das mãos do estranho, mas ela se recompõe. Ele o segura de cabeça para baixo e de trás para frente, para que ela veja que o buraco não atravessa o livro.

– Acho que deve ter salvado a vida dele – o arqueiro diz, explorando o buraco com o dedo.

Katherine não consegue dizer nada por alguns instantes.

– Vamos – diz o arqueiro. – Pode ficar com ele se você me tratar. Fazer parar de doer. Tratar para que não inflame.

– Sente-se perto do fogo – ela diz.

Ela corre ao encontro de Richard, que está sentado ao lado do pai.

– Há um arqueiro junto à fogueira – ela diz em um sussurro – que tem o livro de Thomas.

– Você lhe perguntou onde ele o obteve?

– Não. Ele só pode tê-lo roubado.

Richard balança a cabeça, concordando.

– Leve-me até ele – ele diz – e vá chamar Mayhew.

Katherine faz sinal para Mayhew e juntos eles conduzem Richard para junto do arqueiro.

O arqueiro ergue os olhos quando Richard senta ao seu lado.

– O que é isto? – ele pergunta.

– Sou cego – Richard diz. – Mas tenho um olfato muito bom.

– É mesmo?

O arqueiro volta a fitar o fogo. Ele segura o pé machucado.

– Sim – Richard continua. – E posso sentir o cheiro de um ladrão.

O arqueiro ergue os olhos. Ele já esteve em situações como esta antes, isso fica evidente.

– Um ladrão, cego?

De repente, vê-se uma faca em sua mão, mas Mayhew chuta seu pulso e a faca voa pelo chão de pedra da nave. Agora, Mayhew já pegou sua própria faca e ameaça o arqueiro com ela, embora pareça confuso. Katherine, então, pisa no pé ferido do arqueiro.

Ele grita.

– O que é isto? O que está fazendo?

– Qual é o seu nome?

– John. John Perers. Condado de Kent.

– Onde você conseguiu este livro? – Katherine pergunta.

Perers se rebela. Katherine aplica mais pressão.

– No campo – ele diz. – Está bem? Peguei-o de um sujeito.

– Que sujeito?

– Um sujeito qualquer.

– Ele está vivo ou morto?

– Não sei. Morto, pelo amor de Deus. Provavelmente. Todo mundo está lá em cima.

– Leve-me até ele.

– O quê? Não. Não seja idiota. Eu não vou voltar lá em cima.

– Se você não receber tratamento para este ferimento, você vai morrer. A morte o levará, pouco a pouco, começando pelo pé, que um cirurgião terá que amputar, com uma serra, mas isso não fará a putrefação parar. O cirurgião terá que cortar mais um pedaço de sua perna, pedaço por pedaço, e toda vez que a serra corta, você sente como se estivesse sendo assado no fogo do inferno.

Perers está pálido por conta de tudo por que passou e agora a dor é forte e ali está aquela mulher, um cego e um assistente de médico tentando forçá-lo a subir para o campo de batalha outra vez.

Ele começa a se levantar para ir embora. Encontrará outro cirurgião, vai ser fácil, com todo o dinheiro que ele amealhou.

Richard se move como um furão e suas mãos de repente estão no pescoço do arqueiro. O arqueiro tenta gritar e começa a desferir golpes no ar, mas os polegares de Richard cravam em sua garganta.

– Leve-nos lá, agora – ele diz.

Perers agita o braço para indicar que fará o que lhe ordenam.

– Maldito fogo do inferno – ele diz, esfregando a garganta depois que Richard o solta. Está aterrorizado demais para olhar para ele.

– Me dê o livro – Katherine diz.

Ele o entrega.

– É muito longe – ele diz. – Não podemos esperar até de manhã?

– Ele ainda está vivo – Katherine diz. – Tenho certeza disso.

Ela não suporta imaginá-lo lá fora, só mais um homem morto ou perdido. Ela não quer enumerá-lo entre homens como Dafydd ou Walter ou qualquer um dos Johns, que ela conheceu e agora... se foram.

– Olhe – o arqueiro continua –, tenho certeza de que ele está morto. Uma noite não vai fazer diferença, não é?

– Eu vou curá-lo se formos agora. Amanhã pode ser tarde demais, para vocês dois.

Mayhew decide ir com ela, levando uma tocha, e Richard também.

– Que diferença a escuridão fará para mim?

Eles seguem o arqueiro que vai mancando à frente, subindo a estrada e dali para o vale. O vento arrefeceu, a neve se assentou e as estrelas surgiram. Faz tanto frio que tocar em metal arranca a pele da ponta dos dedos. Por todo o campo, os homens acenderam fogueiras e queimam arcos e flechas imprestáveis, bem como qualquer outra coisa que possam encontrar que lhes forneça a luz com a qual ver, e por toda parte sombras esvoaçam à medida que os homens vão fazendo o que têm que fazer. Até agora ainda se ouve o barulho de homens golpeando outros homens.

– Foi lá – diz o arqueiro. – Cuidado com os malditos estrepes.

O campo fede como um matadouro e sob os pés a terra está encharcada e ainda morna com o sangue derramado. Katherine caminha com a mão sobre a boca e o nariz. Quando ela percebe que as elevações e montículos que ela achava que eram desníveis do terreno são amontoados de corpos, prontos para serem enterrados em valas comuns, fica feliz que Richard não possa ver. Após um instante, Mayhew abaixa a tocha de modo que nenhum deles possa ver.

– Santo Deus – ela exclama. – Como poderemos perdoar a nós mesmos por isso?

– São muitos? – Richard pergunta.

– Não sei quantos. Milhares. Muitos milhares.

Eles continuam a subir a encosta em direção às fogueiras no platô.

– Na verdade, eu nunca lutei em uma batalha – Richard diz serenamente. – Todo aquele treinamento. Todas aquelas horas de treinamento com lança e arcos. Era tudo com que eu sonhava.

– Por quê? – Katherine pergunta. Ela fica imaginando por que não fez esta pergunta antes.

– Não sei – ele responde. – É o que um homem faz.

– Chegamos – o arqueiro diz. – Mais ou menos aqui.

Eles param ao lado da estrada, perto de um largo túmulo de corpos. Rostos sem expressão olham fixamente para eles da pilha de cadáveres e os homens estão contorcidos, entrelaçados uns aos outros, como as beiradas esfiapadas de um tapete.

– Ele estava sentado aqui – o arqueiro diz, gesticulando na escuridão. – Sua cabeça estava sangrando.

– Você está mentindo. – Ela simplesmente sabe.

– Não, Deus é testemunha.

– Lembre-se de seu pé.

Faz-se uma longa pausa. Os mortos parecem estar liberando uma espécie de miasma, denso como hálito, mas frio.

— Muito bem — ele diz. — Um pouco mais adiante.

Ela enrola sua capa em volta do corpo e eles prosseguem por um caminho feito entre os corpos. Mayhew foi reduzido ao silêncio. Os sapatos de Katherine estão deixando entrar um líquido. Ela não quer pensar o que pode ser. Richard tropeça e alguém grita na escuridão.

— Depressa — ela diz.

— Está bem. Está bem. Meu pé. Está doendo.

— Só vai piorar.

— Santo Deus.

Eles continuam. Em certo momento, Katherine pisa em falso e se firma agarrando o rosto de um homem. Está gélido. Ela limpa a mão na túnica de outro, mas ela fica ainda mais escura e suja de sangue coagulado.

— Onde ele está?

Eles ultrapassaram algumas árvores onde o terreno se inclina abruptamente e, sobre a borda do vale, os corpos estão empilhados por uma grande extensão, em camadas de três ou quatro, e entre eles, caminhando em cima deles, veem-se grupos de saqueadores, inclinados sobre os corpos, cada qual iluminado por um menino segurando uma tocha, enquanto eles vasculham os mortos. Ela vê um homem torcer alguma coisa e em seguida cortá-la com uma machadinha. Ela sente uma profunda tristeza.

— Que Deus nos perdoe — Mayhew sussurra.

Mais além, corre um rio, desprendendo uma névoa, e nele há uma barragem por cima da qual a água cintila e borbulha. Corpos obstruem todo o vale. É inacreditável. Eles olham, estarrecidos, por tanto tempo que não percebem o arqueiro escapulir.

Quando ela percebe, não encontra nada de bom para dizer.

— Nós jamais o encontraremos agora — Richard lamenta.

— Não — ela diz. — Ele está aqui. Ele não está morto. Eu sei.

Faz-se um longo silêncio. Tudo que podem ouvir são os movimentos furtivos dos saqueadores e os suspiros dos mortos, a precipitação do rio embaixo e o vento soprando pelo vale.

– Ele está aqui – ela diz, mas sua voz não é mais do que um sussurro.

– Venha – Richard diz. – Venha.

– Não.

– Milady – Richard diz. Ele tateia, procurando seu braço. Ela tenta resistir, mas ele a segura com firmeza.

– Ele deve estar morto, milady – Mayhew diz. – Nenhum homem ficaria aqui por vontade própria, se pudesse ir embora.

– Eu sei que ele está aqui.

– Então deve estar morto – Mayhew diz.

Ela não consegue acreditar. Não consegue acreditar que era isto que o Senhor reservara para Thomas quando ele tinha sobrevivido a tudo que surgiu em seu caminho antes.

– Vamos – Mayhew diz. – Não podemos continuar aqui. O miasma...

– Ele não está morto – ela diz.

Ela se liberta da mão de Richard, agarra a tocha de Mayhew e a segura no alto, acima de sua cabeça. Só consegue iluminar mais corpos.

– Thomas! – ela chama. – Thomas Everingham!

Nada. Apenas o vento e uma enxurrada de golpes ao longe, curtos e incisivos, onde os saqueadores estão terminando de pilhar mais um cadáver.

– Thomas! – ela grita outra vez. – Thomas! Thomas Everingham!

Nada ainda.

– Onde ele está? – ela pergunta.

Outro longo silêncio.

– Sei o que ele significava para você – Richard continua. – Eu sei.

Ela não pensa no que ele pretende dizer. Pensa apenas em Thomas. Em como eles se separaram.

– Ele era... – Ela ia dizer "tudo". Ela reprime um soluço. Lágrimas escorrem pelo seu rosto. Ela sente que poderia encher as palmas de suas mãos com elas.

– Talvez seja bom que não o encontremos, sabe? – Richard continua. – Talvez signifique que ele está enterrado com os homens que morreram com ele. Uma espécie de companheirismo.

Katherine balança a cabeça na escuridão, mas ela se lamenta. Lembra-se de enterrar Red John e sabe como foi.

– Não – ela diz. – Não. Ele está aqui. Thomas! – ela grita. – Thomas!
– Milady... – Richard recomeça.

Ela enxuga os olhos, as faces, o nariz, o queixo. Está banhada em lágrimas.

Outra vez:

– Thomas! – e seu grito é interrompido por um soluço. – Oh, meu Deus! Thomas!

E desta vez, perto dali, há um movimento na beira da pilha de corpos. Um homem ergue a mão ensanguentada. Ele está escondido, parcialmente enterrado sob o corpo de outro homem, e eles não podem ver seu rosto.

– Katherine – o homem murmura.

No começo, ela não ouve.

– Katherine – ele diz outra vez, agora mais alto, chamando-a.

E desta vez ela o ouve, e se vira para ele.

Agradecimentos

Este romance levou um tempo extremamente longo para ser concluído e, durante todo esse período, fui alvo de tanta generosidade por parte de um número tão infindável de pessoas que seria quase mais rápido listar aquelas que não me ajudaram (você sabe de quem estou falando...), mas eu gostaria de agradecer particularmente a alguns de vocês – e mencioná-los pelo nome – por me aturar, encorajar, me emprestar dinheiro, me ouvir, por pagar o almoço para mim quando todos sabiam que era a minha vez. Gostaria de agradecer a você, Kazzie, em primeiro lugar e principalmente, por continuar a me aturar em tempos incertos, sempre amável e animada; Marth, por ser um primeiro leitor muito estranho, porém muito perfeito; mamãe, por absolutamente tudo; papai, você sabe por quê (o cheque está no correio), e Nick e Lil por sua incrível generosidade e apoio ao longo dos anos. Gostaria de agradecer também a Tom e Max, por serem tão especiais, sob todos os aspectos. Vocês todos foram maravilhas de paciência e generosidade – eu não teria conseguido sem vocês.

Também gostaria de dizer um imenso muito obrigado a Rooster Clements, Nick Clements, Justin Thomson-Glover, Kate Summerscale, Sinclair Mckay, David Allison, Jake Werksman, Alex Sarginson, Wayne Holloway, Johnny Villenaeau e Tessa Dunlop, pela tolerância, conselhos, generosidade e apoio de tantas formas diferentes que talvez quanto menos se falar sobre elas, melhor. Vocês foram os melhores amigos nesta questão e nada do que eu diga poderá ser suficiente para lhes agradecer.

Ainda, desejo agradecer sinceramente a Timothy Byard-Jones por ler os originais e por me socorrer em meus muitos erros baseados no século XV; a Graham Darbyshire da Towton Battlefield Society por me levar a lugares interessantes e por compartilhar seu conhecimento todos esses anos antes, e ao especialista e entusiástico fabricante de arco e flecha Les Wigg por suas informações sobre arcos e flechas e a misteriosa arte de usá-los. Todos são fontes de conhecimento e cada um fez o melhor possível para me ensinar o que eu não sabia. Se alguns erros ainda tiverem se insinuado, eles são meus e apenas meus. Gostaria de agradecer a Toby Mundy, também, talvez estranhamente, por me apoiar financeiramente por algum tempo (e a HMRC, também, que demonstrou uma inexplicável, mas abençoada paciência na questão da devolução do meu imposto de renda do ano 10-11, sem mencionar 11-12), David Miller por toda a sua ajuda, e Laura Palmer pela orientação inicial na história de Thomas e Katherine. Agradeço à minha incrível agente Charlotte Robertson, que me ajudou a terminar o livro e o colocou na mesa da minha incrível editora, Selina Walker – obrigado, Selina –, e gostaria de agradecer a Richenda Todd por suas inacreditáveis habilidades em lidar com o enredo e os detalhes. Este livro tornou-se muito melhor pela contribuição de todas essas pessoas, pela qual sou sincera e eternamente agradecido.

Sobre o autor

Toby Clements, jornalista e crítico literário do jornal britânico *The Telegraph*, obcecado pelo século XV e a Guerra das Rosas desde a infância, vive em Londres com a esposa e três filhos. *Uma jornada no inverno* é o primeiro volume da série KINGMAKER.

Este livro foi impresso na Intergraf Ind. Gráfica Eireli.
Rua André Rosa Coppini, 90 – São Bernardo do Campo – SP
para a Editora Rocco Ltda.